DOMENICO MARTUSCIELLO

Palazzo Mezzanotte, sede della Borsa, Milano.

IL CROLLO

Youcanprint

I personaggi e i fatti raccontati in questo romanzo, anche se verosimili, sono frutto esclusivo di elaborazione fantastica. Ogni riferimento a fatti accaduti e a persone realmente esistenti o esistite deve pertanto intendersi puramente casuale.

Titolo | Il Crollo
Autore | Domenico Martusciello

ISBN | 978-88-91199-37-9

Youcanprint
Via Roma, 73 – 73039 Tricase (LE) – Italy
www.youcanprint.it
info@youcanprint.it
Facebook: facebook.com/youcanprint.it
Twitter: twitter.com/youcanprintit

A mia moglie,
la cosa migliore che la vita mi abbia riservato.

NOTA DELL'AUTORE

Benché sia essenzialmente il prodotto della mia fantasia, questo romanzo è largamente ispirato alla realtà.

Desidero non sottacere di averne tratto spunto – in una certa misura –, dalle mie esperienze professionali degli anni in cui ricoprivo il grado di condirettore nei ranghi di un primario istituto di credito, e mi occupavo, tra l'altro, di Borsa e finanza.

Il racconto è ambientato a Milano nel 1986, anno in cui i mercati finanziari furono improvvisamente scossi da una profonda crisi, che determinò la brusca interruzione di quella che era parsa fino allora una fase di ascesa inarrestabile delle quotazioni, in essere da oltre cinque anni.

Con questa premessa, un lettore potenziale sarebbe giustamente indotto a ritenere che il romanzo rientri nel filone dei cosiddetti "Thriller finanziari".

Ciò è soltanto in parte vero.

L'aspetto finanziario non è preponderante; si intreccia con altri temi a formare una trama composita i cui elementi sono tra loro strettamente legati dal filo rosso rappresentato dal crollo della Borsa.

Questo è l'evento inaspettato e improvviso, che è causa, diretta o indiretta, dei drammi che investono i personaggi della storia. Nulla di tutto ciò che accade, si sarebbe verificato senza la crisi del mercato azionario.

Ho ritenuto opportuno trattare gli aspetti finanziari in una forma semplificata e riducendone al minimo indispensabile i noiosi e ingombranti tecnicismi. Ciò ha talvolta comportato l'esigenza di una lieve distorsione della realtà – cosa di cui chiedo sin d'ora scusa a quanti dovessero rilevarlo, facendone oggetto di critica –, a beneficio, tuttavia, sia della chiarezza e rapidità espositiva sia della finzione letteraria.

Ne è risultato, a mio avviso, un tipo di narrativa perfettamente accessibile a chiunque prediliga quel genere giallo o thriller in cui le situazioni di suspense e i colpi di scena si susseguono con un ritmo alquanto serrato. Fatte queste doverose precisazioni, ritengo di poter affermare che resti comunque elevato il grado di verosimiglianza dell'opera, e che sia possibile cogliervi non pochi richiami all'attualità. Mi auguro che susciti

Domenico Martusciello

l'interesse dei lettori, nella stessa misura in cui io mi sono sentito gratificato nel realizzarla.

Molte delle case editrici cui l'ho proposta, si sono rifiutate di riceverla, oppure l'hanno del tutto ignorata non degnandomi neppure di un cenno di risposta.

Mi riferisco ad alcune delle così dette Grandi Case editrici, che tali sono soltanto per dimensioni e per lo strapotere che esercitano sul mercato, ma appaiono molto piccole quanto a professionalità e serietà dei loro comportamenti.

Purtroppo, viviamo in un Paese in cui la gente legge poco, e, come se non bastasse, a essere pubblicati sono in grande maggioranza autori stranieri di varie nazionalità. Ciò rende ristrettissimo lo spazio residuo disponibile agli scrittori nostrani, soprattutto se inediti.

Esiste, poi, una folta schiera di pseudo narratori, che io amo definire "la cerchia dei soliti noti" (comici, personaggi dello spettacolo in genere, politici, calciatori, eccetera eccetera), la cui notorietà, il più delle volte, non ha nulla a che vedere con lo scrivere, o lo scrivere bene.

Auguro buona lettura!

Domenico Martusciello

PROLOGO

Alla fine, dopo tanto tuonare, scoppiò il violento temporale. Sembrava un uragano per la forza inaudita con cui si mise a imperversare, quasi che le cateratte di un cielo gravido a dismisura si fossero di colpo spalancate, liberando un'enorme massa d'acqua divenuta ormai incontenibile.

Il conducente della lussuosa berlina di grossa cilindrata ridusse drasticamente la velocità, e procedette quasi a passo d'uomo. Qualche secondo prima che il diluvio si scatenasse aveva visto, attraverso il parabrezza, il lampo abbagliante squarciare il cielo notturno coperto da nuvole basse. Era seguito il rombo fragoroso e prolungato di un tuono, e, subito dopo, lo scrosciare improvviso della pioggia che aveva cominciato a rovesciarsi a catinelle sulla città, troppo a lungo oppressa dall'intensa calura. In un attimo, la visibilità sulla strada si ridusse a zero. Le spazzole dei tergicristalli – ancorché tenute alla massima velocità –, non erano di grande aiuto. L'uomo accostò al marciapiede, si fermò e spense il motore. Premette il pulsante delle frecce di emergenza lampeggianti, e si mise ad aspettare che la tempesta si placasse per poi poter riprendere la marcia.

Nonostante il disagio e il ritardo che quel nubifragio gli stava procurando, pensò che nella delicata operazione che si apprestava a compiere quella notte, poteva rivelarsi di grande utilità. Il maltempo, combinato all'oscurità, offriva un'ottima copertura. Avrebbe reso le strade più deserte che mai, riducendo al minimo il rischio di essere notato. Era da un po' che vagava per la città, alla ricerca del luogo più adatto dove poter agire con una certa tranquillità.

Scrutò fuori dal finestrino opacizzato dall'acqua che vi scorreva sopra come una cascata. Quel poco che riuscì a intravedere gli bastò per capire che la tempesta non accennava a calmarsi. Bagliori di lampi e saette rischiaravano a tratti l'oscurità. Sospinte da forti folate di vento, ondate di pioggia fluttuavano a mezz'aria prima di precipitare al suolo. Sferzavano le oscillanti cime degli alberi, battevano con fragore sui tetti delle case, sui marciapiedi, sulle imposte delle finestre. L'uomo si accese una sigaretta e inalò a fondo la prima boccata, il volto dalla barba incolta contratto per la tensione di cui era preda. Si mise a tamburellare con le dita sul cruscotto con fare impaziente.

A un tratto, le gocce d'acqua si tramutarono in grossi chicchi di grandine, che raffiche rabbiose di vento scagliarono contro le auto in sosta lungo i marciapiedi, generando un crepitio furioso e assordante.

Trascorse un quarto d'ora e, d'improvviso com'era cominciata, la tempesta si placò. Il vento cessò di colpo e la grandine si tramutò in una fine pioggerella.

L'uomo abbassò il finestrino e inspirò a piene narici l'aria della notte che l'acquazzone aveva rinfrescato. Era satura di quell'odore particolare di terra bagnata che sempre si diffonde nell'atmosfera al termine di un temporale. Vagò con lo sguardo lì attorno. Un rivolo tumultuoso scorreva lungo il bordo del marciapiede invadendolo in più punti.

Alla fioca luce dei lampioni le auto parcheggiate apparivano terse e lucenti come dopo un intenso lavaggio. Da qualche parte in lontananza, venne l'ululato della sirena di un'ambulanza, e l'abbaiare di un cane. Poi la notte ritornò silenziosa.

Aspirò un'ultima, lunga boccata dalla sigaretta e gettò lontano il mozzicone dal finestrino. Lo osservò disintegrarsi nell'aria descrivendo una parabola di scintille. Poi rimise in moto e riprese la marcia ad andatura moderata. Sentiva a tratti il rumore degli spruzzi d'acqua sollevati dagli pneumatici nell'attraversamento delle larghe pozzanghere che si erano formate qua e là nelle depressioni del fondo stradale.

Non aveva percorso duecento metri che, istintivamente, rallentò di nuovo quando vide poco distante davanti a sé, ferma a un incrocio, una gazzella della polizia con il lampeggiante acceso. Fu pervaso da un senso d'inquietudine. Superatala, proseguì a velocità più sostenuta mentre lanciava sguardi al retrovisore in successione rapida. A un tratto svoltò bruscamente a destra premendo poi sull'acceleratore. Adesso percorreva un largo viale alberato, con auto parcheggiate su entrambi i lati e sopra i marciapiedi. Guardò di nuovo nello specchietto e trasalì: a una cinquantina di metri di distanza c'era l'autopattuglia.

Si sentì sommergere da un'ondata di panico che si sforzò di controllare.

Il Crollo

Lo stava seguendo? No, non è possibile, si disse cercando di tranquillizzarsi. Quando poco prima gli era passata davanti, aveva avvertito su di sé lo sguardo scrutatore degli agenti. Aveva finto di non vederli per non attirare la loro attenzione e insospettirli al punto di indurli a mettersi alle sue calcagna. L'idea che potessero avercela con lui, era una sua paranoia, pensò. Non potevano sapere chi fosse e tanto meno immaginare quello che si accingeva a fare. Rilassati, si ordinò: è soltanto una pattuglia in semplice perlustrazione, senza cattive intenzioni nei tuoi confronti. Era pur vero, però, che potevano fermarlo per un controllo di routine e perquisire la macchina scoprendo quello che trasportava.

Allora, sì, che sarebbe stato spacciato.

Accelerò di nuovo, ed ebbe l'impressione che la volante facesse altrettanto. Cercare di seminarla era fuori discussione. Mentre col cuore che gli batteva all'impazzata, si sforzava di riflettere sul da farsi, la vide sopraggiungere veloce alle sue spalle a sirene spiegate e lampeggiando.

Si aspettò che lo affiancasse e che l'agente alla guida gli facesse cenno di accostare e di fermarsi. Invece, un istante dopo, la vide con la coda dell'occhio sfrecciargli inoffensiva lungo il fianco, sorpassandolo. Scomparve alla vista dopo qualche secondo.

L'uomo trasse un profondo respiro di sollievo, e ridusse la velocità. Arrivò in fondo al viale senza incrociare neppure un'auto. S'immise sulla circonvallazione, dove il traffico era ridotto quasi a nulla.

Azionò di nuovo i tergicristalli per spazzare via la pioggerella che continuava a cadere. Scrutava fuori ininterrottamente cercando con gli occhi il luogo più adatto dove fermarsi per porre in atto il suo piano.

Quella zona gli era abbastanza familiare, e pensò che di lì a poco avrebbe raggiunto un luogo che poteva considerare idoneo al suo scopo. Svoltò a destra in una strada secondaria stretta e lunghissima, a senso unico di marcia, che fiancheggiava un vasto parco.

Procedendo a bassa velocità, intravide vialetti deserti e radi lampioni, panchine, alberi dal folto fogliame, verdi radure immerse nella penombra. Continuava a guardare attentamente

9

tutt'intorno. C'erano automobili parcheggiate su entrambi i lati della carreggiata.

Poco dopo vide, a breve distanza davanti a sé, un largo incrocio con semafori pedonali la cui attività, data l'ora notturna, era limitata alla sola funzione della luce gialla lampeggiante. Lo superò e si fermò dopo una ventina di metri a ridosso della fila di auto in sosta lungo il marciapiede. Consultò l'orologio del cruscotto: mancavano dieci minuti alla due. Scese dalla macchina senza spegnere il motore e si guardò intorno. Decise che il luogo era perfetto per quello che doveva fare. Il parco che si estendeva alla sua destra offriva un'ottima schermatura, mentre non filtravano luci dallo stabile di quattro piani che si ergeva alla sua sinistra sul lato opposto della strada. Non c'era anima viva nei dintorni.

Tuttavia pensò che doveva agire in fretta. Ciò che doveva fare non era niente di complesso che potesse andare per le lunghe: non avrebbe richiesto più di cinque minuti. Si portò dietro al bagagliaio e lo aprì. La debole luce che si accese automaticamente dentro l'ampio vano, rivelò la presenza di un corpo umano accartocciato come un feto, le braccia schiacciate contro il petto, la faccia illividita rivolta verso l'alto in una posa innaturale. Era perfettamente immobile.

L'immobilità della morte.

L'uomo gli rivolse un breve sguardo in cui sembrarono mescolarsi repulsione e pietà. Quel corpo senza vita apparteneva a un distinto e attraente giovane sulla trentina, di carnagione scura e di statura media. Scuri erano pure gli occhi sbarrati, in cui la morte aveva cristallizzato un'espressione stupefatta. I capelli neri, scarmigliati, gli arrivavano fin sopra le orecchie, e un paio di sottili baffetti dall'aspetto posticcio gli adornava il labbro superiore. Indossava dei jeans chiari e una camicia di seta bianca vistosamente imbrattata di sangue. Pure sporchi di sangue erano le guance e il mento. Il naso era tumefatto. Calzava dei mocassini di lucida pelle nera. Indossava un Rolex d'oro massiccio, e dalla scollatura della camicia spuntava una robusta catenina dello stesso metallo, con appeso un piccolo crocefisso. Emanava un odore pungente di vino. Doveva averne ingerito in grande quantità prima di morire. L'uomo si curvò, afferrò il cadavere per le braccia e lo voltò di spalle. Quella posizione rivelò la pre-

Il Crollo

senza sulla sommità del capo di una profonda ferita da corpo contundente, sulla quale il sangue sembrava essersi coagulato.

Poi gli infilò gli avambracci sotto le ascelle e, con uno sforzo notevole, lo sollevò tirandolo fuori dal bagagliaio e deponendolo disteso supino sul selciato. Poi, ansimando lievemente, chiuse il cofano e si guardò di nuovo in giro. Le strade e i marciapiedi restavano deserti. Il silenzio notturno era turbato soltanto dal ronzio del motore che girava al minimo. La pioggia sembrava essere definitivamente cessata. Una robusta brezza che spirava da nord aveva cominciato ad asciugare l'asfalto.

Di nuovo, l'uomo si chinò sul corpo esanime, e, afferratolo per le caviglie, lo trascinò, camminando a ritroso, al centro della carreggiata. Poi risalì in macchina. Avanzò lentamente di una decina di metri e si fermò. Si girò per osservare – al disopra della spalla, attraverso il lunotto –, il cadavere che, alla luce fievole dei lampioni, era nient'altro che una massa scura dai contorni vaghi, allungata per traverso sulla carreggiata. Dopo un attimo di esitazione, restando col capo voltato indietro, ingranò la retromarcia e avviò l'auto spingendone la velocità più che poté verso il corpo esanime, investendolo in pieno. La vettura sobbalzò con violenza nel passargli sopra con tutte e quattro le ruote. Percorso un breve tratto, si arrestò, e, per un momento, l'uomo si soffermò a osservarlo, come per valutare il risultato della sua opera. Poi, con la prima marcia innestata, accelerò al massimo rilasciando di colpo la frizione. La macchina partì con un balzo, simile a un cavallo spronato, e, per la seconda volta, passò sopra il corpo ormai martoriato.

Proseguì nella corsa a gran velocità, inghiottita dal buio della notte.

11

1

Con un acuto stridore di pneumatici, la Golf grigia metallizzata nuova fiammante si arrestò bruscamente a un semaforo passato improvvisamente al rosso. Il tempo di reazione del conducente, rispetto all'istante in cui si accese il verde, fu di qualche decimo di secondo. La vettura ripartì sgommando, e avventandosi sulla strada con lo slancio di un aereo sulla pista di decollo. Riprese la marcia a tutta birra, districandosi con sorpassi spericolati nel traffico, intenso ma fluido, che in quell'ora di punta del mattino percorreva la circonvallazione interna nella direzione di piazzale Loreto.

Stringendo il volante con un'aria che tradiva impazienza, Carlo Fascetti – investigatore privato – lanciò l'ennesima imprecazione quando, superato piazzale Stuparich, dovette nuovamente inchiodare l'auto con una frenata drammatica evitando per un soffio di tamponare una Fiat Tipo arrestatasi di colpo. Lo precedeva in una colonna che si allungava per quasi un chilometro fino a un altro semaforo rosso, in prossimità del cavalcavia.

Aveva una gran fretta, questo era il problema.

Il caldo di quell'inizio d'agosto era soffocante e, a ogni sosta, l'abitacolo della Golf si trasformava in una sorta di bagno turco nonostante i vetri del tutto abbassati dei finestrini. Il detective estrasse un fazzoletto e se lo passò sul collo e sul volto madidi di sudore. Nell'attesa di poter riprendere la marcia, prese a tamburellare sul volante come per sfogare un certo nervosismo mentre lanciava occhiate impazienti all'orologio digitale. Erano gesti rivelatori dell'urgenza che avvertiva di giungere a destinazione.

A tratti osservava distrattamente la lunga colonna ininterrotta di automezzi che procedeva nell'opposta direzione, sull'altra carreggiata.

"Idioti addormentati", mormorò quando sporgendo il capo dal finestrino, vide che il semaforo era ripassato al verde da qualche secondo senza che la coda accennasse a muoversi.

Pigiò sul clacson – subito imitato da altri automobilisti – riuscendo a scuotere dal torpore il conducente dell'auto di testa.

Il Crollo

Ma soltanto alcune vetture superarono l'incrocio prima che si riaccendesse il rosso.

Quando finalmente al via libera del semaforo scattò il verde, Fascetti accelerò rilasciando di colpo la frizione, il che fece sì che la Golf schizzasse in avanti. Sterzò deciso sorpassando sulla destra la Fiat Tipo che procedeva ad andatura più moderata. Guardò nello specchietto retrovisore: era scomparsa la Tema bianca che, sino a poco prima, l'aveva tallonato da vicino. L'aveva finalmente seminata dopo che per un pezzo gli era stata appiccicata addosso, incurante di rispettare la distanza di sicurezza. Niente lo infastidiva di più quando era al volante.

Il vento caldo generato dalla velocità, turbinava nell'abitacolo arruffandogli la capigliatura corvina e producendo, se pure in parte, l'effetto desiderato di alleviare il disagio dell'aria torrida, intrisa d'umidità.

Si rimproverò, per l'ennesima volta, per aver rinunciato a richiedere la installazione del condizionatore nella vettura quando, due mesi prima, ne aveva commissionato l'acquisto alla concessionaria.

Fascetti era un giovane di trent'anni, titolare di un'agenzia investigativa sita al quarto piano di uno stabile moderno in via Fatebenefratelli, a un tiro di schioppo dalla questura di Milano. Ne aveva avviato l'attività da circa un anno, e la gestiva da solo con l'aiuto di una segretaria tuttofare – ora assente per malattia –, in un piccolo bilocale che utilizzava anche come abitazione. Nato e cresciuto a Varese – primogenito di tre figli maschi – aveva conseguito la laurea in giurisprudenza alla Università Cattolica di Milano. Il padre, dispotico ed esigente, titolare di un accorsato studio legale nella cittadina lombarda, era stato da sempre ossessionato dall'idea che lui dovesse seguirne le orme.

Ma nonostante che il giovane avesse collaborato nello studio come praticante ai tempi dell'università, non aveva mai maturato la benché minima passione per la carriera forense, mostrandosi sempre tutt'altro che entusiasta alle aspettative del genitore, col quale conduceva, peraltro, un rapporto non esattamente idilliaco. La sua massima aspirazione fin da ragazzo, era sempre stata quella di fare l'investigatore privato. Accanito lettore di romanzi polizieschi, si era tenuto costantemente aggiornato su quanto di meglio offriva questo variegato genere letterario.

Agli inizi di gennaio di due anni prima e a un mese dalla tesi di laurea, era accaduto quello che aveva sempre temuto. Il padre lo aveva convocato con aria solenne nel suo studio per un'importante comunicazione, e lui aveva subito intuito quello che bolliva in pentola.

"Ho deciso di attaccare la bicicletta al chiodo, come si suole dire", il vecchio aveva esordito fissandolo intensamente. E aveva aggiunto: "Sono stanco... ho deciso di andare in pensione alla fine dell'anno ; naturalmente tu prenderai il mio seguito nella conduzione dello studio..." Aveva fatto una pausa a effetto prima di aggiungere: "Va da sé che nel frattempo dovrai impegnarti a fondo per superare l'esame di abilitazione."

Il tono era stato di quelli che non ammettevano replica, e con cui l'uomo era solito imporre ai figli la propria volontà fin all'infanzia.

Il giovane aveva sentito la rabbia crescergli dentro ed era stato sul punto di reagire, ma era poi riuscito a controllarsi pensando bene di fare uso di tutta la diplomazia di cui era capace.

"Tu sai, papà, che è da molto tempo che ho in testa di fare l'investigatore privato, no?" gli aveva detto con basso tono di voce.

C'era stata qualche rara occasione in passato quando, approfittando di qualche momento di relativa armonia tra loro, gli aveva accennato timidamente il suo proposito. Ma il vecchio si era sempre inalberato affermando che era per lui inaccettabile, e che se avesse cercato di realizzarlo, lo avrebbe visto come un atto di ribellione nei suoi confronti.

Aveva allora taciuto per non irritarlo, ma continuando a nutrire una certa fiducia di riuscire prima o poi a vincere la sua intransigenza. Questi episodi non avevano mai scalfito la sua ferma determinazione a vivere la sua vita senza condizionamenti, impegnandosi in ciò che riteneva fosse meglio per lui.

"E tu sai che non voglio neppure sentirne parlare", il padre aveva replicato in tono duro.

"E' la mia grande aspirazione e non intendo rinunciarvi", il giovane aveva ribattuto.

Il vecchio lo aveva allora guardato con quel genere di sorriso che un maestro rivolgerebbe a un allievo poco dotato che sia stato mal consigliato, e al quale bisogna indicare la giusta via.

"Hai un'idea, Carlo, di quanto guadagna un investigatore privato?" gli aveva chiesto. "No? Te lo dico io, allora: quaranta, cinquanta milioni al massimo. E' una cifra che non ti porterebbe da nessuna parte, e con la quale non riusciresti a sostenere una famiglia. Pensi di poter fare a meno del benessere cui sei stato abituato fin dalla nascita?"

"Me la caverò, e comunque i miei programmi per formarmi una famiglia sono a lunghissima scadenza." Aveva esitato un istante prima di aggiungere: "E' una professione che mi attrae molto. Mi piacerebbe cimentarmi nella risoluzione di casi di reati... di qualsiasi genere. Mi ci sento tagliato, e a parte tutto la vedo un po' come un servizio sociale."

"No. E' un lavoro schifoso, e non si guadagna abbastanza neppure per una vita decorosa." Aveva fatto una smorfia disgustata. "A meno di essere il titolare di una grossa agenzia, con un gran numero di clienti, un semplice investigatore privato è sempre costretto a cercare qualcosa di extra da fare per sbarcare il lunario. Ne conosco bene alcuni, e posso assicurarti che sono degli spiantati."

"Ma papà..."

"Non ci sono ma!" gli aveva urlato avvampando per la rabbia. La bava aveva cominciato a colargli dagli angoli della bocca. Il respiro, sempre ansimante per via delle Malboro, si era fatto ancor più affannoso. "Tu gestirai lo studio! Mettitelo bene in testa! Una mente brillante come la tua, non può andare sprecata in un lavoro da pezzenti. Arriverai in cima, diventerai un avvocato di grido, un principe del Foro. Questo è quello che ho sempre desiderato per te. Non puoi deludermi, Carlo. Guadagnerai una montagna di soldi... miliardi... in breve e con facilità."

"Non ne faccio una questione di denaro, papà... Ci sono altre considerazioni che..."

"Cosa?!" lo aveva interrotto bruscamente. "Sputeresti sopra parcelle miliardarie? Ma in fondo... cosa ne sai tu del denaro? Nulla. Ascoltami bene: il denaro è l'unica cosa che veramente conti nella vita. Quello viene anzitutto! Ho faticato quarant'anni per raggiungere il benessere, e l'ho fatto per la famiglia. Nessuno dei miei figli farà mai un lavoro che non renda abbastanza da consentire una vita agiata, hai capito?"

"Sì, papà."

Il vecchio sospirò.

"Bene." Si era calmato annuendo sollevato, felice di aver vinto la battaglia. "Ora, organizzati in modo da essere in grado di prendere le redini dello studio per la fine dell'anno, d'accordo?"

"D'accordo, papà."

Aveva ritenuto opportuno non irritarlo oltre, per non compromettere la sua già precaria salute. Era stato colpito da infarto due anni prima, e sebbene l'avesse agevolmente superato, il rischio di una ricaduta pendeva su di lui come una spada di Damocle.

Ma un mese dopo la laurea, col consenso tacito della madre che da sempre lo assecondava, era sgattaiolato fuori dalla famiglia. Aveva prelevato tutti i suoi risparmi, compresi cinquanta milioni da un conto fiduciario aperto a suo nome dai nonni nel giorno del suo decimo compleanno, ed era volato a Londra. Lì aveva seguito un corso di addestramento di tre mesi, presso la London Institute of Investigations. Rientrato in Italia, si era stabilito a Milano prendendo in affitto il bilocale in via Fatebenefratelli.

Prima di mettersi in proprio, era riuscito a farsi assumere a tempo determinato in una nota agenzia investigativa di Milano. Nei sei mesi in cui vi aveva lavorato, aveva guadagnato più di quanto fosse riuscito a mettere insieme aiutando il padre nello studio. Quell'esperienza gli aveva valso una buona pratica nelle tecniche della professione, che in seguito gli era tornata molto utile. Aveva infine allestito e aperto quel piccolo studio, facendo sì che si avverasse quel sogno che accarezzava fin da ragazzo.

Soltanto allora aveva ripreso i contatti col padre riuscendo a ricucire in qualche modo lo strappo, grazie anche alla mediazione della madre. Il vecchio aveva finito col rassegnarsi di fronte al fatto compiuto, e rivolto la sua attenzione al secondogenito – anch'egli prossimo alla laurea in giurisprudenza –, quale suo possibile successore.

Ora, mentre correva alla volta di piazzale Loreto, avvertiva una certa irritazione al pensiero che, pur mantenendo una andatura sostenuta, non sarebbe comunque riuscito ad arrivarvi in

Il Crollo

orario all'appuntamento fissatogli da quel tizio che gli aveva telefonato quel mattino, poco dopo giunto in ufficio. Non c'era niente che più lo metteva a disagio del giungere in ritardo a un incontro di lavoro. Detestava correre il rischio di creare una immagine poco credibile di sé, soprattutto agli occhi di un potenziale cliente. Con tono d'urgenza, l'uomo all'altro capo del filo, gli aveva chiesto di poterlo incontrare nel suo ufficio alle nove e mezzo in punto, accennandogli a un incarico delicato che intendeva proporgli.

"Mi chiamo Giuseppe Gargiulo", aveva esordito con voce metallica e autoritaria dalla chiara inflessione meridionale. "Un nostro comune conoscente mi ha fatto il suo nome per un delicato incarico che intenderei affidarle." Dopo una brevissima pausa aveva proseguito: "Forse il mio nome non le dice niente, ma ritengo che abbia sentito parlare del Serraglio, quel locale notturno dalle parti di Loreto, che dirigo e di cui sono anche il proprietario."

Era la prima volta che Fascetti sentiva quel nome. Gli era invece noto il locale notturno come luogo di fama dubbia, che una volta in passato aveva avuto modo di visitare nel corso di un'indagine affidatagli da una giovane moglie, ossessionata dal sospetto di infedeltà del proprio marito. Gran parte della sua clientela era rappresentata da uomini e donne, giovani e non, che desideravano sapere se i loro partner li tradivano. Purtroppo, dalle indagini emergeva quasi sempre una risposta affermativa.

Quella mattina, in assenza della segretaria ammalata, Fascetti si era preparato da sé il caffè con l'uso della macchinetta napoletana. La routine giornaliera di sorbirlo mentre scorreva i titoli del *Corriere della Sera,* stando comodamente seduto alla scrivania, era per lui irrinunciabile.

Ma quella telefonata gli aveva impedito di portarla a termine. Aveva dovuto precipitarsi in strada e, saltato in auto, si era diretto a piazzale Loreto.

Niente male come inizio di settimana, si era detto.

Adesso, imboccato il vasto piazzale, ridusse sensibilmente la velocità e cominciò a girarvi intorno procedendo lentamente lungo il marciapiede, scrutando fuori dal finestrino alla ricerca di parcheggio.

Durante l'ultima ora, il tempo si era andato rapidamente guastando. Il giovane alzò lo sguardo al cielo in cui si stavano addensando dei grossi nuvoloni che portavano con sé la minaccia di un temporale. Avvertì un senso di anticipazione per il refrigerio che un intenso acquazzone gli avrebbe procurato.

Il Serraglio occupava il pianterreno e seminterrato di un edificio signorile di sei piani che sorgeva ai margini del piazzale, ma il cui ingresso si trovava in una stradina laterale.

Riuscire a parcheggiare con successo in una zona a traffico tanto caotico e intenso come quella di Loreto, e per giunta nelle ore di punta, è un'impresa che richiede capacità di guida e intuitive non comuni. Spesso trovare un posto è quasi impossibile. Fascetti continuò a cercare per una decina di minuti e alla fine individuò uno spazio ristrettissimo proprio all'inizio di viale Monza.

Dopo alcune manovre in retromarcia e con il volante in continua manipolazione, riuscì a incuneare la Golf tra una vecchia Mercedes e un furgoncino Fiat. Tuttosommato bene pensò mentre scendeva dalla vettura fradicio di sudore. Si avviò lungo il marciapiede ma fatti alcuni passi si fermò per voltarsi a guardare – con gli occhi di un bimbo che ammira un giocattolo nuovo – la luccicante vettura, che, soltanto due giorni prima aveva ritirato dalla concessionaria.

Varcò la soglia del Serraglio proprio nel momento in cui i primi goccioloni isolati di pioggia, che si annunciava torrenziale, cominciavano a cadere silenziosamente sull'asfalto.

2

Rosario Maldano – condirettore centrale della Banca Popolare Ambrosiana – trasalì quando la prima raffica di pioggia sferzò i vetri dell'enorme finestra. Vi stava addossato in piedi, le mani intrecciate dietro la schiena, nel suo ampio e sfarzoso studio sito al secondo piano dell'edificio sede della banca, che sorgeva all'inizio di via Meravigli a Milano.

Scrutò la strada sotto di lui, ma riuscì a malapena a distinguere, attraversò il velo liquido formato sui vetri dalla pioggia, la lunga fila ininterrotta di auto e di tram, che scorreva in direzione di piazza Cordusio, con una lentezza che l'ora di punta e il maltempo rendevano quanto mai esasperante. Attendeva l'apertura della Borsa in uno stato di crescente apprensione.

Come sua abitudine, era arrivato alle sette e mezzo in punto, molto prima che l'ambiente cominciasse ad animarsi per la comparsa alla spicciolata degli altri cinque colleghi membri della direzione, e dei duecento e passa dipendenti – tra impiegati e funzionari –, che formavano l'organico della sede. Gradiva lavorare indisturbato immerso nel profondo silenzio del suo studio.

L'atmosfera ovattata e tranquilla dei locali deserti nelle prime ore del mattino, priva di fastidiosi rumori, gli conciliava la riflessione. Inoltre, era quello il momento in cui più spesso gli capitava di dover fare o ricevere importanti telefonate che preferiva tenere al riparo da orecchie indiscrete.

Si tolse le mani da dietro la schiena e si voltò quando sentì qualcuno bussare alla porta con tocco lieve.

"Avanti!"

"Buon giorno dottore". Il commesso della direzione fece il suo ingresso. Depose sulla scrivania una tazzina di caffè espresso e il fascio dei quotidiani, ritirandosi poi dopo un breve inchino, con fare discreto e ossequioso.

Maldano mosse alcuni passi per raggiungere la scrivania e vi si sedette. Fece un respiro profondo, poi allungò una mano per accendere il terminale Bloomberg collocato alla sua destra. Lo schermo prese vita con un guizzo e lui lo fissò, lo sguardo accigliato.

Era un servizio informativo fantastico, capace di fornire nel giro di pochi millesimi di secondi – a chi sapesse veramente usarlo – qualsiasi dato disponibile. Riportava le quotazioni dei titoli a reddito fisso e azioni, nonché i tassi di cambio delle valute applicati nelle Borse valori di tutto il mondo. Su richiesta dava pure grafici aggiornati, rapporti di brokeraggio, informazioni di natura commerciale e finanziaria di qualsiasi genere, orari degli aerei e dei treni. Era uno strumento di lavoro altamente affidabile, irrinunciabile da parte di chiunque svolgesse quel genere di attività, in qualsiasi ruolo e a qualsiasi livello operativo.

Si spostò all'interno del sistema fino a raggiungere la sezione che riportava le ultime notizie. Cominciarono a scorrere nella parte inferiore dello schermo e lui si soffermò su quelle di politica e di economia, mentre girava il cucchiaino nella tazzina del caffè. Era il terzo che prendeva da quando era arrivato, e non sarebbe stato di certo l'ultimo. Nelle giornate di maggiore tensione andava avanti a caffè. Fin dai primi sorsi avvertì l'accelerazione della frequenza cardiaca, e il brusco impennarsi della pressione sanguigna. Vi era abituato. Era una patologia che lo affliggeva ormai da oltre vent'anni. Era ben consapevole che i numerosi caffè, il fumo e la stessa Borsa non facevano che esasperarla, rendendo pressoché inefficace la compressa di antipertensivo che assumeva al mattino appena alzato.

Il tempo sembrava trascorrere con lentezza snervante. Mancava ancora un'ora al momento in cui sulla parte bassa di quello schermo verde iridescente, sarebbero incominciati a scorrere, simili a vermi che strisciano scavando nel terriccio, i primi prezzi dei titoli azionari, in ordine cronologico e in rapida successione.

Nato a Palermo sessantadue anni prima da una famiglia della media borghesia, sposato – ma da molti anni non più felicemente –, e con un figlio ventenne, Maldano aveva conseguito la laurea in economia e commercio all'università di quella città. Aveva mosso i primi passi nel mondo della finanza alle dipendenze di una piccola banca siciliana, per passare poi ad altro più importante istituto di credito della regione. In quegli anni aveva sempre svolto mansioni impiegatizie.

Trasferitosi a Milano verso la fine degli anni Sessanta, era stato fortemente attratto dal mondo della Borsa nel periodo in cui aveva prestato servizio, come procuratore, presso lo studio di un noto agente di cambio. Trascorsi alcuni anni si era messo in proprio avendo superato brillantemente gli esami di concorso per l'abilitazione a quella professione, divenendo uno dei più affidabili esperti della piazza per la sua innata abilità di analisi del mercato azionario.

Sul finire degli anni Settanta, con una mossa a sorpresa che aveva suscitato meraviglia e perplessità a colleghi e amici, aveva liquidato lo studio di agente di cambio, ed era ritornato alla professione bancaria, motivando la decisione col forte richiamo

Il Crollo

che avvertiva da quel settore in cui aveva iniziato la sua attività lavorativa molti anni prima. Dopo alcuni incarichi minori presso due istituti di credito, era approdato sorprendentemente – col grado di condirettore centrale responsabile del settore titoli e finanza – alla Banca Popolare Ambrosiana, un istituto di medie dimensioni con un organico di tremila unità, e una rete molto capillare di dipendenze a Milano e nell'interland. Era di fatto succeduto a un membro della direzione messo a riposo. Visto il background, il commento unanime negli ambienti finanziari era stato: l'uomo giusto al posto giusto. Una valutazione che avrebbe trovato pieno riscontro nei fatti, negli anni che seguirono.

Ora, dopo quasi quarant'anni di intensa attività professionale, giunto all'apice di una carriera di tutto rispetto, Maldano aveva anch'egli maturato da tempo il diritto alla pensione. Era quello il momento in cui, normalmente, un uomo nella sua posizione e della sua età, si chiede se non sia giunto il momento di tirare i remi in barca, di chiudere con il lavoro per passare a un genere di vita meno eccitante ma più tranquillo: quello del pensionato benestante.

Ma l'idea di lasciare la banca non albergava nella sua mente. Anzi, neppure lo sfiorava. Alla stregua di tanti altri suoi colleghi, era affetto da quella che in ambito bancario – ma non solo – è nota come la *Sindrome dell'attaccamento alla poltrona*. Che tradotto in parole povere significa strenua difesa del potere il più a lungo possibile, anche a costo di passare sul corpo della propria madre.

Il denaro e il potere erano sempre stati le due cose per cui Maldano viveva, obbiettivi che tuttora continuava a perseguire con ogni energia e di cui aveva così finito per diventare schiavo. Un genere di vita della quale si era ridotto a non poter fare più a meno. Un comportamento comune, come noto, a molti dirigenti d'azienda.

Una sensazione di profondo malessere lo assaliva quando pensava che tra qualche mese, al compimento dei quarant'anni di anzianità contributiva, la banca avrebbe potuto far valere la propria facoltà di collocarlo a riposo. Non sopportava l'idea di dover rinunciare ai numerosi privilegi del suo status di alto dirigente, per cadere improvvisamente nell'anonimato, nella scialba quotidianità della quiescenza. Non riusciva a immaginarsi

21

accoccolato in una comoda poltrona ad attendere che le sue arterie, ingombrate dalle scorie accumulate durante una esistenza di disordinate abitudini alimentari, cominciassero a produrre i loro effetti deleteri sulla sua già precaria salute. Sapeva che a tante grandi soddisfazioni avrebbe dovuto rinunciare, una volta a riposo. Quel profondo senso di gratificazione che quella vita eccitante, intensa e produttiva, gli procurava giornalmente, non sarebbe stato in un alcun modo replicabile nella condizione di pensionato. Ma c'era in lui la determinazione a fare in modo che il giorno della sua uscita di scena arrivasse il più tardi possibile. Se gli fosse stato consentito non sarebbe mai andato in pensione, ma avrebbe continuato a inseguire il potere e il denaro onnipotente fino alla fine dei suoi giorni.

Bevve l'ultimo sorso di caffè e poi sollevò lo sguardo ansioso all'orologio digitale appeso alla parete di fronte alla scrivania: mancava ancora mezz'ora all'avvio delle contrattazioni.

Per mitigare la tensione di cui era preda, si alzò e si mise a passeggiare su e giù per l'ampio studio.

Indossava un impeccabile doppiopetto gessato grigio scuro, tagliato su misura, che ricadeva a pennello sull'ossuta mole del suo fisico alto e allampanato, dalle spalle un po' spioventi. Aspetto quest'ultimo che non toglieva alcunché alla maestosità della sua figura carismatica, che irradiava potere e sicurezza. La capigliatura ancora folta, era del tutto ingrigita. I lineamenti del volto abbronzato apparivano duri, ma erano dotati di una insospettata mobilità quando si scioglievano improvvisamente in larghi e accattivanti sorrisi. Gli occhi, piccoli e scuri, erano acuti e indagatori, mettevano in soggezione i suoi interlocutori. Nel complesso, Maldano aveva il contegno di chi è abituato al comando, e, soprattutto, si attende obbedienza incondizionata dai suoi sottoposti.

Ritornò a sedersi, e cercò di concentrarsi – ma con scarso successo – sul lavoro di cui aveva una notevole mole da smaltire. Guardò il cestello della posta in arrivo e delle questioni urgenti.

Era strapieno di lettere e di pratiche che attendevano la sua firma per essere evase, ma invece di tirarlo a sé per mettervi mano, stette a fissare il vuoto con espressione perplessa, indecisa. In un angolo della scrivania c'erano alcuni tabulati di portafogli clienti. Ne prese uno e spiegatolo davanti a sé cominciò a esaminarlo di malavoglia e superficialmente.

Improvvisamente lo ripiegò e lo ripose sul mucchio, spostando lo sguardo sul fascio dei quotidiani. Assorbito come era dal pensiero della imminente apertura della Borsa, aveva perfino dimenticato di scorrerli. Come se un'idea gli fosse balenata nella mente, prese il *Corriere della Sera* e cominciò a sfogliarlo frettolosamente soffermandosi soltanto sui titoli degli articoli, come fosse alla ricerca di una notizia specifica che lo interessava.

C'era un pezzo in quarta pagina che attirò la sua attenzione, e si mise a leggerlo, il volto atteggiato a enorme interesse.

TUTTORA NON IDENTIFICATA L'AUTO PIRATA CHE HA TRAVOLTO,UCCIDENDOLO, IL GIOVANE FUNZIONARIO DELLA BANCA POPOLARE AMBROSIANA.

Sono proseguite senza sosta nei giorni scorsi, ma infruttuosamente, le indagini della Polizia per rintracciare l'auto pirata che, nella notte tra mercoledì e giovedì della scorsa settimana, ha investito, provocandone la morte, Claudio Morelli, un funzionario della Banca Popolare Ambrosiana,

Come noto, il corpo senza vita del giovane era stato rinvenuto in una strada secondaria che fiancheggia il parco Ravizza, in prossimità di un attraversamento pedonale con semaforo.

I rilevamenti della Scientifica non hanno fatto che confermare la versione – subito formulata – dell'incidente stradale. Ad avvalorarla, è soprattutto lo stato miserevole in cui è stato trovato il cadavere. L'esame necroscopico ha rivelato la presenza di gravi ferite, traumi e fratture multiple in varie parti del corpo, che a detta della Polizia sarebbero compatibili con l'impatto con un'auto investitrice. Inoltre, tracce di battistrada di pneumatici sono state riscontrate sugli indumenti della vittima.

Appare quindi molto verosimile che Claudio Morelli sia stato falciato da un'auto mentre attraversava il passaggio pedonale con semaforo disattivato a quell'ora notturna. A rendere ancora più plausibile questa ipotesi è il tasso alcolemico larga-

mente superiore alla norma, rilevato nel sangue del malcapita-
to. Il che indurrebbe a ritenere che lo stato di ebbrezza in cui lo
stesso versava era tale da aver potuto contribuire notevolmente
a provocare l'infortunio. Come noto, trattasi dell'ultimo di una
lunga serie di casi analoghi verificatisi negli ultimi due anni sul
territorio nazionale, tutti caratterizzati da omissione di soccor-
so da parte degli investitori.

Secondo le statistiche dell'ACI, sulle strade italiane muoio-
no ogni giorno due pedoni. La media è di quarantacinque inve-
stimenti al giorno, due dei quali mortali. Su un totale di 16.000
pedoni che ogni anno rimangono coinvolti in incidenti stradali,
oltre 1.500 (il 13 per cento) restano feriti e più di 800 (il 6 per
cento) perdono la vita.

Il totale di quelli che rappresentano veri e propri atti di pi-
rateria, ha ormai assunto proporzioni allarmanti, ed è in co-
stante crescita. L'Automobile Club ricorda che, secondo
l'articolo 189 del Codice della strada, l'automobilista, "in caso
di incidente ricollegabile al suo comportamento, ha l'obbligo di
fermarsi per prestare l'assistenza". Chi non rispetta questa
norma incorre nell'arresto stabilito per la fragranza di reato,
con una pena complessiva dai quattro ai dodici mesi di reclu-
sione, una multa fino ai due milioni di lire, e la revoca della pa-
tente.

Come riferito in precedenza da queste colonne, il caso Mo-
relli si distingue dagli altri per un importante particolare. Il
giovane funzionario della Bpa, al momento del ritrovamento del
suo corpo, era ricercato dai Carabinieri poiché scomparso il
19 dello scorso mese di luglio, con una grossa somma di dena-
ro che amministrava per conto di un gruppo di risparmiatori.
Non ne è nota l'entità, ma, secondo indiscrezioni, dovrebbe ag-
girarsi sui trenta miliardi di lire.

La direzione della Bpa, interpellata, ha tenuto a precisare
che i truffati non sono suoi depositanti, ma bensì amici e paren-
ti del defunto. Fidandosi ciecamente di lui, gli avevano affidato
in gestione i loro risparmi ricevendo la promessa di farli frutta-
re al massimo.

A partire dal momento in cui Morelli aveva fatto perdere le
proprie tracce, la Bpa era stata presa d'assalto – anche con
numerose telefonate – dalla clientela allarmata. Grande era

stato lo sconcerto e la rabbia di coloro ai quali era stato comunicato che, nella contabilità della banca, non appariva evidenza alcuna di quel denaro che loro – allettati dal miraggio di facili guadagni – avevano affidato a occhi chiusi allo scomparso. Da nessuna parte ne restava traccia. Sembrava essersi volatilizzato assieme a lui. Le persone raggirate sono alcune decine:artigiani,piccoli imprenditori, pensionati.

La procura di Milano ha aperto un fascicolo giudiziario, che contiene come ipotesi di reato l'appropriazione indebita e la truffa.

Morelli ricopriva il grado di funzionario nell'organico della Bpa, di cui dirigeva il comparto Titoli e gestioni patrimoniali. Era pertanto quotidianamente dedito all'attività di Borsa in cui, secondo indiscrezioni filtrate dalla banca stessa, era pesantemente impegnato con grosse operazioni speculative, che eseguiva in proprio.

Maldano, terminata la lettura, ripiegò il giornale e lo ripose sulla pila degli altri quotidiani, poi ritornò con lo sguardo al monitor.

Un lieve sorriso compiaciuto gli affiorò sulle labbra, mentre lanciava un'altra occhiata all'orologio digitale.

3

Giuseppe Gargiulo non avrebbe potuto scegliere un nome che meglio si addicesse al proprio locale notturno.

Come noto il termine 'serraglio', nella comune accezione della lingua italiana, è adoperato per indicare genericamente un luogo in cui sono radunati animali esotici o poco comuni, destinati a essere mostrati in pubblico. Nei paesi ottomani è invece usato per distinguere quell'area proibita del palazzo del sultano, detta anche harem, in cui alloggiano le sue mogli e numerose concubine.

Ovviamente, era con la seconda definizione che il Serraglio presentava una vaga analogia. Quanto all'aspetto della proibizione, l'accesso al night era consentito soltanto ad avventori di sesso maschile, e purché disposti a sborsare cospicue somme di denaro per trascorrere alcune ore in compagnia di splendide fanciulle in abiti succinti, che, solitamente, non disdegnavano concedersi in privato dopo la chiusura del locale.

Fascetti attraversò a passi lunghi e sicuri l'ampia sala del bar-ristorante che occupava il pianterreno, pressoché deserta a quell'ora del mattino. Una bionda ossigenata da cardiopalmo, stava appollaiata dietro la cassa con aria annoiata, ma quando lo vide sembrò animarsi e gli lanciò uno sguardo colmo di apprezzamento, accompagnandolo con un sorriso da pubblicità del dentifricio, che non avrebbe potuto essere meno seducente di quello della favorita di un sultano.

Il giovane, tutt'altro che insensibile al fascino femminile, le sorrise di rimando.

Il detective aveva un portamento atletico e un aspetto fisico che non poteva passare inosservato all'altro sesso. Di età sulla trentina, era alto un metro e ottanta. Sul volto abbronzato, dai lineamenti regolari, risaltavano grandi occhi verdi. La corporatura, dalle spalle larghe, appariva snella, ma insieme robusta e l'impeccabile doppio petto chiaro in pettinato estivo, celava quel genere di fisico muscoloso di cui sono dotati coloro che praticano una costante attività fisica.

Discese la breve rampa di scale che portava al seminterrato dove era ubicato il night club vero e proprio. La sala, del tutto deserta, era avvolta in un'intensa penombra. Le pareti erano un mosaico di ampi pannelli a specchio che riflettevano l'intero ambiente facendolo apparire più ampio poiché ne rendevano indistinto il perimetro. Fascetti avvertì una sorta di lieve disorientamento, subito attenuato dal fresco gradevole della temperatura climatizzata. Quando la sua vista si fu assuefatta alla semioscurità, vide profilarsi dall'altra parte dell'ampia sala, la figura di un energumeno che, le braccia incrociate sul petto, stava appoggiato con la schiena alla parete, accanto a un passaggio ad arco che immetteva in un lungo corridoio. Si diresse verso di lui camminando a slalom tra i tavoli vuoti, e attraversando una piccola pista da ballo circolare. Quando gli fu davanti, notò che aveva un cipiglio aggressivo, quasi minaccioso, e sembrava montare la guardia come uno scrupoloso sorvegliante. Era corpulento, di elevata statura e del tutto calvo, con due occhi porcini dall'espressione ottusa e cattiva. Ma ciò che rendeva più sgradevole il suo aspetto era il naso imponente che occupava gran parte di un volto le cui guance rubizze erano due reticoli di capillari rotti dall'abuso di alcolici. Lo sguardo di Fascetti cadde sul rigonfiamento che la giacca dell'uomo presentava sotto l'ascella. Soltanto un cieco non si sarebbe accorto che aveva una fondina con inserita una rivoltella. Non ebbe allora alcun dubbio di trovarsi di fronte alla guardia del corpo di Gargiulo.

"Mi chiamo Fascetti", disse, "e devo vedere il signor Gargiulo."

"A che proposito?" Il tono di voce baritonale si addiceva al suo aspetto.

"Non saprei visto che mi ha convocato telefonicamente solo per dirmi che desidera parlarmi. Che ne direbbe di accompagnarmi da lui perché io possa scoprire di che si tratta?" Gli sorrise con ironia.

L'omaccione lo squadrò da capo a piedi con aria diffidente, e corrugò la fronte in uno sforzo di concentrazione che pareva sprigionare un'energia psichica tanto intensa da essere forse in grado di spostare un pianoforte a coda.

"Va bene", disse infine annuendo. Si mosse indicandogli di seguirlo con un cenno della testa.

Attraversarono il passaggio ad arco e percorsero un corridoio lungo il quale erano allineati numerosi locali dalle porte chiuse. Il pavimento era rivestito con soffice, pregiata moquette di un marrone chiaro, in cui affondavano le scarpe dei due uomini. Si fermarono davanti a una porta massiccia di legno scuro su cui campeggiava una grossa targa in ottone lucidata a specchio con la scritta *Direzione*.

L'energumeno batté con le nocche tre rapidi colpi. Un segnale convenzionale di sicurezza, Fascetti pensò; quasi all'istante si udì lo scatto del dispositivo elettrico che azionò dall'interno l'apertura della porta. Indugiarono sulla soglia di un ampio studio sontuosamente arredato. Dietro una massiccia scrivania di mogano scuro, sedeva un uomo tarchiato dalle spalle larghe e gli occhi chiarissimi al punto da sembrare quasi incolori, simili a due cubetti di ghiaccio.

Mostrava un'età compresa tra i quaranta e i quarantacinque anni. La capigliatura, ancora folta, presentava qualche lieve striatura di grigio sulle tempie. Il labbro superiore era adornato da un paio di baffi spioventi ben curati, la bocca lievemente contorta in una perenne smorfia di sprezzo.

"Sì?" disse fissando i due uomini con espressione interrogativa.

"Sono Carlo Fascetti, signor Gargiulo, lei mi ha telefonato stamattina".

"Ah, venga pure avanti signor Fascetti." Lo disse con il sussiego di un uomo potente e facoltoso.

Gargiulo non era solo: c'era un giovane sulla trentina che stava in piedi davanti alla scrivania, l'atteggiamento rispettoso e sottomesso di un dipendente che si trova lì per ricevere istruzioni di lavoro dal suo capo. Molto alto e magro, capelli corti, aveva il fisico asciutto e muscoloso di chi dedica alla palestra alcune ore della propria giornata. Vestiva in modo pratico: jeans e tshirt. Un tipo di abbigliamento che strideva con il lusso dell'ambiente. A un cenno di Gargiulo uscì frettolosamente lanciando un'occhiata distratta al nuovo arrivato. Il detective avrebbe giurato – dato anche il genere di locale – che si trattava di un buttafuori.

Il padrone del night rivolse lo sguardo al Nasone come per intimargli di lasciarli soli, e attese che scomparisse chiudendosi silenziosamente la porta alle spalle. Poi, restando seduto, tese con aria di sufficienza una mano grassoccia che Fascetti afferrò, mentre con l'altra indicava una poltroncina rivestita di pelle davanti alla scrivania. Il detective vi si accomodò pensando che Napoleone non si sarebbe comportato in maniera diversa.

L'atmosfera dell'ambiente era gradevole, ovattata e la stanza sembrava insonorizzata. In quel momento il silenzio fu rotto dai rintocchi di una pendola affissa alla parete accanto alla porta.

I due uomini si studiarono per qualche secondo, poi Fascetti mormorò qualche parola di scusa a proposito del ritardo dovuto all'intenso traffico. Gargiulo fece un gesto noncurante come per minimizzare, e invece gli chiese: "Le andrebbe di bere qualcosa?"

"Volentieri", rispose. "Sebbene faccia molto caldo, non disdegnerei una vodka con ghiaccio."

L'uomo si alzò e, seguito dallo sguardo dell'ospite, si avvicinò a un mobile bar addossato a una parete, i cui sportelli di vetro recavano incisi esotici motivi floreali. Indossava un abito estivo marrone, d'ottimo taglio, e pareva muoversi con fatica, appesantito dalla corpulenta mole. Non era proprio obeso, ma sulla buona strada per diventarlo. Si affaccendò davanti al bar per qualche minuto e, con pochi movimenti rapidi ed essenziali, preparò in fretta due bevande. Porse a Fascetti un bicchiere largo e tozzo in cui tintinnavano i cubetti di ghiaccio. Ritornò a sedersi dietro la scrivania e bevve un lungo sorso. Sembrò riflettere intensamente mentre teneva lo sguardo incollato sul giovane, gli occhi simili a sottili fessure.

"L'ho chiamata, signor Fascetti", disse senza preamboli, "poiché intendo proporle di condurre un'indagine per mio conto." Il tono di voce era basso e gelido, ma chiaro e incisivo al tempo stesso. Fascetti prese un sorso di vodka e non batté ciglio, mentre manteneva lo sguardo interrogativo posato sul suo ospite.

"Si tratta di un incarico delicato", Gargiulo continuò", il cui buon esito riveste per me molta importanza. Va da sé che sarei disposto a corrisponderle, per il suo disturbo, un compenso più che adeguato." Attese per qualche secondo fissandolo ancor più intensamente prima di aggiungere: "Diciamo... una ventina di milioni... Che gliene pare?" Fascetti non rispose subito, e sembrò meditare strofinandosi il mento con la punta delle dita. Era perfettamente in grado di controllare le sue emozioni, e pertanto apparve imperturbato, quasi che proposte di lavoro con compensi di quel livello fossero per lui il pane di tutti i giorni. Continuando a sostenere con disinvoltura lo sguardo penetrante dell'altro rispose infine abbozzando un lieve sorriso: "Be'... su una cifra simile non ci sputerei sopra, ovviamente." Ma si affrettò ad aggiungere: "Però dipende...".

"Da cosa?"

"Dal tipo d'indagine, naturalmente."

Le labbra dell'altro si schiusero in un largo sorriso che rese visibile una dentatura irregolare e ingiallita dal fumo.

"E' ovvio che m'attendevo una risposta del genere", disse portandosi alle labbra il bicchiere per prendere un altro breve sorso. Disse:

"Può essere certo che non si tratta di niente d'illecito. E' un lavoro interessante per un giovane professionista come lei...

Almeno così ritengo. Se si trattasse di qualcosa di poco pulito, mi sarei rivolto a qualcun altro." Fece una breve pausa. "Vede, signor Fascetti, prima di telefonarle ho assunto informazioni sul suo conto. Sono un uomo molto preso dal mio lavoro, il mio tempo è denaro, ma ciò malgrado so essere meticoloso nelle decisioni che prendo."

Con lo sguardo assorto posato sul bicchiere, si grattò una guancia con le dita tozze di una mano e Fascetti notò che aveva bisogno di radersi.

"Desidero che lei indaghi sulla morte di un uomo", disse infine. Tacque per qualche secondo per studiare l'effetto delle sue parole sul volto del giovane che, questa volta, non riuscì a mascherare la propria sorpresa.

"Si chiama Morelli", continuò, "Claudio Morelli... Alcuni giorni fa è rimasto ucciso in un incidente stradale dalle parti del Parco Ravizza. Sembra che sia stato investito da un'auto il cui conducente non s'è fermato a soccorrerlo. Il corpo, privo di vita, è stato rinvenuto, intorno alle due di notte, credo, su una strada che fiancheggia il parco. La Polizia afferma che, stando alle apparenze, si può ragionevolmente ritenere che si sia trattato di una semplice disgrazia, e come tale sembra orientata a liquidare il caso. Ma, sulla base di alcuni indizi di cui dispongo e che non posso al momento rivelarle, ho motivo di ritenere che l'uomo sia stato assassinato. Ora, le chiedo di indagare per stabilire i fatti e le circostanze esatte che hanno determinato la sua morte, e se abbiamo di fronte un omicidio, cosa di cui sono quasi certo, desidero che lei ne identifichi il colpevole e l'eventuale mandante."

Mentre l'ascoltava, Fascetti ricordò d'aver letto, qualche giorno prima sul *Corriere della Sera,* nelle pagine delle cronache milanesi, la notizia di un funzionario di banca che si era reso improvvisamente irreperibile con i risparmi di un gruppo di clienti, e poi, a distanza di due settimane dalla scomparsa, era stato rinvenuto cadavere nei pressi di un parco, apparentemente travolto da un'auto. Prima del ritrovamento, era ricercato dai carabinieri e il detective sospettò che si trattasse della stessa persona di cui parlava il suo interlocutore.

Gargiulo rimase in silenzio e Fascetti apparve interdetto, combattuto. Ebbe l'impulso di declinare l'offerta, affermando che se l'avesse accettata sarebbe stata la prima volta che si occupava di un caso di omicidio, e che non era proprio quello il genere di indagine in cui si era specializzato. A dire il vero, però, non era del tutto digiuno delle tecniche investigative degli omicidi, per averne acquisito una certa conoscenza teorica durante il corso di addestramento a Londra. Fu tentato di precisare che erano i casi d'infedeltà coniugale e spionaggio industriale quelli che lo vedevano maggiormente impegnato, anche se non erano infrequenti incarichi di altra natura. Ma rifletté che, purtroppo, l'esasperante stasi del lavoro in quel periodo dell'anno non gli consentiva di declinare proposte di alcun genere, e con maggior ragione se venivano offerti compensi in quella misura. Il suo era un mestiere abbastanza redditizio – contrariamente a quanto sosteneva il padre – ma soggetto a fasi, talvolta prolungate, di scarsa attività. Oltretutto, l'incarico poteva rivelarsi una esperienza nuova, di arricchimento professionale, per non dire che Gargiulo aveva una personalità che particolarmente lo intrigava. Tuttavia ritenne di tergiversare un po' simulando una certa perplessità, quasi non avesse ben compreso le implicazioni dell'indagine che avrebbe dovuto condurre.

"Mah... se ho capito bene, signor Gargiulo", disse, "questo tale è stato travolto da un'auto e ucciso. Lei pensa che si sia trattato di omicidio premeditato da parte di qualcuno che lo voleva morto. Desidera venga scoperto l'assassino e il movente. Giusto?"

L'altro annuì.

Il giovane rimase in silenzio e parve meditare ancora per qualche secondo, poi disse deciso: "La prego di scusare la mia franchezza, ma mi stupisce la disinvoltura con cui lei mi chiede di risolvere un caso del genere... come se si trattasse di un gioco da ragazzi."

Un'espressione contrariata affiorò sul volto di Gargiulo che inarcò le folte sopracciglia.

"Signor Fascetti...", disse sommessamente con un tono di voce che conteneva una nota di fastidio, "...non m'interessa affatto che lei sia sorpreso o no, e non ho mai affermato che si tratta di un gioco da ragazzi. Le ho fatto una proposta che non credo possa definirsi inusuale per un detective privato, anche se alle prime armi come lei." Si portò alle labbra il bicchiere e bevve un abbondante sorso. "Vede, caro amico, io so che lei è il capo di sé stesso, ossia insieme il titolare e l'unico dipendente dell'agenzia investigativa. Questo mi sta bene, ed è il motivo principale che mi ha indotto a selezionarla. Capisce... avrei potuto fare ricorso a una delle tante prestigiose agenzie di cui sono piene le Pagine gialle, ma di quelle non mi fido. Se lo avessi fatto avrei forse messo a repentaglio quel requisito di riservatezza cui annetto estrema importanza. Ed è per questo che mi attendo la massima discrezione da parte sua sulla natura del nostro colloquio, anche se rifiuterà la mia offerta."

"Può contarci." Il tono era pacato.

"Peraltro mi risulta", Gargiulo riprese, "che in questo periodo il suo lavoro sia ridotto al lumicino... Non è vero?"

"Non sono alla disperazione."

"Bene... allora tornando alla mia proposta... deve soltanto darmi una risposta, se non le sta bene non ha che da dirlo, e io mi rivolgerò a qualcun altro." Incrociò le braccia con l'aria di attendere.

Fascetti rimase assorto per quasi un minuto mentre lanciava, per la prima volta, uno sguardo furtivo al lussuoso arredamento dello studio: pareti beige tappezzate in stoffa, soffitto lievemente più scuro, quadri d'autore, un largo divano e due poltrone in pelle pregiata. L'illuminazione era assicurata da una serie di faretti incassati sul soffitto, che emanavano una vivida luce azzurrognola.

Tutto in quella stanza parlava di potere e opulenza, di soldi veri. Lo fissò di nuovo e i loro sguardi si incrociarono. Quegli occhi quasi incolori lo turbavano e inquietavano al tempo stesso.

"D'accordo", disse infine. "Accetto, benché continui a pensare che non si tratterà di una passeggiata."

"Bene." Gargiulo sorrise ignorando quell'ulteriore affermazione. Prese da un cassetto della scrivania un carnet di assegni e, afferrata una stilografica da un portapenne, ne compilò uno con un gesto rapido e deciso. "Cinque milioni subito", disse staccandolo. Si sporse in avanti sopra la scrivania e glielo porse. "Il saldo a lavoro ultimato."

"D'accordo", il giovane ripeté prendendolo. Lo sbirciò, lo piegò in due e se lo infilò nel taschino della giacca.

Il Crollo

Gargiulo si appoggiò allo schienale della poltrona con aria rilassata, si accese una sigaretta e prese ad accarezzarsi i baffi con le dita corte. Fascetti notò che il dorso della mano era ricoperto da una folta peluria.

"Dunque", disse in un tono di voce divenuto più conciliante.

"Ho alcune informazioni da darle per renderle più agevole l'avvio delle indagini. Questo Morelli è un dipendente, o meglio era un dipendente della Banca Popolare Ambrosiana il cui condirettore responsabile della finanza, è un certo Maldano, Rosario Maldano, d'origine siciliana. Mi risulta che Morelli fosse alle sue dipendenze dirette e operasse in Borsa per conto della banca, e che tra l'altro amministrasse clandestinamente i risparmi di un nutrito gruppo di persone; conosce questo Maldano?"

"No."

"Le dirò, a titolo di pura curiosità, che circolano pettegolezzi su di lui in merito a sue presunte inclinazioni omosessuali."

"Ah!" Esclamò. Sembrò riflettere un attimo e poi sorrise stringendosi nelle spalle come a dire: "Non c'è da meravigliarsene al giorno d'oggi."

"Morelli abitava con una sorella in una villetta dalle parti di San Siro", l'altro riprese. "Si chiama Chiara e sembra che si sia trasferita dal loro paese di origine alcuni mesi fa, per cercare lavoro." Scribacchiò in fretta qualcosa su un foglietto di carta e glielo porse. "Questo è l'indirizzo. Per quanto ne sappia, in passato Morelli non ha mai avuto problemi d'alcun genere. Poi, improvvisamente, una ventina di giorni fa la sorella ne denuncia la scomparsa, e, dopo qualche giorno, un gruppo di risparmiatori le cui risorse amministrava reclama alla banca il proprio denaro, ricevendo risposta che nei suoi registri non se ne trova traccia. La scorsa settimana, infine, viene rinvenuto cadavere nei pressi del parco Ravizza, apparentemente travolto da un auto pirata, ma della grana neppure l'ombra. Il caso ha avuto ampia risonanza, e immagino che lei abbia letto i giornali."

Fascetti annuì mentre l'altro continuava: "Gradirei essere tenuto costantemente al corrente degli sviluppi delle sue indagini e di ogni minimo dettaglio significativo che lei dovesse acquisire. Su questo punto dobbiamo chiaramente intenderci."

"Non ci saranno problemi al riguardo, può stare tranquillo."

Gargiulo sbatté le ciglia. "Non sono in possesso di altri elementi", disse. "Le ho riferito tutto ciò di cui sono a conoscenza e gradirei che lei cominciasse al più presto."

"Certo, anche oggi stesso." Fascetti si alzò in piedi, si avvicinò al mobile bar e depose il bicchiere vuoto sull'apposito ripiano. Ritornò verso la scrivania, dicendo: "Mi metterò in contatto con lei non appena avrò qualcosa di concreto. Potrebbe non sentirmi per qualche tempo, dipende da come andranno le cose. In ogni modo farò del mio meglio per tenerla informata." Tacque per qualche secondo prima di aggiungere: "A lavoro ultimato le stenderò un rapporto dettagliato... anche in triplice copia, se lo desidera." Pronunciò quelle ultime parole con un sottile tono ironico, che a Gargiulo parve sfuggire. Si limitò ad annuire stringendo le labbra. Poi disse: "Bene... se lo farà ne sarò altamente soddisfatto." Tacque un attimo prima di soggiungere: "Questo è tutto, quindi. Le auguro buon lavoro." Schiacciò la sigaretta nel posacenere, un gesto per indicare che il colloquio era terminato.

Lo stava congedando.

Fascetti rimase immobile in piedi davanti alla scrivania.

"Non crede, signor Gargiulo", disse a bruciapelo, "che sia doveroso un ulteriore chiarimento da parte sua?"

L'altro gli gettò un'occhiata sorpresa, ma durò un istante e sul suo volto ricomparve l'espressione ostile, lo sguardo vitreo.

"Mi domando", Fascetti proseguì, "la ragione per la quale lei è interessato a questa faccenda. Insomma, perché desidera indagare sulla morte di quest'uomo per identificarne l'eventuale assassino? Vorrei cercare di capire il senso del suo intervento." Ora i muscoli del volto di Gargiulo si contrassero. Abbassò lo sguardo e intrecciò le mani posandole sulla scrivania, prese a strofinare tra loro i polpastrelli dei pollici.

"Ho i miei motivi per desiderare queste informazioni", disse seccato. "Non credo di essere tenuto a spiegarli a lei, anche perché sono di natura strettamente personale. Lei deve limitarsi a fare il suo mestiere d'investigatore privato, perciò è pagato, e quanto le ho detto dovrebbe bastarle."

"Non mi basta", l'altro ribatté. "Ma per il momento potrebbe starmi bene. In ogni caso mi riservo di retrocedere dall'incarico laddove, durante le indagini, dovessero insorgere elementi di rischio per la mia incolumità fsica. In tale evenienza le restituirei l'acconto, naturalmente."

L'altro restò in silenzio per quasi un minuto, quindi annuì lentamente. "D'accordo... le dirò perché il caso mi interessa", disse. "Anche se pensavo che l'avesse intuito."

L'aveva intuito, ma preferiva averne conferma esplicita.

"Tempo addietro", Gargiulo proseguì, "affidai a Morelli una cospicua somma di denaro col compito di investirla al meglio. E' scomparsa assieme a lui, e ritengo che chiunque l'abbia fatto fuori se ne sia impossessato insieme con l'intero malloppo. Pertanto, scovare l'assassino è l'unica speranza che mi resta per cercare di recuperarla." Lo sguardo si era fatto glaciale e a Fascetti parve quasi di palpare nell'aria la tensione e l'astio che emanavano dal suo corpo. In quel momento ebbe la sensazione che, in una situazione conflittuale, quell'uomo avrebbe potuto rivelarsi più pericoloso perfino del suo bodyguard che stazionava fuori dallo studio.

"E se la sua ipotesi dovesse rivelarsi infondata?" Fascetti gli domandò.

"Onorerei comunque il mio impegno con lei a condizione, s'intende, che porti l'indagine a termine incastrando il colpevole."

"E se non venissi a capo di niente?"

"Potrà tenersi l'anticipo per il disturbo."

Il detective annuì guardando l'ora: le dieci e mezzo.

"E' bene che mi metta subito al lavoro", disse. "E' probabile che riesca a vedere Maldano oggi stesso... vorrei cominciare da lui."

"D'accordo, Signor Fascetti", disse l'altro lisciandosi il mento con aria soddisfatta. Il tono di voce era ritornato normale.

La tensione si era attenuata e il proprietario del Serraglio continuò: "Ho fiducia nelle sue doti d'abile investigatore, signor Fascetti." Prese ad accarezzarsi i baffi spioventi. "La prego di credermi che non la sto adulando. Ma la prego di nuovo di voler mantenere il più stretto riserbo. Non desidero si venga a sapere in giro, almeno per il momento, che sono stato io a commissionarle l'indagine."

Si appoggiò allo schienale della poltrona.

"Stia tranquillo."

La porta dello studio si schiuse con uno scatto, e il Nasone fece capolino senza che, apparentemente, Gargiulo l'avesse chiamato premendo qualche pulsante.

"Va tutto bene, capo?"

"Certo, Giacomo, accompagna pure il signor Fascetti."

3

Maldano trasse un profondo sospiro di sollievo quando, all'avvio della seduta di Borsa, le quotazioni azionarie si mossero subito e decisamente nella direzione di quello che si preannunciava come un consistente rialzo. Era la quinta giornata positiva consecutiva, e sembrava confermare ulteriormente le ottimistiche previsioni che egli stesso andava formulando da qualche tempo sulle prospettive a breve del mercato azionario. Col passare delle ore e il perdurare della tendenza, il suo umore andò sempre più migliorando, la tensione per l'attesa spasmodica di cui era stato preda fino al momento dell'apertura, si sciolse del tutto e un'espressione compiaciuta gli affiorò sul volto.

Senza staccare gli occhi dal monitor, si appoggiò con aria rilassata all'alto schienale della poltrona dirigenziale rivestita di morbida pelle marrone. Diede un'intensa boccata al sigaro che aveva appena acceso e soffiò delicatamente il fumo verso l'alto soffitto. Di solito non fumava il sigaro, ma quello aveva un ottimo aroma. Era un Montecristo di cui un cliente gli aveva regalato una grossa scatola la scorsa settimana, al ritorno da un viaggio a Cuba.

Sul finire della mattinata sarebbe sceso, come d'abitudine, per una breve sortita in sala contrattazioni situata al piano di sotto. Una iniziativa che non si addiceva all'elevato grado che ricopriva, ma alla quale non riusciva a rinunciare per la forte tentazione di scambiare alcune parole con gli operatori. Il che gli consentiva di acquisire una più netta percezione del polso del mercato.

Le sale contrattazioni delle banche e delle società di intermediazione finanziaria sono luoghi tutt'altro che allegri. Possono procurare delle sensazioni sgradevoli ai non addetti ai lavori. Ciò soprattutto per l'atmosfera tesa e ostile che sempre vi si respira, e per il fatto che può facilmente e improvvisamente arroventarsi quando i mercati diventano frenetici, e il gioco si fa duro. Si tratta solitamente di locali molto ampi e ben illuminati, quasi sempre chiassosi e privi di arredamenti caldi e accoglienti, ancorché funzionali. Pullulano di operatori in maniche di camicia aggressivi e impazienti, talvolta al limite della schizofrenia. Comprano e vendono grosse partite di azioni, obbligazioni e altri strumenti finanziari col capitale della banca o della clientela. Per non parlare dell'attività che svolgono di trading in valuta. Siedono gomito a gomito dietro postazioni di lavoro, avendo davanti a sé pannelli su cui sono incastonati i pulsanti delle numerose linee telefoniche dirette con altri istituti, che lampeggiano a ogni chiamata. Tengono gli occhi puntati su videoterminali che trasmettono costantemente, in tempo reale, informazioni sui mercati mondiali, necessarie per poter decidere gli investimenti in una frazione di secondo. Con una semplice telefonata, possono concludere una transazione in modo fulmineo guadagnando alcune centinaia di milioni.

Oppure perdendoli.

Tutti sono tenuti a operare entro i limiti globali di contrattazione a disposizione del servizio, stabiliti e imposti dalla direzione. Purtroppo non sempre questa regola viene applicata in modo rigoroso.

Lo stress è costante, la caffeina l'unico alleato efficace, l'ulcera e l'ipertensione i peggiori nemici. E' un lavoro maledetto. Con un unico possibile vantaggio: quello di fare in un tempo relativamente breve – operando in proprio – più soldi di quanti molta gente riesca a mettere insieme nell'arco di un'intera vita.

Ma c'è il rovescio della medaglia: il rischio di finire sul lastrico.

Nel ristretto novero delle distrazioni in cui Maldano indulgeva, il sesso e il gioco – inteso quest'ultimo nella più ampia accezione del termine – si collocavano ai primissimi posti.

Per quanto concerneva il sesso, non era verso quello femminile che mostrava di sentirsi attratto. Lo stile di vita privata piuttosto schivo che conduceva e le rare apparizioni in pubblico, assieme a certi suoi atteggiamenti che denotavano insensibilità al fascino delle belle donne, alimentavano frequenti pettegolezzi e insinuavano, nei più malpensanti, il sospetto di sue tendenze omosessuali.

Voci di suoi comportamenti da sodomita circolavano con insistenza anche fuori dalla banca, ed erano in molti pronti a giurare che Maldano preferisse dividere il proprio letto con giovani uomini, piuttosto che con la splendida moglie o con altre piacenti signore.

Tuttavia la sua condotta nell'ambiente di lavoro era sempre stata irreprensibile, non aveva mai dato adito a scandali, né erano mai emersi riflessi negativi sulla sua capacità di conduzione del settore di cui era responsabile.

Quanto al gioco, a parte le occasionali puntate durante i weekend, ai casinò di Campione d'Italia e Montecarlo, era quello di Borsa che maggiormente lo attraeva. La Borsa era sempre stata la grande passione di Maldano. Da oltre trent'anni vi operava, anche in proprio.

Il mercato azionario era reduce da un violento crollo verificatosi nel precedente mese di maggio. Era stato improvviso – ma da molti annunciato – e aveva bruscamente posto termine a una tendenza positiva che durava ininterrottamente da oltre cinque anni.

Ogni volta che Maldano ricordava il modo in cui vi era stato pesantemente coinvolto con le proprie, consistenti risorse liquide, e ai gravi problemi che aveva dovuto affrontare, sentiva corrergli lungo la schiena lo stesso brivido di panico di allora. Il trend rialzista della Borsa aveva cominciato a manifestarsi nei primi anni Ottanta, dopo un lungo periodo di declino dei corsi, e in concomitanza con la ripresa economica del Paese.

Come sempre accade in queste fasi espansive, le quotazioni azionarie avevano cominciato ad apprezzarsi lentamente e in sordina, e quindi con una progressiva accelerazione, finendo per raggiungere, dopo cinque anni, livelli di valutazione che autorevoli analisti definivano eccessivi e irrealistici, rispetto a quelli intrinseci delle società quotate.

Durante quel felice periodo, da una Borsa all'apparenza inarrestabile nella sua ascesa, Maldano aveva tratto – come tanti altri – tutti i vantaggi possibili. Gli ingenti profitti conseguiti per la clientela avevano incrementato a dismisura le commissioni di intermediazione che, combinate ai risultati dell'attività di trading, avevano fatto balzare il suo comparto a livelli di redditività mai visti in precedenza, al punto di arrivare a rappresentare la porzione più cospicua del conto economico della banca. E di questa il suo settore era così diventato il 'fiore all'occhiello'. Tutto ciò gli aveva valso una notevole affermazione personale e popolarità, per non dire dei lauti aumenti del suo stipendio già da capogiro, e dei bonus annuali stratosferici. Non si trattava delle solite gratifiche da dieci o venti milioni di lire e una pacca sulla spalla. Per un dirigente del suo rango, e con i risultati che conseguiva, le elargizioni si misuravano nell'ordine di svariate centinaia di milioni. Più di quanto molta gente riesca a guadagnare in anni e anni di faticoso lavoro. Grazie anche alle sue personali speculazioni in Borsa, aveva così accumulato una fortuna miliardaria, e il suo già ottimo tenore di vita era andato sempre più migliorando.

Ma lui non si era sentito appagato. Aveva desiderato di più, molto di più. E in fretta. Apparteneva a quella nutrita categoria di soggetti per i quali non v'è ricchezza che basti.

Ora, stando lì seduto con gli occhi puntati sul monitor, ma quasi senza vederlo, Maldano ripercorreva con la mente, rimpiangendoli, i bei tempi del boom. Non di rado era capitato, in quel periodo, che formulasse qualche pronostico che poi puntualmente si avverava. Era quanto bastava per fargli avvertire una sensazione di soddisfazione tanto intensa da innalzargli a dismisura il livello di adrenalina nel sangue. Era l'ebbrezza del successo, una emozione senza eguali, paragonabile, per certi versi, a quello che prova il giocatore d'azzardo o l'atleta quando riesce a conseguire il risultato ambito.

Purtroppo, come sempre accade, al maturarsi di siffatte anomale condizioni di mercato, si infittisce immancabilmente, in un contesto di grande e scriteriata euforia collettiva, la schiera di coloro che amano indossare i panni di saccenti e infallibili guru, per diffondere, anche attraverso i mezzi di informazione, le più ottimistiche previsioni sulle prospettive della Borsa, ignorando del tutto i livelli di supervalutazione ormai raggiunti dalle quotazioni. Trattasi di strani personaggi che affermano coralmente e ostinatamente di credere nel protrarsi all'infinito – o quanto meno per tempi molto lunghi – della tendenza rialzista. Abbacinati dalla certezza del loro progressivo arricchimento fa-

Domenico Martusciello

cile, e divenuti preda di una inestinguibile brama di denaro, questi sedicenti esperti di finanza consigliano di non liquidare le posizioni, ed essi stessi tendono a rinviare *sine die* la monetizzazione dei guadagni.

Ignorano, o fingono di ignorare, che gli annali dei mercati azionari di tutti i paesi del mondo sono costellati di eventi che dimostrano, inequivocabilmente, come questi atti di indiscriminata munificenza da parte della Borsa, non siano destinati a durare in eterno.

Quando il clima di effervescente ottimismo generalizzato raggiunge livelli parossistici, cominciano a fare capolino i richiami alla prudenza delle istituzioni e di alcuni media, che il più delle volte restano quasi inascoltati e non producono, pertanto, alcun apprezzabile effetto calmierante.

E'in questi momenti di sfrenata allegria comune, che vengono spesso ricordate, da parte di uno sparuto gruppo di operatori ancora in grado di esprimersi con ragionevolezza, alcune regole fondamentali di prudenza da osservare, tra cui quella aurea e infallibile del *vendi guadagna e pentiti*. L'intento è di mettere in guardia gli incauti risparmiatori dal rischio di una improvvisa e brusca caduta delle quotazioni, che, se prolungata oltre certi limiti, potrebbe avere l'effetto di polverizzare, con sconcertante rapidità, le plusvalenze accumulate, ma non realizzate, durante anni di attività. Alla stregua di tanti altri operatori, Maldano era divenuto prigioniero del suo amore viscerale per la Borsa, che gli aveva impedito di cogliere per tempo le avvisaglie del baratro che stava per spalancarsi sotto i suoi piedi.

Per la verità, c'erano stati momenti, prima del crack, in cui la saggezza e la prudenza erano sembrate prevalere in lui. Si era allora ripromesso di liquidare, alla prima occasione favorevole, l'intero portafoglio azionario una volta per tutte, mettendo al sicuro i cospicui guadagni e ritirandosi definitivamente dalla Borsa.

E c'era stata un'unica circostanza in cui aveva venduto tutto con questo intento. Lo aveva fatto approfittando dei prezzi elevati, e giurando a sé stesso che non avrebbe mai più riacquistato come era solito fare quando il mercato entrava in una breve fase correttiva di ribasso. Per non cadere in tentazione, aveva perfino considerato l'idea di prendersi una lunga vacanza col suo amichetto, andando a stendersi al sole di qualche famosa località esotica.

Ma mente a se stesso e agli altri il giocatore d'azzardo incallito, che improvvisamente dichiara di voler abbandonare definitivamente la partita.

La gradevole sensazione di sollievo che il dirigente aveva subito avvertito nel sentirsi liberato dal costante assillo del rischio, era durata lo spazio di una giornata. Poi era subentrato un senso di acuta insoddisfazione paragonabile, per certi versi, ai disturbi di astinenza di cui diviene preda un tossicodipendente o un accanito fumatore a partire dal momento in cui decide di dismettere bruscamente le sue deleterie abitudini. La consapevolezza di non possedere più azioni, aveva finito, in breve, per generare in lui un costante e tormentoso pensiero, quasi una ossessione, che arrivava perfino a inibirgli il sonno. Si era allora reso conto che non poteva più fare a meno della Borsa per dipendenza, per vizio, come, appunto, non si può fare a meno di una droga.

Sordo a quanti gli suggerivano la cautela – compresi gli analisti finanziari della Bpa – , aveva così finito, nel giro di pochi giorni, per riversare sul mercato tutta la liquidità di cui disponeva presso il suo agente di cambio, ricostituendo integralmente la precedente posizione azionaria.

Aveva così deciso di continuare a seguire quel suo fiuto da rabdomante che tutti gli avevano fino ad allora riconosciuto. Gli dava la ferma convinzione che la Borsa, coerente con quello che lui considerava un solidissimo trend rialzista, avrebbe continuato a crescere.

Nelle settimane che seguirono ebbe modo di constatare amaramente, che mai in passato una sua previsione si era rivelata tanto clamorosamente errata. Il verificarsi di un paio di imprevisti avevano fatto sì che quella volta il suo intuito non funzionasse.

Il primo segnale sinistro di quello che sarebbe poi accaduto, era stato rappresentato dalla diffusione di una intervista rilasciata da parte di un ministro del governo – qualche settimana prima dell'inizio del crollo –, a un importante quotidiano nazionale, nel corso della quale lo stesso aveva formulato l'ipotesi inquietante che la mafia si servisse della Borsa per riciclare il denaro proveniente dalle sue attività illegali. La notizia aveva generato non poca tensione tra le *corbeille*. Ma la classica goccia che aveva fatto traboccare il vaso innescando la violenta caduta delle quotazioni, era stato l'annuncio del ministro delle finanze – durante una intervista radiofonica di primo mattino, cioè prima dell'avvio delle contrattazioni –, di una imminente tassazione dei guadagni di Borsa.

E' ampiamente risaputo che gli operatori finanziari vedono il fisco come il fumo negli occhi. Ne sono terrorizzati ogni volta che sembra prendere corpo l'ipotesi di una sua interferenza nel mercato. In passato, quando semplici illazioni sul possibile varo di un decreto governativo mirante a tassare la Borsa, erano state solo sussurrate tra le corbeille, la reazione era stata immediata e violenta. Le quotazioni avevano accusato pesanti ribassi. Ma erano durati il breve spazio di tempo necessario per una secca smentita da parte dello stesso Governo. Dopodiché, il terreno perduto era stato recuperato in un baleno, e il trend rialzista aveva ripreso il suo corso.

Come un fulmine a ciel sereno la notizia della dichiarazione del ministro, piombò nel recinto delle contrattazioni e nei borsini delle banche sparsi in tutto il Paese, gettandovi lo scompiglio. Alla stregua di un terremoto scosse il mercato dalle sue fondamenta.

In apertura di seduta una valanga di ordini di vendita provenienti dall'interno e dall'estero, si rovesciò sulle corbeille. Presi dal panico molti di coloro che avevano acquistato nei precedenti anni o mesi, e potevano contare su cospicui margini di guadagno, si precipitarono a vendere senza limiti di prezzo. Era come se sentissero i titoli scottargli nelle mani, e null'altro desiderassero all'infuori del liberarsene.

Quella bolla speculativa che si era gonfiata per anni oltre qualsiasi ragionevole misura, esplose di colpo, e i prezzi delle azioni cominciarono a colare a picco in modo incontrollabile.

Dopo soltanto due ore dall'apertura, l'indice Comit, in caduta libera, accusava una perdita di quasi il quindici per cento, mentre si andava infittendo l'elenco dei titoli sospesi per eccesso di ribasso, per i quali risultava praticamente impossibile reperire compratori. Il giorno successivo, la stampa di settore e i telegiornali parlarono di salutare correzione di breve durata e invitarono i risparmiatori a non vendere e a mantenere i nervi saldi. Un consiglio che, mirato a tranquillizzare, si rivelò purtroppo del tutto inefficace, e produsse l'effetto opposto. A partire da quel giorno, al di là di effimeri, lievi recuperi, il mercato azionario imboccò una fase di tendenza ribassista destinata a protrarsi per alcuni anni.

Sulle prime, di fronte a quella sorta di collasso del mercato finanziario, Maldano era rimasto come scioccato, incredulo e incapace di riflettere e agire. Quando il giorno successivo aveva cominciato a ragionarci a freddo per decidere il da farsi, si era detto che dopotutto la situazione poteva non essere così grave come appariva a prima vista. Che non fosse il caso di allarmarsi o assumere atteggiamenti drammatici, concludendo che non valesse la pena di vendere, ma bensì di attendere per vedere cosa succedeva. Non si poteva escludere che il mercato fosse alle prese con una normale correzione – più incisiva delle precedenti, ma pur sempre fisiologica – che, come in passato, si sarebbe presto esaurita. Le quotazioni avrebbero quindi rapidamente recuperato, riportandosi ai precedenti livelli.

Ma così non era stato: la discesa aveva proseguito fino alla fine di luglio, inframmezzata da lievi recuperi, simili a piccoli sussulti, che erano serviti per vendere a coloro che non lo avevano ancora fatto.

Maldano aveva continuato a restare fermo nella sua posizione, mentre assisteva impotente al progredire dello sfacelo. Stranamente, di pari passo con lo sgretolamento dei prezzi, aveva sentito crescere dentro di sé la determinazione a resistere. Avvertiva forte la riluttanza a disfarsi di titoli che avevano ormai subito falcidie fino al cinquanta percento dei loro valori massimi.

Verso la fine di luglio i corsi avevano cominciato ad assumere un andamento di maggiore stabilità, caratterizzato da lievi oscillazioni, quasi piatto. Il segnale che era stato toccato il fondo.

Era venuto il momento di comprare.

E dell'avviso che una consistente ripresa fosse ormai alle porte, poiché nell'ordine naturale delle cose, era stata la stragrande maggioranza degli operatori finanziari. Ma una domanda era circolata: di che entità e durata sarebbe stata? Difficile se non impossibile dare una risposta. Maldano sapeva che, stando ai cultori dell'analisi tecnica – uno strumento tutt'altro che scientifico, ma nondimeno sempre più utilizzato –, in un mercato azionario ribassista, quale si riteneva fosse ormai diventata Piazza Affari, era ragionevole attendersi, nelle fasi di rialzo, recuperi compresi tra un terzo e due terzi delle perdite, misurate dai precedenti valori massimi. Esaurita la spinta le quotazioni sarebbero però ritornate sui loro passi, andando a toccare nuovi minimi.

Maldano aveva fatto alcuni rapidi calcoli. Del valore di quasi due miliardi di lire della sua posizione in azioni al momento del crollo, non restava che poco più del cinquanta per cento. Ciò significava che, a meno di approfittare al massimo della imminente fase positiva, non sarebbe mai più riuscito a rientrare nei cospicui guadagni di quasi cinque anni di attività. Ma per approfittarne doveva incrementare il portafoglio acquistando titoli a quelli che erano ritenuti livelli convenienti. Addirittura, avrebbe tratto il beneficio più consistente se lo avesse raddoppiato. Purtroppo, la Borsa gli aveva drenato quasi tutte le risorse liquide di cui disponeva, riducendo il saldo del suo conto corrente a qualche milione di lire. Per realizzare una operazione di quella portata, avrebbe dovuto ricorrere al capitale di prestito.

Aveva alla fine deciso di rischiare, di tentare il tutto per tutto.

Si era così indebitato per un miliardo di lire col suo agente di cambio – col quale sempre operava per intuibili motivi di riservatezza – attraverso l'operazione di *riporto,* che consente a un operatore di offrire i titoli già posseduti in garanzia di un finanziamento da utilizzare per ulteriori acquisti, ma al prezzo di elevati interessi.

Aveva così assunto un altissimo rischio.

Schiacciò con forza il sigaro nel posacenere mentre traeva un profondo sospiro. Si alzò dalla scrivania e andò alla finestra. Percorse con lo sguardo un lungo tratto di via Meravigli. L'asfalto e le automobili erano lucidi di pioggia. L'acquazzone, ora quasi cessato, era stato violento, ma lui, immerso com'era stato nelle sue meditazioni, non lo aveva sentito. In quel momento, un forte senso di nausea lo prese allo stomaco al pensiero dell'effetto dirompente che – Iddio non lo volesse – un secondo crollo di Borsa avrebbe avuto sulle sue già dilaniate finanze. Ben poco gli sarebbe restato del capitale che aveva inizialmente investito.

Ma c'era qualcos'altro che lo inquietava.

Maldano era portatore di un grave segreto che lo coinvolgeva personalmente nel suo lavoro, e il cui pensiero spesso gli rendeva le notti insonni. Sapeva che se fosse trapelato, avrebbe impresso una svolta drammatica al corso della sua vita, segnando la sua rovina e forse perfino quella della stessa banca. L'idea di ciò che poteva accadergli lo fece rabbrividire, e, per qualche secondo, malgrado il caldo, sentì una goccia di sudore freddo colargli lungo la schiena.

5

Dopo aver posteggiato la Golf nel vasto parcheggio sotterraneo situato nei pressi di piazza Cordusio, Fascetti ne salì la breve rampa che conduceva all'esterno.

Quell'acquazzone che aveva un po' disinquinato l'aria e mitigato la temperatura, s'era tramutato in una fine pioggerella. Anche se faceva meno caldo, la cappa di cielo plumbeo si andava rapidamente squarciando e presto il sole sarebbe tornato a infierire facendo risalire il termometro ai valori massimi.

Camminando a passo spedito, rasentando i muri per ripararsi al meglio, il detective coprì in pochi minuti la breve distanza che lo separava da via Meravigli.

Lasciato il Serraglio mezz'ora prima, s'era subito infilato in una cabina telefonica e aveva composto il numero della Banca Popolare Ambrosiana per tentare di procurarsi un colloquio con Maldano, adducendo generici motivi di urgenza.

Gli era stato subito rifiutato in modo categorico dalla segretaria.

"Il direttore ha una nutrita agenda per oggi, e comunque riceve soltanto per appuntamento", la donna gli aveva risposto con un tono sbrigativo che sfiorava la sgarbatezza. Ma quando lui si era identificato precisando di essere un investigatore privato che stava indagando sulla morte di Morelli, l'atteggiamento di totale chiusura della donna era scemato di colpo. Lo aveva pregato di attendere per qualche secondo, e quando era ritornata in linea appariva cortese e accomodante. "Il dottor Maldano sarà lieto di riceverla in qualsiasi momento lei lo desideri."

Erano da poco passate le undici quando il giovane fece il suo ingresso nel vasto salone del pubblico della Banca Popolare Ambrosiana, gremito di gente. Andò a uno dei tre ascensori e premette il pulsante di chiamata. Raggiunto il secondo piano si ritrovò in un'ampia area reception dal pavimento rivestito con soffice moquette chiara, addobbata sul fondo da due enormi, verdi piante tropicali collocate davanti a due ampie finestre. Erano alte e rigogliose, dal folto e lucido fogliame che rifletteva l'intensa luce artificiale dell'ambiente. Avrebbero fatto invidia a un giardino botanico. Facevano da arredamento, tre poltroncine di pelle scura addossate a una parete, con accanto un tavolinetto dalla struttura metallica traboccante di quotidiani e riviste. Appesi alle pareti, c'erano numerosi acquerelli raffiguranti paesaggi: verdi colline che sovrastavano l'oceano, boschi di querce, prati punteggiati da papaveri. Al centro della sala troneggiava una larga scrivania bianca semicircolare dietro cui sedeva una avvenente fanciulla intenta a battere a macchina. Mentre Fascetti si avvicinava, sollevò appena lo sguardo senza tradire alcun interesse o emozione. Continuò tranquilla a pigiare sui tasti.

"Posso aiutarla?" gli chiese con fare un po' sbrigativo quando fu davanti alla scrivania. Sembrava infastidita, come se non gradisse l'interruzione nel mezzo di un lavoro urgente. Fascetti riconobbe quella voce dal tono un po' seccato che gli aveva risposto al telefono mezz'ora prima.

"Sono Carlo Fascetti e ho un appuntamento col signor Maldano."

Aveva terminato di pronunciare l'ultima parola che lei si sciolse in un sorriso, dicendo: "Sì, signore, la sta aspettando." Si alzò e, aggirato il bancone, lo invitò a seguirla e Fascetti non poté fare a meno di lanciarle uno sguardo interessato. Nel suo abbigliamento pratico – jeans e camicetta bianca molto attillati –, era attraente, molto attraente. I lunghi capelli ramati le arrivavano alle spalle, incorniciando un viso delicato al quale le minuscole lenti di lieve gradazione, conferivano un'espressione ancor più intrigante. Aveva gli occhi di un azzurro intenso, ciglia lunghe e scure, labbra morbide e piene. Il giovane fece un sospiro profondo: quella era la sua giornata buona quanto a incontri con belle ragazze.

Mentre la seguiva ammirando il suo incedere sensuale, la paragonò istintivamente alla stupenda cassiera del Serraglio. Pensò all'imbarazzo che avrebbe avvertito se gli fosse stato chiesto di esprimere una preferenza.

Percorsero un lungo corridoio su cui si aprivano diversi uffici della banca, dal cui interno veniva un intenso trambusto in cui si mescolavano i rumori delle telescriventi, il ticchettio delle macchine da scrivere, l'incrociarsi di voci concitate, lo squillare dei telefoni.

Oltrepassata una larga porta di vetro smerigliato a due battenti, si immersero nell'atmosfera ovattata dell'ala del piano riservata ai membri della direzione: un'ampia area su cui si affacciavano sei massicce porte in noce scuro. Su ciascuna campeggiava una vistosa targa di ottone brunito, che recava inciso il nome del dirigente che occupava lo studio. Anche qui il pavimento era ricoperto con soffice moquette marrone, in tinta con le pareti rivestite con un pregiato tessuto di colore beige.

Nello stesso istante in cui Fascetti, annunciato dalla segretaria, varcò la soglia dello studio di Maldano, questi si alzò dalla scrivania con un moto brusco e gli andò incontro sorridente.

"Sono lieto di fare la sua conoscenza, signor Fascetti", disse tendendogli la mano. La stretta era una morsa, quasi che l'uomo intendesse dare dimostrazione di un certo vigore nonostante l'età non più giovanile.

Dopo i convenevoli, trascorsero alcuni secondi di silenzio durante i quali i due uomini parvero soppesarsi a vicenda con lo sguardo.

Nell'osservare l'uomo che gli stava davanti, Fascetti pensò per un attimo che se le dicerie sulle sue inclinazioni sessuali, cui Gargiulo aveva accennato, rispondevano alla realtà, allora Maldano rappresentava il classico caso di un uomo il cui aspetto fisico può rivelarsi ingannevole. Salvo che il dirigente non fosse dotato di un'estrema abilità nel mascherare la sua segreta perversione, ogni centimetro del suo corpo sembrava sprizzare una genuina virilità. In particolare il volto e le mani davano il

senso della mascolinità. Così come il modo di muoversi, la ge-
stualità, lo sguardo.
"Prende un caffè, signor Fascetti?"
"Volentieri."
Il dirigente premette un pulsante sul ripiano della scrivania
accanto al telefono. Poi lo invitò ad accomodarsi sull'ampio divano in pelle lucida addossato a una parete, e quindi prese posto
a sua volta in una delle due poltrone che lo affiancavano.

"Quando ha telefonato per chiedermi di vederla", esordì continuando a sorridere, "m'è venuto in mente un episodio sgradevole in cui fu coinvolto, molti anni fa, un mio vecchio compagno di Palermo. La inesperienza e scarsa professionalità di un
investigatore privato, sarebbero stata la causa di una situazione
scabrosa in cui si ritrovò impegolato, conclusasi con una grossa
perdita di denaro per lui. Da allora, approfitta di ogni occasione
per mettermi in guardia dalla vostra categoria."

"Spero che questo non le faccia avvertire una sorta di pre-
venzione nei miei confronti", Fascetti disse con un tono di voce
lievemente contrariato, che all'altro non sfuggì.

"Certo che no!" il dirigente si affrettò a precisare allargando
le braccia. "Non sono solito fare di tutte l'erbe un fascio, signor
Fascetti. Credo che la scarsa professionalità e incompetenza
siano fenomeni abbastanza diffusi nel nostro Paese in vari settori di attività, ma, grazie a Dio, non generalizzati."

"Può esser certo", il detective lo rassicurò, "che non le cree-
rò problemi. D'altro canto sono qui soltanto per acquisire alcune informazioni sul conto di quel suo funzionario deceduto in
un incidente stradale la scorsa settimana, dopo essere scomparso con un bel gruzzolo di denaro…, un operatore di Borsa, dico
bene?"

"Un ex operatore di Borsa, per l'esattezza", Maldano lo corresse. "Due giorni prima che scomparisse, era stato sospeso dal
servizio della trattazione titoli, e si stava esaminando
l'opportunità di licenziarlo."

"Ah!" Fascetti sembrò sorpreso, e stava per proseguire
quando furono interrotti dall'arrivo della segretaria che servì loro il caffè e depose una brocca d'acqua con due bicchieri sul tavolino davanti al divano. Rimasero in silenzio per quasi un minuto, intenti a girare con calma i cucchiaini nelle tazzine.

Fascetti prese un primo sorso, e poi un altro.

Disse:

"Veramente ottimo." E aggiunse: "Niente da invidiare all'espresso dei bar." Pensò che se non era il miglior caffè che avesse mai gustato, poco ci mancava.

Maldano sorrise.

Tra un sorso e l'altro, il detective riuscì a gettare un rapido, furtivo sguardo all'ambiente in cui si trovava, pensando di lasciare al suo interlocutore l'iniziativa di riprendere la conversazione.

L'arredamento era di un'eleganza sobria e funzionale insieme. L'ampio, moderno tavolo da lavoro in noce scuro era rivolto alla porta e collocato a breve distanza da due enormi finestre con doppi vetri, che davano su via Meravigli. Dall'esterno giungeva attutito il rumore delle auto e lo sferragliare dei tram. Le pareti colore beige erano tappezzate da numerose stampe antiche che, racchiuse in sottili cornici dorate, raffiguravano suggestivi paesaggi dei Navigli. Quella sulla destra della scrivania era occupata da un'ampia libreria ad antine di vetro, in cui erano ordinatamente stipati numerosi volumi dalle pregiate rilegature.

Maldano bevve il caffè in fretta con brevi sorsi ravvicinati, quindi, posata la tazzina sul tavolino, incrociò le braccia sul petto con aria di attesa. "Bene, sono pronto a difendermi dal fuoco di fila delle sue domande", disse scherzosamente. "Mi chieda pure ciò che le interessa sapere sul conto di Morelli e le risponderò nei limiti delle mie conoscenze e, ovviamente, nel rispetto della riservatezza impostami dalla posizione che occupo."

"Certamente..." Fascetti annuì. "Le confesso anzitutto la mia sorpresa nell'apprendere che era stato sospeso dalle sue mansioni di operatore di Borsa, ma non mi sembra che di questo importante dettaglio la stampa abbia fatto menzione." Mentre parlava scrutava il volto del suo interlocutore quasi volesse cogliervi i riflessi dei suoi pensieri.

"La sospensione di Morelli dal Servizio titoli e quindi dall'attività di Borsa, è stata una faccenda di carattere interno", assunse un'aria assorta. "La banca non era tenuta a divulgarla. Anche quando è scomparso, non abbiamo ritenuto di sbandierarla ai quattro venti anzitutto per non suscitare ulteriore allarmismo tra la nostra clientela. Lei comprenderà, Fascetti, le ragioni della discrezione. Oltre tutto si trattava di un funzionario, ne andava dell'immagine della banca."

"Posso chiederle il motivo che ha indotto la banca a sospenderlo da quel servizio, signor Maldano? Forse il timore che accadesse ciò che poi é realmente accaduto, ossia che fuggisse con tutto quel denaro?"

"A questo arrivo dopo. Vorrei anzitutto premettere", spiegò il dirigente, "che le prestazioni professionali di Morelli non sono mai state messe in discussione. Le ho sempre considerate eccellenti. Credo che fosse alle dipendenze della banca da oltre cinque anni. Si era trasferito a Milano da Polignano in provincia di Bari, alla ricerca di lavoro. Era laureato in economia e commercio, e credo che fu subito assunto per via dell'elevata votazione che aveva riportato. Appena l'ho conosciuto ho subito riportato di lui un'ottima impressione al punto da proporlo, dopo due anni, per la nomina a funzionario." Tacque per qualche secondo per riflettere, prima di proseguire: "Io ero il suo capo diretto, e le confesso che ho dovuto fare a meno della sua collaborazione con grande rincrescimento. Morelli era un ottimo operatore e conseguiva risultati più che soddisfacenti. Due anni fa, ritenni di affidargli la gestione diretta dei mezzi liquidi di un folto gruppo di risparmiatori di cui curiamo gli investimenti."

Fece una pausa e Fascetti ne approfittò per osservare: "Dopo quanto è accaduto, immagino che lei abbia poi rimpianto di aver riposto in lui tanta fiducia."

Maldano lo guardò come a dire: "Cosa diavolo sta dicendo?" Sorrise, appoggiò le mani sulle ginocchia e riprese a parlare sommessamente. "Vede... fortunatamente non è col denaro dei nostri clienti che Morelli si è eclissato, se è questo che lei pensa."

Ora Fascetti ricordò di aver letto qualcosa al riguardo sulla stampa: non era coi soldi dei clienti della Bpa che era scomparso.

"Mi sa che lei non sia bene informato, signor Fascetti", Maldano riprese continuando a sorridere. "D'altronde, non sarebbe stato così semplice per lui, o per chiunque altro, mettere le mani nei depositi della nostra clientela. Per tranquillizzarla abbiamo diramato, qualche giorno dopo la sua scomparsa, una lettera circolare in cui abbiamo spiegato che Morelli aveva cessato ogni attività finanziaria, e che comunque nessuno dei nostri depositanti era coinvolto nella truffa."

Un'espressione colma di interesse affiorò sul volto del detective.

Prima di proseguire Maldano parve meditare aggrottando appena la fronte. "Cercherò di essere conciso e chiaro al tempo stesso. Vede... la decisione di revocargli le facoltà di operatore di Borsa, era andata maturando nel corso degli ultimi tre o quattro mesi prima che lui scomparisse. In pieno boom del mercato, circa tre anni fa, cominciarono a filtrare voci di grosse operazioni speculative che Morelli eseguiva sul mercato azionario, e in proprio. Mi giunse sentore che quasi quotidianamente, durante la pausa pranzo, egli trasmetteva furtivamente, ordini telefonici di compra vendita di azioni a uno degli agenti di cambio di cui la Bpa si avvale regolarmente. Avvertii una certa inquietudine, e disposi subito indagini riservatissime su di lui dalle quali emerse che intratteneva un rapporto di conto corrente con un altro istituto di credito. Quel conto era lo strumento che utilizzava per i regolamenti di cospicue transazioni di trading in titoli azionari. Insomma, sembrava che si fosse messo a giocare pesantemente in Borsa servendosi di risorse che, a prima vista, potevano apparire di provenienza sospetta, anche perché era noto che, all'infuori dello stipendio, egli non potesse contare su altre fonti di reddito."

Fece una pausa.

"E invece, naturalmente, non erano di origine sospetta..." l'altro disse con fare impaziente senza mai distogliere lo sguardo dal volto del suo interlocutore.

"In pratica non lo erano." Maldano accarezzò col palmo della mano la morbida pelle del divano. "Mi fu infatti riferito che Morelli aveva, da qualche tempo, avviato una propria attività finanziaria... clandestina. Una sorta di piccola banca personale... per così dire, la cui attività era parallela, ma ben distinta da quella della banca. Aveva, a poco a poco, acquisito una ventina di clienti, dei quali molti erano suoi amici e compaesani, da cui raccoglieva capitali promettendo rendimenti elevatissimi rispetto a quelli di mercato. Credo... tra il dieci e il quindici per cento, forse di più. Gli investitori gli versavano le somme con assegni a lui intestati, che poi depositava nel suo conto personale presso un'altra banca. Di queste somme si serviva per effettuare in Borsa operazioni speculative a titolo personale: di trading e sul mercato dei premi." Si fermò per un attimo. "Da notare che alcuni dei suoi clienti 'segreti' hanno anche un conto presso di noi." Maldano tacque per versarsi dell'acqua in un bicchiere dalla brocca di vetro posata sul tavolino. Dall'esterno venne lo scroscio, breve e improvviso, di un rovescio di pioggia che batté rumorosamente sui vetri delle finestre. Il temporale non era del tutto cessato.

"Mi sembra incredibile...", osservò Fascetti mentre l'altro si portava alle labbra il bicchiere e beveva un sorso, "...che tutta quella gente si sia fidata così ciecamente, senza procurarsi neppure una minima garanzia."

"Ma credevano di averla la garanzia", ribatté Maldano dando un colpetto con la mano sul bracciolo della poltrona, come per dare maggiore enfasi alle sue parole. "Per quanto inverosimile possa apparire, il solo fatto di trattare con un funzionario della Banca Popolare Ambrosiana, dava loro un senso di fiducia... di sicurezza. E poi c'era in molti casi il rapporto di amicizia." Restò a fissare pensieroso per qualche istante il bicchiere vuoto prima di deporlo sul tavolino. "In sostanza...", concluse, "...Morelli ostentava il suo grado di procuratore e la sua posizione alquanto prestigiosa in seno alla banca, per acquistare credibilità personale agli occhi di quei malcapitati che gli affidavano i loro risparmi. E non è tutto."

Il detective lo fissò interrogativamente stringendo gli occhi.

"E' emerso", Maldano proseguì, "che si serviva di moduli della banca, per rilasciare regolari ricevute munite della sua firma di funzionario, a fronte del denaro che gli veniva versato. Il che non faceva che rafforzare la buona fede di quei poveri cristi."

Il breve silenzio che seguì fu interrotto da Fascetti che disse: "Mi lasci un po' indovinare... La situazione gli deve essere sfuggita di mano quando la Borsa è crollata nel maggio scorso. Giusto?"

"Proprio così." Maldano annuì. "Sino ad allora le cose gli erano andate a gonfie vele. Morelli, come d'altronde tutti quelli che operavano in Borsa in quel periodo magico, aveva accumulato grossi guadagni con cui riusciva sempre a onorare agevolmente e puntualmente i suoi impegni nei confronti dei suoi clienti. Poi, con il ribasso repentino dei corsi azionari, il meccanismo si è inceppato. I grossi profitti si sono trasformati in enormi perdite. Da allora ha cominciato ad avere il fiato grosso, ad accusare difficoltà nel mantenere gli impegni assunti, che consistevano nel corrispondere gli elevatissimi rendimenti promessi, e nel far fronte alle crescenti richieste di rimborso dei capitali da parte dei suoi clienti, improvvisamente allarmati dalla crisi della Borsa e dalle ricorrenti voci di dissesti finanziari."

Maldano trasse un profondo sospiro scuotendo lievemente il capo, e poi si chinò sul tavolino per prendere una sigaretta da una pregiata scatola di argento.

"Ne gradisce una?" Il giovane alzò una mano in segno di rifiuto. L'altro la accese esalando una nuvola di fumo dalla prima intensa boccata. "Le dirò, per inciso, che anche la stessa banca e alcuni clienti hanno subito delle perdite per via di una serie di operazioni speculative eseguite da Morelli senza esserne autorizzato.

"Pertanto è facile comprendere che il nostro uomo, nella situazione critica in cui si era cacciato e temendo gravi reazioni, preso dalla disperazione possa aver pensato bene di far perdere le proprie tracce dopo aver liquidato al meglio la sua posizione in azioni, il cui ricavato si è portato dietro. Una cifra consistente perfino al netto delle grosse perdite. Ha lasciato con un palmo di naso quei poveracci che aveva illuso."

"Di che cifra parliamo?" chiese Fascetti.

"Non è certa, ma si ipotizzano una trentina di miliardi. Naturalmente quest'importo è largamente inferiore ai capitali iniziali raccolti, considerato che i prezzi delle azioni hanno subito falcidie fino al cinquanta percento dai valori massimi. Noi, come Banca Popolare Ambrosiana, abbiamo potuto dimostrare, al di là di ogni dubbio, l'assoluta estraneità nella truffa, visto che nessuna delle operazioni di raccolta dei fondi, eseguite da Morelli, ha mai trovato riscontro nella contabilità del nostro istituto. Come detto, egli teneva in proprio una gestione ben distinta di tutto quel denaro."

"E' incredibile...", Fascetti osservò scuotendo il capo.

"E c'è un'ultima cosa che ha concorso alla decisione di espellerlo. Abbiamo accertato, per vie traverse, che percepiva di nascosto tangenti da alcuni agenti di cambio a cui appoggiava il grosso del lavoro."

Il detective rimase in silenzio come per assimilare quello che aveva ascoltato. "Devo ammettere che mi sorprende", disse infine, "la intempestività con cui Morelli è stato allontanato dal servizio. Mi sarei addirittura aspettato il suo licenziamento in tronco quando è emerso quello che faceva."

Sulle labbra di Maldano affiorò un tenue sorriso, come se si aspettasse una osservazione del genere. "Vede, signor Fascetti", disse, "le banche solitamente procedono con i piedi di piombo quando si tratta di decidere la risoluzione di un rapporto di lavoro con un funzionario. E' necessario accertarsi, oltre ogni dubbio, che sussistano tutti gli estremi per giustificarla: la cosiddetta 'giusta causa'. Dopotutto Morelli non rubava e se lo avessimo licenziato subito, senza alcun elemento molto grave a suo carico, avremmo rischiato una controversia sindacale e giudiziaria da cui potevamo uscire perdenti. E' noto infatti che i tribunali del lavoro sono tendenzialmente favorevoli ai dipendenti, piuttosto che alle aziende." Fece una breve pausa. "Questa la ragione per la quale si decise alla fine di non licenziarlo, ma di destinarlo ad altro incarico molto meno prestigioso, nella speranza che fosse lui, prima o poi, a prendere l'iniziativa di andarsene rassegnando le dimissioni."

"Ma che reazione ebbe quando gli fu notificato il provvedimento di rimozione dall'incarico?"

"Nessuna. Il capo del Personale che se ne occupò, mi riferì, poi, che rimase impassibile, quasi se lo aspettasse. Devo ammettere che quell'atteggiamento di indifferenza mi sorprese un po'. Ma ripensandoci a posteriori, ipotizzai che probabilmente aveva già deciso di scomparire, magari aveva programmato la fuga in qualche località esotica o paradiso fiscale dopo avervi trasferito il denaro di cui si era indebitamente appropriato. Pertanto, sembrò che la punizione non lo preoccupasse più di tanto."

Rimasero in silenzio per qualche tempo, fino a quando Maldano riprese: "Immagino, signor Fascetti, che sia inutile chiederle per conto di chi conduce questa indagine..."

"Lo è, infatti. Lei sa benissimo che sono vincolato al segreto professionale.

"Capisco." Annuì esibendo un largo sorriso.

"Peraltro... le dirò che il mio cliente ritiene sospette le circostanze in cui il decesso si è verificato."

"Vale a dire?"

"Non le pare una strana coincidenza, signor Maldano, che l'incidente stradale in cui Morelli è deceduto sia seguito alla sua scomparsa con tutto quel denaro? Svanisce letteralmente nel nulla con il gruzzolo, e dopo circa due settimane ricompare cadavere... apparentemente travolto da un'auto. Il mio cliente ritiene che non si sia trattato di una semplice casualità, ma di omicidio premeditato. Forse Morelli era divenuto un soggetto scomodo per qualche importante personaggio che ha preferito toglierlo di mezzo."

I muscoli del volto di Maldano si contrassero quasi impercettibilmente. Prima di rispondere si passò pensoso una mano ossuta nella folta capigliatura grigia.

"Non saprei cosa dire...", disse infine a voce bassa. "Non le nascondo che è stata ventilata questa ipotesi." Tacque come per soppesare quello che stava per dire. "Morelli era un giovane dalla personalità molto gradevole, anche se a volte contraddittoria. A me personalmente era molto simpatico. Mi riesce difficile immaginare che qualcuno potesse odiarlo al punto di desiderare la sua morte. Neppure uno di quegli ingenui che gli avevano affidati i loro risparmi, credendo che sarebbe stato in grado di moltiplicarli come pani e pesci."

Fascetti continuava a tenere lo sguardo posato sul volto dell'uomo e, a un certo punto, gli parve di scorgervi l'ombra di un certo disagio.

"Allora, lei non ha la minima idea di chi possa averne eventualmente desiderato la morte...", disse. "Ho pensato che potesse darmi qualche indicazione, se pure vaga, da cui cominciare a lavorare. Sono venuto da lei anzitutto, visto che Morelli è stato suo stretto collaboratore per alcuni anni."

Maldano accavallò le lunghe gambe magrissime e appoggiò le mani sui braccioli della poltrona. Poi disse con aria disinvolta, ma con un tono di voce che tradiva una certa asprezza: "Signor Fascetti, se lei è convinto che Morelli sia stato assassinato, e desidera identificare il colpevole, posso assicurarle che è venuto a indagare nel posto sbagliato. Per quanto mi riguarda quel poveretto è deceduto in un incidente stradale. Al di là di questo, non so assolutamente niente, e posso assicurarle che la mia non è affatto reticenza." Guardò l'orologio e si alzò a indicare che il colloquio era terminato. "Ora, se vuole scusarmi...", disse porgendogli la mano,"...ma ho qualcosa di urgente di cui occuparmi."

6

Fascetti accostò al marciapiede di fronte a una graziosa villetta di due piani provvista di un giardinetto sul davanti ben curato, recintato in ferro battuto.
Una breve rampa in discesa conduceva al box auto addossato al fianco destro della piccola costruzione di pietra grigia che, simile a tante altre, sorgeva nella zona verdeggiante di San Siro, a breve distanza dalla nota collinetta denominata Monte Stella, e dalla stazione di QT8 della metropolitana.
Prima di scendere dall'auto, inclinò lo specchietto retrovisore e si rassettò la capigliatura con la punta delle dita. Si raddrizzò il nodo della cravatta, e controllò che le scarpe fossero ben lustre. Essere presentabile non faceva mai male, pensò, specie quando si trattava di fare visita a una giovane donna. La pioggia, ormai cessata, sembrava aver purificato e rinfrescato l'aria. Sollevò lo sguardo alla coltre di nubi squarciata di azzurro in più punti. Era certo che di lì a poco, il sole sarebbe tornato a splendere intensamente, e il caldo torrido avrebbe ripreso a infierire.
Premette il pulsante del campanello. Quando dopo qualche secondo il cancelletto si aprì elettronicamente con un ronzio metallico seguito da uno scatto, il detective percorse lo stretto viale di accesso lastricato in pietra, che conduceva alla porta di ingresso. Cominciò l'esame della giovane donna che comparve sulla soglia, partendo dai sandali di pelle scura dai tacchi bassi e soffermandosi sulle sottili caviglie e i polpacci ben proporzionati. Dalle ginocchia in su c'erano i bermuda bianchi molto aderenti, che esaltavano le anche tornite, le curve ben modellate dei fianchi e la vita sottile.

Il Crollo

La parte superiore del corpo era inguainata in una maglietta di cotone a fiorellini rossi, quasi trasparente, con una generosa scollatura che assolveva appieno la funzione di celare il minimo indispensabile degli splendidi seni, lasciando così ben poco all'immaginazione. Fascetti pensò che fosse tutt'altro che male, e si rammaricò di non aver cominciato a esaminarla partendo dal viso, ma poi si rese conto che se lo avesse fatto si sarebbe rovinata la sorpresa: un volto abbronzato dai perfetti lineamenti, incorniciato da una capigliatura rossastra e folta che le sfiorava le spalle. Una delle sottili sopracciglia scure che sovrastavano i grandi occhi azzurri, era inarcata mentre lo osservava, conferendole un'espressione interrogativa e saggia al tempo stesso. Il naso era piuttosto piccolo ma ben fatto. Le labbra, piene e di un rosso vivido, erano increspate in un lieve sorriso divertito.

Era la terza splendida fanciulla che gli capitava di incontrare da quando era uscito di casa quel mattino. Si direbbe proprio il mio giorno fortunato, pensò.

"Ho superato l'esame?" Il timbro di voce della giovane era morbido, musicale, in sintonia con la splendida figura.

Fascetti si riscosse imbarazzato. "Oh, mi scusi tanto... Sì, certo, e a pieni voti." Tacque un istante. "E' lei la signorina Chiara Morelli, vero?"

"Sì, sono io."

"Mi chiamo Carlo Fascetti e sono un investigatore privato. Desidererei parlarle di suo fratello."

Il sorriso divertito morì di colpo sulle labbra della giovane, per lasciare il posto a un'espressione amareggiata. "Certo, la prego, si accomodi pure." Si fece da parte sulla soglia facendogli cenno di accomodarsi. Lui le passò davanti sfiorandola e non senza avvertire una gradevole sensazione.

Il grande soggiorno appariva confortevole e graziosamente arredato. Sul lato sinistro della sala c'era un grande camino di pietra sovrastato da una massiccia mensola di marmo ricolma di suppellettili, e su cui era posato il telefono. Era vuoto, se si escludeva l'attizzatoio, perché inutilizzato durante la stagione estiva. Disposti ad angolo davanti al camino, c'erano due divani di velluto verde su cui erano sparsi alcuni piccoli cuscini in tinte diverse. Nel mezzo tra i divani, era collocato un tavolino di legno scuro con un ripiano di vetro molto spesso, su cui erano posati alcuni volumi di grosso formato, insieme a giornali e riviste. Entrando nella sala, sulla destra accanto alla porta, stava un grosso mobile bar di legno scuro ad ante di vetro, apparentemente ben fornito. La parete dall'altra parte della sala, era occupata da una grande libreria di legno chiaro, alta dal pavimento al soffitto, in cui erano inseriti un televisore a colori con video registratore e un impianto stereo. I restanti ripiani del mobile traboccavano di oggetti di vario genere, tra cui libri, videocassette e dischi. Al centro della stanza, c'era un ampio tavolo di forma ovale attorniato da sei sedie.

Sprofondato in uno dei divani, il giovane vide un tizio corpacciuto dal collo taurino, pressappoco della sua stessa altezza, occhi e carnagione scuri. Portava un paio di occhiali da vista a montatura scura con delle lenti che sembravano fondi di bottiglie di coca cola, tanto erano spesse. Aveva un aspetto trasandato: il colletto della camicia svolazzante e slacciato, la cravatta di un marrone scuro allentata e troppo corta. Indossava un leggero abito grigio di buona fattura, ma gualcito come se ci avesse dormito dentro.

Mostrava un'età poco al di sotto dei quarant'anni. Con aria annoiata, reggeva nella mano destra un bicchiere da brandy semivuoto. Fissò Fascetti, l'espressione torva.

La ragazza disse: "Cosicché lei è un investigatore privato..."

"Toh'! ", interloquì l'uomo sul divano, "un *private eye*, come direbbero gli anglosassoni." Aveva la voce impastata di chi ha alzato un po' il gomito. Fascetti girò il capo verso di lui e lo fulminò con uno sguardo che sembrava dire:

"Di che t'impicci?"

"Cesare..." la giovane lo ammonì come farebbe una madre con un bambino quando commette un fallo. Poi rivolta a Fascetti: "Sono lieta di conoscerla." Poi aggiunse indicando il tizio sul divano: "Le presento il signor Cesare Bardi.

"Piacere", il giovane mormorò.

L'altro rispose con una specie di grugnito simile a quello che potrebbe emettere un animale allo zoo all'ora del pasto.

Chiara guidò Fascetti verso l'altro divano, lo invitò ad accomodarsi e poi si sedette a sua volta accanto a lui. Appariva un po' frastornata. "Sicché... lei è qui per parlarmi di Claudio?" chiese fissandolo, le mani in grembo con le dita intrecciate.

Il Crollo

"Esatto." Estrasse il distintivo dell'associazione e glielo mostrò.

"Non riesco a capire...", lei disse, "...perché mai un investigatore privato dovrebbe aver bisogno di parlare di Claudio con me?"

"Un mio cliente desidera acquisire alcune informazioni sulla sua morte, e io penso che lei potrebbe essermi d'aiuto essendo la sorella. Sono spiacente di doverla importunare a distanza di così breve tempo dalla disgrazia. Le spiace se le faccio soltanto alcune domande, signorina Chiara?"

La fissò studiando l'espressione del viso. Lei rifletté per qualche secondo passandosi una mano nei folti capelli, poi annuì lentamente, dicendo: "Dica pure, l'ascolto."

"Sarò il più breve possibile. Anzitutto... può dirmi quando ha visto o sentito suo fratello l'ultima volta prima che fosse ritrovato nei pressi del parco Ravizza, privo di vita?"

"Il giorno della sua scomparsa, naturalmente. Circa due settimane fa... se non sbaglio."

Apparve perplessa quasi fosse incerta sui tempi, non ricordasse bene. Si drizzò sul divano, congiunse le mani e se le mise tra le ginocchia, quindi proseguì:

"Quella sera che non è rincasato, ero molto preoccupata. Ho fatto un giro di telefonate ad alcuni suoi amici, ma nessuno l'aveva visto. Il giorno successivo ho telefonato in banca e il suo amico Rivetti mi ha confermato che non si era presentato al lavoro. Non lo aveva visto, né sentito a telefono. Trascorsa l'intera mattinata, ero sul punto di rivolgermi alla polizia, quando Rivetti m'è venuto a trovare per informarmi che aveva già provveduto la banca quando era emersa la notizia della truffa. Pare che siano giunte telefonate allarmate da alcuni clienti che Claudio assisteva personalmente. Anch'io ho ricevuto telefonate da gente che lo cercava." Si interruppe per qualche secondo. "Comunque, ho dovuto fare denuncia di scomparsa ai carabinieri."

Fascetti rimase in silenzio e corrugò la fronte mentre teneva lo sguardo riflessivo posato sulla giovane.

D'un tratto disse: "Lei afferma, dunque, che dopo essere scomparso suo fratello non si è mai fatto vivo con nessuno, neppure con lei. Neanche con una telefonata per rassicurarla che stava bene..." La sua espressione tradiva una certa incredulità.

"Mai", gli rispose scuotendo il capo per dare enfasi alla risposta.

"Immagino che l'avesse informata, prima di sparire, che la banca l'aveva sospeso dalle sue abituali mansioni."

"Sì, mi aveva detto che non si occupava più di Borsa da un paio di giorni, e che pensava di trovarsi un nuovo impiego."

Fascetti tacque per assorbire quanto aveva ascoltato, gli occhi puntati sul volto della donna, che non gli sembrava particolarmente rattristata.

Si sarebbe atteso di vedere qualche lacrima, o udire qualche espressione addolorata visto che che si trattava della morte del fratello. "Quando è stato rinvenuto il corpo...", esitò un attimo per cercare le parole giuste, "...ha mai avuto il sospetto che la morte potesse non essere stata accidentale?"

"Perché? Pensa che non sia stato un incidente?" Batté le palpebre. "No, naturalmente. Non sono mai stata sfiorata da un simile sospetto. Dio! perché mai qualcuno avrebbe dovuto..." Lasciò la frase in sospeso mentre diveniva scura in volto. "Anche la polizia mi ha chiesto la stessa cosa quando è venuta a trovarmi per darmi la notizia, ma ho pensato che fosse la classica domanda che fa in casi del genere." Si protese in avanti fissando il giovane e continuando a tenere le mani strette tra le ginocchia. "Davvero lei pensa che qualcuno...", esitò per qualche attimo, "...potrebbe aver ucciso Claudio intenzionalmente?"

La maglietta le stava molto aderente soprattutto sul petto. Dei cinque bottoni i primi tre erano slacciati, e Fascetti cominciò ad accusare lo sforzo del dover continuare a guardarla negli occhi. Disse: "Esiste qualche possibilità in questo senso, signorina Chiara, se pure remota. Per la verità, allo stato attuale non ho alcun elemento per sospettare un omicidio. Sto soltanto verificando, chiedo in giro. Non ho ancora niente di concreto in mano."

"Ma come mai queste indagini?" Fece una breve pausa. "Lei chi l'ha assunta? Non può dirmi il nome di chi le ha conferito l'incarico?"

"Purtroppo non posso, sono tenuto alla massima riservatezza."

In quel momento l'uomo seduto sul divano s'alzò di scatto, andò a piazzarsi davanti a Fascetti e si mise a osservarlo, le braccia conserte, il volto cupo. Sembrava stanco d'essere ignorato. Il detective inclinò il capo a destra e lo guardò, poi l'inclinò a sinistra. Si accorse che l'altro cominciava ad avvampare.

"Qualcosa non va?" gli chiese, lo sguardo sarcastico.

Chiara si alzò, e si avvicinò a Bardi.

"Cesare", gli disse in tono suadente, "è meglio che tu vada. Ci vediamo domani."

Lo prese per un braccio e lo pilotò, quasi trascinandolo, verso la porta mentre gli sussurrava qualcosa che tuttavia Fascetti riuscì ad afferrare: "Allora comprami quei titoli di cui abbiamo parlato e poi chiamami, va bene?"

Lui annuì, e, prima di uscire, girò il capo verso il detective lanciandogli un'ultima occhiata colma d'astio.

Lei ritornò a sedersi. "Certe volte è proprio come un bambino", disse mentre lo guardava battendo rapidamente le ciglia. A lui sembrò di sentirle frullare dentro di sé come le ali di un uccello.

La giovane continuò: "Mi fa un po' di corte malgrado io non gliene dia alcun motivo. Lo tratto da amico e basta."

Lui la squadrò un attimo da capo a piedi con aria di apprezzamento. "Be'... non posso che comprenderlo."

Lei sorrise, dicendo:

"Ah, grazie del complimento!"

"A proposito", le chiese a bruciapelo, "lei gioca in Borsa?"

"Molto di rado. E' Cesare che ne è un patito. Trascorre intere mattinate a Palazzo Mezzanotte o davanti ai monitor delle banche in strada. A volte gli chiedo di comprarmi qualcosa."

"Cosa fa per vivere?"

"Chi, Cesare?"

"E chi altri sennò?"

"Ma non è venuto qui per parlare di Claudio?"

"Certo, ma non mi aspettavo di trovarvi un tipo tanto interessante, il suo amico m'incuriosisce." Un'espressione sardonica gli affiorò sul viso.

"Be', ha una sua attività. E' proprietario di una fabbrica di impianti di condizionamento a Novate Milanese: la Bardi &

Lugato. Per la verità non ne so granché, ma sembra che vada molto bene."
"Ne è il proprietario, dice?" Apparve perplesso. "Dal nome si direbbe una società."
"Lo è. O meglio lo era. Cesare è in pratica l'unico proprietario da quando il suo socio, un certo Lugato, è rimasto ucciso in un incidente d'auto il venti dello scorso mese di giugno. Messo sotto da un pirata, credo, ma non saprei con esattezza." Fascetti apparve dubbioso. "Sicché... ora Bardi manda avanti la baracca da sé...", disse. "Ma non ha avuto qualche problema nella gestione aziendale quando il socio è mancato?"
"Non saprei, dato che non me ne ha mai parlato."
Il detective scosse lievemente il capo con aria pensosa. "Ma guarda un po'..."
"Che cosa intende con quel 'ma guarda un po'?" Il tono della giovane era sufficientemente gradevole.
"Niente... pensavo all'incidente d'auto... Investito come suo fratello: una singolare coincidenza." La fissò intensamente. "Non trova?"
"Be', le ho detto che non sono certa che si sia trattato dello stesso tipo di infortunio." Abbassò appena le scurissime, sottili sopracciglia e lo guardò in modo un po' obliquo. "Lo sa, signor Fascetti, che lei mi fa le domande più bizzarre?" Sorrise, si stirò con le mani i bermuda e, continuando a guardarlo, si mosse con agilità cambiando posizione sul divano. I seni ballonzolarono deliziosamente come fossero di gelatina.
Fascetti deglutì nervosamente.
"Beve qualcosa?" gli chiese.
"Magnifico."
Lei si alzò e s'avvicinò al mobile bar.
"Martini?" Cominciò ad affaccendarsi con bicchieri e bottiglie.
"Va bene, ma con molto ghiaccio."
Ritornò verso il divano spingendo un carrello dalla intelaiatura metallica con il ripiano di vetro su cui erano posati bicchieri e bottiglie. Gli porse il Martini con il ghiaccio.
"Grazie", lui disse. Ma subito dopo continuò: "Ora mi dica di Claudio. Che tipo era? Con chi se la faceva? Chi erano i suoi amici, amiche? Aveva una ragazza? Sa di qualche suo proble-

Il Crollo

ma? C'era qualcuno che nutriva per lui del rancore, che gli voleva male?" Tacque e la fissò con fare interrogativo. "Spero di non infastidirla con tutte queste domande." Lei scosse il capo facendo ondeggiare la rossa cascata di capelli. Prese un sorso tenendo gli occhi puntati su di lui sopra l'orlo del bicchiere. "Nessun problema", disse. "Immagino che sia per lei una sorpresa vedere che io non sembro molto afflitta per la morte di Claudio. Vede..., vivo a Milano da quattro mesi, e prima che mi trasferissi da Polignano, avevamo perso i contatti, non ci vedevamo da una decina d'anni. Lui non veniva mai a trovare la famiglia, raramente telefonava. Pertanto il nostro rapporto fraterno s'era un po' raffreddato. Eravamo quasi come estranei." Fece una pausa. "Be'... posso soltanto riferirle di fatti del recente passato, in altre parole da quando sono qui a Milano."

"Va bene, mi basta." Fascetti bevve un sorso del martini fresco gustandone l'ottimo aroma. Guardò l'orologio: le sette e mezza. Pensò che si annunciava un'altra di quelle notti in cui il sonno sarebbe stato reso difficile dall'afa. Si abbandonò sulla morbida spalliera del divano.

Chiara proseguì: "Tuttavia, quando sono arrivata a Milano per cercare una occupazione mi ha accolto affettuosamente e mi ha ospitato. Se aveva dei problemi, non me ne sono mai accorta. Sembrava soddisfatto del lavoro che faceva, sino a quando è stato rimosso dalle sue abituali funzioni."

"Le ha mai rivelato le ragioni che hanno indotto la banca ad adottare quel provvedimento?"

Esitò un istante prima di rispondere: "Normali avvicendamenti di personale, mi disse."

Fascetti annuì. "Non ha ancora risposto alla mia domanda sulle relazioni di Claudio." Il tono si era fatto lievemente incalzante.

"Nessuna degna di nota, direi. Sembrava avere ottimi rapporti con i colleghi, e con uno di loro in particolare, un certo Paolo Rivetti, con cui aveva stretto una grande amicizia. Risaliva ai tempi dell'università. Paolo è originario di Molfetta, una cittadina non molto distante da Polignano."

Tacque qualche attimo per riflettere, quindi continuò: "Poi, a un certo momento, ha conosciuto Cesare Bardi, e infine, ovviamente, c'erano i rapporti con i suoi clienti dai quali riceveva frequenti telefonate."

"Ma Bardi..., come l'ha conosciuto?"

"Tramite la banca, Cesare è un ottimo cliente della Banca Popolare Ambrosiana, e opera assiduamente in Borsa. Claudio lo assisteva. Me lo ha presentato una sera che tutti e tre siamo usciti a cena."

Parlava osservando Fascetti con aria apprensiva, come preoccupata che le sue risposte non apparissero soddisfacenti.

"A proposito di quei clienti che Claudio curava personalmente e che avrebbe truffato", proseguì Fascetti, "le parlava mai di loro, o di qualcuno in particolare. E' per caso a conoscenza di litigi o contrasti con qualche collega per motivi di lavoro, interesse o altro? "

"Non mi parlava quasi mai dei suoi rapporti con i colleghi, e tanto meno del suo lavoro. Credo sia facile immaginare che di nemici dovesse essersene creati dopo essere sparito con tutti quei soldi... " Tacque per riflettere un istante. Si toccò la fronte con la punta delle dita. "Però, ora mi viene in mente che una sera dopo cena, qualche settimana prima che fosse rimosso, parlava con Paolo Rivetti, che avevamo invitato, di un tale molto facoltoso, pieno di grana, che gestiva un ristorante o un night club, o qualcosa del genere. Sì, mi sembrò che ne parlassero come se fosse un cliente con il quale Claudio aveva qualche problema. Ma non riuscii a capire di che natura. Accennarono anche al locale descrivendolo come un posto un po' particolare... diciamo equivoco. Devono anche aver fatto il nome di quel tizio, ma non mi sovviene in questo momento."

Non poteva che trattarsi di Gargiulo, Fascetti pensò.

Il gestore del night doveva essere stato uno dei clienti più importanti dello scomparso funzionario della Bpa, e di certo gli aveva affidato delle grosse somme di cui ora non restava traccia.

Quanto ai problemi che Chiara aveva sentito menzionare, Fascetti rifletté che probabilmente Gargiulo, accortosi delle difficoltà in cui Morelli versava, doveva avergli richiesto con insistenza, senza riuscire a ottenerlo, il rimborso del suo denaro. Durante il loro colloquio quel mattino, l'uomo aveva affermato di avere validi motivi per sospettare l'assassinio del funzionario di banca, e che sperava, se ne fosse stato identificato il colpevole, di recuperare il proprio denaro.

Il fatto, poi, che avesse mostrato grande riluttanza a rivelargli la ragione del suo interessamento, la diceva lunga sulla probabile provenienza sospetta del denaro. Era chiaro che avrebbe preferito mantenere il silenzio. Forse la gestione del night, anche se redditizia, era la copertura per altre attività illegali cui l'uomo era dedito. "E' certa...", Fascetti continuò, "di non essere a conoscenza di qualche problema in cui Claudio si dibattesse, che avrebbe potuto sfociare in qualche guaio serio per lui."

"Se Claudio aveva delle difficoltà era molto abile nel dissimularle, e lo faceva soprattutto con me per non procurarmi apprensioni. Nei primi tempi dopo il mio trasferimento da Polignano l'ho sempre visto sereno, tranquillo fino a quando..." Sembrò esitare.

"Fino a quando?"

"Fino alla fine del maggio scorso allorché, inaspettatamente, la Borsa è precipitata. Allora ho notato che il suo umore è repentinamente peggiorato. La sera quando rincasava lo vedevo accigliato, amareggiato, parlava poco." Tacque per qualche secondo mentre sul viso le riaffiorava l'espressione rattristata. "Riuscivo a immaginare la ragione del suo cruccio, anche se lui preferiva tenermi al di fuori. Soltanto una sera, quando insistetti per parlarne, mi accennò vagamente a problemi che erano insorti nei rapporti con alcuni suoi clienti."

"Non crede...", Fascetti le chiese, "...che il crack della Borsa possa avergli creato grosse difficoltà nel mantenimento degli impegni che aveva assunto con loro?"

Lei annuì con vigore. "Ne sono più che certa. Quasi ogni sera riceveva telefonate allarmate di gente, certamente suoi clienti a cui doveva dei soldi."

Fascetti pensò che fosse giunto il momento di animare la conversazione conferendole un tono meno informale, ad evitare che prendesse una piega un po' noiosa. Reputò che sarebbe stato opportuno rendere confidenziale il loro rapporto.

"Siamo tutt'e due giovani", disse. "Potremmo darci del tu... Se sei d'accordo chiamami pure Carlo. Così tutto è più semplice, no?" Il viso della giovane si illuminò di un ampio sorriso. Esitò un attimo prima di dire: "Certo, con piacere. Io mi chiamo

Chiara, Elena, Elisabetta. Gli altri due sono i nomi di mia nonna e della mia bisnonna."

Come se un'idea l'avesse improvvisamente colpito, Fascetti disse: "A proposito, Chiara, non avresti per caso una foto di Claudio da mostrarmi. Non ricordo di averne vista una sui giornali. Sono curioso di vedere che aspetto avesse."

"Certamente. Vado a cercarla. Nel frattempo versati un altro drink, se ti va." Gli andava. Si preparò un altro Martini con molti cubetti di ghiaccio, mentre lei si avvicinò alla libreria e prese a rovistare in un cassetto nella parte inferiore del mobile. Ritornò a sedersi sul divano con una mazzetta di fotografie che cominciò a scorrere a una a una.

"Ecco", disse infine porgendo al detective quella che aveva scelto, "questa mi sembra una delle migliori, è stata scattata in discoteca."

Il giovane la studiò attentamente: era una istantanea a colori di scadente qualità, lievemente sgranata e male inquadrata, di certo scattata con una polaroid. In primo piano, stavano in piedi i due giovani sorridenti, sul bordo della pista da ballo, gli occhi arrossati dal flash.

Sullo sfondo, la folla dei danzatori che l'obbiettivo aveva immortalato nel bel mezzo di un ballo frenetico. Lui le cingeva le spalle con un braccio. Entrambi avevano un aspetto gradevole. Fascetti stimò che Chiara dovesse essere due o tre anni più giovane di lui. Sul retro della foto era indicata la data in cui era stata scattata, che risaliva a circa tre mesi prima.

Gliela restituì dicendo: "Devo dire onestamente che non fa giustizia della tua bellezza. Sei molto più attraente dal vivo."

"Ah, ti ringrazio." Un lieve rossore le soffuse le gote. Poi l'ombra di un sorriso mesto si dipinse sulle sue labbra mentre dava un'altra occhiata alla fotografia. "Non riesco a convincermi che non lo rivedrò mai più." Lui pensò che fosse il caso di cercare di distrarla. "Quali altri nomi aveva oltre Claudio?" le chiese sorridendo." Avvertiva il gradevole tepore che, grazie al Martini, gli avvolgeva lo stomaco. La temperatura nella sala era mantenuta a un livello normale dal piccolo condizionatore che ronzava sommessamente a ridosso della parete accanto alla finestra.

"Non ne aveva altri", rispose. "Claudio e basta."

Il Crollo

"Allora i vostri genitori devono aver sprecato per te tutti i secondi nomi di cui disponevano", lui osservò con espressione ilare.

Lei annuì sorridendo e rimase in silenzio a giocherellare col bicchiere vuoto.

"Allora... sei proprio sicura che non avesse una ragazza?" le domandò.

"Sì. Se l'avesse avuta, sono certa che non me lo avrebbe taciuto." Sospirò. "Occasionalmente, si riuniva con gli amici per una partita a poker, o usciva con qualche suo cliente che operava in Borsa. Ma niente donne." Guardò nuovamente la foto. "Era una bravo ragazzo. Le sere di solito le trascorreva in casa a leggere. Libri di finanza per lo più, oppure i giornali: Il *Sole Ventiquattrore, Milano Finanza.*"

"Ma tu dov'eri la sera ch'è stato ucciso?" le chiese a bruciapelo.

"Sono rimasta in casa tutta la sera a guardare la televisione. Sono solita coricarmi tardissimo. Saranno state le tre, o giù di lì, e mi preparavo ad andare a letto quando è arrivata la polizia per darmi la brutta notizia e farmi alcune domande, più o meno come le tue. Non vi ho prestato molta attenzione perché ero sconvolta e spaventata. Poi mi hanno chiesto di andare con loro all'obitorio per il riconoscimento." Ritornò nella voce la nota triste. "E' stata una esperienza allucinante." Tacque, si portò il bicchiere alle labbra e lo guardò sorpresa quando si accorse che era vuoto. "Sono rimasta al secco", disse. Indicò con il mento il bicchiere di Fascetti, anch'esso vuoto. "Ne vuoi un altro?"

"L'ultimo e con molto ghiaccio, poi devo andare."

Sedevano uno di fronte all'altra, separati dal carrello con le bottiglie. Lei si chinò per preparare le bevande, offrendogli in tal modo una vista spettacolare della profonda insenatura formata dai due perfetti promontori. Lui rimase immobile in contemplazione, tanto quanto gli bastò per accertarsi che non indossava il reggiseno. Lei parve indugiare in quella posizione qualche secondo più a lungo del necessario. Quando sollevò lo sguardo i loro occhi si incrociarono. Gli sorrise con un pizzico di malizia e lui pensò: al diavolo il reggiseno con questo caldo.

Alla fine gli porse il bicchiere, si sedette e tutto ritornò come prima. Anche la direzione dei loro sguardi.

"A proposito del giorno in cui è scomparso", lui le disse all'improvviso, "non hai per caso notato in lui qualcosa di strano al mattino, prima che uscisse di casa?"

Lei insinuò il labbro inferiore tra i denti e prese a mordicchiarlo mentre rifletteva. "Mah, direi che mi è parso un tantino teso, ma non vi ho dato grande importanza." Una breve pausa. "Piuttosto... ora mi viene in mente qualcosa di cui non ti ho parlato. L'ho riferita a suo tempo alla polizia, ma chissà che non interessi anche te."

Lui la fissò interrogativamente come per dirle: "Sentiamo di che si tratta."

"Quel mattino del 19 luglio è uscito in auto, e da allora non l'ho più rivisto."

La guardò perplesso.

"E dove sta l'aspetto rilevante? Nel fatto che abbia preso la macchina?"

"Appunto."

"Capisco." Annuì con vigore. "Perché... la usava di rado?"

"Mai per andarci a lavoro. Preferiva i mezzi pubblici per muoversi durante la settimana. La Rover la utilizzava soltanto durante i week-end se andavamo a fare qualche gita."

"Gli avrai chiesto delle spiegazioni immagino..."

"Sì. Mi ha spiegato che gli serviva per recarsi all'aeroporto di Linate nel pomeriggio. Doveva ricevere un importante dirigente di una banca inglese in arrivo da Londra, in visita di lavoro alla Bpa." Fece una pausa per prendere un sorso di Martini. "Fatto sta che quando il mattino successivo ho telefonato in banca, preoccupata perché non era rincasato, mi è stato riferito che non si era presentato al lavoro, e che era inesistente quel suo impegno che aveva addotto uscendo di casa per giustificare l'uso della macchina. Per quella data non era in calendario l'arrivo di nessun esponente di banca estera." Un altro sorso.

"Un pretesto, quindi", lui disse, "di cui si è servito per giustificare con te l'uso dell'auto di cui necessitava per squagliasela."

"Già, ma c'è dell'altro." Sorrise in modo enigmatico. "E'poi emerso che c'è andato per davvero all'aeroporto, ma per prendere un volo Alitalia nel pomeriggio, diretto a Londra."

"Ah! E tu come hai fatto a saperlo?"

Il Crollo

"Avevo sporto denuncia di scomparsa ai Carabinieri, come ti ho già detto, corredandola di tutti i particolari, e questi mi hanno avvisato dopo un paio di giorni che era stata ritrovata la Rover nel parcheggio custodito del terminal. L'ufficiale incaricato delle indagini mi ha spiegato di essersi procurato gli elenchi di tutti i passeggeri partiti da Linate nel pomeriggio del 19, individuando il nome di Claudio in quello di un volo Alitalia decollato per Londra alle 16 e 30, se ricordo bene." Tacquero per quasi un minuto. Fascetti sorseggiava il Martini con aria riflessiva, come se stesse cercando di trarre un qualche significato da quanto aveva ascoltato.

"Tu che ne pensi?" le chiese all'improvviso.

"Direi che non mi ha sorpresa la sua scelta di Londra come posto dove rifugiarsi per nascondersi. La conosceva bene e gli piaceva molto. In passato ci aveva trascorso periodi abbastanza lunghi, per lavoro."

"Però non c'è restato", lui osservò con veemenza. E' tornato a Milano, esponendosi al rischio di finire, come poi è finito, nelle grinfie di qualcuno che lo cercava per fargli la pelle." La fissò con aria pensosa. "Ora... la domanda che sorge spontanea è: per quale ragione è ritornato?"

Lei si strinse nelle spalle e sospirò. "Non ne ho la più pallida idea, e vorrei saperlo anch'io." Poi rimase in silenzio come se non avesse altro da aggiungere.

Per un po' sorseggiarono i Martini senza parlare. Poi ripresero a chiacchierare del più e del meno per una decina di minuti. Lei spiegò che era venuta a Milano in cerca di fortuna. Avrebbe voluto coronare il suo vecchio sogno di entrare nel modo del cinema o della televisione. Ma fino allora aveva dovuto accontentarsi di accettare qualsiasi genere di lavoro che le venisse offerto. In quel momento era alle dipendenze, come segretaria, di una piccola azienda commerciale. Prima di scomparire, Claudio le aveva parlato di un importante cliente della Bpa proprietario di una rete televisiva locale. Stava cercando di avvicinarlo per tentare di farla assumere.

Dopo aver guardato l'orologio Fascetti si alzò per accomiatarsi.

"Grazie per le informazioni, Chiara", disse. "Ora credo di avere qualcosa con cui cominciare a lavorare."

"Torna quando ti pare", lo invitò sorridendo.

Rientrato in auto Fascetti inserì la chiave di accensione, ma non mise in moto. Si appoggiò allo schienale del sedile e chiuse gli occhi rimanendo a riflettere intensamente per qualche minuto su quel lungo colloquio appena concluso. La ragazza gli era parsa un po' strana e lo aveva turbato. C'era un certo non so che nel suo modo di fare che lo rendeva perplesso. Era come se tra le parole e le immagini della conversazione, una o due, non sapeva quali, gli avessero insinuato nel cervello un sospetto, un dubbio ancora vago e senza nome, che tuttavia sentiva l'impulso di dover chiarire.

Forse la giovane nascondeva qualcosa?

Si sforzò di richiamare alla memoria quello che di significativo lei poteva avergli detto, o lui aveva visto, ma che in quel momento gli sfuggiva. Continuò a concentrarsi, sicuro per un attimo di potercela fare. Invece quel particolare continuava a rimanere nascosto, incapace di raggiungere la superficie. Sarà per via della stanchezza e del caldo, pensò.

Improvvisamente, però, un pensiero gli balenò nella mente, che sulle prime non riuscì a mettere bene a fuoco.

Di primo acchito l'idea gli sembrò assurda, ma si disse alla fine, continuando a meditarci, che, dopotutto, forse non lo era.

Accese il motore, e si avviò verso casa.

7

Fascetti uscì dal suo studio nel caldo torrido del pomeriggio inoltrato, e attraversata via Fatebenefratelli su un passaggio pedonale, si diresse a passo rapido verso un imponente edificio che sorgeva a breve distanza. Era lì che aveva sede la Questura di Milano. Varcatone l'ingresso principale, percorse un lungo androne che conduceva a un vasto cortile interno lastricato, adibito a parcheggio. Lungo la parete di fondo del piazzale, c'erano alcune volanti del pronto intervento disposte ordinatamente a spina di pesce. Appoggiato a uno sportello, un agente in attesa fumava tranquillamente, le braccia incrociate sul petto.

Svoltò a destra infilandosi in un portone massiccio dall'aspetto un po'malandato. Attraversò un vasto atrio passando accanto a un vecchio ascensore che arrivava cigolando in quel momento. La porta automatica si aprì con un fruscio e ne uscirono due robusti tizi che puzzavano di agenti in borghese lontano un miglio.

Salì le quattro rampe di scale fino al secondo piano. Dal pianerottolo in penombra, si dipartiva un lunghissimo corridoio su cui si affacciavano numerosi uffici. Lo percorse per un breve tratto fermandosi di fronte a una porta socchiusa su cui picchiò lievemente con le nocche.

"Avanti!" Dall'interno venne la voce arrochita di un uomo la cui gola doveva essere devastata dal fumo.

Il detective fece capolino in una grande stanza in disordine, colma di grossi faldoni e pratiche d'ufficio. Ce n'erano accatastati un po' dappertutto, perfino sul davanzale della finestra e sui termosifoni, nonché sopra alcuni schedari metallici addossati a una parete. Su dei tavolini allineati lungo un'altra parete erano sparpagliati in gran quantità schede e fogli sciolti.

Il commissario Antonio Lopez, della Sezione Omicidi, sedeva su una poltroncina girevole dietro un'ampia scrivania rivolta alla porta, e pure ingombra di pratiche fino all'inverosimile. Quando Fascetti comparve sulla soglia, il poliziotto distolse lo sguardo stanco da un file che stava esaminando e si tolse gli occhiali da lettura, poi gli sorrise debolmente e con la mano gli fece cenno di entrare.

Mostrava un'età intorno ai sessant'anni, il che lo collocava in prossimità del pensionamento. Basso, tarchiato e del tutto calvo, aveva un volto paffuto con un doppio mento che gli si ripiegava sul colletto della camicia. Il suo abbigliamento non era tale da attirare l'attenzione per eleganza. A dispetto dei trenta gradi e passa di temperatura, indossava un dozzinale completo grigio estivo in cotone, che sembrava almeno di una taglia superiore alla sua.

Originario di Barletta in provincia di Bari dove aveva iniziato la sua carriera in Polizia, prestava servizio presso la questura di Milano da oltre trent'anni. Era stato per lungo tempo agente di pattuglia in alcune delle zone più difficili della città, dove ne aveva viste di tutti i colori. Si era dovuto confrontare con praticamente ogni tipo di omicidio possibile. Aveva visto corpi mutilati, bambini morti, vittime di suicidio con arma da fuoco, e non si era mai tirato indietro. Gli era venuto uno stomaco di ferro. Assegnato alla Sezione investigativa, si era subito distinto per la concretezza e tenacia con cui affrontava i casi che gli venivano affidati. Queste doti gli avevano valsa la nomina, dieci anni dopo, a commissario responsabile della Omicidi. Aveva accettato l'incarico considerandolo come una sorta di sfida, e dopo alcuni mesi aveva deciso che gli piaceva, anche se i turni di lavoro erano estenuanti, e procedevano al ritmo di tre cadaveri al giorno.

Tra lui e Fascetti era nata una sincera e autentica amicizia all'epoca in cui il giovane detective aveva avviato la sua professione in quel piccolo bilocale quasi dirimpetto alla questura. Si erano conosciuti un giorno casualmente in un bar all'inizio di via Manzoni, dove erano soliti fare colazione al mattino. Sorbendo un espresso in piedi davanti al banco, si erano scambiati qualche banalità: il tempo, il traffico convulso, la politica... Gli incontri al bar si erano intensificati al punto che un giorno i due si erano ritrovati seduti a un tavolino davanti a due grossi boccali di birra. Entrambi amanti del tennis, avevano preso a incontrarsi ogni sabato per giocare insieme una partita presso un noto circolo ricreativo di via Washington.

Lopez appariva sempre in ottima forma fisica in rapporto all'età, e non mancava mai di stupire il giovane avversario con prestazioni che gli davano del filo da torcere.

Le loro conversazioni vertevano soprattutto su temi che riguardavano il lavoro. Il commissario aveva sempre mostrato uno spiccato interesse per la professione del giovane detective.

"Tra qualche anno andrò in pensione", soleva dirgli sorridendo. "Spero che tu voglia prendermi come tuo assistente."

Fascetti aveva sempre pensato che con quelle parole, pronunciate in tono scherzoso, il commissario intendesse realmente avanzare, velatamente, una sua candidatura come collaboratore, cosa che tutto sommato a non gli dispiaceva affatto.

Lopez guardò il nuovo arrivato con gli occhi assonnati e un po' cisposi, le palpebre grevi, come se avesse trascorso una notte in bianco. Dalle tracce di schiuma da barba sul lobo dell'orecchio sinistro, e da alcune macchioline di sangue sul colletto della camicia all'altezza dei punti in cui si era tagliato con la lametta, Fascetti capì che doveva essersi rasato frettolosamente da poco nella toilette attigua al suo ufficio. Sapeva che lo faceva ogni volta che non riusciva a radersi a casa propria, quando veniva tirato giù dal letto in piena notte e costretto a precipitarsi in questura per occuparsi di qualche nuovo caso di omicidio.

Il commissario non era solo. C'era qualcun altro nella stanza che discorreva con lui: un giovane distinto e di bell'aspetto sui venticinque anni, altezza media, capelli rossicci, carnagione chiara e corporatura normale.

"Se sei preso posso ritornare più tardi, Antonio", Fascetti disse.

"No, resta pure, abbiamo quasi finito", lo assicurò. E poi rivolto al giovane ospite aggiunse: "Le presento Carlo Fascetti, un investigatore privato, mio amico."

Indicò al detective una sedia dicendo: "Carlo, questo signore è Riccardo Alessi, un reporter del *Corriere della Sera.*"

I due si scambiarono una vigorosa stretta di mano, poi Fascetti si sedette a sua volta davanti alla scrivania.

Lopez prese un sigaro da un cassetto, lo scartò e ne tagliò la punta con un tronchesino, poi se lo mise stretto tra i denti impiegando qualche minuto ad accenderlo. Aspirò qualche breve boccata, poi una più lunga. "Qual buon vento, Carlo?"

"Sto indagando, per conto di un mio cliente, sulla morte di un tale che si chiama Claudio Morelli, un funzionario della Banca Popolare Ambrosiana. E' stato investito da un auto mercoledì notte della scorsa settimana. Sai per caso di qualche motivo per sospettare che non si sia trattato di un incidente?

Il commissario sorrise divertito mentre tra lui e il giornalista corse uno sguardo pieno di significato. "Tu e Alessi dovreste mettervi insieme", disse. "E' proprio di questo che stavamo discutendo prima che tu arrivassi. Non del caso Morelli in particolare, ma di tutti questi recenti casi di persone travolte da automobili. Avrai sentito il clamore della stampa e della televisione."

Alessi intervenne, dicendo:

"Già", disse con voce un po' stridula. "Su questi incidenti sospetti è concentrata l'attenzione dell'opinione pubblica e dei media. Ci sono tutti gli ingredienti per uno scoop. Sarebbe quello della mia vita se ci riuscissi, e muoio dalla voglia di provarci." Rise sommessamente in modo un po' infantile e ripiombò nel silenzio.

"E' da mesi che indaghiamo su un certo numero di strani investimenti di pedoni", Lopez riprese a parlare lentamente. "In questo periodo non c'è nulla che mi inquieti di più del dilagare di questi atti di pirateria stradale. A Milano e provincia se ne sono verificati una decina nell'arco degli ultimi sei mesi, e molti non appaiono chiari. Alcuni presentano tratti in comune, come l'omissione di soccorso da parte degli investitori, cosa che, a mio avviso, rafforza il sospetto che si tratti di omicidi intenzionali." Fece una pausa. I muscoli delle grosse mascelle si serravano e allentavano senza sosta mentre biascicava in continuazione l'estremità del sigaro. "A dire il vero, può capitare che qualche giovinastro, drogato o sbronzo dopo una serata in discoteca, si piazzi al volante di un'auto – magari rubata o sottratta al padre – e metta sotto qualcuno. Non si ferma a soccorrerlo e lo abbandona sul terreno morto o moribondo, oppure con menomazioni tali da renderlo disabile per tutta la vita." Scosse il capo.

Fascetti lo ascoltava con lo sguardo colmo di interesse.

"Hai idea...", Lopez proseguì infervorandosi, "...di quanti pedoni muoiono ogni anno sulle strade italiane, travolti da auto pirata?" Prima che l'altro potesse rispondere, aggiunse: "Ci crederesti se ti dicessi che sono più di 16.000, e che il numero è in costante aumento? Quarantacinque investimenti al giorno, due dei quali mortali. Sono i dati allarmanti appena diffusi dall'ACI."

Il detective annuì. "Ma se ho ben capito, tu ritieni che in alcuni casi potrebbe trattarsi di veri e propri omicidi premeditati."

"Esattamente. Come ti ho detto, molti presentano lati oscuri. Spesso riceviamo richieste d'intervento per casi di gente investita da automobili nei luoghi più fuori mano. Sembrano incidenti, a prima vista. Solo che in alcuni casi, le vittime presentano sul corpo contusioni sospette, come fossero state percosse. Dall'autopsia, spesso emerge che la ferita mortale non sembra essere stata provocata dall'impatto col paraurti o con la carrozzeria dell'auto, ma pare piuttosto inferta con l'uso di una grossa chiave inglese, un blocca pedali, un cric o qualche altro arnese del genere. Poi, suscitano perplessità le ore notturne e i luoghi in cui sono rinvenuti i cadaveri. Ossia, non si riesce a comprendere, ad esempio, che cosa ci facesse al Parco Lambro un tizio che, al momento dell'incidente, avrebbe dovuto trovarsi dalla parte opposta della città, magari a casa propria a cenare con la famiglia."

"Allora, quali sono le tue conclusioni?" Fascetti incalzò.

"Dietro questi infortuni c'è qualcosa di grosso", rispose in tono convinto. "Penso a un'organizzazione criminale con un unico regista, che opera con una tecnica innovativa per ammazzare la gente. Lo scopo è di far apparire, per quanto possibile, come banali incidenti quelli che in realtà sono omicidi premeditati." Fece una breve pausa. "Sai com'è, Carlo, in una grande città come Milano ci sono sempre tanti potenti. Può succedere talvolta che qualche personaggio importante, decida di sbarazzarsi di qualcuno che gli fa ombra, lo infastidisce, e la cui esistenza potrebbe compromettere la sua carriera, il suo futuro. Naturalmente, poiché non può esporsi in prima persona, dà l'incarico a qualcun altro di fare il servizio per suo conto. E' come se tu ti rivolgessi a una ditta specializzata per farti eseguire certi lavori a casa tua, sulla base di un regolare contratto."

Il detective annuì.

Lopez tacque per accendersi il mezzo sigaro che s'era spento, gesto che Fascetti si attendeva. Con accanimento trasse intense boccate finché la punta del mozzicone divenne incandescente, e lui apparve soddisfatto dopo aver inalato più volte con fare voluttuario. Avvolto da una densa nuvola di fumo azzurrino, riprese a parlare.

"Secondo il mio punto di vista, questa organizzazione criminale, o gang che dir si voglia, opera in questo modo: ricevono l'incarico, individuano il soggetto da eliminare e lo sequestrano. Forse lo legano, ma in ogni modo lo percuotono, e alla fine gli sferrano un forte colpo al capo. Poi lo trasportano in auto in qualche luogo fuori mano, poco frequentato, e lo scaricano come un sacco di patate. Se non è ancora deceduto, lo finiscono passandogli sopra ripetutamente con le ruote, per fratturargli qualche osso o schiacciargli il petto, sì da far apparire più verosimile la tesi dell'investimento. Tutto qui. In molti casi la Scientifica ha individuato sugli indumenti dei cadaveri particelle microscopiche di vernice scrostata di automobile, e tracce di battistrada di pneumatici. Spesso drogano le vittime o le fanno ubriacare per spezzarne le energie e ridurli in stato di incoscienza, sì da facilitare il loro compito e, nel contempo, per rendere più credibile la versione della morte accidentale. Ossia per fare passare questi disgraziati come ubriachi o drogati che vanno a cacciarsi sbadatamente sotto le automobili. Insomma, vere e proprie messinscene tese ad allontanare, il più possibile, i sospetti dai mandanti. Che possono essere personaggi molto in vista." Tacque un istante. "Ne abbiamo raccattati di cadaveri in queste condizioni..."

Fascetti lo guardò perplesso, l'indice posato sul mento."Ma non ti sembra un po' fantasiosa come ipotesi, Antonio? In sostanza si tratterebbe di una vera e propria Anonima omicidi che opera con modalità particolari."

Lopez scosse il capo. "No, non è fantasiosa." Appariva un po' contrariato. "I casi sospetti sono troppi, e possono esser solo spiegati con l'esistenza di qualche bastardo criminale che dirige le operazioni. Un'altra cosa... chissà quanti omicidi perpetrati con questo sistema, magari anche in altre città, non emergono perché i corpi non presentano indizi chiari. Talvolta, neppure attraverso l'autopsia si riesce a distinguere con chiarezza una ferita mortale prodotta dall'impatto col paraurti di un'auto, da un'altra inflitta invece con un grosso tubo di piombo o una spranga di ferro.

"Da considerare poi i casi classici di quelle vittime che i sicari seguono in auto fino al momento in cui si presenta loro l'occasione per travolgerle, magari mentre attraversano ignari i passaggi pedonali. E lo fanno con una violenza tale da provocarne la morte istantanea. Trattasi di lavoretti eseguiti alla perfezione, in cui risulta arduo stabilire che non si sia trattato di morte accidentale." Continuava a tenere il sigaro serrato tra i denti. "Inoltre", continuò, "Alessi, qui presente, sta collaborando nelle indagini, ed è giunto alle mie stesse conclusioni."

In quel momento, il giornalista si riscosse dal torpore in cui sembrava immerso e annuì vigorosamente. "Sì, posso confermarlo", disse. "Lavoro al *Corriere della Sera* da oltre un anno, ma è soltanto da un paio di mesi che mi dedico al giornalismo investigativo. Così ho avuto modo di curiosare in giro tendendo le orecchie. Sono riuscito, con molta cautela e discrezione, a infiltrarmi, diciamo così, in certi bar equivoci, acquisendo certi 'contatti'." Sorrise come compiaciuto di sé stesso esibendo una dentatura bianca e perfetta. "Non mi è mai stato riferito in modo esplicito che a Milano esista una organizzazione criminale del genere, ma ho potuto cogliere alcuni accenni... velate allusioni." Sorrise di nuovo e aggiunse: "Perbacco, che bomba sarebbe se riuscissi a scoprirla e mettere insieme un servizio. Sono certo che diventerei redattore capo. Anzi... ne sono *più* che certo."

Alessi, sposato con un figlio in tenera età, era originario di Parma dove aveva lavorato per alcuni anni presso un quotidiano locale occupandosi attivamente soprattutto di inchieste che riguardavano la amministrazione comunale, tra cui quella complessa della pianificazione urbanistica. Era approdato al *Corriere della Sera* attraverso una selezione in un gruppo formato da una quantità di giovani dotati e a caccia di successo. Da tempo era alla ricerca di un modo per fare carriera, qualcosa che costringesse i vertici del giornale a notarlo e sceglierlo per compiti sempre più importanti, che gli consentissero di imboccare la strada del successo. Una buona occasione poteva essere decisiva: una soffiata scottante, una intervista in esclusiva a qualche personaggio politico o dello spettacolo, una iniziativa straordinaria. In quella indagine che gli era stata affidata sui misteriosi incidenti stradali, aveva ritenuto di individuare l'opportunità tanto attesa, e deciso di sfruttarla al meglio delle sue capacità.

"Che mi dici dell'incidente in cui ci ha lasciato le penne quel Morelli?", Fascetti chiese rivolto a Lopez. "E' appunto il caso di cui mi sto occupando."

"Lo conosco molto bene..." Parve esitare. "Ma aspetta un momento." Depose il sigaro sul bordo del posacenere e si alzò avvicinandosi a uno schedario metallico da cui estrasse un voluminoso fascicolo che portò con sé ritornando alla scrivania.

"Questo è un altro di quelli sospetti", disse inforcando gli occhiali. Poi cominciò a scartabellare. Trovato quello che cercava, ne studiò il contenuto per qualche secondo, le dita intrecciate, la fronte corrugata. Quindi riprese a parlare: "Dunque... il corpo esanime di questo giovane funzionario di banca, operatore di Borsa – già ricercato perché scomparso da due settimane con una grossa somma di denaro, che amministrava per conto di un gruppo di amici e parenti –, è stato rinvenuto in una strada che fiancheggia il parco Ravizza, nella notte tra martedì e mercoledì della scorsa settimana, intorno alle due, stecchito come un baccalà. Era ridotto in uno stato miserevole: il corpo malconcio, il viso tumefatto. Sembrava come se l'avessero scaraventato fuori da un'auto in corsa dopo averlo picchiato. Oppure che gli fossero passati sopra con le ruote ripetutamente, prima di abbandonarlo cadavere in mezzo alla strada. Un particolare interessante: era da poco cessato un violento temporale, ma gli abiti del morto erano perfettamente asciutti. Il che suggerisce che era stato scaricato da pochissimo tempo."

"Hai avuto modo di vederlo?"

"Altrochè... una scena macabra. Ma ho anche letto il referto medico che ho qui davanti a me." Così dicendo abbassò lo sguardo sul fascicolo aperto posandovi una mano. "Ti assicuro che non si tratta di una lettura piacevole. Dall'esame necroscopico è emerso, tra l'altro, che aveva un tasso alcolemico di quasi dieci volte superiore a quello ammesso che è di 0,5 grammi per litro. Ciò significa che era ubriaco fradicio da non reggersi in piedi. Se fosse scampato alla morte sarebbe rimasto sbronzo per una settimana."

"Forse", osservò Fascetti, "era uscito da un bar dopo essersi ubriacato. Ha attraversato col rosso ed è andato a cacciarsi sotto un camion."

Lopez gli rivolse uno sguardo accigliato e storse la bocca in una smorfia di dissenso. Il giovane si affrettò a chiedere: "Ti pare poco credibile come ipotesi?"

"Lo è, infatti", ribatté infastidito. "Come ti ho già detto, questo è esattamente quello che l'assassino o gli assassini intendono far credere. No, io ritengo che a quello lì qualcuno gli abbia fatto la festa." Tacque per qualche secondo scrutando i due giovani. "La morte non è sopraggiunta per effetto dell'impatto con un'auto investitrice. Dall'autopsia è emerso che il decesso è stato provocato da un violento colpo alla testa infertogli con qualche pesante attrezzo. Aveva la scatola cranica sfondata, capisci? *Sfondata*. Ecco perché siamo in grado di affermare, praticamente senza quasi ombra di dubbio, che quella è stata la ferita mortale."

"Cosicché l'hanno colpito col classico corpo contundente...", Fascetti osservò pensoso.

78

"Già. Ma c'e dell'altro da osservare che ci costringe a lavorare sulla teoria dell'omicidio."

Il giovane lo guardò con aria incerta e incrociò le braccia sul petto.

"Da una ferita da trauma contusivo di quella natura", Lopez proseguì, "il sangue sgorga abbondante, specie d'estate, nello stesso istante in cui viene prodotta. Forma una pozza che si allarga rapidamente sul terreno. Quindi, dopo un quarto d'ora circa, comincia a coagularsi nei capillari del corpo e l'emoraggia rallenta fino ad arrestarsi. Ora, la scarsa quantità di tracce ematiche nella zona immediatamente circostante il punto dove il cadavere è stato rinvenuto, indica che il colpo letale alla testa la vittima deve averlo ricevuto da qualche altra parte e un bel po' di tempo prima. Pertanto nel luogo del ritrovamento è stata trasportata quando era già morta. Si potrebbe obbiettare che poiché, come ripeto, quella notte si era scatenato un violentissimo temporale, il sangue sia stato in parte dilavato dalla forte pioggia.

"Ma è una ipotesi che non regge, stabilito che il corpo era stato abbandonato poco dopo il termine del diluvio. Ossia alla due circa. E semmai tutto ciò non bastasse, c'è il referto medico che indica l'ora del decesso in un tempo compreso tra le dieci e le undici." Tacque un istante. "Quindi... capirai, Carlo, che questi sono elementi di grande rilevanza, tali da rendere oltremodo verosimile l'ipotesi che non siamo di fronte a un banale incidente stradale.

"Peraltro la scarsità di sangue sull'asfalto, è una caratteristica comune ad altri casi sospetti di cui ci stiamo occupando. Ma tornando a Morelli... viene da chiedersi: ammesso che sia stato davvero travolto da un'auto, cosa diavolo ci faceva nei pressi del parco Ravizza a quell'ora di notte, dopo che era scomparso da due settimane? E soprattutto, da dove veniva e come avrebbe mai potuto arrivarci da solo con tutto quell'alcol che aveva in corpo? E ancora... se intendeva continuare a nascondersi poiché era ricercato, non credo che sarebbe stato tanto incauto da muoversi a piedi, e per giunta ubriaco fradicio.

Un'ulteriore conferma che in quel posto qualcuno deve avercelo trasportato e abbandonato quando era già morto. Comunque sia, per il momento abbiamo liquidato anche questo caso come il solito incidente di un ubriacone che si va a cacciare sotto un'auto."

"Chi è stato a informarvi? Qualcuno vi ha telefonato?

"Esatto. A quell'ora notturna, il traffico su quella strada che fiancheggia il parco Ravizza è quasi inesistente. Una coppietta di giovani usciti da una discoteca, che si aggirava in auto alla ricerca di un posto dove appartarsi, ha visto il corpo privo di vita disteso di traverso al centro della strada. Si sono fermati, ma non sono usciti dalla macchina, hanno fatto inversione di marcia e si sono diretti al primo telefono pubblico da dove hanno chiamato il 113."

"Immagino che tu sia stato a casa della vittima..."

"Certamente." Annuì. "Sono stato a trovare la sorella subito dopo il ritrovamento del cadavere per darle la ferale notizia, farle alcune domande e condurla all'obitorio per il riconoscimento della salma." Fece una breve pausa corrugando la fronte. "E' una splendida ragazza e abitava con Morelli da qualche mese. Si era trasferita a Milano per cercare lavoro."

"Lo so. Sono stato anch'io da lei stamattina", Fascetti disse sorridendo, "e non posso che convenirne. E' il genere di donna che soltanto a un cieco passerebbe inosservata."

"Ma a parte l'aspetto fisico, che impressione ti ha fatto per il resto?"

Il detective rifletté per qualche secondo prima di rispondere. "Dando per scontato che abbia riferito a entrambi le stesse cose... ti dirò che ho riportato la sensazione che potrebbe non averci detto proprio tutto, che abbia tralasciato volutamente qualcosa."

Lopez inarcò un sopracciglio. "Qualcosa che ha a che fare con la morte del fratello?"

"Non credo."

"E allora? A cosa stai pensando?"

Di nuovo Fascetti indugiò e apparve un po' titubante.

"A niente di definito", disse infine. "La mia è soltanto una sensazione molto vaga, che ho riportato nell'analizzare il suo comportamento, e riflettendo su alcuni particolari di cui mi ha parlato al riguardo dei suoi rapporti col fratello. Ho una mezza idea di cosa potrebbe trattarsi che aleggia vagamente in qualche recesso della mia mente." Fece una pausa e lo fissò intrecciando le mani. "Ci sto riflettendo e te ne parlerò soltanto qualora i miei sospetti risultassero fondati."

L'altro parve adombrarsi. "Ora ti metti a fare il misterioso con me, Carlo?" Storse la bocca. "Lo sai che non mi piace..." C'era una traccia di irritazione nella voce.

"Non avertela a male, Antonio. Non te ne avrei fatto alcun accenno se intendessi tacerti la cosa." Sorrise. "Il fatto è che non ho niente di certo in mano ed è molto facile che mi sbagli. Lo sai che non mi va di prendere cantonate, soprattutto con te."

"Okay." Il poliziotto alzò le mani in un gesto di resa. "Non insisto." Durante quella fase della conversazione, Alessi era rimasto in silenzio drizzando però le antenne. A tratti sembrava riscuotersi da quella specie di letargo in cui sembrava immerso.

"Di tutto quello che ho appreso dal colloquio con la ragazza", il detective riprese, "quella parte che riguarda la fuga di Morelli a Londra e il suo rientro a Milano mi ha molto incuriosito."

"Capisco", Lopez annuì, lo sguardo enigmatico. "Ti sarai chiesto, naturalmente, la ragione per la quale possa aver deciso di ritornare correndo il rischio di essere arrestato o di farsi ammazzare..." Fece una pausa. "Come poi è stato."

Il giovane annuì."Infatti, è un mistero."

"Forse mica tanto però..." Lopez sorrise come uno che la sa lunga. "Al riguardo, posso dirti che sono riuscito a elaborare una certa teoria."

8

Fascetti guardò Lopez sbattendo le ciglia. Accavallò le gambe e incrociò le braccia sul petto. "Una teoria? Mi piacerebbe conoscerla..."

"La ritengo plausibile e interessante", disse il commissario. "Fin dall'inizio delle indagini, mi sono subito soffermato sulle modalità con cui Morelli sembrava aver organizzato la propria scomparsa." Fece una pausa. "Ora, normalmente, chi fugge con una grossa somma di denaro di cui si è indebitamente appropriato, immagina che un sacco di gente gli darà la caccia, oltre la Legge. Allora fa di tutto per far perdere definitivamente le proprie tracce. Il nostro uomo, invece, ne ha lasciate di tanto vistose in giro, da far nascere il sospetto che volesse intenzionalmente indicare il luogo dove si era diretto: posteggia la propria auto in bella vista nel parcheggio del terminal, acquista un biglietto utilizzando la carta di credito, si fa registrare sul volo col suo vero nome e esibisce il proprio passaporto."

Un comportamento a prima vista incauto, il commissario continuò, liquidato, in un primo tempo, con l'ipotesi che Morelli ritenesse superfluo occultare le prove della sua fuga a Londra, in quanto non intendeva restarvi. Quella città non sarebbe stata nient'altro che una breve tappa intermedia di un lungo viaggio che avrebbe in seguito intrapreso verso qualche remota località dove stabilirsi per rifarsi una nuova vita. Insomma, Londra era per lui una sorta di trampolino di lancio per altre destinazioni. Ma il ritrovamento del suo cadavere vicino al parco Ravizza la notte del due agosto, sembrò dimostrare che Morelli non era stato in grado di condurre in porto il suo progetto poiché, per qualche misteriosa ragione, era stato costretto a ritornare a Milano dove aveva trovato la morte, forse per mano di qualcuno di quei suoi clienti che aveva buggerato, e che assiduamente gli davano la caccia.

Lopez parlava abbassando a tratti lo sguardo sulla pratica che teneva aperta davanti a sé e dalla quale sembrava ricavare le informazioni. Rimase in silenzio per qualche tempo, la fronte corrugata, immerso nella lettura di un foglio dattiloscritto contenuto nel fascicolo, e Fascetti ne approfittò per rivolgersi ad Alessi della cui presenza si era pressoché dimenticato.

"Come mai è così silenzioso?" gli chiese

"Be'… mi piace ascoltare", rispose con aria un po' imbarazzata. "Il caso m'interessa. Vede, da quando sono approdato al *Corriere della Sera*, un anno fa, questo è il primo incarico veramente importante che mi viene affidato. Ho deciso di mettercela tutta." Sorrise.

Il commissario riprese a parlare visibilmente contrariato dalla digressione. "Dunque, ricapitolando… Morelli fugge riparando a Londra da dove intende programmare la sua destinazione finale. Sembra un bel progetto, non c'è che dire. E' facile che uno sia allettato dall'idea di riempirsi le tasche di miliardi non propri, e scomparire per diventare per sempre qualcun altro, andando magari a finire in qualche remoto angolo del globo terracqueo." Trasse un profondo sospiro. "Ma, evidentemente, accade qualcosa che sconvolge il suo piano costringendolo a rientrare a Milano in tutta fretta, dove incontra il suo assassino. Sulle prime, abbiamo pensato che il suo ritorno possa essere stato dettato dall'improvviso insorgere di qualche problema personale, di cui viene informato a Londra da qualche amico, ma non abbiamo escluso l'ipotesi della trappola."

Tuttavia, dopo il ritrovamento del cadavere al parco Ravizza, Lopez proseguì, era emerso un importante particolare, che aveva fornito lo spunto per una diversa lettura del comportamento di Morelli – strano per certi versi, come già detto –, nel progettare la propria scomparsa.

Desiderando accertare la data e l'ora del suo ritorno a Milano, il commissario aveva disposto, presso la direzione dell'aeroporto, un controllo accurato delle liste dei passeggeri arrivati da Londra dopo il 19 luglio, data della scomparsa. La verifica aveva coperto l'intero arco di tempo fino al 2 agosto, ma, sorprendentemente, non era approdata a nulla. Il nome non figurava in nessuno degli elenchi. Un'ulteriore laboriosa ricerca estesa a tutti gli arrivi dall'estero nello stesso periodo, aveva pure dato un esito negativo. Improbabile, Lopez aveva pensato, che Morelli, con tanta gente alle calcagna, fosse rientrato via terra, e ciò per gli intuibili rischi di essere più facilmente riconosciuto e arrestato durante un lungo viaggio. L'ipotesi che potesse essersi avvalso di nome e documenti falsi, era stata giudicata possibile ma improbabile. Morelli non avrebbe avuto il tempo materiale per procurarseli se, come sembrava, la decisione di tagliare la corda l'aveva presa in tempi brevi.

A quel punto un sospetto aveva colpito il commissario. Si era chiesto: "Ma è proprio sicuro che Morelli non sia ritornato a Milano lo stesso giorno in cui è partito per Londra, ossia il 19 luglio?"

Lopez teneva la mano destra appoggiata sulla scrivania e faceva tamburellare le dita mentre parlava, in un gesto istintivo di nervosismo che Fascetti aveva già notato altre volte. "Morelli sapeva", continuò, "che, ritrovata l'auto nel parcheggio, i carabinieri avrebbero controllato le partenze del pomeriggio, stabilendo senza ombra di dubbio che si era imbarcato su un aereo per Londra. Ma era certo che non si sarebbero mai sognati – perché non ne avevano nessuna ragione al mondo – di controllare gli arrivi da Londra della tarda serata dello stesso giorno. Se lo avessero fatto avrebbero individuato il suo nome sulla lista passeggeri di un volo della British Airways atterrato a Linate quello stesso 19 luglio alle 23 e 10. Se, giunto a Milano, non fosse stato ammazzato, il suo stratagemma avrebbe funzionato senza essere mai scoperto."

Il poliziotto depose il mezzo sigaro ormai spento nel posacenere e si alzò dalla scrivania con un brusco movimento, come per sgranchirsi. Seguito dallo sguardo dei due giovani si avvicinò alla finestra, scostò la tendina e lanciò un'occhiata allo stabile di fronte, e poi alla lunga fila di auto parcheggiate lungo il marciapiede. Quindi cominciò una passeggiata riflessiva nell'ufficio, lentamente su e giù, le mani affondate nelle tasche dei pantaloni.

"Ora cerchiamo di riassumere per bene i fatti dal principio", disse infine dopo qualche minuto. "Dunque... il 19 luglio Morelli esce come al solito di casa al mattino per recarsi al lavoro, ma contrariamente alle sue abitudini prende l'auto. Dice alla sorella che gli occorre perché nel pomeriggio dovrà recarsi all'aeroporto di Linate, e inventa il pretesto dell'incontro col funzionario di una banca inglese, in arrivo da Londra. Mente alla sorella, dunque, con la certezza che, venutine a conoscenza dopo la sua scomparsa, i Carabinieri, cui competono normalmente le indagini di ricerca, avrebbero effettuato accertamenti presso l'aerostazione. Pertanto, si reca effettivamente all'aeroporto, lascia l'auto nel parcheggio e salta sul primo volo per Londra. Ma giunto a Heathrow non esce neppure dal terminal, acquista un altro biglietto, e trasborda subito su un volo della British Airways in partenza per Milano, dove quindi ritorna quella sera stessa. Si guarda bene dal recuperare la propria auto, ma noleggia un taxi e si fa portare in qualche pensione o alberghetto sito in qualche angolo remoto della città dove si rintana temporaneamente, in attesa di poter spiccare il volo – questa volta definitivamente – per qualche esotico paradiso fiscale dove darsi alla bella vita col denaro rubato. Probabilmente, dal suo nascondiglio si muove con cautela, ma con maggiore tranquillità poiché crede di essere riuscito, con quell'artifizio, a sviare

quanti a Milano gli danno la caccia, compresi i Carabinieri. Ora
si ritiene più al sicuro, meno vulnerabile."
    Tornò a sedersi e si passò una mano sul volto, poi si acca-
rezzò il cranio pelato in un gesto involontario di stanchezza. Infine disse inclinando il capo e scrutando i volti dei suoi ospiti
come per cogliervi la reazione alle sue parole: "Che cosa ne
pensate?"
    "Il tuo ragionamento non fa una grinza", Fascetti annuì. "In
sostanza... Morelli è costretto a scomparire dalla scena perché
assillato dai suoi creditori le cui richieste non può soddisfare integralmente. Corre il rischio di essere travolto dallo scandalo,
denunciato e arrestato. D'altro canto non può lasciare Milano
prima d'aver risolto qualche suo problema personale. Architetta, allora, una finta fuga a Londra per metter chiunque dovesse
cercarlo su una falsa pista. Un viaggio lampo: andata e ritorno
lo stesso giorno. Quasi non potesse assolutamente assentarsi."
    "Già, e se in futuro sarà identificato il suo assassino", Lopez
riprese, "si riuscirà forse a capire qual era questo impegno misterioso che lo aveva trattenuto a Milano. Resta soltanto da aggiungere un particolare." Fece una pausa. "La Procura della Repubblica, sta indagando presso alcune banche svizzere, dove si
sospetta che Morelli possa essere riuscito a trasferire il malloppo utilizzando conti cifrati, ancor prima di darsi alla macchia.
Ma temo che lo sforzo si rivelerà vano. Tu sai bene che quando
si tratta di conti cifrati, le banche svizzere od offshore tengono
la bocca cucita a doppio filo. Cercare di strappare a uno di questi banchieri notizie sui titolari di conti segreti, è quasi come
chiedere a un sacerdote di svelare le confessioni." S'interruppe
per recuperare dal posacenere il mezzo sigaro spento che riaccese. Un'intensa voluta di fumo andò ad arricchire la grossa nu-
be bluastra che già fluttuava sotto il soffitto. "Su questa storia
del ritrovamento dell'auto di Morelli nel parcheggio
dell'aerostazione e della sua finta fuga a Londra, abbiamo ritenuto, per il momento, di comune accordo con i Carabinieri, di
mantenere il massimo riserbo a evitare che i media ci ricamino
sopra estrapolandone le tesi più assurde. Il che non farebbe che
complicarci ulteriormente la vita." Si grattò un orecchio con
aria perplessa. "Alessi sta collaborando. Con lui abbiamo una
specie di *Gentlemen's Agreement* in base al quale siamo intesi

che non scrive niente di concreto senza concordarlo preventivamente con noi. In cambio della sua discrezione, lo teniamo aggiornato sullo stato delle indagini."
Il giornalista confermò con un cenno di assenso.

Lopez si tolse dalla bocca il sigaro spentosi di nuovo, e ormai completamente maciullato e fradicio all'estremità, e lo lasciò cadere nel posacenere. "Purtroppo non abbiamo soltanto il caso Morelli di cui occuparci, anche se questo è divenuto quello più importante, dato che riguarda un funzionario di banca e noto operatore di Borsa, con il precedente che era ricercato per truffa. E' un aspetto quest'ultimo che avvalora molto l'ipotesi di omicidio piuttosto che di incidente. Forse erano in molti, di quei suoi clienti truffati, a desiderare di acciuffarlo per farsi restituire il denaro e magari fargliela pagare in qualche modo. Ma non escluderei l'esistenza di un mandante che si sia avvalso di quell'Anonima delitti di cui ti ho parlato." Assunse una espressione rassegnata. "Ma, come dicevo, ne abbiamo molti altri di casi di gente deceduta in incidenti stradali di cui ci stiamo occupando, esattamente non so quanti. Disponiamo di un elenco aggiornato di cui Alessi ha una copia. Alcuni risalgono a molto tempo fa, ma chissà, forse anche su quelli riusciremo a fare luce, prima o poi." Rivolse lo sguardo stracco al giornalista. "Gli faccia dare un'occhiata all'elenco."

Alessi s'infilò una mano nella tasca della giacca ed estrasse una velina che porse a Fascetti. Questi prese a esaminarla con attenzione. Era un elenco abbastanza nutrito di nomi, di cui alcuni stranieri: arabi, americani e spagnoli. Individuò quello di Morelli.

Lopez disse:
"Abbiamo contrassegnato i nomi delle vittime che potrebbero essere ritenuti casi di omicidi premeditati, per distinguerle da quelle che siamo certi siano state travolte involontariamente da auto pirata."

"A giudicare da questo elenco, avrete delle belle gatte da pelare", Fascetti disse restituendo la velina al giornalista.

Il commissario borbottò annuendo: "Già, e Dio solo sa quanti casi riusciremo a risolvere."

A un tratto, Alessi guardò l'orologio e s'alzò. "Devo correre via", disse aggiustandosi il nodo della cravatta. "La ringrazio del tempo dedicatomi, commissario Lopez. Lieto d'averla conosciuta, Fascetti."

Sorrise, strinse la mano a entrambi e uscì in fretta dall'ufficio.

"Un giovane timido... mi sembra", fu il commento del detective.

"Ma nondimeno un valido giornalista", precisò Lopez. "Coraggioso..." Esitò un attimo. "Mah, forse un po' troppo."

Fascetti incrociò le braccia e accavallò le gambe. A quel punto ritenne di dover fare al commissario un breve resoconto anche del colloquio avuto con Maldano qualche ora prima.

"E' suppergiù quello che ha detto a me", Lopez confermò. "Lo abbiamo interrogato subito dopo il rinvenimento del cadavere."

"Che pensi di lui."

Lopez storse la bocca. "E' un personaggio molto chiacchierato, a dir poco."

"Ah!" Lo guardò sorpreso.

"Al punto che non possiamo escluderlo come indiziato per questo omicidio. Naturalmente non potrebbe aver agito che come mandante. Capirai che un uomo nella sua posizione non si sporcherebbe mai le mani direttamente in una faccenda del genere. Infatti dispone di un alibi di ferro, che abbiamo verificato. Senza ombra di dubbio, all'ora del decesso di Morelli, era a casa con la moglie. Il portiere di notte dello stabile in cui abita, in viale Monterosa, ha dichiarato di averlo visto rientrare intorno alle nove, ma non è più uscito."

"Ma di che razza di indizi a suo carico si tratterebbe?"

"Anzitutto... è sospettato di legami con una certa criminalità organizzata."

Fascetti emise un debole fischio per esprimere stupore.

"Lasciami indovinare... Mafia siciliana?"

Lopez annuì lentamente con aria solenne, dicendo:

"Cos'è che te l'ha fatto intuire."

"Be', anzitutto la sua origine; è palermitano, no? Poi è un alto funzionario di banca che si occupa di finanza. Il che, in conseguenza, mi porta a sospettare il riciclaggio di denaro sporco."

"Tombola!"

"E Morelli come si colloca nella faccenda."

"Il sospetto che sorge spontaneo è che Maldano, abusando dei suoi poteri come capo assoluto del settore finanza della Bpa, ricicli attraverso operazioni di Borsa, i flussi di liquidità rivenienti da alcune attività illegali cui sarebbe dedito un suo vecchio amico di Palermo in odore di mafia.

"Morelli, come capo del servizio, era in pratica l'esecutore materiale delle transazioni, e pertanto lo assisteva in tutto e per tutto. Ne consegue l'elevata probabilità che fosse informato sulla provenienza illecita del denaro, o quantomeno nutrisse forti sospetti al riguardo." Si appoggiò allo schienale della poltrona e chiuse gli occhi in una manifestazione di intensa stanchezza. Aggiunse:

"Capirai l'apprensione di cui Maldano deve essere divenuto preda quando ha appreso della sua scomparsa. Morelli sarà diventato per lui un testimone scomodo, una sorta di mina vagante. In teoria aveva un motivo validissimo per farlo scovare e uccidere."

"Ma qual è la fonte delle indiscrezioni?"

Il commissario fece un gesto vago. "Voci." Ma subito aggiunse: "Corroborate tuttavia da alcuni elementi concreti." Trasse un profondo sospiro prima di proseguire. "Di concerto con la Guardia di Finanza, lo teniamo d'occhio da tempo. Sappiamo che si reca di frequente a Palermo motivando con l'esigenza di dover fare visita alla madre novantenne. Ma da controlli effettuati con la collaborazione della polizia di quella città, è emerso che, oltre alla madre, vada pure a trovare un noto e ricchissimo imprenditore edile che risponde al nome di Vincenzo Ragusa. Un pezzo da novanta, con una miriade di attività, di cui la principale è costituita dai grandi appalti pubblici. Tra l'altro è un suo vecchio amico d'infanzia." Fece una pausa e intrecciò le mani sulla scrivania. "Dunque... su quest'ultimo personaggio molto in vista che conduce una vita rispettabilissima, si mormora da sempre che sia un esponente di primo livello di Cosa Nostra, un membro della cosiddetta Cupola. Ma, al tempo stesso, un *"intoccabile"*, grazie ai suoi innumerevoli agganci nella vita politico-istituzionale e imprenditoriale-finanziaria della regione, nonché a livello nazionale." Fece un'altra pausa. "Sappi che sono molti in Sicilia i cosiddetti *"uomini d'onore"*, membri dell'organizzazione, tuttora non smascherati perché riescono abilmente a nascondersi dietro il paravento dell'insospettabilità."

Lopez rimase in silenzio per qualche secondo, lo sguardo puntato sul mozzicone del sigaro spento nel posacenere, come indeciso se accenderne un altro. "Riuscire a incastrarlo è una impresa difficilissima", disse. "Per non dire impossibile."

Fascetti chiese: "E quale sarebbe l'origine illegale del denaro che viene riciclato?"

"Al momento possiamo soltanto fare delle ipotesi. La prima che balza alla mente è la droga. Come sai, traffico di droga uguale riciclaggio di denaro sporco. E' impensabile e impraticabile che i profitti derivati dal commercio di stupefacenti possano essere reinvestiti dalla mafia in attività lecite – come necessario – senza essere ripuliti della loro provenienza illecita. Le organizzazioni criminali, Cosa Nostra in testa, non possiedono le competenze tecniche necessarie a porre in atto le manovre finanziarie idonee allo scopo. Da qui l'esigenza di affidare il compito a esperti del settore: i cosiddetti *colletti bianchi.* Anche questi soggetti – spesso eminenti esponenti del mondo finanziario – conducono una vita legale apparentemente irreprensibile. Si è spesso sentito ripetere sulla stampa che in Italia il riciclaggio passa attraverso alcune finanziarie di Milano o svizzere. Ma quante ne sono state identificate sinora? Nessuna. Io aggiungerei che perfino alcune banche minori come la Bpa potrebbero esservi implicate." Si interruppe e fissò Fascetti come per assicurarsi della sua attenzione. "Un'altra ipotesi inquietante avanzata, è che i riciclatori si servano delle operazioni di Borsa. Ma, neppure attraverso le ispezioni della Consob, sono state mai individuate transazioni del genere…, almeno che io sappia. Non di rado in passato alcuni giornali e persino certi esponenti del governo, hanno senza mezzi termini additato la Borsa come il settore finanziario privilegiato dal riciclaggio. Queste avventate affermazioni hanno immediatamente avuto ripercussioni negative, e sono bastate a far dirottare cospicui investimenti dal mercato azionario, il che ha provocato marcati ribassi. E' stupefacente la rapidità con cui il denaro fiuta il pericolo, e fugge a gambe levate."

Il commissario rimase in silenzio a riflettere per qualche secondo. Stava per proseguire quando Fascetti lo precedette, dicendo: "Allora mi riesce difficile capire le ragioni per le quali Maldano non si sia opposto alla rimozione di Morelli. Se questi era davvero al corrente dei suoi sporchi segreti, non sarebbe stato più saggio tenerlo legato a sé, soprattutto per non incattivirlo e non correre il rischio che lasciasse la banca – come poi ha fatto – trovando poi il modo di esporlo per vendicarsi del torto subito?"

"E' una giusta osservazione", Lopez annuì. "L'unica risposta che si può dare e che, dopo quanto era emerso sul conto di Morelli e di cui si vociferava in tutta la banca, Maldano non potesse scagionarlo senza destare sospetti." Fece una pausa. "Secondo dichiarazioni di alcuni impiegati della Bpa, Maldano e Morelli erano più vicini di quanto volessero dare a vedere. Trascorrevano spesso molte ore da soli chiusi nell'ufficio del primo in colloqui riservati, duranti i quali non desideravano essere disturbati. Più di una volta erano stati visti insieme a pranzo in qualche ristorante fuori mano.".

Fascetti ridacchiò. "Stai per caso insinuando che tra i due si era instaurato un rapporto di una certa intimità...", indugiò un attimo prima di aggiungere, "...come dire... una storia sentimentale di tipo omosessuale?" Proruppe in un riso soffocato. "Ne sarei tutt'altro che sorpreso. Saprai certamente delle voci che corrono su certe tendenze di Maldano..."

Lopez si mise a ridere a sua volta. "Ci avrei giurato che non avresti resistito alla tentazione di spettegolarci sopra. No, è da escludere. Rivetti, un collega e amico intimo di Morelli, interrogato in proposito, ne ha sottolineato i gusti fortemente eterosessuali. Gli piacevano troppo le donne per poter pensare che sia stato disposto ad accettare di sottoporsi a pratiche del genere. Quindi i loro rapporti erano strettamente di lavoro. Il sesso non c'entrava per niente."

Rimasero in silenzio per qualche tempo.

"Stavo riflettendo", Fascetti disse, "sulla possibilità che Maldano possa essere ricorso al suo amico di Palermo per sbarazzarsi di Morelli, dopo aver scoperto il suo nascondiglio, naturalmente. Niente di più facile che mandare due picciotti per fare il lavoro."

Lopez disse: "Non credere che non ci abbia pensato. Non lo escludo in assoluto, solo che questo omicidio non presenta le connotazioni del *modus operandi* tipico della Mafia. Non che Cosa Nostra privilegi certe tecniche rispetto ad altre. Di solito sceglie sempre la via più breve e meno rischiosa. Evita la teatralità salvo che non possa proprio farne a meno. Al massimo spara col silenziatore per uccidere. In genere preferisce le operazioni discrete che non attirano l'attenzione. Ecco perché lo strangolamento col cappio si è affermato come il sistema prediletto. Niente rumore, nessuna ferita e quindi niente sangue. Un lavoro pulito, insomma, ancorché impegnativo." Scosse la testa. "No, non ci scommetterei sul delitto di Mafia." Tacque, frugò in un cassetto della scrivania e prese finalmente un altro sigaro. Lo scartò e lo accese inalando a fondo.

"Ho una perplessità... ", disse fissando il detective quasi volesse leggergli il pensiero.

"Davvero? E di cosa si tratta?"

"Mi sto appunto chiedendo, come fa un investigatore privato alle prime armi come te, ad avere il coraggio di avventurarsi in un caso di presunto omicidio come questo? E ancora... per quale ragione questo tuo cliente misterioso, chiunque esso sia, desidera ficcarci il naso?"

"Per il momento posso soltanto dirti che questo tale mi ha semplicemente affidato il compito di condurre un'indagine sulla morte di questo funzionario della Bpa, morte che, anche a suo modo di vedere, non sarebbe accidentale. La ragione del suo interesse è più che giustificata. Avrebbe affidato alla vittima una grossa somma di denaro col compito di amministrarla. Spera pertanto di riuscire a recuperarla scovando l'assassino. "

"E naturalmente non puoi svelarmi la sua identità..." Lopez rise sommessamente.

"Purtroppo non posso. Sarebbe una chiara violazione della deontologia professionale stabilita dall'Associazione. Inoltre me lo impongono gli accordi specifici col cliente, che prevedono tra l'altro un compenso molto lauto."

Lopez restò in silenzio per qualche secondo, quindi sospirò e disse: "Okay, Carlo, non insisto. Ma stammi bene a sentire: non ti nascondo che sono preoccupato perché è la prima volta che ti ritrovi per le mani un caso di omicidio. E' un lavoro di qualità molto diversa rispetto a quello di cui normalmente ti occupi, e comporta rischi di gran lunga più elevati. Quindi, stai molto all'erta. Sono sempre più convinto che abbiamo a che fare con una organizzazione criminale che tenta di mascherare da incidenti stradali quelli che sono in realtà omicidi premeditati. Il caso Morelli potrebbe essere uno di questi. Dietro c'è una sola mente, un solo regista. Un criminale incallito e potente che probabilmente fa dell'ammazzare la gente su commissione la sua principale attività."

"Stai tranquillo che me la cavo", il giovane lo assicurò sorridendo. "Mi farò vivo più avanti."

"Bene, ma ora togliti dai piedi perché ho del lavoro urgente da sbrigare", gli disse ricambiando il sorriso.

9

Erano le nove e si era fatto buio quando Fascetti uscì dalla Questura dirigendosi a passo spedito alla volta di via Manzoni dove aveva parcheggiato la Golf. Fu piacevolmente sorpreso nel constatare che l'aria si era un po' rinfrescata. Una brezza lieve che spirava da nord, gli scarmigliava appena i capelli e gli accarezzava il viso.

"Fascetti!" Si sentì chiamare alle spalle.

"Sì?" Si voltò di scatto e vide un giovane slanciato correre verso di lui. Riconobbe il giornalista che aveva conosciuto poco prima nell'ufficio del commissario Lopez.

"Ho pensato di attenderla perché desidero parlarle", disse quando lo ebbe raggiunto, un po' trafelato. "Se non la disturbo, naturalmente."

"Non mi disturba affatto, Alessi. Dica pure." Ripresero a camminare a fianco a fianco.

"Be', si tratta di quel caso di cui lei si sta occupando… In un certo senso anch'io ci sto lavorando, se pure indirettamente come le ha spiegato il commissario Lopez. Ho pensato che potremmo collaborare in questa indagine, anche se non a tempo pieno."

Rise con aria impacciata.

Fascetti si fermò e si girò lentamente verso di lui rivolgendogli uno sguardo penetrante. Disse: "E perché no? Mi sembra una buona idea…, possiamo parlarne."

"Per la verità, di idee ne ho tante nella testa", disse l'altro con una sorta di eccitazione infantile mentre riprendevano a camminare accelerando il passo. "Ma una in particolare la ritengo geniale."

"Sarò lieto di ascoltarla." Gli lanciò un'occhiata sfuggente. Raggiunta l'auto, gli chiese: "Dov'è diretto?"

"A casa, mi sono attardato per aspettarla."

"A proposito, dov'è che abita?"

"In piazzale Susa."

"Salti dentro, le dò uno strappo."

"Ma non è un po' troppo fuori mano per lei?"

"Non si preoccupi, non c'è problema." Avviò l'auto in direzione del Duomo. Improvvisamente si accorse di avere una fame da lupo: aveva consumato soltanto un minuscolo panino imbottito all'ora di pranzo.

"Immagino che non abbia ancora cenato...", disse al giornalista.

"Infatti."

"Che ne direbbe di mangiare un boccone insieme da qualche parte?"

"Be'...", apparve titubante e guardò l'ora, "...confesso che mi farebbe piacere, così potremmo parlare. Ma prima dovrei avvisare mia moglie."

"Cosicché lei è sposato, Alessi..."

"Certo, da cinque anni, e ho un figlio di due. Mia moglie è una donna meravigliosa, la più bella e in gamba del mondo. Mi ritengo un uomo fortunato. Dovrebbe conoscerla."

"Spero d'averne l'opportunità."

"E lei è sposato?"

"No."

"Ma quanti anni ha, signor Fascetti?"

"Trenta."

"Be', sarebbe l'età giusta per prendere moglie, no?"

"Non ho ancora trovato l'anima gemella." Girò un attimo la testa verso di lui e gli sorrise.

Procedettero lentamente nel convulso traffico serale di via Manzoni, fino a piazza della Scala.

Dopo aver girato un po', Fascetti riuscì parcheggiare la Golf in una piccola traversa di corso Vittorio Emanuele nelle adiacenze di piazza Duomo. Si incamminarono lungo il corso alla volta di piazza Cordusio, immersi nel fitto viavai di gente, lanciando a tratti rapide occhiate distratte alle vetrine illuminate dei lussuosi negozi. Giunti sulla piazza, la attraversarono imboccando via Broletto.

Entrarono in un bar ristorante dall'aspetto modesto, ma gradevole. Dall'esterno appariva incongruo con il lussuoso negozio di calzature a sinistra, e quello di confezioni maschili firmate a destra. Sulla vetrina, eccessivamente illuminata, racchiuso in una cornice di legno, campeggiava il menù del giorno con i relativi prezzi. All'interno, furono avvolti dalla gradevole sensazione di fresco procurata dall'impianto di condizionamento, ma il locale era chiassoso e fiocamente illuminato. L'ambiente era diviso in modo che il settore ristorante, dove venivano serviti i pasti, si trovava a sinistra in un'area arredata con pannelli di legno scuro. A destra c'era il lungo bancone del bar alla cui estremità, vicino all'ingresso, era collocata la cassa. Dietro il registratore stava appollaiato, le braccia incrociate, un grassone dall'aspetto rubicondo che controllava con lo sguardo tutto il locale.

"E' mai stato in questo posto?" Fascetti domandò ad Alessi.

L'altro scosse il capo in segno di diniego.

"Vedrà che s'è perso qualcosa. Non si faccia ingannare dall'ambiente un po' dimesso. Si mangia da dio."

Un cameriere venne loro incontro sorridendo con fare servievole, stropicciandosi le mani; li salutò e li guidò verso uno dei pochi tavoli disponibili in fondo alla sala. Si sedettero. Il brusio delle conversazioni era elevato, frammisto ai rumori stridenti e metallici provenienti dalla cucina situata a breve distanza. "I signori cosa prendono?" Il cameriere porse loro il menù.

Fascetti lo osservò che, afferrata una matita che teneva infilata dietro l'orecchio destro, si accingeva a prendere l'ordinazione.

"Prendiamo qualcosa da bere prima di cenare?" Fascetti chiese al giornalista dopo breve esitazione.

"D'accordo, gradirei un Martini con ghiaccio."

Ordinarono due Martini, e, dopo aver scorso il menù, spaghetti alla matriciana e bistecche con l'osso cotte al sangue, con contorno di patatine fritte.

Il Crollo

"Da bere?" chiese il cameriere
"Una bottiglia di buon Barolo, e una di acqua minerale naturale", Fascetti rispose.
Improvvisamente Alessi disse: "Oh, a proposito, devo chiamare mia moglie."
"Lo faccia pure mentre attendiamo di essere serviti."
"Splendido, torno subito."
Tornò quando gli aperitivi erano già sul tavolo.
Restarono in silenzio a sorseggiare i Martini. Li avevano quasi terminati quando furono serviti gli spaghetti. Alessi riprese a parlare con la bocca piena, il che dava alla sua voce un timbro un po' gutturale. "Mia moglie dice che le sarebbe piaciuto unirsi a noi."
"Perché non l'ha invitata?"
"Perché non sarebbe potuta venire." Deglutì e si portò alle labbra il bicchiere; bevve un sorso di vino e si asciugò le labbra. "E' talmente presa con la casa... e soprattutto col bambino. E' ancora troppo piccolo." D'improvviso il volto gli s'illuminò e depose sull'orlo del piatto la forchetta con cui aveva appena arrotolato un boccone di spaghetti. "Guardi...", disse mentre estraeva il portafoglio dalla tasca interna della giacca e sfilava una foto a colori da una delle custodie di plastica trasparente.
Fascetti capì ciò che l'attendeva e si preparò a sorbirlo con rassegnazione. Fortunatamente durò poco. Guardò la foto del piccolo Alessi che il padre gli mostrava con orgoglio, e pronunciò alcune parole del tipo: giuro di non aver mai visto un esemplare più splendido di bambino in vita mia. Riuscì a dirlo con il tono di voce di chi è veramente interessato.
Alessi annuì, l'espressione seria, soffermandosi a contemplare compiaciuto la foto per qualche secondo ancora prima di riporla nel portafogli. "E' un bimbo molto sveglio. Sissignore, davvero molto sveglio. E' l'immagine del padre." Rimise in tasca il portafogli. "Lei non ha idea della sensazione che si prova nello stringere tra le braccia un bimbo... il proprio bimbo." Tacque sorridendo. "La famiglia è tutto, caro Fascetti. Avrà modo di rendersene conto quando anche lei se ne sarà formata una."
Fascetti si mosse a disagio sulla sedia mentre masticava. Era un argomento che non lo interessava e che non gradiva molto

trattare. Tuttavia si sforzò di osservare: "Mi sembra che la sua ne sia un magnifico esemplare."

Il giornalista dovette prenderlo come un commento conclusivo poiché annuì senza replicare.

Consumarono in silenzio gli spaghetti con la voracità di due reduci da un lungo digiuno. Quando ebbero terminato, Fascetti avvertì la sensazione che il giornalista fosse sul punto di riprendere lo stesso argomento di prima, ma l'arrivo delle bistecche gli risparmiò ulteriore imbarazzo. Ci si buttarono sopra con determinazione. Erano tenere e cotte a puntino, un po' al sangue come piaceva a Fascetti. Mangiarono profferendo, a tratti, qualche banale osservazione, e, alla fine, entrambi si appoggiarono, in perfetta sincronia, allo schienale della sedia reggendo nella mano destra i calici ricolmi di vino che svuotarono tutto d'un fiato.

Il giornalista trasse un sospiro di soddisfazione e la conversazione riprese.

"Sono sazio", disse. "Complimenti per l'ottima cucina!" aggiunse rivolto al cameriere che si era avvicinato per rimuovere i piatti vuoti.

"Prendono il dessert?" chiese quest'ultimo sorridendo mentre versava il vino nei bicchieri.

I due fecero di no col capo e presero a sorseggiare il Barolo di cui Fascetti ordinò un'altra bottiglia. Alessi infilzò un'oliva con uno stuzzicadenti e si mise a studiarla attentamente, le palpebre lievemente abbassate. Poi, a un tratto, se l'infilò in bocca e si sporse in avanti verso il detective.

"Fascetti...", mormorò come se stesse cospirando, mentre masticava l'oliva.

"Sì?"

"A proposito di quello che Lopez le ha accennato al riguardo delle mie indagini su questi incidenti stradali sospetti, di concerto con la polizia...", esitò e si portò alla bocca una mano a coppa con cui raccolse il nocciolo dell'oliva che depose nel posacenere, "...ho escogitato un piano per accelerare la soluzione di tutti questi casi." Si guardò intorno con fare circospetto come per verificare di non essere stato ascoltato.

"Bene, di che cosa si tratta?" Lo sguardo del detective era un po' svagato, privo d'interesse.

"Non ne ho ancora parlato col commissario, ma è qualcosa di grosso, di molto grosso." Si interruppe di nuovo. "Sto pensando a uno scoop." Fascetti lo fissò aggrottando la fronte. Lo sguardo da svagato divenne scettico. "Allora... me ne esponga i dettagli."

"Se funzionerà, cosa di cui sono certo, potremo incastrare tutti i componenti di questa organizzazione criminale, che riusciremo così a sgominare. Ricorda ciò che le ho detto quando eravamo da Lopez circa mie recenti frequentazioni in certi ambienti... equivoci?"

Fascetti annuì e il giornalista tacque un attimo per guardarsi nuovamente intorno, ma non ebbe l'impressione di qualcuno che stesse badando a loro. Comunque, nessuno era abbastanza vicino per poter origliare la loro conversazione coperta peraltro dall'intenso brusio delle voci. Quindi proseguì: "Supponiamo che riesca a stabilire un contatto con qualche esponente dell'Anonima, e a stipulare un contratto per farmi fare un certo servizio..." Una breve pausa. "Per togliere di mezzo qualcuno, insomma." Si scolò il bicchiere di vino.

Fascetti ebbe un sussulto e prese a tossire convulsamente. Qualche goccia di vino gli era andata giù di traverso nell'udire le parole di Alessi, e minacciava di soffocarlo. Urtò col ginocchio una gamba del tavolo, e il brusco movimento fece traboccare un po' del Barolo dal suo calice ancora colmo, formando una macchia sulla tovaglia. "Ma lei è impazzito!" non poté fare a meno di esclamare superato l'attacco di tosse. "E questa sarebbe l'idea geniale?"

Alcuni avventori si voltarono a guardarli con aria perplessa.

"Non sono impazzito", disse sommessamente il giornalista allungando le mani davanti a sé, e poi abbassandole come invitandolo a moderare il tono.

Fascetti lo scrutò in volto. "Ma io trovo talmente bizzarro il suo umore che se lei non è pazzo, sarà certamente ubriaco. Dimentichi una simile follia."

"Non sono neppure ubriaco, forse un po' brillo. Ma questo è l'argomento di cui desideravo parlarle."

Il detective apparve interdetto per qualche secondo, poi disse: "Bene. Allora mi ripeta tutto. Ma parli lentamente, scandendo bene le parole. Mi spieghi per filo e per segno."

Il giornalista invece cominciò a parlare spedito, a raffica, come se si fosse preparato da tempo ciò che doveva dire. "Bene, le dò i particolari del mio piano", esordì. Intrecciò le mani e le appoggiò sul tavolo, quindi proseguì restando proteso in avanti: "Durante il colloquio con Lopez, abbiamo discusso di tutti quei casi di gente deceduta in incidenti stradali che probabilmente incidenti non sono." Ora Fascetti aveva assunto un'aria compassata mentre l'ascoltava. "Abbiamo anche ipotizzato l'esistenza di una organizzazione criminale che si incarica, dietro pagamento, di eseguire questi delitti usando una nuova tecnica che consente di farli apparire come disgrazie, sì da evitare nella maggioranza dei casi, che la polizia indaghi a fondo come nei comuni casi d'omicidio." Si interruppe per riempire il bicchiere e trangugiare un'altra abbondante sorsata. "Bene... supponiamo che con la massima discrezione io sparga la voce nell'ambiente della Mala che sarei interessato a ingaggiare qualcuno per un lavoretto del genere. Riesco a stabilire un contatto, e li avvicino anzitutto per cercare di capire chi sono. E' probabile che riesca pure a localizzarne il loro covo; cosicché avverto il commissario Lopez che potrà in tal modo fare una retata. Io faccio uno scoop fantastico, un colpaccio con cui batto tutti gli altri grandi quotidiani, sono promosso caporedattore e magari prendo il Pulitzer. Tutto qui. Semplice no? Cosa gliene pare?" Altra sorsata di Barolo. Fascetti aveva ascoltato immobile, lo sguardo incredulo, a tratti accigliato, posato sul suo interlocutore. Pensò che, per quanto folle potesse apparire, quella doveva essere l'idea del genere di successo che ciascun giovane giornalista ambizioso, desiderava ardentemente perseguire.

Il chiacchiericcio nel locale si era intensificato, intervallato qua e là da schiamazzi e risate.

"Alessi lei sta dando fuori di testa", il detective disse dopo una lunga pausa meditativa durante la quale il giornalista tacque. "Mi consenta una semplice domanda. Ipotizziamo di mettere in atto questo suo piano pazzesco, con che cosa li paghiamo quelli lì? Non saranno quisquilie le somme che chiedono."

L'altro fece una smorfia come per minimizzare.

Disse:"Io ho del denaro. Potremmo dare loro un anticipo, oppure negoziare condizioni di favore. Non ho la più pallida idea delle loro tariffe. Ma credo che non sarà necessario sborsare neppure una lira, perché riusciremo a bloccarli prima che abbiano il tempo di fiatare. Non ci saranno problemi." Abbassò appena le palpebre e fissò Fascetti con gli occhi arrossati. "Be', allora? Non ne è convinto?"

Fascetti si passò le dita tra i capelli corvini in un gesto esasperato, dicendo:

"Di tutte le stramberie che io abbia mai avuto modo di ascoltare in vita mia, questa è indubbiamente la più formidabile." Lo sguardo era divenuto torvo. "Sissignori, questa è davvero la più colossale di tutte." C'era una lieve traccia di sconcerto nella voce. Si mise le mani sulla testa, i gomiti puntati sul tavolo, e rimase così a riflettere per qualche secondo. Infine disse: "Alessi, nel caso che non se ne renda conto... lanciarsi in una simile impresa significa rischiare di brutto. Riesce o no a capirlo?"

"Si calmi, Fascetti", l'altro lo invitò. "C'è un margine di rischio ovviamente. Ne ho tenuto debito conto, ma lo ritengo molto ristretto. Comunque sono disposto ad accollarmelo. Le ripeto che l'operazione è tutta una messinscena. Una volta che sarò riuscito ad avere un abboccamento con qualcuno della gang, e a individuarne il covo, avviseremo la polizia e li faremo schiaffare tutti dentro. Quando se ne renderanno conto, sarà troppo tardi. Un'azione lampo, insomma, e indolore per noi." Si portò il bicchiere alle labbra e lo svuotò. "Consideri inoltre che, così facendo, riusciremo a identificare rapidamente tutti i mandanti degli omicidi, compreso quello di Morelli, e lei potrà concludere con successo la sua indagine."

Ora Fascetti lo fissò strizzando gli occhi, come un archeologo che osserva con interesse un raro reperto appena rinvenuto in un sito di scavi. "Questa sì ch'è bella", disse. "Dunque, con la massima naturalezza lei si rivolge a quelli dell'Organizzazione e dice loro: 'ascoltate, c'è questo stronzo che mi dà fastidio, toglietemelo dalle palle'. Dico bene?"

Il giornalista annuì. "Sì, grosso modo."

"E sentiamo un po'... chi sarebbe questo povero cristo?"

"Lei."

Per un attimo Fascetti lo guardò come se non avesse recepito la parola. "Cosa?!" sbottò poi stupito. "E me lo dice così, con una tale spontaneità e disinvoltura? *Lei.* Cosicché, se ho ben capito, mi avrebbe già assegnato un ruolo in questo suo cavolo di piano, senza neppure interpellarmi. Dovrei fare da bersaglio, e magari si aspetta pure che ne sia compiaciuto e la ringrazi." Scosse il capo lentamente. "Alessi, la prego, lei mi sta facendo morire... *ma veramente*."

L'altro non replicò, capovolse il bicchiere vuoto sul tavolo e fece un piccolo rutto di cui arrivò al naso del detective una zaffata gravida di vino.

Rimasero in silenzio per qualche tempo, poi il detective trasse un profondo sospiro, dicendo:

"Ora... mi dica un'altra cosa... perché mai dovrei essere proprio io il fortunato prescelto?"

"Ma è per via della sua professione, porca miseria. Chi altro più di un investigatore privato può essere soggetto, anche inconsapevolmente, a farsi dei nemici che desiderino perfino fargli la pelle? Lei sarebbe ideale come vittima da segnalare per un delitto su commissione. Ci ho pensato nel momento stesso in cui siamo stati presentati da Lopez."

"Ma va'!" Ebbe un lieve sorriso ironico.

"Già... Vede, Fascetti, devo necessariamente inventarmi una storia credibile da rifilare, a momento venuto, a quelli dell'Anonima per giustificare il contratto che intendo stipulare. Sennò c'è il rischio che mangino la foglia. Mi spiego?"

"Non abbastanza."

"Le sarò più esplicito. Pensò di presentarla come un investigatore privato finito nel mirino di qualche uomo potente e facoltoso, molto in vista, venuto a conoscenza del fatto che lei sta conducendo indagini sul suo conto, mirate a portare alla luce alcuni scheletri che lo stesso nasconde nell'armadio. Potrebbe andar bene... che so... la figura di qualche politico corrotto, impegnato in loschi traffici, percettore di tangenti. Oppure... un membro del governo dedito a hobby particolari nell'aria del sesso." Fece una breve pausa. "Ora... supponiamo che l'indagine le sia stata commissionata da un nemico o un rivale – che desidera a ogni costo mantenere l'anonimato – di questo potente personaggio immaginario, e che sia finalizzata al conseguimento della sua rovina. Io mi presenterò nella veste di intermediario dell'indagato che mi ha chiesto di stipulare un contratto su di lei per farla liquidare, visto che la sua inchiesta sta diventando pericolosa. Tutto qui. Be', che ne pensa?"

"Penso anzitutto che lei sia dotato di una fervida fantasia, Alessi."

"Lasci perdere... ma mi dica piuttosto... come lo trova il mio piano ora che gliene ho illustrato i particolari?"

"Ma è un azzardo della madonna. Per tutti e due, ma soprattutto per lei."

"Esagera, Fascetti. Lei vede tutto nero. Si rilassi, so bene quello che faccio."

"Sarà... Ma certo è che per lei sarebbe come infilare da solo la testa nel cappio. Potrebbe non uscirne vivo se qualcosa andasse storto e quelli che lei contatta dovessero subodorare il suo gioco." Fece un sospiro. "Sinceramente non so cosa pensare di lei... Non me ne voglia se le dico che in questo suo progetto c'è della follia allo stato puro. A meno che la pazzia non sia un requisito indispensabile per poter fare il giornalista. E alla famiglia non ci pensa?"

Alessi si strinse nelle spalle senza rispondere alla domanda, lo sguardo vacuo. "Per come presenterò loro la cosa, non credo che sospetteranno di niente", disse infine. "Perché dovrebbero d'altronde? Capisce, Fascetti..., quella è gente che va per le spicce pur di incassare le commissioni. Da come ho curato il progetto in ogni minimo dettaglio, la eventualità di essere beccato è remotissima. Le assicuro che non esiste tutto quel pericolo che lei ci vede. Comunque, al punto in cui sono non me la sento di tirarmi indietro. Ne va della mia carriera e della mia credibilità al giornale."

Fascetti rimase in silenzio a riflettere per alcuni secondi, poi disse:

"Ci sarebbe un'altra importante considerazione da fare, della quale mi meraviglio che lei non abbia tenuto conto..."

"E sarebbe?" Si portò una mano alla bocca per soffocare uno sbadiglio."

"Io non credo che quelli siano tanto ingenui da cascarci tanto facilmente." Fece una pausa. "Mettiamo che prendano delle precauzioni per impedirle di stabilire l'esatta ubicazione del loro covo. Che so... potrebbero bendarla, no? In tal caso non le resterebbe che tornarsene a casa con le pive nel sacco."

Il giornalista lo guardò sorridendo e fece una smorfia come per dire: "Mi fa proprio così sprovveduto?"

Domenico Martusciello

"E lei crede che non ci abbia pensato?" disse. "Non posso non ammettere che esista una siffatta possibilità, anche se la giudico remota. Ma se si verificasse, il mio piano non andrebbe in fumo. In una tale evenienza, dovrei soltanto apportare una variante alla sua impostazione originaria. Si tratta di qualcosa di cui mi riservavo di parlarle."

"Ah. Lei non smette di stupirmi, Alessi. Mi dica dunque."

"Vede... la condizione di vitale importanza perché io possa centrare il mio obbiettivo, è che riesca anzitutto a stabilire un contatto con l'Anonima e stipulare il contratto. Dopodiché, se dovesse fallire il tentativo di localizzarne la residenza potrei sempre ricorrere al commissario Lopez per portare a compimento il piano, anche se richiederebbe tempi più lunghi."

"Non vedo come."

"Chiedendo al commissario di metterla sotto sorveglianza ventiquattrore su ventiquattro, con l'impiego di quattro o cinque agenti in borghese che dovranno muoversi – senza mai perderla di vista – a distanza e con discrezione assoluta. Cosicché quando i sicari incaricati di sequestrarla si faranno vivi, scatterà la trappola e saranno arrestati. Loro tramite, riusciremo a risalire al cuore dell'organizzazione." Tacque e lo fissò. "Che gliene pare?" Il detective non rispose subito. Sembrò riflettere mentre un sorriso sarcastico gli affiorava sulle labbra. "Splendido!" esclamò. "Ma non le pare che questa modifica del piano aggraverebbe radicalmente la mia posizione esponendomi a un rischio concreto? Mi ritroverei a dover fare da esca. Sarebbe un po' come muoversi tra due fuochi di fila."

Alessi scosse il capo stancamente per esprimere disaccordo. "La sua è una valutazione esageratamente pessimistica della situazione in cui verrebbe a trovarsi, Fascetti. L'incolumità della sua persona sarebbe garantita dalla costante vigilanza di agenti speciali, addestrati in operazioni di questo genere. Chiunque dovesse avvicinarla in determinate situazioni, anche entro un raggio di pochi metri, non avrebbe neppure il tempo di fiatare poiché sarebbe prontamente neutralizzato."

L'altro non replicò, il volto accigliato, e per qualche tempo rimasero a guardarsi senza scambiarsi una parola.

"A cosa pensa, Fascetti?" Il giornalista chiese a bruciapelo. "Mi sembra preoccupato."

Il Crollo

"Credo di averne delle ottime ragioni, non le pare?" Rimase in silenzio per alcuni secondi, poi disse: "E se durante l'abboccamento dovessero chiederle cosa fa per vivere?"

"Dirò la verità, naturalmente. Capisce... è del tutto credibile che un giornalista abbia l'opportunità di allacciare amicizie ad alto livello nella cerchia dei politici."

Subentrò un'altra pausa di silenzio, ma Fascetti cominciava ad averne abbastanza di quella conversazione. L'ostinazione inattaccabile e l'ottimismo sfrenato del giornalista erano senza pari. Il pensiero che volesse coinvolgerlo a ogni costo in quell'operazione tanto folle quanto spericolata, gli procurava un senso di intensa collera, che a stento riusciva a dominare. Si sarebbe sfogato, non fosse stato per il luogo pubblico in cui si trovavano. Ancorché la temperatura nel locale non fosse molto elevata, aveva la camicia fradicia di sudore appiccicata alla schiena, che cominciava a dargli prurito.

"Ora spalanchi le orecchie Alessi, e ascolti bene quello che ho da dirle", disse infine con tono sommesso, ma duro. "Il suo piano non mi convince per niente, e non mi va che lei cerchi di tirarmici dentro. Mi auguro che abbia parlato per scherzo, visto che ha alzato il gomito oltre il suo normale livello di tollerabilità dell'alcol. Ma se così non fosse...", gli puntò contro un indice minaccioso, "...la diffido fin d'ora dal coinvolgermi in questa pazzia. Non voglio averci niente a che fare. Oltre tutto, è una vera idiozia. Neppure minimamente desidero mettere a repentaglio la mia vita. Sono stato chiaro?"

Il giornalista ridacchiò divertito. Poi di colpo divenne serio come se avesse afferrato a scoppio ritardato il senso delle parole. "Ma le ho già detto che..." Si interruppe confuso senza terminare la frase, passandosi una mano sul volto quasi a volersi schiarire la mente dalla nebbia che l'avvolgeva. Aveva una mandibola rilasciata e lo sguardo inebetito, come un soggetto affetto da problemi psichici.

"Non mi sento molto bene", disse. "Ho la testa vuota e mi gira un po'... " Cominciava ad accusare qualche difficoltà nell'esprimersi con chiarezza.

"Si vede lontano un miglio che sta male, e non mi sorprende. Lei si è inciuccato di brutto, Alessi. Gli ha dato troppo dentro col Barolo." Lo guardò dritto negli occhi. "Le dirò che anch'io mi sento la testa un po' leggera. Dunque, smettiamola di bere e prendiamoci un bel caffè espresso. Che ne dice?" Ordinò due espressi a un cameriere che passava lì vicino.

Li sorbirono in silenzio scambiandosi di tanto in tanto brevi sguardi seri.

"Spero che non se l'avrà a male...", Fascetti disse posando la tazzina vuota sul tavolo, "...se mi permetto di darle un consiglio amichevole..." Si interruppe per guardare l'ora, poi alzò una mano per attirare l'attenzione del cameriere, mimando il gesto della scrittura per chiedere il conto.

Il giornalista lo guardò con aria stanca. "La prego... dica pure."

"Ora vada a casa e faccia anzitutto una doccia. Poi una bella dormita. Domattina si sentirà in perfetta forma, e poiché avrà riacquistato la lucidità, tutto quello di cui mi ha parlato stasera le sembrerà nient'altro che un grossa stupidata. Magari ci riderà sopra. Ma se così non fosse..." tacque un istante fissandolo intensamente, "...allora le consiglierei di trovarsi un buon strizzacervelli."

Tacquero per qualche minuto mentre Alessi, gli occhi semichiusi, si massaggiava ininterrottamente il collo alla base della nuca. "Va bene...", disse infine. "D'accordo." Faceva un notevole sforzo nel tenere le palpebre sollevate.

Improvvisamente guardò l'orologio ed ebbe un piccolo scatto nervoso. S'alzò. "Ora devo andare", disse in tono preoccupato. "Mia moglie sarà in pena. Le avevo promesso che stasera non avrei fatto tardi."

"Pago il conto e l'accompagno", disse Fascetti accennando ad alzarsi.

"No, no. Non s'incomodi, prendo un taxi, c'è un posteggio in piazza Cordusio." Rifletté per un attimo. "A proposito del conto, lasci fare a me." Fece per estrarre il portafoglio.

"Ma neanche per idea, sono stato io a invitarla, ricorda?"

"Allora grazie."

"Si figuri." Lo scrutò in volto. "Ma è proprio certo di farcela a tornare a casa da solo?"

"Può scommetterci, non c'è problema."

"Se domani sarà ancora vivo, mi chiami." Gli rivolse un sorriso pieno di ironia.

L'altro annui, salutò e s'avviò, ma si fermò di colpo come avesse dimenticato qualcosa. "Ah...", disse girandosi, "...non ho il suo numero."

"Lo trova sull'elenco."

"Bene, allora ci sentiamo." Sorrise, salutò di nuovo con un gesto della mano e si diresse verso l'uscita con passo incerto, quasi vacillante.

Nell'attraversare la soglia del locale urtò appena lo stipite della porta, sotto lo sguardo accigliato del detective che scuoteva lentamente il capo.

10

Era da poco passata la mezzanotte quando il taxi imboccò piazzale Susa. Vi girò intorno per un breve tratto prima di arrestarsi davanti a una palazzina anni Venti di quattro piani, dipinta di giallo, ammantata dall'oscurità. Balconcini di pietra grigia dai parapetti graziosamente scolpiti, e finestre sormontate da piccole decorazioni marmoree la abbellivano, conferendole un'aria di eleganza sobria.

"Siamo arrivati, signore", disse il tassista a voce alta.

Alessi si svegliò con un sussulto e si ricompose sul sedile. Guardò fuori dal finestrino prima di accingersi all'impresa, non facile, di uscire dalla vettura. Cominciò ad armeggiare con la maniglia della portiera e quando l'ebbe aperta, si aggrappò al bordo superiore. Poi, messi i piedi sul marciapiede, si issò lentamente e a fatica, fino a raddrizzarsi del tutto. Chiuse lo sportello e vi rimase appoggiato mentre estraeva il portafogli.

"Quant'è?"

"Ventimila."

Il tassista, un tipo tracagnotto di mezza età, panciuto e del tutto calvo, lo scrutò mentre intascava le due banconote da diecimila lire. "Mi scusi, signore, ma ha l'aria di non star bene, é proprio certo di non aver bisogno d'aiuto?" gli chiese.

Gli aveva già rivolto più volte quella domanda durante il tragitto, mentre lo osservava nello specchietto retrovisore, ma senza ottenere risposta. Appena partiti dal posteggio di piazza Cordusio, il giornalista si era addormentato stravaccato sul sedile posteriore, la tempia appoggiata al finestrino. Un sonno profondo, che perfino le occasionali brusche frenate e gli incessanti sobbalzi non erano riusciti a disturbare.

Emise un grugnito che il tassista dovette interpretare come una risposta affermativa poiché ripartì senza aggiungere altro.

Poi, si appoggiò contro un lampione per sostenersi sentendo che rischiava di perdere l'equilibrio, mentre seguiva con lo sguardo i fanalini di coda del taxi, che si rimpicciolirono fino a scomparire dietro un isolato.

Girò la testa e vagò con gli occhi per il piazzale silenzioso. Non si vedeva anima viva, e tutto gli ruotava maledettamente intorno: le grandi aiuole centrali, gli edifici, gli alberi, le auto parcheggiate...

Quella sorta di esuberanza confusa procuratagli dall'ebbrezza della sbornia si era dissolta da un pezzo, per lasciare il posto alle vertigini e a un senso di nausea, nonché a uno stato di fiacchezza delle membra che lo rendeva sempre più instabile sulle gambe. Le orecchie gli ronzavano e le palpebre gli pesavano come palle di piombo; con notevole sforzo riusciva a tenerle sollevate. Ciò che più di ogni altra cosa desiderava ardentemente in quel momento era il proprio letto.

Si mosse e procedette zigzagando e barcollando verso il portone di ingresso dello stabile, frugandosi nelle tasche dei pantaloni per prendere le chiavi. Si sentiva come se camminasse sul ponte di una nave sballottata dal mare grosso.

Trafficò per qualche minuto con la serratura prima di riuscire a introdursi nell'atrio fiocamente illuminato da alcune appliques di cristallo. Si diresse verso le scale ignorando il vecchio ascensore.

Da bambino era caduto in un pozzo artesiano abbandonato, e aveva rischiato di morire. Per ore era rimasto in uno stretto spazio, immerso nell'acqua limacciosa, prima che il padre accorresse alle sue grida e lo salvasse. Da allora aveva sviluppato una lieve forma di claustrofobia che lo faceva rifuggire, il più possibile, da ascensori, metropolitane, auto, cabine telefoniche. Era terrorizzato dall'idea di restare intrappolato nell'ascensore, se malauguratamente mancava l'energia elettrica. Per giunta, lo stabile era privo di custode e se succedeva proprio allora, nel cuore della notte, c'era il rischio che nessuno sentisse il campanello di allarme. Lo avrebbe preso un senso di oppressione e un panico incontrollabile. D'altra parte, per lui che abitava al primo piano il problema dell'ascensore normalmente non si poneva. Ma salire anche soltanto due rampe di scale nello stato in cui si trovava in quel momento, gli avrebbe procurato gran fatica. Decise che doveva farlo comunque, e fece appello alle sue forze residue.

Salì i gradini lentamente e con cautela, sorreggendosi al corrimano con entrambe le mani, e fermandosi di tanto in tanto per riprendere fiato. Raggiunto il pianerottolo, indugiò davanti alla porta del proprio appartamento.

"Ora viene il bello", mormorò. Era stato uno stupido a bere così tanto, pensò. Riusciva a malapena a riflettere. Si sentiva angustiato dal pensiero della reazione che la moglie avrebbe avuto vedendolo ridotto in quello stato.

Cercò di darsi un contegno naturale, di ricomporsi alla bell'e meglio ravviandosi i capelli un po' scarmigliati, e aggiustandosi il nodo allentato della cravatta. Si rassettò la giacca spiegazzata. Poi, infilò la chiave nella serratura e aprì la porta.

Mosso un solo passo oltre la soglia, si fermò interdetto poiché vide la moglie venirgli incontro sorridente dal fondo del corridoio, evidentemente compiaciuta che fosse rincasato a un'ora decente.

Fece per baciarlo, come era solita fare quando rincasava, ma girò la testa di scatto e si ritrasse investita dal fetore di vino nel suo alito, mentre una smorfia disgustata le affiorava sul volto. Avvampò e si toccò le guance con i palmi delle mani in un gesto di sconcerto. "Oddio ci risiamo!" esclamò. "Mi avevi promesso che non sarebbe più successo."

Lui si chiuse la porta alle spalle restando immobile senza dire una parola, le mani posate per sorreggersi sul pregiato mobile dell'ingresso. Si guardò per un attimo allo specchio ovale che lo sormontava: aveva un aspetto orribile.

"Questo e troppo!" Lei sbottò improvvisamente ad alta voce percorsa da un fremito di rabbia, gli occhi diventati due sottili fessure di risentimento.

Lui trasalì colto di sorpresa: non l'aveva mai vista così in passato. Capì che stava per dare in escandescenze, ma lì per lì non gli venne in mente niente di efficace da dirle, che potesse

scongiurare l'incombente scenata. Tuttavia prima che lei esplo-
desse in un torrente di parole, alzò le braccia e riuscì a balbetta-
re qualcosa. "Okay, Luise, okay... lascia che ti spieghi. Sono
andato a una cena di lavoro con quel detective e..."
"Ne ho fin sopra i capelli delle tue spiegazioni", lo interruppe urlando. "Ora basta! Questa è la quarta volta che ti succede
nell'arco di un mese, e sempre per motivi di lavoro. Solo che
prima rientravi un po' alticcio, ora mi sembri sbronzo marcio. A
stento ti reggi in piedi. Facciamo progressi!"
    Lui non replicò subito. Lanciò uno sguardo alla porta soc-
chiusa della camera da letto, come un animale in trappola che
vede una via di scampo. Si sentiva stroncato, le ginocchia erano
sul punto di piegarsi e temeva di stramazzare sul pavimento da
un momento all'altro.
    "Ora sono stanco. Ho bisogno di dormire", disse. "Senti, non
possiamo parlarne domattina? Ti spiegherò tutto. Va bene?"
    Parlava lentamente e con difficoltà, la voce impastata
dall'alcol.
    "No. Ne parliamo adesso, invece. E' giunto il momento di
fare un'analisi esatta della nostra situazione, per quanto brutale
possa rivelarsi. Ti dico subito che non sono più disposta a tolle-
rarla."
    Si teneva a debita distanza da lui per non sentire le terribili
zaffate di vino.
    "Bene. Allora dì pure, cercherò di seguirti." Trasse un sospi-
ro rassegnato e si mosse ansimando, con passo strascicato, per
portarsi dentro la stanza da letto. Dalla cameretta in fondo al
corridoio venne il pianto stridulo del loro bimbo di due anni
svegliato dalle grida, ma lei proseguì imperterrita a parlare a
voce molto alta.
    Gli disse che non avrebbe nemmeno continuato a sopportare
quei suoi proibitivi ritmi di lavoro, che lo costringevano da quasi due mesi a rincasare alle ore piccole, e ad andare al giornale
durante i week-end. Una situazione che lo sottraeva quasi del
tutto alla famiglia. Sia lei che il figlio sentivano la necessità di
una sua maggiore presenza. Avevano bisogno delle sue attenzioni, del suo affetto.
    Riuscì a entrare nella stanza da letto, ma non a scrollarsi di
dosso la donna che continuava a seguirlo senza smettere di stril-

largli rimproveri. Il vino che gli saliva a ondate nel cervello, glielo annebbiava al punto che non riusciva più a recepirli con chiarezza. Si svestì lentamente, operazione che si rivelò una dura prova. Poi, finalmente, si abbatté sfinito sul letto.

In quel momento lei disse qualcosa che lui afferrò perfettamente, e che, per qualche secondo, lo riscosse dal torpore che l'avvolgeva: "Forse non ti rendi conto che il nostro rapporto è a rischio, Riccardo. Le nostre strade possono dividersi se le cose non cambiano radicalmente, e subito. Se non ritorni a essere quello di prima, sarò costretta a lasciarti e a ritornare dai miei, col bambino, naturalmente."

Lui sollevò appena il capo dal guanciale, e la fissò stupito come se gli apparisse sotto una nuova luce. Mai prima d'allora l'aveva sentita esprimersi in termini tanto duri. Mai aveva pronunciato una simile minaccia. Gli sembrava un'altra persona. Alzò un braccio e fece un gesto nell'aria come per scacciare un'ipotesi tanto inquietante. "Sicché e a questo punto che sei arrivata", farfugliò. "Non me ne ero accorto... giuro. E non ci posso credere."

"Non è di certo dipeso da me", lei replicò, lo sguardo ancora carico d'ostilità. "Sai quello che devi fare per evitare che accada."

"Okay. Ti prometto che cambierò. Tutto sarà risolto. Ma ne discutiamo domattina con calma e a mente fresca, ora non posso perché sto male, ho la nausea. Tutto mi gira intorno, te compresa. Se la smetti di blaterarmi nelle orecchie e spegni la luce, forse si ferma."

"D'accordo."Andò alla porta e azionò l'interruttore. La stanza piombò nell'oscurità.

"Va meglio ora?" gli chiese prima di uscire con un tono che aveva perso un po' della precedente asprezza.

Ma lui non rispose. Stava già russando, e con una tale intensità che per un attimo lei pensò che stesse fingendo.

11

Quando Chiara apparve sulla soglia della villetta, Fascetti pensò, nell'osservarla, che fosse perfino più splendida di quando l'aveva vista il giorno prima. Indossava una camicetta di seta bianca sopra una gonna celeste plissettata, di leggerissima stoffa, molto attillata in vita, che le conferiva un'aria fiorente, leggiadra. Stimolava l'immaginazione suggerendo l'idea ben precisa di un corpo sinuoso e provocante.

"Ciao Carlo", disse sorpresa, la voce dal solito timbro morbido, quasi musicale. "Sei caduto giù dal letto stamattina? Come mai sei qui di nuovo?"

"C'è qualcosa che m'è sfuggito di chiederti ieri sera, così ho deciso di fare un'altra capatina di primo mattino sperando di non disturbarti." Pronunciò le parole con disinvoltura.

Lei sembrò rabbuiarsi un po', tuttavia spalancò la porta. "Nessun disturbo, accomodati pure."

Fatti alcuni passi oltre la soglia, il giovane fu oltremodo sorpreso di vedere di nuovo – sprofondato a gambe larghe nello stesso divano verde – l'irascibile signor Bardi.

"Buon giorno", disse sforzandosi di apparire cordiale.

L'altro s'alzò lentamente e divaricò le gambe mettendosi le mani sui fianchi. Dallo sguardo velenoso carico d'istinto aggressivo che gli rivolse, era lampante che fosse tutt'altro che lieto di vederlo.

"Ehi, ecco che ricompare il ficcanaso!" esclamò con voce tagliente. "Cosa cavolo ci fa lei di nuovo qui? Perché non và da qualche altra parte a rompere i coglioni? Ma è mai possibile che sia sempre in giro a impicciarsi nei fatti altrui?"

Fascetti sentì che cominciava ad averne le tasche piene di quegli sguardi pieni d'astio, di quella sorta di grugniti, e di quel linguaggio provocatorio. Così disse senza esitare: "Faccio il mio lavoro. Ma mi scusi sa... lei perché non se ne sta a casa sua se non desidera essere disturbato?"

Bardi, gli occhi sbarrati dietro le spesse lenti, e le narici dilatate come un toro inferocito in procinto di caricare, mosse due passi avanti che lo portarono faccia a faccia col detective il quale non si spostò di un centimetro. Gli afferrò un bavero della giacca e gli dette una forte spinta. "Fuori dai piedi!" ruggì indicando la porta d'uscita.

Fascetti avvertì una improvvisa, violenta vibrazione percorrergli tutto il corpo. Non c'era niente che lo infuriava di più del vedersi spintonato. Nondimeno fece uno sforzò per non reagire subito e mantenne le braccia abbandonate lungo i fianchi. "Aspetti un po', si calmi amico, ascolti...", disse con flemma notevole di cui egli stesso fu sorpreso.

Non riuscì ad aggiungere altro, perché l'altro fece un altro passo avanti, gli appoggiò una mano sul petto e gli diede un'altra violenta spinta. A quel punto il detective mise una gamba dietro l'altra, sollevò la mano destra stretta a pugno e gli sferrò un diretto alla mascella con la stessa forza e impeto con cui si lancia un giavellotto. Gli occhiali dalla spesse lenti gli volarono via dal viso atterrando poco distanti sul pavimento. Poi, lo sguardo incredulo, fece alcuni passi all'indietro barcollando e agitando le braccia nell'aria come alla ricerca di un appiglio, per poi rovinare lungo disteso sul pavimento.

"Spero che questo le serva per darsi una regolata, Bardi...", Fascetti disse mentre si massaggiava le nocche indolenzite. "Ma soprattutto come monito, convincendola che le conviene tenersi molto alla larga dalla mia persona." Riacquistò la sua naturale compostezza, si aggiustò il nodo della cravatta e si rassettò la giacca.

L'altro si sollevò sui gomiti e poi si mise a sedere per terra. Rimase immobile per un momento scrollando il capo come per riprendersi dall'intontimento, quindi cominciò ad alzarsi lentamente. A giudicare dallo sguardo furibondo non sembrava dissuaso.

"Per l'amor del cielo ora basta, piantatela tutti e due!" Chiara urlò interponendosi tra loro e battendo rabbiosamente un piede per terra. "Smettetela di azzuffarvi. Che modo è questo di comportarvi." Si rivolse a Bardi e gli disse con tono severo: "Cesare, non avevi alcun diritto di agire così. Non in casa mia. Ora vattene e ritorna quando sarai più socievole."

Bardi si alzò in piedi, si spazzolò i pantaloni con le mani e si massaggiò la mascella dolente. Si chinò per raccogliere da terra gli occhiali miracolosamente illesi e li inforcò. Poi si avvicinò a Fascetti e gli lanciò una occhiataccia a significare che non sarebbe finita lì. Uscì sbattendo la porta con una violenza tale da far tremare gli stipiti. Il detective rifletté che per la seconda volta Bardi era costretto a levare le tende quando lui arrivava. L'intromissione lo faceva infuriare e, in fondo, non gli si poteva dare torto. Nei suoi panni, forse anche lui l'avrebbe presa allo stesso modo. Non può far piacere essere interrotto nel bel mezzo di un dolce colloquio con una stupenda figliola come Chiara. Si rivolse a lei: "Sono costernato per quanto è accaduto. Ma il tuo amico mi ha fatto uscire dai gangheri. Mi sono trattenuto finché ho potuto, proprio per non crearti problemi."

"Non importa", lo assicurò. Increspò le labbra di un rosso vivo in un sorriso che sembrò oltremodo spontaneo e aggiunse: "Non aveva alcun motivo per comportarsi in quel modo. Per la verità non ti biasimo affatto; ha avuto quello che si meritava. Era qui da qualche minuto quando sei arrivato, e immagino che non abbia gradito la intromissione."

"Dopo tutto lo comprendo, e non gliene voglio."

"Forse in fondo dovrei ringraziarti", lei disse. "Cesare mi aveva invitato ad andare con lui a fare una scampagnata sul lago di Como, in auto. Io non ne ho per niente voglia." Si accostò al divano e si sedette. "Mi spiace, ma non intendevo lasciarti in piedi per tutto questo tempo. Accomodati." Accarezzò il cuscino accanto a sé: un gesto per invitarlo a sederle vicino. Fascetti sembrò ignorarlo e prese posto sull'altro divano.

"Di cosa desideri parlarmi oggi?" gli chiese con una punta di malizia.

"Potrei dire che sono qui per il piacere della tua compagnia." Sorrise.

"Già, potresti, ma non ti crederei, Carlo." Si mordicchiò appena il labbro inferiore mentre lo guardava sorridendo. "E' ancora per lavoro, vero?"

Lui le sorrise di nuovo. "Hai ragione... Ho bisogno di qualche altra informazione su tuo fratello."

Il volto della donna si fece di colpo serio. "Cos'altro vuoi sapere?" Il tono era guardingo.

"Ad esempio... cosa faceva a Polignano prima di trasferirsi a Milano. Vivevate insieme, no?"

"Certo. Dopo aver conseguito la laurea in economia e commercio a soltanto ventiquattro anni, aveva fatto alcuni lavori precari, tra cui quello di contabile in una piccola azienda agricola. Poi, l'elevata disoccupazione nel Meridione, soprattutto quella giovanile, l'avevano spinto a trasferirsi al Nord per migliorare." Lo fissò inclinando il capo e stringendo appena gli occhi, come per sforzarsi di intuire la domanda successiva.

"C'è qualcos'altro di importante che vorrei chiederti, Chiara."

"Chiedi pure, sono tutta orecchi." Lo sguardo si fece d'un tratto circospetto.

"Be', si tratta di un dubbio che mi si è insinuato nel cervello durante il nostro incontro di ieri. Ne sono assillato, e tu sei l'unica persona che può dissiparlo o confermarlo."

"Lieta di poterti aiutare."

Lui rimase in silenzio come soppesasse quello che stava per dire. Si appoggiò allo schienale della poltrona ed estrasse un pacchetto di sigarette. "Ti dispiace se fumo?"

"Per niente, fumerò anch'io." Con un cenno educato della mano rifiutò il pacchetto che il giovane le porse, e si servì da una scatola di legno a intarsi posata sul tavolino.

"Preferisco le americane", spiegò. "Sono più aromatiche e forse hanno meno sostanze chimiche."

Lui si mise una sigaretta tra le labbra, e lei fece altrettanto prima di accenderle entrambe servendosi di un grosso accendisigari cromato da tavolo.

"Allora, di che si tratta?" Lo fissò con fare interrogativo.

Lui inalò a fondo la prima boccata ed esalò lentamente il fumo dalle narici, mentre la fissava intensamente strizzando gli occhi.

"Chiara…", ebbe un attimo di esitazione, "…io credo d'aver intuito che Claudio non era tuo fratello. Mi sono sbagliato?"

12

Al suo risveglio il mattino successivo, Alessi fu piacevolmente sorpreso di sentirsi ristorato, rinvigorito, e con la mente lucida. Era bastata una buona dormita per rimetterlo in sesto. Provò sollievo nel constatare che, stranamente, non accusava nessuno di quei sintomi caratteristici di un dopo sbornia solenne, come quella in cui era incappato la sera prima. Ma la sensazione di benessere durò lo spazio di un minuto. Improvvisamente, il ricordo dell'alterco avuto con la moglie lo aggredì procurandogli una intensa nausea. Gli riaffiorarono alla mente le pesanti minacce di separazione che la donna aveva pronunciato.

Domenico Martusciello

Si mise a riflettere, lo sguardo rivolto al soffitto. Nell'intensa penombra che avvolgeva la camera allungò un braccio verso destra sapendo, mentre lo faceva, di non trovarla lì al suo fianco perché, dopo la lite, si era di certo coricata sul divano del soggiorno. Invece la mano incontrò la sua coscia soda e vellutata e gliela accarezzò: come sempre, era lì distesa supina e dormiva placidamente. Che fosse a letto con lui dopo l'accaduto della sera prima, fu una gradevole sorpresa.

Quando si era addormentato esausto, l'ultimo pensiero che gli aveva attraversato la mente un istante prima che la sbronza lo trascinasse verso un sonno profondo, era stato che quella notte avrebbe certamente dormito da solo, perché lei lo avrebbe disertato. Invece aveva scelto di non farlo, apparentemente per lanciargli un segnale, forse estremo, della sua disponibilità a una duratura riappacificazione. Un gesto inequivocabile per indicargli che non erano ancora al punto di rottura, ma che potevano arrivarci prima o poi, se i suoi comportamenti nei confronti della famiglia non miglioravano radicalmente.

Se non ritorni a essere quello di prima, sarò costretta a lasciarti e a ritornare dai miei, erano state le parole più dure della donna, che ora gli riecheggiavano nella testa come un ossessivo ritornello.

Si chiese come poteva essere accaduto che il suo rapporto coniugale, da lui e da tutti sempre considerato solidissimo, fosse giunto a un tale livello di deterioramento senza che se ne rendesse conto. Era qualcosa che non avrebbe mai pensato la vita potesse riservargli.

Come certe malattie inguaribili, aveva sempre ritenuto che poteva soltanto succedere ad altri. Mai a lui. A ripensarci, però, alcune avvisaglie non erano mancate nelle scorse settimane, ma era stato tanto ottuso da non coglierne appieno il significato. Certi sguardi e strani atteggiamenti della moglie li aveva in qualche modo percepiti, considerandoli purtroppo con superficialità. Si era dimostrato incapace di intuirne la grave portata, così preso com'era dal lavoro di cui, al pari di troppi uomini della sua generazione, sentiva un assoluto e inarrestabile bisogno. Vi aveva convogliato tutte le sue energie. Era diventato la sua droga. Quando alle normali mansioni di reporter si era sommato l'incarico della importante indagine sugli strani inci-

denti stradali, aveva cominciato a lavorare sette giorni la settimana.

Erano ormai trascorsi due mesi dal giorno in cui aveva iniziato a dedicarsi con grande determinazione a quel nuovo compito, abbacinato dalla prospettiva di una rapida affermazione
professionale.

Il carico complessivo dei suoi impegni al giornale, aveva così assunto dimensioni ragguardevoli, al punto da assorbire la
quasi totalità del suo tempo. La sua giornata aveva inizio in ore
antelucane, per terminare alle ore piccole. Una situazione proi-
bitiva, che lo aveva inevitabilmente sottratto quasi del tutto alla
propria famigliola.

Gli tornarono in mente le deboli proteste che la moglie aveva cominciato a rivolgergli quando rincasava a notte fonda, non
di rado in stato di lieve ebbrezza. Lui si scusava spiegando che
l'importante inchiesta di cui si stava occupando – che una volta
conclusa poteva migliorare la loro vita come dalla notte al giorno –, comportava incontri in certi ambienti, in una cerchia di
personaggi particolari, e che si creavano situazioni in cui non
poteva evitare qualche bicchiere di troppo. Ogni volta che
l'episodio si ripeteva, le prometteva che sarebbe stato l'ultimo,
assicurandole che quel lavoro straordinario ormai volgeva al
termine.

Alle sue giustificazioni, lei aveva sempre reagito, fino allora,
restando per lo più impassibile, ma con aria di paziente soppor-
tazione. Ma lui avrebbe dovuto capire che lo faceva unicamente per il quieto vivere. Conoscendone il carattere mite e oltremodo tollerante, sapeva che preferiva evitare di tenergli il bron-
cio, che detestava le liti coniugali. L'aveva sentita più volte sostenere che potevano avere influssi negativi sul loro figlio, in
quella fase delicata della sua crescita.

Se si fosse soffermato ad analizzarla con cura, si sarebbe accorto che, in realtà lei fingeva di assecondarlo, ma non gli credeva, e men che meno approvava la sua condotta nei riguardi
della famiglia.

Ripensò a quelle espressioni rassegnate del suo volto, agli
sguardi di velato distacco, come avesse deciso di tollerare la situazione. Forse credeva che era inutile lottare, perché non poteva vincere la guerra con la sua carriera.

Ora, col senno di poi, comprese che – piuttosto che non tener alcun conto di quei segnali liquidandoli incoscientemente come passeggeri – avrebbe dovuto interpretarli come le spie di un crescente malumore della moglie verso di lui, che poteva improvvisamente sfociare in qualcosa di serio e di irreparabile. Allora avrebbe potuto correre prontamente ai ripari.

Erano così andati avanti in modo apparentemente soddisfacente per varie settimane, se pure con qualche lieve dissapore. Ma l'episodio eclatante della sua sbornia la sera prima aveva, come la classica goccia, fatto traboccare il vaso: lei aveva tirato fuori le unghie ed era uscita allo scoperto attaccandolo con foga e a muso duro, minacciando addirittura la separazione.

Una reazione senza precedenti a sua memoria, attraverso la quale aveva visto la moglie come trasformata in un'altra persona.

Si girò a osservarla con una sorta di stupore incantato, come si accorgesse per la prima volta della sua straordinaria e seducente bellezza: il viso dai lineamenti perfetti incorniciato dalla lunga capigliatura dorata sparsa sopra il guanciale, la carnagione rosea, immacolata. Aveva spesso notato che per strada gli uomini si voltavano a guardarla. Era il genere di donna che faceva colpo, e diventava il centro di attenzione ovunque si trovasse. Tutto ciò gli procurava un sentimento in cui si mescolavano irritazione, orgoglio e soprattutto gelosia. Ora, mentre dormiva, sarebbe parsa del tutto immobile, non fosse stato per il petto che si sollevava e si abbassava con il lento ritmo del suo respiro. Avvertì il familiare, lieve profumo di verbena che il suo corpo emanava, e che mai cessava di avere su di lui un forte effetto erotizzante. Lo prese uno struggente desiderio di lei, e con notevole sforzo riuscì a non cedere alla tentazione di svegliarla per ricoprirla di baci e per proporle – profondendosi in mille scuse – di fare l'amore. Un gesto che poteva sortire il risultato di una riconciliazione rapida.

Ma controllata l'ora, scivolò agilmente fuori dal letto ed entrò nel bagno attiguo. Lei non si mosse. Cominciò a radersi con un rasoio a mano che risciacquava a tratti nell'acqua corrente del rubinetto. Terminato, lo ripose nell'armadietto e poi si lavò il viso rimovendovi i residui di schiuma. Si asciugò davanti al grande specchio ovale sopra il lavabo, mentre osservava l'immagine riflessa del suo volto dallo sguardo perplesso, combattuto. Rientrato in camera da letto prese a vestirsi in silenzio, lentamente con gesti meccanici. Decise di indossare l'abito che più gli piaceva: un completo di gabardine chiaro, per il quale scelse una cravatta a strisce dai colori vivaci. Nel frattempo, non riusciva a smettere di interrogarsi su quello che doveva fare per sventare il rischio concreto di un naufragio del suo matrimonio. Era la prima volta che lo avvertiva in modo netto e inequivocabile, e trovava insopportabile l'idea che potesse concretarsi.

La moglie gemette nel sonno, e lui pensò che fosse sul punto di svegliarsi, invece si voltò su un fianco e continuò a dormire abbracciata a un cuscino. Di nuovo posò lo sguardo ammirato su di lei. Faceva molto caldo e dormiva scoperta. Attraverso il negligé di finissima georgette traspariva, in tutto il suo splendore, il corpo statuario dalle linee perfette. Aveva soltanto ventidue anni, ed era fresca come un'adolescente.

Mentre, continuando a osservarla si annodava la cravatta, ripensò alla prima volta che l'aveva vista cinque anni addietro, in piedi appoggiata al banco del bar di una discoteca dove si era recato una sera di malavoglia, con alcuni colleghi.

I loro sguardi si erano incontrati, ed era stato amore a prima vista. Anche lei era in compagnia di amici.

Invitatala a ballare, era stato subito colpito dal suo fascino irresistibile, proprio come nel classico colpo di fulmine. Tutto di lei gli era piaciuto enormemente: il viso splendido, gli occhi di un tale azzurro che non aveva mai visto in quelli di una donna, la lunga capigliatura bionda che scendeva fino a sfiorarle le spalle, il corpo sinuoso e solido come una pietra che aderiva perfettamente al suo. C'era in lei una sensualità animalesca, tanto profonda che l'aveva colto impreparato, e da cui si era sentito trascinare fino a quasi perdersi.

Avevano fatto coppia fissa per l'intera serata.

Si erano rivisti il giorno dopo e avevano passeggiato a lungo per le vie della città nel tepore del sole primaverile, discorrendo piacevolmente del più e del meno.

Lui aveva subito constatato di trovarsi con lei del tutto a suo agio, e quando si erano seduti a tavolino all'esterno di un bar per consumare un gelato, le aveva preso una mano e gliel'aveva baciata con uno slancio improvviso, di cui egli stesso si era stupito.

Nel manifestarle senza indugio i suoi sentimenti, la giovane era apparsa dapprima un po' renitente fino a quando, dopo una settimana, ormai convinto di amarla follemente, le aveva proposto di sposarlo e lei aveva allora accettato senza esitare un istante, dichiarando a sua volta di contraccambiarlo. Lui, laureato in giurisprudenza, lavorava da circa un anno come cronista per un quotidiano locale. Lei, diplomata in ragioneria, era alle dipendenze di una nota agenzia turistica.

La determinazione e la rapidità con cui era stato deciso il matrimonio, dopo soli tre mesi dal loro incontro, avevano lasciati sconcertati i parenti e gli amici più intimi.

Tutti avevano ritenuto che quell'unione, fondata precariamente su una improvvisa, reciproca attrazione fisica irrefrenabile – non maturata e consolidata attraverso un ragionevole periodo di fidanzamento – fosse votata al fallimento con la stessa rapidità con cui era nata.

Mai una siffatta previsione sarebbe stata smentita dai fatti in modo più eclatante: il loro si era invece rivelato il matrimonio più riuscito che si potesse immaginare. E la loro felicità era stata coronata dalla nascita, tre anni dopo, del piccolo Fabio che entrambi letteralmente adoravano.

A distanza di cinque anni, lui sentiva ancora intensi come il primo giorno la passione e l'amore per la propria moglie. Non mancava occasione per dichiarare a chiunque con orgoglio di ritenersi fortunato ad averla incontrata. Ed era pure convinto che, malgrado la crisi del momento, lei serbasse tuttora immutati i suoi sentimenti verso di lui.

Purtroppo, l'episodio oltremodo sgradevole della sera prima, che aveva innescato quella violenta sfuriata della donna cogliendolo di sorpresa, gettava un'ombra inquietante sulla futura tenuta del loro rapporto. Nubi temporalesche sembravano addensarsi sulla loro vita coniugale. Per dissiparle, si imponeva una sua azione rapida e inderogabile.

Uscì dalla stanza da letto e si avviò lungo il corridoio entrando in cucina per fare colazione, mentre rifletteva che per risolvere quel problema con cui era alle prese aveva due vie percorribili.

Il Crollo

Decise che era giunto il momento in cui doveva scegliere tra continuare a portare avanti l'inchiesta – cercando magari di accelerarne al massimo la conclusione – , e piantare tutto. Poteva rimettere l'incarico nelle mani del suo diretto superiore quella mattina stessa recandosi al giornale. Ma dato l'entusiasmo e la sicurezza di sé, che aveva sfoggiato nel momento in cui l'aveva accettato, una simile iniziativa l'avrebbe screditato facendone un giornalista inaffidabile agli occhi dei suoi colleghi e superiori. Il che avrebbe stroncato all'istante ogni possibilità di carriera. Sarebbe stato relegato alle precedenti mansioni del piccolo cronista senza infamia e senza lode.

A dire il vero, non aveva mai prima d'allora contemplato l'ipotesi di desistere dal portare a termine l'impegno che si era assunto. Oltre tutto, l'aveva visto come una occasione d'oro, troppo attraente per potervi rinunciare. Era il suo trampolino verso la notorietà e l'avvio di una luminosa carriera. Se ultimato con successo, gli avrebbe procurato quella notizia sensazionalistica da prima pagina di cui necessitava per uscire dall'anonimato.

Entrato in cucina, fu lieto di notare che un'estremità del tavolo era stata apparecchiata dalla moglie per la sua colazione. Lo faceva ogni sera prima di coricarsi. Un altro segnale positivo, pensò. Accese un fornello a gas, e vi mise sopra un pentolino in cui scaldò del latte prelevato dal frigo. Poi accese la macchinetta elettrica per il caffè espresso e si sedette.

Non se la sentiva di gettare alle ortiche due mesi di intenso lavoro investigativo, pensò mentre addentava una delle fette biscottate spalmate con burro e marmellata.

La decisione di ritirarsi dall'incarico poteva attendere ancora qualche giorno. L'avrebbe presa soltanto laddove fosse fallito un tentativo, che aveva in mente di porre subito in atto, per portare a termine in fretta e con successo la sua indagine.

Un lieve fruscio di passi alle sue spalle, lo avvertì che la moglie era entrata in cucina. Si voltò e la guardò. Era pallida come un cencio. Indossava una comoda vestaglia leggerissima di un rosa intenso, che accentuava il biondo dei capelli e faceva risaltare l'azzurro degli occhi. Sotto la veste, tra i larghi risvolti, si intravedeva la sottile e soffice camicia da notte trasparente. Gli passò davanti senza degnarlo di uno sguardo.

Domenico Martusciello

"Buongiorno, cara", le disse senza ottenere risposta.

Sollevò di nuovo su di lei gli occhi indagatori in cui c'era tanta ansietà, sforzandosi di decifrare quello che le passava per la testa. A parte il pallore, dal suo volto era scomparsa l'espressione incollerita della sera prima. Era ritornato quello sguardo rassegnato, quasi rammaricato, che da qualche tempo lui aveva notato senza tuttavia attribuirvi mai grande importanza. Rimasero in silenzio. Lei cominciò ad affaccendarsi con gli elettrodomestici. Aprì la lavastoviglie, che durante la notte aveva completato il ciclo di lavaggio, e prese a svuotarla riponendo dentro i mobili componibili piatti, bicchieri e posate, con un perfetto allineamento. Poi abbassò la leva della macchina per il caffè espresso dopo aver collocato due tazzine sotto i beccucci.

"Scusami per ieri sera", lui disse dopo aver mandato giù l'ultimo sorso di latte. "Non accadrà più."

"Questa l'ho già sentita", lei ribatté mentre puliva con una spugnetta il piano d'acciaio del lavello. La voce aveva un tono ancora pieno di risentimento.

Fu tentato di replicare, mostrando un po' di indignazione, che lui si ammazzava di lavoro per permettere alla famiglia un tenore di vita confortevole. Che non era facile, e che la sua era una situazione che molte mogli riuscivano a capire. Ma non lo fece per il timore di inasprirla.

Dal caffè che fuoriusciva dal beccuccio con un gorgoglio sommesso, venne il gradevole aroma che subito si spanse per tutta la cucina. Lei gliene servì una tazzina.

"E' soltanto un periodo di superlavoro", le disse invece. "Tra oggi e domani sistemo tutto, vedrai... ritornerò alla normale routine." Prese un sorso di caffè. Lei non fece alcun commento, lasciò cadere la spugnetta nel lavello e si asciugò le mani con uno strofinaccio. Poi si sedette di fronte a lui portando con sé una tazzina di caffè. Cominciò a sorbirlo, lo sguardo perso nel nulla. Sembrava lontana anni luce.

"Di certo non dicevi sul serio ieri sera, Luise."

Lei sollevò lo sguardo grave su di lui e disse: "Mai stata più franca in vita mia."

"Andiamo... stai esagerando senza un reale motivo." Tacque e la osservò. "Non riesco a immaginare che saresti capace di tanto."

Il Crollo

"Non hai che da mettermi alla prova." Centellinava il caffè. "Ora basta, Riccardo. Ne ho abbastanza delle tue scuse e delle tue spiegazioni. Tu dici che ci ami, ma continui a pensare a te stesso e alla tua carriera. Tutto ciò deve finire, non ne posso più. Non è giusto. Devi tornare a essere quello di prima, altrimenti...", tacque un secondo, "...altrimenti ti prometto che arriverà il giorno in cui tornerai a casa e noi non ci saremo ad aspettarti." *Se non ritorni a essere quello di prima, sarò costretta a lasciarti e a ritornare dai miei...*

La aveva ascoltata incredulo, senza battere ciglio, la bocca semiaperta. Pensò in quel momento, che non aveva fatto altro che illudersi nei trascorsi cinque anni di matrimonio, se aveva creduto di conoscerla bene. Come per metterlo in guardia, un suo vecchio amico gli aveva detto una volta che così sono fatte le donne. Quando uno si è ormai convinto di conoscere a fondo quella con cui vive da un tempo più o meno lungo – compagna o moglie che sia –, ecco che basta un episodio di violento contrasto a portare alla luce importanti aspetti nascosti del suo carattere. Ottiene allora un tipo di reazione che lo prende alla sprovvista, e insieme lo sconcerta. A quel punto si rende conto che tutto può andare in pezzi in un batter d'occhio, a meno di un suo immediato intervento riparatore.

"Ho sempre pensato", lui disse, "che se ci fosse stato qualcosa che non andava tra noi, ne avremmo discusso per cercare insieme una soluzione. Ti sei tenuta tutto dentro, mentre invece avresti dovuto tirarlo fuori prima."

Lei fece una smorfia. "Mah, forse hai ragione. Avrei dovuto trovare il modo di svuotare il sacco tempo addietro, magari approfittando di qualcuno dei rari momenti in cui ci sei. Oppure quando rincasi brillo a notte fonda, e fai appena in tempo a svestirti e posare la testa sul guanciale prima di crollare." Ebbe un lieve sorriso ironico. "Ma ho preferito, invece, tenermi il mattone sullo stomaco e rimuginarci sopra, attendere nella speranza che la situazione migliorasse. Mi ripugna fare la parte della moglie rompiscatole che è d'intralcio alla carriera del marito." Sospirò e bevve l'ultimo sorso di caffè posando la tazzina sul tavolo. "Poi ieri sera quando ti ho visto in quelle condizioni, qualcosa è scattato dentro di me. E' stato come se tutt'a un tratto un velo mi si fosse squarciato davanti agli occhi, è mi sono resa conto che quella in cui ti sei messo è davvero una brutta china. Forse pericolosa, anche se non vuoi ammetterlo." Fece una breve pausa. "Ho capito che non potevo continuare ad accettare la situazione stando zitta."

"Quello di ieri sera è stato un episodio spiacevole, sì, ma casuale e irripetibile. Te l'assicuro. Sono stato invitato a una cena di lavoro da quel detective di cui ti ho parlato a telefono. Abbiamo discusso a lungo, e sai com'è... un bicchiere tira l'altro... Senza neppure accorgermene, mi sono ritrovato ciucco." Scosse il capo. "Porca miseria, è incredibile come l'alcol possa avere a sorpresa un effetto tanto negativo se assunto in quantità eccedenti quelle a cui uno è abituato."

Lei rifletté un momento prima di dire:

"Non sarà invece per caso...", lei domandò, "...che la cena di lavoro sia stata soltanto il pretesto per fare bisboccia tra amici? Una riunione tra compagni di sbronza, insomma." Face una pausa. "Vorrei che tu mi spiegassi ciò che di costruttivo... o meglio di produttivo è emerso dall'incontro."

"C'è stato un aspetto molto fruttuoso", lui le disse in tono convinto. "Ci siamo accordati per collaborare in questa indagine di cui mi sto occupando, e alla quale anche Fascetti è interessato. Abbiamo messo a punto una comune strategia, che ci consentirà di portarla a termine nel giro di alcuni giorni." La guardò come per studiare la sua reazione.

"E ovviamente neppure adesso puoi rivelarmi di che razza di indagine si tratti, con buona pace di quanti sostengono che una fiducia reciproca illimitata in un rapporto coniugale sia del tutto naturale, per non dire obbligata."

"Si tratta di un lavoro delicato, coperto dalla massima riservatezza." Bevve quello che restava del caffè con due sorsi ravvicinati. "Mi sono impegnato con la direzione del giornale a non parlarne con nessuno, neppure in famiglia."

Lei non disse niente, ma gli rivolse uno sguardo colmo di scetticismo dal quale lui comprese che aveva intuito la menzogna che le aveva propinato.

Si trattava, infatti, di un'inchiesta discrezionale di cui pochissimi colleghi erano al corrente. Ma non rispondeva a verità che su di essa gli fosse stato imposto il riserbo perfino con la propria moglie. Quella di non rivelargliene la natura, trincerandosi dietro l'esigenza della segretezza, era stata una sua scelta tesa a risparmiarle apprensione.

Pensando tuttavia che lei potesse aver afferrato – con la straordinaria sensibilità di cui era dotata – la vera ragione della sua reticenza a svelarle di cosa si stesse occupando, le disse: "E' un'operazione tranquilla, non ci sono rischi o pericoli di sorta, se è questo che temi. Davvero."

Lei non fiatò, ma si alzò e prese a sparecchiare. Rimosse dalla tavola le tazzine sporche e le posò nel lavello.

Lui guardò l'ora e si alzò a sua volta. "E' tardi, devo scappare", disse dirigendosi verso l'ingresso. "E' probabile che ritorni presto stasera, e parleremo ancora."

Si fermò per infilarsi la giacca. Poi si voltò e vide che lei l'aveva seguito.

Rimasero in silenzio per qualche secondo l'uno di fronte all'altra, a breve distanza. Lui la scrutò di nuovo, ma lei teneva lo sguardo abbassato per non incontrare il suo. Le si avvicinò, con un gesto naturale le cinse le spalle e fece per attirarla a sé mentre le diceva: "Dammi ancora un paio di giorni, Luise, e tutto si accomoderà... vedrai." Lei sollevò le braccia a mo' di barriera, più per opporgli resistenza che per respingerlo. Lui avvertì la sua rigidità, che gli impedì di smuoverla neppure di un centimetro. Allora lentamente e con delicatezza, le sollevò il mento per costringerla a guardarlo in faccia. Non gli ci volle molto per leggerle negli occhi il conflitto interiore tra la determinazione a rimanere inflessibile, coerente con se stessa, e la tentazione di cedere, di lasciarsi andare per dargli un'altra opportunità...

"Devi trovare più tempo per noi. Molto più tempo...", gli disse infine in un sussurro. "Non puoi continuare a tenere me e tuo figlio relegati a un ruolo secondario nella tua vita. E' questo che potrebbe far fallire il nostro matrimonio."

"Hai ragione. Ti prometto solennemente che tutto tra noi ritornerà come prima. Lo sai che ti amo, Luise, e che per nessuna ragione al mondo potrei mai rinunciare a te e a mio figlio."

Fu allora che l'espressione della giovane sembrò ammorbidirsi, e lui comprese che la sua ostilità stava perdendo giri. Sollevò lo sguardo e lo fissò inclinando appena il capo.

Gli si accostò e il suo viso, accigliato solo un attimo prima, sembrò sciogliersi in un accenno di sorriso. Trasse un profondo sospiro e gli premette la guancia contro il petto in un gesto di resa.

Lui le accarezzò la massa di capelli biondi, e poi li baciò inandone il profumo.

13

"No, non ti sei sbagliato", Chiara rispose a Fascetti.

Se fu sorpresa dall'inaspettata sortita del detective, si sforzò di non farglielo capire. Non apparve turbata, dai grandi occhi azzurri non trasparì stupore alcuno. Continuò a sostenere impassibile il suo sguardo, come avesse intuito quella domanda.

"Avevo immaginato", aggiunse, "che forse saresti stato in grado di arrivarci, ma non così in fretta." Lo fissò. "Ma come diavolo hai fatto a capirlo? Non sarai per caso dotato di qualità extrasensoriali?"

"No. Niente di paranormale, naturalmente. Ne ho avuto dapprima come una vaga percezione durante il nostro incontro di ieri", le sorrise. "Alcuni particolari del nostro colloquio mi hanno intrigato e ho cominciato a pensare alla possibilità che tu e Claudio non foste fratelli. Anzitutto, a volte durante la conversazione mi sei sembrata a disagio, impacciata, non particolarmente afflitta. Non ti ho mai visto versare una sola lacrima. Ho continuato a riflettere quando ci siamo lasciati e ho creduto di afferrare la ragione di quel tuo strano comportamento." La guardò perplesso. "Ma come diavolo hai potuto pensare di poter continuare in eterno a inscenare una simile commedia, senza essere mai smascherata? Lo sai che la polizia sta acquisendo informazioni sulla famiglia di Claudio? Forse n'è già in possesso. Magari salterà fuori che non aveva sorelle."

"Ne aveva due, sposate e con figli", lei precisò.

"Tuttavia mi sfugge lo scopo di questa tua recitazione. Gradirei capire..." La fissò intensamente. Lei si appoggiò allo schienale morbido del divano, trasse un'altra boccata dalla sigaretta e, reclinando il capo indietro, espirò il fumo verso l'alto.

"Ero abituata a quella specie di farsa che si ripeteva quasi ogni giorno", disse guardandolo. "Non facevo altro che assecondare un suo desiderio."

Lui la guardò stupito, gli occhi sgranati. "Cosicché era stato lui a chiedertelo…"

"Proprio così." Lo disse senza incertezza. "Avevamo come stipulato una sorta di patto in tal senso."

"Ma a quale scopo? Ti spiacerebbe raccontarmi tutto dalla *a* alla *zeta*, in modo chiaro ed esauriente?"

Lei annuì, dicendo:

"D'accordo." Esitò per qualche secondo mentre con un gesto vezzoso si ravviava una ciocca di capelli che le era ricaduta sulla fronte. "Quando ci siamo messi insieme è stato proprio lui a chiedermi di potermi presentare a tutti come sua sorella. Mi pregò di accettare e mi spiegò che era opportuno farlo nel suo interesse. Mi precisò che la Banca Popolare Ambrosiana è un istituto molto conservatore, e segue una linea quanto mai rigorosa nei confronti dei dipendenti. Ficca il naso perfino nella loro vita privata. Questo è ancor più vero nei casi di quei funzionari impegnati in mansioni molto delicate, il cui espletamento comporta rischi per la banca, come appunto era il suo caso. Mi disse che aveva delle buone ragioni per credere che non avrebbe fatto bene alla sua carriera se si fosse risaputo in banca che viveva con una donna con cui non era sposato. Il suo futuro professionale poteva essere compromesso." Rimase in silenzio per un breve tempo. "Vedi Carlo… subito dopo il nostro incontro, ancor prima che io mi trasferissi con lui a Milano, Claudio mi parlò del suo passato. Mi confidò di essere reduce da una vita sentimentale molto agitata. Di aver avuto diverse storie, quasi sempre terminate in modo burrascoso. Mi spiegò che questo suo stile di vita gli aveva valso, nel tempo, la fama del dongiovanni, perfino nel suo ambito di lavoro. Un'etichetta che, ne era certo, aveva determinato un rallentamento della sua carriera." Ebbe un sorriso pallido. "Mi raccontò di una specie di flirt che aveva avuto, due anni prima, con una sua giovanissima collaboratrice. Quando decise di troncarlo perché la ragazza diventava sempre più esigente chiedendogli di sposarla, questa andò in escandescenze e gli fece una scenataccia in ufficio, alla presenza di tutti. Lo scandalo fece scalpore e si risolse con il trasferimento della donna, e un vibrato richiamo a lui da parte della direzione, a comportamenti più consoni nei rapporti con i suoi subordinati. Questa la ragione per la quale preferiva tenere nascosta la vera natura del nostro rapporto, anche se io non ero una dipendente della Bpa."

Tacque mentre Fascetti continuava a fissarla intensamente, la fronte corrugata, l'espressione colma di dubbio. "Mah... ha tutta l'aria di un pretesto. E' una motivazione che non sta in piedi." Scosse di nuovo il capo lentamente. "Una frottola, insomma. Non mi dirai che te la sei bevuta. Tu non hai l'aspetto di una credulona, Chiara..."

"Ehi, e perché non avrei dovuto credergli?" ribatté stizzita. "Dopotutto, che cosa diavolo vuoi che ne sappia io del tipo di mentalità che circola nell'ambiente bancario. M'è parso sincero..."

"Okay, okay. Ma perché ti scaldi tanto?" disse allargando le braccia. "Chissà... forse non si può escludere a priori la sua buona fede. Per quanto mi riguarda, il motivo che ha addotto per giustificare questa sua esigenza di presentarti come una sua sorella, appare privo di logica. E' poco convincente. Forse aveva un altro scopo recondito che mi piacerebbe scoprire." Si sporse in avanti e allungò la mano per schiacciare la sigaretta nel posacenere. Poi si chinò appoggiandosi con gli avambracci sulle gambe, le mani intrecciate, lo sguardo indagatore posato su di lei.. "Sicché... a tutti quelli a cui Claudio ti presentava, compresi i suoi colleghi, ti faceva passare per la sorellina venuta dal paese per cercare lavoro... Dico bene?"

"A tutti tranne Cesare Bardi e Paolo Rivetti. Di loro si fidava ciecamente, erano suoi amici, era certo che avrebbero tenuto la bocca chiusa." Si mosse nervosamente sul divano come per ricercare una posizione più confortevole. Accavallò le gambe.

Fascetti sorrise divertito. "Devo riconoscere la tua abilità. Per così tanto tempo hai ingannato tutti con una performance perfetta. Una recitazione degna di una grande attrice. Immagino che tu ti sia calata nel ruolo in modo impeccabile. Ora comprendo la tua aspirazione a entrare nel mondo dello spettacolo..."

"Ti ringrazio del complimento", replicò in tono un po' urtato.

"Non c'è di che."

"Tuttavia, anche la tua perspicacia è ammirevole." Chiara trasse un'altra intensa boccata dalla sigaretta ed esalò due perfetti anelli di fumo. "Non mi hai ancora spiegato nei dettagli come hai fatto a capire tutto."

Questa volta Fascetti ebbe un lieve sorriso di autocompiacimento e fece un gesto vago. "Chiamala semplice capacità deduttiva e di osservazione", disse.

"*Semplice?* Per quanto mi riguarda ha dello sbalorditivo."

"Be', anzitutto mi ha suscitato perplessità il fatto che tu non apparissi particolarmente rattristata dalla morte di Claudio. Non mi è sembrato di scorgere sul tuo volto il genere di dolore di chi ha perso un fratello. Né ti ho mai visto versare neppure una lacrimuccia. Mi ha pure insospettito la tua affermazione che lui, dopo essersi dileguato, non si è preso la briga di farti neppure una telefonata per tranquillizzarti. Poi è stata la storia dei nomi che mi ha ulteriormente insospettito." Le sorrise di nuovo. "Avresti dovuto inventare un secondo e terzo nome per Claudio. Non che sia un aspetto molto importante. Ma non m'è sembrato logico che i vostri genitori avessero imposto tre nomi a te, e uno soltanto a Claudio. Di solito la tradizione famigliare di appioppare ai figli più di un nome di battesimo, è rispettata per tutta la prole. Questa m'è parsa una stranezza che ha subito attirato la mia attenzione. Poi... c'è la fotografia."

"Cos'ha di strano la fotografia?"

"Evidenzia che non esiste praticamente la minima somiglianza tra voi due. A parte i tratti somatici del tutto diversi, ho notato che tu hai una splendida capigliatura rossa, mentre Claudio ha i capelli molto scuri. A meno che i tuoi non siano tinti."

"Non lo sono affatto!" esclamò indignata. "Ti dimostrerò che il colore è naturale."

"Non importa che lo sia o meno", ribatté. "In ogni modo è stato un dettaglio su cui mi sono soffermato e che mi ha aiutato a riflettere. E ancora: il luogo dove la foto è stata scattata. Di solito, in discoteca ci si va con la ragazza. Andarci con la sorella mi sembra un po' fuori della normalità, anche se non è del tutto inconcepibile."

Chiara rimase in silenzio mentre espirava il fumo della sigaretta, attraverso le narici. "E' tutto o c'è qualcos'altro, signor investigatore?" chiese, il tono un po' infastidito.

"Si, c'è un altro punto. Forse il più appariscente e di certo quello determinante."

"E sarebbe?"

"Il tuo accento è spiccatamente napoletano, Chiara. Quello ti ha tradito. Tu non hai un'inflessione pugliese, che io conosco benissimo."

Lei tacque e sospirò profondamente. I seni le si gonfiarono fino ad assumere ragguardevoli dimensioni. "Così ora sai tutto...", disse con tono rassegnato. "Ma non importa. Probabilmente te ne avrei parlato io stessa. Dopo aver riflettuto, l'avrei confessato anche alla polizia offrendo le mie scuse." Esitò un istante. "Ma forse ora ti sei fatto di me un'immagine negativa."

"Perché?"

Lo fissò sbattendo le ciglia, poi disse con fare un po' concitato: "Perché ti ho mentito... ecco perché. Penserai che io sia una bugiarda nata." Trasse un'altra boccata. "Tuttavia è vero che Claudio diceva che voleva sposarmi, anche se non subito." Tacque e si morsicò appena il labbro superiore mentre un'ombra di tristezza le attraversava il volto.

"Ora calmati", le disse posandole una mano sul braccio. "In fondo comprendo le tue ragioni e non ti biasimo. Ma continuo a fare fatica a ritenere attendibili quelle di Claudio per spingerti a impersonare una sua sorella. Dovresti sapere, Chiara, che al giorno d'oggi un uomo e una donna che convivono, non rappresentano più, e da moltissimo tempo, qualcosa per cui gridare allo scandalo, una sorta di concubinato. La gente non ci fa più caso, non gliene frega niente a nessuno. Anche se non mi sento di escluderlo in modo assoluto, a me sembra inverosimile che la Banca Popolare Ambrosiana possa arrivare a controllare la vita privata dei propri dipendenti." Tacque continuando a scrutarla. "Mi resta infine da capire perché tu abbia continuato a menare tutti per il naso, compreso la Polizia e i Carabinieri, anche dopo la scomparsa di Claudio e il successivo ritrovamento del suo cadavere. Che ragione c'era?"

"Mettiti un attimo nei miei panni, Carlo. Okay?" la giovane replicò. "Alcuni giorni dopo la mia denuncia di scomparsa, mi si presenta senza preavviso un ufficiale dei Carabinieri per interrogarmi. Sono terrorizzata, e quando mi comunica che Claudio è ricercato per via della truffa ai danni di un gruppo di risparmiatori, sento l'impulso di dire che non sono sua sorella, e di spiegare, come ho fatto con te, i motivi della mia simulazione. Invece ho preferito continuare a recitare la parte, soprattutto per non venire meno al patto con Claudio. Speravo molto nell'eventualità che sarebbe ritornato restituendo il maltolto, e riabilitandosi agli occhi di tutti, compresa la banca. Allora tutto sarebbe ritornato come prima, pensavo. Conoscendo bene il suo temperamento, sapevo che non mi avrebbe perdonato per aver tradito il nostro accordo. Pensai che avrebbe certamente rotto la nostra relazione, mandandomi via."

Della sigaretta spenta non restava ormai che il filtro macchiato di rossetto, lei lo guardò un attimo e poi lo lasciò cadere nel posacenere. Si chinò sporgendosi un po' in avanti e cingendosi i fianchi con le braccia. "Anche se non lo amavo follemente, stavo bene con lui. Eppoi avevo l'esigenza di restare a Milano per lavorare, e quindi di un alloggio." Abbassò gli occhi, l'espressione mesta. "Se c'è una cosa che più di ogni altra mi spaventa, è quella di essere costretta a ritornare dalle mie parti. Di ripiombare nella quotidiana miseria in cui sono nata e cresciuta."

Fascetti annuì. "Capisco. Ma dopo la morte di Claudio, questo motivo, è venuto meno. O mi sbaglio?"

"Hai ragione. Ma è subentrata in me un gran paura quando è venuto a trovarmi un commissario di polizia per notificarmi l'incidente, interrogarmi e condurmi all'obitorio per l'identificazione del cadavere." Si chinò prendendosi la testa tra le mani e puntando i gomiti sulle ginocchia, lo sguardo fisso al pavimento. "Temevo conseguenze negative se avessi confessato che in precedenza mi ero spacciata per la sorella. E' questa la ragione per la quale ho preferito continuare a fingere, almeno per il momento." Parlava con un basso tono di voce. Tacque, e cominciò a piangere sommessamente. "Ma non è vero che non sono addolorata come tu dici", disse tra i singhiozzi. "Non riesco ancora a capacitarmi che sia morto e che non lo rivedrò mai più." Cercò di ricomporsi, e mosse il capo all'indietro facendo ondeggiare la lunga capigliatura rossa.

"Su, ora calmati", Fascetti le posò di nuovo una mano sul braccio. "Forse faresti bene a bere qualcosa."

Lei sollevò lo sguardo e lo fissò con gli occhi un po' lucidi di pianto. Estrasse un fazzoletto e se li asciugò. "Sì", disse con enfasi, "bevo qualcosa. Ne ho proprio bisogno." S'alzò e si av-

vicinò al mobile bar sito accanto alla porta di ingresso alla sala.
"Tu cosa prendi?"
"Niente, grazie. Non bevo mai di primo mattino."
Chiara tornò a sedersi dopo qualche minuto con in mano un bicchiere. "Hai altre domande da farmi su Claudio?" Sembrava rasserenata.
"Non molte. Mi hai spiegato le ragioni che ti hanno indotto a farti passare per sua sorella. Tutto sommato, non posso fartene una colpa." Fece una pausa. "Ma volevo chiederti... lo consideravi un tipo sensibile?"
"Abbastanza."
"Al punto, immagino, che sapeva di procurarti del dolore scomparendo senza poi mai darti sue notizie... Avrebbe potuto telefonarti o mandarti due righe..."
"Non credo avesse motivo di mostrarsi sensibile a tal punto nei miei confronti."
"Perché?"
"Perché, come ti ho già accennato, la nostra convivenza non era caratterizzata da un amore struggente. Niente del genere. Il nostro stare insieme era dettato da interessi divergenti. Gli volevo bene, ma avevo bisogno anzitutto del suo appoggio, di una residenza a Milano. Ciò che lui provava per me credo fosse soltanto una passione intensa. Esercitavo su di lui una notevole attrazione fisica. Né più né meno. Ero scettica quando qualche volta parlava di matrimonio. Sono certa che per lui ero soltanto una storia passeggera, simile alle tante del suo passato. Insomma, non ho mai pensato che fosse davvero innamorato di me." Tacque un attimo. "Da parte mia, gli ero molto affezionata. La sua morte mi ha sconvolto."
"Bene", le disse sorridendo. "Allora questo è tutto per quanto concerne Claudio. Naturalmente, sempre che tu non mi abbia taciuto nient'altro, e mi abbia *veramente* detto tutta la verità... C'è per caso ancora qualcosa che dovrei sapere? Spero che la recita sia terminata." Le sorrise di nuovo benevolmente.
In un lampo lo sguardo della giovane divenne severo, alzò di scatto il capo e lo fissò negli occhi arrossendo come avesse ricevuto uno schiaffo. Strinse le labbra e respirò profondamente attraverso le narici. L'espressione indispettita la rendeva ancora più bella.

Disse con tono freddo e distaccato: "Mi pare che, a dispetto delle mie spiegazioni, tu continui a dubitare di me, e a pensare che sarei una bugiarda, una impostora incallita. Allora non risponderò più alle tue domande."

"Sicché, è a questo punto che te la sei presa", disse lui sommessamente. "Andiamo, Chiara, non è il caso... scusami se ti ho offeso non era nelle mie intenzioni." Le rivolse un sorriso conciliante. "Però... non ti facevo così suscettibile."

Lei bevve un lungo sorso e fu percorsa da un brivido di rabbia. "Eppure mi hai ferita, eccome", disse. "Sei andato giù molto pesante. Mi hai punto sul vivo." Tacque a lungo tenendo gli occhi puntati alla finestra.

"Ti assicuro che non mi è parso affatto offensivo quello che ti ho detto. Comunque ti prego di dimenticarlo e di scusarmi", lui disse con tono molto suadente posandole di nuovo la mano sul braccio. "Capisci Chiara... è il mio mestiere che talvolta mi costringe ad apparire un po'...", si interruppe alla ricerca delle parole giuste, "...sgradevole, inopportuno."

Il tono duro della giovane parve essersi ammorbidito quando riprese a parlare dopo qualche minuto. "Ma tu pensi davvero che non sia stata una disgrazia? Ossia, che Claudio sia stato veramente assassinato?" La tensione si era sciolta.

Fascetti annuì.

"Si, sembra proprio che si tratti d'omicidio", confermò. "Anche la polizia propende per questa tesi. Anzi, ne è convinta."

"Per quali ragioni?"

"Molte, ma anzitutto perché Claudio era ubriaco fradicio al momento del decesso, al punto che non avrebbe potuto essere stato assolutamente in grado di arrivare da solo al parco Ravizza. Deve essere stato ucciso da qualche altra parte prima di esservi trasportato e scaricato su quella strada che lo fiancheggia. Aveva il cranio sfondato e tutto il corpo era malconcio come se, prima di abbandonarlo, gli fossero passati sopra ripetutamente con le ruote di un'auto in modo da far apparire la morte come causata da un investimento."

"E' orribile!" lei esclamò coprendosi il volto con le mani.

"Effettivamente c'è molto di strano in tutto questo." Scosse lievemente il capo con fare riflessivo, lo sguardo rivolto al pavimento. Rimase in silenzio come se non avesse nient'altro da aggiungere.

"Già...", confermò il detective. "E poi c'è la coincidenza che tutto ciò si sia verificato proprio dopo che lui ha tagliato la corda con tutto quel denaro. Un atto col quale è facile immaginare che si fosse creato dei nemici. L'assassino potrebbe essere qualcuno di quei suoi clienti che aveva truffato. Pertanto non si può escludere tra i moventi proprio la truffa. Qualche suo creditore inviperito potrebbe avergli dato la caccia, e, scovatolo, si è fatto magari restituire anzitutto i suoi soldi. Poi, non soddisfatto e desiderando fargliela pagare, non ha resistito alla tentazione di ammazzarlo facendo in modo che la morte apparisse come causata da un incidente d'auto. Ma viene da chiedersi: chi avrebbe potuto serbare tanto rancore al punto da farlo fuori solo per essere stato derubato? Forse l'assassino è un personaggio capace di qualsiasi azione. Penso a qualche malavitoso pregiudicato, il quale temeva che approfondite indagini della polizia nella cerchia dei clienti di Claudio, avrebbero potuto far risalire a lui." Tacque un istante prima di proseguire: "Ma è soltanto un'ipotesi priva di elementi concreti, per il momento. La polizia sospetta anche che potrebbe trattarsi addirittura di omicidio su commissione."

"Su commissione?"

"Sì. Il commissario Lopez è convinto che a Milano operi una organizzazione criminale, una sorta di anonima omicidi, che assume incarichi per eliminare gente dietro lauti compensi, facendo però in modo che i decessi presentino le caratteristiche di investimenti d'auto."

Lei annuì lentamente senza fiatare

"C'è qualcos'altro che vorrei chiederti", le disse a bruciapelo.

Chiara lo guardò sorpresa e insieme contrariata. "Pensavo che l'interrogatorio fosse terminato".

"Be', si tratta di quel Bardi... Vorrei saperne di più su di lui. E' un personaggio che m'incuriosisce, soprattutto per i suoi imprevedibili accessi d'ira. Che cosa puoi dirmi che già non sappia?"

"Ben poco all'infuori di quello che ti ho riferito ieri, Carlo. Claudio lo conosceva poiché Bardi era, e probabilmente lo è ancora, un ottimo cliente della Banca Popolare Ambrosiana. Operava attivamente in Borsa. A un certo punto Claudio ha incominciato a invitarlo a casa per cena, una o due volte a settimana. Qualche volta uscivamo tutti e tre insieme. L'ultima è stata verso la metà di maggio. Siamo andati in un ristorante pugliese dalle parti del parco Solari. Lì ci attendeva Paolo Rivetti. A loro tre piaceva molto la cucina meridionale, ragione per la quale frequentavano spesso quel locale."

"Immagino che Claudio dovesse movimentare molti quattrini e che i guadagni siano stati notevoli nel periodo del boom della Borsa."

"Sì. Sembra che tutto sia filato splendidamente fino al momento in cui, il 26 maggio scorso per la precisione, i prezzi delle azioni sono improvvisamente franati." Un'ombra malinconica le attraversò il volto. "Io non me ne intendo granché di cose del genere, ma prima che ciò accadesse sentivo che tutti e due discutevano spesso animatamente, qui a casa dopo cena, di un sistema di valutazione del mercato che gli analisti della stessa Bpa avevano messo a punto e che consentiva di anticipare tempestivamente il momento giusto per acquistare o vendere, sfruttando in tal modo le oscillazioni dei prezzi. Ne parlavano entusiasti, e credo che abbia sempre funzionato soddisfacentemente. Fino al momento del tracollo, naturalmente."

"Che ha procurato a Bardi enormi perdite...", disse Fascetti con tono consequenziale.

"Ne sono più che certa. Non ho idea di che entità, ma la sue finanze devono aver subito un duro colpo, e lui ne è stato come traumatizzato. Prima dell'inizio della catastrofe, Claudio mi aveva confidato d'aver investito in azioni quasi tutta la liquidità di cui disponeva, sua e della clientela. Aveva raddoppiato la posizione di Bardi facendolo indebitare alla grande con la banca. Prevedeva un grande balzo delle quotazioni, invece il mercato è andato a catafascio."

"Immagino che anche il loro rapporto ne sia uscito malconcio."

"Malconcio è dir poco o niente. Si è del tutto interrotto. Bardi riteneva Claudio responsabile delle sue perdite di Borsa." Fece una smorfia disgustata. "Dopo il crollo non si è più fatto vivo."

"Neanche con te?"

Prima di rispondere lei mandò giù l'ultimo sorso di liquore e si protese in avanti per deporre il bicchiere sul tavolino. "Be', mi telefonava qualche volta in assenza di Claudio per chiedermi come stavo."

"Come mai?"

"E perché non avrebbe dovuto farlo? In fondo io non c'entravo niente coi loro rapporti."

"Quand'è che ha cominciato a farti visita?"

"Dopo la scomparsa di Claudio. Da allora ha preso l'abitudine di venire a trovarmi." Abbassò gli occhi e apparve un po' a disagio. "E' tutto ciò che posso dirti di Cesare." Sembrava voler chiudere l'argomento.

Cadde il silenzio tra loro che dopo qualche secondo cominciò a diventare imbarazzante. Fascetti assunse un'aria pensosa e prese di nuovo a lisciarsi il mento.

A un tratto si alzò e si accostò alla finestra, seguito dallo sguardo della giovane. Scostò appena le tendine di nylon e osservò, di là dai vetri, la collinetta verdeggiante. Lì intorno, il terreno brulicava di gente che passeggiava. Dei bambini giocavano a rincorrersi strillando.

Alcuni giovani in perfetta tenuta da jogging transitarono correndo sull'altro lato della strada, parlando animatamente tra loro. Chiara si schiarì la gola irritata dal fumo e poi si chinò verso il tavolino per prendere un'altra sigaretta dalla grande scatola di legno. L'accese, trasse un'intensa boccata che poi espirò verso l'alto.

Lui parve riscuotersi quando, fuori, il suono acuto e prolungato della sirena di un'ambulanza lacerò l'aria.

"Spero che non sia un altro colpo alla tua sensibilità quello che sto per dirti", disse improvvisamente senza voltarsi. "Ma ho la sensazione che tu non mi abbia detto proprio tutto sul conto di Bardi."

14

Chiara inspirò profondamente nei polmoni un'altra boccata dalla sigaretta prima di rispondere. Parve inebriarsi del fumo acre

mentre lo sprigionava attraverso le narici in due lunghe scie.
"Dovresti spiegarti meglio", disse con fare guardingo.
Lui si voltò e tornò a sedersi. "Credo che tu non mi abbia
detto abbastanza sulla natura del tuo rapporto con Bardi. M'è
parso di capire che Cesare nutra per te una gran simpatia, e tu
stessa dici che ti fa un po' di corte." Esitò per ricercare le parole
adatte. "Mi chiedo se per caso questo non significhi che già te la
intendi con lui... Stento a credere che tu possa aver già allacciato un'altra relazione a distanza di così breve tempo dalla morte
di Claudio."

La giovane storse la bocca in una smorfia di disgusto mentre schiacciava, con più forza del necessario, la sigaretta appena
accesa nel grosso posacenere di cristallo.

Sembrava che il fumo le avesse provocato una nausea improvvisa.

"Mi sbaglio o stai cercando di verificare una delle tue solite,
splendide intuizioni?"

"Può darsi."

"Be', si dà il caso che questa volta non ti sei neppure minimamente avvicinato alla realtà. Le cose non stanno come tu
pensi."

"Bene, allora perché non ci provi tu a spiegarmi tutto." Sorrise.

"Immaginavo che alla fine me lo avresti chiesto, e mi sorprende che tu abbia atteso tanto." Lo fissò a lungo. Poi, d'un
tratto proruppe in una riso represso, soffocato. Accavallò le
gambe intrecciando le dita in grembo. "Andiamo Carlo... vuoi
scherzare? Ma l'hai guardato bene? Non puoi davvero pensare
che mi interessi." Tacque per qualche secondo. "Andare a letto
con uno come Cesare significa essere del tutto privi di buon gusto. Invece io credo di esserne abbastanza dotata."

Continuava a guardarlo sorridendo, negli occhi una scintilla
di malizia.

"Non è mica tanto brutto. A modo suo potrebbe risultare attraente alle donne."

"Forse. Ma è incline alla violenza come tu stesso hai potuto
constatare sulla tua pelle. Inoltre ricorre a tecniche seduttive che
quasi sempre sconfinano nel volgare. Mi irritano le sue allusioni
molto spinte. No, ti ripeto che non è il mio tipo." Tacque e con

Domenico Martusciello

la mano si scostò una ciocca di capelli dalla fronte, che quasi le
ricopriva un occhio.

"Però, ciò malgrado, lo fai accomodare e gli offri da bere...", lui la incalzò.

"Ebbè?"

"Mi chiedo a che pro tu lo faccia"

"Ho le mie ragioni per tenermelo buono, naturalmente."

"Segrete?"

"Macché..." Fece una smorfia. "Capisci... non ho ancora
perso del tutto la speranza di entrare nel modo dello spettacolo.
Sembra che Bardi sia in buoni rapporti col proprietario di quella
stessa rete televisiva locale di cui Claudio mi aveva parlato. In
questo momento sta cercando di farmi assumere. "

"E tu gli credi?"

"Certo."

"E' facile immaginare che alla fine ti presenterà il conto..."
Lei parve adombrarsi di nuovo.

"Puoi esser certo che non la spunterà a portarmi a letto, se è
questo che intendi. Gliel'ho già detto in tutte le salse che non
può esserci che semplice amicizia tra noi." Tacque e lo fissò seria. "Cos'è, Carlo, adesso ficchi il naso nella mia vita privata?"
C'era irritazione nella voce.

"Scusami."

"Seguì una lunga pausa di silenzio durante la quale il volto
di lei parve addolcirsi.

"Bene", lui disse infine. "Ma tornando a Claudio... ti risulta
che avesse ancora i genitori?"

"Ha la madre anziana vedova che vive a Polignano. Io non
l'ho mai conosciuta, ma lui ne parlava come di una santa donna,
e le scriveva abbastanza spesso. Credo che l'ultima volta lo abbia fatto ai primi di giugno, quasi due mesi prima di sparire.
Gli piaceva mantenere i contatti e le inviava del denaro, qualche
volta. Suo padre morì quando lui era un ragazzo. Lei mi ha telefonato una decina di giorni fa, o giù di lì, chiedendomi di Claudio. Le ho detto che si era assentato e che nessuno sapeva dove
si fosse recato. Ho cercato di non allarmarla più di tanto."

"Chissà se è stata informata della morte del figlio."

"Dio!" lei esclamò battendosi una mano sulla fronte. "Non
ci avevo pensato. Probabilmente non ancora."

"Una volta che la polizia avrà ultimato tutti gli accertamenti, sono certo che la contatterà."

A un tratto lei lo fissò inclinando la testa come se un pensiero l'avesse colpita. "Carlo?"

"Sì?"

"Tutto sommato mi stai molto simpatico", gli disse sorridendo. "Devo confessarti che mi ispiri fiducia, ed è questo il motivo per cui mi sono aperta con te."

"Ti ringrazio. Ma ora perché non mi dici qualcosa di te, delle tue origini, della tua famiglia e, soprattutto, di com'era la convivenza con Claudio. Mi aiuterà a conoscerti e a comprenderti meglio."

"Certo. E' una buona idea."

Il detective si accese un'altra sigaretta senza distogliere lo sguardo dalla giovane che aveva il volto lievemente arrossato. Si chiese quali pensieri brulicassero nel suo cervello, e cosa mai celassero quei grandi occhi azzurri. Si mise ad ascoltarla.

Anche lei si accese una sigaretta, e poi cominciò a raccontare. Era nata e cresciuta in un quartiere povero e degradato di Napoli, in una famiglia di profonda indigenza. Un padre alcolizzato e violento l'aveva incessantemente tormentata, senza che lei avesse potuto trovare conforto neppure nella madre dedita alla droga, e nella quale il marito aveva soffocato da tempo ogni istinto materno. All'età in cui aveva terminato, con grande fatica e con l'aiuto dei nonni, gli studi delle scuole superiori, entrambi i genitori, devastati da malattie incurabili, erano già morti.

"Ho dovuto cominciare subito a lavorare per poter vivere", spiegò. "Mi sono dovuta adattare a qualsiasi genere di lavoro, anche i più umili. Prima di conoscere Claudio, sei mesi fa, facevo la cameriera in un pizzeria del centro di Napoli dov'ero costretta a subire, ogni giorno, le avance più volgari da parte degli avventori. Claudio capitò una sera nel locale, ci conoscemmo e avvertimmo subito un'attrazione reciproca, anche se la nostra non fu poi quello che potrebbe definirsi un amore travolgente. Era a Napoli per un breve periodo di stage presso una banca, e sarebbe ritornato a Milano dopo una settimana. Ci frequentammo per qualche giorno e, alla fine quando gli manifestai il desiderio di trasferirmi in una grande città, lui mi propose

137

di andare a vivere con lui almeno finché non avessi trovato un lavoro. I primi due mesi assieme furono splendidi.

"Nonostante gl'impegni Claudio trovava sempre del tempo da dedicarmi. La sera andavamo in giro nei locali notturni, a teatro, facevamo lunghe gite ai laghi e in montagna durante i weekend. Qualche volta parlava di matrimonio, ma penso che non fosse sincero o che comunque non si sentisse ancora maturo per affrontarlo. Dopo la crisi della Borsa nel maggio scorso, i nostri rapporti si erano un po' modificati. Come ti ho già accennato, lui era sempre molto preoccupato ed era divenuto estremamente nervoso. Mi riferiva, qualche volta, di problemi che erano insorti nelle relazioni coi suoi clienti, senza tuttavia scendere nei particolari. Quasi ogni sera, dopo cena, giungevano telefonate allarmate. Le conversazioni erano sempre molto concitate. Non è che mi riuscisse di afferrare granché, ma nella sostanza mi pareva di capire che lui venisse sollecitato a onorare i suoi impegni. Comunque, non era difficile rendersi conto che parlava di denaro, di investimenti. Poi, inaspettatamente, una sera dello scorso mese di luglio non è rincasato, e del seguito sei già al corrente."

Nel silenzio che seguì e che durò quasi un minuto, lei mantenne lo sguardo abbassato posato sul bicchiere vuoto, che scuoteva facendovi tintinnare i cubetti di ghiaccio. "Non parlo mai con nessuno del mio passato o della mia vita privata", disse infine. "Se l'ho fatto con te è per via della fiducia che mi ispiri. Spero di essere riuscita a dissipare nella tua mente il cattivo concetto che forse ti eri formato sulla mia persona."

"Nessun cattivo concetto, ti sei sbagliata. Ma non è il caso di continuare a parlarne." Le rivolse un largo sorriso rassicurante.

Lei dette un'altra occhiata al proprio bicchiere, poi si alzò e si diresse verso il mobile bar. Lui la seguì con lo sguardo e osservò il suo aggraziato e sicuro incedere; l'abito pieghettato di leggerissima stoffa fluttuava attorno alle gambe un po' al di sopra dei perfetti polpacci. Ritornò a sedersi dopo qualche minuto reggendo due calici di Porto colmi quasi fino all'orlo. Ne porse uno a Fascetti dicendo con un accattivante sorriso: "Ora che tutto tra noi è chiarito, possiamo bere qualcosa?"

Dapprima lui apparve riluttante, ma finì per accettare. Lei riprese a sorridere scoprendo una dentatura bianchissima. Stettero

Il Crollo

a guardarsi per quasi un minuto senza dire neppure una parola.
Lui prese un'abbondante sorsata del Porto e lo sentì scivolare
giù lungo la gola fino allo stomaco come una palla da biliardo,
procurandogli una gradevole sensazione di tepore.

Con gli occhi fissi in quelli di lui, Chiara reggeva nella mano
destra il bicchiere e nella sinistra la sigaretta. Trasse un'intensa
boccata e, inaspettatamente dopo aver espirato, prese a ridere
divertita scrollando appena le spalle. Un riso morbido, sommesso. Reclinava il capo indietro e poi lo spostava in avanti, facendo sì che lunghi ciuffi arruffati della capigliatura rossastra le ri-
cadessero davanti agli occhi. A un tratto smise di ridere e si ricompose, posò il bicchiere sul tavolino e si ravviò una folta
ciocca di capelli che le era rimasta sul viso.

"Perché ridevi?" lui le chiese dopo averla osservata perplesso durante quella improvvisa manifestazione di insensata ilarità.
"Mi trovi divertente?"

"Mah..., mi guardi in una maniera così strana..."

"Strana come?"

"Chessò... come se avessi bisogno di chiedermi qualcos'altro."

"Ah!"

Erano seduti molto vicini, separati soltanto da un piccolo cuscino. Lei l'afferrò e lo lanciò sull'altro divano accostandosi
ancora di più a lui. Accavallò le gambe e l'orlo del vestito le salì fin oltre la metà della coscia. Accortasi del suo sguardo interessato, gli lanciò quel genere di occhiata astuta con cui certe
donne fanno intendere molto bene che non hanno nulla in contrario.

"Però...", lei proseguì, "...ho la sensazione che potrebbe
trattarsi di qualcosa che non ha niente a che vedere con la tua
indagine." Fece scorrere l'indice sul bordo del bicchiere.

Fascetti rimase in silenzio avvertendo un certo imbarazzo e
disagio per quello che di fin troppo sfacciatamente allusivo
c'era nelle parole e nei gesti della giovane.

Lei disse cambiando argomento: "Mi sbaglio o ti sei fatto
l'idea che Bardi potrebbe aver avuto qualcosa a che fare con
morte di Claudio?"

Un sacco di idee attraversavano in quel momento la testa del
detective, ma nessuna che riguardasse il suo lavoro.

"Be', come si fa a non sospettarlo? Gli aveva fatto perdere un mucchio di soldi in Borsa, no?"

Chiara inclinò il capo attorcigliandosi una ciocca di capelli intorno a un dito, poi gli chiese a bruciapelo: "Sei sposato?" Un lieve sorriso malizioso le affiorò sulle labbra.

"No."

"Come mai sei ancora single?"

"In molti me lo chiedono, e a tutti rispondo sempre allo stesso modo: prendere moglie non lo prescrive il medico." Sorrise con ironia.

"Certo... Allora immagino che tu abbia almeno una ragazza..."

"Perché lo immagini?"

"Be', perché mi sembri il genere di uomo tutt'altro che privo... come posso dire, di certi istinti, e che pertanto non possa fare a meno di una donna..." Prese un sorso di Porto.

"Ehi! Aspetta un momento!" La interruppe con tono asciutto. "Mi sembra che tu stia tentando di sostituire la mia indagine sulla morte di Claudio, con un'altra sulla mia vita privata."

"Scusami... Ora sono io a comportarmi da ficcanaso." Gli sorrise. "La mia è semplice curiosità."

Lui la studiò brevemente prima di dire: "Non sono ammogliato e non ho neppure una ragazza... per il momento." Fece una pausa prima di aggiungere: "Soddisfatta ora?"

"Molto." Sembrava genuinamente felice di essere riuscita ad assicurarsi che lui non avesse legami sentimentali di sorta.

Durante il silenzio che seguì, lui pensò all'atteggiamento da assumere nei confronti di quella che era una chiara avance. Era lampante che la donna gli si stava offrendo, e pure in modo alquanto sfacciato, apparentemente senza altra ragione che non fosse quella di procurarsi un piacevole diversivo. Ne fu tutt'altro che stupito, conscio com'era del richiamo erotico e del forte fascino che esercitava sull'altro sesso.

D'altra parte Chiara era ormai una donna libera, rifletté. Dopo la scomparsa di Morelli, non sentendosi più condizionata dal vincolo di fedeltà – ammesso che l'avesse mai rispettato –, lanciava ora in giro messaggi di disponibilità, ma in modo selettivo, come aveva voluto sottintendere con quelle considerazioni di poco prima sul conto di Bardi. Non che le spiegazione che gli aveva propinato al riguardo dei suoi reali rapporti con quell'uomo, l'avessero del tutto convinto.

A dire il vero, fin dal primo momento in cui l'aveva conosciuta, il detective aveva riportato di lei l'impressione del tipo di donna della quale non si può avere la certezza assoluta che non sia proclive al tradimento.

Ora Chiara gli rivolse un sorrisetto civettuolo dicendo: "Mi chiedevo se ti succede mai di essere coinvolto sentimentalmente con belle donne per via tuo lavoro."

"No, mai", mentì scuotendo il capo.

Per la verità non era la prima volta che incappava in una situazione del genere nell'esercizio della sua professione, ed era costretto a barcamenarsi per cercare di gestirla nel migliore dei modi, usando tutta la diplomazia che riusciva a dispiegare, per evitare di uscirne compromesso. A episodi del genere era tutt'altro che insensibile: mentre per un verso gli creavano dei problemi, per un altro lo lusingavano e lo riempivano di orgoglio.

Ricordò quell'evento grottesco di quasi un anno prima, allorché una giovane moglie, dopo avergli affidato l'incarico di accertare che il marito non la tradisse, gli fece capire – e neppure tanto velatamente – che non avrebbe disdegnato di passare almeno una notte con lui, magari nel suo letto. Era stato costretto a spiegarle – con tutto il *savoir-faire* di cui era capace – di attenersi con rigore al principio di non mischiare mai lavoro e piaceri della vita privata.

Sollevò lo sguardo e la fissò di nuovo come per analizzarla bene. I loro corpi ora si sfioravano e lui sentì il respiro corto di lei sul suo volto. Le osservò la bocca dischiusa: si passava, in modo irrequieto, la punta della lingua sopra il labbro inferiore. Gli splendidi occhi erano di un azzurro limpidissimo al punto che quasi gli parve di vedervi riflessa la propria immagine.

"Allora, Carlo...", gli disse con voce roca adagiandogli una mano sul braccio, "...sicuro che non hai nient'altro da chiedermi?" Gli si accostò ancora di più e il contatto ebbe su di lui l'effetto di una scossa elettrica. Improvvisamente si rese conto di avere in corso un'erezione, tanto intensa da fargli male, e si sforzò per mantenere il respiro regolare, resistendo alla tentazione di gettarsi su di lei.

Poi subentrò un senso di sconcerto e capì che doveva fare o dire qualcosa. Non potevano rimanere così in eterno. Ammise a se stesso che avrebbe voluto reagire obbedendo all'istinto primordiale della sua virilità. Tuttavia, come in precedenti analoghe circostanze, avvertì dentro di sé la sinistra sensazione che un suo cedimento poteva rivelarsi un errore di cui pentirsi in seguito, e per il quale essere costretto a pagare un certo prezzo, magari in termini di compromissione della propria immagine professionale.

"No, nient'altro", si costrinse a risponderle dopo una breve pausa. "Ti ringrazio delle informazioni. Mi saranno di notevole aiuto nel prosieguo dell'indagine. Ora credo di avere qualcosa su cui lavorare."

Restarono così immobili e in silenzio per alcuni secondi, poi lui disse:

"Chiara... sei una ragazza straordinaria... davvero." Apparve indeciso su cos'altro aggiungere. "Vedi... devi sapere che mi ripugna mischiare lavoro e vita privata. Ne ho sempre fatto una questione di principio."

Lei non fiatò.

"Ho qualcosa di urgente che mi aspetta", lui disse alzandosi. "Mi spiace, ma ora devo andare, si è fatto tardi. E' probabile che ci si riveda."

Lei sollevò su di lui lo sguardo frustrato. "Mi piacerebbe, ma in circostanze del tutto diverse."

Il detective non disse altro, si voltò e si diresse deciso verso ta.

15

Il sole era alto nel cielo quando Fascetti uscì dalla villetta e raggiunse la Golf parcheggiata sul lato opposto della strada, quasi di fronte alla Montagnetta.

Il caldo all'interno della vettura si era fatto torrido, e il sudore cominciò a filtrargli abbondante attraverso i pori della pelle; presto la camicia ne sarebbe stata intrisa e già sentiva che gli si era appiccicata sulla schiena. Prima di avviare il motore, diede una occhiata all'orologio sul cruscotto: le dodici in punto. Partì imboccando una strada lunga e stretta che conduceva alla Fiera Campionaria.

Giunto in via Fatebenefratelli riuscì, dopo aver girato intorno per una decina di minuti, a parcheggiare in una stradina secondaria. In un bar all'angolo di via Manzoni, consumò in fretta un panino imbottito al prosciutto e bevve una mezza birra alla spina, prima di tornare nel suo studio.

Salì con l'ascensore al quarto piano e percorse un lungo corridoio su cui si affacciavano alcuni appartamenti. In fondo c'era la sua agenzia. Sulla porta, una targa poco appariscente recitava: Carlo Fascetti - Investigatore Privato.

Vide una donna anziana che sedeva sulla panca addossata alla parete di fronte alla porta. Si fermò e le sorrise. "Buon giorno."

Ebbe l'impressione che fosse lì ad attenderlo da un pezzo, e pensò che forse si prospettava un altro incarico di lavoro.

La vecchia rispose al saluto e si alzò lentamente. Reggeva un grosso borsone da viaggio scuro, dall'aspetto malconcio e appariva magrissima, di minuta corporatura. Portava un abito nero che le scendeva dritto fino a pochi centimetri dalla punta delle scarpe e le stava addosso come appeso a una gruccia. Era del tutto incanutita, e gli occhi acquosi lo scrutavano da dietro le spesse lenti dalla sottile montatura dorata, di certo un modello vecchio di moltissimi anni. Lo sguardo era vigile, nonostante l'età che non poteva essere al di sotto dei settantacinque anni. Gli occhi avevano una espressione addolorata e smarrita insieme.

Mosse alcuni passi verso il giovane esaminandolo da capo a piedi, mentre si aggiustava gli occhiali sul naso con la mano scheletrica e avvizzita.

"E' lei il signor Fascetti?" chiese timidamente. "Il signor Carlo Fascetti?" La voce era fievole, e appariva in sintonia con l'estrema esilità del fisico.

"Sì, signora... ma venga, si accomodi pure." Aprì la porta dello studio, e si scostò per darle la precedenza nell'ingresso adibito a sala d'attesa, con un divanetto e due poltroncine a disposizione dei clienti. Quindi la introdusse nel suo studio. Lei si fermò al centro della stanza e si guardò intorno con aria disorientata. Il giovane prese una sedia e la fece accomodare davanti

143

alla scrivania, dietro la quale prese a sua volta posto assumendo un aria professionale.

"Mi spiace che lei abbia dovuto attendere nel corridoio, signora. La mia segretaria è ammalata, e pertanto l'agenzia è chiusa in mia assenza. Ma mi dica... in cosa posso esserle utile?"

Lei non rispose subito e lo fissò, le mani impegnate a tormentare la cerniera del vecchio borsone che teneva in grembo. Infine disse con un filo di voce: "Per la verità non saprei di preciso... mi chiamo Morelli."

Fascetti sbatté le palpebre incerto d'aver capito bene, e rimase in attesa che lei aggiungesse qualcos'altro.

"Come ha detto che si chiama?" le chiese quando la vecchia invece tacque

"Morelli", ripeté.

Allora fu certo d'aver compreso. Le rivolse uno sguardo più attento e capì che gli occhi erano acquosi perché velati dalle lacrime, e non già per via dell'età avanzata. Era la madre di Claudio Morelli, e la poveretta aveva pianto per il figliolo morto che non vedeva da mesi, forse da anni. Si sentì sommergere da un'ondata improvvisa di compassione per quella vecchietta che stava accasciata sulla sedia davanti a lui.

Le disse a voce bassa: "Lei deve essere la madre di Claudio Morelli, vero?"

"Sì."

"Sono molto lieto di conoscerla, signora."

La vecchia proruppe in un pianto convulso e il petto scarno sussultò sotto il vestito scuro. Le lacrime le sgorgarono copiose rigandole le guance; si mise una mano in tasca, ne estrasse un fazzoletto e si tolse le lenti per asciugarsi gli occhi. Poi si soffiò il naso delicatamente.

"Mi dispiace per Claudio, sono davvero addolorato", lui disse in tono sommesso. "Sarò lieto di assisterla nel migliore dei modi, signora." Tacque un attimo prima di aggiungere: "Ma non capisco... come ha fatto a trovarmi?"

"E' stato per puro caso", la donna rispose mentre continuava a detergersi le lacrime. "Non sentivo Claudio da un pezzo ed ero in ansia. Ieri ho deciso di venire a Milano. Viaggiando durante la notte, sono arrivata stamattina presto. Mi sono subito

Il Crollo

recata in banca dove mi hanno riferito che Claudio è morto in un incidente stradale, investito da un'auto. E' stato un colpo durissimo. Avrei preferito morire."

"Posso immaginare...", le disse con un tono di comprensione estrema.

Fascetti vide che la vecchia ansimava, e che aveva gran difficoltà a esprimersi con voce ferma. Fece una pausa per calmarsi, poi proseguì: "Ho anche avuto un colloquio con il direttore della banca, il signor Maldano, che mi ha parlato della scomparsa di Claudio prima dell'infortunio e...", tacque un attimo per riprendere fiato, "...del fatto che avrebbe sottratto del denaro ai suoi clienti. Mi ha riferito che la Polizia sospetta un omicidio, ma che lui propende per l'ipotesi dell'incidente stradale. Mi ha suggerito di rivolgermi a lei, che sta conducendo delle indagini per accertare la vera causa della sua morte, ma mi ha precisato che anche lei è dello stesso avviso della polizia. Devo ammettere che è stato un po' brusco e sbrigativo con me, non posso dire che mi sia riuscito simpatico." Fascetti non fu sorpreso nel sentire che Maldano aveva riferito alla vecchia alcune delle cose sulla morte di Morelli, che aveva già detto a lui il giorno prima.

"Le confesso che anche a me non piace Maldano, signora Morelli. Ma cosa desidera che faccia per lei, esattamente?"

"Che mi tenga informata del risultato delle sue indagini, signor Fascetti. Voglio sapere la verità su quanto è accaduto a mio figlio. Se qualcuno gli ha fatto del male, e poi lo ha ucciso, desidero che lei scopra il colpevole e lo assicuri alla giustizia. Posso pagarla, sa? Ho del denaro." Si premette due dita sopra gli occhi chiusi."

Fascetti si alzò, girò intorno alla scrivania e le adagiò una mano sulla spalla fragile, ossuta. Si sentiva confuso, profondamente commosso al punto da non sapere cosa dirle.

"Mi dispiace", mormorò con il tono più delicato di cui si sentì capace. Poi aggiunse con il fare ansioso di chi vuole rendersi utile: "Farò del mio meglio per accertare se Claudio sia stato davvero assassinato... E, naturalmente, la terrò informata."

Lei sollevò lo sguardo e lo fissò negli occhi, il volto lievemente arrossato. "E' da quasi due ore che l'aspetto", disse. "Non vedevo l'ora di conoscerla e di parlarle di Claudio. Il mio figliolo era un bravissimo ragazzo, sa? Non credo a una sola parola di quanto mi ha detto Maldano sulla sua responsabilità nella truffa ai danni di tutta quella gente. Era un giovane onestissimo, io so che non può aver fatto una cosa simile." Daccapo prese il fazzoletto e si asciugò gli occhi. "La prego di scusarmi se mi sono lasciata andare. Capisce... era il mio unico figlio maschio." Fascetti mormorò qualcosa per assicurarla che non c'era alcun problema. Non poté fare a meno di riflettere sul fatto che, nonostante Morelli fosse morto in età adulta, e mancasse dal suo paese natale e dalla famiglia da molti anni, la vecchia ne parlava ancora come se sentisse una nostalgia molto intensa del bambino che era stato, di quando si infilava le dita nel naso, e scorazzava in cortile col viso imbrattato della marmellata che aveva rubato dalla credenza.

"Signora Morelli," disse, "so che Claudio le scriveva spesso, o comunque abbastanza regolarmente. Non può dirmi quand'è stata l'ultima volta che ha ricevuto una sua lettera?"

Lei annuì. Ora sembrava aver quasi recuperato la sua compostezza. Aveva estratto di tasca un quadratino di panno marrone con cui pulì ciascuna lente degli occhiali. Poi li inforcò di nuovo sistemandoli con cura sul naso e dietro le orecchie.

"Sì, è vero ", confermò, "Claudio mi telefonava e mi scriveva a intervalli abbastanza regolari, anche se non molto brevi. Immagino che fosse molto impegnato. Ma era tanto buono con me... m'inviava anche del denaro, sa?" Sorrise tristemente. "La sua ultima lettera risale a circa tre settimane fa. In essa mi accennò molto vagamente ad alcuni problemi... Capii che era preoccupato per qualcosa. Mi informò che, recentemente, aveva preso in locazione una cassetta di sicurezza presso il Credito Italiano di piazza Cordusio, qui a Milano, dentro cui aveva depositato alcuni importanti documenti. Me ne inviò una delle chiavi e un modulo che, una volta firmato, ho restituito subito per posta alla banca. Claudio aggiunse nella sua lettera che avrei dovuto aprirla soltanto qualora avessi appreso che gli era successo qualcosa di grave, insomma... che era venuto a mancare. Comprenderà, signor Fascetti, lo stato di apprensione in cui sono precipitata nel leggere quelle righe."

Fascetti annuì con aria di immedesimazione, cercando di immaginare cosa mai potesse contenere quella cassetta.

Il Crollo

"Ma che stupida! Perché non le mostro la lettera invece di parlargliene?" la vecchia riprese con fare concitato. Affondò le mani nel borsone, vi rovistò, estrasse una busta aperta e gliela porse. Fascetti non poté che dare una rapida scorsa alla missiva, poiché la donna, noncurante di rendergli difficile la concentrazione, continuò a parlare convulsamente, mentre lui si sforzava di leggere.

"Mi chiede come sto io e le sorelle, e come vanno le cose in paese", disse. "Era da qualche anno che non veniva giù a trovare la famiglia. Per la verità, non era il tipo da preoccuparsene granché. Qualche volta pensavo che stesse poco bene in salute, ma non è mai stato ammalato un solo giorno in vita sua, se si escludono i comuni raffreddori, influenze e... gli orecchioni, naturalmente. Quella è la prima lettera che ho ricevuto dopo un lasso di tempo abbastanza lungo. D'allora non si è più fatto vivo nonostante gli abbia risposto dicendogli che ero preoccupata, e chiedendogli chiarimenti. Mi sono molto impensierita quando alcuni giorni fa gli ho telefonato, e la donna con cui conviveva mi ha informato che Claudio non era reperibile, nessuno sapeva dove si trovasse. Allora ho deciso di venire a Milano. Ricordando il contenuto della lettera, avvertivo il presentimento che gli fosse davvero successo qualcosa di grave."

"Capisco", disse Fascetti dopo aver sollevato lo sguardo dalla lettera alla quale non aveva potuto che dare una rapida scorsa. Vide tuttavia che recava la data del diciotto luglio, il giorno precedente la scomparsa di Morelli. Calcolò che verosimilmente in quel periodo la Borsa attraversasse la fase di crisi più acuta dopo il crollo iniziato il 26 maggio. Non ebbe allora alcun dubbio che i problemi a cui faceva vagamente riferimento, non potessero essere che quelli causatigli dalla crisi del mercato, e, di conseguenza, dalla difficoltà di fare fronte a suoi impegni. Riuscì tuttavia a soffermarsi sulle ultime righe della missiva, laddove il defunto parlava della cassetta di sicurezza, chiedendo esplicitamente alla madre di aprirla soltanto nel caso che lui fosse deceduto.

"A proposito della cassetta di sicurezza", Fascetti disse rendendole la lettera, "è già stata in banca per aprirla?"

"Non ancora, non ne ho avuto il tempo materiale. Quando sono arrivata, sono andata diritta alla banca dove Claudio lavorava, poi ho prenotato una stanza in un albergo, e quindi sono venuta qui da lei."

"Allora, ovviamente, non è andata neppure alla polizia..."

"Infatti. Dovrei andarci? Il signor Maldano mi ha suggerito di venire prima da lei. Sono confusa. Lei pensa che dovrei andarci alla polizia?" Aveva smesso del tutto di piangere, appariva abbastanza tranquilla.

"Non lo ritengo necessario, signora Morelli", rispose. "Non per il momento, almeno... Farebbe bene a riposare un po', anzitutto. Immagino che desideri recarsi all'obitorio... anche."

La vecchia sbatté le ciglia annuendo. Poi chiese: "Ma perché lei si interessa della morte di Claudio, signor Fascetti? Perché il signor Maldano mi ha indirizzato a lei dicendomi che sarebbe stato in grado di darmi qualsiasi informazione?"

"Sto conducendo un'indagine di routine, signora Morelli. Ho un cliente che mi ha incaricato di verificare che la morte di suo figlio sia stata veramente accidentale. Vede..., negli ultimi tempi c'è stata, a Milano, un'allarmante crescita d'incidenti stradali di questo genere. Ho appena iniziato a lavorare."

Lei parve esitare un istante, poi disse timidamente: "Potrei assumerla anch'io?"

"Sono spiacente, ma non è possibile. Come le ho detto, per questo caso mi sono già impegnato con un'altra persona." Sorrise. "Tuttavia la terrò informata dell'esito della mia inchiesta."

"La ringrazio molto."

"Ma ritornando alla cassetta di sicurezza, immagina che genere di documenti possano esserci dentro?"

"Non ne ho la minima idea."

"Le piacerebbe scoprirlo subito?"

"Sì, naturalmente."

Fascetti rifletté per qualche secondo. "Se lo desidera, potrei accompagnarla in auto al Credit, dove potrà aprirla e prendere visione del contenuto."

Gli disse che non vedeva l'ora e lo ringraziò. Impiegarono mezz'ora per raggiungere via Tommaso Grossi. Fascetti trovò miracolosamente uno spazio molto ristretto lungo il marciapiede, e a stento riuscì a infilarci la Golf. Aiutò la vecchia a uscire dalla vettura, e insieme si incamminarono verso piazza Cordusio dove sorgeva l'imponente sede del Credito Italiano.

Il Crollo

Il vasto salone del pubblico su cui si affacciavano numerosi sportelli, era gremito di gente. Discesero una larga scala di marmo a chiocciola che conduceva nel seminterrato dove era situato, all'interno di un'enorme camera blindata, l'impianto delle cassette di sicurezza.

La signora Morelli esibì un documento di identificazione e le fu fatto firmare un modulo. Il figlio aveva fatto in modo che l'accesso alla cassetta fosse consentito a lui e alla madre disgiuntamente, sì da permettere a quest'ultima di prendere possesso del contenuto, ove egli fosse stato impedito, o – come aveva precisato nella lettera – venuto a mancare. Furono introdotti nel caveau, e un commesso inserì il passe-partout in una delle due serrature della cassetta una volta localizzatala, ritirandosi poi con tratto cortese.

"Mi dà una mano ad aprirla e a tirarla giù?" la donna gli chiese porgendogli la chiave. "Si trova troppo in alto per la mia statura." Fascetti la prese e la inserì nell'altra serratura che si aprì con facilità. Estrasse quindi la cassetta dal suo alloggiamento. La portò, seguito dalla vecchia, in una delle cabine a uso degli utenti e la depose sopra un tavolino. Poi si allontanò restando discretamente in disparte mentre lei sollevava il coperchio della capiente scatola metallica per esaminarne il contenuto.

"Gesù…", esclamò coprendosi la bocca con le mani, gli occhi spalancati dallo stupore, "…non ho mai visto tanto denaro in vita mia!"

16

Alessi guardò il suo orologio da polso con fare spazientito ed ebbe un moto di disappunto. Erano le dodici e mezzo: il ritardo di Ottavio Brughezio si stava facendo sensibile. Sedeva da una ventina di minuti nel ristorante Ai Quattro Mori, in largo Cairoli e, in attesa del suo ospite, non faceva altro che scorrere nervosamente il menù.

Come sempre all'ora di pranzo, l'ampio locale perfettamente climatizzato, si andava riempiendo in fretta. I tavoli erano quasi tutti occupati, e c'era un discreto brusio. Ancorché non sia annoverato tra i più esclusivi del Centro storico, è tuttavia frequentato per lo più da gente di un certo standard. Vi si ritrovano coppie eleganti, faccendieri, agenti di Borsa, banchieri, procacciatori di affari, avvocati. Gli incontri conviviali – meglio noti come colazioni di lavoro – sono organizzati col pretesto della conclusione di affari, e a spese delle società. Alessi riconobbe, al loro ingresso, due colleghi di un'altra testata che salutò con un sorriso e un cenno del capo. Notò anche, al tavolo accanto, due dirigenti di una prestigiosa compagnia assicurativa che, tra un boccone e l'altro, riuscivano a chiacchierare con gran fervore.

Quel mattino, uscito di casa con l'animo rasserenato dalla riconciliazione con la moglie, si era recato al giornale con il proposito di rompere gli indugi e passare dalla fase investigativa della sua indagine a quella conclusiva. Il che lo obbligava a tentare di porre subito in atto quello stratagemma di qui aveva ampiamente discusso con Fascetti la sera prima, senza tuttavia riuscire ad assicurarsi la sua disponibilità a collaborare. E ciò, malgrado che il successo dell'operazione potesse servire a identificare anche il mandante dell'omicidio di Morelli, su cui il detective stava indagando. Il giornalista aveva così deciso di portare avanti il progetto comunque, costasse quel che costasse. Dopo lunga riflessione, aveva telefonato a un suo conoscente, Ottavio Brughezio, e, assicuratasi la disponibilità a pranzare con lui, aveva prenotato per due in quel ristorante.

Un giovane cameriere, magrissimo e molto scuro di carnagione, si avvicinò al tavolo e gli porse la lista dei vini, dicendo: "Desidera ordinare subito per sé o preferisce attendere ancora l'arrivo del suo ospite?"

Alessi sollevò lo sguardo e lo fissò per un attimo, interdetto. Poi guardò di nuovo l'orologio."No, preferirei attendere ancora un po' ", gli rispose. "Il mio amico dovrebbe farsi vivo da un momento all'altro."

Il cameriere si allontanò dopo un leggero inchino, e il giovane riprese a consultare il menù.

Il pesce fresco è la specialità del posto. Ce n'è sempre un ampio contenitore di vetro disposto in bella vista di fianco all'ingresso, in modo da non sfuggire all'attenzione dei clienti che varcano la soglia. Un cameriere vi si avvicinò e afferrato un grosso branzino, lo depose su un piatto dirigendosi poi a passo spedito verso la cucina. Anche il carrello degli antipasti era ben fornito: misti e ai frutti di mare, tra cui ostriche in grande abbondanza.

Alessi chiuse di colpo il menù in un gesto di nervosismo. Magari non viene, pensò. Non ne conosceva abbastanza i comportamenti, ed era la prima volta che aveva modo di sperimentarne la puntualità.

Si trattava di un personaggio per certi versi un po' bizzarro, che aveva incontrato per la prima volta nei giorni successivi all'avvio dell'inchiesta, nel corso di una visita notturna a un bar di via Lorenteggio: uno di quei posti equivoci che aveva cominciato a frequentare. Era compreso in un elenco di locali sparsi per la città, che il commissario Lopez gli aveva procurato quando si era rivolto a lui per informazioni che lo agevolassero nelle indagini. Il poliziotto gli aveva precisato che il posto era sorvegliato, in quanto ritenuto ritrovo abituale di esponenti del sottobosco della Mala milanese, soprattutto nelle ore notturne.

Con estrema cautela, Alessi era riuscito a mescolarsi a quegli avventori del locale dall'aria equivoca, che sospettava essere dediti ad attività illegali: spaccio di droga, ricettazione, prostituzione, racket, gioco clandestino e così via. Non lo avrebbe sorpreso che alcuni di essi avessero perennemente conti in sospeso con la Giustizia. Usava la tattica di socializzare con loro per arrivare a offrirgli da bere al punto da farli cadere in uno stato euforico, che li rendeva molto loquaci. Dopodiché pilotava abilmente – ma con fare casuale per non destare sospetti – le conversazioni sul tema che gli stava a cuore: quello degli strani incidenti stradali di cui da tempo si occupavano i media. Queste manovre avevano prodotto qualche frutto in termini di sottili accenni, velate indiscrezioni, frammenti di informazioni, che era riuscito a carpire. In una certa misura, avevano avvalorato la fondatezza di quella tesi sostenuta dal commissario Lopez, secondo cui a Milano doveva operare una organizzazione criminale che perpetrava omicidi su commissione, tentando di mascherarli da banali incidenti stradali, sì da allontanare il più possibile i sospetti dai rispettivi mandanti.

Ora, per poter sperare di mettere in pratica il suo piano, Alessi necessitava di stabilire un contatto con qualche membro di questa fantomatica banda. In Brughezio aveva individuato la persona che, probabilmente, era in grado di dargli una mano nel perseguimento di questo obiettivo. Faceva assegnamento sul fatto che, se gli avesse esposto la richiesta di collaborazione in una certa forma, data la natura dell'attività illegale che l'uomo conduceva, non si sarebbe mostrato insensibile.

Si era informato sul suo passato attraverso una indagine presso lo schedario giudiziario. Sapeva pertanto che aveva sempre avuto problemi con la Legge. La sua fedina penale era un catalogo ben assortito di reati, tra cui quello per sfruttamento della prostituzione la faceva da leone. Si trattava, pertanto, di elemento ben noto alla Buoncostume.

Negli ultimi dieci anni, era finito al fresco ben cinque volte, scontando pene per complessivi tre anni e mezzo. Una nota in calce alla fedina segnalava che lo si riteneva legato a esponenti di spicco della criminalità organizzata. Particolare, quest'ultimo, che maggiormente aveva attirato l'interesse del giornalista.

Con la coda dell'occhio, mentre esaminava di nuovo il menù, intravide del movimento all'ingresso. Volse lo sguardo in quella direzione nel momento in cui un gruppo di persone varcava la soglia.

Ottavio Brughezio seguiva a breve distanza con aria disinvolta.

Dopo aver gettato un rapido sguardo intorno, si avviò deciso, facendo slalom tra i tavoli, verso quello dove sedeva Alessi. Questo gli fece un cenno di saluto che voleva pure essere un invito a raggiungerlo. Brughezio era di età indefinibile, forse sulla quarantina, il giornalista stimava. Alto e segaligno, aveva il portamento impettito di chi ostenta sicurezza di sé. L'abbigliamento era di una eleganza un po' esagerata: un impeccabile doppio petto grigio chiaro, sopra una camicia bianca e una cravatta rosso scarlatto. Dal taschino della giacca, sporgeva appena un fazzoletto di seta in tinta con la cravatta.

"Scusami il ritardo, Riccardo", disse raggiunto il tavolo. "Il traffico era caotico. Sono rimasto imbottigliato in un ingorgo gigante. E' molto che aspetti?"

"Non importa, Ottavio", lo rassicurò con un cordiale sorriso indicandogli la sedia all'altro lato del tavolo. "Sono contento che tu abbia accettato l'invito senza tanto preavviso." Gli porse la mano che l'altro strinse con vigore prima di sedersi e dopo aver spaziato brevemente con lo sguardo per l'intero locale.

Alessi osservò il nuovo arrivato che, nel sorridere garbatamente, rivelò una dentatura un po' sporgente, ingiallita dal fumo. Un dettaglio che gli conferiva una sgradevole parvenza canina, accentuata dalle larghe orecchie leggermente cadenti. Per il resto i lineamenti erano regolari e di una certa distinzione. Dei baffi ben curati gli adornavano il labbro superiore. I capelli scuri, molto folti e intrisi di gel, erano tirati all'indietro e spartiti al centro. Gli occhi, d'un verde profondo, erano acuti, freddi e inquisitori.

Da altri personaggi loschi ben informati – con cui era venuto in contatto nei suoi giri notturni, successivamente alla indagine presso il casellario giudiziario – Alessi aveva appreso che il suo uomo era anzitutto noto negli ambienti della Mala per la attività che svolgeva di mediatore della prostituzione di alto bordo. Un vero eufemismo per definire, in modo attenuato ed elegante, l'antico mestiere del ruffiano professionista. Gestiva un largo giro che coinvolgeva un centinaio di donne stupende e insospettabili, tra studentesse, giovani casalinghe e impiegate desiderose di arrotondare i loro normali introiti.

Le aveva reclutate in tutta la città, ed erano pronte ad accorrere, con una semplice telefonata, ovunque richieste per tenere compagnia a un foltissimo gruppo di facoltosi clienti. C'erano politici, industriali, direttori di banca ed esponenti dell'alta finanza. Tutti disposti a sborsare grosse somme di denaro pur di dare sfogo ai loro primordiali istinti erotici servendosi delle prestazioni di splendide partner.

Una sera, anche grazie a un'ottima bottiglia di vino, i due erano entrati in confidenza, lasciandosi andare a scambiarsi informazioni sulla loro vita privata e il loro lavoro. Alessi si era presentato come un giornalista-scrittore dedito, in quel momento, alla raccolta di materiale che gli consentisse la stesura di un libro dal titolo: *I misteri della Milano notturna*. Questo il motivo, aveva precisato, per il quale bazzicava quel genere di locali. A quanti erano disposti a collaborare fornendogli notizie sulla vita notturna della città e le sue insidie, Alessi assicurava la massima discrezione e l'anonimato.

Dal canto suo, Brughezio gli aveva parlato dei suoi affari, confidandogli di aver messo su, da un paio di anni, un servizio di accompagnatrici.

Era una attività impegnativa che gestiva con la partecipazione di quello che aveva definito un folto gruppo di 'sue care amiche trasgressive', e oltremodo raffinate. Una descrizione per sottolineare che, almeno secondo il suo punto di vista, non si trattava di prostitute nel senso stretto del termine. Che esisteva una differenza abissale tra loro e le comuni adescatrici che mostravano sfacciatamente la loro mercanzia ai turisti nottambuli, sui marciapiedi di certe ben note zone della città. In buon numero laureate o diplomate, sfoggiavano una notevole cultura che le rendeva capaci di parlare con cognizione di causa degli argomenti più svariati. Erano pertanto in grado di tenere testa a interi gruppi di importanti uomini politici o capitani di industria – spesso venuti da fuori –, nel corso di tranquille cene, dichiaratamente di affari, che trovavano la loro naturale evoluzione nell'intimità di lussuose camere da letto di prestigiosi alberghi. A richiedergliele erano anche certi club esclusivi notturni della città.

A sentire Brughezio, per queste qualità di cui erano dotate, le sue amiche potevano essere esibite, senza procurare imbarazzo e senza far minimamente sfigurare, perfino alle feste dell'Alta società. Gli 'onorari' per i servigi resi, mai si collocavano al di sotto del milione di lire. Ricompense in quella misura assicuravano repertori molto nutriti e variegati, comprensivi di numeri non previsti neppure dal celebre *Kamasutra*. Per il ruolo di intermediario in questo vorticoso giro del sesso, Brughezio pretendeva il cinquanta per cento degli introiti. Non poteva pertanto proprio definirsi un uomo in bancarotta.

Alessi guardò il cameriere basso e magro, che era piombato su di loro all'arrivo dell'ospite, e ora stava lì impalato come un soldato in attesa di ordini, armato di taccuino e biro.

"Ora possiamo procedere, Livio", il giornalista gli disse sorridendo. L'altro sollevò le braccia e si accinse a scrivere.

"E' buono qui il risotto alla milanese?" Brughezio teneva lo sguardo abbassato sul menù.

"Tutto è squisito in questo ristorante", Alessi si affrettò a precisare. "Altrimenti non ti ci avrei invitato."

Il Crollo

"E vada per il risotto."

Lo ordinarono entrambi. Come secondo piatto, il giornalista ordinò per sé filetto alla griglia al sangue con salsa di aneto e patatine fritte, mentre Brughezio diede la sua preferenza alla spigola al cartoccio con contorno abbondante di verdure miste."Un buon bianco molto fresco andrà ottimamente col pesce, ma non con la carne", disse mentre esaminava la lista dei vini.

Alessi alzò una mano. "Per me niente vino. Solo acqua minerale naturale."

Brughezio lo fissò incuriosito sopra il bordo della lista. "Cos'è che t'è successo, Riccardo? Sei di colpo diventato astemio?"

"Niente alcolici, ripeto. Ho ecceduto un bel po' ieri sera."

Il cameriere si allontanò con passo felpato.

Uno dei due dirigenti della compagnia di assicurazioni al tavolo accanto, proruppe in una sonora e prolungata risata che attirò la attenzione di alcuni clienti. Alessi girò la testa e gli scoccò un'occhiata infastidita. Poi riportò lo sguardo su Brughezio. Trascorsero alcuni minuti a parlare del più e del meno senza che la conversazione accennasse a imboccare una precisa direzione. Sembravano voler ingannare il tempo in attesa di essere serviti. Brughezio chiese al giornalista come procedeva la stesura del suo libro. In modo soddisfacente, gli rispose. Ma era ancora molto impegnato nella raccolta del materiale di cui necessitava per ultimarlo.

Esauriti gli argomenti banali, subentrò un silenzio impacciato che fu colmato da Brughezio quando chiese a bruciapelo: "E allora?"

"Allora cosa?" Alessi finse di non capire a cosa mirava la domanda, che era a fargli dire la ragione dell'invito.

"Be', sospetto che tu non mi abbia invitato soltanto per godere della mia compagnia…" Sorrise mentre allungava una mano dalle lunghe dita affusolate per prendere alcune noccioline da una ciotola al centro del tavolo.

Il giornalista esibì un ampio sorriso. "Forse anche per questo, sì. Ma diciamo che non è la ragione principale." Si agitò un po' sulla sedia intrecciando le dita. "E' da un po' di tempo che mi chiedo se puoi farmi un grande favore, Ottavio." Il tono di voce era calato. "Ma si tratta di qualcosa di molto delicato e…",

155

esitò un attimo, "...alquanto imbarazzante. Non so ancora da che parte cominciare." Si guardò brevemente intorno per accertarsi che nessuno fosse sintonizzato sulla loro conversazione, e poi si sporse leggermente avanti sul tavolo. "Dunque..."

Si interruppe bruscamente all'arrivo del cameriere che servì i risotti e le bevande.

Brughezio prese a masticare il primo boccone, lentamente come per meglio assaporarne il gusto. "Ottimo", disse annuendo con aria di apprezzamento. Posò la forchetta sul bordo del piatto e distese le mani sul tavolo appoggiandosi allo schienale della sedia. "Non si tratta per caso di qualcosa che ha a che fare con la mia attività?"

Scrutò il suo interlocutore per qualche secondo quasi volesse leggergli il pensiero.

"Be', sì, una certa attinenza ce l'avrebbe, magari indiretta. A dir il vero, non è per me che ho bisogno del tuo aiuto, ma per un mio carissimo amico che si trova invischiato in una faccenda con risvolti sessuali."

"Ah! Allora credo che faresti bene ad andare subito al sodo." Il tono si era fatto interessato.

Alessi inghiottì il boccone che stava masticando, bevve un lungo sorso d'acqua e poi disse: "Sono certo che non ci sia alcun bisogno di dirlo ma, per evitare malintesi, quello che sto per dirti deve essere trattato con la massima riservatezza. Immagino di avere la tua parola al riguardo." Lo fissò dritto negli occhi.

Brughezio assentì con un cenno della testa.

"Bene. Come ti dicevo... c'è questo mio amico che deve assolutamente restare senza nome, e che mi ha chiesto di aiutarlo a venir fuori da un grosso guaio in cui si è cacciato." Tacque un istante prima di proseguire come per soppesare ciò che stava per dire. "Ti basti sapere che è un personaggio politico di grande importanza... un uomo molto in vista."

Il che, pensò Brughezio, restringeva il campo, grosso modo, a un centinaio di persone a livello nazionale.

In quel momento arrivò il cameriere che rimosse i piatti ormai vuoti del risotto. Li rimpiazzò con le seconde portate. Il vino gorgogliò mentre Brughezio lo versava nel calice. "Sei proprio sicuro di non volerne neppure un goccio?" Adocchiò il bicchiere colmo d'acqua del giornalista. Questi guardò il liquido di un bel colore dorato e scosse il capo.

Se c'era una cosa che desiderava evitare in assoluto, era di dover ripetere l'errore di rincasare con l'alito che puzzava di vino, anche in modo appena percettibile.

"E' stata la mia professione che, alcuni anni fa, mi portò a fare la sua conoscenza, quand'ero alle prime armi." Alessi continuò mentendo."Fui incaricato dal mio giornale di fargli una intervista. A quell'epoca, lui era stato appena eletto deputato, e si era lanciato nell'agone politico con grande impeto ed entusiasmo. Seguirono altri incontri, altre interviste, e, in breve tempo, finimmo per allacciare un'amicizia molto stretta, malgrado che tra noi ci fosse una notevole differenza d'età. E' maggiore di me di una quindicina d'anni."

La relazione, spiegò, aveva raggiunto una tale intimità al punto che non c'erano più segreti tra loro. L'importante uomo politico era arrivato a fidarsi di lui senza alcuna riserva. Gli confidava tutte le sue azioni, tutti i pensieri e desideri più inconfessabili, tra cui quello di trarre grande appagamento dal sesso, soltanto se praticato con prostitute specializzate in pratiche sadomasochistiche. Ancorché felicemente sposato con tre figli, non riusciva a sottrarsi alla forte tentazione di frequenti scappatelle con donne del genere.

Brughezio fece un gesto come per dire che la cosa non era per lui una novità, che era al corrente del basso livello di moralità di una certa classe politica. Aveva ben presenti alcuni parlamentari notoriamente gay, o affetti da gravi disturbi della personalità tra cui, non ultime, le perversioni sessuali.

"Cosa stai cercando di dirmi?" chiese in tono turbato. "Che potrebbe trattarsi di un mio cliente?"

Effettivamente, Alessi stava provando a inculcargli il sospetto che c'era questa probabilità, sì da stuzzicare vieppiù il suo interesse e la sua curiosità.

"Potrebbe... Ma io come faccio a saperlo? E anche se ne fossi a conoscenza, resterebbe comunque la mia impossibilità a rivelartene l'identità. Eppoi, che sia o meno un tuo cliente è un dettaglio ininfluente per la soluzione del problema che ha di fronte."

"Okay, va avanti, ti seguo."

Il suo amico era certo, Alessi continuò, di essere finito da qualche tempo, nel mirino di alcuni suoi avversari dell'Opposizione in Parlamento. I sondaggi d'opinione lo indicavano come una figura molto popolare e tra le più gettonate per la carica di presidente del Consiglio, alle prossime elezioni. Questo, pensò Brughezio, restringeva drasticamente il campo a una decina di personaggi. Ma era ancora troppo vasto per poter indirizzare dei sospetti su qualcuno.

"Alcuni di questi suoi nemici-rivali", il giornalista continuò, "sarebbero disposti a tutto pur di rovinarlo e sbarrargli la strada." Si interruppe per bere un sorso d'acqua. "Ora…lui è consapevole delle vaghe voci che si sussurrano nel Transatlantico di Montecitorio, in merito a questi suoi gusti stravaganti in fatto di sesso. Fonti segrete e fidate cui ha garantito l'anonimato, gli hanno di recente riferito che i suoi oppositori avrebbero ingaggiato, da qualche settimana, un investigatore privato affidandogli il compito di scavare nella sua vita personale, per cercare di portare alla luce le prove del suo vizietto. L'obbiettivo è fare esplodere un grande scandalo che avrebbe effetti dirompenti sulla sua immagine pubblica. Si troverebbe a dover subire il massacro dei mezzi d'informazione. Sarebbe costretto a mollare tutto e uscire di scena in fretta, lasciando il campo ai suoi avversari."

Tacque e bevve un abbondante sorso d'acqua mentre scrutava il suo interlocutore, sopra l'orlo del bicchiere, per valutare l'effetto delle sue parole. Brughezio ascoltava impassibile, mentre era alle prese con l'enorme spigola che ingurgitava con gusto in grossi bocconi. Soltanto gli occhi, a tratti balenanti, tradivano la sua attenzione.

Il giornalista cercò di immaginare, con un po' di ansietà, come l'avrebbe presa una volta che fosse arrivato al dunque, al punto che voleva affrontare. Chissà se avrebbe assecondato la sua richiesta di collaborazione.

Brughezio depose la forchetta sull'orlo del piatto e lo fissò negli occhi accarezzandosi i baffi con aria meditativa. "Mah…" Fece una smorfia come per minimizzare, "Dubito che questo investigatore approdi a qualcosa di concreto. Devo ritenere che il tuo amico usi sempre la massima precauzione nei suoi movimenti quando incontra queste sue amiche, giusto? Che non sia

mai stato incauto al punto di farsi cogliere in fallo. Chessò...,
facendosi ad esempio fotografare inconsciamente, o filmare con
una videocamera nascosta durante gli incontri. In mancanza di
questo tipo di prove – le uniche che potrebbero incastrarlo –
tutto resterebbe a livello di illazioni, pettegolezzi. Fastidiosi, sì,
ma del tutto innocui." Alessi scosse il capo. "Escluderei nel
modo più assoluto che dispongano di prove del genere. Altrimenti le avrebbero già tirate fuori da un pezzo, e lo scandalo sarebbe già esploso. No, non è questo che lo preoccupa."

Suscitava apprensione, Alessi spiegò, il fatto che questo giovane investigatore privato fosse un tipo particolarmente intra-
prendente e molto determinato. Un duro. "Si comporta", continuò, "come se si fosse imbarcato in una santa Crociata per
estirpare il pianeta, in nome della moralità, da quella che i puri-
tani del più vecchio stampo definiscono la 'piaga della prostituzione'." Si fermò un attimo. "Ora... metti che – tanto per fare
una ipotesi che può sembrare remota – questo figlio di puttana
riesca, con pedinamenti e appostamenti, a individuare la Squillo
di lusso che il mio amico frequenta con maggiore assiduità, e il
luogo degli incontri. A quel punto potrebbe cercare di corrom-
perla convincendola a esporlo pubblicamente, magari attraverso
qualche rivista scandalistica disposta a sborsare una grossa
somma per accaparrarsi l'esclusiva del servizio su una simile
bomba, che ne dici?"

"Non è per spirito di contraddizione...", l'altro rispose storcendo la bocca, "...che mi sento di affermare che si tratta di
congettura scarsamente plausibile." Il tono esprimeva convinzione. Si portò il calice alle labbra e mandò giù un altro sorso di
vino di cui si era scolato quasi l'intera bottiglia.

"Perché?"

Brughezio lasciò passare un istante prima di rispondere, le
dita congiunte a piramide sotto il mento. "Perché esiste un codice morale anche nella cerchia delle prostitute: chi spiffera i nomi dei clienti finisce sulla lista nera. E per sempre. Se una di
quelle che il tuo amico frequenta parlasse, verrebbe espulsa dal
giro delle elite, e relegata a esercitare il mestiere sui sedili posteriori delle auto, o tirandosi su la gonna nei vicoli bui." Ter-
minarono di mangiare in silenzio. Poi Brughezio estrasse dalla
tasca interna della giacca un sottile astuccio d'argento e l'aprì.

Conteneva cinque lunghi Panatella avvolti in lucido cellophane.
"Ne gradisci uno?"
"No grazie."
"E dire...", Brughezio disse pensoso mentre scartava il sigaro, "...che avevo pensato a tutt'altro genere di favore..."
"Cioè?"
"Mah..., sospettavo che ti fossi messo in testa di fare una scappatella dopo cinque anni di matrimonio, una breve fuga dalla monotonia del sesso coniugale."
"No, mi dispiace d'averti deluso, ma amo tanto mia moglie da non sognarmi neppure di toccare un'altra donna."
Brughezio fece una smorfia come a dire che non ne era del tutto convinto. "Immagino ti sorprenderebbe se ti dicessi che ho meno capelli in testa di quanti uomini sposati si sono rivolti a me, nei lunghi anni della mia attività, perché, a un certo momento della loro vita, hanno avvertito la necessità di una breve diversione dopo che il loro matrimonio si era inceppato." Un altro sorso di vino. "Vedi... questi personaggi hanno bisogno di un extra per rimetterlo in moto, e io sono qui per procurarglielo. In giro ce ne sono a bizzeffe di tipi come loro, e io ringrazio Dio ogni giorno per la loro esistenza."
Alessi fece un'alzata di spalle. "Ti credo, ma io non faccio parte della categoria."
Tornò il cameriere che portò via i piatti vuoti.
"Il problema è...", Alessi riprese tornando all'argomento principale mentre Brughezio si accendeva il sigaro, "...che il mio amico percepisce come un pericolo costante il fatto che questo stronzo stia cercando di spiare la sua vita privata. E' diventato per lui insopportabile il pensiero che possa prima o poi scoprire qualcosa, e divulgarla mettendo a repentaglio la sua carriera politica."
L'altro annuì.
"Lo capisco..." Tirò una lenta boccata dal sigaro ed emise due anelli di fumo irregolari. "Ma io come diavolo mi colloco in questa faccenda, Riccardo?"
Alessi ignorò la domanda, ma disse: "Lui si è rivolto a me chiedendomi di aiutarlo a fare qualcosa per...", rifletté per scegliere le parole giuste, "...sì, insomma... per fermare quest'uomo, per metterlo nella condizione di non nuocergli.

Non gli mancano i mezzi, e sarebbe disposto a pagare qualsiasi cifra per un favore del genere."

"Bene. Allora non vedo il problema. Basterà contattare questo tale e convincerlo ad abbandonare l'indagine, facendogli un'offerta di gran lunga migliorativa rispetto a quella dei suoi attuali mandanti. Tutti hanno un prezzo. Potrei occuparmene io, se tu desideri restarne fuori." Guardò la punta del sigaro e ne scrollò la cenere. "E' per caso questo che vuoi che faccia per te, Riccardo?" Alessi scosse il capo con forza a significare che non era così semplice. Disse: "Sarebbe un rimedio temporaneo. Un palliativo, non una soluzione di fondo del problema. Quel bastardo resterebbe comunque una mina vagante. Chi ti dice che non sia già in possesso di informazioni compromettenti? Quindi, intascati i quattrini potrebbe starsene buono per un po'. Poi comincerebbe a pensare al ricatto, e il mio amico potrebbe non riuscire a scrollarselo di dosso per tutta la vita."

"Allora… cos'altro si può fare?" Brughezio allargò le braccia in un gesto di impotenza. "Non lo si può mica ammazzare, no?" Sorrise per quella che voleva essere una sorta di battuta, ma si bloccò di colpo quando si accorse che non era condivisa.

Alessi non batté ciglio, lo sguardo grave. Pensò che fosse giunto il momento di dare l'affondo. "Non c'è alternativa", disse con un filo di voce.

L'altro lo fissò attonito, incerto d'aver capito. "Non dici sul serio… Stai scherzando, naturalmente."

Il giovane fece di no con la testa.

Ora sulla faccia di Brughezio si dipinse una espressione che sembrava dire: "Non riesco a credere che una persona ammodo come te, possa farsi coinvolgere in un omicidio." Depose con cautela il sigaro nel posacenere e congiunse le mani come un sacerdote che si accinge a dare un consiglio a un suo parrocchiano. "Ascolta, Riccardo… questa che tu e il tuo amico intendete percorrere è una strada irta di pericoli, dagli sbocchi imprevedibili. Se stai pensando ad una mia collaborazione in una simile faccenda, puoi togliertelo dalla testa." Rifletté per qualche secondo. "Il mio è un mestiere poco pulito, lo so. Ti dirò che non lo amo, ma non presenta rischi eccessivi e mi consente una vita confortevole. Ma da questo all'omicidio ce ne corre… Ora… se per fermare quell'uomo bisogna fargli la pelle, sappi che io non potrei mai seguirti o sostenerti in una impresa del genere."

Alessi scosse il capo veementemente. "E io non mi sognerei mai di chiedertelo. Mai. Non è questo il genere di favore che mi aspetto da te, Ottavio."

"Non voglio sembrare maleducato, Riccardo, ma che ne diresti di spiegarti con chiarezza una volta per tutte?" C'era una lieve traccia di irritazione nella voce.

"Certo, vengo al punto."

Il suo amico, Alessi proseguì, lo aveva pregato di esplorare la possibilità di reperire, con urgenza, qualcuno disposto a fare il lavoro dietro lauta ricompensa. Pensava a un killer professionista.

Gli ricordò una conversazione che tempo addietro avevano avuto, nel bar di via Lorenteggio, al riguardo di quegli strani incidenti stradali, che da qualche tempo erano al centro dell'attenzione pubblica in quanto sospettati di essere omicidi premeditati. Gli aveva allora accennato di aver sentito dire in giro che a perpetrarli fosse una organizzazione criminale che operava su commissione. Dal lampo improvviso di cognizione che gli era sembrato di cogliere negli occhi di Brughezio, il giornalista aveva dedotto che questi avesse capito esattamente di cosa stava parlando e ne fosse al corrente.

Oppure era stata soltanto una sua impressione?

"Se riesco", Alessi proseguì, "ad avvicinare qualche esponente di questa banda, potrei stipulare un contratto per togliere di mezzo questo tizio. E' l'unico modo per liquidare la questione una volta per tutte." Fece una pausa. "Forse è in questo che tu potresti darmi una mano."

"Non vedo come." Si strofinò il naso. "Cos'è che te lo fa pensare?"

"E' una sensazione, più che altro. Mi sembri riluttante a voler ammettere di essere a conoscenza dell'esistenza a Milano di questa specie di Anonima delitti. Magari ne avrai almeno sentito parlare..."

"E allora?"

"E allora pensavo che potresti aver captato qualcosa nel tuo giro di amici ben informati. Sono certo che i tuoi canali sono migliori dei miei in cose come queste, e che attraverso la tua rete di contatti potresti riuscire ad accertare, in brevissimo tempo, se queste voci siano o no fondate, e, in caso affermativo, se sia possibile commissionare un lavoretto del genere."

Brughezio rimase a lungo in silenzio, la fronte segnata da sottilissime rughe, come per assimilare il senso di quanto aveva ascoltato e meditasse la risposta, il sigaro stretto tra il pollice e l'indice della mano destra.

"Spero davvero di non deluderti troppo, Riccardo", disse infine con estremo tatto. "Mi spiace tanto dovertelo dire, ma non sono in grado di aiutarti." E aggiunse: "Vorrei tanto poterlo fare... desidero che tu lo sappia. Questa organizzazione di cui parli..., io non l'ho mai sentita nominare. Pertanto non saprei da dove cominciare... a chi rivolgermi. Eventuali indagini che decidessi di avviare porterebbero via molto tempo. Settimane, forse mesi. E senza alcuna garanzia di arrivare a saperne qualcosa."

Alessi annuì. "Capisco..." La profonda delusione che provava era chiaramente leggibile sul suo viso, per quanto si sforzasse di mascherarla. Avvertì una stretta allo stomaco. L'incontro non stava andando bene come aveva sperato.

Brughezio doveva aver capito lo stato d'animo in cui il giovane era d'un tratto precipitato, perché disse: "Comunque vedrò cosa posso fare." Una espressione enigmatica gli affiorò sul volto, la stessa che altre volte Alessi gli aveva notato. "Non ti prometto nulla, ma se riesco a sentire qualcosa in giro, mi faccio vivo. Come ripeto, può volerci del tempo."

Il giornalista annuì di nuovo senza fiatare. Purtroppo, pensò, il tempo era un lusso che, in quel momento, lui non poteva assolutamente permettersi.

"Oh, ecco il dessert", Brughezio disse con un largo sorriso. Sembrava deciso a lasciar cadere l'argomento. Un atteggiamento che poteva essere soltanto interpretato come la sua netta indisponibilità o incapacità a prendere la questione nella benché minima considerazione.

Arrivò, cigolando appena, il carrello dei dolci spinto da un cameriere. Disposte su tre ripiani c'erano le ghiottonerie più prelibate: profiterole, tiramisù, zuppa inglese, gelato, torte di vario tipo. Brughezio abbracciò il tutto con lo sguardo avido, come se si sarebbe divorato l'intero carrello. Poi decise per una porzione doppia di tiramisù. "Non prendi un po' di dolce?" chiese al giovane. "Al diavolo la dieta, per un giorno." Alessi scosse il capo in segno di diniego. Aveva una particolare passione per i dolci, ma in quel momento ne provava una intensa nausea. Ora desiderava arrivare al più presto alla conclusione del pranzo per poter rientrare al giornale.

Quell'incontro su cui tanto aveva contato, si era rivelato un buco nell'acqua.

Girò la testa verso il tavolo accanto: era vuoto. I due chiassosi dirigenti della compagnia assicurativa erano usciti dal ristorante senza che lui se ne accorgesse.

17

La vecchia si voltò e con un cenno della mano invitò il detective ad avvicinarsi. Questi si lasciò sfuggire un fischio prolungato di meraviglia dopo aver sbirciato il contenuto della cassetta di sicurezza. Era zeppa fino all'orlo, di banconote nuove di zecca da centomila lire, raggruppate in mazzette vergini e ordinatamente stipate. Fascetti le tirò fuori e le ammucchiò sul tavolino. Poi le contò rapidamente: erano trenta da cento biglietti ciascuna, per un totale di trecento milioni. "Anch'io non ho mai visto un gruzzolo simile", disse stupito.

Si domandò da dove potesse provenire tutto quel denaro che Morelli aveva voluto rendere disponibile alla madre in caso di sua dipartita. Non poteva escludere che fosse parte di quello sottratto ai suoi clienti. Ma l'ipotesi più probabile, pensò, era che si trattasse di risparmi accumulati con i suoi lauti stipendi. Oppure di proventi realizzati col gioco di Borsa negli ultimi due anni. Ma erano briciole rispetto ai miliardi di cui si era indebitamente appropriato, e con cui era scomparso. Lecita o illecita che fosse l'origine del denaro, Morelli aveva fatto in modo, prendendo il locazione la cassetta, che la madre potesse entrarne in possesso soltanto nel caso che lui fosse venuto a mancare. Era lampante, quindi, che al momento di scomparire, temesse per la propria vita.

C'era qualcos'altro nella cassetta. Sul fondo giaceva una larga busta beige sigillata. Il giovane la prese e la esaminò brevemente. Sul davanti, in alto a destra, recava la dicitura 'riserva-tissima' e al centro il nome della vecchia. Gliela porse dicendo-le: "Questa è per lei, signora Morelli."

La donna la prese e la guardò girandola da una parte e dall'altra con aria perplessa. "Devo aprirla subito?"

"Non credo sia necessario." Le indicò la scritta 'riservatis-sima'. "Anzi, mi sembra di capire che Claudio desiderasse te-nerne il contenuto al riparo da occhi estranei."

"Non ho la più pallida idea di cosa possa esserci dentro", disse mentre la infilava nel borsone.

"Di sicuro una lettera di Claudio."

"E' probabile. Muoio dalla voglia di aprirla."

Rimasero per quasi un minuto a fissare stupiti la montagna di denaro.

Infine Fascetti disse: "Penso che il suo borsone sia abbastan-za capiente per contenerlo tutto. Qui non ci resta nient'altro da fare."

"Lei pensa che dovrei davvero prenderlo?" La voce della donna sembrava essersi ancor più affievolita. "Ho la sensazione che non sia lecito."

"Certo che deve prenderlo, signora Morelli, è Claudio che glielo ha lasciato, no?" La vecchia gli sorrise con dolcezza e gli accarezzò una mano. Il giovane provò una improvvisa, intensa commozione. Misero le mazzette nella grande borsa che si ap-pesantì notevolmente, e naturalmente toccò al detective traspor-tarla fino all'auto.

"L'accompagno in albergo", le disse, "salvo che lei non ab-bia qualche altro impegno."

"La ringrazio, signor Fascetti. Ho prenotato una stanza all'Hotel Centro in via Broletto."

Nel prendere commiato dalla vecchia davanti alla porta della sua camera, il giovane le disse sorridendo: "Non sarebbe una cattiva idea custodire tutta quella roba nella cassaforte dell'albergo. Magari domattina potrebbe depositarla provviso-riamente in un conto presso qualche banca."

"Il denaro? No, per il momento sarà al sicuro qui dentro." Lo disse stringendo ancor più il borsone al petto. "La ringrazio, si-gnor Fascetti", aggiunse. "E' stato veramente molto gentile."

"Si figuri. Tornerò a trovarla. Lei resta qui?"

"Si, non mi muovo finché lei non avrà condotto a termine le indagini. D'altronde non ho nessun altro posto dove andare a Milano."

La salutò e la lasciò sulla soglia della camera. Appariva fragile ma la sua figura aveva un che di aggraziato. Con lo sguardo melanconico, reggeva con fatica il vecchio borsone che conteneva trecento milioni di lire.

Ma il detective avrebbe scommesso una cifra di gran lunga superiore che, in quel momento, il denaro era per lei la cosa che meno di tutte la interessasse.

Dopo circa mezz'ora, Fascetti era ritornato nel proprio studio e ora sedeva alla scrivania di mogano massiccio. Era l'unico pezzo pregiato dell'intero arredamento spartano, composto anche di due schedari metallici, un divanetto rivestito di plastica nera, una libreria e un grande acquario tropicale collocato a ridosso della parete tra le due finestre. Vi nuotavano guizzando incessantemente, sopra uno strato di finte alghe di un verde intenso, una dozzina di pesci di diversi colori: azzurri elettrici, gialli sgargianti, a righe bianche e nere. Il tutto in un concerto di bollicine d'ossigeno che salivano dal fondo per esplodere in superficie. Era su questo suggestivo oggetto ornamentale che Fascetti, pensando al da farsi, teneva ora posato lo sguardo.

Trascorse alcuni minuti in serena contemplazione, poi, dopo aver consultato la propria agenda telefonica, sollevò la cornetta e compose il numero del *Corriere della Sera*. Dall'altro capo del filo venne una voce femminile dal timbro musicale: "Il *Corriere della Sera*."

"Mi chiamo Fascetti e vorrei parlare col signor Alessi."

"Attenda un momento, prego."

Attraverso il ricevitore filtravano i rumori caratteristici da ufficio di redazione di un giornale. Dopo quasi un minuto ritornò la voce melodiosa: "Sono spiacente, ma il signor Alessi non è in ufficio questo pomeriggio. E' andato via di buon'ora e non è atteso di ritorno prima di domattina. Se desidera parlare con qualcun altro..."

"No grazie." Riattaccò con una vaga sensazione d'inquietudine. Forse, pensò, dopo la sbornia di ieri sera il giornalista stava ancora male ed era andato a casa. Magari era a letto con la borsa del ghiaccio sul capo. Tirò fuori da un cassetto della scrivania l'elenco telefonico e reperì il suo numero all'indirizzo di piazzale Susa.

Stava per comporlo quando squillò il telefono.

"Fascetti, agenzia d'investigazioni."

"Ciao Carlo, sono Antonio Lopez."

"Ciao Antonio, cosa mi racconti?"

"Per la verità ti telefonavo per sentire da te se hai qualcosa di nuovo..."

Fascetti sorrise ironico tra sé e sé, dicendo:

"Questa è buona, Antonio! Da quando in qua la polizia si abbassa al livello di un misero investigato re privato alle prime armi, per acquisire informazioni?" Il tono era sarcastico.

"M'era parso di capire che avremmo collaborato, no? In ogni caso, considera pure la mia telefonata come il pretesto per accertarmi che tu non abbia problemi. Mi prende una certa apprensione quando penso che ti sei accollato questo caso di omicidio, su incarico di un tale che non conosco."

"Stai tranquillo, Antonio, va tutto bene. Farò una capatina da te nel tardo pomeriggio."

"D'accordo."

"A proposito", disse prima di interrompere la comunicazione, "hai notizie di Alessi, il giornalista? Ti ha per caso chiamato?"

"No, oggi non si è fatto vedere né sentire. Perché, cosa c'è che non va con lui?"

"Non lo so", rispose. "Forse nulla. Ci vediamo dopo. Ho qualcosa di cui parlarti." Riattaccò e compose il numero di Alessi. Gli rispose la moglie. "Casa Alessi."

"Salve, Signora Alessi, sono Carlo Fascetti. Desidererei parlare con suo marito, spero che sia in casa."

"Ah, salve signor Fascetti, Riccardo mi ha parlato di lei." Il tono di voce era gelido. "Mi spiace ma non c'è. Forse lo trova al giornale... oppure in qualche bar a prendersi un'altra sbornia." Tacque e trasse un sospiro. "Ma perché lo ha conciato in quel modo ieri sera?"

"Mi spiace, signora. Vede, l'ho invitato a cena e, a poco a poco..."

"Sì, lo so", lo interruppe. "Mi ha raccontato tutto, eppoi ho sentito il suo alito..."

Il detective fece una risatina, ma lei parve restare del tutto imperturbata.

"Bene", Fascetti concluse. "La ringrazio, cercherò di rintracciare suo marito più tardi."

Prima di riattaccare lei disse: "Non ce l'ho con lei come forse può sembrarle, signor Fascetti. Ma gradirei che comportamenti di mio marito come quello di ieri sera, non diventino abitudinari."

Lui la rassicurò che non sarebbe più accaduto, e la salutò cordialmente. Ripose il ricevitore e rimase a riflettere per qualche minuto. Poi si alzò e si accostò all'acquario. Prese da un contenitore di plastica posato sul davanzale della finestra una piccola manciata di briciole di pane e le lasciò cadere a pioggia, lentamente e con aria pensierosa, sulla superficie dell'acqua, mentre osservava i pesciolini avventarsi sul cibo, guizzando come impazziti.

"Ma dove diavolo si sarà cacciato?" si chiese.

18

Tony Martini, proprietario del noto ristorante L'approdo, era una vecchia conoscenza di Fascetti. Il locale, situato in una via secondaria nei pressi del parco Solari, era rinomato per le specialità della cucina pugliese, di cui il detective, pur non essendo un vero e proprio buongustaio, era tuttavia un grande estimatore.

Martini era originario di Bari, dove il padre gestiva un noto ristorante sul lungomare, e si era trasferito a Milano quindici anni prima per avviare la propria attività nel settore della ristorazione. Con l'apertura del L'approdo aveva inteso, oltre che seguire le orme del genitore, diffondere nel capoluogo lombardo l'arte culinaria pugliese nella sua più genuina espressione.

L'impegno che poneva nella sua attività e il progetto, di cui non faceva alcun mistero, di sviluppare una catena di simili locali a Milano e nella provincia, facevano dire scherzosamente ad alcuni suoi clienti e amici che egli desiderasse tentare di incidere profondamente nei gusti e nelle abitudini alimentari dei lombardi. E, a giudicare dal fatto che il locale era sempre gre-

Il Crollo

mito di gente, era ragionevole attendersi che, nel tempo, egli sarebbe riuscito a centrare l'obbiettivo.

La loro relazione risaliva a circa due anni prima, epoca in cui Fascetti aveva avviato la propria attività d'investigatore privato, e Martini era stato uno dei suoi primi clienti. Si era rivolto a lui incaricandolo di procurargli, con assoluta discrezione, informazioni su un giovane che la figliola diciottenne frequentava da alcune settimane. Il risultato delle indagini lo aveva tranquillizzato in quanto gli aveva confermato che si trattava di ottimo elemento, onesto e di buona famiglia. In quella circostanza era nata tra i due uomini un'autentica amicizia, caratterizzata da cordialità e stima reciproca, al punto che Fascetti capitava occasionalmente nel locale per cenare e fare quattro chiacchiere col proprietario. Ciò che rendeva particolarmente popolare il ristorante era, a parte l'ottima qualità del cibo, un menu ad ampia scelta e i prezzi ragionevoli, l'estrema attenzione personalizzata riservata alla clientela costituita in gran parte da importanti personaggi. Tutti erano vezzeggiati e accontentati in ogni loro richiesta e le laute mance rispecchiavano il loro apprezzamento.

A chi frequentasse il locale con una certa regolarità, era possibile imbattersi in esponenti importanti del mondo del cinema e dello spettacolo. Ma anche industria e finanza erano ben rappresentate da nomi di cui Fascetti talvolta aveva occasione di leggere sulla stampa specializzata. Poi c'erano i politici, che per intuibili motivi si appartavano in una saletta che veniva appositamente allestita in occasione di importanti riunioni conviviali. Al riparo da orecchie indiscrete, discutevano su come rastrellare voti alle prossime elezioni, oppure ricercare nuove fonti di finanziamenti illeciti. Ma Fascetti ricordava che Martini gli aveva una volta confidato che il locale annoverava tra i suoi affezionati avventori anche soggetti di discutibile moralità, che conducevano attività molto redditizie, ma di natura tale da non potersi definire propriamente legali.

Il detective ricordava che Chiara gli aveva riferito, durante il loro primo incontro, che Morelli e Bardi cenavano qualche volta in un ristorante pugliese dalle parti del parco Solari. Aveva pensato che dovesse trattarsi dello stesso locale e che, tutto sommato, non sarebbe stata una cattiva idea quella di fare una visita al suo amico Martini. Magari questi era in grado di fornirgli qualche informazione significativa sul conto dei due. Spesso in passato si erano scambiati favori sotto forma di informazioni riservate.

Che L'approdo e la cucina pugliese riscuotessero gran successo, era testimoniato dalla difficoltà di trovare parcheggio nelle immediate vicinanze del ristorante, nonché dalle espressioni soddisfatte stampate sulle facce dei clienti che ne uscivano dopo aver cenato. Senza la precauzione della prenotazione, risultava oltremodo arduo accedere al locale nelle ore di punta, a meno di essere disposti ad attendere persino un'ora che un tavolo si rendesse disponibile. Ma la squisitezza dei piatti che venivano serviti ripagava ampiamente del sacrificio dell'attesa.

Quando il detective fece il suo ingresso nel ristorante, riconobbe subito un giornalista di una grossa rete televisiva che stava cenando con un personaggio di riguardo a un tavolo sulla sinistra. Un cameriere gli venne incontro e, allargando le braccia, gli disse in tono garbato: "Mi spiace, signore, tutti i tavoli sono impegnati e se non ha prenotato non saprei proprio dove sistemarla." Fascetti stava per aprire bocca quando l'altro lo precedette. "Oh, signor Fascetti, mi scusi tanto non l'avevo riconosciuta con in capelli corti. Così le stanno bene. Ma é un secolo che non la si vede!" Gettò una rapida occhiata in giro e aggiunse: "Stasera siamo pieni come un uovo, ma un posto per il signor Fascetti lo si trova sempre. Abbiamo il suo piatto preferito, sa? orecchiette casalinghe con le cime di rape."

"Non sono qui per cenare, Alfredo", gli disse sorridendo. "Vorrei solo fare quattro chiacchiere con Tony."

"Il capo è nel suo ufficio. So che è molto preso, ma sarà lieto di vederla."

Quello che Alfredo aveva definito un ufficio, altro non era che un bugigattolo accanto alla cucina. Sorprendentemente, riusciva a contenere una piccola, vecchia scrivania e tre sedie, di cui due un po' sbilenche e scompagnate erano destinate agli ospiti. C'era pure uno schedario di metallo grigio alto quanto un uomo, su cui era posato un ventilatore antidiluviano fermo, caduto in disuso dai tempi dell'avvento dell'aria condizionata. A una parete erano fissate due larghe mensole ricolme di chincaglierie varie, tra cui facevano bella mostra di sé numerose bottiglie impolverate di diversi tipi di vino di marche pregiate, probabilmente campioni di ottime annate. Tony Martini sembrava tutto meno che un gestore di ristorante. Non ne aveva quel classico aspetto gaudente, che uno si sarebbe immaginato. Era secco come un'acciuga. La carnagione molto scura, il viso scarno e il naso aquilino gli conferivano l'aspetto di un orientale e tradivano le sue origini meridionali ancor prima che le confermassero la sua parlata dalla forte inflessione pugliese. Sedeva dietro la scrivania indossando, a dispetto del caldo, un abito di cotone chiaro, che doveva aver visto tempi migliori. Con la mano destra pestava con accanimento la tastiera di una vecchia calcolatrice meccanica, mentre con l'altra teneva incollata all'orecchio la cornetta del telefono.

Quando vide il detetctive sulla soglia gli sorrise nel riconoscerlo. Sistemò un attimo la cornetta nell'incavo tra la spalla e il collo e con la mano gli fece cenno di entrare. Fascetti notò la sua espressione afflitta e insoddisfatta di sempre, come se gli affari andassero a rotoli. Non smise di parlare a telefono: ascoltava e parlava, poi ascoltava di nuovo, ma senza mai interrompere l'uso della calcolatrice. Il ripiano della scrivania era cosparso di carte. Un massiccio posacenere di cristallo stracolmo di cicche, faceva da fermacarte sopra una pila di ricevute, conti e fatture.

Quando Martini terminò la conversazione telefonica, Fascetti si sedette e gli strinse la mano. "Ciao, Tony, a giudicare dal pienone di stasera, si direbbe che ti butta bene, no?"

Lui rispose al saluto abbozzando un altro breve sorriso e scosse il capo. "Invece va male, Carlo. Soprattutto in questo periodo dell'anno diminuisce l'affluenza media, gli introiti sono in forte calo, mentre crescono le spese."

"Dunque sei rovinato..." Fascetti gli rivolse uno sguardo pieno di ironia. La conosceva bene quella solfa... L'aveva sentita tante di quelle volte... Sempre, quando si parlava di affari, Martini si esprimeva come se fosse sull'orlo della bancarotta, ma il detective sapeva che sarebbe stato in grado, all'occorrenza, di stilare un assegno per qualche miliardo di lire.

Il gestore trasse un sospiro rassegnato. "Be', se non lo sono ancora completamente è grazie al mio impegno diretto nella conduzione del locale compresa la cura del menù, sempre ottimo. Per non dire dell'attenzione personale alla clientela, soprattutto quella affezionata di vecchia data." Fece una pausa e lo guardò interrogativamente. "Ma a cosa devo il piacere, Carlo?"

Fascetti posò per un istante lo sguardo su due enormi poster che reclamizzavano ciascuno due marche di birre. Ricoprivano quasi del tutto la parete dietro la testa del ristoratore, e sembravano svolgere meglio la funzione di carta da parato.

"Fa parte del mio mestiere andare in giro a curiosare, come sai. In questo momento mi sto occupando di un caso per il quale credo tu possa avere qualche interessante informazione da darmi..."

"Sono lieto di aiutarti. Sempre che sia in possesso delle notizie giuste."

"E' per l'appunto sul conto di due tuoi affezionati clienti che volevo chiederti qualcosa: Claudio Morelli, deceduto di recente, e Cesare Bardi".

Spuntò i nomi su due dita di una mano.

Martini si appoggiò allo schienale e, incrociate le mani sull'addome, gli rivolse uno sguardo rammaricato. "Non è che li conosca granché per la verità."

Fascetti non gli credette. Sapeva che l'amico era un maestro dell'understatement: la tipica affermazione inglese attenuata, tesa a non compromettersi troppo.

"Andiamo, Tony, a me non puoi raccontarla. Lo so che conosci vita, morte e miracoli di tutti i tuoi clienti abituali."

Fin dal suo primo contatto con Martini, il detective aveva avuto modo di analizzarne appieno il carattere e la personalità. Col tempo aveva maturato il convincimento che il suo amico avesse sviluppato una sorta di dipendenza da una curiosità maniacale, che riusciva a soddisfare tenendo sempre le orecchie ben tese intorno a sé, e grazie a una formidabile memoria. Era soprattutto nei momenti di maggiore affluenza nel locale che egli girellava intorno ai tavoli indugiando con i clienti più importanti, in brevi conversazioni da cui ricavava spesso interessanti informazioni riservate, perfino su persone che detenevano il potere e l'autorità.

Questa spiccata attitudine ad ascoltare, anche di soppiatto, ne faceva un soggetto informato su tutto e su tutti. Molto addentro in fatti e circostanze, di cui talvolta veniva a conoscenza ancor prima che divenissero preda dei media.

"E' da qualche mese che non si fanno vivi", Martini disse dopo qualche secondo di riflessione. "L'ultima volta che sono venuti a cena sarà stata verso la metà di maggio… se ricordo bene. Erano in compagnia di una splendida ragazza e di un altro giovane distinto, un amico o un collega di Morelli, credo."Assunse un'espressione vacua. "D'altro canto, lui non è più in grado di andare da nessuna parte dato che, come saprai, è finito sotto un auto e c'è rimasto secco. So che era un funzionario della Banca Popolare Ambrosiana e che operava in Borsa, un'attività che gli ha consentito di mettere le mani su un bel gruzzolo, con cui ha tagliato la corda. Di certo avrai letto i giornali…" Tacque per qualche secondo corrugando la fronte. "Mah, chissà se si è trattato davvero di un incidente, come sembra si voglia far credere…"

"E di Cesare Bardi che cosa puoi dirmi?"

"Che è un piccolo industriale di Novate. Dal modo con cui lui è Morelli si comportavano e dal tenore dei loro discorsi, sembravano buoni amici. Credo che Bardi sia un cliente della banca, nonché un drogato della Borsa e del gioco in generale. Mentre cenavano non li sentivo parlare d'altro. So che Bardi è diventato l'unico proprietario di una fabbrica di impianti di condizionamento, dopo che il suo socio, un certo Lugato, è deceduto un paio di mesi fa, anche lui, guarda caso, falciato da un auto."

"Si direbbe un incidente identico, in tutto e per tutto, a quello in cui è deceduto Morelli…", osservò Fascetti sorridendo. "Strano, eh?"

"Già… strano." Martini annui lentamente. "Ma a proposito di stranezze, me ne viene ora in mente un'altra che ho avuto modo di osservare tempo addietro, e che mi ha suscitato una certa perplessità. Riguarda i due soci, e forse vale la pena che te ne parli."

Fascetti lo fissò interrogativamente incrociando le braccia.

"Cenavano qui insieme una volta a settimana", Martini riprese. "Loro due da soli come buoni amici. Era una consuetudine che durava da anni, e di cui sembravano non poter fare a meno. Non avevano bisogno di prenotare perché eravamo intesi che gli riservavo sempre lo stesso tavolo d'angolo, in fondo al locale. Lo gradivano perché molto appartato. Li sentivo discutere per lo più di lavoro. Ero abituato a vederli arrivare puntualmente ogni venerdì alle otto, minuto più minuto meno. Le rarissime volte che avevano impegni o erano costretti a ritardare, non mancavano di avvisarmi. Pertanto, capirai la mia sorpresa e curiosità quando, verso la fine di maggio, hanno smesso di farsi vivi. Neppure una telefonata. Come fossero morti." Scosse il capo con aria incerta. "Mi sono chiesto che cosa mai potesse essergli successo. Ho pensato dapprima a una malattia di uno dei due. Poi a un serio litigio. Mi sono alla fine abituato all'idea di non vederli più, anche perché in fin dei conti non me ne importava una madonna. Sennonché qualche giorno prima che si diffondesse la notizia del decesso di Lugato, è capitato a pranzo un mio vecchio amico che non vedevo da un pezzo, un piccolo mobiliere della Brianza. Come al solito era in compagnia di una piacente cinquantenne di nome Lida Tronchetti – vedova con due figli – che lui si sbatte regolarmente. Ora... si dà il caso che questa sia una dipendente della Bardi & Lugato presso cui svolge mansioni di segretaria." Chiuse gli occhi e si strofinò i lati del naso in un gesto di stanchezza. "Allora non ho resistito alla tentazione di avvicinarmi al loro tavolo per chiederle notizie dei due soci, motivando col fatto che da tempo non venivano più a cena. Ho subito notato nella donna un certo irrigidimento. Mi ha risposto in modo vago e sbrigativo, dicendo che stavano bene, e che non aveva la più vaga idea della ragione per la quale avevano smesso di frequentare il ristorante. Ti dirò che ho avuto la netta impressione che mentisse. Che fosse al corrente di qualcosa di serio che era accaduta tra i due, ma su cui non poteva sbottonarsi. Ecco perché anche la morte di Lugato, definita accidentale, mi ha fatto un po' riflettere. Strano..., mi sono detto."

"Ne convengo", il detective annuì. "Forse varrebbe la pena di approfondire. Ma tornando al Morelli..., prima mi dicevi che la sua morte potrebbe non essere stata provocata da un incidente stradale. Cos'è che te lo fa pensare?

"La certezza che doveva essersi creato un bel po' di nemici tra quei poveracci con i cui soldi era scappato. Qualcuno di loro potrebbe averlo scovato facendogli la pelle. Ma potrei sbagliarmi, naturalmente."

Fascetti disse: "Ti dirò che la polizia sospetta che potrebbe persino trattarsi di omicidio a contratto. Circolano voci...", dis-

se sommessamente, "…della esistenza a Milano di una organizzazione criminale che accoppa la gente su commissione. Se
vuoi togliere di mezzo qualcuno, non hai che da passare le
istruzioni, e loro ti fanno un lavoro perfetto, pulito senza che tu
ne sia minimamente coinvolto. Per di più, operano in modo da
farlo apparire come un incidente d'auto, un banale investimento
a opera di una pirata della strada. Un servizio accurato dietro
pagamento di un lauto compenso, naturalmente. Hai per caso
mai avuto qualche sentore in proposito?"

Martini sembrò rattristarsi ancor più, se mai fosse stato possibile. Guardò la porta socchiusa dell'ufficio. Poi si alzò e vi si
accostò. Mise la testa fuori e lanciò un'occhiata in giro per assicurarsi che non ci fosse nessuno a portata d'orecchio. Tornò a
sedere dopo essersi richiuso la porta alle spalle. "Ascolta Carlo", disse a voce bassa, "si sussurra che si tratterebbe di una
grossa gang fatta di gente molto pericolosa, da cui è meglio stare alla larga. Non ci pensa due volte a eliminare chi gli dà fastidio. Sì, anch'io ho sentito dire che lavora su commissione, ma
chi sia la mente, come operi e dove si annidi, non ho la più pallida idea. Forse potrei riuscire a sapere qualcosa… forse no.
Non ti prometto niente. In tutte le grandi città ci sono organizzazioni di questo tipo. Anche a Milano. Ho sentito dire che se
uno desidera farsi fare un lavoro del genere, deve riuscire a contattare le persone giuste… in certi ambienti. Di servizi ne sono
stati fatti in passato. Oltre questo non ho altro da dirti."

"Ne sei proprio certo?" Lo scrutò in volto.

"E' tutto quello che so", precisò. "Dài, Carlo, lo sai che con
te non faccio mai il misterioso, no?"

"Nient'altro neppure sul conto di Morelli o Bardi?" insistet-
te.

Martini sorrise in modo lugubre come un impresario di
pompe funebri davanti a un disastro aereo. "Come ti ho detto,
anche loro venivano qualche volta insieme a cena. Ma sempre
in compagnia di amici. Entrambi gradivano molto la cucina pugliese. Morelli era originario di Polignano a mare in provincia
di Bari. Bardi non so di dove sia. Come ripeto, dopo
quell'ultima cena di metà maggio insieme alla ragazza e il giovane distinto, non si sono più rivisti." Seguì un breve silenzio,
poi Martini riprese a parlare: "Per la verità, quell'ultima serata

Domenico Martusciello

fu un po' particolare. Si dette il caso che io cenassi con un amico a un tavolo accanto al loro, e sentii che discorrevano animatamente, anche se sommessamente, di investimenti in Borsa. Non che l'argomento mi interessasse... Diciamo che fui quasi obbligato ad ascoltare la loro conversazione..." Fece un'alzata di spalle e sorrise sornione." Ora... Morelli sosteneva che la Borsa avrebbe continuato nella sua ascesa inarrestabile, e pertanto aveva riversato sul mercato tutta la liquidità di cui disponeva. L'altro giovane, invece, manifestava disaccordo e lo invitava, con varie argomentazioni, alla cautela per il forte rischio di un imminente crollo delle quotazioni." Rimase in silenzio aggrottando la fronte come se riflettesse per ricordare altri particolari di quella conversazione.

"Quale era l'atteggiamento di Bardi e della ragazza?" incalzò Fascetti.

"La ragazza tacque per tutto il tempo come se l'argomento non la interessasse minimamente. Bardi, invece, annuiva e interloquiva di tanto in tanto con mezze frasi per dichiararsi tutto sommato d'accordo con Morelli dal quale sembrava influenzato." Trasse un profondo sospiro e aggiunse: "Tutto qui, Carlo. Naturalmente a giudicare da quanto è accaduto in Borsa verso la fine di maggio, è evidente che quel giovane amico si è rivelato un ottimo profeta."

Fascetti annuì pensoso. Poi improvvisamente si alzò per accomiatarsi, ma indugiò davanti alla scrivania come se una idea improvvisa gli fosse balenata nella mente.

"Tornando alla Tronchetti... hai per caso il suo indirizzo?" chiese a bruciapelo. "Penso sia utile che io le parli. Chissà che la morte di Lugato non sia in qualche modo legata a quella di Morelli, e io non riesca a sapere da lei qualcosa di più sui rapporti tra quest'ultimo e Bardi. Il che potrebbe rivelarsi utile alla mia indagine."

Martini scosse il capo. "No, non ce l'ho, ma posso procurarmelo dal suo compagno." Rifletté per un secondo. "Aspetta una mia telefonata nel primo pomeriggio."

19

La Zona Magenta è un tranquillo rione del semicentro di Milano – perlopiù del ceto medio – confinante con quello più esclusivo della Zona Fiera.

Il numero sei di Piazza Irnerio corrisponde a uno stabile dall'aspetto discreto di otto piani, degli anni Cinquanta. L'intero isolato di cui fa parte, è prospiciente una ampia area di verde con aiuole, ben curata, ombreggiata da alberi imponenti dal fitto fogliame, e attraversata da vialetti lungo i quali gruppi di anziani sono soliti riposare seduti sulle panchine, nell'aria fresca delle serate estive.

Fascetti si soffermò a controllare la lista degli inquilini accanto ai citofoni sulla parete di fianco al portone.

Lida Tronchetti abitava al piano rialzato.

Tony Martini non mancava mai a una promessa. Gli aveva telefonato in ufficio nel primo pomeriggio comunicandogliene l'indirizzo, e dandogli alcune indicazioni su come raggiungerlo: arrivato a piazza Piemonte doveva imboccare via Washington e svoltare alla quarta laterale sulla destra. Gli aveva pure confermato di esserselo procurato con una telefonata al compagno della donna, suo amico.

Ma aveva fatto di più: l'aveva pregato di annunciarle una visita di Fascetti intorno alle sette, per un colloquio di cui gli aveva anticipato brevemente la natura. Vista la presentazione, c'era da sperare che la Tronchetti si sarebbe mostrata disponibile a collaborare rispondendo alle sue domande.

Attraversò l'atrio dirigendosi verso le scale, seguito dallo sguardo scrutatore della custode, una donna minuta e tarchiata di mezza età, alle prese con un rumoroso aspirapolvere che passava sopra la moquette verdognola del pavimento.

Salì velocemente la prima rampa, due gradini alla volta. Suonò il campanello e attese. Dall'interno dell'appartamento non provenne alcun rumore.

Premette un'altra volta. Allora, da una certa distanza, sentì il fruscio sempre più marcato di passi che si avvicinavano. Poi, lo scatto secco del chiavistello e la porta si aprì senza che Fascetti riuscisse a distinguere bene la figura all'interno, avvolta com'era dalla penombra.

"Il signor Fascetti, suppongo..." La donna azionò l'interruttore della luce nell'ingresso.

"Sì, sono io, signora Tronchetti."

"Lieta di fare la sua conoscenza." Tese una mano che l'altro afferrò. Poi, sorridendo, si fece da parte sulla soglia per farlo entrare. "Si accomodi pure. La aspettavo, sa?"

C'era nella voce un po' stridula una certa eccitazione, una lieve euforia: il segnale che era il benvenuto.

A giudicare dall'aspetto, c'era da dubitare che Lida Tronchetti fosse mai stata bella. I capelli lunghi e striati di grigio incorniciavano un viso ovale, lentigginoso, in cui erano incastonati occhi troppo grandi e scuri, con grosse borse cascanti. L'abbigliamento dimesso riusciva a mortificare ancor più il corpo robusto dalle spalle larghe, privo di attrazione. E pensare che Martini l'aveva definita una donna piacente, Fascetti rifletté. Quel tale che se la portava regolarmente a letto, doveva avere stomaco. E' incredibile come certa gente sia dotata di gusti tanto barbari.

Gli fece strada fin dentro il soggiorno, e accese una lampada a stelo per illuminare un po' l'ambiente che, con le stecche socchiuse della tapparella, era immerso nella semioscurità. Lo invitò a sedersi su un divano di velluto marrone addossato alla parete, affiancato da due ampie poltrone. Si avvicinò alla portafinestra e sollevò l'avvolgibile per far entrare il sole in quella specie di antro. Vennero inondati da una luce intensa.

"Dio, così va meglio, no? Passo tanto tempo nelle camere sul retro che non mi pare di usarla più questa stanza. Quando si è soli non si vede molta gente", disse un po' amareggiata. "A parte Arturo, il mio amico, non sono molti quelli che mi vengono a trovare. Anche i miei due figlioli sposati si fanno vivi molto di rado. Sa com'è che si comportano i figli quando escono dalla famiglia..." Un'ombra di tristezza le attraversò il volto, mentre Fascetti annuiva a indicare quanto gli era facile capirla.

"Ma non voglio fare la piagnucolona", aggiunse. "Le andrebbe un tè o un caffè?"

"Una tazza di tè sarebbe perfetta, se non disturbo."

"Nessun disturbo. Torno subito."

Si diresse verso la cucina. Rimasto solo, Fascetti si guardò intorno. La stanza, non molto ampia, gli sembrò ora più allegra di come l'aveva vista prima nella penombra. L'ambiente era confortevole anche se non poteva definirsi di classe. La carta da parato era di un giallo tenue, con piccoli disegni floreali non molto marcati. La parete sopra il divano era costellata da una dozzina di fotografie incorniciate dei figli, nipoti e nipotine. Quella di destra era tappezzata quasi fino al soffitto da dipinti a olio su tela di vario genere: paesaggi, nature morte, ritratti.

Un cavalletto nell'angolo di fondo, vicino alla finestra, reggeva il quadro incompiuto di un paesaggio. Sparsi sopra un tavolinetto, c'erano numerosi tubetti spremuti di colori acrilici, alcuni pennelli, e un paio di tavolozze incrostate di colore. Era lampante che la pittura fosse l'hobby principale della padrona di casa.

Riportò lo sguardo sui numerosi quadri per studiarli meglio. Uno di essi, il più grande, appeso al centro della parete, ritraeva un porticciolo dalle acque tranquille di qualche ignota località costiera. In primo piano c'era un peschereccio ormeggiato alla banchina, che sembrava in stato di abbandono; il ponte era ingombro di reti e cordami; gli oblò aperti avevano i vetri fracassati; il parapetto era per metà crollato. Il luogo era deserto tranne che per la figura solitaria di un vecchio dalla folta barba bianca, che sostava sul molo a scrutare l'orizzonte con in mano una lunga canna da pesca.

Era elevata la sensibilità che trasudava dal dipinto, che nulla aveva da invidiare all'opera di un professionista. Indiscutibile, Fascetti pensò, il notevole talento naturale di cui l'autrice era dotata.

"Le confesso che mi piace avere compagnia a quest'ora." La donna disse rientrando sorridente nel soggiorno. "Attenua la monotonia del pomeriggio." Reggeva un vassoio d'argento su cui c'era l'occorrente per il tè con dei biscotti. Lo depose sul tavolino di fronte al divano.

"Latte o limone?"

"Latte, grazie."

Versò l'acqua calda dal bricco nelle tazze che già contenevano le bustine del tè, e attese che si tingesse del colore giallo dorato dopo qualche minuto di infusione. Aggiunse del latte.

"Zucchero?"

"Un cucchiaino."

"Ecco...", gli disse infine porgendogli una tazza con fare premuroso. Ne prese una per sé e si sedette.

"Vedo che dipinge", il detective indicò con un cenno del capo il cavalletto in fondo alla stanza, e scoccò un'occhiata ai quadri che ricoprivano la parete.

"Sì, per passatempo." Sorrise. "Ma non sempre, sa? Talvolta riesco a piazzarlo qualcuno dei miei quadri. Arrotondo la pensione."

"Lei è in pensione?" La guardò sorpreso. "Non sapevo che avesse lasciato la Bardi & Lugato." L'aroma del tè si stava facendo strada attraverso i suoi sensi. Non l'aveva ancora assaggiato. Girava il cucchiaino senza distogliere lo sguardo dalla donna.

Lei bevve un sorso. "Da circa un mese e mezzo. Le dirò che non ho rimpianti, l'ufficio non mi manca. Ora ho più tempo per dipingere, è stato come cominciare una nuova vita."

Sorbirono in silenzio per qualche tempo.

"Da circa un mese e mezzo, lei dice..." Una espressione perplessa affiorò sul viso di Fascetti. "Ma non corrisponde pressappoco all'epoca del decesso di Lugato?"

"Esatto."

"Perché se n'è andata, signora Tronchetti? Mi sembra ancora troppo giovane per la quiescenza."

Lei rise in modo non cordiale, ma cinico.

"Ha ragione, ho smesso di lavorare anzitempo. Ma non è stata una mia scelta."

"Ah."

"Vede, signor Fascetti, nel mio caso la parola pensionamento è il classico eufemismo. Licenziamento in tronco sarebbe il termine più appropriato." Fece una smorfia di disgusto. "Ormai non ho più motivo di trattenermi dal dare sfogo al mio risentimento. Credo di aver capito quello che lei vuole sapere da me." Posò la tazza sul tavolino. "Quell'individuo... quel Bardi è un essere abbietto, capace di qualsiasi bassezza." Scandiva bene le parole. "Il corpo di Lugato era ancora caldo quando mi ha fatto chiamare per dirmi, senza mezzi termini, che dovevo sgombrare al più presto. Che ero diventata un 'esubero'." Scosse lentamente la testa. "Avevo accumulato sufficienti contributi per la pensione di anzianità, e lui mi ha offerto un incentivo purché mi fossi tolta dai piedi. Una bella dimostrazione di gratitudine, non c'è che dire, dopo quasi trent'anni della mia vita dedicati alla ditta." Pronunciò l'ultima frase con amarezza.

"Ma lei non era obbligata ad accettare", Fascetti osservò. "Avrebbe potuto rifiutarsi, no?"

"E' vero. Ma si metta nei miei panni... Mi sono resa conto che nulla sarebbe stato più lo stesso nel mio ambiente di lavoro, dopo che Lugato se n'era andato. Se fossi rimasta, Bardi avrebbe fatto di tutto per rendermi la vita impossibile. Sicché ho preferito fare fagotto subito, certa com'ero che vi sarei stata comunque costretta prima o poi." Immerse un biscotto nel tè e poi ne mordicchiò il bordo caldo e molle. Fascetti la studiò per un istante, poi disse:

"Ma cos'era *esattamente* che non funzionava nei suoi rapporti con Bardi?"

"Dire che non gli andavo a genio, è dire poco o niente." Tornò il riso cinico. "Lavoravo come segretaria per entrambi i soci, e Bardi vedeva come il fumo negli occhi il fatto che io avessi un rapporto privilegiato con Lugato. Sapeva che ero nelle sue grazie, e che gli ero fedele. Ma... capisce, Fascetti, tutto ciò era naturale: Lugato era gentile, comprensivo, disponibile, quanto l'altro era intrattabile, violento a volte, incline a frequenti accessi di rabbia. Un carattere collerico. Al pari di tutti i suoi collaboratori nutrivo profondo disprezzo nei suoi riguardi, e lui lo sapeva."

"Allora è per ripicca che l'ha licenziata..."

"Non soltanto. Da sempre ero per lui una collaboratrice scomoda. Pur essendo una sua subalterna, lo contraddicevo su questioni che riguardavano il lavoro, gli rispondevo per le rime quando mi redarguiva ingiustamente." Fece una piccola pausa. "Di certo si sarebbe sbarazzato di me molto tempo prima, non fosse stato che ero sotto l'ala protettrice di Lugato."

"Come spiega, allora, che i due riuscissero a coabitare pur avendo, mi sembra di capire, caratteri diametralmente opposti."

"Semplice: per via dei ruoli diversi che svolgevano in ambito aziendale. Erano complementari, ma non sovrapponibili. Bardi era il direttore amministrativo, curava la tesoreria, la finanza, la contabilità e il Personale. Lugato era il direttore tecnico. Si occupava della produzione e della progettazione. Dopo la laurea in ingegneria meccanica al Politecnico, conseguita a pieni voti, si era specializzato nel settore della climatizzazione. Insomma... facevano lavori diversi ma che intendevano raggiungere lo stesso fine: la crescente redditività degli affari. Altro tè?"

Fascetti fece un cenno di diniego con la testa, ma disse: "Devo ritenere, allora, che i loro rapporti fossero soddisfacenti..."

"Sì, nel complesso lo erano." Si versò del tè con un po' di latte. Poi si protese in avanti verso il tavolino per prendere il pacchetto delle sigarette.

"Le spiace?"

Di nuovo il giovane scosse il capo.

"C'era tra loro un rapporto di cieca fiducia reciproca basato sulla vecchia amicizia." La donna si interruppe facendo scattare l'accendino. "Risaliva agli anni dell'adolescenza. Si erano diplomati insieme al Collegio San Carlo di Corso Magenta. Qualche anno dopo la laurea, decisero di mettersi in società per fondare questa fabbrica di impianti di condizionamento su un terreno a Novate, che Bardi aveva ricevuto in donazione dai genitori benestanti. Lugato apportò delle cospicue risorse liquide, e la sua elevata competenza tecnica in un settore che, nei primi anni Sessanta, andava per la maggiore. Tutto procedette bene, gli affari prosperarono, e l'azienda si sviluppò gradualmente fino alle attuali duecento unità di Personale."

"Quindi... non avevano motivo di dissidi visto che le cose andavano bene..." Il tono di Fascetti esprimeva ovvietà.

"Non ho detto questo", la donna replicò. "Ne avevano talvolta di litigi, ma passeggeri, di normale amministrazione, non duravano mai più di un giorno. Quei due erano capaci di strillare con tutto il loro fiato, e il mattino dopo ne avevano dimenticato il motivo." Fece una pausa per prendere una boccata dalla sigaretta. "C'è da dire, inoltre, che Bardi non poteva permettersi di rompere col socio. Era ben conscio che quello di Lugato era di gran lunga il ruolo di primo piano nella società. Si rendeva conto che, per le sue grandi capacità tecniche, l'altro era la struttura portante dell'azienda. Una miniera d'oro. Lo sapevano tutti che era lui, col prestigio che riscuoteva nel settore, ad attirare sempre più nuovi clienti. Bardi aveva il terrore che senza di lui, il fatturato sarebbe crollato. A mio modo di vedere ha vissuto per anni da parassita. Ma ora la pacchia è finita, e dubito che riesca a reperire qualcuno dello stesso calibro di Lugato, che possa degnamente sostituirlo. Non mi sorprenderebbe se ora l'azienda andasse a rotoli."

Emise uno sbuffo di fumo da un angolo della bocca, verso il soffitto. Una manifestazione di durezza.

Fascetti rimase impassibile.

"Fu come una bomba", lei proseguì, "quella lite furibonda che esplose fra loro lo scorso mese di maggio, nei giorni immediatamente successivi al crollo della Borsa. Saranno state le nove di sera, e tutti i locali erano deserti. Io mi ero fermata a fare dello straordinario. Dalla mia scrivania, appena fuori l'ufficio di Lugato, li sentii urlare a squarciagola insultandosi con parolacce. Capii, dalla motivazione e violenza dell'alterco, che quella volta non si sarebbero riappacificati. Che la rottura sarebbe stata insanabile." Tacque per mandare giù un sorso di tè.

Fascetti era tutto orecchi. La guardava impaziente come a dire: "Continui a raccontare."

Erano trascorsi quasi due anni, lei spiegò, dall'epoca in cui cominciarono a maturarsi le condizioni per quello che sarebbe poi accaduto. Bardi fece la conoscenza di Morelli, il funzionario della Bpa, con il quale strinse una relazione amichevole. Questi lo invitò ad aprire un conto corrente, e, allettandolo con la prospettiva di grossi guadagni, a operare in Borsa.

Lugato già viveva con una certa apprensione la consapevolezza del fatto che il socio aveva il vizio del poker. Il venire poi a conoscenza che si era messo anche a giocare in Borsa, attivò in lui una sorta di campanello di allarme, per l'intuibile motivo che Bardi svolgeva il delicato incarico di gestore incontrollato delle finanze aziendali. Possedeva della proprietà, ma si dibatteva spesso in problemi personali di liquidità. Ciò malgrado, Lugato lo aveva sempre ritenuto degno della sua fiducia incondizionata. Si limitava a dare una scorsa ai rendiconti mensili che gli sottoponeva, soffermandosi sul risultato economico, senza mai scendere nei particolari. Ma quando seppe che era entrato in Borsa, cominciò a considerarlo con una certa diffidenza, e a tenerlo d'occhio. Erano troppe le storie che circolavano di gente che quel genere di attività aveva gettato sul lastrico.

"Buffo...", lei continuò. "Anche se era stato Lugato a innescare il litigio, avendone delle ottime ragioni, era Bardi a dare in smanie... a mostrarsi più aggressivo. Urlava come un ossesso, come volesse sopraffare l'altro. Tipico dell'uomo." Si tolse un briciolo di tabacco dalla punta della lingua.

"Ma per cosa litigavano non me l'ha ancora detto..." Fascetti osservò.

"Non riesce a immaginarlo?" Apparve perplessa, come se a lui sfuggisse qualcosa di ovvio, di evidente. La tessera che completava il puzzle.

"Soldi? Scommetto che Lugato aveva pescato Bardi con le mani nella cassa aziendale." La fissò sorridente.

La donna annuì. "Be', più o meno... Nei trascorsi due anni, il saldo del conto corrente bancario della società presso la Comit si era, a poco a poco, assottigliato in misura consistente." Sorrise e alzò gli occhi al cielo in un gesto plateale, che stava per: "C'era da aspettarselo, no?" Trasse un'altra intensa boccata dalla sigaretta. "Insomma, Bardi si era preso più di qualche spicciolo."

"Ma com'è che Lugato lo aveva scoperto?"

"Semplice. Era riuscito a mettere le mani su un fascio di estratti del conto in parola, che Bardi custodiva gelosamente sottochiave nella sua scrivania."

Un giorno, in assenza del socio, Lugato l'aveva passata al setaccio, la donna spiegò, servendosi di un duplicato della chiave di cui disponeva. Una prima occhiata ai documenti aveva subito rivelato che nei trascorsi due anni, Bardi si era servito del conto della ditta quasi come fosse il suo personale.

C'erano una miriade di assegni emessi per vari importi, ma tutti in cifre tonde per un totale che sfiorava il mezzo miliardo di lire.

Fascetti emise un debole fischio di meraviglia. "Più di quanto bastasse per le sue spesucce, mi sembra."

"Molto di più... Lugato non riuscì a ricordare di averne mai firmati di quegli assegni, mentre avrebbe dovuto dato che l'utilizzo del conto era consentito esclusivamente con la firma congiunta dei due soci. L'esame delle copie fotostatiche dei titoli, che poi ci procurammo dalla Comit, confermò che Bardi li aveva sempre versati nel suo conto presso la Bpa, dopo averli stilati in suo favore contraffacendo alla perfezione la seconda firma."

Ma non era tutto, la donna aggiunse.

Lugato pure accertò che Bardi manipolava regolarmente la contabilità aziendale facendo figurare le somme sottratte tra le spese generali, che gonfiava attraverso un sistema di false fatturazioni.

"Quale fu la sua giustificazione per l'ammanco?"

"Disse che, dal suo punto di vista, non si trattava di un ammanco. Doveva essere considerato alla stregua di un prestito." Sorrise con ironia. "Un semplice prestito che avrebbe rimborsato con gli interessi, col ricavato dalla vendita della sua villa al mare in Liguria."

Fascetti scosse lentamente il capo, lo sguardo incredulo. "E la lite come si concluse?"

"Con Bardi che uscì come una furia dall'ufficio di Lugato, dopo che questi gli ebbe dato un ultimatum."

"Addirittura."

"Proprio così... Lugato era fuori dalla grazia di Dio. Non volle sentire ragioni. Diede a Bardi due settimane per rimettere a posto il denaro, minacciandolo che altrimenti lo avrebbe denunciato per appropriazione indebita. Lo accusò di aver sottratto risorse aziendali per transazioni d'affari a titolo personale. Si spinse ad affermare di essere certo trattarsi di operazioni di Borsa, tutt'altro che brillanti. Da quella sera cominciarono a ignorarsi, e smisero di rivolgersi la parola."

"E di cenare da Martini..."

"Esatto."

Il detective chiese:

"Lei ritiene che Lugato avrebbe portato davvero a compimento la sua minaccia?" La donna si strinse nelle spalle, dicendo: "Nessuno può dirlo con certezza. Sembrava irremovibile, ma se lo conoscevo bene, alla fine non vi avrebbe dato seguito. Non avrebbe permesso che uno scandalo infangasse la reputazione e l'immagine dell'azienda. Anche lui alla fine ci sarebbe andato di mezzo. E' più probabile che si sarebbe rassegnato a convivere con un socio ladro, almeno finché questi non avesse restituito il maltolto. Poi magari avrebbe fatto di tutto per cacciarlo a pedate nel sedere."

Domenico Martusciello

"E Bardi? Crede che ritenesse che la minaccia sarebbe rimasta lettera morta?" Il detective era oltremodo interessato e lei glielo lesse in faccia.

"Può darsi. Ma se conosco bene anche lui, in quella circostanza nascose dietro la sua abituale aggressività e tracotanza, una gran fifa. Dovette sudare freddo nel sentire Lugato che minacciava di sporgere denuncia contro di lui."

"Naturalmente Lugato avrà discusso con lei l'intera faccenda..."

Lei annuì con vigore. "E con chi altro sennò? All'infuori di me, non aveva nessuno con cui confidarsi." C'era una punta di orgoglio nella voce. "Avrei potuto fargliela pagare a quel bastardo del suo socio per avermi messa alla porta in malo modo." Si riaffacciò il sorriso beffardo. "Le confesso che sono stata tentata di andare alla polizia a denunciare tutto quello che sapevo sulla sottrazione dei fondi e il falso in bilancio."

Subentrò una pausa di silenzio alquanto prolungata. La donna trasse un'ultima boccata dalla sigaretta e poi la schiacciò nel posacenere. Riprese a sorseggiare il tè.

"A proposito... la polizia l'ha mai interrogata dopo il ritrovamento del corpo di Lugato?" Fascetti chiese.

Lei fece di no con la testa. "E perché mai avrebbe dovuto? E' morto in seguito a una banale disgrazia, no? O almeno come tale l'hanno trattata tutti i mass-media." Storse la bocca. "Ma se vuole il mio parere spassionato... la polizia non si è mai spaccata la schiena alla ricerca di piste che indicassero l'eventualità di una morte non accidentale. Ha preferito trincerarsi in una comoda miopia."

"Signora Tronchetti...", la fissò intensamente, "...mi pare di percepire un certo scetticismo da parte sua sulla tesi dell'incidente. Mi sbaglio?"

Lei bloccò a mezz'aria la tazza di tè che si stava portando alle labbra, e la rimise sul tavolino. Poi si appoggiò allo schienale della poltrona intrecciando le mani.

"Non sono certo il tipo da saltare a piè pari a conclusioni affrettate, per logiche che possano apparirmi", disse. "Tuttavia credo che chiunque al mio posto, che sia venuto a conoscenza di certi fatti e abbia assistito a uno scontro al vetriolo puro come quello verificatosi quella sera tra quei due, avrebbe quantomeno delle forti riserve sulla autenticità di quello che, a mio avviso, si è voluto far passare a tutti i costi per incidente stradale." Fece una breve pausa. "Io so che Lugato non aveva ragione al mondo per andarsene a spasso di notte in un posto come Lampugnano, e per di più sbronzo. Altro aspetto, quest'ultimo, che mi ha lasciata perplessa dato non beveva mai."

"Mi faccia capire bene, signora Tronchetti", lui la incalzò, "lei sospetta che si sia trattato di omicidio, e che Bardi potrebbe avervi avuto un qualche ruolo, giusto?" Lei ignorò la domanda, e rimase in silenzio per alcuni secondi prima di dire: "Quello che di veramente rilevante c'è in tutta questa faccenda, lei non l'ha ancora sentito, signor Fascetti."

Lui la fissò stringendo gli occhi come per metterla a fuoco. "Sono tutto orecchi."

"Be'...", trasse un profondo sospiro, "...c'è la storia della polizza vita."

Fascetti sbatté le ciglia. "Quale polizza vita?"

"Quella di cui Bardi è diventato beneficiario dopo la morte di Lugato.

"Temo di non capirla."

"Io ero la sola a conoscerne l'esistenza, oltre a loro due naturalmente." Tacque un attimo. "La somma assicurata è di dieci miliardi. La stipularono con la RAS molti anni fa sulla vita di entrambi, ma a effetto incrociato. Polizze di questo genere, oggigiorno abbastanza diffuse, funzionano in modo che, nel caso di decesso di uno dei partner, la somma assicurata viene liquidata all'altro che può utilizzarla per continuare a mandare avanti l'azienda senza problemi; al contempo acquisisce l'opzione per rilevare dagli eredi la quota del defunto, divenendo in tal modo l'unico titolare della impresa." Riprese la tazza di tè e bevve quel po' che ne restava con due rapidi sorsi.

Fascetti disse a voce bassa: "Cosicché la morte di Lugato ha procurato a Bardi un duplice vantaggio: gli ha risolto i problemi finanziari – e di certo ne aveva – e gli ha dato la possibilità di diventare l'unico proprietario dell'azienda. Niente male, però."

"Per non dire", lei osservò, "che potrebbe avergli scongiurato il pericolo di finire in galera." Ebbe un attimo di esitazione. "Soltanto che... non tutte le ciambelle riescono col buco. Mi risulta da fonte certa che, malgrado siano trascorsi quasi due mesi dall'incidente, la compagnia assicuratrice non ha ancora scucito un centesimo."

Sembrava che il liquidatore avesse sollevato qualche eccezione, la donna spiegò. Non era dato sapere di che genere. Il rinvio del risarcimento era stato motivato con l'esigenza di alcuni, imprecisati accertamenti.

Sorgeva spontanea la domanda se il rifiuto di pagare non traesse per caso origine dal fatto che qualcuno aveva sollevato dei dubbi sulla genuinità del sinistro, ragion per cui la compagnia assicuratrice stava ora indagando.

"Ora le chiedo, di grazia...", la donna concluse, "...dopo quanto le ho riferito, su chi altri punterebbe il dito se non su Bardi, quale l'indiziato col miglior movente per l'omicidio di Lugato?" Ma subito aggiunse: "Sempre che di omicidio si sia trattato, ovviamente."

Il giovane annuì. "Ne convengo. Ci sono delle buone ragioni per sospettarlo."

"Lei sa che anche Morelli..." Fascetti proseguì affrontando l'argomento che più gli stava a cuore, "...ha perso la vita in un incidente che presenta caratteristiche del tutto identiche a quello di Lugato... E' su questo che sto indagando in particolare, nel tentativo di accertare che non si tratti di omicidio. Pensavo a un possibile collegamento tra le due morti. C'è qualcosa che lei può dirmi sui rapporti tra Bardi e Morelli?"

Lei sorrise dicendo: "Le dirò che mi aspettavo questa domanda, e dopo aver ascoltato quanto sto per dirle, comprenderà ancora meglio la ragione per la quale Lugato aveva deciso di frugare nella scrivania di Bardi." Fece una pausa. "Da premettere che né io, né lui conoscevamo Morelli, se non di fama. Mai avuti contatti di alcun genere. Bardi non ne parlava mai, ma Lugato aveva appreso per vie traverse che era, in sostanza, il suo operatore di Borsa, di cui si fidava ciecamente. Ora... all'indomani del famoso crollo, sia io che Lugato notammo che il suo umore, quasi sempre nero, era precipitato a livelli senza precedenti. Sembrava avercelo scritto in faccia che aveva preso una solenne batosta.

"Fu quella la circostanza che allarmò oltremodo Lugato. Mi convocò nel suo ufficio dicendomi che dovevamo cercare di saperne qualcosa. Telefonai allora a una mia vecchia compagna di Ginnasio, con la quale tuttora intrattengo rapporti di sincera amicizia, e che sapevo essere una dipendente della Bpa. La invitai fuori a pranzo per il giorno dopo in un ristorante dalle parti di via Torino." Si interruppe per accendersi un'altra sigaretta. "Quello che non sapevo e che mi sorprese...", disse dopo la prima boccata, "...fu che, manco a farlo apposta, lei lavorava proprio in quell'ufficio di cui Morelli era stato il capo prima di scomparire. Bardi era una figura molto nota dato che, essendo amici, veniva spesso a trovarlo. Mi confermò, dopo che le ebbi assicurata la massima discrezione, che effettivamente l'uomo era uscito dal fortissimo ribasso con le ossa rotte. Aveva subito una perdita enorme."

Ciò che bisognava considerare nel rapporto tra i due – l'amica della Tronchetti aveva spiegato –, era il particolare che Bardi si fidava ciecamente di Morelli al punto che gli aveva dato, come si dice nel gergo, 'carta bianca'. Ossia un mandato a rappresentarlo e ad agire in sua vece. Sta di fatto che Morelli era autorizzato ad acquistare o vendere azioni a nome e per conto dell'altro, e a propria discrezione, senza neppure avvisarlo, e men che meno interpellarlo preventivamente. Quello che contava erano i risultati, e a questo proposito nessuno in quel periodo aveva motivo di lamentarsi.

"Le disse per caso, la sua amica, se dopo il crollo della Borsa, la loro relazione si interruppe?"

"Altro che... e pure in malo modo." Fece una smorfia disgustata.

"Una lite, immagino..."

"E che lite... Diciamo che vennero ai ferri corti." Guardò la punta incandescente della sigaretta. "Quattro o cinque giorni dopo l'inizio della crisi della Borsa, Bardi piombò nell'ufficio di Morelli schiumante di rabbia. Senza alcun preambolo, gli si scagliò contro urlando e subissandolo di invettive, accusandolo di essere responsabile del danno irreparabile che aveva subito. Di aver operato con leggerezza, senza prendere la benché minima cautela. Di averlo fatto indebitare con la banca. Gli chiese perfino di risarcirlo delle enormi perdite. Una scenata da malavita, a cui la mia amica e tutto il personale del servizio, si trovarono a dover assistere attraverso la paratia di vetro che separava

Domenico Martusciello

lo studio di Morelli dalla sala contrattazioni. A nulla valsero i tentativi di quest'ultimo per calmarlo. La lite non degenerò in una scazzottata solo a grazie a due colleghi che intervennero con determinazione per sventarla."

"Com'è che andò a finire?"

"Minacce." Lo disse senza esitazione. "Volarono minacce."

"Da parte di Bardi, naturalmente..."

"Certo. Più volte urlò: 'mi hai rovinato e te la farò pagare. Vedrai che la pagherai.' "

"Addirittura."

"Già. Ora capirà quanto giustificati fossero i timori di Lugato, da indurlo a rompere gli indugi e perquisire la scrivania del suo socio."

Fascetti rifletté che alla luce delle rivelazioni della Tronchetti, acquistava gran senso l'ipotesi che Bardi avesse progettato i due omicidi, se pure come mandante. Il crollo della Borsa aveva fatto sì che si ritrovasse sepolto fino al collo da una montagna di guai, tra i quali, non ultimo, c'era la prospettiva di finire in galera per mano del suo socio. Sbarazzarsene era l'unica alternativa possibile per venirne fuori. Ma anche l'idea che potesse aver cominciato a nutrire un odio profondo verso Morelli – che di quei guai considerava l'artefice –, a un punto tale da desiderarne la morte, era tutt'altro che peregrina.

Mentre si congedava dalla donna, pensò che tutto calzava a pennello come le dita di un guanto.

20

Nel fioco bagliore rossastro del crepuscolo, l'Airbus 330 dell'Alitalia, in volo da Milano-Linate a Palermo, ridusse appena la velocità, e iniziò la lenta, quasi impercettibile discesa verso l'aeroporto di Punta Raisi.

Era appena uscito da una zona di fortissima turbolenza che, per quasi mezz'ora, aveva tenuto in stato di nervosismo gran parte dei passeggeri costringendoli a tenere le cinture allacciate.

Non aveva neppure scalfito, però, l'imperturbabilità di Rosario Maldano che, seduto tutto solo nella seconda fila della business class, indifferente ai violenti sobbalzi, non aveva mai sollevato lo sguardo da un gruppo di fogli dattiloscritti fissati con un punto di cucitrice, che aveva davanti a sé, posato sul tavolinetto pieghevole. Era una copia del rapporto ispettivo sul servizio Titoli e Gestioni patrimoniali, che il direttore generale gli aveva consegnato nel pomeriggio, prima della partenza. Aveva già avuto modo di leggerlo con attenzione tre volte durante l'attesa in aeroporto, dato che il volo aveva subito un'ora di ritardo. Ora vi stava dando un'ulteriore scorsa sfogliandolo lentamente.

L'ispezione al servizio, appena ultimata, era stata disposta un paio di settimane prima, dal direttore generale da cui Maldano dipendeva direttamente, ma su richiesta dell'amministratore delegato, con l'obbiettivo di accertare l'assenza di eventuali irregolarità contabili o di altro genere, che Morelli potesse aver commesso nell'espletamento delle sue funzioni, prima di scomparire.

Mentre l'indagine era in corso, Maldano aveva più volte formulato mentalmente alcune congetture su quello che avrebbe potuto portare alla luce. Ma ora, leggendone i risultati, si rendeva conto che nessuna delle sue ipotesi si avvicinava neppure minimamente alla realtà, la quale superava di gran lunga qualsiasi immaginazione. Ed era di una tale gravità, da far tremare le vene dei polsi ai vertici della banca.

In quel momento, attraverso l'impianto di comunicazione di bordo, risuonò la voce squillante della Hostess che annunciò, con la frase di rito, l'imminente atterraggio invitando i passeggeri ad allacciare le cinture, raddrizzare lo schienale della poltrona e smettere di fumare. Maldano ripiegò il rapporto e lo ripose nella piccola ventiquattrore di cuoio che teneva sotto il sedile. Richiuse il tavolino e appoggiò la testa allo schienale emettendo un lungo sospiro e chiudendo gli occhi come se pregasse. Quando li riaprì si mise a guardare fuori dal finestrino, la fronte aggrottata. La distesa grigio scura del paesaggio miniaturizzato scorreva lentamente sotto di lui, immersa negli ultimi raggi purpurei del tramonto. I fari delle auto, formavano come una sorta di serpentone luminoso che si snodava lungo l'autostrada congestionata dal traffico serale.

Il colpo d'occhio di cui si poteva godere era molto suggestivo, ma Maldano, con quello che aveva per la testa, non era in grado di apprezzarlo. Non riusciva a bandire dai suoi pensieri il contenuto del rapporto ispettivo. Ammontava a oltre cinquecento miliardi di lire la perdita – al 31 luglio scorso – accertata dopo che la contabilità del servizio titoli e tutte le transazioni degli ultimi mesi erano state passate al setaccio. Che sarebbe emerso un risultato negativo, il dirigente l'aveva messo in conto, ma mai l'avrebbe immaginato di misura tanto spropositata. Era al di fuori di qualsiasi ragionevole proporzione per una banca delle modeste dimensioni della Bpa. Avrebbe spazzato via ciò che restava degli utili degli altri settori, alcuni dei quali peraltro già in forte passivo quale effetto-domino della recente crisi finanziaria. Il bilancio di fine anno si sarebbe chiuso, per la prima volta, con una elevatissima perdita che avrebbe divorato una grossa fetta del capitale della banca.

Ancorché fossero state evidenziate chiare e specifiche responsabilità a carico di Morelli, ormai defunto, Maldano sapeva che, come per una sorta di peccato originale, sarebbe stato lui a pagarne lo scotto. Sarebbe stato chiamato in causa, e accusato di non aver esercitato la dovuta sorveglianza sull'operato del suo collaboratore. Lo spettro del tanto odiato pensionamento, ora andava assumendo contorni sempre più netti. Ben poco avrebbe potuto fare per eluderlo. Avvertì una stretta alla bocca dello stomaco.

Il gigantesco aviogetto ridusse la potenza dei motori, abbassandosi bruscamente di quota. Poi si inclinò lievemente in un'ampia virata verso destra, puntando deciso sulla pista il tondeggiante muso argenteo. Di lì a qualche minuto, dal suo ventre venne il caratteristico tremore, e subito dopo il ronzio metallico prodotto dalla discesa dei carrelli. Infine, un lieve sobbalzo segnalò l'impatto con la pista, a cui seguì lo stridore degli pneumatici sull'asfalto e il rombo assordante dei motori in inversione di spinta. Quindi lo scroscio dell'applauso dei passeggeri, liberatorio dalla paura, ma anche un tributo ai piloti che li avevano riportati incolumi a terra.

Nel giro di poco più di mezz'ora dall'atterraggio, Maldano era alla guida di una Lancia Tema a noleggio della Hertz. Procedeva a forte andatura lungo l'autostrada in direzione ovest. Con aria assorta teneva lo sguardo puntato sulla striscia di asfalto davanti a sé, e lanciava di tanto in tanto occhiate distratte al paesaggio e al traffico intenso che sfrecciava nella opposta direzione, sull'altra carreggiata.

Il Crollo

Guardò l'orologio sul cruscotto: le nove e si era fatto buio. La marcia in autostrada poco contribuiva ad alleviare il disagio dell'afa. La ventilazione prodotta dalla velocità non era di grande aiuto, pur tenendo il vetro del finestrino del tutto abbassato. Per di più l'abitacolo era ancora iperriscaldato per via della lunga sosta della vettura nel parcheggio assolato della Hertz da dove era stata prelevata. Priva di condizionatore, era però, sorprendentemente, dotata di una vecchia autoradio, che Maldano accese. Senza distogliere gli occhi dalla strada neanche per un secondo, prese ad azionarne la manopola, prima in un senso e poi nell'altro. Dopo essersi imbattuto in alcune emittenti locali, riuscì a sintonizzarsi sul GR1 che dava inizio al notiziario della sera. Ascoltò attentamente le ultime sulla politica, e poi quelle sull'economia e finanza. L'annunciatore riepilogò i dati del mercato azionario: continuava la fase di recupero, la giornata si era chiusa con un progresso di oltre l'uno per cento dell'indice Comit.

Perdurava, anche, lo stato di particolare interesse degli operatori per il comparto bancario, che si protraeva ormai da alcuni mesi. Il settore era quello che meno degli altri aveva risentito della crisi della Borsa, e che ora mostrava maggiore vivacità nella ripresa. Secondo gli osservatori, il fenomeno era riconducibile alle voci che circolavano su probabili, importanti operazioni di acquisizioni da parte di grossi istituti di credito anche esteri, da realizzare nei confronti di quelle banche minori che, per la eccessiva frammentazione del loro azionariato, si prestavano a essere scalate.

La Banca Popolare Ambrosiana era tra queste.

Pur essendo una banca provinciale, aveva un azionariato alquanto diffuso. Si potevano contare sulle dita di una mano gli azionisti singoli che ne detenevano pacchetti significativi. Si trattava perlopiù di alcune grandi banche e compagnie di assicurazioni che – strette in un patto di sindacato – esprimevano il consiglio di amministrazione, riuscendo in tal modo a controllarla con una partecipazione complessiva non superiore al venti per cento del capitale.

Era da oltre un anno, ormai, che la Borsa scommetteva sulla possibilità che prima o poi sarebbe emerso un forte interesse nei confronti della Bpa da parte di qualche istituto di credito di livello nazionale. Da qualche mese circolavano indiscrezioni che davano quasi per scontato che una grande banca avesse allo studio un progetto per accaparrarsene la proprietà attraverso il lancio di un'Opa – offerta di pubblico acquisto – sul totale del capitale, a cui sarebbe seguita la fusione per incorporazione. L'aspettativa del mercato per una siffatta operazione, consisteva nel fatto che, per conseguire il pieno successo della iniziativa, la banca che l'avesse avviata avrebbe dovuto offrire un prezzo di gran lunga superiore a quello corrente. Cosa che, secondo autorevoli analisti, poteva spingere l'azione Bpa a livelli elevatissimi di valutazione, anche se non necessariamente irrealistici. Un aspetto, questo, peraltro ben noto agli operatori che tuttavia nel considerare l'onerosità della transazione, ne avrebbero tenuto nel giusto conto anche il valore strategico. Qualunque fosse la grande banca interessata, non doveva disporre nella provincia di una rete di filiali molto estesa, tale da consentirle una penetrazione capillare in certi settori redditizi, molti dei quali erano appannaggio esclusivo dell'attività creditizia delle oltre cinquanta dipendenze della Bpa e di altre banche minori.

Il notiziario radiofonico passò ad altri argomenti, tra cui quello di un imminente congresso medico sull'AIDS a Roma. Non sorprese il dirigente la notizia che si prospettava uno sciopero dei controllori di volo per la prossima settimana. Si augurò che non avesse luogo nel giorno del suo rientro a Milano.

Il giornale radio si concluse con le previsioni del tempo, che annunciarono per l'indomani grande afa con elevate temperature su tutto il territorio. Maldano vide il segnale che indicava una distanza di cinque chilometri per l'uscita di Bagheria. Avrebbe imboccato quello svincolo per lasciare l'autostrada. Il traffico si era rarefatto e la Tema procedeva costantemente sulla corsia di sorpasso, con gli abbaglianti che gettavano un fascio di luce intensa su un lungo tratto della carreggiata. Vi teneva puntato lo sguardo pensieroso mentre guidava. Trasalì quando fu abbagliato nel retrovisore, da una vettura più veloce che lo tallonava lampeggiando per chiedergli di lasciare il passo. Accolse l'invito e si spostò sulla destra. Sentì il rombo possente di una Porsche scura che lo superò sfrecciandogli lungo il fianco. Osservò i fanalini posteriori del bolide rimpicciolirsi nel buio e scomparire dietro una ampia curva.

Il Crollo

Per quanto si sforzasse, non riusciva in alcun modo a deviare il corso tormentoso dei suoi pensieri dal rapporto ispettivo. Ora rifletté su quello che poteva accadere se fosse trapelata la notizia di quell'enorme 'buco', che si era aperto nei conti della Bpa per effetto del disinvolto e dissennato modo di operare di Morelli. Si maledisse per essere stato troppo condiscendente con lui, e per averne condiviso lo sfrenato ottimismo sulle prospettive del mercato azionario. Sapeva delle irregolarità che commetteva. Che sviluppava, senza mai chiedergliene preventiva autorizzazione, volumi di contrattazione enormi, fino a sei o sette volte i limiti consentiti. Aveva così imbottito di azioni ai prezzi massimi, il portafoglio titoli di proprietà della banca, e impostato una miriade di operazioni speculative ad alto rischio che poi, per effetto del tracollo delle quotazioni, si erano chiuse con perdite elevatissime.

Col senno di poi, Maldano pensò che sarebbe stato facile prevedere – e pertanto prevenire – la voragine che si sarebbe spalancata nel bilancio della Bpa per effetto di una improvvisa debacle del mercato. Ma lui, in preda al suo irrazionale ottimismo e visti i grossi risultati che il suo collaboratore conseguiva – di cui egli stesso sfoggiava il merito principale con i suoi superiori –, aveva sempre mantenuto il silenzio facendo finta di non vedere. Non si tira il collo alla gallinella dalle uova d'oro, si era sempre detto. Maldano presumeva che l'Amministrazione della Bpa sarebbe addivenuta alla decisione collegiale di non contabilizzare subito la perdita al conto economico, accantonandola in una partita di 'attesa' fino alla fine dell'anno, quando sarebbe stato giocoforza esporla in bilancio. Si sarebbe pertanto trattato di un escamotage temporaneo, ma, ciò malgrado, illegale. Soltanto un gruppo molto sparuto di funzionari – sulla cui discrezione assoluta si poteva contare – ne sarebbe stato al corrente. Il perdurare della ripresa della Borsa poteva arrivare a ripianare il deficit o quanto meno ridimensionarlo fortemente, facendo così sperare in una chiusura di bilancio almeno in sostanziale pareggio.

Ma se, nel frattempo e malauguratamente, la notizia della grave situazione in cui la banca si dibatteva fosse trapelata divenendo di dominio pubblico, o stata soltanto sussurrata negli ambienti finanziari, un eventuale progetto di acquisizione che fosse allo studio, o già stato elaborato ma non ancora annunciato da parte di qualche grosso istituto, poteva andare in fumo. La reazione della Borsa nei confronti del titolo sarebbe stata oltremodo negativa, e anche l'immagine della banca ne avrebbe sofferto. Per non parlare delle implicazioni di natura penale per falso in bilancio, che sarebbero emerse a carico dell'intera direzione della Bpa.

Non era da escludersi che il diffondersi di una siffatta notizia poteva ingenerare un tale malumore nell'intero mercato, da innescare – nel mezzo di una ripresa ancora fragile – una brusca inversione della tendenza, provocando un vero e proprio secondo crollo.

Ora che ci rifletteva, Maldano desiderava mille volte non aver raddoppiato la propria posizione azionaria, indebitandosi pesantemente. Avvertiva imbarazzo per la stupidità di cui era stato capace.

Come se non bastasse, l'emergere dello stato di difficoltà in cui versava la Bpa, avrebbe attirato l'attenzione dell'Ufficio di Vigilanza della Banca d'Italia e della Consob – l'organo preposto al controllo della Borsa –, che avrebbero potuto disporre una inchiesta amministrativa. Maldano rabbrividì al pensiero dell'inquietante scenario che si sarebbe aperto. Agguerriti ispettori avrebbero letteralmente invaso i locali della banca seminando sconcerto tra il Personale. Nessun servizio esecutivo sarebbe sfuggito a meticolose verifiche. Quello dei Titoli e Gestioni patrimoniali, sarebbe stato rivoltato da cima a fondo, e con tutta probabilità sarebbe emersa, tra l'altro, l'esistenza di strani rapporti tra la Bpa e la Transalpina Finanziaria, rappresentati da continui flussi sospetti di denaro, la cui precisa ricostruzione e analisi, per accertarne la natura e l'origine, potevano far sì che la banca fosse inquisita per riciclaggio di denaro sporco. Un reato molto serio.

Maldano ne sarebbe stato direttamente coinvolto come responsabile.

Una simile eventualità avrebbe decretato l'inizio della sua fine. L'inchiesta avrebbe portato al suo arresto. Se processato, in caso di condanna per riciclaggio poteva rischiare da quindici a venti anni di galera. Avrebbe trascorso a marcire tra le quattro mura di una cella gran parte del tempo che ancora gli restava da vivere. Anzi, vista l'età le probabilità di tornare a essere un uomo libero prima di morire, sarebbero state molto scarse.

Quella non era esattamente l'idea che si era fatta del pur tanto avversato pensionamento.

Tutti i mezzi di informazione si sarebbero scatenati, e la banca sarebbe stata divorata dallo scandalo. Dal momento in cui si fosse sparsa la notizia, il panico avrebbe cominciato a serpeggiare tra la clientela e lunghe code di risparmiatori si sarebbero formate davanti agli sportelli di tutte le filiali, reclamando a gran voce i propri soldi.

Difficilmente la Bpa sarebbe sfuggita alla bancarotta.

Il suo convulso rimuginare fu interrotto dalla vista del segnale che indicava l'ultimo chilometro per l'uscita di Bagheria. Rallentò, si spostò sulla corsia di destra e azionò la freccia.

Superato lo svincolo e attraversato il casello, avanzò fino a fermarsi allo 'stop', poi prese a destra imboccando una strada provinciale a due corsie, tutta piena di curve.

Che conducesse alla costa lo rivelarono le folate di aria odorante di salmastro che di lì a poco invasero l'abitacolo. Maldano inspirò a fondo e ne fu inebriato. Il profumo pungente del mare gli evocò, insieme con la vista di quei luoghi tanto familiari, gli anni spensierati della sua giovinezza. Si abbandonò all'onda dei ricordi.

La sera era tranquilla. I fari della macchina illuminavano un ampio tratto di strada. In un silenzio da aperta campagna, l'unico rumore era il sommesso ronzio prodotto dal motore, che si confondeva con il frusciare smorzato degli pneumatici sull'asfalto. Il traffico era molto rarefatto. Di rado la Tema incrociava altre auto.

La luna piena offriva sufficiente chiarore per consentire di discernere i contorni del paesaggio. La strada si snodava sopra un terreno pianeggiante. Su entrambi i lati, vasti appezzamenti coltivati a vigneti e punteggiati da piccole case coloniche imbiancate a calce. Di tanto in tanto, l'auto infilava piccoli borghi, agglomerati di case basse
e malconce addossate l'una all'altra.

D'un tratto il mare apparve dopo una curva. Una sconfinata distesa scura di una calma piatta, quasi oleosa. Ora la strada correva parallela e molto vicina alla costa. A destra il paesaggio si era trasformato in una piana di ulivi e limoni, che si perdeva all'orizzonte.

Aveva percorso poco meno di dieci chilometri dal casello, quando vide ciò che cercava: un cartello con una freccia indicante una svolta a destra e con la scritta *Strada privata*. Imboccò un viottolo sterrato dal fondo irregolare imbiancato dalla polvere. Conduceva verso l'interno deviando lievemente dalla costa. Ma dopo un paio di chilometri prese a svoltare a sinistra descrivendo una curva molto ampia. Maldano rallentò sino ad arrestarsi. Ogni volta che passava su quel tratto di strada, non poteva fare a meno di soffermarsi, per qualche minuto, in tranquilla contemplazione del panorama mozzafiato della valle di olivi che digradavano dolcemente verso il mare. In lontananza, la vista suggestiva della città dalle luci baluginanti nella calda aria notturna.

Tra lievi sobbalzi l'auto proseguì lungo un rettilineo di circa un chilometro. Dopodiché il percorso si fece tortuoso. Il viottolo si addentrò in un'area dove il paesaggio mutò del tutto la sua fisionomia. Le coltivazioni lasciarono il posto a una rada boscaglia fatta di ulivi contorti e rattrappiti. Maldano scrutò fuori dal finestrino. Quei paraggi gli erano familiari, e riconobbe i tratti caratteristici del posto dove si stava recando. Il suo viaggio volgeva al termine. Dietro un'ennesima curva, la stradina si allargò improvvisamente fino a trasformarsi in un vasto spiazzo di terra battuta, al cui centro Maldano arrestò la vettura.

Gli abbaglianti della Tema illuminarono un imponente cancello di ferro a sbarre appuntite. I battenti erano sostenuti da due massicci pilastri di cemento, dai quali si dipartiva l'alto muro di cinta di quella che sembrava una vasta tenuta di campagna, la residenza estiva di qualche facoltosa famiglia siciliana. In cima al muro correva, per l'intero perimetro, un reticolato di filo spinato elettrificato, che rendeva il muro stesso praticamente invalicabile. Sulla sommità dei pilastri erano montate due telecamere a circuito chiuso che, ruotando incessantemente a centottanta gradi, coprivano una vasta area antistante la proprietà. Affisso alla inferriata, un cartello di legno avvertiva: *Vietato l'ingresso. Proprietà privata. I trasgressori saranno puniti a termini di legge.* Maldano scrutò attraverso le sbarre. In lontananza, in fondo al viale interno, seminascosta da alberi e cespugli, si scorgeva la sagoma scura di una costruzione dalle finestre illuminate.

Diede tre colpetti di clacson a brevissimi intervalli. Di lì a qualche secondo si udì il ronzio del motore elettrico del cancello attivato a distanza, e in quello stesso attimo i battenti cominciarono ad aprirsi cigolando, verso l'interno della tenuta. Procedendo a passo d'uomo, Maldano guidò la Tema oltre l'ingresso. Vide nel retrovisore il cancello che si richiudeva lentamente alle sue spalle. Il vialetto di accesso era largo quanto bastava per consentire a due auto di incrociarsi. Il silenzio era turbato soltanto dallo scricchiolio della ghiaia sotto gli pneumatici, e dal fruscio prodotto dai rami degli oleandri fioriti, che, in alcuni punti, graffiavano la fiancata e il finestrino laterale.

Il viale, lungo un centinaio di metri, conduceva a un vasto piazzale sul cui opposto limitare si ergeva un edificio largo e moderno di due piani, la cui costruzione risaliva a una decina di anni addietro. Una larga veranda al primo piano, correva per l'intera facciata della villa. Vi si aprivano tre portefinestre con le tende accostate, e tutte illuminate; c'erano meno luci al piano superiore. Al massiccio portone di ingresso a due battenti, situato all'estrema destra, si accedeva salendo alcuni larghi gradini di pietra. Era sormontato da una lampada affissa al muro che spandeva una luce vivida e rivelava la presenza di un'altra telecamera puntata verso l'area immediatamente circostante. Maldano sapeva che l'intero parco e la villa erano provvisti di sistemi di allarme e di altre sofisticate apparecchiature, piazzati in punti strategici per facilitare la sorveglianza e garantire la sicurezza.

Svoltò a sinistra seguendo il viale che ora fiancheggiava una vasta piscina ovale ai cui bordi erano sparsi alcuni ombrelloni chiusi, sedie sdraio e brande prendisole. Poco prima del muro di cinta, il sentiero curvava a destra e proseguiva terminando nel retro della villa, in un grande cortile lastricato adibito al parcheggio delle auto. Maldano vide che ce n'erano cinque di grossa cilindrata, tra cui una Jaguar blu scuro e una Mercedes 500SL bianca ultimo modello, tutte ordinatamente allineate a spina di pesce, con il muso rivolto al muro. Si arrestò di fianco alla Jaguar e afferrata la ventiquattrore dal sedile del passeggero, scese dalla macchina. Azionò il telecomando dell'antifurto e si guardò in giro con l'aria di chi è tutt'altro che estraneo al luogo. Respirò profondamente. L'aria era satura della fragranza degli aranceti e limoneti che si stendevano nella parte orientale della tenuta.

Di lì a qualche minuto, dal fondo della fila di auto, giunse il tonfo di una portiera sbattuta, e subito dopo il basso ronzio del motore della Mercedes. La vettura si mosse in retromarcia scivolando poi silenziosa verso l'imboccatura del viale. Maldano rimase a osservarne i fanalini di coda scomparire dietro l'angolo. Il rumore del motore non si era ancora del tutto spento che fu coperto dal rombo più potente e armonioso di quello di un'altra auto che sopraggiungeva dal cancello della tenuta. Dopo qualche secondo sbucò dalla curva la luce dei fari di una vettura sportiva.

Una Ferrari Testarossa avanzò lentamente attraverso il cortile e si infilò nello spazio lasciato libero dalla Mercedes.

Da qualche parte a nord della tenuta venne l'abbaiare di cani, seguito da lunghi latrati. Maldano sapeva che erano i due feroci Alsaziani, sempre pronti a essere sguinzagliati contro eventuali intrusi.

Poi la sera ritornò silenziosa.

"Come sempre c'è un gran viavai", mormorò mentre si incamminava lentamente alla volta della casa reggendo la ventiquattrore nella mano destra. Sostò per qualche minuto sul bordo della piscina a osservarne lo specchio d'acqua che la assenza del benché minimo alito di brezza rendeva perfettamente immobile. Simile a una lastra di cristallo, rifletteva scintillando le luci della casa.

Si voltò quando udì lo scalpiccio affrettato di qualcuno che si avvicinava. Vide la sagoma mingherlina del conducente della Ferrari che saliva i gradini di accesso all'ingresso principale della villa.

Si avviò anch'egli in quella direzione mentre si sforzava di immaginare, per l'ennesima volta, la ragione per la quale don Vincenzo Ragusa l'avesse di nuovo convocato a distanza di soltanto due settimane.

21

Il commissario Lopez si tolse dalla bocca il sigaro spento e contrasse la grossa mascella volitiva quando Fascetti comparve sulla soglia del suo studio. Bastò al detective lanciargli un'occhiata indagatrice per accorgersi che aveva la luna storta.

"Eccoti, finalmente", esordì senza alcun preambolo guardando l'orologio: erano da un pezzo passate le nove. Dopo avergli rivolto un breve sguardo accigliato, tornò a scorrere alcuni fogli dattiloscritti contenuti in una cartella di plastica grigia che teneva aperta davanti a sé. "Allora... per cosa volevi vedermi?" chiese senza sollevare gli occhi. Fascetti non rispose, ma continuò a scrutarlo. Notò il tono piuttosto burbero, ma pensò che fosse comprensibile e perdonabile poiché dovuto al nervosismo procuratogli dal crescente impegno – fino ad allora privo di successo – nelle indagini sui misteriosi incidenti stradali, nervosismo accentuato dalle pressioni che i suoi diretti superiori dovevano esercitare su di lui. Dopo il ritrovamento del corpo privo di vita di Morelli, personaggio alquanto noto negli ambienti finanziari, e a cui i giornali avevano dedicato ampio spazio, alle indagini era stata impressa una certa accelerazione. Purtroppo senza risultati degni di nota, fino a quel momento.

Tutti quei casi di gente deceduta sulla strada, avevano sollevato un certo scalpore. Erano troppi per poter essere liquidati come semplici infortuni causati da pirati al volante. Lopez era finito sotto i riflettori per le ipotesi, da più parti avanzate, che si trattasse, in realtà, di veri e propri omicidi premeditati. L'opinione pubblica si attendeva risposte esaurienti in tempi brevi.

Quando il commissario alzò lo sguardo il detective vide tutta la tensione che tradiva. Da quando gli aveva telefonato a mezzogiorno, la giornata doveva essersi fatta per lui pesante. "Cosa c'e che non và, Antonio?" gli chiese.

"Stiamo messi male, Carlo. Ci troviamo a un punto morto su questi maledetti incidenti." Con una secca manata chiuse la cartella di plastica. "Quanto al caso Morelli, ci sono state alcune segnalazioni di gente che sostiene di averlo visto da qualche parte nei giorni antecedenti il decesso, ma si sono poi rivelate fasulle."

Fascetti si sedette.

Lopez aveva appeso la giacca allo schienale di una sedia ed era in maniche di camicia. Il lieve fetore di sudorazione che emanava dal suo corpo, le cui tracce erano visibili in corrispondenza delle ascelle, mescolato all'odore altrettanto sgradevole del sigaro, rendeva irrespirabile l'aria della stanza. Fortunatamente il commissario teneva la porta chiusa, e il che risparmiava gli altri locali del piano dall'esserne invasi. Ma non era una consolazione per chi era invece costretto a entrare in quell'ufficio e restarvi a inalare i fumi malsani, che perfino con la finestra aperta aleggiavano nell'ambiente.

Squillò il telefono. Lopez prese il ricevitore alzando al soffitto lo sguardo rassegnato. "Pronto?" Ascoltò per qualche secondo, poi disse seccato: "Gli dica che non sono ancora rientrato." Rimise giù sbuffando. "Era un giornalista della RAI", disse indicando l'apparecchio col mento. "Non la smette più di tampinarmi per una intervista." Storse la bocca. "Ma cosa cazzo devo dirgli? A meno di un miracolo che faccia saltar fuori qualche indizio o indiziato di una certa consistenza, sarò costretto a ripetere la solita solfa del probabile incidente stradale. Il che equivale ormai a una specie di recitazione divenuta per me imbarazzante. E' una tesi che non tiene più, visto che pochi ci credono."

Fascetti sapeva che se c'era una cosa che Lopez, a parte tutto, aborriva nel modo più assoluto, era il narcisismo mediatico. Per quanto coltivasse buoni rapporti, a livello personale, con giornalisti della carta stampata e del piccolo schermo, provava disagio misto a nervosismo quando si trovava sotto i riflettori o il fuoco di fila delle domande, nelle interviste o conferenze stampa.

Fece un lungo sbadiglio senza accostarsi una mano alla bocca. "Scusami... sono due notti che non chiudo occhio, e stamani ho fatto una levataccia. Mi hanno tirato giù dal letto alle quattro. Spero di reggere fino a sera." Si interruppe un attimo, lo sguardo divenuto riflessivo. "Allora... cos'è che volevi dirmi?"

Il detective gli fece anzitutto un resoconto abbastanza stringato della visita che aveva ricevuto dalla madre di Morelli, accennando alla lettera, ma omettendo di rivelargli il ritrovamento del denaro nella cassetta di sicurezza. Al diavolo, pensò. Quello ormai apparteneva alla vecchia. Se ne fosse venuto a conoscenza, Lopez l'avrebbe di certo confiscato considerandolo parte del malloppo che Morelli aveva sottratto ai suoi clienti. Fascetti aveva maturato il convincimento che si trattasse, invece, di risparmi che lo scomparso aveva accumulato con i normali proventi del suo rapporto di lavoro con la Bpa, o che traessero origine da personali operazioni di Borsa.

"C'è qualcosa di importante di cui dovrei parlarti", continuò. "Ma prima vorrei dare un'altra occhiata a quell'elenco che Alessi mi ha mostrato ieri sera?"

Il poliziotto lo guardò sorpreso. "Certo. Ne ho una copia qui nel mio cassetto." La tirò fuori e gliela porse.

Fascetti la esaminò attentamente per qualche minuto facendo scorrere l'indice lungo l'elenco dei nomi. "Strano che mi sia sfuggito ieri sera", disse con aria meditativa. "Questo Lugato sulla lista... non sarà per caso il defunto Antonio Lugato della società Bardi & Lugato di Novate Milanese?"

Lopez puntò sul giovane i suoi occhi scuri e penetranti. "Infatti è proprio lui", confermò. "Ma dove vuoi andare a parare?"

"Se non vado errato...", il giovane ignorò la domanda, "...è una delle vittime di quei famosi incidenti stradali sospetti, giusto?"

Il commissario annuì.

Fascetti proseguì: "Il suo socio..., Cesare Bardi, che ho conosciuto, è un tipo con un pessimo carattere, un violento. Sembra che non possa soffrire gli investigatori privati. In particolare quando vede il sottoscritto gli monta il sangue alla testa."

Con l'uso delle labbra e della lingua Lopez spostò il sigaro spento da un lato all'altro della bocca. "Bene... Cos'è che hai avuto con lui, e soprattutto come l'hai conosciuto?" Abbozzò un lieve, stentato sorriso.

Fascetti rimase in silenzio mentre rifletteva chiedendosi se fosse il caso di rispondere subito a quella domanda. "A questo arrivo dopo...", disse. "Ma non potresti darmi prima qualche ragguaglio su quest'altro caso?" Per tutta risposta Lopez rovistò nella cartelletta di plastica che aveva davanti a sé e ne estrasse un foglio dattiloscritto. "Ecco... questo è il rapporto sulla dinamica dell'incidente", disse.

Ne scorse brevemente il contenuto, e poi cominciò a leggere a voce alta.

Il corpo privo di vita del socio di Bardi, era stato rinvenuto il giorno venti del precedente mese di giugno, intorno alla mezzanotte e mezza, in una strada poco trafficata dalle parti di Lampugnano.

La breve distanza da un passaggio pedonale con semaforo, induceva a far ritenere che l'impatto con l'auto investitrice – se si voleva dare credito alla tesi dell'incidente – fosse avvenuto sulle strisce. Se così era stato, le miserevoli condizioni del cadavere, avevano suggerito che il malcapitato dovesse essere stato travolto, e poi scaraventato in avanti una decina di metri prima di stramazzare in mezzo alla carreggiata, dove era stato avvistato da un automobilista che procedeva a forte andatura, e che era riuscito miracolosamente a schivarlo. Il referto del medico legale collocava il decesso entro un arco di tempo tra le undici e le undici e mezzo. Tuttavia, la scarsità di sangue sul terreno circostante, malgrado la profonda ferita al capo, faceva fortemente propendere per l'ipotesi – comune ad altri casi analoghi – che si trattasse di una messinscena tesa a mascherare un omicidio premeditato, commesso altrove.

"E' apparso subito sospetto, e abbiamo indagato per qualche tempo senza che sia emerso alcunché degno di nota." Lopez trasse un profondo sospiro. "Tuttavia, se si fosse verificato oggi, o anche un paio di settimane fa, saremmo stati più meticolosi alla luce della escalation di questi maledetti, strani infortuni stradali. Ma sappi che il caso è tutt'altro che archiviato."

Quell'ammissione, Fascetti pensò, confermava la fondatezza delle critiche espresse dalla Tronchetti a proposito dello scarso impegno profuso dalla Polizia nella conduzione delle indagini.

"Il caso appare interessante", il detective disse, "in quanto potrebbe rivelarsi di più facile soluzione di quanto tu creda." Sorrise. "Mentre indagavo sulla morte di Morelli mi sono imbattuto in alcuni indizi che indicherebbero la possibilità di un qualche legame con quella di Lugato, nel senso che, se si tratta di omicidi potrebbero essere stati l'opera, pur con moventi diversi, della stessa persona."

Lopez annuì, lo sguardo colmo di interesse come per dire:"Va' avanti."

Il Crollo

Fascetti gli riferì brevemente quanto aveva appreso attraverso i colloqui con Tony Martini e Lida Tronchetti.

"Dunque, riepilogando...", disse infine mentre si passava e ripassava una mano sulla mascella come se seguisse un suo ragionamento, "...abbiamo di fronte due personaggi deceduti in circostanze molto simili, se non identiche. Erano del tutto estranei l'uno all'altro. Sembra che non si conoscessero neppure di vista. Ma entrambi avevano in comune rapporti, seppure di diversa natura, con Cesare Bardi. Lugato era il suo socio in affari, Morelli il suo operatore di Borsa." Tacque per qualche secondo.

"Se fossi in te, Antonio, non sarei poi tanto pessimista. Non credo si possa dire – almeno per questi due casi – che stiamo brancolando totalmente al buio. Abbiamo qualcosa su cui lavorare. Come per Maldano di cui abbiamo già ampiamente discusso, anche per Bardi ritengo possibile elaborare una teoria sulle ragioni che possono averlo spinto a mandare al creatore non soltanto Lugato, ma anche Morelli."

Lopez disse: "Mi piacerebbe conoscerla, anche se credo di averne qualche intuizione..." Si appoggiò allo schienale della poltrona come per accingersi ad ascoltare un lungo monologo.

"Be', non ci vuole un genio per capirlo. Basta fare due più due per rendersi conto che Bardi aveva un triplice movente, chiaro e indiscutibile, per desiderare la morte del socio." Accavallò le gambe e intrecciò le mani su un ginocchio piegato. "Non escluderei che avvertisse da tempo la tentazione di sbarazzarsi di lui. Forse da mesi... da anni non pensava ad altro. Il suo obbiettivo era mettere le mani sui soldi della polizza vita, che gli avrebbero consentito di ripianare le grosse perdite di Borsa. E, in secondo luogo, di diventare l'unico titolare dell'azienda, una volta liquidati gli eredi. E' però ragionevole ritenere che si fosse sempre astenuto dall'imbarcarsi in un siffatto progetto omicida, perché timoroso delle ripercussioni che la perdita di Lugato avrebbe avuto sull'andamento degli affari della ditta. Ma nel momento in cui il suo socio, scoperto il furto del denaro, lo ha minacciato di denunciarlo, deve aver sentito il bisogno impellente di tappargli la bocca per sempre. E' possibile che lo spettro della galera gli abbia fatto rompere ogni indugio. Ma...", sorrise di nuovo, "...non sempre le cose si svolgono del tutto come programmato. La compagnia assicuratrice si è insospettita e ha bloccato la liquidazione del sinistro, sul quale sembra abbia tuttora in corso un'indagine che ne convalidi la autenticità."

Nella pausa di silenzio che seguì Lopez si accese il sigaro, la fronte corrugata. "Be'… mi sembra che siamo in presenza del classico movente da omicidio premeditato." Trasse un'intensa boccata e studiò il detective attraverso la cortina di fumo. "Ma non basta per inchiodare Bardi. Anche se riuscissimo a procurarci un mandato di arresto, correremmo il rischio di sbatterlo dentro per doverlo rilasciare dopo pochissimo tempo in assenza di indizi concreti, e soprattutto di prove." Scosse la testa. "E per Morelli che cosa mi dici, invece?"

"Bardi lo considerava l'artefice dei suoi guai finanziari", Fascetti spiegò. "Lo aveva accusato di aver amministrato con disinvoltura i suoi soldi in Borsa, senza prendere le dovute precauzioni. La perdita subita per effetto del tracollo di maggio è stata enorme. Questa la causa del violento alterco nel corso del quale Bardi avrebbe proferito minacce generiche di ritorsioni contro Morelli. E' plausibile che il primo, sia giunto a covare per il secondo un odio tanto profondo da spingerlo a farlo uccidere."

Le labbra del commissario si incresparono in un sorriso scettico. "A prima vista, può non apparire la migliore ragione del mondo per ammazzare una persona. Mi sembra un movente debole… tirato per i capelli."

"Be', diciamo che sembra improbabile, ma non impossibile. Secondo me quando uno come Bardi si arrabbia, c'è chi può perfino lasciarci la pelle. Immagina un soggetto instabile, paranoico, facile preda di sete di vendetta. Allora sì che la motivazione può apparire sufficiente."

L'espressione scettica del volto di Lopez non si dissolse. Si grattò il capo dubbioso. Storse un angolo della bocca. "Bah, per come la vedo io, Carlo, se decidiamo di seguire la pista finanziaria – chiamiamola così – per la ricerca del movente per l'assassinio di Morelli, allora non soltanto Bardi, ma ogni singolo cliente della Bpa che avesse perso in Borsa, potrebbe aver desiderato di fargli del male… e perfino la pelle. Dovrebbe essere considerato un sospetto e come tale indagato. Devono poi aggiungersi quei malcapitati con i soldi dei quali Morelli se l'è filata, che avevano una ragione in più degli altri per ucciderlo. Chiunque di loro potrebbe averlo scovato, picchiato a morte e quindi scaricato vicino al parco Ravizza. E perché non ipotizzare, a questo punto, che l'omicida si sia impossessato dell'intero malloppo? Lo scopo del pestaggio potrebbe essere stato quello di costringerlo a consegnare tutta la refurtiva, prima di eliminarlo in quanto diventato potenziale testimone." Fece una smorfia. "Ma stiamo parlando di una sfilza di circa trecento persone, capisci? Sono troppe perché si possano indagare tutte. Lo abbiamo già fatto per alcuni dei più importanti clienti, e ne siamo usciti a mani vuote. Se l'assassino si annida tra loro, senza indizi o sospetti di qualche rilevanza, tentare di scovarlo sarebbe una impresa impossibile, come cercare il classico ago nel pagliaio. Non ne verremmo mai più a capo." Posò il sigaro sul bordo del posacenere. "Quanto a Bardi, infine, dubito che avesse denaro da gettar via per commissionare anche il secondo delitto, se, come tu dici, lo stato delle sue finanze era diventato disastroso."

"Non capisco…", Fascetti disse, "…perché parti dal presupposto che si tratti, per certo, di delitti su commissione. L'ipotesi che Bardi possa essersela sbrigata da solo in entrambi i casi, non mi sembra poi tanto peregrina. E' fisicamente possibile a un uomo brutale come lui, e della sua stazza e forza fisica, infliggere ferite mortali di quella natura, spostare poi i corpi per un breve tragitto fino al bagagliaio di un'auto e caricarveli. Potrebbe aver egli stesso creato la messinscena del finto incidente stradale. Che ne dici?"

"Ne convengo… non fa una grinza… fuorché per un piccolo particolare."

"Quale?"

"Dispone di alibi a prova di bomba."

Il detective sbatté le ciglia sorpreso. "Ah, ciò significa, quindi, che anche lui è tra i sospettati, o no?"

Lopez rise sornione. "Esatto, anche Bardi è indagato. Non penserai mica che ce ne siamo stati con le mani in mano… E' vero che purtroppo anche con lui non siamo sinora approdati a niente di concreto." Soffiò del fumo verso il soffitto. "Dopo l'incidente, o presunto tale, in cui è deceduto Lugato, lo abbiamo interrogato, e controllato poi l'alibi che ci ha fornito per il giorno e l'ora del decesso. Quanto al caso Morelli, invece, il nominativo di Bardi è saltato fuori da un elenco – procuratoci dalla Bpa – di una ventina di clienti che operano in Borsa e i cui rapporti il defunto curava personalmente. Ci siamo sincerati che tutti avessero un alibi, compreso Bardi." Rivolse al detective un largo sorriso. "Devo ora darti atto, però, che il risultato delle tue indagini getta una nuova interessante luce su entrambi i casi... nel senso che ne emergono indizi validi a carico di Bardi ." Suonò come una ammissione fatta un po' a malincuore.

"Parlami dei suoi alibi. Dove si trovava le sere dei due decessi?" Fascetti chiese.

"A giocare a poker con amici presso un club esclusivissimo in San Babila. Aspetta un po'... com'è che si chiama? " Corrugò la fronte e schioccò le dita un paio di volte. "Ah, sì, il Cosmo Club."

"Chi erano gli altri giocatori?"

"Cinque o sei personaggi di scarso rilievo", Lopez precisò. "A eccezione di un certo Morriconi che risulta esser proprietario di una catena di bar e ristoranti a Milano e provincia. Una persona molto facoltosa, a quanto pare. Forse ne avrai sentito parlare. Abita in un lussuoso appartamento in via della Spiga, ed è là che l'abbiamo interrogato. Riunioni del genere tra amici al Cosmo Club sembra che siano abituali, con una frequenza di almeno due volte alla settimana."

"Li hai sentiti tutti?"

"Sì tutti, e separatamente. E sono stati molto gentili e collaborativi. Hanno confermato, senza ombra di dubbio, la presenza di Bardi al tavolo da gioco nei giorni e alle ore in cui, secondo la perizia del medico legale, sono avvenuti i due decessi ." Lopez tacque, prese il sigaro dal posacenere e ne osservò un attimo la punta prima di aggiungere:

"A proposito, non hai ancora risposto a una mia domanda: com'è che l'hai conosciuto?"

"E' stato per puro caso. Ieri m'è sfuggito di dirti che l'ho trovato a casa di Morelli quando mi ci sono recato per parlare con la sorella, subito dopo ricevuto l'incarico dal mio cliente. E' stata lei a dirmi che è uno di quei clienti della Bpa che il defunto seguiva personalmente. L'ho rivisto ieri mattina quando sono tornato da lei per un approfondimento. Non ha gradito la mia visita che gli ha interrotto il dolce colloquio dato che sembra che le faccia un po' di corte. Si è imbufalito e ha cominciato a spintonarmi per sbattermi fuori. Al che gli ho mollato un bel diretto in faccia che lo ha mandato giù a tappeto come un sacco di patate. Dopo di che ha pensato bene di battere in ritirata."

"Ma pensa un po'…" Lopez scosse la testa perplesso. "Ma di che genere di approfondimento parlavi?"

"Riguarda quei miei sospetti, a cui ti ho già accennato, circa la possibilità che la giovane ci avesse nascosto qualcosa." Fece una pausa guardandolo diritto negli occhi. "Be', non mi sbagliavo, sono riuscito ad averne conferma. Non potrai che stupirti."

"Ti dispiacerebbe sputarla fuori?"

Una espressione a metà strada tra sorpresa e impazienza si dipinsero sul volto del poliziotto.

"Chiara non era la sorella di Morelli."

"Cosa?!" Lopez sgranò gli occhi sbalordito e si tolse di scatto il sigaro dalla bocca. "Ma di cosa diavolo stai parlando?"

"E' la verità, non era sua sorella, ma la sua convivente." Tacque per osservare la reazione del poliziotto.

"Come hai fatto a capirlo? Te l'ha detto lei?"

Fascetti gli descrisse, con dovizia di particolari, come fosse riuscito a subodorare che Chiara non era la sorella di Morelli. Spiegò che, a detta della giovane, sarebbe stato proprio quest'ultimo a chiederle di impersonarla, adducendo il pretesto di dover tenere nascosto il loro rapporto sentimentale alla banca, per non compromettere la propria carriera.

Lopez rimase in silenzio mentre rifletteva intensamente, il volto arrossato. Si schiarì la gola e fece scorrere un dito all'interno del colletto sgualcito della camicia per allentarne la stretta soffocante. Poi, improvvisamente, come in preda a un'ira irrefrenabile, allungò di scatto una mano verso il telefono, sollevò la cornetta e si accinse a comporre un numero.

"Ora la faccio arrestare per simulazione di persona", disse. "Voglio sentire dalla sua voce le ragioni di questa commedia."

"Calmati Antonio!" l'altro esclamò sollevando le mani con le palme rivolte verso di lui. "A cosa servirebbe arrestarla? Credo che ciò che ha fatto non costituisca un grave reato." Gli sorrise conciliante. "Per di più, dalle sue motivazioni mi sono formato il convincimento che dice la verità quando afferma che non è stata affatto sua l'iniziativa."

Lopez puntò i gomiti sulla scrivania, chinò il capo e premette con forza le mani sulla fronte. Parve ricomporsi e recuperare il suo autocontrollo. L'accesso d'ira si era dissolto con la stessa rapidità con cui era esploso. La lunga militanza nella polizia, in quel genere di lavoro, lo aveva addestrato a ritrovare rapidamente la calma in situazioni di tensione.

Dopo che si fu acquietato del tutto, Fascetti gli disse: "Non ti pare una balla colossale quella che lui le ha propinato per indurla a spacciarsi per sua sorella? Che cosa vuoi che gliene freghi alla banca della vita sessuale dei propri dipendenti..."

Lopez abbandonò il sigaro nel posacenere e si appoggiò allo schienale della poltrona, le mani congiunte sotto il mento. "Effettivamente, a prima vista può sembrare una bufala. Tuttavia, credo che possa esserci un fondo di verità." Fece una pausa. "Non dimenticare che Morelli non era un dipendente qualsiasi, ma un funzionario abbastanza in vista, che svolgeva mansioni delicate. Aveva in mano la gestione di miliardi e miliardi di denaro. Per giunta, come ha affermato la ragazza, era noto per i suoi turbolenti trascorsi sentimentali, per gli innumerevoli flirt. Ora... un menage da dongiovanni può comportare un tenore di vita sempre più dispendioso, e richiedere risorse al di sopra delle proprie possibilità. Pertanto, non è irragionevole ritenere che la Bpa avrebbe visto di malocchio, e con una certa preoccupazione, il fatto che Morelli si fosse imbarcato in una ennesima avventura amorosa. Lui di questo era ben consapevole, e può aver deciso che tutto sommato fosse prudente tenere nascosta la relazione."

"Mah, sarà...", Fascetti disse, "...ma non riesco a scrollarmi di dosso la sensazione che potrebbe esserci sotto qualcosa di meno banale."

"Tipo?"

"Non saprei esattamente, ma ho il sospetto che non fosse con la banca che Morelli voleva tenere segreta la vera natura della sua relazione con Chiara." Si accese una sigaretta.

"E con chi allora?"

"Azzarderei una supposizione."

"Sentiamola."

"Forse con un'altra donna? Visto il personaggio, non mi stupirebbe che tenesse un piede in due staffe." Esalò una nuvola di fumo. "Ma c'è qualcos'altro di interessante sul conto della ragazza che non ti ho ancora detto."

"Un'altra sorpresa?"

"Credo proprio di sì." Trasse un'intensa boccata. "Lei stessa potrebbe rappresentare un altro valido movente per l'omicidio."

"E in che modo?" Lo guardò come se non capisse.

Fascetti sorrise con aria saputa. "Forse siamo in presenza di un delitto a sfondo passionale."

"Ma va!"

"Come ti ho accennato poco fa, la ragazza mi ha detto che Bardi le fa il filo."

"Ah. Da prima della scomparsa di Morelli?"

"Questo non lo ha detto, ma io lo sospetto."

Con un moto brusco il commissario si spinse indietro sulla poltroncina a rotelle staccandosi dalla scrivania. Mise una gamba sull'altra e posò una mano sul ginocchio. "Ma pensa te... sicché ci avrebbe provato nonostante sapesse che lei era già impegnata." Scosse la testa per esprimere incredulità.

"E continua a provarci." Fascetti sorrise. "E adesso con maggiore determinazione, visto che risulta rimosso il più grosso ostacolo che si frapponeva all'ottenimento di ciò che egli desidera ardentemente."

"E Morelli? Non mi dirai che faceva finta di niente..."

"Probabilmente se ne era accorto, ma lo tollerava. Forse non lo vedeva come un pericolo al suo rapporto con la giovane."

Lopez disse: "Però... questa è una ipotesi di movente che mi piace molto di più della prima. E' classica, quasi uno stereotipo."

"Esatto. Da manuale, direi. Al pari di quella per la quale il nostro uomo potrebbe aver fatto ammazzare il suo socio."

Seguì una pausa di silenzio, rotta soltanto dal rumore smorzato del traffico che filtrava da via Fatebenefratelli.

"Tirando le somme...", Lopez riprese, "...per il momento abbiamo due sospetti che valga la pena di perseguire per l'omicidio di Morelli: Maldano e Bardi. Ma il secondo risulta inoltre fortemente indiziato per quello di Lugato. Tuttavia né l'uno né l'altro possono essere stati gli artefici materiali dei delitti, visto che hanno prodotto alibi di ferro. E questo ci riconduce all'ipotesi che abbiano avuto il ruolo di mandanti, e che gli omicidi siano opera di questa organizzazione criminale su cui anche Alessi sta indagando."

Fascetti annuì e guardò l'ora. "Be', si è fatto molto tardi, ora devo andare. Ma a proposito di Alessi, hai per caso sue notizie?"

"No, non si è più fatto sentire da ieri." Rifletté grattandosi un orecchio. "Perché... pensi che dovrebbe? E' la seconda volta che mi fai questa domanda. Come mai?"

A quel punto Fascetti gli raccontò di quella strana chiacchierata che aveva avuto col giornalista la sera precedente, nel ristorante di via Broletto, precisando, però, che il giovane era in stato di ubriachezza.

Lopez si passò una mano sulla sommità del capo, e lo fissò perplesso. "Che cosa ne pensi?"

"Credo che vaneggiasse tra i fumi dell'alcol. Si era scolato una bottiglia di Barolo. Tuttavia non si può escludere che qualcosa gli frulli nel cervello, altrimenti non mi avrebbe atteso fuori tanto tempo per parlarmene. Ammetto che mi preoccupa un po'... Spero proprio che non si vada a cacciare in qualche guaio." Rifletté per un istante. "Da sobrio m'è parsa una persona equilibrata, che non farebbe pazzie."

"Certo... certo", Lopez annuì. "Anche a me risulta che sia un tipo assennato."

Tuttavia Fascetti non si sentì tranquillizzato. E se Alessi, pensò, si fosse davvero messo in testa di porre in atto quel piano folle che gli aveva illustrato?

Si alzò. "Va bene, Antonio", disse accomiatandosi. "Ti ringrazio, ma teniamoci in contatto, e soprattutto avvisami subito se hai notizie di Alessi."

"D'accordo", lo assicurò annuendo energicamente, mentre stringeva tra l'indice e il pollice un mezzo sigaro dalla punta inzuppata di saliva.

Il Crollo

22

Dal suo studio sito al pianterreno della villa, stando seduto dietro l'imponente scrivania di mogano scuro, don Vincenzo Ragusa udì il ruggito inconfondibile del motore della Ferrari che
entrava nel parcheggio, e sul suo volto affiorò un lieve sogghigno.
   "Ci si lamenta che gli affari non vanno a gonfie vele come
una volta, ma ci si può nondimeno permettere il lusso di girare
in Ferrari...", disse rivolto al suo luogotenente e consigliere
Rocco Sorge.
   L'altro annuì avendo ben compreso a chi il suo capo intendesse riferirsi. Stava in piedi appoggiato con la schiena allo stipite della porta, le braccia conserte, l'aria discreta.
   Vincenzo Ragusa era uno degli uomini più ricchi della Sicilia. Possedeva delle aziende agricole e delle proprietà terriere e
immobiliari immense, di cui quella splendida tenuta estiva nella
campagna di Bagheria, a qualche chilometro dal mare, era il
fiore all'occhiello.
   Era altresì proprietario di numerosi fabbricati a Palermo, tra
i quali il prestigioso stabile centrale in cui viveva nel periodo
invernale, occupando uno sfarzoso appartamento ampio quanto
l'intera superficie del piano. Erano suoi inquilini un sottosegretario del governo, due parlamentari e un alto magistrato. Con
essi Ragusa manteneva rapporti di amicizia molto intimi, che
gli consentivano all'occorrenza di fare ricorso ai loro favori.
   Ma mentre conduceva una vita all'apparenza irreprensibile e
insospettabile, occupava una posizione di primo piano in seno a
Cosa Nostra, e apparteneva a quella folta categoria dei cosiddetti *uomini d'onore*. Erano tali e tanti gli appoggi e le protezioni
assicuratigli dalle sue eccellenti relazioni in quasi tutti i gangli
dell'apparato politico ed economico della regione, e talmente
fitta era la ragnatela dei rapporti nelle istituzioni, da farne un
personaggio potentissimo, e, soprattutto, intoccabile. Dietro la
facciata dell'uomo superiore a ogni sospetto, Ragusa svolgeva il
ruolo segreto di capo di una delle più potenti "famiglie" paler-
mitane, e occupava una posizione di assoluta preminenza in seno alla commissione interprovinciale che soprintendeva
all'attività criminosa dell'Organizzazione.

Domenico Martusciello

La sua diversificata attività imprenditoriale, spaziava dall'edilizia più proficua, alla gestione di supermercati, negozi di abbigliamento, discoteche, tabaccherie, bar e ristoranti, distributori di benzina. A questi affari del tutto legali, se ne affiancavano altri non definibili propriamente tali, tra cui il traffico di stupefacenti faceva la parte del leone. Esisteva tra le due sfere di attività una fitta commistione, nel senso che gli enormi rivoli di denaro prodotto da quelle illecite, erano convogliati nel finanziamento di quelle lecite: una vera e propria costante attività di riciclaggio di denaro sporco.

Da alcuni anni a quella parte, Ragusa aveva cominciato a servirsi anche della Borsa, quale strumento per il lavaggio dei proventi realizzati con il narcotraffico. Alla Transalpina Finanziaria di Lugano – una piccola finanziaria che a lui faceva capo – affluivano i ricavi delle spedizioni clandestine della droga verso gli Stati Uniti e altri paesi. Era stata creata dieci anni prima come bacino di raccolta dei proventi, e paravento dietro cui le operazioni di riciclaggio erano rese più agevoli. Tanto cospicua era la liquidità disponibile che il ricorso di Ragusa al credito bancario era pressoché inesistente. Ciò nonostante, per il vorticoso giro di affari che sviluppava, egli era uno dei clienti più importanti di alcune banche locali, e molto ambito da altri grandi istituti di credito.

Ora, alle nove di sera, si accingeva a porre termine a una lunga e intensa giornata di lavoro che, come al solito, lo aveva visto alle prese con i numerosi problemi sollevati da coloro ai quali aveva concesso udienza, e di cui si faceva carico. C'era chi cercava un impiego, chi aveva fatto un concorso e lo voleva vincere, chi offriva forniture di materiali per i suoi cantieri, chi chiedeva un sussidio per la propria famiglia indigente e chi ancora lo pregava di intervenire presso gli uffici pubblici per sveltire l'iter burocratico di alcune pratiche. Malgrado l'indole tutt'altro che mite, Ragusa riusciva ad ascoltare tutti con pazienza e poi cercava di provvedere nel migliore dei modi.

Nell'ampio studio da dove amministrava il potere, riceveva i suoi postulanti. Il locale era ammobiliato con un gran numero di pezzi di antiquariato e pregiati quadri d'autore. Ma tutta la villa ne era colma, così come la sua residenza cittadina. Una vera e propria collezione che avrebbe fatto invidia alla prestigiosa e antica sala di vendite all'asta di Sotheby's a Londra. Era un hobby che aveva ereditato dalla moglie quando la poveretta era deceduta tre anni prima per un tumore maligno della mammella. Tra i vari pezzi di gran valore su cui Ragusa posava a tratti lo sguardo soddisfatto, faceva spicco la imponente scrivania di noce scuro di fine Ottocento dai preziosi intarsi, posta al centro della stanza e rivolta alla porta. Lui vi stava dietro comodamente seduto in una poltrona dall'alto schienale, rivestita con morbida pelle marrone. Una lampada da tavolo dal lungo stelo di argento massiccio finemente lavorato, posata nell'angolo sinistro della scrivania, forniva l'unica illuminazione nella stanza. Spandeva una luce soffusa e giallognola che rendeva indistinti i lineamenti di Ragusa.

In contrasto con lo studio, l'attigua stanza adibita ad anticamera dei visitatori era spartanamente arredata, e somigliava a quelle sale d'aspetto che si trovano negli ambulatori medici od odontoiatrici. In quel momento c'erano quattro personaggi in attesa di essere ricevuti. Due di essi, dall'aspetto contadino, erano stravaccati su un divano in finta pelle a sfogliare due vecchie riviste di cui era gremito un tavolino al centro della sala. Un terzo era sprofondato in una poltrona e pareva sonnecchiare. Il quarto uomo dall'aspetto più distinto degli altri e ben vestito, stava in piedi, le braccia conserte, davanti a una parete e osservava con interesse un grande ritratto fotografico del volto di un vecchio incanutito, dagli occhi scurissimi e penetranti.

D'un tratto la porta si aprì e apparve un giovane molto bruno, tarchiato e dall'aspetto nerboruto, che si fece da parte sulla soglia per consentire a Maldano di entrare nella stanza. I due che attendevano seduti sul divano sollevarono lo sguardo incuriosito e lo puntarono sul nuovo arrivato.

Maldano appariva del tutto a suo agio in quell'ambiente, come fosse di casa. Si accomodò in fondo alla stanza su una delle due uniche sedie disponibili accanto alla finestra. Accavallò le lunghe gambe magre e depose sul pavimento accanto a lui la ventiquattrore di pelle.

In quel momento, due uomini dall'aria grave e deferente insieme, stavano in piedi al cospetto di Ragusa. Sorge li aveva appena introdotti e ora attendevano di essere invitati a sedersi.

Invece, il padrone di casa si limitò a guardarli, e con un lieve cenno del capo concesse loro la parola.

"Baciamo le mani, don Vincenzo. E' un gran piacere potervi rivedere", disse uno dei due abbozzando un inchino. "Vi ringraziamo per averci ricevuto."

"E' un piacere immenso...", l'altro gli fece eco un po' impacciato.

Ragusa lanciò al suo aiutante un breve sguardo interrogativo che pareva voler dire: "Ma chi diavolo sono questi due?"

Sorge, che sostava immobile alle loro spalle sorrise al suo capo e disse: "Don Vincenzo, vi ricorderete dei fratelli Giovanni e Angelo Calandri, no?"

Gli occhi azzurri di Ragusa assorbirono l'informazione e il suo volto assunse una espressione riflessiva. "Come potrei mai dimenticare due lazzaroni come voi?" Sorrise allargando le braccia. Ma parve voler prendere tempo per consentire al suo cervello di frugare nella memoria per cercare di ricordare di che cosa si occupassero i due uomini. Dapprima gli sembrò di rammentare vagamente che operassero nel commercio del cemento, ma subito dopo gli sovvenne che erano proprietari di una impresa appaltatrice di lavori stradali.

"Be', a proposito com'è andata?" chiese. "Vi siete poi accordati con Scafolani per l'acquisto di quelle betoniere?"

"Siamo in trattative, don Vincenzo", gli rispose quello di nome Giovanni. "Ma c'è qualche problema, ed è per questo che siamo qui a disturbarvi." Intrecciò le dita contorcendole in un gesto di estremo disagio e nervosismo.

Ragusa aggrottò la fronte.

"Sedetevi."

I due fratelli si sedettero frettolosamente. "Si tratta di betoniere abbastanza vecchie, don Vincenzo", continuò Giovanni. "Sappiamo che funzionano ancora bene, ma ripeto sono vecchie e i motori necessitano di una revisione totale." Tacque per un istante. "Insomma ciò che voglio dire è che non dovrebbero costare molto."

"Che cosa intendete per *molto*?" Il tono di Ragusa si era lievemente alterato.

"Scafolani chiede dieci milioni al pezzo. Sono otto betoniere, in tutto fanno ottanta milioni, don Vincenzo..."

"E...", il fratello Angelo interloquì, "...hanno ben dieci anni di vita. Noi facciamo sempre ciò che riteniamo giusto, don Vincenzo. Voi lo sapete. Ma pagare dieci milioni per una betoniera di dieci anni..." Lasciò la frase in sospeso e sembrò imbarazzato. "E c'è qualcos'altro che mi rincresce molto dover dire... ma tra quegli otto mezzi abbiamo riconosciuto la betoniera che ci fu rubata lo scorso anno. Dio solo sa come Scafolani ne sia entrato in possesso. E ora pretenderebbe addirittura che noi acquistassimo pure quella. Vi sembra giusto, don Vincenzo?" Teneva le mani congiunte in una sorta di supplica contrita.

Le sottili labbra di Ragusa si schiusero in un sorrisetto sarcastico, che improvvisamente si trasformò in una fragorosa e convulsa risata.

"Dio mio!" esclamò quasi senza fiato, "questo è quanto di più buffo mi sia capitato di ascoltare questa settimana." Con gli occhi che gli luccicavano per le lacrime si rivolse a Sorge: "Questo è proprio il massimo, Rocco, non è vero?"

L'altro fece di sì il capo, dicendo: "Quello Scafolani è un figlio di puttana. Ha due attributi grossi così." Lo disse allungando le mani davanti a sé e incurvando appena le dita tozze in modo da dare l'idea di due grosse palle.

Dopo qualche istante Ragusa smise di ridere e gli occhi si asciugarono. Si protese in avanti sopra la scrivania. "Va bene. Ho compreso il vostro problema. Ora ascoltate ciò che ho da suggerirvi. Ma badate bene...", sollevò una mano con il palmo rivolto verso i due visitatori, "...che si tratta soltanto di un consiglio. Mi capite? Allora, ritirate le betoniere e pagate gli ottanta milioni."

"Ma..."

"Ma, ma, ma, cosa?" I suoi freddi occhi azzurri lanciarono un guizzo di luce sinistra. "Siete venuti a chiedermi aiuto e consiglio, no? Allora dovete ascoltare tutto quello che ho da dirvi, altrimenti non sarete più i benvenuti in questa casa."

Ragusa era un personaggio estremamente suscettibile e irritabile. Quello che più colpiva di lui erano i tratti del volto abbronzato. Gli alti zigomi, il naso adunco, il mento pronunciato, e le sottili labbra esangui che facevano apparire la bocca come una incisione praticata con un bisturi, ricordavano i caratteri somatici dei feroci pellirosse d'America.

Ma era l'azzurro degli occhi che dissipava all'istante ogni dubbio sull'eventualità di una siffatta discendenza. Gli occhi in particolare, circondati da un reticolo di sottilissime grinze, avevano un che di terrificante, al punto da far passare in secondo ordine tutte le altre caratteristiche del suo corpo. Nei momenti di collera sembravano trasformarsi in due sorgenti di energia distruttrice.

Lanciavano sguardi simili a intense folgori che parevano avere il potere di incenerire chiunque gli stesse davanti. Era con lo sguardo che sovente manifestava la sua ira, senza dover necessariamente fare uso della parola

"Certo... certo, don Vincenzo", disse Giovanni con tono più che mai sottomesso e intimidito.

"Dunque, come dicevo...", riprese il capofamiglia divenuto più conciliante, "acquistate le betoniere. Pagate il prezzo richiesto. Poi io parlerò a quel furfante di Scafolani. Gli imporrò di fare in modo che il prossimo acquisto sia per voi un vero affare. Lo obbligherò a praticarvi le stesse condizioni che riserva alla *"famiglia"*. E non è tutto. Mi adoperò per farvi assegnare quell'appalto dell'ANAS per il rifacimento del fondo stradale sul tratto tra Punta Raisi e Capaci. Sono svariati chilometri di autostrada a doppia corsia. E' un lavoro grosso e dovrebbe assicurare cospicui margini di guadagno per voi... e per tutti. Non so se mi sono spiegato..." Tacque e studiò il volto dei due fratelli. "Cosicché, in conclusione, io vi dico di acquistare le betoniere, ma al tempo stesso è come se ve ne finanziassi il costo."

Gli occhi gli si inumidirono di nuovo e stava per prorompere in un'altra rumorosa risata. Ma questa volta riuscì a frenarla limitandosi a ridere sommessamente. "Va bene? Arrivederci." Tese loro la mano restando seduto.

I due fratelli uscirono in fretta con lo sguardo fisso davanti a loro, lasciandosi dietro la scia dell'odore pungente di uno scadente dopobarba, di cui si erano abbondantemente cosparse le guance. Avevano l'aria indecisa e un po' sconcertata di chi non sia in grado di stabilire con esattezza se, da una importante gara, sia uscito vinto o vincitore.

Ragusa guardò l'orologio. "Altri due e poi chiudiamo bottega, Rocco. L'ora di cena è passata da un pezzo."

"Ora tocca a Gaetano Truppi", disse l'altro.

Il Crollo

Dopo qualche secondo l'uomo mingherlino, elegantemente vestito, arrivato in Ferrari, fece il suo ingresso nello studio, lo sguardo incupito. Poteva aver da poco superato i trent'anni, e quando si fece avanti dicendo *"buonasera"*, il padrone di casa gli porse la mano. "Buonasera, Gaetano. Non mi aspettavo di vederti oggi", gli disse. "Qual buon vento..."

Gli occhi scurissimi del nuovo arrivato lanciarono uno sguardo saettante intorno nella stanza, prima di arrestarsi sul volto di Ragusa. "Altro che buon vento, don Vincenzo. E' successo di nuovo..."

Il Padrino si protese in avanti con le mani intrecciate posate sul ripiano della scrivania. Sembrò concentrarsi al massimo nello sforzo di decifrare l'espressione del suo visitatore. "Di nuovo?"

"Proprio così", l'altro gli rispose annuendo. "Altri due container saccheggiati la scorsa notte sulla banchina del porto." Pronunciò le parole con un gesto di stizza e poi tacque in attesa della reazione che non ci fu. Ragusa rimase imperturbato. "Prosegui", si limitò a dire.

"E' incredibile, don Vincenzo, hanno divelto i lucchetti. Hanno caricato la merce su tre grossi camion e si sono dileguati. La sorveglianza della capitaneria di porto era stranamente assente. E' il secondo furto del genere di cui siamo vittime nel giro di pochi mesi."

Ragusa scosse il capo, dicendo:

"Già, un'altra grossa perdita per la *"famiglia"*, come se non fosse bastato quella del TIR carico di sigarette proveniente dalla Iugoslavia, scomparso nel nulla tre mesi fa." Fece una smorfia di rabbia. "Sicché noi compriamo le merci per la nostra attività e qualcuno riesce a fregarcele. Vorrei mettere le mani sul quel figlio di cagna."

Gaetano Truppi era il gestore per conto della "famiglia" di una catena di supermercati hard discount, a Palermo e provincia.

"Già", confermò. "E se ci aggiungiamo il calo delle vendite e il taccheggio che nei primi sei mesi dell'anno è aumentato di quasi il dieci per cento..."

Non terminò la frase come per lasciare ai suoi interlocutori di trarre le ovvie conclusioni.

Nello studio calò il silenzio. Ragusa e Sorge tenevano lo sguardo impassibile e scettico insieme, costantemente posato sul visitatore.

"Ma non sarà per caso...", continuò infine quest'ultimo un po' imbarazzato, "...che qualcuno dei vostri ragazzi stia cercando di mettere su bottega per conto proprio?" Tacque un attimo prima di aggiungere: "Spero vorrete perdonarmi, se parlo senza peli sulla lingua."

A questo punto il volto di Ragusa si rannuvolò. Agitò la mano destra come per scacciare una mosca.

"Per Dio!" esclamò. "Questo non può essere vero!" Il tono era elevato e all'improvvisa esplosione di collera, Truppi reagì accusando un lieve tremore delle palpebre.

"Ascoltami bene, Gaetano", il Boss continuò riprendendo a parlare sommessamente, "anch'io dico ciò che penso a un uomo di rispetto come te. A un uomo così importante per la *"famiglia"* io non posso che essere sincero. Mi capisci, no? Il tuo è un sospetto folle, privo di alcun fondamento."

Il visitatore lo scrutò in silenzio per qualche momento.

"Va bene, don Vincenzo. Potrei anche credervi. Ma allora ditemi, di grazia, chi può esserci mai dietro questi furti? Perché soltanto i nostri supermercati sono taccheggiati, i nostri TIR spariscono e i container sono depredati?"

"Non ne ho la minima idea. Ma cercherò di venire a capo di questo mistero e ti farò sapere."

Truppi annuì. "Bene. Comunque ora siete al corrente di ciò che penso. Arrivederci."

Si girò e uscì dalla stanza. Ragusa attese un minuto, fino a quando udì aprirsi e richiudersi la porta di ingresso. Poi chiese al suo consigliere con voce molto bassa come se temesse di essere ascoltato:

"Da quanto tempo dura questa storia del taccheggio?"

"Da qualche mese. Forse sei."

"Quell'uomo mi sembra fuori di testa."

Tacque un attimo prima di aggiungere:

"A meno che non faccia il furbo... E a te che te ne pare, Rocco?"

"Penso che sia un figlio di puttana, e che sia proprio lui a fotterci. Ha recitato da attore consumato, devo dargliene atto."

Il Crollo

"Mah, è probabile che tu abbia ragione. Dice che le vendite nei supermercati sono in calo, che cresce il taccheggio, che i container sono depredati... Però lui se la spassa: veste come un damerino, va ogni sera in discoteca e in vacanza alle Maldive. E come se non bastasse da due settimane a questa parte lo si vede in giro al volante di una Ferrari nuova fiammante che ha pagato duecento milioni. Viene da chiedersi: ma da dove diavolo prende tutta quella grana?"

Sorge annuì.

Ragusa continuò: "Credo sia il caso di farlo sorvegliare ventiquattrore su ventiquattro. Vediamo se salta fuori qualcosa." Si grattò una guancia con aria pensosa. "Dai l'incarico a Michele Capone. Digli anche di indagare sui saccheggi dei container e la sparizione del TIR, ma raccomandagli la massima riservatezza. Se non emerge niente, ma restano i sospetti su Truppi e continuano questi furti... be' allora...", ebbe un attimo di esitazione, "...nel dubbio sarà forse il caso di levarcelo di torno."

Sorge inarcò un sopracciglio.

"In che senso?"

"Nel senso che hai capito: lo liquidiamo... e per sempre." Subito dopo una espressione rammaricata gli affiorò sul volto mentre rifletteva.

Sorge sorrise debolmente. "Sono d'accordo don Vincenzo, è meglio passare per esagerati piuttosto che per fessi."

"Vorrei evitarlo, credimi", il Boss disse in tono confidenziale. "Il mio cuore mi dice di non farlo. Vorrei poterlo semplicemente licenziare mandandolo alle Maldive a prendere il sole per il resto di suoi giorni." Accennò un sorriso in modo impercettibilmente asimmetrico. "Ma ripeto, questo è soltanto quello che il cuore mi suggerisce. Mi capisci, Rocco?"

Sorge annuì vigorosamente. "Certo, don Vincenzo... certo. Voi intendete dire che ciò che il vostro cuore desidera non combacia con quello che vi detta la ragione. Quell'uomo potrebbe rappresentare un grosso guaio per la "famiglia", e perfino una minaccia."

"Proprio così, Rocco. Proprio così..." Si appoggiò allo schienale della poltrona e chiuse gli occhi sospirando. "Allora, teniamolo d'occhio e se dobbiamo farlo, lo faremo. Ho molta fiducia in Capone. E' molto bravo in lavoretti del genere." Sospiro nuovamente. "Vorrei davvero poterne farne a meno. E' un lontano parente dalla parte di mia madre." Continuando a tenere gli occhi chiusi aggiunse: "Il mio è un brutto mestiere, Rocco. Nessuno mi può capire più di te. Vedi... i fratelli Calandri li ho messi nel sacco, ed è stato un piacere farlo perché sono stupidi e se lo meritano. Ma sono innocui. Quel Truppi, invece, è ben altra cosa. Forse crede di riuscire a fregarci e farla franca. Allora può diventare un grosso problema, e pertanto deve essere fermato. Ecco uno di quei casi in cui nell'animo di uomo come me, si crea un conflitto tra due esigenze: quella di rispondere alla propria coscienza, e l'altra di salvaguardare la sicurezza della *"famiglia"*. Ma la *"famiglia"* viene prima di qualsiasi altra cosa, ed è per il suo bene che deve agire: ascoltare la ragione mettendo a tacere il proprio cuore." Tacque, aprì gli occhi e fissò il soffitto. "Quest'ultimo colloquio mi ha depresso, e ora non ho più voglia di vedere nessuno." Si strinse la radice del naso tra pollice e indice in un gesto di stanchezza. "Chi altro ci resterebbe?"

Sorge estrasse dalla tasca un taccuino a spirale metallica e lo consultò. Indicò la porta alle sue spalle con un movimento del capo. "Di là c'è Luigi Barone. Lo ricordate? Quello del negozio di ferramenta."

"Ah, sì, certo. Parlagli tu. Confermagli che abbiamo deciso di chiudere e liquidare tutto. La gestione è passiva. Ma sappiamo che lui non ne ha nessuna colpa. E' pulito e non deve preoccuparsi di nulla. Lo sistemeremo da qualche altra parte."

"Bene." Sorge continuava a guardare il taccuino. "Sono arrivati i fratelli Schifano della fabbrica di vernici..."

"Ah, quelli... Lascio a te di occupartene. Rassicurali che ci stiamo attivando presso le banche per il rinnovo dei finanziamenti. Ma ricorda loro che sono sovraesposti con i crediti alla clientela."

L'altro assentì. "Ci sono i gestori delle stazioni di rifornimento che chiedono di conferire."

"Domani."

"Vi ricordo che dovreste telefonare ad Andrisano per confermargli l'invito a cena di domani."

"Cancellalo. Digli che sono impegnato e che lo chiamo la prossima settimana."

Quando Sorge tacque, Ragusa gli chiese: "Allora, abbiamo finito?"

"Purtroppo no, don Vincenzo. Ci resta un visitatore di riguardo arrivato da poco, che non possiamo rimandare a domani. Ho preferito farlo attendere fino al termine delle udienze pensando che magari desideraste invitarlo a cena."

"Stai forse cercando di dirmi che è già arrivato da Milano il mio amico Rosario Maldano?" gli chiese dopo un attimo di riflessione.

"Proprio lui."

"Ma lo aspettavo per domani..." Parve piacevolmente sorpreso.

Sorge allargò le braccia e si strinse nelle spalle non sapendo cosa dire.

Il capo esitò un istante. "Allora... cosa aspetti a farlo accomodare?"

23

Erano da poco passate le dieci di sera quando Alessi uscì dall'elegante stabile di via Solferino, sede del *Corriere della Sera*.

Provò un notevole disagio nel brusco passaggio dal confortevole ambiente climatizzato della redazione del giornale, all'afa soffocante che l'avvolse all'esterno. Il calare dell'oscurità non aveva portato sollievo.

Era una di quelle settimane d'agosto in cui il termometro può arrivare a sfiorare i quaranta gradi per dieci giorni di fila. Ad accentuare il disagio della calura, aleggiava nell'aria stagnante una vischiosa umidità da clima subtropicale. Del resto non era qualcosa di cui stupirsi in una Milano al culmine della stagione estiva.

Indugiò per qualche minuto sul bordo del marciapiede come indeciso sulla direzione da prendere. Sollevò un braccio per tergersi col dorso della mano la fronte già imperlata di sudore. Diede una occhiata all'orologio, combattuto tra l'idea di rincasare e quella di fare prima un giro nei dintorni. Avvertiva la voglia di sgranchirsi e una forte arsura. Una birra fresca avrebbe fatto al caso suo e l'avrebbe aiutato a riflettere. Era certo di trovare un bar ancora aperto da qualche parte nella zona del Centro. Poteva raggiungere a piedi largo Cairoli nel giro di un quarto d'ora.

Si avviò lungo il marciapiede deserto in direzione dell'incrocio con via Pontaccio. Da lì svoltando a destra avrebbe proceduto alla volta del Castello Sforzesco. Come da una fornace, i muri e il selciato irradiavano l'intenso calore assorbito durante l'intera giornata torrida. Rientrato al giornale nel primo pomeriggio dopo il pranzo con Brughezio, l'animo amareggiato per il sostanziale insuccesso del- l'incontro, si era immerso con una sorta di fredda determinazione nel suo lavoro ordinario, di cui aveva una notevole mole di arretrato da smaltire. L'intento era stato soprattutto quello di distrarsi, più che poteva, dal dilemma che l'affliggeva. Ma il pensiero di quello che doveva ormai considerare il fallimento dell'indagine, non lo aveva quasi mai abbandonato, rendendogli praticamente impossibile la concentrazione su ciò di cui si stava occupando, e costringendolo a frequenti interruzioni.

Al piano alto di uno stabile, qualcuno strimpellava col pianoforte un motivo che al giornalista parve familiare. Passò davanti a un pub sovraffollato, dalle luci smorzate, dal cui interno proveniva una musica ad alto volume, frammista all'intenso brusio di voci e scoppi di risate. Vi lanciò una fuggevole occhiata mentre i suoi pensieri continuavano a ruotare intorno all'incontro con Brughezio di alcune ore prima.

Per l'ennesima volta riesaminò mentalmente la parte conclusiva del colloquio, la più importante, nel tentativo di coglierne il vero senso. Cos'era che l'uomo aveva realmente inteso con le ultime parole?

Non ti prometto nulla, ma se sento qualcosa in giro mi faccio vivo.

Era stata una frase di circostanza, e quindi restava la sua totale chiusura alla richiesta di aiutarlo – come gli era sembrato subito di capire –, oppure conteneva un piccolo spiraglio? Alessi non lo conosceva abbastanza per poterlo stabilire. E comunque quale che fosse la risposta a quell'interrogativo, lo scarsissimo tempo che gli restava, rendeva ormai ineludibile la decisione di ritirarsi in buon ordine dall'inchiesta, se voleva mante-

Il Crollo

nere la promessa fatta alla moglie ed evitare di mettere a repentaglio il proprio matrimonio.

Decise che l'indomani avrebbe rimesso l'incarico al giornale.

Svoltò a destra in via Pontaccio e accelerò il passo. Quella strada che di giorno era piena di animazione, i marciapiedi gremiti di gente, ora appariva quasi deserta. Il traffico automobilistico che nelle ore di punta arrivava perfino a paralizzarsi, era più che mai rarefatto. Passò accanto alla fermata degli autobus, nel momento in cui ne sopraggiungeva uno quasi vuoto. Si fermò e ne discese un giovinastro con l'aria sbandata del tossicodipendente. Indossava una maglietta oversize, e camminava con il ritmo della musica che ascoltava con il walkman. Attraversò la strada in fretta, dileguandosi dentro un vicolo laterale. Alessi fu sul punto di saltare sul mezzo pubblico che lo avrebbe portato rapidamente in Centro, ma all'ultimo istante, come per un ripensamento, proseguì a piedi.

Passò davanti a un ristorante ancora aperto, e ad alcuni negozi sbarrati ma dalle vetrine illuminate, di cui due di antiquariato, e uno allegro di vestiti per bambini che esponeva tutine di cotone colorate e magliette a righe, camicette rosse, rosa e gialle. Sbirciò all'interno della vetrina di una libreria. Sostò incuriosito davanti a una agenzia turistica, che esponeva numerose locandine che reclamizzavano suggestivi viaggi vacanza verso località esotiche. Accostò il viso al vetro fino a sfiorarlo, per guardare bene. Fu attratto da un paio di offerte promozionali per viaggi in Egitto, crociere sul Nilo comprese. Quello di visitare la terra dei faraoni, era da lungo tempo il desiderio in cima all'elenco di quelli fino ad allora inappagati. Pensò che una vacanza con la moglie in quel delicato momento, era quanto di meglio potesse inventarsi per rasserenare definitivamente il clima del loro rapporto. Glielo avrebbe proposto quella sera stessa appena rincasato, pensò, nel confermarle che a partire dall'indomani sarebbe tornato ai suoi normali ritmi di lavoro.

Fu allora che accadde.

Avvertì un'improvvisa quanto fastidiosa sensazione di essere osservato. Durò lo spazio di un attimo, ma bastò per fargli girare la testa nella direzione dalla quale era venuto. Perlustrò con lo sguardo il breve tratto di strada fino all'incrocio con via Solferino, che aveva appena percorso. Notò immobile sotto un lampione, sul bordo del marciapiede, la figura di un uomo molto alto e magro dalle spalle spioventi. Portava un berretto da baseball chiaro con la visiera rivoltata all'insù. Gli sembrò che guardasse nella sua direzione. Dopo qualche secondo, lo vide indietreggiare di alcuni passi e scomparire dietro uno dei pilastri del colonnato di un palazzo moderno che sorge ad angolo sull'incrocio. Gli venne allora in mente che poco prima, camminando lungo via Solferino, gli era parso di udire un rumore ritmico di passi alle sue spalle. Non ci aveva fatto caso, anche perché era poi cessato. Non si mosse, sul volto un'espressione perplessa. E' molto strano, pensò.

Qualcuno lo stava seguendo?

Ad Alessi non faceva difetto il coraggio. Riteneva di esserne abbastanza dotato, al pari di chiunque che pratichi la professione del giornalista investigativo. Eppure, in quel momento, non riuscì a reprimere un lieve senso di minaccia. Poi, il desiderio di soddisfare la curiosità finì per avere la meglio, e lo spinse a rifare di corsa la strada che aveva appena percorso. Si fermò all'incrocio fradicio di sudore, e guardò in tutte le direzioni. Niente. Muovendosi con circospezione, fece un largo giro intorno al pilastro dietro cui aveva visto scomparire quello strano individuo.

Non c'era nessuno.

Si addentrò per un breve tratto in via Solferino, frugando con gli occhi nei posti più bui e reconditi, controllando i portoni delle case e sbirciando dietro gli angoli delle stradine laterali. Era solo. Sentiva il respiro affannato e il cuore battergli più velocemente di quanto comportasse il blando sforzo fisico che aveva appena compiuto. Scrollò le spalle e ritornò sui suoi passi. Dopo una cinquantina di metri si fermò di nuovo: non aveva sentito nessuno dietro di sé, l'aveva piuttosto intuito. Lanciò un'occhiata al di sopra della spalla, certo di vedere il suo inseguitore. Di nuovo non vide anima viva.

Gesù, sto diventando paranoico? si chiese.

Riprese a camminare rigido come un palo, mentre ascoltava l'eco dei propri passi rimbalzare sul selciato e dissolversi nell'aria calda e umida della notte. Si ritrovò di nuovo accanto alla fermata del bus e si fermò. Si voltò per controllare ancora una volta il tratto di strada che si era appena lasciato alle spalle. Ciò che vide furono le luci e la sagoma oscura di un autobus che stava sopraggiungendo. Decise che questa volta l'avrebbe preso. Attese che arrivasse a breve distanza dalla fermata prima di alzare una mano per richiedere all'autista di arrestarsi, mentre con l'altra si frugava nella tasca dei pantaloni per prendere il carnet dei biglietti che portava sempre con sé.

Appena messo piede sulla vettura, fu colpito alle narici da una zaffata maleodorante e pungente, un misto di sudore e orina, alcol e fumo. Ne scoprì subito la fonte. Non poteva che provenire dall'unico passeggero a bordo: un vagabondo vestito di stracci che sedeva accasciato sul sedile rialzato vicino alla porta anteriore. Sembrava addormentato, il capo reclinato sul petto, la barba grigia e ispida che gli arrivava fin sopra l'addome. A dispetto del caldo, indossava un maglione di ruvida lana consumato ai gomiti e sfrangiato ai polsi. I lunghi capelli ingrigiti erano raccolti in una coda di cavallo. Teneva in grembo due grosse borse per la spesa, di plastica verde rigonfie di tutti i suoi beni. Un appartenente a quella schiera di perdenti che sono i *clochard*, Alessi pensò. Strani personaggi che vivono ai margini della società e vagano senza alcuno scopo evidente se non quello di andare da un posto all'altro, seguendo le leggi di un mondo in cui il muoversi è di per sé una occupazione, che non ha mai come obbiettivo il reperimento di una fissa dimora.

Gli lanciò uno sguardo mentre timbrava il biglietto. Il fetore insopportabile lo costrinse a portarsi in fondo alla vettura. Si sistemò su uno dei sedili disposti in fila orizzontale a ridosso del finestrone posteriore del bus, che intanto era ripartito ad andatura sostenuta. In quel punto il sentore del barbone era fuori dalla portata del suo olfatto. Di tanto in tanto, si voltava a osservare la strada che scorreva dietro di lui. C'era un taxi che seguiva a breve distanza.

Si rilassò. Si chiese chi mai potesse avere interesse a pedinarlo. Non trovò alcuna risposta logica. O forse c'era una risposta logica? D'un tratto fu colpito da un pensiero allarmante che avrebbe voluto scacciare. Riandò con la mente ai trascorsi due mesi di indagini sui misteriosi incidenti stradali. Cominciò a lambiccarsi il cervello per ricordare qualche circostanza in cui potesse aver assunto comportamenti imprudenti o avventati con qualcuno di quei loschi personaggi che aveva conosciuto, e che gravitavano attorno all'ambiente del malaffare milanese. Era possibile che, inavvertitamente, avesse detto o fatto qualcosa da suscitare sospetti? Forse, in qualche occasione, aveva manifestato un interesse eccessivo o fatto domande insistenti, al riguardo delle voci che circolavano sulla possibile esistenza a Milano di una organizzazione criminale, che commetteva delitti su commissione camuffandoli da incidenti stradali. La cosa poteva essere giunta all'orecchio della gang, che aveva subodorato le sue intenzioni e, presolo di mira, attendeva il momento propizio per eliminarlo.

Ripensò a Brughezio e al loro lungo colloquio al ristorante, chiedendosi se non fosse stato imprudente a fidarsi di quell'individuo che, in fin dei conti, conosceva solo appena. Se quel tizio che aveva visto poco prima lo stava davvero seguendo, poteva essere una specie di sicario. Ne aveva tutta l'aria. Felice, pertanto, era stata l'idea di saltare sull'autobus. Una mossa che gli aveva consentito di seminarlo.

"Ora calmati", si ordinò tra sé e sè. "Stai davvero diventando paranoico." No, non era possibile. La sua era una congettura assurda, priva di fondamento.

Era certo di aver condotto le indagini mantenendo sempre un comportamento molto cauto, non si era mai esposto. Nulla poteva essere trapelato. Nessuno, all'infuori di Fascetti, era al corrente del suo piano. Quel tipo fermo sull'incrocio di via Solferino con via Pontaccio, forse *credeva* d'averlo visto, ma doveva essersi trattato di qualcosa partorita dalla sua immaginazione. Magari era stato vittima di un'allucinazione. Oppure, se lo aveva visto per davvero, non era detto che fosse là per spiarlo. E comunque, non doveva necessariamente trattarsi di un malintenzionato. Di sicuro c'era che dal breve giro di ricognizione di poco prima era uscito a mani vuote. Non l'aveva trovato né dietro il pilastro, né nei dintorni. Nessuno con un berretto da baseball l'aveva seguito quando era ritornato sui suoi passi lungo via Pontaccio.

Una giovane coppia salì alla fermata successiva. Alla vista del barbone, lei arricciò il naso e fece cenno col capo al suo compagno di seguirla in fondo alla vettura. Si sedettero su due sedili adiacenti all'uscita posteriore, a breve distanza da Alessi.

Il Crollo

L'autobus si arrestò a un semaforo rosso. Dalla parte anteriore della vettura venne il sommesso pulsare ritmico del motore diesel che girava al minimo. Il giovane si voltò di nuovo a studiare la strada dal finestrone posteriore. Al taxi si erano nel frattempo accodate due vetture: una Fiat Croma chiara e una grossa Mercedes scura. Trascorse quella che sembrò un'eternità prima che il semaforo passasse al verde e l'autobus riprendesse la marcia. Mancavano due o tre fermate per largo Cairoli. Alessi guardò i palazzi illuminati sfilare fuori del finestrino alla sua sinistra. La sete e l'afa si erano fatte insopportabili. Pensò al gran refrigerio che avrebbe provato se avesse potuto immergere il capo in una pozza d'acqua fresca. Cosa non avrebbe dato in quel momento per una birra gelata!

Un breve tratto e poi un'altra sosta a un semaforo rosso situato all'incrocio con Foro Buonaparte, che l'autobus doveva imboccare girando a sinistra. Alessi emise uno sbuffò di impazienza e guardò di nuovo fuori dal finestrino laterale alla sua sinistra. Vide il taxi e la Fiat Croma che si erano affiancate al mezzo pubblico con l'evidente intento di sorpassarlo al riaccendersi del verde. Dopo la curva, infatti, l'ampia carreggiata a doppio senso di marcia avrebbe reso agevole la manovra. Da quel punto, era possibile scorgere – a cento metri di distanza in linea d'aria, oltre l'incrocio – gran parte dell'imponente mole del Castello Sforzesco ammantata dalla oscurità. Il semaforo tornò al verde, e Alessi osservò perplesso le due vetture che ripartivano di gran carriera lasciandosi l'autobus alle spalle, e scomparendo dietro una larga curva. Aggrottò la fronte con aria riflessiva e la sensazione inquietante che in quella scena delle due auto che si allontanavano, ci fosse qualcosa di fuori posto o mancante, che non riusciva a decifrare. Poi di colpo la nebbia si diradò, e capì di cosa si trattava.

Non c'era la Mercedes.

La grossa berlina avrebbe dovuto chiudere la fila, e la stranezza stava appunto nel fatto che non aveva sorpassato l'autobus. Girò la testa di scatto e guardò la strada dietro di sé: la vide che era ancora lì e procedeva silenziosa nella sua scia.

Lo stava seguendo di proposito?

Alessi si agitò sul sedile cambiando posizione. Sentì che la camicia inzuppata di sudore gli si era appiccicata sulla schiena.

Si voltò di nuovo a studiarla. Era un vecchio modello SL con almeno dieci anni di anzianità. L'oscurità della notte e il colore grigio della carrozzeria, le conferivano un aria vagamente sinistra e misteriosa insieme. Aguzzò gli occhi riuscendo a intravedere la sagoma indistinta dell'uomo al volante. Era stata una illusione, pensò, quella d'aver creduto che sarebbe bastato prendere l'autobus per far perdere le proprie tracce. Riportò lo sguardo fuori dal finestrino laterale: si rese conto che la fermata di largo Cairoli era ormai a pochi metri. Scattò in piedi precipitandosi verso la porta centrale di uscita. Premette il pulsante di 'fermata prenotata' appena in tempo. Il bus si arrestò bruscamente. Il barbone fu proiettato in avanti e poco mancò che fosse sbalzato dal sedile. Si svegliò di soprassalto urlando qualcosa di incomprensibile, e poi scoppiò in una tosse convulsa. Le due grosse borse di plastica gli volarono via dal grembo finendo sul pavimento dove rovesciarono gran parte del loro contenuto, tra cui un paio di scarpe da ginnastica malconce, tre lattine di birra, due scatole di cartone, un mezzo rotolo di carta igienica, un fascio di filo di rame. Tutte povere cose che rimbalzarono, scivolarono e rotolarono spargendosi dappertutto.

La porta pneumatica si aprì con un fruscio e il giornalista saltò giù sul marciapiede. Ebbe un attimo di esitazione, e poi si lanciò verso la pensilina della fermata, distante qualche metro da lui. Si appiattì contro una parete laterale, sporgendosi appena a sbirciare dietro l'angolo. Vide che anche i due giovani erano scesi dal bus e ora si allontanavano quasi correndo mano nella mano, con la ragazza che salterellava per restare al passo del compagno. L'autobus ripartì, ma della Mercedes che aveva visto seguire a ruota fino a pochi secondi prima, nemmeno l'ombra. Stupefatto, si portò sul bordo del marciapiede e guardò tutt'intorno: non la vide, sembrava essersi volatilizzata. Verosimilmente, pensò, doveva aver sorpassato l'autobus nel momento in cui accostava alla fermata. Fece alcuni passi in direzione del piazzale e si fermò a riflettere. consultò l'ora: mancava poco alle undici. Ciò malgrado, quella zona centrale della città vicina ai locali notturni, cinema e teatri, appariva alquanto animata. Sui marciapiedi c'era un discreto flusso di gente che il caldo intenso tratteneva fuori di casa fino alle ore piccole. Alessi vide un MacDonald affollato di giovani. Molti stavano radunati in capannelli davanti all'ingresso del locale a fumare e chiacchierare con grande concitazione reggendo in mano lattine di bevande analcoliche. Da un gruppo venne uno scroscio di risate. Fece alcuni passi e di nuovo si fermò davanti a un grande bar-ristorante dall'ampia porta di vetro. Era gremito di clienti seduti ai tavoli di legno o in piedi davanti al bar. Parlavano e ridevano. Altri sorseggiavano bibite fresche seduti attorno ai tavolini all'aperto.

Si sentì pervadere da un senso di sicurezza. La presenza di tutta quella gente era tranquillizzante. Quello era il posto meno adatto per un malintenzionato che lo stesse seguendo per aggredirlo.

Attese cinque minuti, quindi decise di attraversare il piazzale per raggiungere via Dante. Si avviò, ma subito si fermò per lasciar passare un tram che procedeva sferragliando in direzione ovest. Poi attraversò i binari sfidando un altro tram che prendeva rapidamente velocità nella direzione opposta. Con un'ultima corsetta lasciò i binari e si ritrovò all'imbocco di via Dante. Anche in quella strada c'era abbastanza traffico pedonale che si muoveva, per lo più, in direzione del Duomo. Si voltò, e, accertatosi che nessuno lo stesse pedinando, puntò verso piazza Cordusio.

Camminava con la testa bassa, le spalle curvate in avanti. A tratti sbirciava dietro di sé a scrutare la gente. Improvvisamente rallentò fino a fermarsi quando credé di intravedere, tra un gruppetto di persone distante una ventina di metri, un berretto da baseball di colore chiaro. Accortosi di essersi ingannato, riprese il cammino. Attraversò piazza Cordusio e imboccò via Mercanti. Dopo cinque minuti si ritrovò sul limitare di piazza Duomo. Erano ancora in molti a gironzolare sulla piazza o a bivaccare seduti sui gradini del sagrato. C'era pure un discreto passeggio lungo il corso Vittorio Emanuele. Si fermò davanti all'ingresso della Galleria, e posò per un attimo gli occhi sulla facciata imponente del Duomo dalle alte guglie, che si protendono maestose verso il cielo quasi a sfiorare l'infinito. Con un gesto meccanico, estrasse un fazzoletto dalla tasca dei pantaloni e se lo passò sul viso madido di sudore. Sussultò quando un passante lo urtò inavvertitamente sbuffandogli sul volto il fumo della sigaretta. Lo sconosciuto mormorò una debole scusa e proseguì dicendo all'uomo con cui si accompagnava: "Questo caldo è insopportabile. E' come stare in una fornace."

Si accostò a una colonna di marmo e rivolse lo sguardo nella direzione dalla quale era venuto. Concentrò la sua attenzione sui pedoni che sopraggiungevano da piazza Cordusio, e si mise a studiarli a uno a uno. Alle luci multicolori delle insegne dei negozi e delle vetrine, i loro volti si tingevano, per brevi istanti, di sfumate tonalità varianti dal rosso, al verde, al violetto. Non vide nessuno il cui aspetto gli richiamasse, se pure vagamente, lo strano tipo che aveva visto in via Pontaccio. Pensò che, se lo stava ancora seguendo, bisognava riconoscergli la grande abilità con cui riusciva a restare nell'ombra. Un vero professionista,o, meglio, un mago del pedinamento.

Si mosse per raggiungere il grande bar-pasticceria Duomo situato dall'altra parte della piazza, sotto i portici. Appena varcatane la soglia fu investito da un miscuglio di aromi tanto intensi da procurargli un lieve capogiro. Oltre a quello del caffè, avvertì il profumo del cioccolato, misto al sentore pungente del limone e, meno distinguibile, quello della panna appena montata. A parte alcuni giovani che attendevano in fila davanti al banco dei gelati, c'erano soltanto tre avventori intenti a sorbire le loro bevande. Il barista era affaccendato dietro il bancone principale, mentre prendeva le ordinazioni da un cameriere per alcuni clienti seduti ai tavolini all'aperto. Alessi chiese una birra e una scatola di cioccolatini Ferrero Rocher da regalare alla moglie. Assetato com'era gli bastarono due lunghe sorsate per svuotare il boccale. Poi vagò con lo sguardo per l'intero locale. Infine pagò e si voltò verso l'uscita.

Per una inspiegabile ragione, girò il capo per lanciare un'ultima occhiata nella pasticceria. Forse lo fece per assaporare un'ultima volta quella gradevole sensazione di tranquillità e sicurezza che l'ambiente gli trasmetteva. Oppure, più verosimilmente, aveva sentito lo sguardo di qualcuno posato su di sé. Comunque fosse si voltò, e lo vide.

Immobile davanti all'altro ingresso del locale, c'era il suo pedinatore: lo Spilungone di quasi due metri dal berretto da baseball.

24

Quando Maldano comparve sulla soglia dello studio, Ragusa si alzò, girò senza affrettarsi intorno alla scrivania e gli si fece incontro a braccia aperte. "Bene arrivato, Rosario!"

"Felice di rivederti, Vincenzo."

Il padrone di casa afferrò la mano che gli veniva tesa e tirò l'ospite a sé per abbracciarlo. Si scambiarono un bacio sulla guancia.

Ragusa aveva quella voce profonda e roca di sempre, come se soffrisse di laringite. Si mormorava che fosse l'effetto del danno permanente subìto dalle sue corde vocali quando, trent'anni prima, era stato vittima di un tentativo di strangolamento col cappio, a cui era miracolosamente scampato.

A sessantadue anni compiuti, era ancora una splendida figura di uomo. Alto e robusto, appariva molto più giovane della sua età. Lo si sarebbe facilmente stimato sui cinquant'anni. Si era indotti a ritenere, nell'osservarlo, che quelle spalle possenti le avesse sviluppate attraverso lunghi anni di duro lavoro nella sua attività di costruttore edile. Ma non era così. Egli era stato da sempre un personaggio importante. In vita sua non aveva mai trasportato un secchio di mattoni o di calce, né maneggiato una cazzuola o battuto un chiodo. Era stato il padre, uomo d'onore da giovanissima età, a creare tutto dal nulla. In principio era stato un semplice muratore, poi un capomastro, e infine si era messo in proprio fondando quella ditta di costruzioni grazie all'aiuto di un influente personaggio che vantava ottimi contatti con uomini politici. Il vero e proprio decollo dell'impresa era avvenuto quando uno di questi era approdato al governo della Regione. Da allora la ditta aveva cominciato ad aggiudicarsi molti dei più importanti appalti pubblici a Palermo e provincia. Don Girolamo, Ragusa, ora ottantacinquenne, si era ritirato dalla vita attiva dieci anni prima, per dedicarsi a tempo pieno a quelli che erano sempre stati i suoi grandi hobby: la floricoltura e il giardinaggio.

Vincenzo, l'unico figlio, aveva preso le redini della "famiglia" che aveva continuato a progredire divenendo sempre di più ricca e potente. Maldano e Ragusa erano stati amici d'infanzia prima, e poi compagni al liceo in un esclusivo collegio di gesuiti. Avevano entrambi conseguito la laurea in economia e commercio. Quando le loro strade si erano separate, avevano continuato a mantenere i contatti, e il primo aveva fatto da testimone di nozze al secondo. Il dirigente conosceva appieno il carattere del suo amico. Aveva avuto frequenti occasioni di partecipare a riunioni della *"famiglia"*, da lui presiedute, e sapeva che bastava un nonnulla per farlo alterare. Allora gli comparivano anzitutto quello sguardo astioso e quella micidiale luce negli occhi, mentre gli angoli della bocca gli si incurvavano verso il basso in una smorfia sprezzante.

Era a quel punto che l'intero ambiente piombava in un silenzio così profondo che si sarebbe sentita volare una mosca. Tutti sapevano che nel rivolgersi a lui, il tono di voce e la scelta delle parole erano fondamentali.

Bisognava riflettere bene prima di esprimersi per non correre il rischio di essere fraintesi, scatenando la sua collera. Quando ciò accadeva tutti ammutolivano improvvisamente, a disagio, mentre nell'aria diventava, quasi palpabile, una sinistra tensione. Ma a momenti di ferocia e spietatezza, Ragusa sapeva alternarne altri in cui si dimostrava premuroso e disponibile. Era sempre attento ai suoi subordinati e alle loro famiglie, e pronto ad aiutare i poveri e i meno fortunati, dedicandosi assiduamente alla beneficenza.

Dopo l'abbraccio e la stretta di mano, i due rimasero in piedi per qualche tempo al centro dello studio scrutandosi a vicenda.

"Non mi aspettavo di vederti prima di domattina", disse infine il padrone di casa.

"Sono riuscito miracolosamente a trovare un posto sul volo del pomeriggio e non ho voluto privarmi del piacere di farti una improvvisata." Maldano sorrise debolmente prima di aggiungere: "Ma ti confesso che non vedevo l'ora di sapere cos'è che hai da comunicarmi di tanto importante per convocarmi dopo un così breve intervallo dall'ultima volta che ci siamo visti."

Ragusa sollevò le mani davanti a sé con i palmi rivolti a Maldano, e le mosse lentamente avanti e indietro come per tenere a distanza degli spiriti maligni, mentre sorrideva in modo misterioso, dicendo:

"Calma, Rosario, ogni cosa a suo tempo. Ora dobbiamo occuparci della cena. E' molto tardi, ed è da più di un'ora che il mio stomaco reclama brontolando. Spero che tu non abbia impegni e possa essere mio ospite..."

"Certo. Dovrei andare a trovare mia madre, ma lo farò domattina. Mi fermo a Palermo fino a mercoledì della prossima settimana."

"Bene allora, gli affari possono aspettare. Ne parliamo più tardi."

Si sedettero in attesa di essere avvisati che era pronto per la cena. Ragusa riprese il suo posto dietro alla scrivania.

"Adelina ha preparato una cena che se non è luculliana poco ci manca", il padrone di casa continuò. "Avevo invitato l'assessore ai lavori pubblici, ma qualche ora fa ha dovuto disdire per via di un contrattempo. Pertanto arrivi a proposito." Fece una breve pausa. "Abbiamo come primo le fettuccine fatte in casa, poi del capretto sardo cotto alla brace, tenero al punto che si scioglie in bocca. Annaffieremo il tutto abbondantemente con quell'ottimo vino che produco nella mia proprietà di Monterosso Etneo." Lo disse con un tono di orgoglio. "Saprai che è invecchiato in fusti di rovere per ben otto anni prima di essere imbottigliato. Quest'anno la produzione è stata abbondante. Pertanto, della riserva del '72, ho potuto distribuirne in regalo a Natale un certo quantitativo a tutti i miei amici importanti, quelli nella politica, intendo. Ho fatto confezionare degli enormi pacchi-dono, in cui ho aggiunto al vino le migliori arance, carciofi e melanzane sott'olio, prosciutti e agnelli."

Tacque e strinse gli occhi per studiare il suo ospite che lo guardava a sua volta con aria un po' distratta, soprappensiero.

"A cosa pensi, Rosario?" gli chiese a bruciapelo.

"A niente." Fece spalluce.

"Sei più taciturno del solito. Mi sembri giù di corda, e non hai una buona cera. Forse il viaggio ti ha stancato?"

"Un po'. Ma sono i soliti problemi di lavoro che talvolta mi deprimono", ammise. "E' la tensione procuratami dalle responsabilità, capisci? D'altronde accade normalmente a chiunque faccia il mio mestiere. Quest'anno si sta rivelando per me particolarmente pesante."

Ragusa annuì. "E' naturale che sia così, Rosario. Nessuno può capirti più di me. Un uomo nella tua posizione, con l'impegno di assumere rischi e amministrare proficuamente i soldi degli altri, non può evitare di cadere talvolta in uno stato depressivo." Le sue labbra parvero assottigliarsi ancora di più mentre un angolo della bocca si allungò in quello che avrebbe voluto essere un mezzo sorriso comprensivo, ma che apparve piuttosto come un sogghigno. "Ti ho forse mai detto che non devi preoccuparti, Rosario? Anche se ti esortassi a stare tranquillo assicurandoti il mio sostegno, tu non ci riusciresti per via del tuo forte senso del dovere. E' qualcosa che fa parte della tua stessa natura..."

Maldano annuì dicendo: "Già... Credo proprio che tu abbia ragione."

Ragusa era sincero. Conosceva Maldano come un uomo dedito anima e corpo al suo lavoro di cui sentiva forte la responsabilità. Ma sapeva pure che era immune da scrupoli, e che non esitava, quando costretto, a colpire duramente e con ogni mezzo, chiunque cercasse di ostacolarlo o minacciasse di mettere a repentaglio la sua posizione o di ledere i suoi interessi. Erano queste qualità che lo avrebbero reso idoneo a essere iniziato per diventare uomo d'onore, se non fosse stato per quelle chiacchiere, che da sempre lo circondavano, in merito a sue presunte inclinazioni omosessuali. Che Ragusa sapeva essere fondate. Cosa Nostra aborriva la sodomia e non tollerava che membri dell'organizzazione la praticassero. Tuttavia, al di là di questo aspetto, Ragusa riteneva che ammettere Maldano nella "famiglia" non si sarebbe rivelata comunque un'idea felice. Entrandovi a far parte nella sua posizione di dirigente di banca, avrebbe attratto una lunga processione di uomini d'onore trapiantati a Milano, che si sarebbero rivolti a lui per chiedergli aiuti e favori, distraendolo in tal modo dai suoi compiti istituzionali. Ma innanzitutto, lo avrebbero intralciato in quel suo ruolo di consigliere finanziario della "famiglia", della cui opera la stessa si avvaleva per ripulire buona parte dei capitali di origine illecita, attraverso le transazioni di Borsa.

L'assunzione di Maldano presso la Banca Popolare Ambrosiana come condirettore, non aveva seguito la normale procedura. Non era stata, come avrebbe dovuto, il risultato di un'accurata selezione in una rosa di candidati. Un sottosegretario al ministero del tesoro di origine siciliana, molto vicino a Ragusa, lo aveva sponsorizzato, esercitando forti pressioni su

Il Crollo

ciascun membro del consiglio di amministrazione dell'istituto di credito.

Furono interrotti dall'arrivo di Rocco Sorge. Si era assentato per qualche minuto dopo l'ingresso di Maldano nello studio, per congedare gli ultimi visitatori. Ragusa gli rivolse uno sguardo interrogativo cui l'altro rispose con un cenno d'assenso a conferma d'aver eseguito i suoi ordini. Ritornò alla sua consueta posizione in piedi accanto alla porta, le braccia conserte.

Rocco Sorge era l'ombra di Ragusa. Gli era sempre vicino e lo seguiva ovunque. Alto sul metro e ottanta, molto magro e scurissimo di carnagione, mostrava un'età intorno ai trentacinque anni. Agli occhi del mondo esterno a Cosa Nostra, appariva come il suo fedele assistente tuttofare: una sorta di valletto, oltre che autista e guardiaspalle. Ma in realtà, a parte questi compiti tutto sommato banali, egli svolgeva per il Boss l'importante ruolo multiplo di suo confidente, consigliere, intermediario, e, all'occorrenza, di alter ego. Non c'era udienza o riunione della "famiglia" a cui non partecipasse. Le sue rare assenze erano dovute al disbrigo di urgenti, delicate faccende su incarico di Ragusa. Restando dietro le quinte, al riparo dai rischi insiti nel doversi esporre in prima persona, questi amministrava gran parte del suo potere coadiuvato dal suo scaltro luogotenente, della cui opera si serviva pure per risolvere i numerosi problemi dei suoi postulanti. Non vi era decisione o provvedimento che assumesse, senza avere sentito preventivamente il parere di Sorge, i cui servigi retribuiva generosamente.

Rientrato nello studio, il giovane notò che la conversazione tra il padrone di casa e il suo ospite languiva. Per qualche tempo i due restarono a discutere del più e del meno, toccando vari temi di scarsa rilevanza, che spesso sfioravano la banalità. Fino a quando Ragusa disse a bruciapelo: "Che cosa mi dici di questa ripresa della Borsa, Rosario?" Inarcò un sopracciglio con espressione interrogativa. "Pensi che durerà?"

A quella domanda Maldano parve rianimarsi. Quello sulla Borsa, era un quesito che sempre il suo amico gli poneva nel corso delle sue visite, e pertanto se lo aspettava. Tuttavia questa volta, dal suo sguardo un po' enigmatico, ebbe la impressione che Ragusa l'avesse formulato non soltanto con l'intento di acquisire il suo parere professionale sulla prospettiva del mercato

237

azionario, ma anche come preambolo per intavolare un discorso più ampio e profondo. Pensò che forse Ragusa stava per affrontare l'argomento per il quale l'aveva convocato, e che certamente avrebbe avuto a che vedere con il riciclaggio.

Una espressione perplessa gli si dipinse sul volto mentre si accingeva a rispondergli. "Per come la vedo io", disse con fare guardingo, "mi sembra che il mercato presenti attualmente aspetti di non facile lettura." Tacque un attimo prima di soggiungere: "Ma questo è soltanto un mio parere, naturalmente..." Si mise una mano sul petto come per sottolineare che si trattava soltanto della sua opinione personale. "Tuttavia secondo alcuni affidabili analisti, i prezzi sono ancora a buon mercato, e sarebbe il momento propizio per acquistare."

Ragusa non poté fare a meno di notare che Maldano, a differenza del passato, si era espresso con estrema cautela e per sentito dire, senza impegnarsi con una previsione personale, quasi non intendesse esporsi al rischio di essere in seguito smentito dai fatti, come era già avvenuto almeno una volta in passato, e in modo clamoroso.

Ragusa lo fissò impassibile, gli occhi azzurri scrutatori. Non era dato capire se la risposta lo avesse soddisfatto. Sapeva che il motivo che aveva indotto Maldano a non sbilanciarsi, era riconducibile a un episodio verificatosi nel precedente mese di maggio, a pochi giorni dall'inizio del crollo della Borsa. Aveva colto il dirigente di sorpresa procurandogli una certa apprensione poiché aveva un po' incrinato quella fiducia che il Boss aveva sempre riposto nella sua competenza e professionalità.

Tre giorni prima di quella fatidica data del 26 maggio, Ragusa gli aveva telefonato per ordinargli, senza mezzi termini, di liquidare l'intera posizione in azioni nel deposito titoli intestato alla Finanziaria Transalpina di Lugano, per un valore di alcune centinaia di miliardi. Era una iniziativa che Maldano aveva giudicato senza precedenti, dato che in passato il suo amico non aveva mai mosso foglia senza consultarlo preventivamente. Il Boss l'aveva motivata con l'esigenza di rendere liquide alcune attività della "famiglia" per finanziare un importante progetto, di cui però non gli aveva allora fornito alcun particolare. "Vendi tutto, Rosario", gli aveva detto in tono perentorio. Ma aveva aggiunto una precisazione: "Tutto tranne, ovviamente, le azioni della Bpa. Quelle, come sai, possono tornarci utili per altri scopi e pertanto le teniamo."

Maldano aveva compreso.

Si trattava di un consistente pacchetto di azioni della Banca Popolare Ambrosiana intestato a lui personalmente, messo insieme a poco a poco negli anni, fino alla concorrenza di poco meno del due per cento del capitale. Il valore della partecipazione si era ormai quadruplicato, e pertanto non c'era crollo di Borsa che potesse vanificare del tutto l'enorme plusvalenza che vi si era accumulata.

Ragusa vi annetteva una certa importanza, non già perché pensasse di servirsene un giorno per sedere nel consiglio di amministrazione della banca – cosa a cui non aveva mai tenuto –, ma per assicurarsi una certa ingerenza negli affari della stessa, facendo la voce grossa alle assemblee degli azionisti, ogni volta che ne ravvisava l'esigenza.

Quel comportamento insolito quanto inatteso di Ragusa nel decidere di sbarazzarsi improvvisamente di quasi l'intera posizione azionaria, aveva fatto nascere in Maldano il timore che il suo amico fosse caduto sotto l'influenza di qualche altro professionista della finanza.

Qualcuno che, prima o poi, avrebbe potuto scalzarlo.

Senza darlo a vedere, ne era stato a un tempo sconcertato e preoccupato. Aveva allora sollevato, con il tatto necessario a non urtare la ben nota suscettibilità del suo interlocutore, qualche debole argomentazione dichiarando che, a suo avviso, il mercato azionario avrebbe continuato a crescere, e che pertanto sarebbe stato preferibile attendere ancora qualche settimana prima di vendere.

Ma Ragusa era apparso irremovibile nella sua decisione.

Dopo qualche tempo, in occasione di una sua successiva visita alla tenuta di Bagheria, con la Borsa al culmine della crisi, Maldano aveva ritenuto doveroso congratularsi con l'amico per quella che aveva definito una 'formidabile intuizione'.

Ragusa si era schermito sorridendo: "Non è con me che dovresti complimentarti, Rosario."

"E con chi allora?" gli aveva chiesto più che mai sorpreso.

"E' tutto merito di Rosalia."

"Rosalia?" Continuava a non capirci niente.

"Ma certo... Rosalia. Ti ricorderai di lei, no? Quella cartomante sensitiva, amica della mia povera Giulia. Una donna di eccezionale talento"

"Ah, sì. Rosalia... certo."

A quel punto Maldano l'aveva ricordata. Ragusa non gliene aveva più parlato dall'epoca in cui la moglie era mancata. Era stato in quel momento che la spiegazione di quella precedente, sua strana condotta aveva cominciato a prendere corpo nella sua mente.

"Ascolta come sono andati i fatti", Ragusa aveva continuato. "Dopo un bel po' di tempo dalla morte di Giulia, Rosalia viene a farmi visita per chiedermi un favore. Non ricordo esattamente la data, ma deve essere stato tre o quattro giorni prima di quel cataclisma che ha sconvolto la Borsa. Vuole sistemare il nipote presso il Comune dove, le risulta, si renderanno disponibili a breve alcuni posti. Le prometto di interessarmi, e continuiamo a discorrere piacevolmente del più e del meno. Quando è sul punto di congedarsi mi fa scherzosamente:'Non gradireste per caso che vi legga le carte, don Vincenzo?' Sembrava volersi sdebitare per il disturbo che mi stava arrecando. Mi sono allora ricordato di quella volta, molti anni fa, quando la mia Giulia...", aveva rivolto uno sguardo affettuoso a una grande fotografia di una donna non giovane, ma di bell'aspetto, appesa alla parete, "...mi consigliò vivamente di rivolgermi a Rosalia per farmi predire, attraverso la lettura dei tarocchi, l'esito di un importante affare che ero incerto se concludere o meno. Decisi di assecondare mia moglie, più che altro per curiosità. A quell'epoca ero oltremodo scettico tanto della cartomanzia, quando dell'affidabilità di quelli che la praticano.

"Ma la donna fu categorica nell'affermare che, se lo avessi concluso, l'affare avrebbe prodotto ottimi risultati. Decisi di darle credito, constatando in seguito che l'aveva azzeccata in pieno. Pertanto, quando quel giorno mi viene a trovare e si offre di ripetere l'esperimento accetto all'istante, e le chiedo quello che più mi sta a cuore: le previsioni sulla Borsa. Lei tira fuori il mazzo dei tarocchi, e appena pone a faccia in su le prime cinque carte sulla scrivania davanti a lei, si oscura in volto. Continua fino a quando ne scopre una quindicina in tutto, poi solleva su di me lo sguardo preoccupato e mi fissa intensamente. 'Vendete

240

tutto e subito, don Vincenzo', mi fa, 'la Borsa sta per andare a picco '. Sicché ti ho telefonato chiedendoti di liquidare l'intera posizione. Allora ho temuto di apparire ridicolo se ti avessi spiegato la vera ragione della mia decisione."

Quel colloquio si era concluso tra sorrisi e con una nota di ilarità, e Maldano si era sentito come se gli avessero tolto un grosso peso dalle spalle: non c'era il pericolo di un concorrente che stesse insidiando la sua posizione. Aveva tuttavia riportato la sensazione che, agli occhi di Ragusa, la sua fama di affidabile consulente finanziario ne era uscita un po' compromessa. Era stato semplice, negli anni del boom, formulare previsioni ottimistiche su una Borsa strutturalmente rialzista.

Dopo che Maldano ebbe terminato di parlare, nessuno dei tre uomini aprì bocca per qualche minuto. Poi Ragusa sembrò riscuotersi dai suoi pensieri e disse: "Dovremmo discutere di un importante operazione finanziaria che ho in mente di impostare." Si passò una mano sul mento con aria pensierosa. "Ma prima occupiamoci delle fettuccine, e poi ne parliamo." Fece per alzarsi.

Maldano lo guardò esibendo un ampio sorriso. "Scusami Vincenzo, ma non ti sembra doveroso, a questo punto, soddisfare almeno in parte la mia curiosità, dandomene qualche dettaglio?"

L'altro lo guardò indeciso per qualche secondo. "Hai ragione, non è giusto che ti tenga ancora con l'animo sospeso." Esitò ancora per un attimo. "Be'…, se è questo il momento buono per comperare, sto pensando di rastrellare azioni della Bpa."

25

Lo sconosciuto fissava assorto nella direzione di Alessi e quando si accorse che il suo bersaglio gli restituiva lo sguardo, increspò le labbra in un sorriso insolente, quasi volesse dirgli: "Come vede non la perdo d'occhio."

Il giornalista era ormai certo che l'avesse seguito di nascosto dal momento in cui era uscito dal giornale. Ora che lo osservava da vicino e in piena luce, scoprì che non era affatto giovane come aveva immaginato. Le profonde rughe che gli solcavano il volto rivelavano una certa età: doveva essere sulla cinquantina, forse di più. Portava una camicia bianca sopra dei jeans scuri e scarpe da ginnastica. La carnagione era olivastra e le spalle sembravano spioventi. Sul mento, un pizzetto ingrigito. Trascorso qualche secondo, l'espressione del suo volto parve ammorbidirsi e, continuando a sorridere, annuì in modo appena percettibile. Un segnale amichevole? Alessi si chiese. D'un tratto divenne serio, si voltò e uscì dal locale in fretta e furia.

Il giornalista rimase immobile per forse dieci secondi come paralizzato. La conferma di essere pedinato, l'aveva lasciato troppo scioccato perché potesse reagire subito. Poi, una sorta di furore soppiantò lo stupore e la paura. Come un razzo uscì dal locale per bloccare quel tipo e costringerlo a un faccia a faccia.

Troppo tardi, si era già dileguato.

Attraversò la piazza di corsa sfrecciando tra la gente che gli lanciava occhiate perplesse, mentre guardava continuamente in giro per cercare di individuare il berretto da baseball. Non doveva rivelarsi arduo data la statura sopra la media dell'uomo che lo portava, sempre che, naturalmente, questi si trovasse ancora nei dintorni.

Stranamente sembrava che i ruoli si fossero capovolti: ora era il giornalista a cercare l'altro. Da preda si era trasformato in cacciatore.

Partendo dal sagrato del Duomo, fece due volte correndo il giro della piazza, mentre ne perlustrava con gli occhi l'intera superficie. Doveva trovare quello strano tipo per parlargli e chiedergli perché lo seguiva. Era soltanto un poveraccio di mezza età senza niente di meglio da fare, oppure agiva per ordine di qualcuno?

Entrò in Galleria. Malgrado fosse quasi deserta, la percorse tutta camminando più veloce che poteva, ma senza mettersi a correre, guardando a destra e a sinistra. Si fermò all'uscita opposta, quella che si affaccia su piazza della Scala e si mise a riflettere. Non era il tipo da arrendersi facilmente, ma visto il tempo trascorso decise che qualsiasi ulteriore ricerca era inutile. L'uomo si era involato di nuovo. Pensò d'averlo definitivamente perso. E, come se non bastasse, non aveva più con sé la scatola di cioccolatini. A un certo punto, doveva averla lasciata cadere a terra inavvertitamente, mentre correva. Guardò

Il Crollo

l'orologio: si era fatto tardi, doveva rincasare. Non gli restava che ritornare in largo Cairoli per prendere un taxi.

Attraversò la piazza dirigendosi verso via Manzoni. Raggiuntala si fermò sul bordo del marciapiede e lanciò un'ultima occhiata in giro. Non vide che pochissima gente. Un vecchio tram, fiocamente illuminato e pressoché vuoto, gli passò davanti sferragliando. Si portò sull'incrocio con via Verdi e, attraversato il passaggio pedonale, la imboccò percorrendola fino in fondo. Quindi svoltò a sinistra in via dell'Orso: una strada alquanto stretta e in lieve discesa, con numerosi negozi di antiquariato e gioiellerie. Accelerò l'andatura guardandosi alle spalle ogni dieci o quindici passi. Un gesto diventato ormai meccanico, per accertarsi di non essere seguito. La quiete notturna amplificava il rumore cadenzato dei suoi passi che percuotevano il selciato.

Trasalì quando il ronzio di un motore che si avvicinava alla sue spalle, gli giunse all'improvviso da un centinaio di metri di distanza. Era come una sorta di brontolio sommesso, simile al ringhio minaccioso di una pantera che si accinge a balzare sulla preda.

L'istinto gli disse di continuare a camminare senza voltarsi e senza accelerare il passo, come se non si fosse accorto di nulla. Pensò che perfino un'occhiata, per quanto furtiva, poteva forzare la mano al conducente della vettura, inducendolo ad anticipare la messa in atto di eventuali cattive intenzioni nei suoi confronti. Ora si rese conto che era stato imprudente a inoltrarsi in quel vicolo deserto. Era il posto ideale per un killer prezzolato a bordo di una automobile, che intendesse commettere un omicidio. Si sarebbe trovato a dover scegliere tra il travolgere la vittima a tutta velocità, e lo spararle addosso dal finestrino alcuni colpi di pistola, magari munita di silenziatore. Non sarebbe stato visto, né sentito.

Passando di fianco a un auto parcheggiata lungo il marciapiede sul lato sinistro della stradina a senso unico nella sua direzione, Alessi colse di sfuggita nello specchietto retrovisore l'immagine riflessa della grossa Mercedes, che avanzava lentamente con accesi gli anabbaglianti. Ebbe la sensazione netta che l'uomo al volante lo stesse osservando, e, malgrado il caldo, sentì uno strano sudore freddo colargli lungo la schiena. Il cuore cominciò a battergli con la furia di un martello pneumatico. In pochi secondi valutò le uniche due opzioni di cui disponeva: procedere come se niente fosse sperando in bene, oppure darsela a gambe voltando a sinistra all'incrocio successivo con via Broletto, per cercare di raggiungere piazza Cordusio dove sarebbe stato nuovamente al sicuro.

Nel momento in cui decise per la seconda alternativa, si rese conto che era troppo tardi per metterla in atto. Sentì il motore della Mercedes andare su di giri, segno che l'auto stava accelerando e acquistando velocità. Capì che gli sarebbe piombata addosso entro pochi secondi. I raggi di luce dei potenti fari – ora fissi sugli abbaglianti – lo investirono in pieno alle spalle. Li vide allungarsi davanti a lui e sobbalzare in mezzo alla strada. Salì sullo stretto marciapiede e proseguì sforzandosi di mantenere una andatura disinvolta, ma non c'era scioltezza nei suoi passi e nei suoi movimenti. Aveva le ginocchia molle e i piedi pesanti come piombo. Tuttavia guardava diritto davanti a sé poiché continuava a pensare che voltandosi poteva far precipitare la situazione. Riuscì a reprimere l'impulso – dettato dal panico – di mettersi a correre.

Quando la Mercedes lo raggiunse, ridusse drasticamente la velocità, e, rasentando il marciapiede, procedette a passo d'uomo. Il vetro fumè del finestrino si abbassò con un lieve ronzio, e comparve il tizio col berretto da baseball.

"Signor Alessi...", disse sporgendo appena la testa. "Lei è il signor Alessi, vero?" Teneva la mano destra posata sul volante e la sinistra nascosta lungo il fianco.

Alessi si fermò di colpo e si voltò a guardarlo, ritraendosi dalla vettura. Restò poi immobile come impietrito con la schiena appoggiata al muro. Come un lampo, un orribile pensiero gli attraversò la mente: l'uomo non era certo della sua identità. Pertanto, se ne avesse ricevuto conferma, avrebbe sollevato la mano sinistra che di certo impugnava una pistola e l'avrebbe freddato piazzandogli una pallottola in mezzo alla fronte. Sarebbe morto prima che il suo corpo toccasse l'asfalto. Una esecuzione in piena regola, ordinata da qualcuno a cui lui, con la sua indagine, stava dando fastidio. Pensò di non avere scampo e sentì una stretta improvvisa allo stomaco. Dal finestrino della Mercedes, che si era a sua volta fermata, lo sconosciuto puntò lo sguardo indagatore su di lui. Poi, d'un tratto, il volto serio si sciolse in un ampio sorriso. "Se lei è il signor Alessi... si fidi di me", disse. "Non abbia timore, non intendo farle alcun male." Il tono era affabile e il giornalista avvertì una immediata sensazione di sollievo.

"Sì, sono io", disse con un filo di voce.

"Bene." L'altro sorrise di nuovo. "C'è qualcuno che desidera conoscerla, e io sono qui soltanto per consegnarle un suo messaggio." Così dicendo sollevò la mano sinistra che reggeva una busta bianca sigillata e gliela porse. Alessi fissò il plico ed ebbe un attimo di esitazione, poi lo prese.

L'uomo col berretto da baseball fece un cenno di saluto con la mano, e poi scomparve dietro il finestrino che si sollevò elettricamente. L'auto accelerò e partì con uno stridore di pneumatici, dileguandosi dietro l'angolo all'incrocio successivo.

Alessi esaminò perplesso la busta come se fosse un oggetto strano, girandola da una parte e dall'altra: era di forma rettangolare, di dimensioni standard, e non recava alcuna scritta. La aprì strappandola lungo il bordo con un dito infilato sotto la linguetta. Estrasse un foglietto di carta piegato in due, di misura molto ridotta rispetto al plico. Lesse le uniche due righe dattiloscritte che conteneva, poi lo ripiegò e lo rimise nella busta che infilò nella tasca interna della giacca.

Riprese a camminare a passo rapido mentre sulle labbra gli affiorava un sorriso compiaciuto.

26

"Sicché hai deciso di rafforzare la tua partecipazione nel capitale della Bpa, mi sembra di capire...", Maldano disse rivolto a Ragusa.

Il Boss sedeva a capotavola nella spaziosa sala da pranzo, avendo il dirigente alla sua destra e l'onnipresente Sorge alla sinistra. L'ampio tavolo ovale era disposto sopra un antico tappeto orientale che ricopriva una vasta superficie del pavimento di marmo scuro, striato di bianche venature. Era sfarzosamente imbandito con una tovaglia immacolata impreziosita da ricami, posate di argento massiccio, squisite ceramiche e scintillanti calici di cristallo. Al centro, due bottiglie non etichettate di vino rosso, già sturate, facevano bella mostra di sé.

Le pareti della sala erano adornate da numerosi oli su tela di inestimabile pregio, tra cui spiccavano due Van Gogh, un Monet, un Velasquez e un Guttuso. Maldano sapeva trattarsi di recenti acquisti da un collezionista privato di Milano, costretto a svendere per impellenti occorrenza finanziarie. Una lunga e massiccia credenza vittoriana, su cui erano posate in gran numero preziose suppellettili, sfolgoranti cristalli e argenti, occupava gran parte di un lato della stanza. Il tutto contribuiva a conferire all'ambiente un'aria di grande opulenza.

Nell'udire, poco prima, il proposito di Ragusa di rastrellare azioni della Bpa, Maldano si era sforzato di apparire indifferente, mentre aveva desiderato che la terra su cui poggiava i piedi si fosse spalancata per inghiottirlo. Nessuno meglio di lui sapeva che, in quel momento, il titolo Bpa non poteva certo considerarsi un investimento a basso rischio, e pertanto mai l'avrebbe consigliato al suo amico.

Sulle prime era stato tentato di estrarre dalla ventiquattrore il rapporto ispettivo per farglielo leggere, ma poi, per un paio di buoni motivi, aveva scartato l'idea. Anzitutto per non mettere a nudo la sua responsabilità – se pure indiretta, ma che il documento indicava con chiarezza – per la enorme perdita che si era formata nel bilancio della banca. Lo angustiava il pensiero di vedere aggiunto discredito sulla sua persona, a quello già accumulato in precedenza in seguito alla errata previsione sulle prospettive della Borsa. Era convinto che questa volta il suo rapporto di fiducia con la "famiglia" ne sarebbe uscito incrinato. Il suo ruolo sarebbe stato messo in discussione con possibili, serie conseguenze per lui.

Sulla vicenda della scomparsa di Morelli col denaro dei suoi clienti, le informazioni di Ragusa erano limitate a quello che aveva letto sui giornali. Maldano gliene aveva parlato vagamente sminuendone l'importanza, e tacendogli quel particolare del precedente allontanamento del funzionario dal servizio Trattazione titoli, in seguito a sue accertate manchevolezze. Ragusa sapeva che Morelli era il suo braccio destro e che lo coadiuvava nell'attività di riciclaggio. Il dirigente aveva preferito tenerlo all'oscuro della sua rimozione, per evitare domande scomode e imbarazzanti sull'accaduto. Nonché per non allarmarlo e indurlo a farlo liquidare percependolo come una minaccia per quello che sapeva. Una eventualità per la quale aveva allora avvertito una certa ripugnanza. Ora pensava che se Ragusa avesse preso visione del rapporto ispettivo, sarebbe venuto a conoscenza sia di quel provvedimento disciplinare – dato che vi si faceva un breve ma esplicito riferimento –, sia della grossa perdita emersa dal servizio titoli di cui egli era responsabile. Poteva sospettare che lui ne fosse da tempo al corrente, ma che glielo avesse taciuto, tenendo così per sé una informazione di notevole gravità, che poteva produrre serie conseguenze sulla banca della quale il Boss era azionista, seppure per una quota minoritaria. Meglio, dunque, continuare a mantenere il silenzio, si era detto.

Invece di rispondere a quella domanda di Maldano, Ragusa sorrise in modo enigmatico. Poi afferrò una bottiglia di vino e, con studiata lentezza che aveva un che di plateale, riempì i calici per circa tre quarti. Prese il suo, e fattolo roteare, lo sollevò come in un rito sacro per esaminare in trasparenza il liquido rubino alla vivida luce del lampadario a gocce di cristallo, poi se lo accostò alle narici e annusò. Infine ne prese un sorso in bocca che trattenne sul palato per qualche secondo prima di deglutire. "Perfetto", mormorò annuendo soddisfatto prima di passarsi delicatamente il tovagliolo sulla bocca. "Vendemmia del 1969. Invecchiato al punto giusto."

La sua l'inveterata passione per l'enologia ne aveva fatto, a lungo andare, un ottimo degustatore in grado di competere, a pieno titolo, con il più provetto dei sommelier.

Maldano lo osservava distrattamente, mentre frugava freneticamente nel suo cervello alla ricerca di argomenti validi con cui riuscire a dissuaderlo dall'imbarcarsi in una operazione a rischio così elevato. Imitato da Sorge bevve a sua volta un sorso di vino, ed entrambi annuirono, senza fiatare, in segno di apprezzamento.

"No, non è questo a cui sto pensando", Ragusa disse infine dopo aver deposto il calice. Fece una smorfia. "Quella che ho in mente è una operazione speculativa di alto profilo, ma nel breve periodo. Attraverso la Transalpina, naturalmente."

"Ah!" Maldano esclamò annuendo. "Un 'mordi e fuggi', come si dice."

Pensò, lì per lì, che forse Ragusa intendesse profittare della ripresa in atto della Borsa, per farvi una sorta di rapida incursione acquistando un certo contingente di azioni Bpa, per riversarle sul mercato non appena accumulata una plusvalenza di qualche punto percentuale. La brevità dell'operazione non ne cancellava tuttavia la elevata pericolosità, e lo sorprese che il suo amico, tutt'altro che digiuno in materia di rischio finanziario, non se ne rendesse conto. Si convinse che sotto quell'idea dovesse celarsi qualcosa di più complesso e meno banale.

Ragusa inclinò il capo di lato a destra e poi a sinistra. "Immagino che potresti definirla così", disse con aria un po' misteriosa.

La conversazione fu interrotta dallo spalancarsi improvviso in fondo alla sala della porta che dava accesso alla cucina.

"Ah, ecco che arriva l'antipasto", disse il Boss in tono gioviale.

Comparve il giovane moro dal fisico nerboruto che fino a poco prima aveva diretto l'andirivieni dei visitatori all'ingresso principale della villa. Trasformatosi in cameriere, a giudicare dalla giacca bianca che ora indossava, si avvicinò reggendo un grande vassoio di argento.

Quasi traboccava di peperoni arrostiti rossi e verdi mescolati a una gran quantità di melanzane, filetti di acciughe e grosse olive nere. Il tutto condito in abbondanza con olio d'oliva e aceto. Ne servì a ciascun commensale una generosa porzione e poi depose il plateau al centro del tavolo, restando in disparte con aria discreta.

"C'è qualche particolare informazione di cui sei a conoscenza, su cui baseresti una operazione del genere?" Maldano chiese a Ragusa.

Il boss annuì. "Ho avuto una dritta...", rispose sorridendo. "Una grande banca italiana sta mettendo a punto un progetto per accaparrarsi l'intero capitale della Bpa attraverso un'offerta di pubblico acquisto."

"Di quale banca parliamo?"

"La Banca Nazionale di Credito."

"Ah!" esclamò. "Ma non sempre le dritte si rivelano fondate..." Per la verità, si trattava di una indiscrezione di cui Maldano era al corrente. Voci e sussurri in proposito, avevano di recente cominciato a circolare ai piani alti della banca, ma erano in molti a considerarli con scetticismo.

"Ascolta bene, Vincenzo…", Maldano riprese con estrema pacatezza poggiando i gomiti sul tavolo e congiungendo le mani davanti al viso, "…questa ripresa del mercato a cui stiamo assistendo in questi giorni, è, a mio avviso, lungi dal potersi considerare duratura. Bisognerà attendere ancora del tempo prima di prendere in considerazione transazioni di questo genere." Prese un boccone di antipasto e cominciò a masticare. "Quanto a quest'Opa di cui sei venuto a conoscenza…", proseguì quando ebbe deglutito, "…be', anche in proposito ti consiglierei grande cautela. La performance dell'azione Bpa negli ultimi tempi, è stata, sì, migliore della media del mercato, ma niente di eccezionale. Ha seguito suppergiù l'andamento dell'intero comparto bancario. Ciò indicherebbe, a mio modo di vedere, che la Borsa è scettica sulla possibilità di una operazione del genere." Fece una pausa scrutando il volto imperturbabile di Ragusa. "Non voglio fare il guastafeste, ma tu comprenderai che se dovesse rivelarsi una bufala, il titolo Bpa verrebbe picchiato senza pietà, precipitando a livelli di prezzo di gran lunga inferiori agli attuali." Tacque e lo guardò di nuovo per verificare l'effetto delle sue parole. "La posizione ci resterebbe sul groppone a prezzi falcidiati per chissà quanto tempo."

Ragusa non batté ciglio. "Va' pure avanti", disse semplicemente. "Però …buone queste melanzane", aggiunse. "Sì, ne prendo ancora." Fece un cenno al cameriere di servirlo.

Maldano osservò una grossa acciuga dimenarsi come viva tra le labbra del Boss mentre masticava, quasi lottasse disperatamente per non essere inghiottita. Alla fine, tranciata dai larghi incisivi, scomparve all'interno della bocca.

"C'è qualcos'altro che mi rende perplesso", il dirigente continuò. "Perfino per una banca delle dimensioni della Bnc, accaparrarsi l'intero controllo di una banca come la Bpa comporterebbe uno sforzo finanziario imponente. Le azioni in circolazione sono 300milioni, che al prezzo unitario corrente di settemilacinquecento lire, equivale a un valore di mercato di 2.250 miliardi. Ma è puramente teorico, vale a dire di gran lunga inferiore a quello intrinseco che emergerebbe da una perizia tecnica sul titolo." Fece una pausa come per riordinare le idee. "Ciò che intendo dire, Vincenzo, è che in una operazione di questo tipo non puoi semplicemente offrire il prezzo di mercato senza assicurarti il completo insuccesso dell'iniziativa. Per concludere felicemente l'offerta pubblica la Bnc dovrebbe pagare un sovrapprezzo molto elevato, se non desidera rischiare di vedere intervenire altre banche o istituzioni. Non so se sarà in grado di stanziare qualcosa come tremila o quattromila miliardi e oltre. Altrimenti dovrà ricorrere al mercato con un aumento di capitale, oppure con la emissione di un prestito obbligazionario a un tasso di collocamento appetibile." Fece una smorfia scettica. "Tutto ciò non farebbe che aumentare a dismisura il costo complessivo del progetto. Chi ti dice che a un certo punto i vertici della banca non considerino che il gioco non valga la candela, e decidano di non farne niente?" Fece una pausa. "Potrebbero fare marcia indietro in qualsiasi momento, anche dopo l'annuncio dell'Opa."

Tacque e riprese a mangiare. L'argomento era debole, ma Maldano aveva parlato ostentando più convinzione di quanta in realtà egli stesso ne sentisse. Sapeva che le potenzialità finanziarie della Bnc erano enormi.

Consumato l'antipasto, Ragusa bevve un lungo sorso di vino e poi si asciugò le labbra col tovagliolo che teneva spiegato in grembo. "Questo non accadrà, Rosario", disse deciso. Il suo aplomb non sembrava minimamente scalfito da ciò che aveva ascoltato. La espressione neutra del volto sembrava indicare che non aveva intenzione di tenerne conto.

"Lo dici come se ne fossi assolutamente certo."

Con il volto atteggiato a un sorriso saputo, il Boss disse:

"Il Consiglio di amministrazione della Bnc ha già deliberato. Il 15 settembre prossimo è la data fissata per l'annuncio ufficiale dell'Opa. La notizia sarà su tutti i giornali."

Maldano lo guardò stupito.

"E tu da chi l'hai saputo?"

Ragusa liquidò la domanda con un gesto della mano.

"Lascia perdere, Rosario." Storse la bocca. "Si dice il peccato, ma non il peccatore. Ti basti sapere che l'iter burocratico è in via di completamento. Stanno predisponendo la documentazione per la richiesta delle necessarie autorizzazioni. Ma hanno già il via libera di massima della Consob e di Bankitalia." Tacque un attimo. "Non dimenticare, Rosario, che la Bnc è già membro del patto di sindacato della Bpa con una quota di oltre il cinque per cento. Mi risulta, inoltre, che da quasi otto mesi è compratrice in Borsa, ma con mano molto leggera per evitare strappi della quotazione, che darebbero all'occhio. L'Opa per i restanti titoli in circolazione sarà agevolmente finanziata con le ingenti risorse interne di cui dispone, integrate, se necessario, dal ricavato della dismissione di alcune attività ritenute non strategiche. Pertanto, non ci sarà indebitamento, o richiesta di denaro al mercato attraverso un aumento di capitale."

Fece un cenno al cameriere di portare via i piatti vuoti. Dopodiché tornò a versare il vino nei calici. Per tutto il tempo Sorge non aveva aperto bocca, intento a mangiare mentre guardava ora Ragusa e ora Maldano, studiando la espressione dei loro volti.

"Non dubito della attendibilità della tua fonte, Vincenzo", il dirigente bevve un altro sorso di vino. "Lo so che hai amici delle cui informazioni puoi fidarti. Ma vorrai ammettere che le incognite restano e che qualcosa potrebbe andare storto."

"Già, ma il rischio è davvero minimo, e io intendo correrlo fino in fondo." Si interruppe rivolgendosi brusco al cameriere che stazionava lì accanto. "Allora, arrivano o no queste fettuccine?"

"Vado subito a sollecitarle, don Vincenzo."

Si allontanò a passo rapido verso la cucina.

"Contestualmente all'annuncio ufficiale dell'OPA", Ragusa riprese, "comincerà a trapelare sui giornali l'entità del prezzo di offerta."

"Vale a dire?"

"Potrebbe arrivare perfino al doppio dell'attuale quotazione di mercato." Maldano non fiatò, restando con lo sguardo incredulo posato sul suo interlocutore. Poi chiese timidamente: "Non potrebbe trattarsi di false notizie divulgate ad arte?".

"No", Ragusa replicò convinto. "Mi fido ciecamente della mia fonte. Peraltro, l'indiscrezione sul prezzo sarà suffragata da alcuni articoli di stampa che faranno riferimento alla esistenza di una perizia tecnica sull'azione Bpa – eseguita da noti consulenti – che ne stabilirebbe il suo valore reale a quel livello." Fece una pausa. "Perché... ti sembra esagerato?"

Maldano rifletté che forse non lo era. Era ampiamente risaputo che le azioni ad alto contenuto patrimoniale – per lo più quelle delle banche e delle compagnie assicurative – venivano solitamente trattate in Borsa a prezzi largamente inferiori ai loro valori intrinseci, che emergevano soltanto in occasione di operazioni di acquisizioni. Se erano fondate le informazioni di cui Ragusa era venuto in possesso, allora la Bnc non poteva che fissare come prezzo di offerta, quello risultante dalla perizia, se non voleva esporsi al rischio di veder intervenire qualche altro potenziale concorrente.

Ben diversa sarebbe risultata la valutazione del titolo, Maldano pensò, se fosse saltato fuori quello scheletro che la Bpa aveva nell'armadio, rappresentato dalla perdita di cinquecento miliardi solo nel settore titoli.

"Potrebbe non esserlo", Maldano disse con aria rassegnata non sapendo quale altra risposta dare. Aveva ormai dato fondo a tutte le argomentazioni con cui aveva sperato di fargli cambiare idea, fallendo miseramente.

"Sarà subito dopo l'annuncio, quindi,", Ragusa riprese, "che comincerà la caccia al titolo. La quotazione schizzerà verso l'alto, e credo che nel giro di alcuni giorni potrebbe raggiungere, o comunque avvicinarsi, al prezzo ipotizzato per l'offerta pubblica. Ne abbiamo già visti di casi analoghi in passato..." Fece una pausa durante la quale Maldano rimase in silenzio strofinandosi il mento con le dita, lo sguardo riflessivo.

"Da quello che ti ho detto", Ragusa continuò, "capirai quanto sia importante, per la piena riuscita dell'operazione, che la campagna acquisti sia condotta in sordina, e si concluda entro la metà del mese di settembre." Tacque qualche secondo prima di aggiungere: "Valuteremo il momento più opportuno per cominciare a vendere, sulla base dei livelli che raggiungerà la quotazione. Ritengo che riusciremo a chiudere prima che l'Opa sia resa esecutiva. Non escludo che potremmo arrivare a quasi raddoppiare il nostro investimento."

Rimasero a lungo in silenzio, gli occhi di Ragusa come fessure puntati su Maldano quasi a volergli leggere il pensiero. Questi stava per aprire bocca quando la porta della cucina si spalancò, e ricomparve il cameriere in giacca bianca, che avanzava reggendo un grosso vassoio di porcellana ricolmo delle fettuccine fumanti. Lo depose al centro del tavolo. Ciascun commensale si servì a piacimento.

Ripresero a mangiare.

"Non abbiamo ancora accennato ai numeri", Maldano disse ingurgitato il primo boccone. "Di che quantitativo stiamo parlando?"

"Pari a tutta la liquidità di cui disponiamo presso la Transalpina, che,come sai, ammonta a...", rifletté un istante, "...duecentocinquanta miliardi, o giù di lì."

"Cosa?!" L'altro non poté fare a meno di esclamare per lo stupore."Ma... ma è impossibile, Vincenzo!" Si agitò sulla sedia. Rimase qualche secondo in silenzio per fare un rapido calcolo mentale. "Ma come si fa a rastrellare in Borsa più di trenta milioni di titoli di qualsiasi società senza dare all'occhio, e, soprattutto, senza far fare strappi alla quotazione." Fece una pausa. "L'unico modo sarebbe non prendere iniziative per non attirare l'attenzione facendo eccessiva leva sui prezzi, ma limitandoci a raccogliere tutto ciò che viene offerto, e inserendoci con prudenza nelle correnti di acquisto: ossia comprando solo quando comprano gli altri. Però, a quanto mi dici, la Bnc è già presente come mano forte, e quindi la fa quasi da padrona nell'intercettare l'offerta. Comunque sia, tenuto conto che in media il volume giornaliero di contrattazione delle azioni Bpa di rado supera il milione di pezzi ci vorrà un'eternità, mentre noi disponiamo di solo tre settimane. Per non dire che, anche seguendo questa strategia, il nostro esborso potrebbe risultare alla fine sensibilmente superiore ai 250 miliardi stanziati. Dovremmo attingere risorse da qualche altra parte." Scosse piano la testa.

Ragusa, lo sguardo contrariato, si portò alle labbra il calice colmo di vino. "Mi rendo conto che non è facile, ma sono certo che tu ce la farai." Bevve un sorso. "Non devo essere io a ricordarti, Rosario, che per un'operazione di rastrellamento di questa portata non esiste soltanto la Borsa..."

Maldano capì esattamente quello che passava per la testa del suo amico, ma non fiatò. Rimase in silenzio mentre continuava a mangiare le fettuccine. Si sentiva completamente disarmato. Sapeva che se avesse continuato ad argomentare, poteva scatenare uno di quei suoi cambiamenti di umore improvvisi e drammatici, che sinceramente desiderava evitare. Inghiottito l'ultimo boccone e bevuto un sorso di vino disse: "Farò del mio meglio."

"Il tuo meglio non basta, Rosario", l'altro ribatté, lo sguardo serio. "Semplicemente rimboccati le maniche e conduci, costi quel che costi, l'operazione in porto nei termini che ho stabilito. Tutto qui." Il tono era divenuto secco e incisivo, di quelli che non ammettevano repliche.

Questa volta Maldano non replicò, ma fu in quell'istante che percepì in modo netto la pericolosità della situazione in cui stava per cacciarsi. Si rese conto che l'unico modo per scongiurarla era dissuadere l'amico dall'imbarcarsi in quella operazione. Per riuscirvi doveva metterlo al corrente dell'elevato rischio che comportava per lo stato di grosso deficit in cui versavano i conti della Bpa in quel momento. Meditò per alcuni secondi soppesando le possibili conseguenze delle sue rivelazioni. Nella peggiore delle ipotesi avrebbe dovuto subire l'ira di Ragusa il quale, tacciandolo di leggerezza e incompetenza, poteva arrivare a dargli il benservito.

Ma non osava pensare alla reazione che avrebbe avuto se qualcosa andava storto, e la notizia della grossa perdita di bilancio trapelava proprio a rastrellamento concluso. L'inevitabile crollo del prezzo dell'azione avrebbe procurato alla "famiglia" un danno di enormi dimensioni. Don Vincenzo avrebbe considerato il suo mancato avvertimento uno sgarro imperdonabile. Maldano sapeva che era un uomo capace di spietatezza fino alle estreme conseguenze. Stava per aprire bocca deciso a svuotare il sacco, quando qualcosa che il Boss disse gli fece cambiare idea. "A proposito...", trasse di tasca un foglietto di carta ripiegato in due, "...ho fatto quattro conti... e...", ne scorse brevemente il contenuto, "...dando per scontato che riusciremo a reperire almeno trenta milioni di pezzi, avremo – ipotizzando un costo medio unitario di ottomila lire circa – un esborso massimo di duecentoquaranta miliardi. Il prezzo di offerta dell'Opa dovrebbe aggirarsi sulle quindicimila lire. Risultato? Un profitto netto per la "famiglia" di duecentodieci miliardi, o giù di lì." Esitò un istante. "Anzi no, di duecento miliardi, per la precisione." Maldano lo guardò come se non capisse. "Cosa sarebbero i dieci miliardi di differenza?"

"Quello è il compenso che ho fissato per te, Rosario." Lo fissò a lungo prima di aggiungere: "Che te ne pare?"

A stento il dirigente riuscì a reprimere l'eccitazione di cui si sentì pervaso, e che soppiantò di colpo ogni timore.

A quella domanda rispose con un ampio sorriso.

27

Mancava qualche minuto alle nove del mattino quando Fascetti arrestò la Golf lungo il marciapiede in via Matteotti – la strada principale di Novate Milanese – e spense il motore. Nonostante il traffico intenso dell'ora di punta, era riuscito a coprire la distanza da Milano in poco meno di un'ora, partendo dal suo studio in via Fatebenefratelli e percorrendo la A4. Dopo aver azionato il telecomando della chiusura centralizzata e antifurto, scese dalla vettura e si guardò in giro.

Novate Milanese è uno dei grossi sobborghi della periferia della metropoli, dove numerose piccole e medie aziende industriali e commerciali, da sempre si avvalgono di condizioni ambientali di insediamento e sviluppo favorevoli.

Il detective rimase a osservare per un po' lo stabile moderno di quattro piani che sorgeva dall'altra parte della strada. L'intero piano terreno e primo piano erano occupati dalla locale sede della Banca Commerciale Italiana. Era con quella filiale che, secondo quanto riferitogli dalla Tronchetti il giorno prima, la Bardi & Lugato e i due soci singolarmente, intrattenevano rapporti di conto corrente per le loro normali occorrenze finanziarie. Dopo essersi accomiatato dal commissario Lopez la sera precedente, Fascetti aveva cominciato a riflettere sulla possibilità che dall'esame di copie dei recenti estratti di questi conti bancari – se mai fosse riuscito a procurarsele – avrebbe forse potuto acquisire indizi compromettenti a carico di Bardi. Pensava a qualche grosso prelievo in contanti che lo stesso potesse aver effettuato nei giorni immediatamente antecedenti i due presunti omicidi. Ciò in quanto, se rispondeva a verità che aveva ingaggiato qualche killer professionista, era più che ragionevole ipotizzare che avesse regolato con denaro liquido i compensi pattuiti per i servizi resigli.

Il giovane era tuttavia molto scettico che un suo tentativo del genere presso la Comit potesse concludersi con successo. Riteneva molto più probabile che si sarebbe rivelato un buco nell'acqua.

Gli era ben nota l'estrema cautela delle banche nel divulgare notizie riservate sul conto della propria clientela, a tutela del segreto bancario. Gli venne in mente che alcuni mesi addietro era riuscito, tramite un suo vecchio compagno di scuola dipendente di una banca, a procurarsi informazioni riservatissime su un cliente della stessa, che lo aveva incaricato di un'indagine dandogli a credere di essere pieno di soldi, mentre era poi risultato debitore nel suo conto corrente. Rifletté che esistevano, invece, personaggi come Tony Martini, depositanti miliardari in conti cifrati presso banche svizzere, che si lamentavano perennemente di non potersi permettere neppure un paio di scarpe nuove.

Le ragioni della riservatezza da parte degli istituti di credito erano comprensibili e Fascetti le condivideva. Pensava che fossero del tutto giustificati quei funzionari che guardavano con sospetto qualsiasi quesito di estranei, tendente a carpire notizie riservate sull'attività bancaria dei clienti. Per poter venire in possesso delle informazioni di cui necessitava, pensò che avrebbe dovuto spacciarsi per un poliziotto ed esibire una falsa ordinanza della magistratura. Oppure fingersi ispettore del Fisco. Quella sì che era una istituzione che, per legge, sempre otteneva la collaborazione delle banche. Purtroppo niente di tutto ciò gli era possibile, e tuttavia decise che valeva la pena tentare nonostante le difficoltà.

Attraversò la piazza ed entrò nel salone della banca

L'atmosfera climatizzata che l'avvolse all'interno gli procurò una gradevole sensazione di frescura, rispetto alla torrida temperatura esterna. Si fermò accanto a una delle colonne di cemento antistanti la fila degli sportelli, e si guardò intorno. Notò tre telecamere roteanti a circuito chiuso, dislocate in alto nei punti più strategici della sala, allo scopo di scoraggiare le rapine. Poi si mise a studiare attentamente i volti degli addetti ai lavori. Dietro il bancone, gli impiegati si muovevano pigramente e con aria indolente, simili ad animali da pelliccia appena risvegliatisi dal lungo letargo invernale. Appollaiati sui bordi delle scrivanie, alcuni sorseggiavano il caffè da bicchieri di polistirolo del distributore automatico, altri addentavano delle ciambelle. Fascetti pensò che doveva evitare di rivolgersi a qualche autorevole funzionario, che avrebbe potuto creargli dei problemi. Si guardò di nuovo in giro. La banca era aperta da qualche minuto e il salone del pubblico era pressoché deserto.

Soffermò lo sguardo su uno degli sportelli dietro cui sedeva un tipo di età indefinibile, dalle guance scavate e dall'espressione un po' ottusa. Gli occhi, molto ravvicinati, erano piccoli e scuri, il mento prominente troppo lungo, le labbra sottili ed esangui. Non avendo clienti di cui occuparsi in quel momento, sedeva con la schiena appoggiata contro la spalliera della poltroncina, le mani intrecciate dietro la nuca. Fascetti pensò che forse faceva al caso suo. Aveva l'aria rincitrullita di uno che, trattato in una certa maniera, poteva lasciarsi andare a spifferare informazioni riservate.

Sopra un lungo tavolo al centro della sala erano sparsi numerosi moduli per versamenti. Fascetti ne prese uno, lo compilò in fretta e si avvicinò allo sportello come se intendesse effettuare l'operazione.

"Mi scusi... dottore", disse. "Potrei chiederle un favore?"

L'altro lo fissò con due occhietti scuri e spenti, ma con un espressione lievemente compiaciuta, probabilmente dovuta al titolo di 'dottore' con cui era stato apostrofato.

"Che genere di favore?" chiese tentando un sorrisetto ebete.

"Avrei bisogno di informazioni sul conto corrente di uno dei vostri clienti. Ossia un elenco di tutte le operazioni effettuate nell'arco degli ultimi... tre o quattro mesi, diciamo. Non dovrebbe volerci molto tempo."

Improvvisamente lo sguardo cretino dell'uomo si trasformò in qualcosa che oscillava tra lo stupito e l'ironico. "Vuole scherzare?" disse. "Quello che lei chiede è assolutamente vietato. Non possiamo fornire alcuna informativa sul conto di nostri clienti, a persone non autorizzate. Lo impone la legge sul segreto bancario."

Fascetti tacque e parve riflettere intensamente. Decise di ricorrere a un altro mezzo. Con gesto rapido estrasse dalla tasca interna della giacca il distintivo di investigatore privato inserito in una custodia di pelle e lo mostrò all'impiegato. Questi lo prese e lo esaminò con cura accostandoselo agli occhi, con l'aria intrigata e perplessa di un cassiere che scruta un biglietto dubbio da centomila. Poi glielo restituì con una smorfia.

"Sono un detective privato e sto indagando su un caso di omicidio", Fascetti disse a voce bassa. "Non le pare un motivo abbastanza importante per una simile richiesta?"

L'altro lo squadrò come farebbe un sarto prima di prendere le misure per un vestito. Poi inarcò un sopracciglio dicendo: "Un investigatore privato eh... un omicidio... capisco."

Il giovane confermò annuendo.

L'impiegato continuò a fissarlo per qualche secondo, poi scosse il capo con forza. "Sono spiacente", disse. "Siamo del tutto disponibili a collaborare, ma ci è fatto assoluto divieto di divulgare notizie sulla nostra clientela in modo indiscriminato e senza i prescritti controlli. Come ripeto, infrangeremmo altrimenti la legge sul segreto bancario. Se lei fosse in grado di procurarsi una ordinanza del magistrato, o se potesse esserci più chiaro sulle motivazioni della sua richiesta... forse ci darebbe la possibilità di aiutarla. Ma in queste condizioni abbiamo le mani legate." Tacque e corrugò le sopracciglia scure. "Ma qual é il cliente che la interessa?"

Fascetti ignorò la domanda. A quel punto si sentì completamente disarmato, ma deciso a non desistere e a tentare un'altra strada. Conosceva un sistema che quasi sempre si rivela molto efficace per indurre qualcuno a trasgredire la legge, ma ricorrervi gli ripugnava. Al diavolo, pensò, dopotutto chi, oggigiorno, anche nella più onesta delle professioni non oltrepassa, qualche volta, i confini etici? Nel suo caso sarebbe stato giustificato se l'atto lo avesse facilitato nella soluzione del caso, consentendogli di assicurare un assassino alla giustizia.

Si voltò a guardarsi rapidamente intorno. Dall'ingresso della banca l'afflusso di gente si andava intensificando e ora il salone era quasi pieno. Tuttavia lui sostava ancora da solo davanti a quello sportello. Con disinvoltura, piegò in due con cura il modulo di versamento che aveva compilato poco prima e lo spinse sul piano del banco verso l'impiegato, come se desiderasse effettuare l'operazione. Nel compiere il gesto, si protese in avanti più che poté, dicendo sommessamente: "Senta amico... chi mi ha incaricato di questa indagine è un personaggio molto importante, ma soprattutto molto facoltoso. E' disposto a corrispondere un compenso adeguato per entrare in possesso di queste informazioni."

L'uomo apparve interdetto, ma poi prese il modulo e lesse l'importo che vi era scritto, mentre Fascetti lo scrutava per cercare di prevederne la reazione. "Magari... se lei è d'accordo, potremmo versarlo direttamente sul suo conto corrente personale."

L'altro sbatté le ciglia e aggrottò la fronte come sforzandosi di afferrare il senso di quella manovra. Il detective lo fissò con una lieve, allusiva strizzatina d'occhio.

D'un tratto, il dipendente della banca spalancò gli occhi sorpreso, come se gli fosse stata puntata contro una pistola. "Questa poi...", mormorò mentre un lieve rossore gli coloriva le gote.

Ah, pensò Fascetti deluso, sembra proprio che non gradisca questo linguaggio. Non è un tipo facilmente corruttibile.

L'impiegato continuava a fissare il modulo di versamento. Sollevò infine lo sguardo incredulo su Fascetti e quindi lo riabbassò. Poi guardò un'ultima volta il detective con una espressione che sembrava dire: "Ma questa e corruzione vera e propria!"

In quel momento, il giovane percepì in modo netto la gravità del gesto appena compiuto, e ne temette le conseguenze. Si attese che da un istante all'altro lo sportellista sbottasse qualcosa a voce alta. Immaginò che si sarebbe guardato alle spalle facendo cenno di avvicinarsi a un tale dalla massiccia corporatura con l'aria del dirigente, che sedeva a una scrivania poco distante. Tutto ciò avrebbe potuto attirare l'attenzione di altri impiegati e clienti, che lo avrebbero guardato con sospetto. C'era il rischio che qualcuno richiedesse l'intervento della guardia giurata che sostava davanti all'ingresso della banca. Questa l'avrebbe bloccato fino all'arrivo della polizia. Lo prese il forte timore di essersi cacciato in un bel guaio dal quale, probabilmente, neppure il suo amico Lopez sarebbe riuscito a districarlo. Sentì l'impulso di girare sui tacchi e svignarsela il più velocemente che poteva.

"Non ha ancora risposto alla mia domanda. Di quale cliente stiamo parlando?" La voce dell'impiegato era un sussurro, lo sguardo ritornato d'un tratto normale.

Fascetti trasse un sospiro di sollievo. "La Bardi & Lugato di Novate", gli rispose sorridendo. "E i due soci, se anch'essi sono intestatari di conti personali."

"Ah." L'altro annuì. "Capisco..." Parve riflettere, la punta dell'indice posata sul labbro inferiore. Guardò ancora una volta il modulo di versamento, poi l'appallottolò frettolosamente e lo gettò nel cestino per i rifiuti che teneva sotto il bancone. Si guardò intorno di sfuggita come per assicurarsi di non essere osservato. Estrasse da un cassetto una larga busta marrone a sacchetto, che porse a Fascetti. "Ecco...", disse con un filo di voce, "...mentre io le preparo quello di cui ha bisogno, può servirsi di questa per fare quel versamento cui accennava prima. Ripassi tra cinque minuti." Ora fu lui a fargli l'occhietto in modo appena percettibile. Poi abbassò lo sguardo sulla tastiera del computer e cominciò a digitare nervosamente.

Il detective prese la busta, la infilò in una tasca laterale della giacca, e si diresse lentamente con aria disinvolta verso lo sportello Bancomat situato a ridosso della parete opposta, accanto all'ingresso principale. Per accedere al sistema, inserì nell'apposita feritoia la propria tessera magnetizzata e digitò il codice segreto. Di lì a qualche secondo fu autorizzato al prelievo. Richiese l'importo di un milione di lire che ritirò, dopo qualche secondo, in banconote nuove di zecca di grosso taglio. Le intascò ed entrò nella toilette degli uomini che vide a pochi metri di distanza. Si chiuse all'interno di uno dei cubicoli. Prese il denaro, lo contò e lo inserì nella busta che sigillò con cura dopo averne umettato il lembo gommato con la punta della lingua. Se la rimise in tasca e controllò l'ora: aveva ancora un po' di tempo. Ne approfittò per soddisfare una impellente necessità fisiologica.

Erano trascorsi poco meno di cinque minuti quando uscì dalla toilette. Vide che il salone era ormai gremito di gente con lunghe code davanti agli sportelli. Cinque clienti in attesa di essere serviti ora stazionavano, in fila ordinata, davanti al banco da cui lui si era poco prima allontanato. Si avvicinò lentamente, rassegnato a mettersi in coda per attendere il proprio turno. Cercò di catturare lo sguardo dell'addetto quando questi sollevò la testa. Ci riuscì e l'uomo gli fece un cenno col capo di accostarsi, il volto inespressivo. Fascetti scavalcò con aria imbarazzata i clienti che lo precedevano, proferendo parole di scusa, che non servirono comunque a risparmiargli il mormorio di protesta che si levò dalla fila. Si appoggiò al banco protendendosi verso l'impiegato, nello stesso momento in cui questo gli porgeva una larga busta sigillata. Fascetti gli consegnò a sua volta il plico che conteneva il denaro e, dopo aver pronunciato un *grazie* a mala pena udibile, si avviò a passo rapido verso l'uscita della banca. Prima di varcarne la soglia lanciò un'occhiata furtiva dietro di sé. Nessuno lo stava seguendo con lo sguardo. Se la manovra di scambio delle buste non era passata inosservata, non sembrava tuttavia aver suscitato alcun sospetto. Fu soltanto quando fu all'interno della Golf e prima di accendere il motore, che Fascetti aprì il plico per esaminarne il contenuto.

C'erano quattro elaborati prodotti con la stampante del computer, pinzati insieme con un punto di cucitrice nell'angolo superiore sinistro. I primi due erano relativi alla movimentazione del conto della Bardi & Lugato, degli ultimi tre mesi. Il detective li esaminò con cura senza rilevare a prima vista niente degno di nota. Avevano l'aspetto di un normale estratto di un conto corrente bancario con giro elevato – tipico di un'azienda industriale –, utilizzato per le normali occorrenze finanziarie. A giudicare dalle causali indicate di fianco alle registrazioni, gli addebiti erano perlopiù rappresentati da assegni emessi, per importi cospicui, presumibilmente a saldo di forniture di materiali. Gli accrediti, pure di entità rilevante, erano costituiti da versamenti, oppure da bonifici a fronte di prodotti venduti, e ancora da netti ricavi relativi a sconto di effetti. Restava un certo numero di operazioni di piccolo taglio, con causali le più svariate. Con cadenza settimanale, c'erano, fino ai primi di giugno, addebiti per assegni emessi in cifre tonde fino al massimo di cinque milioni di lire. Erano le somme che Bardi aveva sottratto? Molto probabile. Il conto era in rosso per oltre trecento milioni. L'elevata esposizione, Fascetti rifletté, testimoniava dell'elevato credito bancario su cui la società poteva contare, in virtù della sua solida situazione patrimoniale, finanziaria e reddituale.

Il terzo stampato riguardava il conto corrente del defunto socio Antonio Lugato. Il saldo, inizialmente creditore per quasi venti milioni, si era bruscamente assottigliato a poche centinaia di migliaia di lire a partire dal venti giugno – data della morte dell'intestatario –, all'evidenza per effetto di assegni dallo stesso emessi in epoche antecedenti all'incidente di cui era stato vittima. Ora il conto era stagnante da tempo, e la dicitura *bloccato* suggeriva che doveva essere in attesa di definizione della pratica di successione. Dopodiché il piccolo saldo residuo sarebbe stato definitivamente liquidato agli eredi, verosimilmente assieme ad altre attività dello scomparso.

Il quarto e ultimo elaborato riportava tutte le operazioni registrate nel conto corrente personale di Cesare Bardi, nell'arco degli ultimi tre mesi.

Ciò che Fascetti notò di primo acchito, senza tuttavia restarne sorpreso, fu il saldo debitore di circa centoquarantaduemilioni che il conto presentava. Non ne fu sorpreso, poiché sapeva che Bardi non aveva ancora intascato il risarcimento della polizza assicurativa, che gli avrebbe consentito di estinguere tutti i suoi debiti. Che fosse ritenuto meritevole di credito personale dalle banche, era con tutta probabilità da attribuirsi al fatto di essere considerato, in seguito alla morte di Lugato, l'unico proprietario di una buona società. Condizione, questa, che di per sé costituiva per le banche una vera e propria garanzia su cui basare il rischio. Partendo dall'inizio del tabulato, Fascetti fece scorrere lentamente un dito lungo la colonna nutrita di importi registrati sul conto. Si trattava per la quasi totalità di operazioni a debito, di natura eterogenea. L'uso della carta di credito American Express era molto frequente. Fascetti poté constatare, dall'esame delle causali, che a dispetto della crisi finanziaria in cui si dibatteva, Bardi si trattava bene, non lesinando sulle spese personali. Della carta egli si serviva regolarmente per pagare i numerosi, sostanziosi conti di rinomati ristoranti della città – non ultimo il Savini –, che frequentava probabilmente con amici. Inoltre, con lo stesso mezzo regolava acquisti di vestiari e calzature presso noti, esclusivi negozi di moda maschile del centro, che trattavano articoli firmati. Con la Bancomat, era solito saldare i conti della spesa al supermercato. C'erano due importi relativi ad acquisti di biglietti aerei, che a giudicare dalla loro entità non dovevano riferirsi a destinazioni oltre i confini nazionali. Apparivano altresì, con frequenza pressoché bisettimanale, addebiti per assegni stilati per importi rotondi, che di rado eccedevano il milione di lire. Impossibile identificarne il beneficiario, dato che nello spazio riservato alla causale erano riportate, secondo la prassi comune, soltanto le ultime due cifre del titolo emesso. Regolamenti di debiti di gioco? si chiese. Non poteva escluderlo. Figuravano infine i normali addebiti periodici relativi a utenze luce e telefono.

Terminatone l'esame, Fascetti rimase con lo sguardo deluso posato sul gruppo degli elaborati. Con gesto automatico li sfogliò di nuovo dandovi una rapida scorsa a uno a uno, quasi volesse sincerarsi che non vi fosse veramente traccia di quello che si era augurato di trovare.

Fu quando ritornò a esaminare lo stampato del conto di Bardi che si accorse di qualcosa che non quadrava: l'elencazione delle operazioni si interrompeva bruscamente in calce al foglio alla data del due giugno. Pertanto, risultava omessa l'intera serie delle registrazioni successive, fino alla data odierna.

"Merda!" Batté il pugno sul cruscotto in un gesto di intensa rabbia. "Maledizione a quel rincitrullito", sbottò aggiungendo altri epiteti inaudibili. Rientrare in banca per farsi completare il tabulato era fuori discussione.

Come obbedendo a un istinto, rivoltò la pagina accorgendosi con stupore, che le operazioni mancanti erano state riportate sul retro della stessa. Per qualche inspiegabile ragione, forse la fretta, il povero ebete aveva deciso di utilizzare l'altra facciata del foglio per completare la stampa.

Aveva appena cominciato a esaminare con una certa ansietà la restante parte del rendiconto, che si fermò di colpo avvertendo una scarica di adrenalina nelle vene.

Aveva finalmente individuato quello che cercava.

A partire dalla data del dieci giugno – dieci giorni prima del decesso di Lugato – c'erano, tra una miriade di piccoli importi, prelievi giornalieri di dieci milioni di lire, per un totale di cento milioni. Balzavano all'occhio, ed era fuori di dubbio che si trattasse di prelievi in contanti, vista l'indicazione in chiaro nello spazio riservato alla causale. Dopo quelle operazioni il saldo del conto era precipitato nel profondo rosso.

Ora sì che la cosa cominciava a farsi interessante, pensò. Si trattava del contante che Bardi aveva versato a un killer professionista o a una organizzazione criminale, quale compenso per il servizio di togliergli dai piedi Lugato? Altamente probabile. Il commissario Lopez sarebbe stato entusiasta della sua scoperta, quando gliela avrebbe riferita.

Era un indizio che poteva rivestire una importanza fondamentale in un eventuale processo per omicidio. Laddove in futuro fosse stato incriminato con l'accusa di essere il mandante del delitto del proprio socio, Bardi avrebbe fatto bene ad apparire convincente nel rispondere alla domanda che un Pubblico Ministero gli avrebbe certamente rivolto, a proposito di come aveva impiegato tutto quel denaro.

La circostanza, poi, che non figurassero sul tabulato analoghi prelievi a ridosso della data in cui era deceduto Morelli, pur rendendo Fascetti perplesso, non allontanava minimamente dalla sua mente, il sospetto di un coinvolgimento di Bardi anche nel secondo omicidio. Non la considerava prova certa della sua estraneità, poiché non era escluso che l'uomo disponesse di altri conti presso altre banche, da cui poter attingere denaro contante in qualsiasi momento.

Accese il motore della Golf e si avviò in direzione di Milano, mentre pensava che era giunto il momento di avvicinare il suo uomo, malgrado che la prospettiva fosse tutt'altro che entusiasmante. Costasse quel che costasse, doveva affrontarlo di nuovo. Avrebbe tentato di rivolgergli qualche domanda insidiosa, di cui avrebbe analizzato la risposta. Ma soprattutto, avrebbe avuto modo di studiare la sua reazione. Rabbrividì al pensiero che poteva rivelarsi dura al punto da provocare un altro scontro fisico. Aveva una certa idea di dove trovarlo.

28

Nel fare il suo ingresso nell'atrio di Palazzo Mezzanotte, sede della Borsa Valori, Fascetti ritrovò il refrigerio dell'aria condizionata dopo il caldo torrido sofferto all'interno della Golf. Dato che era vietato al pubblico l'accesso al salone delle contrattazioni, acquistò un biglietto di ingresso al loggione degli spettatori e salì le due rampe di scale che là conducevano.

Da quella posizione privileggiata era possibile cogliere, con un colpo d'occhio, l'enorme sala affollata fino all'inverosimile, al punto da sembrare un enorme formicaio. Una moltitudine di operatori urlanti a squarciagola era assembrata davanti alle corbeille. Gesticolavano come scalmanati per segnalare i nomi e i prezzi dei titoli di cui proponevano la compera o la vendita. Di tanto in tanto si soffermavano ad annotare sui loro taccuini gli estremi delle operazioni concluse. Altri correvano freneticamente in lungo e in largo, in preda a grande agitazione.

Appoggiati contro il parapetto del loggione, alcuni osservatori tenevano lo sguardo costantemente puntato sull'enorme tabellone scuro che occupava quasi un'intera parete della sala; riportava le quotazioni dei titoli azionari, aggiornate in tempo reale. Sui loro volti traspariva la soddisfazione per una seduta di Borsa che procedeva positivamente.

In fondo a destra, accostato alla balaustrata, Cesare Bardi era intento a fare annotazioni su un taccuino a spirale. A tratti sollevava lo sguardo al tabellone dei prezzi.

Il detective gli si avvicinò con fare discreto fermandosi alle sue spalle.

"Salve Bardi!"

L'altro girò appena il capo, il volto atteggiato a un mezzo sorriso, che morì in un lampo tramutandosi in una espressione di odio intenso, quando si accorse da chi proveniva il saluto.

"Lei!" esclamò sprezzante. "Cosa diavolo ci fa qui?"

Fascetti si sforzò di sorridere. "Vorrei semplicemente fare quattro chiacchiere con lei riguardo a Morelli. Sto indagando sulla sua morte, come lei sa."

L'uomo lo studiò un attimo storcendo la bocca, e toccandosi istintivamente il livido violaceo sotto l'occhio destro procuratogli, il giorno prima, dal diretto che il giovane gli aveva sferrato mettendolo fuori gioco. "Non ne so niente", disse poi in tono seccato. "L'ultima volta che ci siamo incontrati, m'era parso d'averle fatto intendere chiaramente che non desidero averla tra i piedi, che la sua vista mi disturba."

Il detective continuò a sorridere e accese una sigaretta. Lo scrutò in volto pensando che ci sarebbe voluto non meno di un mese prima che l'ematoma scomparisse del tutto.

"Mi sbaglio o lei ce l'ha proprio a morte con gli investigatori privati, Bardi?" Gli si accostò al fianco posando una mano sul bordo del balcone.

"Si sbaglia. Non ho niente contro di loro", gli rispose riportando lo sguardo sul tabellone e poi di nuovo sul taccuino dove fece una annotazione con una biro di metallo. "E' la sua presenza che non gradisco. L'ordine professionale non c'entra."
"Può esser certo che la sensazione è reciproca", replicò l'altro divenuto d'un tratto serio. "Comunque sia, non sono qui per litigare di nuovo. Mi auguro che si possa discutere da persone civili." Si portò alle labbra la sigaretta, trasse un'intensa boccata e inspirò mentre vagava con lo sguardo disinteressato nel grande salone sottostante. "A proposito, cos'è successo di preciso al suo socio?" chiese con fare casuale sbirciando il volto del suo interlocutore con la coda dell'occhio. "Mi risulta che sia morto all'improvviso investito da un' auto, proprio come il suo amico Morelli." Fece una breve pausa. "Una strana coincidenza. Non le pare?"
Senza voltarsi, Bardi si infilò la biro nella tasca interna della giacca. Sembrò irrigidirsi e serrò con forza un pugno, i muscoli della faccia contratti dalla collera che a stento riusciva a reprimere. Poi girò la testa lentamente e rivolse al detective uno sguardo glaciale. "Per quanto ne sappia, si è trattato in entrambi i casi di disgrazia, né più né meno." Il timbro di voce quasi suonava come un ringhio. "Una coincidenza, ma niente di più. Non ha alcun significato. Può succedere a chiunque di finire sotto una macchina." Continuò a fissarlo con gli occhi scuri che avevano un che di letale. "Anche a lei, amico."
"Suona come una minaccia."
"La prenda come crede, ma ora si tolga dalle palle."
Fascetti non si mosse restando in silenzio per quasi un minuto, l'espressione meditativa. Bardi aveva riportato lo sguardo sul tabellone delle quotazioni azionarie.
"Non può non riconoscere, Bardi, che, stando a certi particolari, l'intera faccenda presenta alcuni aspetti che lasciano a dir poco perplessi..." Il detective ritornò imperterrito alla carica parlando pacatamente. "Sia Morelli che Lugato sono morti nello stesso modo, sembrerebbe travolti da un auto, ed entrambi, guarda caso, avevano rapporti con lei, anche se di diversa natura."
Tacque per verificare su Bardi l'effetto delle sue parole, ma questi non fiatò rimanendo impassibile. Fascetti proseguì: "Per

di più, a quanto mi risulta, lei avrebbe tratto un vantaggio economico tutt'altro che trascurabile dalla morte di Lugato, dato che è diventato l'unico beneficiario di una polizza assicurativa stipulata molti anni fa sulla vita di voi due."

Di nuovo Bardi non batté ciglio. Spostava continuamente lo sguardo torvo tra il tabellone e il taccuino, del quale a tratti sfogliava le pagine.

"Quanto a Morelli", Fascetti proseguì, "è risaputo che era il suo operatore di Borsa, oltre che suo amico, e che lei aveva riposto in lui la massima fiducia. Non mi sembra che il mercato azionario sia andato a gonfie vele negli ultimi tempi. Lei ha perso grosse somme di denaro. Il che ha guastato il vostro rapporto, non è vero?"

Lo fissò ancor più intensamente.

Di nuovo Bardi si voltò lentamente e lo guardò con un espressione carica d'astio. Si aggiustò gli occhiali sul setto nasale. "Ehi, dov'è che vuole andare a parare? Lo dica pure chiaramente." Esitò un attimo prima di aggiungere: "Dovrebbe sapere che non sta osservando l'undicesimo comandamento, quello che raccomanda alla gente di farsi i cazzi propri."

"Sì, ha ragione." Fascetti annuì. "Ma si metta al mio posto. Faccio l'investigatore privato, e sono stato incaricato di scoprire se la morte di un uomo sia stata o no accidentale. Purtroppo, ficcare il naso negli affari altrui fa parte del mestiere. Le dirò in tutta onestà che non ci provo affatto gusto. Ma devo pur guadagnarmi da vivere, giusto?"

L'altro fece una smorfia. "Lo vuole un consiglio da amico, Fascetti?"

"Certo. *Da amico.*" Gli lancio un'occhiata piena di sarcasmo.

"Lasci perdere."

"Un'altra minaccia?"

"No. Non c'è niente di intimidatorio. Se fossi al suo posto lo prenderei in considerazione. Sto cercando di farle capire che spreca il suo tempo. Che non approderà a nulla. Sono convinto che non ci sia niente da scoprire, e quindi niente su cui indagare."

"Mah, chissà... Sta di fatto che la polizia non è del suo stesso avviso. E neppure io, se è per questo."

Bardi fece una alzata di spalle. "La cosa non mi turba minimamente. E non saprei cos'altro dire per farle cambiare idea."

Fascetti si curvò appoggiandosi con gli avambracci sul bordo della balaustrata e si mise a osservare distrattamente il tabellone. Riprese a parlare con un tono da conversazione e conciliante insieme: "Ascolti, Bardi, questi due incidenti presentano aspetti poco chiari che...", esitò un istante, "...fanno nascere dei dubbi sulla loro autenticità. Mi scusi se insisto..., ma stento a credere che non l'abbia mai neppure sfiorata il dubbio che Lugato e Morelli siano deceduti per ragioni tutt'altro che fortuite, e che se di incidenti si è trattato, questi possano essere stati provocati intenzionalmente e... come dire...", si interruppe alla ricerca della parola giusta, "...con premeditazione. Davvero non pensa che qualcuno potrebbe aver avuto un forte interesse per desiderare la loro morte?" Sorrise debolmente e riassunse la posizione eretta restando con le mani posate sul bordo del parapetto.

"Stia bene a sentire, caro Sherlock Holmes dei miei stivali...", Bardi si voltò a guardarlo puntandogli l'indice contro, un lampo di luce negli occhi rimpiccioliti dalle spesse lenti, che sembrava poter uccidere, "...la pianti di menare il can per l'aia, ha capito? Perché non sputa il rospo e dice quello che realmente pensa? La smetta di girarci intorno. Lo dica pure in modo esplicito che ha dei sospetti su di me. Ne abbia almeno il coraggio. Ma sappia che non potrei che confermarle la mia totale estraneità a entrambi i casi. Le ripeto che, per quanto mi riguarda, Lugato e Morelli sono deceduti in incidenti stradali."

Facetti rimase in silenzio a riflettere per quasi un minuto mentre pensava che fosse giunto il momento di dare l'affondo e studiarne la reazione.

"Me ne guarderei bene dal muoverle accuse, Bardi", disse. "Non fa parte delle mie competenze. Non sono un poliziotto. Il mio ruolo è quello di analizzare gli indizi che raccolgo, e, se ci riesco, trarne delle conclusioni personali." Fece una pausa fissandolo. "A tal proposito, mi permetta di chiederle... Non è vero che lei aveva avuto un violento litigio col suo socio quando questi l'aveva scoperta a sottrarre somme considerevoli dal conto corrente bancario della ditta? Ed è vero o no che Lugato le aveva ingiunto di rimborsare il denaro minacciandola di citarla

in giudizio per appropriazione indebita, se non lo avesse fatto?"
Fece una pausa. "Per un motivo simile qualcuno potrebbe uccidere, non le sembra?" Lo scrutò come per leggergli in faccia
l'impatto della domanda. Fu certo di cogliere un leggero tremito
delle labbra. Anche le palpebre ebbero un movimento impercettibile. Segni lievi di disagio e imbarazzo, ne era certo. Ma dura-
rono un attimo. L'uomo replicò stizzito: "Questa è solo spazza-
tura. Le cose non stanno affatto in questi termini. Avevamo
avuto una discussione accesa, ma amichevole, poi conclusasi
con un chiarimento. Tutto qui."
    "E lei la definisce soltanto una discussione accesa e amiche-
vole?" Ebbe un sorriso ironico.
    "Io sì."
    "E' un eufemismo colossale... E che genere di chiarimento
avevate avuto?"
    "Era qualcosa che riguardava i nostri rapporti personali. Non
mi va di parlarne con lei."
    "Forse non se la sente di dirmi che lei aveva giustificato
l'ammanco affermando che i soldi li prendeva in prestito. Ma
prendere del denaro in prestito senza esserne autorizzati equivale a rubare, non le pare?" C'era nella voce una traccia di sde-
gno. "Lei emetteva assegni a valere sul conto corrente della ditta, falsificando la firma di Lugato. Per i fondi che sottraeva era
costretto a manomettere regolarmente la contabilità aziendale."
    Bardi non replicò, ma si voltò a fissarlo con una espressione
che diceva:
    "E queste cose lei da chi le ha sapute?"
    Fascetti si rese conto di essere andato troppo in là, e, tra sé e
sé, se ne rimproverò. Era sceso in dettagli di cui poteva essere
al corrente soltanto chi fosse stato vicino ai due soci.
    Temette che Bardi arrivasse a sospettare la Tronchetti. Forse
era la sola a sapere della lite, e il detective si chiese se c'era il
rischio che l'uomo potesse meditare di farle del male, per ritorsione.
    "Quanto a Morelli", il detective proseguì, "non è forse un
fatto che dopo il crollo della Borsa del maggio scorso non era
corso più buon sangue tra voi due? Che avevate avuto una lite
furiosa? Da quanto mi risulta lei aveva accusato il defunto di
essere il vero responsabile delle grosse perdite subite, minac-

ciandolo di fargliela pagare. So che durante l'alterco vi eravate scambiati raffiche di insulti. Cosa mi dice al riguardo?" Bardi scosse energicamente il capo, lo sguardo torvo. "Tutto falso", disse con tono scarsamente convincente. "Mi chiedo dove abbia raccolto tutta questa merda." Fissò il detective incrociando le braccia sul petto con aria di sfida. Fascetti non replicò. Preferì non andare oltre nel timore che l'uomo sospettasse che fosse Chiara la fonte di quelle informazioni.

"Non ho intenzione di rispondere a nessun altra delle sue domande", Bardi proseguì. "Ho già riferito alla polizia tutto quello di cui sono a conoscenza. Non c'è uno straccio di prova che possa incriminarmi. Le assicuro di essere perfettamente in grado di dimostrare dove mi trovavo al momento dei decessi."

Fascetti increspò le labbra accennando un sorriso sardonico. Poi disse a voce bassa: "Lo so che può contare su alibi di ferro, Bardi. Tuttavia mi consenta di farle rilevare – non per accusarla ma solo per amore di discussione – che si può progettare un delitto senza poi esserne necessariamente l'esecutore materiale." Fece una pausa. "Intendo dire che lo si può commettere per interposta persona."

"E' vero." Bardi annuì. "Ma si tratta pur sempre di teorie, niente prove. Se lei potesse dimostrare qualcosa, credo che non ne staremmo a discutere. Almeno non qui. Saremmo alla polizia e lei mi agiterebbe le prove davanti al naso. Però non ha nulla da sventolare e sta facendo ricorso a sistemi poco piacevoli che non la porteranno da nessuna parte." Aveva parlato senza distogliere lo sguardo dal tabellone.

Fascetti fu tentato di replicare dicendogli: "E come la mettiamo con quei cento milioni che ha prelevato in contanti dal suo conto corrente presso la Comit? Non può dirmi di preciso che cosa ne ha fatto?"

Ma preferì astenersi nel timore che Bardi decidesse poi di interpellare la banca, per cercare di sapere come era potuto accadere che una informazione tanto riservata fosse trapelata. Soltanto un addetto ai lavori avrebbe potuto accedervi. Una eventuale indagine, poteva creare dei grattacapi a lui e all'impiegato che aveva corrotto. Trasse un'altra boccata dalla sigaretta e si limitò a dire a voce bassa: "Non è detto, le indagini sono soltanto all'inizio."

Il Crollo

Bardi si voltò a guardarlo ancora una volta dicendo: "Senta... non le pare sia giunto il momento di alzare i tacchi?"

"Certo. Allora non mi resta che salutarla."

Il giovane si girò e si diresse a passo rapido verso l'uscita del loggione.

Bardi lo seguì con lo sguardo carico di livore.

29

Il detective si portò alle labbra il grosso boccale di birra e, tenendo gli occhi socchiusi, tracannò un lungo sorso. Assaporò la schiuma frizzante e gelata che gli scese densa lungo la gola fino in fondo allo stomaco. Una sensazione intensa di refrigerio si propagò all'interno del corpo, sopendogli la forte arsura.

Stava in piedi appoggiato con un gomito al bancone di un bar che si affacciava sulla piazza Tommaseo, a poca distanza dalla stazione del metrò di Conciliazione, e, attraverso l'ampia porta di cristallo del locale, osservava una palazzina di tre piani che sorgeva sul lato opposto dell'ampio piazzale.

Era un edificio in apparenza negletto, la facciata malconcia fatta di pietra grigia corrosa dalle intemperie e scurita dallo smog. Il giovane pensò che l'attuazione di un serio progetto di lavori di restauro avrebbe indubbiamente giovato all'aspetto dello stabile, esaltandone le linee aggraziate dello stile Liberty. Una vistosa targa di legno scritta a caratteri verdognoli su fondo bianco, stinti dalla pioggia, era affissa sul lato destro del massiccio portone di ingresso e recitava: Pensione Giardino. Un nome che all'evidenza traeva origine dal piccolo parco recintato in ferro battuto, che si estendeva sul retro dell'alberghetto, con accesso esclusivo ai suoi pensionanti.

Era lì che abitava Paolo Rivetti, il collega e grande amico di Morelli, di cui Chiara e il commissario Lopez gli avevano parlato durante il primo incontro.

Fascetti ne aveva appreso il domicilio quando, un'ora prima, lasciato Bardi, aveva tentato di contattarlo a telefono in banca. Gli era stato riferito che il giovane era in malattia da una settimana e vi sarebbe rimasto per altre due, stando a quanto egli stesso aveva comunicato. Ciò malgrado, il detective aveva an-

271

notato il suo indirizzo, e poiché non era sull'elenco telefonico, aveva deciso di fargli visita.

Ora, mandato giù l'ultimo sorso di birra e deposto il boccale sul bancone, si concesse qualche minuto di riflessione. Prese a meditare su quali domande porre al giovane, che Lopez non gli avesse già rivolto.

Soprattutto, si chiese quale reazione avrebbe avuto a una visita inaspettata che poteva accentuare il disagio del suo malessere. Restando con lo sguardo assorto puntato verso l'esterno del bar, pensò che parlare con Rivetti, sempre che questi glielo avesse consentito, poteva servirgli per fare un po' di luce sui molteplici aspetti oscuri della morte di Morelli, e per acquisire ulteriori particolari sui rapporti che il defunto aveva avuto con Maldano, con Bardi e con quei suoi clienti che aveva derubato.

Uscì dal bar e l'impatto col caldo torrido di mezzogiorno gli diede la sensazione di entrare in una fornace. Un rivolo di sudore cominciò a scendergli lungo la schiena. L'afa era soffocante e l'elevata umidità conferiva all'aria stagnante un che di appiccicaticcio. Percorse un breve tratto di marciapiede fino al semaforo e attraversò la strada sul passaggio pedonale. Si diresse a sinistra passando davanti all'ufficio postale, a una tipografia e un negozio di alimentari prima di fermarsi di fronte al portone della pensione.

Stava per premere il pulsante del campanello, quando la vista di una cabina telefonica, a pochi metri di distanza vicina al bordo del marciapiede, gli fece ricordare che si era ripromesso di telefonare ad Alessi. Vi si infilò, pescò da una tasca dei pantaloni una moneta da duecento lire che inserì nell'apparecchio. Estrasse una agendina da cui rilevò il numero del *Corriere della Sera*, e lo compose. Chiese del giornalista, ma gli fu risposto che era fuori per un servizio, e che non era dato sapere quando sarebbe rientrato. Digitò allora il suo numero di casa. "Pronto? Parla Fascetti. E' la signora Alessi?"

"Sì. Salve signor Fascetti."

"Salve signora. Le telefonavo per avere notizie di suo marito. Se non è in casa, sa dirmi dove potrei rintracciarlo?" Dal sottofondo gli giungeva il piagnucolio ininterrotto di un bambino.

"Mi spiace ma non c'è, e non ho idea di dove si trovi. Ha provato in redazione?"

Il Crollo

"Certo, ma mi è stato riferito che è fuori, e pare che nessuno sappia per quanto tempo ancora." Una breve pausa. "Ho pensato di telefonarle sperando che lei fosse in grado di dirmi dov'è." La donna rimase in silenzio per qualche secondo. Fascetti la sentì emettere un lungo sospiro da cui traspariva uno stato di notevole agitazione. "Mi rincresce di non poterle essere di alcun aiuto, signor Fascetti. Posso soltanto dirle che Riccardo è uscito molto presto stamattina e dovrebbe rientrare intorno alle sette, a meno che non mi telefoni per avvisarmi che farà tardi." Tacque e poi aggiunse: "Come ieri sera d'altronde."

"A che ora è rincasato ieri sera?"

"Era l'una passata. Ma ormai mi ci sono abituata. Va avanti da circa due mesi senza soluzione di continuità."

Il detective rimase in silenzio a riflettere. "Mi sbaglio o questa condotta di suo marito la preoccupa?"

"No, non si sbaglia." La sentì di nuovo tirare un lungo respiro.

"Ma immagino che Riccardo le avrà fornito delle giustificazioni..."

"Sì. Le dirò che abbiamo avuto un litigio l'altro ieri sera, e mi ha dato delle spiegazioni che purtroppo non mi hanno tranquillizzata. Mi ha accennato a un nuovo lavoro impegnativo di cui si sta occupando che dovrebbe concludere entro breve, migliorando la sua posizione al giornale e quindi il nostro tenore di vita. Devo dire che mi è parso un po' strano negli ultimi tempi. Spesso è soprappensiero, come assente." Esitò un attimo prima di dire lentamente: "Lei pensa che dovrei preoccuparmene, signor Fascetti? Non sarà per caso che Riccardo si trovi impegolato in qualche problema?" Poi, senza attendere la risposta, aggiunse: "A proposito, non mi ha ancora detto per quale ragione lo sta cercando."

Fascetti considerò per un istante quanto aveva ascoltato. Il pensiero del giornalista che rincasava alle ore piccole, magari dopo essere andato in giro da solo per la città a caccia di guai, gli procurò un senso di inquietudine. Lo stesso che avvertiva ogni volta che gli affiorava alla mente quel folle progetto che gli aveva illustrato nel ristorante di via Broletto, con cui si proponeva di sgominare una certa anonima omicidi. Ma cosa diavolo starà mai architettando? si chiese. Pensò che non avesse

273

senso accentuare lo stato di ansia della donna confermandole le sue preoccupazioni. Cercò di rassicurarla. "Riccardo mi sembra una persona assennata, che non commetterebbe imprudenze", le disse. "Non deve avere timori, signora. Io devo parlargli perché insieme stiamo collaborando con la polizia a una certa indagine molto riservata. Niente di rischioso, naturalmente."

Lei non replicò. "Allora quando rientra gli dirò che lei lo sta cercando per mari e per monti." Il tono di voce era divenuto gioviale.

"Bene. La prego di chiedergli di chiamarmi appena può. La ringrazio e la saluto."

Riattaccò restando per qualche tempo con lo sguardo perplesso posato sull'apparecchio, scuotendo il capo. Poi fece un'alzata di spalle e uscì dalla cabina.

Premette il pulsante del campanello della pensione e attese. Trascorse un po' di tempo prima che una donna avanti negli anni, del tutto incanutita, aprisse il portone scrutandolo con fare interrogativo. La faccia rugosa e appiattita, dava l'impressione che avesse sbattuto con violenza contro un muro di acciaio. Portava occhiali a montatura rotonda, di corno e lenti spesse come fondi di bottiglia. L'abito eccessivamente attillato faceva risaltare un corpo sgraziato dal quale il tempo aveva ormai cancellato del tutto, ammesso che ne fosse mai stato dotato, ogni traccia di femminilità

Il detective mosse le labbra per parlare, ma l'altra lo precedette dicendo in tono brusco:

"Spiacente, ma siamo al completo."

"No, no, signora." Scosse la testa sorridendo. "Sono qui per fare visita a uno dei suoi pensionanti."

Il suo tratto garbato e il tono di voce gradevole con cui pronunciò la parola 'signora', dovettero impressionarla molto favorevolmente poiché disse ricambiando stentatamente il sorriso: "Ma certamente, di chi si tratta?"

"Di Rivetti…, di Paolo Rivetti, signora."

"Ah, Paolo, eh?" La donna inclinò il capo e gli occhi le si restrinsero sospettosi, spaziando incuriositi sul volto del giovane come per analizzarlo. Il sorriso scomparve con la stessa rapidità con cui era affiorato. "Non abita più qui da qualche tempo. Si è trasferito altrove. Non so dove." Il tono si era fatto di colpo aspro e sbrigativo. Così dicendo, cominciò a chiudergli lentamente il portone in faccia.

Fascetti simulò una certa perplessità massaggiandosi il mento con l'indice e il pollice della mano destra. "E' molto strano", disse. "Veramente curioso." Si lasciò sfuggire una risatina. La megera apparve dapprima interdetta, poi gli rivolse uno sguardo colmo di interesse e riaprì la porta.

"Cosa c'è di tanto strano... e divertente?"

"Be', c'è di strano che questo è l'indirizzo che lui mi ha dato a telefono alcuni giorni fa." Come per sincerarsene, sollevò lo sguardo al numero civico prima, e poi alla targa col nome della pensione. "Sì, non c'è dubbio. Il posto è proprio questo: Pensione Giardino." Tacque per riflettere. "Mah, deve essergli sfuggito di darmi il nuovo indirizzo. Mi secca molto, ma non importa. Buongiorno, signora." Girò sui tacchi e mosse alcuni passi, ma di colpo fece dietrofront come se desiderasse aggiungere qualcosa. "Tuttavia...", disse, "...qualora il signor Rivetti dovesse contattarla, le sarei grato se volesse riferirgli che lo ha cercato Carlo Lovati, il reporter di *Milano Finanza*. Lei saprà che il signor Rivetti è un noto operatore di Borsa. Avevamo concordato un'intervista per un articolo finanziario che dovrebbe essere pubblicato nell'edizione di sabato prossimo del nostro giornale." Studiò per qualche istante il volto della donna prima di continuare. "Gli dica che se desidera ancora procedere con l'intervista e riscuotere il compenso che avevamo pattuito, si faccia vivo comunicandomi il suo nuovo indirizzo o precisarmi dove possiamo incontrarci."

Girò sui tacchi e fece per allontanarsi, trattenendo il respiro e con il fare di uno molto impegnato che deve effettuare un'altra dozzina di visite nella giornata.

A questo punto, come aveva sperato, la donna smise di recitare. "Un momento!" esclamò alzando un braccio e movendo alcuni passi verso di lui. "Attenda un momento, la prego... E' questa e nessun altra la ragione per la quale intende vederlo?"

Fascetti si fermò e si voltò lentamente a guardarla fingendo un'aria annoiata. "E quale altra ragione, sennò. Vede... il signor Rivetti ha assunto degli impegni col nostro giornale per il rilascio di una serie di interviste. Quattro giorni fa, se ricordo bene, mi ha telefonato, come sempre in passato, per prendere accordi.

Però, questa volta, mi ha pregato di venire al suo domicilio per il servizio. Ma, come ripeto, deve avermi dato distrattamente il suo vecchio indirizzo." La donna abbozzò un sorriso, ritornò sulla soglia, si fece da parte invitandolo a entrare con un gesto della mano. "Si accomodi pure, signor Lovati."

"Ma signora..., non mi ha appena detto che Paolo non alloggia più in questa pensione?"

Il detective finse sorpresa.

Il volto della donna si raggrinzì in un sorriso con cui parve sforzarsi di apparire più simpatica di quanto non fosse in realtà, ma che finì per somigliare al ghigno con cui la regina della favola di Biancaneve, trasformatasi in megera, offrì alla fanciulla la famosa mela avvelenata.

"Vede, signor Lovati", spiegò, "sono stata costretta a mentirle perché, nelle condizioni in cui è, il signor Paolo non ha voglia di vedere neppure gli amici. Mi ha dato istruzioni categoriche di non far entrare nessuno nella sua stanza, salvo casi eccezionali, naturalmente. Io lo sto accudendo nel migliore dei modi. Ma per come è conciato, dubito che sia in grado di rilasciare un'intervista." Rimase in silenzio e sembrò valutare la situazione. "Però", aggiunse, "tutto sommato, mi sembra che lo scopo della sua visita sia nel suo interesse e quindi penso che ne sarà lieto. Spero vorrà scusare il mio rifiuto iniziale, ma quando l'avrà visto, sono certa che comprenderà il mio atteggiamento."

"Ma cos'ha di preciso?" chiese il detective una volta che furono nell'atrio. "L'influenza con febbre molto alta?"

La vecchia esitò prima di rispondere. "Magari fosse soltanto un'influenza..." Si diresse verso le scale. "Le ripeto... sta davvero male. Riesce a muoversi, ma con difficoltà. Avrà modo di sincerarsene con i suoi occhi..." Tacque, lo sguardo serio ed enigmatico insieme, come se preferisse non scendere nei particolari sulle condizioni di salute del suo inquilino. Fascetti seguì la sua notevole mole su per due rampe di scale che portavano al primo piano.

L'aria era vagamente impregnata di uno strano, sgradevole odore che ricordava i cavoli lessi. Il caldo era soffocante: c'erano almeno trenta gradi. Percorsero un lungo corridoio su cui si affacciavano numerose stanze, fino al punto in cui lei si

fermò davanti a una porta chiusa su cui bussò con tocco molto lieve per non disturbare il malato. "Signor Paolo?"
Dall'interno della stanza venne il cigolio di un letto e una voce dal timbro lamentoso. "Sì?"
Parlando sottovoce, Fascetti si rivolse alla donna con fare sbrigativo: "Non la trattengo oltre, signora. E' stata fin troppo gentile con me, e la ringrazio molto. Ma preferirei vedere Paolo da solo. Capisce... è una cosa privata. Passerò da lei quando avrò finito l'intervista, prima di andare via."
Lei annuì e gli sorrise allo stesso modo di prima, che forse riteneva accattivante. "La porta è aperta", disse. "Lui si fida di me, sa che faccio buona guardia e non la chiude mai dall'interno. Ora credo che stia riposando." Si allontanò con un'andatura ondeggiante simile a quella di un'anatra. Fascetti attese che il rumore dei suoi passi lungo il corridoio e quindi giù per le scale si spegnesse del tutto prima di dare un colpetto alla porta con le nocche.
"Adele?" La voce del malato suonò come un lagno. "Sei tu?"
Fascetti abbassò la maniglia e aprì la porta lentamente lanciando uno sguardo all'interno della stanza avvolta da una fitta penombra. Soltanto attraverso la tapparella socchiusa dell'unica finestra filtrava, molto scarna, la luce del giorno. Il disagio procurato dall'elevata temperatura, era attenuato, in modo appena percettibile, da un piccolo ventilatore a soffitto di cui si udiva il lieve ronzio. Nell'aria ristagnava il fetore emanato dalla traspirazione del corpo del giovane che giaceva su un lettino addossato a una parete. Il detective poté intravederne soltanto la sagoma dai contorni confusi.
"Adele?" Rivetti ripeté con voce querula, ma si interruppe bruscamente quando vide la figura di Fascetti fermo in mezzo al vano della porta, una silhouette scura contro la luce fioca del corridoio.
Dalla bocca del malato uscì un gridò di sorpresa, ma che avrebbe potuto anche essere di paura. Si mosse gemendo, e poi con evidente sforzo si drizzò a sedere appoggiandosi con la schiena alla spalliera del letto. "Ma chi diavolo è lei?" chiese in tono ansioso. "Che cosa vuole da me? Perché Adele l'ha fatta entrare?

"Si calmi, Rivetti. Sono qui soltanto per fare quattro chiacchiere con lei."

Entrò e chiuse la porta. Ora non riusciva a vedere quasi niente nella stanza. Mosse alcuni passi verso il lettino, una massa oscura che si trovava direttamente davanti a lui.

"Non ho nulla da dire", disse il malato in preda a evidente apprensione. "Ho già riferito tutto ciò che so a quei maledetti." La voce era un piagnucolio. "Se lei è uno di loro, mi lasci in pace", implorò. "Non ho nient'altro da aggiungere. Non so niente di Morelli e di dove sia finito tutto quel denaro."

Sbalordito, Fascetti aguzzò la vista nella intensa semioscurità, sforzandosi di distinguere, ma senza riuscirvi, i lineamenti dell'uomo. Lo sentiva ansimare con respiri concitati, sintomo del crescente stato di agitazione indotto dalla paura.

Si accostò al lettino e si chinò per azionare l'interruttore della piccola abat-jour posata sul tavolino da notte.

Rivetti strinse le palpebre, e girò di scatto la testa dall'altra parte quando l'improvvisa luminosità gli ferì la vista. Dopo qualche secondo rivolse a Fascetti uno sguardo terrorizzato.

Era un giovane sui trent'anni d'altezza media, capelli rossicci e carnagione chiara. Giaceva a torso nudo e indossava soltanto un paio di pantaloncini chiari a strisce blu. Era magro come un chiodo, al punto che le costole del torace si scolpivano tanto nitidamente sotto la pelle abbronzata, da potersi facilmente contare. Tutto il corpo, madido di sudore, riluceva nel soffuso chiarore della lampada.

Fascetti lo scrutò in volto e si sentì rivoltare lo stomaco. Pensò che l'affermazione di Adele che stava male, fosse il classico eufemismo. Chiunque fosse stato che l'aveva massacrato di botte in quel modo, si era divertito a modificargli i connotati. Un lavoro a regola d'arte, da vero professionista. Gli occhi del giovane, di cui uno semichiuso e terribilmente gonfio, erano cerchiati da ecchimosi rosso scuro e il labbro inferiore era spaccato. Il naso doveva aver subito la frattura del setto poiché era ricoperto da un grosso cerotto intriso di sangue. Gli zigomi erano tumefatti e illividiti, mentre il rigonfiamento molto pronunciato del lato sinistro della bocca e della mascella, conferivano alla faccia un aspetto asimmetrico. Il resto del corpo, petto, braccia e gambe, presentavano numerosi segni di percosse, probabilmente inferte con un bastone, una spranga metallica, o un frustino.

Sul volto del detective affiorò un'espressione in cui si mescolarono rabbia, orrore, pietà, ma soprattutto sconcerto.

Tenendo lo sguardo rivolto al nuovo arrivato, il giovane gemette e contorse il viso in una smorfia di paura. La ferita sul labbro inferiore, rimarginata di fresco, si riaprì e stillò una goccia di sangue che rotolò fino alla punta del mento, gocciolandogli sul petto.

"Chi è che l'ha picchiata, Rivetti?"

Il malato non gli rispose subito ma si girò di lato e lo fissò. "E' stato uno di quelli...", disse con un filo di voce attraverso le labbra gonfie. "Non mi dica che non sa di chi stia parlando."

Fascetti scosse il capo con vigore. "No, non ne ho la minima idea. Può spiegarmi a chi si riferisce quando dice *quelli?"* E aggiunse: "Mi chiamo Carlo Fascetti e sono un investigatore privato." Estrasse il distintivo e glielo mostrò. "Non abbia timore di me, si fidi, può essere certo che non sono qui per farle del male."

Rivetti sollevò appena il capo continuando a fissarlo intensamente diritto negli occhi. L'altro si sciolse in un largo sorriso che si sforzò di rendere il più rassicurante possibile. Vide che l'espressione terrorizzata del giovane andava rapidamente attenuandosi fino a scomparire del tutto.

"Allora... lei non è uno di loro?"

"Le ripeto che non ho idea di chi siano questi *loro*, Rivetti. Sono stato incaricato da un mio cliente di condurre un'indagine per accertare la vera causa della morte del suo amico Morelli. Naturalmente, non posso rivelarle l'identità del mio mandante. Sono certo capirà che sono rigorosamente tenuto alla riservatezza."

Rivetti annuì debolmente, appariva sollevato.

"Io l'ho sempre sospettato."

"Sospettato cosa?"

"Che Claudio sia stato assassinato." Ma si affrettò ad aggiungere: "Però non ne ho la prova, né la più pallida idea di chi possa essere l'omicida." Lagnandosi con le labbra serrate, si mosse a fatica nel letto ritornando alla posizione supina. "Avverto dolori in ogni centimetro del corpo, ma per fortuna, a parte il viso, non ho nient'altro di rotto. Spero di cavarmela in un paio di settimane grazie alle cure di Adele che, fortunatamente, è una ex infermiera patentata."

Fascetti rimase in silenzio e, per la prima volta, si guardò in giro. La camera era alquanto ampia, l'aspetto decoroso, ed era arredata dell'essenziale: un guardaroba, una cassettiera, uno scrittoio collocato sotto la finestra e, al centro, un tavolino tondo attorniato da quattro sedie. Ne afferrò una per la spalliera, e si sedette accanto al letto.

"Ora si rilassi, Rivetti. Da parte mia non ha nulla da temere", lo rassicurò di nuovo. Tacque per qualche secondo. "Ma perché non mi racconta tutto di lei e di Claudio, e, soprattutto, non mi dice che cosa le è accaduto? Chi l'ha ridotta così? Le garantisco che resterà tra noi tutto ciò che mi dirà."

30

A giudicare dal volto rasserenato di Rivetti quando riprese a parlare, il senso di profondo sconcerto misto a paura, che si era impadronito di lui alla vista di Fascetti, sembrava essersi dissolto.

Restava, tuttavia, l'espressione sofferente del volto sfigurato.

Cominciò a raccontare che era nato trent'anni prima a Molfetta, una cittadina sul mare a venti chilometri da Bari, da modesta famiglia. Secondogenito di due figli maschi, aveva conseguito il diploma di ragioniere. Il padre, fattore di una importante azienda agricola della zona, aveva fatto in modo, a costo di grandi sacrifici, che egli potesse intraprendere gli studi universitari.

Morelli l'aveva conosciuto quando entrambi si erano iscritti alla facoltà di Economia e Commercio presso l'Università degli Studi di Bari. L'intesa tra loro era stata spontanea e immediata, e ne era subito nata una autentica e duratura amicizia caratterizzata da stima reciproca. Da allora si erano frequentati assiduamente al punto da trascorrere sempre insieme le loro vacanze estive e scambiarsi, durante i weekend, visite nei rispettivi paesi di origine. Quando Morelli si era stabilito a Milano, avevano continuato a mantenere i contatti, e non era mai venuta

meno quella vecchia consuetudine di ritrovarsi per le vacanze.
Fu così che, nel momento in cui se ne era presentata
l'opportunità dopo circa un anno dalla loro separazione, Morelli
aveva fatto in modo che Rivetti, anch'egli desideroso di emigra-
re al Nord per sfuggire alla crisi occupazionale giovanile che affliggeva il Meridione, venisse assunto dalla Banca Popolare
Ambrosiana come suo collaboratore.

Avevano lavorato intensamente fianco a fianco per alcuni
anni, conseguendo ottimi risultati. Rivetti si era rapidamente
aggiornato sulle tecniche operative di Borsa grazie alla esperienza che, giorno dopo giorno, era andato acquisendo dal suo
amico. Aveva finito per divenire egli stesso un provetto esperto
di investimenti finanziari.

Ma col trascorrere del tempo, nel loro rapporto di lavoro
erano cominciati ad affiorare contrasti originati da divergenze
dei loro punti di vista sulle migliori strategie da adottare nella
gestione dei rischi.

Era la cautela che Rivetti professava in continuazione, di cui
Morelli, invece, non sembrava incline a tener molto conto.

Erano gli anni del boom della Borsa, della clamorosa e inarrestabile ascesa delle quotazioni, e dell'espansione degli affari
sul mercato azionario conseguente l'entrata in scena dei fondi
comuni di investimento. Iniziata in sordina nel 1981, la graduale e costante lievitazione dei prezzi era durata cinque anni, culminando alla fine del precedente mese di maggio, allorché
l'indice Comit aveva toccato il massimo storico. Da allora il
mercato aveva iniziato ad avvitarsi in una spirale ribassista senza precedenti, ed era cominciato a dilagare un panico incontrollabile tra i risparmiatori, che ne aveva scatenato la fuga precipi-
tosa dall'investimento azionario.

Sul conto di Morelli, Rivetti riferì a Fascetti quanto questi
aveva già appreso da Maldano e dal commissario Lopez nei
suoi recenti incontri con loro. Gli descrisse con maggiori particolari, le grosse difficoltà con cui il funzionario aveva dovuto
confrontarsi dopo il crollo della Borsa, difficoltà che alla fine lo
avevano probabilmente costretto a darsi alla fuga con il denaro
di quegli sprovveduti che si erano fidati di lui. Precisò di non
aver mai avuto il benché minimo ruolo in quella sua attività
clandestina di promotore finanziario.

Del resto lo stesso Morelli gliene aveva sempre illustrato le modalità molto sommariamente, senza mai rivelargli i nomi di coloro i cui risparmi amministrava. Né gliene aveva mai confidato l'aspetto più illecito, quello che di fatto aveva motivato la revoca del suo incarico dal servizio di Borsa, ossia l'utilizzo della modulistica della banca per stilare le ricevute di versamento, che rilasciava a quegli ingenui che riusciva a irretire.

"Non perdevo occasione", Rivetti continuò, "per manifestargli la mia disapprovazione per quel genere di attività che aveva intrapreso. Non passava giorno senza che lo mettessi in guardia dai rischi che correva, nella eventualità di una improvvisa inversione della tendenza del mercato."

"Che mi dice dei suoi rapporti con Maldano?

"Erano molto stretti. E d'altronde non avrebbe potuto essere altrimenti visto che Claudio quale responsabile esecutivo del servizio Trattazione titoli e Gestioni patrimoniali, era di fatto il suo braccio destro. Maldano lo teneva da gran conto anche come consulente. Malgrado fosse egli stesso espertissimo di finanza, non muoveva foglia prima d'averlo interpellato. Era grande l'influenza che Morelli esercitava sul suo capo."

"Cosa le diceva, il suo amico, sui quei *rumor* che tuttora circolano sul suo conto?

"Se si riferisce a quei pettegolezzi di sue tendenze omosessuali… be', ne era del tutto indifferente. D'altronde Maldano è sempre stato irreprensibile nei suoi comportamenti col personale, che tuttora non vanno mai oltre ciò che implicano i normali rapporti di lavoro." Fece una pausa.

"Però si sente dire in giro che fuori si accompagni con altri uomini, molto più giovani di lui e di basso ceto. Lo si sarebbe visto bazzicare certi ambienti equivoci in luoghi fuori mano: ritrovi abituali per incontri particolari, privilegiati dagli omosessuali. Ma da un anno a questa parte sembra che abbia allacciato una relazione stabile con un giovane sulla trentina, di bell'aspetto. Si tratterebbe di un dipendente della stessa Bpa che lui stesso avrebbe fatto assumere, e che attualmente presta servizio presso un'agenzia di città. Anch'egli sarebbe di origine siciliana."

"Che cosa può dirmi di quelle voci che circolano, di affari poco puliti a cui Maldano sarebbe dedito? Per intenderci… il riciclaggio di denaro sporco per conto della Mafia. Claudio ne era al corrente?"

"Al riguardo, vi sono voci che aleggiano nei corridoi della banca", il giovane precisò. "Ma sono piuttosto vaghe. Congetture frutto di sensazioni, più che altro."

"Mai lei che ne pensa?"

Il malato non rispose subito. Aveva parlato a lungo con voce fievole e appariva fiaccato. Si girò su un fianco verso Fascetti emettendo un debole lamento. Il detective si soffermò un istante a osservare di nuovo quel volto tumefatto, imperlato da goccioline di sudore, e di nuovo si sentì mosso a compassione. "Mi spiace di doverla sottoporre a un simile stress, Rivetti. Ma sono certo che anche lei desideri venga fatta luce sulla morte di Claudio..."

"Certo... certo..." Trasse un profondo sospiro inframmezzato da un tremito. "Credo che l'istinto non mi inganni, Fascetti. Mi dice che lei è una persona di cui posso fidarmi. Sento che posso parlarle senza timore alcuno. Altrimenti non aprirei bocca su ciò che sto per dirle."

"Stia tranquillo." Il detective lo fissò con un altro sorriso rassicurante.

"Se sono fondati i sospetti che Maldano ricicli in banca i soldi della Mafia, allora a mio avviso è elevatissima la probabilità che avesse reso Claudio partecipe del suo lavoro sporco, coinvolgendolo in un rapporto di complicità tanto stretto da indurlo a tenere la bocca cucita a doppio filo." Esitò sospirando di nuovo a fondo. "Ecco perché Claudio stava sempre molto abbottonato sulla natura dei suoi rapporti col suo capo, perfino con me nonostante la grande amicizia che ci legava. Ogni volta che la nostra conversazione cadeva casualmente su Maldano, cercava di sviare l'argomento."

"Sicché non si fidava neppure di lei."

"Non credo che fosse questione di mancanza di fiducia. Sapeva che avrei saputo tenere la bocca chiusa, ma sapeva anche che lo avrei fortemente disapprovato, e insistito perché ne venisse fuori."

"Forse", Fascetti osservò, "avvertiva grande apprensione per la consapevolezza di essere l'unico depositario di un segreto inconfessabile. Lo sentiva come una minaccia."

"Lo credo anch'io. Magari temeva che se qualcosa fosse trapelata, Maldano avrebbe guardato a lui quale responsabile, e non gliela avrebbe fatta passare liscia. Se risponde al vero che abbia legami con la Mafia, è comprensibile che Claudio potesse avvertire un certo pericolo per la propria vita."
Fascetti assentì col capo.
"Ne convengo. Tuttavia mi riesce difficile immaginare che lei non abbia mai notato assolutamente niente di concreto che avvalorasse in qualche modo i sui sospetti..."
Rivetti ci pensò su per un attimo. "Sì, qualcosa l'ho vista, ma si tratta sempre di indizi più che di prove certe."
"Vale a dire?"
"Vede... con la Borsa in pieno boom, ci pervenivano ogni giorno una moltitudine di ordini di compravendita di azioni, anche da piazze estere. Moltissimi ne arrivavano da banche e finanziarie svizzere, e perfino da investitori privati nostri clienti. Era opinione abbastanza comune tra noi operatori, che una porzione significativa della liquidità che affluiva dalla Svizzera a certe banche e finanziarie italiane, per essere contestualmente convogliato sulla Borsa, fosse di origine illegale.
"Quale mezzo più efficace e sbrigativo della compravendita di azioni, per 'lavare' il denaro sporco di attività illecite? Con frequenza quasi giornaliera, ricevevamo un certo numero di disposizioni da una piccola finanziaria di Lugano, la Finanziaria Transalpina. Non avrebbero attirato la mia attenzione nel gran guazzabuglio della miriade di operazioni, se non fosse stato che era sempre Morelli a occuparsene personalmente. Riceveva gli ordini a telefono da Lugano, li passava agli operatori e poi ne seguiva con cura l'esecuzione. Era inusuale che dovesse farlo lui nella sua posizione di capo del settore. Ma ciò che contribuiva a fortificare i miei sospetti era il particolare che, in sua assenza, addirittura Maldano in persona lo sostituiva in quella incombenza. Egli stesso prendeva gli ordini a telefono nel suo studio e li passava alla Contrattazione. Da qui la riprova che i due fossero in combutta."
"Data la sua amicizia con Claudio, avrebbe comunque potuto chiedergli spiegazioni del suo interessamento per queste transazioni, o no?" L'altro annuì. "E crede che non l'abbia fatto?" Abbozzò un sorriso. "Non avrei potuto ricavarne risposta più

vaga ed evasiva. Si trattava, mi disse, di capitali precedentemente esportati in Svizzera da uno di quei suoi clienti personali, che lo stesso stava ora facendo rimpatriare gradualmente."

"Visti i grossi rischi che era disposto ad accollarsi, immagino che dovesse trarne dei vantaggi... economici."

"Naturalmente..." Accennò un sorriso. "Maldano doveva remunerarlo lautamente per la collaborazione ... e discrezione."

Fascetti annuì. Poi cambiò argomento, dicendo: "Mi scusi sa, Rivetti, ma non mi ancora detto chi l'ha conciata in questo stato..."

"Ci arrivo subito."

Prima di continuare a parlare, l'ammalato estrasse da sotto il guanciale un fazzoletto e se lo passò sul volto per detergersi il sudore.

"Deve sapere, Fascetti", riprese, "che mentre i guai di Claudio Morelli hanno avuto inizio con il cataclisma della Borsa, le mie grane personali sono cominciate dal momento in cui lui si è reso irreperibile, ossia dal 19 dello scorso mese di luglio.

"Subito dopo la sua scomparsa col denaro, mi sono ritrovato in una strana e inquietante situazione. Ho cominciato ad avvertire la sensazione di essere sospettato di complicità. Da alcuni inequivocabili segnali mi sono formato la convinzione che fossero in molti, forse la stessa polizia che mi aveva interrogato, a ritenere probabile una mia connivenza nella truffa, e che, in conseguenza, io fossi a conoscenza di dove Morelli fosse andato a nascondersi col malloppo. Oltre che collega e suo braccio destro, tutti sapevano che ero anzitutto suo grande amico. Tutto il personale era persuaso – al pari di molti clienti –, che se c'era uno a cui Claudio avrebbe confidato un suo problema, o un segreto intimo, questo ero io.

"Infatti, lo consideravo come un fratello", disse, e un'ombra di profonda tristezza gli attraversò il volto accentuandone l'espressione dolente. "Eravamo così..." Sollevò due dita incrociate. "Inseparabili, sia in banca, sia dopo l'orario di lavoro."

"Ma di che genere di segnali si trattava esattamente? Ed è proprio certo che non fossero il frutto di una sua errata impressione?"

"Lo stato in cui sono ridotto testimonia del fatto che non mi ero ingannato."

Proseguì spiegando che, nei giorni successivi a quello in cui Morelli si rese irreperibile, cominciò a essere tempestato dalle telefonate allarmate di quei poveracci che aveva truffato. Gli chiedevano se sapesse come rintracciarlo, se ci fosse speranza di recuperare il denaro. Dal contesto delle domande che gli rivolgevano, percepiva il loro sospetto nei suoi confronti. Gli pareva che dessero per scontato che lui dovesse essere a conoscenza di dove Morelli fosse finito. Tacque come per riprendere fiato e concentrò lo sguardo vacuo sul soffitto.

"Ma lei come reagiva a queste insinuazioni, seppure espresse in forma velata?"

"Mantenevo sempre un atteggiamento cauto, di basso profilo. Non mi spazientivo mai. Non facevo altro che asserire pacatamente di essere all'oscuro di tutto, di non avere la più pallida idea di dove Claudio si fosse cacciato. Invitavo tutti a rivolgersi alla polizia o ai carabinieri che stavano conducendo le indagini di ricerca."

Fu alcuni giorni dopo l'inizio delle telefonate, Rivetti proseguì, che cominciò ad avere la vaga impressione di essere spiato quando era per strada. Lo prendeva, allora, una certa agitazione, e vano si rivelava ogni sforzo per calmarsi dicendosi che si sbagliava, che forse era divenuto preda dell'autosuggestione.

Ma un giorno, durante l'intervallo meridiano, mentre camminava lentamente lungo via Dante immerso nella folla che gremiva il marciapiede, fu colto da una strana sensazione di pericolo. Si guardò più volte intorno scrutando i volti dei passanti, senza sapere chi o che cosa stesse cercando. Sudava abbondantemente e lo stomaco gli si contorceva. Sentì profonda dentro di sé – come una sorta di istinto primordiale – una voce che gli urlava avvertendolo che qualcuno lo stava osservando. Percorsi ancora alcuni metri, si fermò davanti alla vetrina di un negozio lanciando un altro sguardo in giro.

Fu allora che ebbe la conferma di essere pedinato.

"Notai un giovane molto alto, di carnagione chiara, in maglietta, jeans e scarpe da ginnastica, che aveva tutta l'aria di sorvegliarmi e sebbene lo facesse con gran discrezione, io l'avevo finalmente individuato. Non lo conoscevo, né lo avevo mai visto. Ma il suo portamento e qualcosa di indefinibile nel suo aspetto, mi suggerì che non doveva agire in proprio, ma per incarico di qualcun'altro. Per avere conferma del mio sospetto, rimasi a osservare la vetrina del negozio per un bel po' di tempo, notando con la coda dell'occhio che quel tizio, distante una quindicina di metri, faceva la stessa cosa. A tratti lanciava occhiate distratte nella mia direzione.

"Ma nello stesso istante in cui ripresi a camminare alla volta di Largo Cairoli, anche l'altro, smesso di studiare la vetrina, si riavviò sul marciapiede alla mia stessa velocità e nella stessa direzione. Desiderando dissipare ogni ombra di dubbio, entrai improvvisamente in un bar e ordinai un Espresso. Dopo averlo bevuto, attesi una decina di minuti appoggiato al bancone prima di uscire dal locale. Vidi subito che il mio pedinatore era rimasto ad attendermi dall'altra parte della strada fingendo di osservare un'altra vetrina. Si volse a guardare nella mia direzione, e soltanto per una frazione di secondo i nostri occhi si incrociarono. Nei giorni che seguirono continuai a notarlo, spesso mescolato tra la folla della metropolitana nelle ore di punta. Una sera, appena rincasato, guardando fuori dalla finestra della mia camera, lo vidi fermo sull'angolo della strada a breve distanza dalla pensione, con l'aria di attendere qualcuno. Lo rividi le sere successive. Restava lì fino a dopo la mezzanotte. Un paio di volte entrò in una vicina cabina telefonica, restandovi a lungo a parlare animatamente."

Rivetti rimase in silenzio consentendo a Fascetti di riflettere su quanto aveva ascoltato. Poi si drizzò e, a fatica, si mise a sedere appoggiandosi alla testiera del lettino. Tracannò un lungo sorso di acqua dalla bottiglia posata sul tavolino da notte.

"Dunque, parrebbe...", il detective osservò durante la pausa, "... che chiunque fossero quelli che la facevano spiare, perseguissero l'idea di una sua intesa con Claudio. Pensavano che anche lei fosse dentro fino al collo in questa faccenda. Insomma... ipotizzavano una sorta di combutta tra voi due fin dall'inizio. Magari erano convinti che foste ancora in contatto segreto e speravano che sorvegliandola e seguendola li avrebbe condotti da lui, prima o poi."

"Già... questo è quello che ho pensato anch'io", l'altro convenne. "E le confesso che la situazione che si era creata mi procurava costante apprensione. Vivevo nel terrore che qualcosa di grave potesse accadermi da un momento all'altro. Ero tuttavia restio a rivolgermi alla polizia per timore di ritorsioni da parte di quella che pensavo dovesse essere gente priva di scrupoli e pronta a qualsiasi azione. Mi muovevo con cautela e circospezione quando uscivo, prendendo ogni precauzione. Speravo che, prima o poi, quel tipo che mai mi perdeva di vista avrebbe finito per lasciarmi in pace vedendo che non lo conducevo da nessuna parte." Fece una smorfia. "Purtroppo così non è stato. Visto l'insuccesso dei pedinamenti e appostamenti, quelli che mi sorvegliavano, spazientiti, hanno deciso di uscire allo scoperto."

Fascetti annuì energicamente intuendo ciò che il giovane stava per dirgli.

"E' successo la scorsa settimana, sei giorni prima del ritrovamento del corpo di Claudio al parco Ravizza". Rivetti si passò di nuovo il fazzoletto sul volto madido di sudore.

Aveva dovuto attardarsi in banca più a lungo del solito, spiegò, per sistemare alcune pratiche urgenti. Erano le undici quando, uscito dalla stazione della metropolitana di Conciliazione, si guardò in giro come sempre faceva, ma non vide il suo pedinatore. Sollevato, si incamminò allora alla volta della pensione. Improvvisamente, sentì alle sue spalle un rumore di passi affrettati,e, prima che avesse il tempo di capire cosa gli stesse accadendo, quattro mani lo afferrarono brutalmente dal di dietro, trascinandolo a viva forza verso una macchina che nel frattempo si era accostata silenziosa al marciapiede. Gli assalitori gli infilarono un cappuccio scuro sulla testa. Urlò e scalciò ma non servì a nulla. Lo sbatterono dentro l'abitacolo con una violenza inaudita. Si ritrovò seduto sul sedile posteriore intrappolato tra i due sicari. "Ora stia calmo", gli disse uno di loro. "Provi a urlare di nuovo e si ritrova con una pallottola nella testa." La sua voce era dura, decisa. Le portiere si chiusero e l'auto ripartì di gran carriera.

Rivetti guardò Fascetti e increspò appena le labbra nel tentativo, mal riuscito, di accennare un debole sorriso. Appariva più affaticato di prima, avvolto da profonda tristezza. "Non ho la più pallida idea di dove mi abbiano portato." Sospirò. "Ma il tragitto deve essere stato breve a giudicare dal tempo impiegato per giungere a destinazione. Quando siamo usciti dall'auto, c'era un profondo silenzio. Di sicuro la zona era deserta a quell'ora di sera. Ho sentito il cigolio di un portone che si apriva, poi abbiamo camminato lungo quello che mi è parso un lungo corridoio, per poi scendere due brevi rampe di scale. A guidarmi era uno dei miei carcerieri, tenendomi stretto per un braccio. Ho capito che siamo entrati in una stanza dall'aria impregnata da un forte odore di olio e muffa. E' stato allora che mi hanno tolto il cappuccio."

Tacque alcuni secondi, e di nuovo si mosse sul lettino facendo una smorfia di dolore. "Mi sono guardato in giro a osservare l'ambiente. Ci trovavamo in un ampio locale seminterrato, dall'aspetto di una cantina, immerso in una penombra così intensa da non consentirmi neppure di discernere i volti dei due sicari. L'unico tenue barlume filtrava dall'esterno attraverso due grate di aerazione, situate nella parte alta di una parete, poco più di feritoie orizzontali che si aprivano in corrispondenza del livello stradale.

"Mentre cercavo di valutare la situazione, ho sentito un tramestio di passi alle mie spalle provenire dall'ingresso della cantina, e ho capito che qualcuno era appena entrato. 'Salve Rivetti', mi sono sentito dire da una voce robusta e familiare, 'è da un pezzo che non ci si vede, come sta?' Sono trasalito e mi sono voltato di scatto. Malgrado la semioscurità sono riuscito a intravedere il nuovo arrivato abbastanza da riconoscerlo, e sono rimasto di stucco." Fece una pausa. "Era uno di quei clienti di Claudio con i cui soldi si era eclissato, e stava lì sulla soglia con le braccia conserte, sorridendo cinicamente con aria di sfida." Tacque e scrutò il detective come per verificarne la reazione. Fascetti lo fissava intensamente con enorme interesse. Disse:

"Allora…mi dica… sicché lei lo conosceva ed è rimasto stupito di vederlo lì… E poi cos'è accaduto?"

Rivetti sembrò ignorare la domanda, ma invece disse: "Be'… forse le interesserà sapere che si trattava del più importante cliente di Claudio tra quelli che aveva derubato."

"Allora immagino che ne conosca il nome."

"Altrochè. Si chiama Gargiulo…, Giuseppe Gargiulo, ed è il proprietario del Serraglio, un locale notturno dalle parti di Lore

31

Se Fascetti fu sorpreso nell'apprendere da Rivetti della comparsa di Gargiulo sulla scena del suo sequestro, non lo diede a vedere. Assunse una espressione imperturbabile come lo avesse immaginato. Del resto, sapeva che il proprietario del night aveva – per sua stessa ammissione quando lo aveva ingaggiato – affidato a Morelli, con l'incarico di amministrarla proficuamente, una grossa somma di denaro, poi volatilizzatasi assieme a lui.

Quando il malato rimase in silenzio, Fascetti si mosse a disagio sulla sedia accavallando le gambe. "Non può descrivermi cosa è accaduto esattamente in quella cantina, Rivetti?" Gli sorrise. "Cosa vi siete detti di preciso lei e Gargiulo? Mi spiace di doverle rigirare il coltello nella ferita…"

L'altro parve amareggiarsi per un attimo, poi ebbe un sospiro rassegnato e disse: "D'accordo. Sì, ci sono alcuni particolari interessanti di quell'incontro, che lei dovrebbe conoscere. Gliene parlo. Oltretutto mi servirà da sfogo.

"La ascolto."

Gargiulo aveva esordito chiedendogli, senza alcun preambolo, di rivelargli il nascondiglio di Morelli, il giovane raccontò. Il suo tono era duro e perentorio, quasi desse per scontato che il giovane dovesse esserne a conoscenza. "Non mi dica che non sa dove si è cacciato il suo amico, Rivetti, perché non le crederei. Sarò costretto a usare, mio malgrado, le maniere forti se rifiuterà di parlare. Lei sa che quel figlio di puttana se l'è squagliata con i miei soldi. E sa pure che non si tratta di bruscolini. Sono qui perché lei mi aiuti a recuperarli." Aveva quindi taciuto per alcuni secondi incrociando le braccia. "Sono certo che lo farà, con le buone o con le cattive maniere."

Rivetti gli aveva spiegato con molta enfasi di non avere la più pallida idea di dove si fosse nascosto Morelli. Che non lo aveva più visto o sentito dal giorno della scomparsa. Che non gli aveva mai minimamente accennato che aveva in mente di fuggire. Non lo aveva mai ritenuto capace di tanto. Aveva concluso giurando che era la verità sacrosanta.

Gargiulo era rimasto a lungo silenzioso, mentre lo fissava con un'espressione scettica e cupa insieme, come non reputasse

Il Crollo

credibile quanto aveva ascoltato. Alla fine aveva detto: "Se si ostina a mentire non farà che aggravare la sua situazione, caro amico. Lei sta mettendo a dura prova la mia pazienza. Tuttavia, se lo desidera, le do del tempo per riflettere. Ma non insulti la mia intelligenza continuando a dirmi che non sa dove si nasconde Morelli."

Rivetti gli aveva rivolto uno sguardo impaurito. "Ma non ho bisogno di riflettere. Le ho detto la verità. Non so niente di niente. Quante volte glielo devo ripetere." C'era esasperazione e rabbia nella voce.

Era caduto un sinistro silenzio nella cantina che al malcapitato era parso durasse un'eternità. Poi Gargiulo aveva guardato i suoi due scagnozzi con un appena percettibile cenno di assenso.

Questi lo avevano afferrato e, senza tanti complimenti, si erano messi a colpirlo con ferocia inaudita.

"Mi sono reso subito conto che si trattava di veri professionisti", disse il giovane a Fascetti. "Sapevano come picchiare una persona per fargli male. Uno di loro mi ha afferrato per le braccia dal di dietro per immobilizzarmi, mentre l'altro ha preso a schiaffeggiarmi con una violenza inaudita. Aveva due mani pesanti come mazze da baseball, e ho avvertito un dolore lancinante all'orecchio destro mentre il sangue mi colava abbondante dalle narici. Deve avermi danneggiato un timpano perché ora il mio udito non è più così perfetto come prima. Dopo qualche minuto ha cominciato a sferrarmi forti pugni al viso, al torace e calci all'inguine. Poi ha estratto da una tasca dei pantaloni una sorta di frustino di cuoio con cui, una volta strappatami di dosso la camicia, mi ha sferzato impietosamente il torace e l'addome. Non sono in grado di dirle per quanto tempo è durato il massacro. Ho cominciato a dare degli urli agonizzanti. Ricordo che Gargiulo continuava a ripetermi la domanda durante le brevi interruzioni, ma io non potevo che rispondergli scotendo il capo. Alla fine ero ridotto in uno stato miserevole. A un certo momento, devono essersi resi conto che non sarebbero approdati a nulla, e hanno smesso. Quando mi hanno lasciato andare, ho sentito le gambe come liquefarsi sotto di me, e sono caduto in ginocchio. Poiché non ero più in grado di reggermi da solo, mi hanno trascinato ad una branda addossata alla parete. Vi sono crollato sopra perdendo i sensi. Non ho idea del tempo che sono rimasto incosciente, ma quando mi sono riavuto ho sentito i tre che parlottavano tra loro. La mia vista era annebbiata e le loro voci mi giungevano indistinte, come da mille miglia di distanza. Non riuscivo ad afferrare quello che dicevano. A un tratto, si sono accostati al lettino e ho visto la figura corpulenta di Gargiulo torreggiare sopra di me. Ho temuto che si accingessero a riprendere l'opera di demolizione del mio corpo, dolorante in ogni parte. Ricordo d'aver emesso un urlo disperato con quel po' di fiato che mi restava. Sentivo che questa volta non ce l'avrei fatta, e ho pensato che la morte sarebbe stata la benvenuta se in quel momento fosse sopraggiunta. Invece ho provato grande sollievo nel sentire Gargiulo che mi diceva: 'Abbiamo chiacchierato inutilmente, caro il mio Rivetti. Lei mi ha molto deluso, ma tutto sommato credo che sia sincero. Non infierirò oltre e sto pensando di rilasciarla. Ma mi ascolti bene. Se pensa di fare il furbo correndo alla polizia, o se fa tanto di dire mezza parola in giro sul nostro incontro... be', allora io la riacciuffo e ricominciamo da dove abbiamo interrotto. Con la differenza che dopo non la riporteremo a casa come faremo adesso, ma la manderemo diritta al Creatore. Mi ha compreso?' Ho annuito e lui si è girato dirigendosi verso l'uscita, mentre i due sicari mi sollevavano di peso dalla branda per trasportarmi fuori e ricaricarmi in macchina. Ma prima di varcare la soglia della cantina, Gargiulo si è fermato di colpo come se un'idea gli fosse balenata nella mente. Si è voltato e mi ha detto con un sogghigno:'Tenga presente, Rivetti, che sono un uomo risoluto e non intendo arrendermi. Sono anche pieno di risorse e continuerò a dare la caccia al suo amico. Non avrò pace fino a quando l'avrò stanato e mi sarò ripreso i miei soldi. Dopodiché gliela farò pagare per il disturbo che mi ha arrecato. Ho ancora altre vie da percorrere per scovarlo. A proposito, sono al corrente del fatto che la madre e le sorelle di Morelli godono di ottima salute. Chissà, forse sanno dove si trova. Sto pensando che se ripetessi con loro lo stesso suo trattamento per farmi rivelare il suo nascondiglio, potrei aver più successo di quanto ne abbia avuto con lei. Sono certo che se lui venisse a conoscenza delle mie intenzioni, certamente non vorrebbe che i suoi si ammalassero, o che succedesse loro qualcosa...' " Durante il tragitto verso casa, Rivetti proseguì, era ripiombato in uno stato di incoscienza

Il Crollo

pressoché totale. Quando era rinvenuto a notte fonda, si era ritrovato disteso sul marciapiede davanti al portone della pensione. Non era riuscito a capire subito perché si trovasse lì, piuttosto che nel proprio letto, né a ricordare niente di quanto gli era accaduto. Ma i dolori intollerabili che, col minimo movimento, gli trafiggevano ogni parte del corpo, gli avevano fatto ritornare la memoria. I suoi carnefici dovevano aver suonato il campanello prima di abbandonarlo, poiché alla sua vista annebbiata si erano a un tratto rivelati, sempre più nitidi, i lineamenti del volto di Adele. Era china su di lui, lo sguardo corrucciato, parlandogli con voce suadente, e chiedendogli che cosa gli fosse successo. Non era stato in grado di rispondere, ma con notevole sforzo e con l'aiuto della donna era riuscito a rimettersi in piedi e a raggiungere la propria camera dove si era abbattuto sfinito sul letto.

Rivetti tacque, e il lungo silenzio che subentrò diede a Fascetti la possibilità di meditare. Gargiulo, pensò, aveva così riportato dal sequestro di Rivetti un secondo insuccesso dopo quello dei pedinamenti. Torchiato dapprima il giovane a fondo senza cavarne un ragno dal buco, aveva quindi deciso di adottare la maniera forte e lo aveva fatto picchiare a sangue, ma senza conseguire alcun risultato. Venuto successivamente a conoscenza della morte di Morelli in circostanze sospette, aveva pensato bene di assoldare un investigatore privato per tentare di individuarne l'assassino, nelle cui mani pensava che l'intero malloppo dovesse essere finito.

Nel toccare con mano la spietatezza di cui Gargiulo era stato capace – pur concedendogli l'attenuante di essere stato vittima di una grossa truffa – Fascetti avvertì un senso di sconcerto, insieme all'insorgere di un certo timore per se stesso. Ricordò l'impressione negativa che dell'uomo aveva riportato non appena fattane la conoscenza. Rivide il suo sguardo vitreo, e risentì quel suo modo di parlare in tono sommesso ma gelido, che gli uomini pericolosi sanno conferire alla propria voce. Eppure, ciò malgrado, aveva accettato l'incarico che gli aveva offerto.

Col senno di poi, si rese conto che era stata un'idea infelice, e ora era lì a rimproverarsene chiedendosi se fosse ancora in tempo a uscirne senza subire danni. Ma c'era una domanda alla quale avrebbe voluto rispondere: qual era il migliore dei modi per riuscirvi? E ancora: rischiava di ritrovarsi in una situazione analoga a quella di Rivetti, in cui doveva temere un'analoga reazione di Gargiulo se, per una ragione qualsiasi, cadeva in sua disgrazia? Indubbiamente, visto il soggetto con cui aveva a che fare, doveva muoversi con la massima cautela, a evitare rischi per la propria incolumità.

Era da tre giorni appena che lavorava al caso che gli aveva affidato. Quella di tornare ora da lui per rimettere di punto in bianco il mandato, restituendogli l'anticipo di cinque milioni, non gli sembrava una decisione da prendersi alla leggera. Una sua mossa in quella direzione poteva rivelarsi avventata. Le implicazioni non erano facili da decifrare con precisione, e potevano presentare alcuni preoccupanti risvolti. A meno di inventarsi un motivo da addurre, che apparisse pienamente plausibile e convincente. Ma lì per lì, non riuscì a pensare a un pretesto che, tirato in ballo ora per declinare l'incarico, non avrebbe sortito, nella migliore delle ipotesi, l'effetto di irritare fortemente il suo committente. Senza contare che l'inatteso dietrofront poteva renderlo sospettoso. Insomma, sarebbe stato come darsi la zappa sui piedi.

Non c'era ormai alcun dubbio nella mente di Fascetti di dover comunque trattare con un personaggio oscuro, privo di scrupoli, di certo dedito a losche attività. Un uomo verosimilmente pronto a qualsiasi azione, forse anche a uccidere, pur di salvaguardare i propri interessi. Pertanto, un suo improvviso voltafaccia, poteva fargli sospettare che fosse venuto a conoscenza di particolari poco edificanti sul suo conto e sui suoi traffici, tali da indurlo a retrocedere dall'incarico. Non era troppo remota l'ipotesi che il padrone del Serraglio potesse arrivare perfino a subodorare che, indagando sulla morte di Morelli, si fosse imbattuto casualmente in Rivetti, e che questi gli avesse confidato le violenze inaudite che aveva subito, e per mano di chi. C'era il rischio che Gargiulo cominciasse a percepirlo come un soggetto scomodo, qualcuno che poteva nuocergli, una specie di mina vagante.

Era oltremodo difficile decidere il da farsi, Fascetti pensò. Il dramma di Rivetti, lo induceva a considerare che con quell'uomo bisognava andarci coi piedi di piombo, e che forse anche lui era in una situazione di pericolo. Aveva bisogno del tempo necessario per focalizzare i suoi pensieri sulle difficoltà che il futuro poteva riservargli. Non se la sentiva – soprattutto a salvaguardia della propria sicurezza nell'immediato – di venire meno all'impegno assunto. Quella di proseguire nelle indagini facendo finta di niente poteva rivelarsi, malgrado tutto, una tattica sensata. Non era escluso che riuscisse a identificare l'assassino di Morelli, magari con l'aiuto del commissario Lopez. Allora sarebbe stato al sicuro.

"Cos'altro può dirmi di Gargiulo?" chiese al malato dopo una pausa prolungata.

"Non granché, per la verità. Aveva contatti esclusivi con Claudio, dato che era suo cliente."

"Ma quando è nata la relazione, e in quali circostanze?"

"E' stato per puro caso che lo abbiamo conosciuto... un paio di anni fa... Non ci crederà, ma è stato proprio al Serraglio."

"Ah!"

"Avevamo deciso di concederci un po' di svago al termine di una giornata di intenso lavoro. Dopo aver bevuto qualcosa in un bar nei pressi della banca, ci siamo recati al Serraglio, spinti più che altro dalla curiosità di esplorare un ambiente dall'atmosfera particolarmente piccante, come ci era stata descritta. Il night era affollatissimo di avventori molti dei quali avevano l'aspetto di uomini d'affari, che disponevano di denaro in abbondanza e pensavano soltanto a divertirsi.

"Ci siamo seduti a un tavolo accanto alla pista da ballo, a sorseggiare dello champagne. Bevanda che, già di per sé costosissima, veniva servita a prezzi iperbolici. Di lì a poco sono arrivate a farci compagnia due delle splendide fanciulle in abiti succinti, di cui la sala era piena." Sorrise al ricordo. "Credo che rappresentino la vera attrazione del locale, e, indubbiamente il contributo determinante al suo buon andamento. A un certo punto abbiamo notato un uomo dalla mole robusta aggirarsi tra i tavoli, seguito da un energumeno che aveva tutta l'aria di essere la sua guardia del corpo. Una delle ragazze ce l'ha additato spiegandoci che si trattava di Gargiulo, il proprietario del locale. Si soffermava qua e là scambiando battute con alcuni clienti, probabilmente quelli abituali. Si è avvicinato anche al nostro tavolo chiedendoci se eravamo nuovi del posto e se andava tutto bene. Claudio gli ha risposto affermativamente, e così ne è scaturita una breve chiacchierata nel corso della quale, parlando del più e del meno, Gargiulo ci ha chiesto cosa facevamo per vivere. E' apparso molto interessato quando Morelli gli ha spiegato che ci occupavamo di finanza alle dipendenze della Bpa. Dopodiché ha proseguito nel suo giro." Si interruppe per bere un lungo sorso di acqua. "Purtroppo a fine serata, le nostre aspettative sono andate deluse..."

"Quali aspettative?"

"Be', quelle sulle due ragazze. A sorpresa si sono dichiarate indisponibili, lasciandoci a bocca asciutta."

Fascetti ebbe un sorriso divertito. "Una vera scalogna, non c'è che dire. Siete incappati proprio in quelle sbagliate."

"Stavamo per uscire dal locale", Rivetti continuò, "quando siamo stati raggiunti da quel tipo che avevamo visto poco prima al seguito di Gargiulo, il quale ci ha riferito che il suo capo desiderava incontrarci nel suo studio. E' suonato più come un ordine perentorio che un invito. Abbiamo comunque accondisceso.

"Dopo averci fatto accomodare e offerto il caffè, Gargiulo si è lasciato andare in una sorta di monologo in cui non ha fatto che raccontare sé stesso e il suo passato, definendosi orgogliosamente come uno che si era fatto veramente da solo, e dal nulla. Che aveva dovuto lottare caparbiamente per il successo."

"Di dov'è originario?" Fascetti chiese.

"E' nato a Catanzaro, da famiglia povera, ultimo di sette figli. Ancora sedicenne era emigrato a Londra a caccia di fortuna. Per molti anni aveva fatto il cameriere in vari ristoranti nelle zone più esclusive della città. La buona sorte aveva cominciato ad arridergli dal momento in cui si era unito in società con altri due camerieri italiani, per l'apertura di un ristorante a Soho nel West End. "

"Immagino che di lui non abbia riportato subito una buona impressione..." C'era ovvietà nel tono di Fascetti.

"Infatti. Il mio primo istinto è stato quello di un personaggio losco." Storse le labbra. "Ha spiegato che a Londra, oltre alla gestione del ristorante, si occupava di alcune attività che ha definito "collaterali", ma molto redditizie, senza peraltro fornirne il benché minimo dettaglio. Il che mi ha fatto nascere qualche dubbio sulla loro legalità."

"Di cosa ha pensato potesse trattarsi?"

"Mah, non saprei… Ma credo che in una città come Londra, la gestione di un ristorante nella zona di Soho può servire da ottimo paravento per loschi traffici. Penso a una sorta di Pizza Connection." Fece una pausa. "Alla fine ha introdotto l'argomento che gli stava a cuore. Ha precisato che desiderava avvalersi della nostra assistenza per risolvere, nel migliore dei modi, un suo problema di natura finanziaria. Ha spiegato che disponeva di dieci miliardi giacenti in un conto cifrato presso una banca svizzera, e, senza mezzi termini, ha chiesto a Morelli se era disposto ad amministrarli facendoli ben fruttare.

"Ho capito subito che in quella proposta ci fosse qualcosa di poco chiaro – che anche Claudio ha percepito – senza tuttavia tenerne poi alcun conto. Era legittimo il sospetto che quei fondi fossero di provenienza illecita, e pertanto il loro trasferimento e investimento in Italia, si configurava come un'operazione di riciclaggio."

"Immagino che Claudio abbia subito accettato…"

"Certo, e con entusiasmo." Fece una pausa. "Vede Fascetti… tutti quei clienti personali di cui amministrava i risparmi, erano di piccola o media importanza, e nessuno di loro poteva contare su un patrimonio superiore al miliardo di lire. Questa la ragione per la quale si è subito entusiasmato alla prospettiva di acquisire una relazione tanto facoltosa. Alla fine, si sono accordati per un tasso d'interesse del 18 per cento, da corrispondersi trimestralmente, con l'intesa che Gargiulo avrebbe potuto esigere il rimborso del capitale in qualsiasi momento, a condizione di un preavviso di almeno cinque giorni. A varie riprese, nell'arco delle sei settimane che seguirono, Gargiulo ha versato a Morelli somme in contanti per complessivi dieci miliardi, prelevandole dal suo conto presso la banca svizzera. Per il trasporto in Italia, immagino che si sia servito di corrieri specializzati nell'attraversare le frontiere sfuggendo ai controlli doganali. A fronte di ogni versamento, Claudio gli rilasciava ricevute a sua firma utilizzando la modulistica della banca. Gargiulo ne appariva soddisfatto. Il rapporto aveva sempre avuto un andamento regolare. Claudio non era mai venuto meno al suo impegno di corresponsione degli interessi alle scadenze pattuite, e l'altro non aveva mai avanzato alcuna richiesta di rimborso del capitale, neppure parziale.

"Anche dopo la caduta della Borsa nello scorso mese di maggio, credo che Morelli sia riuscito per qualche tempo e malgrado le difficoltà, a rendersi solvibile con tutti i suoi clienti." Tacque e si mosse appena stringendo le labbra come per trattenere un gemito.

"Mi chiedo se le abbia mai riferito di pressioni che riceveva dai suoi creditori per la restituzione del denaro, che alla fine possano averlo spinto a tagliare la corda?"

Rivetti scosse il capo. "Purtroppo no, ma è facile immaginare che ci siano state."

"Pensavo che il suo amico si confidasse con lei..."

"A un certo momento ha smesso di farlo." Accennò un sorriso mesto. "Lei sa, Fascetti, che anche le più salde amicizie talvolta si incrinano, o addirittura si infrangono. Può succedere che tra due vecchi colleghi nasca un certo malanimo, magari per un nonnulla."

"Avete litigato?"

"Esatto." Fece una smorfia allo sgradevole ricordo. "Abbiamo avuto un diverbio cinque o sei giorni prima che avesse inizio la crisi del mercato. Claudio era di pessimo umore – forse per via di qualche presentimento – ed è sbottato dicendomi di smetterla di dargli consigli, di invitarlo alla cautela, e che sapeva bene ciò che faceva. Io me la sono presa a male, per la verità, e gli ho risposto per le rime. Da allora si è creata una sorta di spaccatura nel nostro rapporto, che pertanto si è molto raffreddato. Lui non mi ha mai più parlato delle sue questioni personali. Tanto meno mi ha accennato a quei problemi con i quali ha di sicuro dovuto confrontarsi dal momento in cui i prezzi delle azioni hanno cominciato a sgretolarsi."

"Bene... allora mi basteranno le sue congetture." Sorrise. "Sono certo della loro attendibilità."

"Non avrei dubbi sul fatto che Claudio possa essere stato sottoposto a pressanti richieste di rimborsi da parte dei suoi clienti, che solo in parte riusciva a soddisfare. Non mi meraviglierei che abbia nicchiato con Gargiulo e che questi possa avergli rivolto un ultimatum minacciandolo di Dio solo sa quali ritorsioni. A un certo punto deve essersi reso conto che la liquidità di cui disponeva si andava prosciugando a vista d'occhio, e che presto sarebbe giunto al punto in cui non sarebbe più stato in grado di fare fronte." Fece una pausa.

"Questa la causa, quindi,", Fascetti osservò, "che lo ha costretto a darsi alla fuga..."

"Ma non è l'unica, a mio modo di vedere. Morelli era stato oggetto di un provvedimento disciplinare molto grave, come può essere appunto la rimozione dall'incarico. Ora..., conoscendolo bene, sono certo che debba averlo vissuto come una forte umiliazione, resagli ancor più bruciante dal fatto che gli era stato imposto di sloggiare, dalla sera alla mattina, dal suo lussuoso ufficio da funzionario, per trasferirsi in una sorta di bugigattolo in cui avrebbe dovuto restare a marcire per chissà quanto tempo in attesa di un nuove mansioni. Una situazione mortificante e intollerabile, quindi. Una forte motivazione per cominciare a nutrire, mentre progettava la fuga, un odio profondo verso la banca e, in particolare, verso Maldano che non aveva mosso neppure un dito per impedire che ciò accadesse."

"Già... ", Fascetti disse con aria pensosa, "...sorprende che Maldano non avesse fatto nulla per aiutarlo."

"Restiamo nel campo delle supposizioni, naturalmente. Effettivamente, Maldano avrebbe potuto opporsi energicamente al provvedimento, ma si era guardato bene dal farlo. Anzi, mi risulta che lo abbia addirittura ratificato. E' plausibile ritenere che, con la coda di paglia che si ritrovava, si fosse così comportato in modo da evitare che il suo favoritismo nei confronti di Morelli, potesse essere guardato con sospetto dai suoi superiori. Potevano pensare che fosse in combutta con lui." Fece una pausa. "Ora... mentre Morelli rimuginava sul modo brutale con cui era stato silurato, avrà pure realizzato che con la sua uscita dal servizio Trattazione titoli, non era più, di fatto, di alcuna utilità per Maldano, ma restava comunque portatore del suo sporco segreto che, se l'avesse rivelato, poteva distruggerlo. A ragione o a torto, potrebbe aver pensato che forse il suo ex capo aveva cominciato a considerarlo come una reale minaccia per il suo futuro, al punto da spingerlo a decidere di farlo eliminare al momento opportuno. E' probabile, pertanto, che sia stata la consapevolezza di trovarsi in grave pericolo a fargli decidere la fuga, più dell'assedio dei suoi creditori. Naturalmente gli serviva il denaro, senza il quale non sarebbe potuto andare da nessuna parte." Rivetti rimase in silenzio e chiuse gli occhi tirando un lungo respiro che fece sollevare il torace ossuto. Sembrava esausto per aver parlato troppo a lungo. Di lì a poco disse: "Da quanto le ho riferito su Gargiulo, ora comprenderà, Fascetti, perché ero terrorizzato quando l'ho vista comparire. Ho pensato a qualche altro malintenzionato, creditore di Claudio, che volesse sapere da me, a ogni costo, dove era finito il suo denaro."

Tacquero per quasi un minuto, poi il detective disse. "E' certo di non avere null'altro da dirmi?"

Rivetti parve riflettere per qualche secondo, poi un pallido sorriso enigmatico gli sfiorò le labbra. "Ora dovrei metterla a parte di qualcosa che non potrà non stupirla. Si tenga stretto."

"Dica pure." Lo fissò con maggiore intensità.

"La sera successiva a quella della mia disavventura con Gargiulo, mentre Adele era intenta a medicarmi le ferite, è squillato il telefono qui sul comodino. Saranno state le nove. Lei ha sollevato la cornetta e me l'ha passata. 'Ciao Paolo', mi sono sentito dire, 'come stai?' Malgrado che il tono di voce fosse molto basso, l'ho subito riconosciuto, e per poco non mi è venuto un colpo." Si interruppe per un attimo. "C'era Claudio Morelli dall'altra parte del filo."

32

Il tram ventiquattro si arrestò con un lieve stridio di metallo alla fermata di piazza Cordusio. Alessi lo abbordò e scoprì di averlo quasi tutto a sua disposizione. Alle undici di sera, c'erano non più di tre passeggeri sparsi tra la parte posteriore e quella centrale della vettura.

Si sedette accanto all'uscita anteriore con aria pensierosa. Lanciò una occhiata distratta, attraverso il finestrino, all'asfalto e alle auto ancora lucidi della pioggerella caduta fino a mezzora prima. C'era un discreto movimento sulla piazza: gente che sembrava gironzolare senza una meta precisa, o che si dirigeva a passo spedito verso la stazione del metrò. Il flusso delle automobili da entrambe le opposte direzioni di largo Cairoli e piazza Duomo, era molto rarefatto.

Il Crollo

Il tram partì con uno scampanellio e imboccò sferragliando via Meravigli. Alessi sfiorò con la fronte il vetro del finestrino osservando i negozi chiusi, dalle vetrine illuminate, che sfilavano ininterrottamente lungo il marciapiede. Si sentì avvolgere da una gradevole sensazione soporifera indotta dalla stanchezza, ma riuscì a resistere alla tentazione di appisolarsi per qualche minuto. Ci fu un rallentamento e poi una fermata prima dell'incrocio con via San Giovanni sul Muro, dove scesero due dei tre passeggeri. Il mezzo ripartì con un sobbalzo, e quel movimento brusco riscosse il giornalista riportandolo coi suoi pensieri alla giornata appena trascorsa, e a quello che lo attendeva tra circa mezz'ora. Tutto come da programma, pensò con un senso di rinnovato sollievo, unito al crescente desiderio di concludere l'indagine il più in fretta possibile.

Malgrado l'ottimismo e sicurezza di sé, che aveva ostentato con Fascetti, era sempre stato cosciente dei rischi insiti nella impresa che era risoluto a compiere. Ma dopo il modo inaspettatamente positivo in cui si era conclusa la movimentata sera precedente, si sentiva più ottimista, e certo del fatto suo più di quanto non lo fosse mai stato prima. L'istinto gli diceva che ce l'avrebbe fatta, che tutto sarebbe andato secondo il piano che aveva escogitato.

E senza intoppi.

Estrasse dalla tasca interna della giacca il foglietto di carta che lo strano individuo alla guida della Mercedes gli aveva consegnato in via Dell'Orso la sera prima, al termine di quella sorta di gioco di *"Guardia e Ladri"*. Per l'ennesima volta – ancorché ormai lo avesse inciso nella mente – rilesse lo stringato messaggio che conteneva, esaminandolo con cura parola per parola quasi volesse assicurarsi, oltre ogni dubbio, della sua autenticità: *Se desidera risolvere il problema del suo amico, si faccia trovare domani sera in piazza Buonarroti alle undici e mezzo in punto. Qualcuno passerà a prenderla.*

Ed era appunto a piazza Buonarroti che ora era diretto.

Un sorriso soddisfatto e insieme compiaciuto, gli affiorò sulle labbra mentre si rimetteva in tasca il foglietto. L'obbiettivo che si era proposto due mesi prima nell'imbarcarsi in quella avventura, sembrava ormai a portata di mano. Non aveva alcun dubbio sul fatto che, se era giunto a un passo dal traguardo, lo doveva in gran parte a Brughezio. Aveva colto nel segno a parlargli. Di sicuro c'era stato il suo zampino nella vicenda della sera prima. Era stato grazie alla sua intermediazione che era stato contattato per la consegna del messaggio. Ma la domanda era: per quale motivo l'uomo si era mostrato, al termine del pranzo al Ai Quattro Mori, tanto reticente alla sua richiesta di collaborazione, sollevando delle difficoltà? L'unica spiegazione plausibile a cui Alessi riuscì a pensare fu che quell'atteggiamento di Brughezio altro non fosse stato che il riflesso di una riluttanza ad ammettere esplicitamente sue frequentazioni con esponenti del grande crimine organizzato. Non era detto che un personaggio come lui – di certo non dotato di grande integrità morale – non avrebbe avvertito neppure una punta di imbarazzo.

Ripercorse con la mente le fasi salienti dell'accaduto della sera prima. Poteva ragionevolmente ritenere che quello strano tipo che gli si era messo alle calcagna all'uscita dal giornale, avesse avuto in animo di avvicinarlo per consegnargli il messaggio mentre erano ancora in via Pontaccio. Ma forse non lo aveva fatto perché si era sentito come preso in contropiede quando lui, accortosi che lo pedinava, si era lanciato in una corsa sfrenata – con l'aria di volerlo affrontare – alla volta del punto dove lo aveva visto sostare. Quel gesto poteva averlo frastornato inducendolo alla prudenza. Aveva pensato bene di far perdere momentaneamente le proprie tracce, pur continuando a sorvegliarlo fino al momento in cui aveva avuto l'opportunità di avvicinarlo al riparo da occhi indiscreti.

Procedendo a velocità sostenuta, e senza fare neppure una fermata, il tram percorse via Meravigli proseguendo poi lungo corso Magenta. Superò l'ampio slargo sulla destra – a quell'ora deserto, ma gremito di auto parcheggiate – dove sorge la chiesa di Santa Maria delle Grazie.

Di giorno, la splendida basilica cinquecentesca è meta ininterrotta di frotte di turisti provenienti da ogni parte del mondo per ammirarvi "Il Cenacolo", il celebre affresco di Leonardo. Dopo una fermata in piazzale Baracca per imbarcare due passeggeri, il tram imboccò corso Vercelli, diretto a piazza Piemonte dove Alessi sarebbe sceso. Da lì, avrebbe quindi coperto a piedi, in meno di cinque minuti, la breve distanza che lo separava dal luogo dell'appuntamento. Aveva trascorso la mattinata a Palazzo Marino, per una intervista congiunta al comandante dei vigili urbani e all'assessore al traffico. L'argomento del servizio era il crescente problema del traffico automobilistico, che aveva indotto l'amministrazione comunale ad attuare un serio progetto per la creazione di isole pedonali nel centro storico. Era un servizio di scarsa rilevanza, e lo aveva eseguito di malavoglia. Gli sarebbe servito per scriverci un articolo al massimo da terza o quarta pagina. Niente al confronto con quello sensazionale che – ora sentiva di esserne quasi certo – sarebbe stato in grado di predisporre, forse fin dalle prossime ore, a conclusione dell'incontro al quale si stava recando. Visualizzò nella mente il titolo a caratteri cubitali dell'articolo da prima pagina che avrebbe scritto: SGOMINATA A MILANO ANONIMA DELITTI. La grande affermazione professionale che gliene sarebbe derivata, avrebbe segnato l'inizio di quella ambiziosa carriera che rappresentava la sua massima aspirazione.

Il pomeriggio l'aveva trascorso in redazione a navigare tra le scartoffie di cui la sua scrivania era perennemente ingombra. Aveva chiamato tutti quelli che lo avevano cercato mentre era fuori negli ultimi due giorni. Alle dieci di sera era riuscito a smaltire una buona mole del suo lavoro arretrato e si accingeva a uscire, quando era squillato il telefono. La moglie lo aveva avvertito in tono allarmato, di essersi accorta che il bambino aveva la febbre a trentanove gradi.

"Hai telefonato al dottore?" le aveva chiesto.

Certo che l'aveva fatto. Ma il medico di famiglia aveva sdrammatizzato dicendosi sicuro che si trattava di una delle solite forme influenzali. Doveva fare il suo corso naturale. Pertanto, non aveva prescritto antibiotici. Un semplice antipiretico sarebbe bastato per mitigare la elevata temperatura. Il piccolo si era addormentato da poco, ma a fatica. Aveva chiesto del padre con insistenza per tutto il pomeriggio.

"Non sarebbe bene che tu venga a casa subito?" lei gli aveva domandato.

Lo avrebbe fatto, e di corsa, le aveva risposto, non fosse stato per un appuntamento di importanza critica – ai fini della conclusione della sua indagine – al quale non poteva assolutamente mancare. Quando le aveva assicurato che avrebbe fatto di tutto per rincasare non più tardi delle dodici e mezzo, lei gli aveva detto che lo avrebbe atteso alzata mentre vegliava il piccolo. Era quindi uscito per recarsi al luogo dell'appuntamento provando un senso di inquietudine per la salute del figlio, e di colpa per non essere accorso subito al suo capezzale.

Con questo stato d'animo discese dal tram alla fermata di piazza Piemonte. Percorso un breve tratto di Corso Vercelli, svoltò a sinistra in via Buonarroti. La piazza omonima dista circa duecento metri. Sbirciò l'ora: le undici e un quarto. A quella andatura, sarebbe giunto in anticipo sul luogo dell'appuntamento. Rallentò il passo. Raggiunse l'incrocio con via Marghera, e, prima di attraversarlo, si fermò a osservare l'abituale viavai di giovani, malgrado l'ora tarda. Erano quasi tutti occupati i tavolini all'aperto di una rinomata gelateria sul marciapiede opposto. Una ambulanza proveniente da via Washington passò a tutta velocità e a sirene spiegate.

Riprese il cammino pensando alla famiglia. Sperava in un incontro di breve durata con l'emissario della banda. Ora avvertiva un impulso quasi irresistibile di correre a casa per sincerarsi delle condizioni di suo figlio. Col passare dei minuti, l'ansia crebbe a tal punto da fargli passare in secondo ordine l'interesse per l'indagine che si avviava a concludere.

Ma a pensarci bene, rifletté, non c'era ragione perché il colloquio dovesse andare per le lunghe. Non era escluso che l'Anonima fosse già sufficientemente al corrente dei termini dell'incarico che doveva formare oggetto del contratto. Magari Brughezio, nel raccomandarlo, era stato tutt'altro che parco di dettagli al riguardo. Se lo aveva fatto, gliene era grato dato gli aveva spianato la strada verso una rapida e agevole conclusione del suo piano. Per non dire di un altro non trascurabile vantaggio che forse gli aveva procurato: era ragionevole ritenere che lo avesse descritto all'Organizzazione come persona di cui fidarsi. Il che avrebbe sgombrato il campo da eventuali sospetti che alla stessa potevano nascere sulla autenticità della sua richiesta.

Raggiunse il limitare di piazza Buonarroti e si fermò. Si era levata una lieve brezza da nord. La luna piena, a tratti cancellata da larghi lembi di nuvole scure, sembrava aver raggiunto il culmine della parabola. Il giornalista sollevò lo sguardo al monumento di bronzo eretto a Giuseppe Verdi, che domina la piazza. Stagliava contro il cielo notturno la sua nera sagoma, avvolta dalla luce tenue emanata dai lampioni a globo che circondano l'ampio spiazzo erboso al cui centro sorge, attorniata da alte siepi ornamentali fiorite.

Guardò a sinistra verso il viale Monte Rosa dove c'era una ostruzione per lavori in corso e i marciapiedi erano praticamente deserti. Ma a destra, a breve distanza sull'angolo di via Giotto, vide un gruppetto di giovani in maglietta fermi a fumare e a chiacchierare. Poco dopo, uno di loro salì su una motocicletta e partì con un rombo assordante che lacerò il silenzio della sera, mentre gli altri si incamminavano alla volta di via Mario Pagano. Passarono alcuni minuti, e un taxi sbucò da via Tiziano. Girò lentamente intorno alla piazza andando a fermarsi davanti a uno stabile all'inizio di via Sanzio per lasciare scendere qualcuno con una valigia.

Sollevò un braccio per guardare l'ora. Il suo vecchio Rolex di acciaio che era appartenuto al padre, gli indicò che erano le undici e mezzo: l'ora dell'appuntamento.

Si sforzò di non pensare al figlio, per tenere la mente focalizzata sul delicato compito che lo attendeva. Doveva fare di tutto per liquidare l'incontro nel più breve tempo possibile, sì da potersi poi precipitare a casa. Pertanto, avrebbe cercato di trattare succintamente quelli che erano, a suo avviso, i tre punti salienti del mandato che doveva conferire all'Organizzazione. Li passò brevemente in rassegna.

Anzitutto la vittima.

Riteneva opportuno indicarla fornendone una descrizione accurata, quasi puntigliosa, sì da farla apparire credibile e inequivocabile.

Non aveva altra scelta al di fuori di Fascetti.

Era certo che il detective sarebbe andato su tutte le furie quando glielo avesse confermato. Ma era fiducioso che la collera gli sarebbe alla fine sbollita nel rendersi conto che, grazie al fatto che il piano aveva funzionato, sarebbe stato per lui più agevole risalire al responsabile dell'omicidio di Morelli: il caso di cui si stava occupando.

In secondo luogo, le modalità di attuazione dell'incarico dovevano essere chiaramente concordate. Per conferire alla sua storia una maggiore parvenza di credibilità, pensava di richiedere che l'omicidio fosse eseguito – per desiderio del mandante – in modo da farlo apparire alla stregua di un incidente stradale. Sapeva che quella era la specialità della *"Casa"*. Infine, c'era da negoziare la misura della commissione e il modo in cui regolarla. Avrebbe finto di mercanteggiare un po', sempre per rafforzare l'impressione della genuinità della sua richiesta.

Le undici e trentacinque.

Riprese a perlustrare la piazza con lo sguardo accigliato: il flusso delle auto era ridotto al lumicino. Ancora neppure l'ombra di quella vecchia Mercedes dai finestrini oscurati, che si aspettava di veder comparire da un momento all'altro. Eppure il messaggio indicava le undici e mezzo in punto quale ora dell'appuntamento.

Girò la testa per guardare nella direzione da cui era venuto. Vide sul marciapiede, a qualche metro di distanza, una cabina telefonica che prima non aveva notato. La raggiunse e vi si infilò. Pescò da una tasca dei pantaloni un gettone e compose il numero di casa. Ascoltò l'apparecchio squillare cinque volte prima che la moglie rispondesse. La voce tradiva una grande pena, pur senza celarne il tono brusco, quasi gelido. Dal sottofondo gli giunse il pianto stridulo del figlio. Si era aggravato, lei gli spiegò. In quel momento la febbre sfiorava i quarantuno gradi. Scottava e respirava con affanno. E tuttavia, nei rari sprazzi di lucidità, chiedeva di lui. Il medico di famiglia, che lei aveva di nuovo avvisato, era per strada e sarebbe giunto da un momento all'altro.

Si sentì precipitare in uno scoramento angosciato che gli attanagliò lo stomaco, impedendogli per quasi un minuto di articolare parola. Quando aprì bocca balbettò qualcosa che suonava come una rinnovata giustificazione per la sua assenza. Sarebbe rincasato entro un'ora, le assicurò. Una promessa che suonò debole perfino alle sue orecchie. Lei non insisté, né replicò. Mantenne un silenzio in cui era palpabile tutto il risentimento represso nei suoi confronti. A un tratto interruppe bruscamente la comunicazione senza aggiungere altro. Il giovane guardò attonito il ricevitore per un attimo, prima di riagganciarlo. Uscì dalla cabina e si fermò a meditare. Malgrado che l'aria si fosse rinfrescata per via della recente pioggia, sudava profusamente. Estrasse il fazzoletto e se lo passò sul viso e sul collo. Poi, attraversò la strada e raggiunse lo spiazzo erboso. Fece un giro completo intorno alla statua di Verdi, puntando gli occhi in tutte le possibili direzioni dalle quali poteva giungere l'auto che attendeva.

Nulla. Le strade erano deserte.

Improvvisamente, sentì crollargli addosso, come un macigno, il senso della gravità del suo comportamento nei confronti dei suoi cari. Sapeva che per lui non poteva esserci al mondo cosa più importante della propria famiglia, e il solo pensiero di perderla lo terrorizzava. Pertanto non esisteva giustificazione al mondo per il fatto di trovarsi lì in quel momento, piuttosto che al capezzale del piccolo. E tuttavia, alla famiglia stava di nuovo anteponendo – e per l'ennesima volta – il suo lavoro e la sua egoistica, sfrenata ambizione di carriera. Era una condotta riprovevole che, nei suoi già precari rapporti con la moglie poteva avere lo stesso effetto della classica goccia che fa traboccare il vaso. Ora più che mai avvertiva, elevatissimo, il pericolo che lei non gliela avrebbe mai più perdonata, e che il suo matrimonio sarebbe andato definitivamente a rotoli.

Dieci minuti alla mezzanotte.

Una Volvo station wagon bianca imboccò la piazza e cominciò a girarvi lentamente attorno con l'aria di cercare parcheggio. O forse cercava qualcuno? Abbandonò di corsa lo spiazzo erboso e ritornò sul marciapiede mentre la osservava con ansietà, il fiato sospeso. Per un attimo credé che si dirigesse verso di lui. Invece gli scivolò accanto silenziosa e scomparve svoltando in via Giotto.

Tutto quel ritardo era inaccettabile anche se probabilmente dettato da buone ragioni. A meno che, per qualche misterioso motivo, non fosse intervenuto un ripensamento da parte di quell'organizzazione criminale che doveva contattarlo, ragion per cui gli aveva dato forfait. Fumava di rado, ma adesso accese una delle tre sigarette che gli erano rimaste, per cercare di calmarsi. Aspirò profondamente senza provare alcun piacere, ma la tensione parve attenuarsi. Tutta la situazione in sé gli appariva, d'un tratto, sotto una luce di irrealtà, di inverosimiglianza.

"No, non può... non deve succedere", mormorò pensando alla moglie e al figlio.

Si sentiva impotente, come svuotato dal forte presentimento di un incombente duplice fallimento: famigliare e professionale.

Pensò che se malgrado il tempo trascorso dall'ora fissata per l'incontro ancora nessuno si faceva vivo, era di certo per via di un grave contrattempo. Oppure...

Un'idea a un tempo assurda e ridicola lo sfiorò. E se fosse diventato l'ignara vittima di una burla colossale? E in tale evenienza, chi altri se non Brughezio poteva averla orchestrata? Magari in quel momento se ne stava nascosto da qualche parte lì intorno a osservare tutte le sue mosse, sbellicandosi dalle risate. Sapeva di certi strani tipi che trovano svago nel farsi beffe degli amici, e lui non lo conosceva abbastanza per poter affermare, con certezza, che non fosse uno in vena di scherzi di cattivo gusto.

Poi, la sua componente razionale ebbe il sopravvento, e gli disse che quella dello scherzo era la più strampalata delle ipotesi. Il prodotto di una mente che denotava, a tratti, chiari sintomi paranoici. Comunque fosse, e sorprendentemente, quel ritardo, ormai vicino alla mezz'ora, non gli procurava disappunto, delusione, e tanto meno irritazione. Anzi, col passare dei minuti, sentiva crescergli dentro una sensazione di sollievo e di liberazione, come si fosse finalmente affrancato da una ossessione maniacale: quella che aveva sviluppato per l'indagine nei trascorsi due mesi, e che lo aveva intossicato a tal punto da non fargli comprendere che poteva distruggergli l'esistenza. Stranamente, ora provava disinteresse. Non gliene importava più niente che l'incontro saltasse, e che il suo piano andasse in fumo. L'entusiasmo era del tutto scemato: le bollicine della sua lunga effervescenza si erano tutte dissolte fino all'ultima, come avviene in un bicchiere colmo di champagne.

L'apprensione derivante dal timore che qualcosa di grave potesse accadere a suo figlio in sua assenza, aveva ormai preso il sopravvento. Il forte desiderio di tornare a casa per vederlo, si era trasformato in un bisogno impellente, indilazionabile. Gettò la sigaretta e la schiacciò col tacco di una scarpa. Poi si voltò e si incamminò a passo rapido verso piazza Piemonte, da dove era venuto. Lì sarebbe saltato su uno dei taxi al posteggio in servi-

zio continuo. Nel giro di un quarto d'ora – in assenza di traffico
– lo avrebbe portato a casa. Aveva percorso una cinquantina di
metri quando la vide.
La Mercedes scura avanzava dal fondo della strada a gran
velocità, con gli anabbaglianti accesi.

33

Rivetti spiegò a Fascetti che lo sbigottimento e l'emozione che
aveva avvertito nel riconoscere la voce di Morelli al telefono,
gli avevano bloccato la parola per diversi secondi. Con un cenno aveva invitato Adele a interrompere le medicazioni e a lasciarlo solo.

"Immagino che non se l'aspettasse dopo quei dissapori che
c'erano stati tra voi…", il detective osservò.

"Esatto." Annuì. "Quel battibecco, passato peraltro inosservato all'interno del servizio, aveva tuttavia dato l'avvio al declino del nostro rapporto di amicizia. Eravamo arrivati a parlar-
ci di rado, e soltanto per questioni di lavoro."

Fascetti annuì. "Ma come si è poi sviluppato il colloquio telefonico?"

"Gli ho subito chiesto dove si trovava, ma lui non mi ha risposto, sembrava indeciso. Poi mi ha confermato di essere ancora a Milano, ma che non vi sarebbe restato ancora per molto.
Ha aggiunto che non riteneva opportuno dirmi dove fosse, tanto
era escluso che saremmo riusciti a incontrarci prima della sua
partenza.

"Non ho replicato", Rivetti proseguì, "ma gli ho detto che mi
sorprendeva che si fosse presa la briga di chiamarmi. Che non
ci contavo, e mi chiedevo perché l'avesse fatto. Lui ha giustificato dicendo che non era riuscito a vincere la tentazione di sentirmi prima di andare via per sempre, soprattutto per sapere come stavo, come andavano le mie cose. Ha aggiunto di avvertire
molto la nostalgia della nostra vecchia amicizia." Fece una
smorfia disgustata prima di aggiungere: "Falso sentimentalismo
e ipocrisia. Ho capito che doveva essere ben altro lo scopo di
quella telefonata. Sono stato sul punto di esplodere", continuò.
"Di urlargli nel ricevitore che era un uomo senza scrupoli, un

ladro, un farabutto che aveva tradito la fiducia di quei poveracci che si erano ciecamente fidati di lui affidandogli i risparmi di una vita, e si erano alla fine ritrovati sul lastrico. Che io stesso avevo pagato a caro prezzo il fatto di essere stato suo amico. Invece mi sono espresso pacatamente senza animosità. Gli ho detto d'aver pensato per un attimo che con quella telefonata intendesse comunicarmi l'intenzione di costituirsi, ma mi ha replicato che non ci pensava affatto. Anzi, a breve avrebbe lasciato Milano per sempre, diretto a qualche remota località dove si sarebbe rifatto una nuova vita.

"Nel prosieguo della conversazione mi ha chiesto improvvisamente come andavano le cose, e se fossi per caso a conoscenza che qualcuno lo stesse cercando, oltre ai Carabinieri e la polizia." Tacque per qualche secondo. "Allora ho compreso che la curiosità, la sua principale caratteristica, era la vera ragione di quella telefonata."

Fascetti pensò in quel momento che Morelli doveva essersi aspettato, nei giorni seguenti la sua scomparsa, di leggere sui giornali la notizia della sua fuga a Londra, che aveva simulato per mettere fuori strada quelli che gli davano la caccia. Probabilmente si era chiesto, deluso, la ragione per la quale la stampa e la televisione non l'avevano riportata, facendo sì che il suo stratagemma non funzionasse. Sarebbe stato impossibile per lui immaginare che i Carabinieri e la polizia avevano deciso di mantenere il riserbo su quanto emerso nelle prime battute delle indagini. Ragione per la quale, niente era stato fatto trapelare pubblicamente sul rinvenimento della sua auto nel parcheggio del terminal di Linate, e men che meno sul suo viaggio lampo a Londra. Per di più, dopo il solito polverone sollevato dai media nei primi giorni della sua sparizione, la notizia era caduta un po' nel dimenticatoio. Come spesso avviene, l'attenzione si era spostata su eventi di maggiore rilevanza: la grande criminalità, la politica, gli scandali.

Le ricerche dei carabinieri erano andate avanti in sordina senza mai approdare a nulla, fino al ritrovamento del cadavere al parco Ravizza. Tutto ciò spiegava quella telefonata inaspettata a Rivetti da parte di un Morelli a corto di notizie che lo interessavano personalmente, e quella domanda cruciale in cui c'era soprattutto tanta curiosità insoddisfatta.

Il Crollo

"Gli ho risposto", continuò Rivetti, "che l'unica persona di cui avevo la certezza che lo stesse braccando era Gargiulo, e lui ha commentato d'averlo immaginato. Ha aggiunto di sentirsi sicuro che non lo avrebbe scovato mai, poiché nel posto dove si trovava nessuno si sarebbe sognato di andare a cercarlo. A parte il fatto che era in procinto di andarsene per sempre.

"Mi ha chiesto come facevo a essere tanto sicuro che il proprietario del Serraglio gli stesse dando la caccia. Lo avevo per caso incontrato o gli avevo parlato?"

Era stato a quel punto che Rivetti non aveva esitato a fargli un resoconto dettagliato di quello che aveva passato per mano di Gargiulo: la stretta sorveglianza cui lo aveva sottoposto, seguita dal sequestro e culminata nel brutale pestaggio. Gli aveva descritto minuziosamente lo stato miserevole in cui i due scagnozzi lo avevano ridotto, né aveva tralasciato quella parte finale dell'incontro in cui il gestore del Serraglio aveva proferito minacce di ritorsioni contro i suoi famigliari. Morelli l'aveva ascoltato in assoluto silenzio, ma quando aveva ripreso a parlare, Rivetti si era accorto che il suo tono di voce era cambiato del tutto.

"Mi riusciva difficile afferrare bene le sue parole", disse. "Si esprimeva quasi balbettando con un filo di voce, e facendo lunghe pause. Ho avuto la sensazione che tremasse in preda a grande agitazione. Mi ha confermato di essere profondamente scosso e rammaricato, e di sentirsi in colpa per quanto mi era accaduto, e che non avrebbe mai immaginato tanta brutalità da parte di quell'uomo, pur considerando che si sentiva vittima di una truffa." Rivetti tacque per alcuni secondi con aria riflessiva. "A dire il vero, però, in quel momento ho avuto la netta impressione che Claudio fosse stato stravolto non tanto dall'apprendere dell'infortunio che mi era capitato tra capo e collo, quanto dalla notizia del grave pericolo che ora incombeva sulla sua famiglia. Ho pensato che fosse naturale. Era evidente che nel valutare i rischi del suo progetto truffaldino, aveva omesso di considerare quello di una rappresaglia contro i suoi cari, da parte di qualcuno di coloro che si accingeva a derubare. D'un tratto, ha assunto un atteggiamento sbrigativo, quasi volesse concludere al più presto la conversazione. Mi ha detto che era molto turbato, che aveva bisogno di meditare, e che mi avrebbe richiamato più avanti. Naturalmente non l'ho più risentito e mi sono chiesto che cosa gli fosse successo. Finché il tre agosto ho letto sulla stampa della sua morte in un incidente stradale."

Rimase un po' in silenzio, poi disse: "Credo che siamo giunti al termine del nostro colloquio, Fascetti. Le ho detto tutto ciò di cui sono a conoscenza su questa faccenda." Gli sorrise debolmente con aria stanca. "Ora vorrei riposare se non le spiace, sono esausto. Se per caso mi viene in mente qualcos'altro che potrebbe interessarla le telefono."

Fascetti guardò l'ora e si alzò senza battere ciglio, ma rimase interdetto accanto al letto senza congedarsi."Posso chiederle un'ultima cosa?"

"Chieda pure."

"Poco fa lei mi ha detto di aver sospettato fin dall'inizio, pur senza averne alcuna prova, che Claudio sia stato assassinato…" si sedette di nuovo lentamente "…ma ha aggiunto di non avere la più pallida idea dell'identità dell'omicida."

L'altro annuì.

"Non è per mancarle di rispetto, Rivetti…", Fascetti continuò sorridendo, "…ma mi riesce difficile crederle. E' mai possibile che lei non abbia mai nutrito neppure un vago sospetto su qualcuno che potrebbe aver avuto interesse a spedire il suo amico all'altro mondo? Mi sbaglierò, ma lei mi sembra tuttora restio ad esprimersi con me, forse perché inibito dal timore di puntare…", esitò un attimo, "… l'indice su qualcuno. E ciò, malgrado che le abbia assicurata la mia totale discrezione?"

Rivetti non fiatò e si passò la lingua sulle labbra gonfie.

Fascetti proseguì: "Che cosa mi dice, ad esempio, riguardo alla possibilità che sia stato davvero Maldano a far eliminare il suo amico? Non crede che possa essere proprio lui il diretto responsabile dell'omicidio, visto che Claudio quasi certamente sapeva dei suoi legami con la Mafia di cui curava il lavaggio di denaro sporco? Poi c'è quel Cesare Bardi, cliente della Bpa, le cui disastrose vicende finanziarie e i cui rapporti burrascosi col defunto le saranno di certo ben noti. Non crede che debba essere anch'egli sospettato? Comunque, sappia che entrambi sono attualmente indagati come probabili mandanti del delitto. Resterebbe infine l'eventualità, da non scartare, che il colpevole vada ricercato nel gruppo di quei clienti personali di Morelli con i soldi dei quali ha tagliato la corda. Le dirò che, in ogni caso, gli inquirenti ritengono che l'assassino, chiunque esso sia, dovesse essere al corrente dei suoi movimenti o quantomeno conoscere il posto dove si era rintanato qui a Milano." Tacque e lo guardò con fare interrogativo. "Mi dica un po'... lei che cosa ne pensa?"

Trascorse ancora qualche secondo prima che Rivetti cominciasse a parlare. "Sì, ha ragione, un'idea me la sono fatta. Per la verità anch'io ho pensato, ma non per molto, a Maldano e a Bardi come probabili responsabili della morte di Claudio. Ma per quanto strano possa sembrarle, mi sono poi quasi convinto che, a dispetto degli indizi a loro carico, questo delitto non sia imputabile a nessuno dei due." Scosse la testa sospirando profondamente. "Vede, Fascetti, potrei sbagliarmi naturalmente, ma io non ritengo che Claudio sia stato ucciso da qualcuno che lo abbia scovato là dove si nascondeva. Era furbo come una volpe e non credo che si sarebbe fatto beccare tanto facilmente. Sono certo che debba aver preso misure efficaci per far perdere le proprie tracce e scelto meticolosamente il posto più sicuro dove andare temporaneamente a sistemarsi." Esitò un secondo. "No... io la vedo diversamente. Credo che a un certo punto lui si sia esposto di proposito... o per meglio dire... sia stato costretto a uscire allo scoperto andando a gettarsi dritto nelle braccia del suo assassino." Lo guardò in modo allusivo come se volesse fargli capire qualcosa. "Dopo quello che le ho detto, non le sorge spontaneo il sospetto che l'omicida potrebbe essere...?" Si interruppe e lo fissò negli occhi. "Capisce a chi mi riferisco?"

Fascetti annuì restando a bocca aperta. In quell'attimo nella sua mente balenò il nome – per lui assurdo –, che l'altro stava cercando di trasmettergli. "Gargiulo?"

"Esatto."

34

Alessi si fermò di colpo restando immobile. Aguzzò la vista sperando di essersi sbagliato. Ma la sagoma di quella Mercedes gli era troppo familiare, e a mano a mano che si avvicinava gli appariva sempre più inequivocabilmente riconoscibile.

Si portò sul bordo del marciapiede.

La vide arrestarsi davanti a un semaforo rosso sull'incrocio con via Marghera, e lampeggiare tre volte in rapida successione: il conducente lo aveva visto. Al via libera del semaforo, l'auto ripartì come un razzo impiegando solo alcuni secondi per coprire la distanza che la separava dal punto dove il giornalista sostava. Accostò al marciapiede e si fermò. Il vetro scuro del finestrino sul lato del passeggero si abbassò. Alessi appoggiò una mano sul bordo del tettuccio, e si chinò a guardare dentro l'abitacolo.

L'uomo col berretto da baseball, una mano posata sul volante e l'altra sul pomello del cambio, gli rivolse un sorriso accattivante del tutto identico a quello della sera precedente, al loro incontro per la consegna del messaggio.

"Salve signor Alessi", gli disse. "La ringrazio molto per aver atteso. C'è stato un imprevisto, spero vorrà scusare il ritardo." Tacque e lo studiò ancora un istante prima di aggiungere: "Venga... si accomodi. Siamo attesi." Accompagnò l'invito con un gesto della mano.

Il giovane non fiatò, una espressione combattuta dipinta sul volto. Fu sul punto di spiegare che non poteva adempiere al suo impegno, almeno per quella sera. Che per via della improvvisa malattia del figlio, era costretto a correre a casa. Non c'era alcuna ragione al mondo, pensò, che gli impedisse di chiedere un rinvio dell'incontro.

Invece si raddrizzò e aprì lo sportello salendo a bordo.

"Bene", disse l'altro continuando a sorridere. "Andiamo." Inserì la marcia e la vettura si avviò lentamente scostandosi dal marciapiede. Alessi rimase in silenzio, e cercò di rilassarsi appoggiandosi allo schienale imbottito del sedile. Il confort all'interno della prestigiosa berlina era elevato. L'atmosfera ovattata era resa ancor più gradevole dalla perfetta climatizzazione.

Grazie all'ottimo isolamento acustico, il silenzio era pressoché totale, soltanto scalfito dall'appena percettibile rumore del motore. Le sospensioni erano morbide al punto da assorbire quasi del tutto le irregolarità del fondo stradale.

Il Crollo

L'auto raggiunse la piazza e vi girò intorno immettendosi nel proseguimento di via Buonarroti, lasciandosi così alle spalle la statua di Verdi. Giunta in fondo al viale svoltò a destra in direzione della Fiera campionaria.

Alessi volse appena la testa per guardare l'uomo che gli stava al fianco. Ora che poteva osservarlo molto da vicino, notò l'espressione determinata e astuta da faina, la fronte ampia, il naso aquilino, le labbra sottili e il mento un po' prominente. Un folto ciuffo di peli ingrigiti gli spuntava dalla scollatura della camicia rigata. Dal bordo del berretto da baseball, ben calcato sulla testa, fuoriuscivano ciocche di capelli argentati. Sembrava concentrato sulla guida, gli occhi puntati sull'asfalto. Procedeva con prudenza, ad andatura molto moderata, malgrado la assenza di traffico. Si fermava su ciascun incrocio, guardando con cura a destra e a sinistra, prima di attraversarlo. Data l'ora notturna, l'attività dei semafori era limitata alla sola funzione della luce gialla lampeggiante.

"Dove stiamo andando?"

"Non si preoccupi, vedrà…", gli rispose con tono sbrigativo girando appena il capo per lanciargli una fuggevole occhiata.

Quel gesto bastò ad Alessi per notare che era scomparso dal suo volto lo sguardo affabile e rassicurante di poco prima. Pensò che l'amabilità era soltanto una maschera che l'uomo indossava e si toglieva con rapidità alla bisogna. Ora appariva serio, i lineamenti lievemente contratti da una malcelata tensione.

Qualcosa non andava? All'improvviso il giovane si accorse di essere madido di sudore.

Più avanti, una gazzella dei carabinieri stava ferma sul ciglio della strada, il motore e i lampeggianti accesi. Uno dei due militari, appoggiato alla vettura con la portiera aperta, parlava alla radio.

Scrutò la Mercedes attentamente mentre si avvicinava. Lo Spilungone ridusse la già bassa velocità nell'oltrepassarla, e ad Alessi parve che il carabiniere lanciasse alla vettura una occhiata colma di sospetto.

Passarono davanti all'ingresso principale della Fiera campionaria. In quel punto, superato un semaforo, la strada descrive un'ampia curva a sinistra e prosegue in direzione del Vigorelli, il noto velodromo. Prima di raggiungerlo, l'auto girò improvvi-

Domenico Martusciello

samente a destra in una stradina deserta e scarsamente illuminata. Al sommesso ronzio del motore, si era ora aggiunto il fruscio
dei tergicristalli che, con monotona cadenza, spazzavano via dal
parabrezza la pioggerella che aveva ripreso a cadere.
Avanzarono per qualche metro nel vicolo, poi la Mercedes
accostò al marciapiede e si fermò.
L'uomo girò la chiave e spense il motore.
Alessi avvertì come una sorta di violento sussultò allo sto-
maco. Si voltò di scatto a guardarlo con espressione interroga-
tiva e allarmata. "Siamo già arrivati?"
L'altro attese prima di rispondere, ma si girò verso di lui e lo
fissò a sua volta. Un sottile sorriso enigmatico gli increspava le
labbra. "Non ancora."
"Allora perché si è fermato?"
"Stia calmo, signor Alessi." Il tratto era ritornato cordiale.
Gli posò una mano sul braccio in un gesto tranquillizzante.
"Non c'è ragione di agitarsi. Nessuno vuol farle del male."
"Vuole dirmi cosa diavolo sta succedendo?"
L'uomo non fiatò, ma girò un attimo la testa per lanciare una
occhiata, al di sopra della spalla, verso il retro della vettura. Fu
allora che Alessi intuì che non erano soli, e che quel gesto era
un segnale significativo rivolto a un complice che stava nascosto rannicchiato sul sedile posteriore.
Ebbe la certezza che qualcosa di molto serio stava per capi-
targli.
Si mosse fulmineo lanciandosi contro la portiera, e girando-
ne con forza la maniglia. Era bloccata.
Con fare febbrile, fece scorrere la mano lungo il bordo liscio
dello sportello, rivestito di pregiata radica, e trovò il pomello
della sicura. Lo tirò per sbloccare la serratura, ma anche quello
non si mosse.
La consapevolezza di essere caduto in una trappola, e di non
poter uscire all'aperto per darsi alla fuga, gli fece affiorare i
primi sintomi di panico claustrofobico, sempre in agguato
quando si trovava in spazi chiusi e angusti. Era come se
l'abitacolo gli si stringesse addosso, procurandogli una sensazione di soffocamento. Con un gesto rapido, si allentò il nodo
della cravatta e si sbottonò il colletto della camicia. Sentiva le
veni giugulari inturgidite, pulsargli furiosamente sul collo. Re-

spirò a fondo traendone un po' di sollievo. Poi, riportò lo sguardo sul volto del conducente, fissandolo negli occhi come per leggervi le sue intenzioni. "Cosa diavolo vuol fare? Mi faccia uscire maledetto bastardo!" urlò. Poi riprese a forzare la maniglia della portiera, ma non riuscì anche solo a smuoverla di un millimetro.

L'uomo stava girato verso di lui e lo osservava con calma, lo sguardo inespressivo, un braccio posato sul volante. "Agitarsi non le servirà a nulla, caro lei. Le conviene rilassarsi."

Il giovane si accasciò sfinito in un gesto di rassegnazione e di resa. Capì che era completamente alla mercé di quell'individuo, e ogni tentativo di sfuggirgli si sarebbe rivelato vano. Ma dove intendeva arrivare? Un paio di ipotesi confuse, ma non per questo meno inquietanti, gli passarono per il cervello.

Gli riecheggiarono nelle orecchie le parole che Fascetti gli aveva rivolto per dissuaderlo da un impresa che la sua sciocca ostinazione e cieca ambizione gli avevano presentato come esente da grossi rischi: "...sarebbe come infilare volontariamente la testa in un cappio", gli aveva detto. "Potrebbe non uscirne vivo se qualcosa andasse storto e quelli che lei contatta dovessero subodorare il suo gioco... Io non credo che siano tanto ingenui e sprovveduti da cascarci facilmente..."

Si chiese come era potuto arrivare a ingannare se stesso a tal punto. Penso che doveva recuperare un minimo di calma per considerare la situazione con freddezza. Nella intensa frustrazione e timore che avvertiva per il profilarsi dell'insuccesso del suo piano, pensò che non gli restasse altro da fare che attendere l'evolversi della situazione sperando che andasse per il meglio. Non era detto, malgrado tutto, che quell'avventura dovesse risolversi in modo del tutto negativo. In quel momento sentì il complice agitarsi sul sedile posteriore. Tossicchiò.

Un segnale convenuto?

All'improvviso, l'aria nell'abitacolo fu pervasa da un odore dolciastro e aromatico. Somigliava a quello di una sostanza farmaceutica, che il giovane impiegò qualche istante a riconoscere. Era cloroformio. Fu sopraffatto da un'ondata di paura mista a sconforto nel rendersi conto di quello a cui stava per andare incontro.

35

Il detective fissò Rivetti riuscendo a stento a dominare l'impulso di replicare che l'ipotesi di un coinvolgimento di Gargiulo nell'omicidio di Morelli non stava né in cielo né in terra. Che era stato proprio lui a ingaggiarlo per indagare sulla sua morte.

"Vede, Fascetti...", Rivetti riprese, "...io sono ragionevolmente persuaso che sia stato proprio il padrone del Serraglio a fargli la pelle, agendo come esecutore materiale e non già come mandante, s'intende. Credo che la mia tesi sulla sua colpevolezza abbia un fondamento più solido rispetto alle altre, e pertanto mi sembra più sostenibile. Mercoledì della scorsa settimana – qualche giorno dopo la telefonata di Claudio – quando ho appreso dai giornali del ritrovamento del suo cadavere al parco Ravizza, con la ventilata probabilità che si trattasse di incidente stradale, ho subito pensato all'omicidio,e, istintivamente, a Gargiulo. Insomma..., ho sospettato che fosse stato lui a farlo fuori."

"Perché istintivamente?"

"Perché, come per un'associazione di idee, mi è venuta in mente quella frase minatoria che Gargiulo aveva pronunciato contro Claudio, prima di rilasciarmi dopo avermi riempito di botte: *non avrò pace finché l'avrò stanato e mi sarò ripreso i miei soldi. Dopodiché gliela farò pagare per il disturbo che m'ha arrecato.* Ho pensato che fosse riuscito a realizzare il suo proposito. Soltanto che, secondo me, non l'ha stanato, ma è stato Morelli ad andare da lui di sua spontanea volontà."

Mentre Fascetti lo ascoltava, lo sguardo scettico, Rivetti proseguì spiegando di essere certo che Morelli, con l'animo in subbuglio per aver appreso da lui del pericolo che correvano i suoi cari, non avrebbe mai lasciato Milano senza aver prima fatto qualcosa per sventarlo. Conoscendolo bene, era in grado di affermare che doveva aver contattato subito telefonicamente Gargiulo. Anche se non si sarebbe mai saputo di preciso quello che gli aveva detto, su di un punto era sicuro: non avendo scelta, gli aveva assicurata la restituzione immediata del denaro, dietro promessa di non infierire sui suoi familiari. A quel punto Gargiulo, mostrandosi oltremodo cordiale e soddisfatto, doveva avergli proposto un incontro in qualche posto discreto dove concludere l'operazione. Morelli si era recato all'appuntamento col denaro, pur conscio del rischio che correva. Si era sentito costretto a farlo, perché era troppo preoccupato per la sorte dei suoi cari. L'altro, dopo essersi ripreso i propri quattrini, aveva deciso di pareggiare del tutto il conto. Lo aveva massacrato di botte come aveva fatto con lui, o forse anche peggio, con la variante che era andato avanti fino ad ammazzarlo. Infine, lo aveva scaricato su quella strada vicina al parco Ravizza in piena notte.

Fascetti disse: "Posso capire che Gargiulo ce l'avesse a morte con Morelli perché lo aveva derubato di una somma cospicua; ma che possa essere arrivato a ucciderlo dopo che gliel'aveva restituita... be' mi sembra francamente un comportamento troppo spietato, una reazione sproporzionata se si considera che dopotutto il torto era stato rimediato." Meditò per qualche secondo. "E' mai possibile che sia stato tanto brutale da non perdonargli d'aver cercato di truffarlo?"

Rivetti fece di sì col capo. "A lei pare esagerato perché non ha visto la collera dipinta sul volto di quell'uomo. Io sono la prova lampante del danno che può arrecare."

Non parlarono per qualche tempo, fino a quando Fascetti disse:

"A proposito... ma come avrà fatto a restituirglielo il denaro dato che si trattava di una montagna di banconote?"

"Di certo non a mezzo contante. Non si trattava di spiccioli. Anche se fosse riuscito a prelevare la somma da qualche suo conto corrente, per trasportare tutt'insieme dieci miliardi in banconote fruscianti occorre un furgone, più un facchino per caricarli e scaricarli. Non credo che Morelli, nelle sue condizioni, disponesse di questi mezzi.

"Mi aveva parlato una volta di un suo conto cifrato presso una banca svizzera, ed è lì che credo abbia messo al sicuro il malloppo prima di scomparire. Quindi, non avrà fatto altro che ordinare un bonifico telegrafico in favore di Gargiulo con accredito in un suo conto corrente presso qualche banca estera dallo stesso indicata. Pertanto, all'appuntamento si sarà presentato con una ricevuta, o qualcosa che attestasse l'avvenuto trasferimento della somma, e gliel'avrà consegnata. Tutto qui."

"Se fosse fondato questo suo teorema, allora ci sarebbe un altro aspetto da chiarire… Avrà appreso dalla stampa quanto emerso dal referto del medico legale circa lo stato di ubriachezza della vittima al momento del decesso… Lei questo come se lo spiega?"

"Rafforza la mia ipotesi, secondo me." Sorrise di nuovo. "Gargiulo avrà invitato Morelli fuori a cena per sigillare la pace fatta. Magari in qualche ristorante fuori mano, al riparo da occhi e orecchie indiscrete. A Claudio piaceva alzare il gomito, e qualsiasi occasione era buona per farlo. Una volta fattolo ubriacare sarà stato più agevole fargli il servizio. Ma le dirò di più: anche Gargiulo è un forte bevitore. Sebbene ingerisca di tutto, predilige pregiati vini rossi d'annata, come il Barolo e l'Amarone. A tavola è capace di scolarsene da solo un'intera bottiglia durante un pranzo. Anche lui avrà ecceduto." Parve riflettere un attimo. "Però…, a ripensarci non mi sento di escludere che intendesse soltanto dargli una lezione, fargli male come ha fatto con me. Sennonché, come risaputo, l'alcol può influire sul discernimento… sull'equilibrio di una persona. Per di più, dalla sua combinazione con la rabbia può risultare un cocktail micidiale tale da scatenare un istinto omicida. E' possibile che si sia lasciato andare la mano. Potrebbe aver oltrepassato il segno e magari senza neppure rendersene conto lo ha picchiato, o fatto picchiare, fermandosi quando era ormai troppo tardi."

Durante il silenzio che seguì, il detective rifletté intensamente.

Era innegabile che l'ipotesi di Rivetti avesse un che di razionale, e non si poteva disconoscerne la plausibilità. Tuttavia lui era lungi dall'esserne persuaso.

Se Gargiulo era davvero l'assassino di Morelli, perché mai gli aveva allora affidato l'incarico di indagare sulla sua morte? Che senso aveva tutto ciò? Per quanto lo riguardava la cosa non stava in piedi.

A meno che…

In quell'attimo uno spiraglio della possibile spiegazione si schiuse nella sua mente. E se il suo ingaggio, si domandò, altro non fosse che una messinscena di Gargiulo per mascherare la propria colpevolezza? Forse il suo vero intento era di precostituirsi un alibi per il caso che fosse emersa dall'inchiesta la sua posizione di cliente – per giunta il più importante – del funzionario della Bpa, a cui aveva affidato in gestione quei dieci miliardi con cui lo stesso era scomparso. Gli inquirenti avrebbero di certo guardato a lui come il maggiore indiziato e lo avrebbero posto sotto indagine, e forse incriminato. Ma poter dimostrare che aveva reclutato un investigatore privato per scoprire l'assassino, nel tentativo di recuperare il proprio denaro, avrebbe costituito una decisa prova a discarico in un eventuale processo. Un suo coinvolgimento nel delitto sarebbe apparso inverosimile.

Se Rivetti aveva ragione, allora questa analisi era probabilmente fondata, e si spiegava pure il motivo per il quale Gargiulo avesse preferito assoldare un detective alle prime armi come lui, del tutto inesperto di casi di omicidio. Questo tipo di scelta lo lasciava abbastanza tranquillo che difficilmente l'indagine sarebbe stata condotta a termine con successo.

"D'accordo, Rivetti… non nego una certa attendibilità delle sue argomentazioni, e capisco che lo portino a ritenere Gargiulo il colpevole più probabile nella rosa dei sospetti, ma vorrà ammettere che si tratta pur sempre di un teorema basto su congetture."

"Naturalmente, naturalmente... Non ho affermato di avere la certezza matematica che sia lui l'assassino." Si accigliò come se qualcos'altro gli fosse venuto in mente. "C'è però un altro elemento che varrebbe la pena di considerare a sostegno della mia tesi. Claudio, dopo la scomparsa e le ricerche infruttuose dei carabinieri in tutte le direzioni possibili e immaginabili, durate due settimane, ricompare – anche se cadavere – guarda caso proprio dopo avermi fatto quella telefonata in cui lo metto al corrente delle minacce di Gargiulo contro la sua famiglia. Una strana coincidenza, non trova?"

"Forse lo è." Lo sguardo di Fascetti era ancora pieno di dubbio.

"Già… Io credo che si possa calcolare con una probabilità di almeno il novanta per cento che quanto appreso durante la telefonata, abbia spinto Claudio a contattare Gargiulo per incontrarlo e accordarsi con lui al fine di scongiurare il pericolo di rappresaglia contro i suoi cari. Inoltre non giudicherei tanto peregrina l'idea che quell'incontro gli sia stato fatale. Pensava di recarsi a un appuntamento conviviale, invece e andato dritto a quello con la morte."

Il detective rimase in silenzio. "Ma le dirò un'ultima cosa", Rivetti continuò dopo una breve pausa, "io sospetto che Gargiulo contasse addirittura sulla possibilità che Claudio mi avrebbe contattato, o quanto meno lo sperava."

Fascetti lo guardò confuso come se non capisse.

"Capisce...", l'altro continuò, "...ho la sensazione che quel criminale, persuasosi che io fossi veramente all'oscuro di dove Claudio fosse finito, abbia deciso di usarmi per tendergli una trappola. E gli è andata bene."

"Lei intende dire che..."

"Intendo dire", Rivetti lo interruppe, "che quelle parole di minaccia, Gargiulo le abbia buttate lì, prima di rilasciarmi, per uno scopo ben calcolato: tentare di snidare Morelli. Non le ha pronunciate solo sotto l'impulso della rabbia...", scosse la testa, "...ma perché non aveva escluso del tutto l'eventualità che, per una qualsiasi ragione, prima o poi la sua preda avrebbe potuto farsi viva con me, e che io le avrei raccontato tutto."

Gargiulo doveva essere ragionevolmente certo, Rivetti spiegò, che Morelli, se messo al corrente del pericolo che correva la sua famiglia, non avrebbe esitato un istante a prendere l'iniziativa di incontrarlo, al fine di regolare la faccenda nel migliore dei modi. Insomma, dopo i precedenti insuccessi, aveva tirato un ultimo colpo alla cieca, ed era riuscito a cogliere nel segno.

"Lo sa, Fascetti, che sono tormentato da uno scrupolo?" Rivetti fece una smorfia di rammarico. "Quello di non averlo messo subito in guardia. Avrei dovuto ammonirlo contro il pericolo che correva avvicinando Gargiulo, spiegandogli che aveva pronunciato minacce anche nei suoi confronti. Ma poiché ha interrotto bruscamente la comunicazione, non ne ho avuto la possibilità."

Fascetti si alzò sorridente senza alcun ulteriore commento.

"Bene, ora la lascio per davvero, Rivetti. La ringrazio molto per la sua collaborazione. Lei è stato una miniera di informazioni. Se per caso ha bisogno di qualcosa, non so... di qualsiasi cosa, mi trova a questo numero." Così dicendo gli porse il suo biglietto da visita.

"E lei non esiti a tornare da me o a chiamarmi, se crede che possa esserle ancora d'aiuto."

Uscito dalla pensione guardò l'ora restando sorpreso che fossero le undici passate. Aveva trascorso con Rivetti l'intero pomeriggio. Attraversò la piazza quasi deserta dirigendosi verso la Golf che aveva parcheggiato a una ventina di metri lungo il marciapiede. Era incuneata tra una Fiat 500 e una BMW 520. Il cono di luce di un lampione che l'avvolgeva faceva luccicare la carrozzeria metallizzata e le cromature.

L'aveva quasi raggiunta quando si fermò bruscamente, interdetto. Si dette una pacca sulla fronte come colpito da un pensiero improvviso. C'era una domanda che aveva omesso di rivolgere a Rivetti durante il lungo colloquio. Gli era del tutto uscita di mente, preso come era stato a considerare quella nuova, inquietante ipotesi della colpevolezza di Gargiulo. Fu tentato di tornare indietro, ma poi decise che era inopportuno e che comunque non si trattava di qualcosa di tanto urgente. Non appariva rilevante per il proseguimento dell'indagine, e pertanto poteva attendere.

Si ripromise che avrebbe creato un'altra occasione per incontrare Rivetti. Ora, malgrado l'ora tarda, aveva un'altra importante visita da fare prima di rincasare.

36

Fascetti premette per la terza volta, e più a lungo, il pulsante del citofono situato accanto al portone del signorile stabile moderno di otto piani in via Della Spiga, a una ventina di metri dall'incrocio con via Manzoni. Non ebbe nessuna risposta. Morriconi non era ancora rientrato. Consultò spazientito l'orologio: mancava un quarto alla mezzanotte, e la spossatezza ormai si faceva sentire. Avrebbe dovuto essere a letto da un pezzo, se non fosse stato per l'idea ostinata di voler concludere la giornata, dopo aver cercato di incontrare uno degli uomini che avevano confermato al commissario Lopez gli alibi di Cesare Bardi, per le sere e le ore in cui erano deceduti Lugato e Morelli. Alberto Morriconi era uno dei compagni di poker di Bardi, e pertanto doveva conoscerlo bene. Con lui trascorreva, insieme ad altri amici, intere serate al tavolo verde presso il Cosmo Club in San Babila. Avevano giocato anche le due sere in cui erano stati perpetrati i due presunti omicidi.

Da un resoconto particolareggiato di quelle riunioni, Fascetti sperava che venisse a galla qualcosa di più interessante della semplice conferma degli alibi.

Per rintracciarlo, aveva dapprima telefonato a quel club di cui Morriconi era socio e che frequentava quasi giornalmente. Gli era stato riferito che l'uomo non si era fatto vivo quella sera, ma che avrebbe potuto trovarlo al suo domicilio in via Della Spiga intorno alle undici e mezza, l'ora in cui solitamente rincasava.

Ora il detective sostava, perplesso, appoggiato con la schiena al muro accanto al portone dello stabile, indeciso se continuare ad attendere per qualche altro minuto, oppure desistere e ritornare a casa, rinviando il tentativo dell'incontro all'indomani. Accese una sigaretta e si mise a osservare il traffico, ancora animato malgrado l'ora, che scorreva lungo quella esclusiva via di Milano. Guardò verso destra e verso sinistra: il marciapiede era deserto. Pensò che sarebbe stato preferibile andare a dormire; trasse un'ultima boccata dalla sigaretta e poi la lasciò cadere a terra schiacciandola nervosamente con la punta di una scarpa. Si accostò alla Golf parcheggiata a qualche metro di distanza lungo il marciapiede e si accinse ad aprire la portiera. Istintivamente, girò la testa verso l'incrocio e vide svoltare da via Manzoni, scivolando silenziosa verso di lui, una splendida Mercedes 500 SL grigio metallizzato, con accese le luci anabbaglianti. Si arrestò dietro la Golf, a qualche metro di distanza dal punto dove lui sostava.

Il giovane dalla carnagione bruna che ne emerse, gli lanciò uno sguardo incuriosito e, dopo aver azionato il telecomando della chiusura centralizzata e antifurto, si avvicinò al portone dello stabile frugandosi nelle tasche dei pantaloni per prendere le chiavi.

Fascetti lo osservò: età intorno ai trentacinque anni, capelli corti molto folti e scuri, un paio di baffi ben curati, lineamenti regolari di una certa distinzione. Statura media e fisico atletico, muscoloso. Abbigliamento pratico ma senza traccia alcuna di

sciatteria: pantaloni kaki senza risvolti, camicia celeste con bot-
toncini sul colletto, mocassini marroni. Sarebbe stato a suo agio
in un safari, così come in uno studio televisivo. Trafficò per
qualche secondo con la serratura prima di aprire il portone, e fu
allora che Fascetti, giunto alle sue spalle, gli disse: "E' lei il signor Morriconi, vero?"
    L'uomo si voltò di scatto e lo guardò sorpreso e un po' al-
larmato. "Sì, sono io."
    "Mi scusi se la disturbo, mi chiamo Fascetti e sono un inve-
stigatore privato." Gli mostrò il distintivo mentre l'uomo, il
mazzo di chiavi nella mano destra e un piede tra il portone e lo
stipite, non fiatò.
    "Potrei parlarle?"
    L'altro apparve lievemente seccato, e sollevò ostentatamente
il polso sinistro per consultare il Rolex d'oro. Un gesto per sottolineare l'ora inopportuna per una simile richiesta. Nondimeno
disse: "Va bene, si accomodi." Tenne il battente con la mano
sinistra per consentire a Fascetti di passare. Accese la lampada
nell'ingresso e indicò l'ascensore in fondo sulla destra, accanto
alla guardiola di vetro del custode, deserta e al buio. Pregiati
pannelli di legno scuro rivestivano le pareti dell'atrio.
    Giunti al primo piano si ritrovarono davanti a una lucida
porta massiccia con maniglie di ottone. Lungo il corridoio, alcune applique di vetro spandevano una luce stanca.
    All'interno del vasto soggiorno, Fascetti fu colpito dalla pre-
ziosità di alcuni mobili antichi, ma tutto l'arredamento aveva il
tocco inconfondibile dell'intenditore e da esso traspariva tutta
l'agiatezza in cui Morriconi viveva. Un grande divano in pregiata pelle marrone era affiancato da due ampie poltrone.
Un'intera parete era occupata da un'enorme libreria in legno
chiaro alta dal pavimento al soffitto, che conteneva volumi pregiati di grosso formato.
    Al centro della sala un tavolo ovale, collocato sopra un pre-
zioso tappeto orientale, era cosparso di giornali, riviste, mono-
grafie.
    "Mi sembra un Guttuso." Fascetti indicò uno dei numerosi
quadri appesi alla parete di fronte alla libreria.
    "Lo è, infatti", l'altro confermò con un tono di orgoglio.
"Ma si accomodi, prego."

Il detective sedette, e Morriconi si diresse verso la cucina dicendo: "Beve qualcosa? Credo che una birra fresca farebbe al caso nostro."

Fascetti annuì. "Sì, una birra ci sta proprio bene con questo caldo."

Tornò con due boccali colmi e ne depose uno sul tavolino davanti all'ospite. Poi si sedette a sua volta.

"Lei si intende di pittura moderna?"

"Un poco." Sorrise. "Da dilettante…, mi piace. Ma non è per parlare d'arte che sono venuto a trovarla."

"Ne sono convinto. Mi dica…, l'ascolto."

"Mi scuso anzitutto per averla disturbata a quest'ora così sconveniente, mi rincresce di sottrarle il tempo che dovrebbe dedicare al sonno." Morriconi alzò le spalle in un gesto di indifferenza, ed entrambi si portarono simultaneamente alle labbra i boccali di birra con un accenno di brindisi.

"So che lei conosce Cesare Bardi."

Il padrone di casa annuì sorridendo con aria saputa e disse: "Quando poco fa m'ha detto di essere un investigatore privato, ne ho subito dedotto che la sua visita avesse a che fare con Bardi e con la morte di entrambi il suo socio e il suo operatore di Borsa. Ma le anticipo che su di lui sono già stato interrogato dalla polizia, che mi ha chiesto di confermare i suoi alibi per le sere del 2 agosto e 20 giugno scorsi." Si interruppe per un attimo. "Eravamo riuniti in sei amici al Cosmo Club, e abbiamo trascorso quelle due serate a giocare a poker, facendo come al solito le ore piccole. E' un bel posticino, sa? Lì ci piace ritrovarci almeno due volte a settimana. C'è anche un piccolo ristorante annesso, in cui talvolta ceniamo: ottima cucina, e, soprattutto, ottimi vini d'annata. Le dirò che Bardi è un'ottima forchetta." Ebbe un lieve sogghigno. "A giudicare dal suo appetito insaziabile, credo che il suo stomaco abbia una capienza almeno doppia rispetto al normale, e che il suo amore per il cibo sia secondo soltanto a quello sfrenato per il denaro." Fece una breve pausa per bere un sorso di birra. "Ma ritornando agli alibi… posso assicurarle che, in entrambe le circostanze, Bardi era al club impegnato col poker."

"Ne sono al corrente", precisò Fascetti. "L'ho appreso dalla polizia. Quindi… non è per chiederle di questo che intendevo disturbarla. Credo che il commissario Lopez le abbia accennato al fatto che Bardi è al momento indagato per queste due morti, solo in apparenza fortuite."

Morriconi annuì in modo appena percettibile.

Fascetti proseguì: "Io sono attualmente impegnato, in particolare, in indagini su quella di Morelli, per conto di un mio cliente." Fece una pausa riflessiva prima di proseguire. "Mi chiedevo se lei non possa riferirmi di qualche dettaglio nel comportamento di Bardi, che le abbia dato da pensare durante il gioco, quelle due sere in cui si sono verificati i decessi."

"Forse mi sembra di capire a cosa si riferisca, signor Fascetti. Ma vuole essere un tantino più esplicito?"

"Be', non penso a niente di preciso. Volevo semplicemente sentire da lei come le è sembrato. Se per caso non abbia notato qualcosa di strano in lui."

Morriconi esibì un altro sorriso, ma questa volta divertito. "Mi pare di capire dalla sua domanda, signor Fascetti, che i suoi metodi investigativi siano molto concreti, e in ogni caso meno approssimativi di quelli della polizia. Me ne congratulo."

"La ringrazio, ma le spiace spiegarmi?"

"Be', il suo quesito è molto pertinente, razionale, e mi sarei aspettato che anche la polizia me lo avesse posto", l'altro osservò. "Invece, loro mi sono parsi molto sbrigativi, frettolosi direi. Il colloquio non è durato più di dieci minuti. Il commissario Lopez era evidentemente interessato soltanto a stabilire, senza ombra di dubbio, che Bardi non avesse lasciato il club prima delle undici e mezza."

Era una ulteriore conferma, Fascetti rifletté, della fondatezza delle critiche espresse dalla Tronchetti, al riguardo del modo superficiale usato dalla polizia nella conduzione delle indagini. Quasi a voler giustificare in qualche modo il suo amico commissario disse: "Be', la polizia segue quei metodi investigativi che ritiene più efficaci... " La affermazione suonò poco convincente perfino a lui stesso.

"Non desidero rubare il mestiere a nessuno", ribatté l'altro con veemenza. "Ma mi sembra che sarebbe stato di grande ausilio agli investigatori chiedermi informazioni sulla condotta e apparente stato d'animo di Bardi durante quelle due serate, e per di più mentre era impegnato in una partita di poker. Il commissario Lopez sarebbe stato in grado di cogliere in ciò che gli avrei riferito, i segnali di un certo suo stato emozionale, tali da rafforzare il sospetto di un suo coinvolgimento in queste morti. Se mi avesse rivolto la sua stessa domanda, credo che avrei avuto qualcosa di interessante da comunicargli. Tuttavia poiché appariva molto spiccio come avesse urgenza di concludere in fretta il colloquio, ho deciso di lasciar perdere."

"Ma cos'è che ha notato esattamente di insolito nella condotta di Bardi quelle due sere?" chiese Fascetti, lo sguardo colmo di interesse.

Prima di rispondere Morriconi tracannò una lunga sorsata di birra con il fare di un bevitore abituale.

"Più che di insolito, di molto strano, direi. Si, credo che 'strano' sia il termine più adatto per descrivere il suo modo di agire quelle due sere. Ma badi bene, non sono stato il solo a notarlo. Anche agli altri non è sfuggito." Fece una breve pausa mentre si accarezzava i baffi per rimuovere quel po' di schiuma che vi si era appiccicata.

Fascetti continuava a fissarlo come se pendesse dalle sue labbra.

"Dunque", Morriconi riprese, "cominciamo dalla prima sera, quella del 20 giugno, in cui è deceduto Lugato. Bardi arriva al club verso le dieci e mezza in evidente stato di apprensione. Lo si vede lontano un miglio che ha la luna storta. Ci mettiamo a giocare, ma lui appare scarsamente concentrato, guarda nervosamente l'ora a intervalli ravvicinati. A un certo punto, però, accade qualcosa che lo trasforma fino a renderlo allegro, gioviale, e lo rasserena." Fece una pausa fissando il boccale di birra.

Fascetti parve meditare un attimo. Pensò che neppure una vincita al poker, per quanto consistente, avrebbe potuto risolvere la situazione finanziaria di Bardi migliorando il suo umore. Gli ci sarebbero volute ben altre risorse.

Tuttavia interloquì con tono scherzoso: "L'unica cosa cui riesco a pensare è che la fortuna al gioco gli abbia arriso quella sera..."

"Ma neanche per sogno!" Morriconi fece una smorfia."Si è fatto spennare come un pollo, e soprattutto perché ha giocato male: era distratto, quasi del tutto assente con la testa. Vede, Fascetti, Bardi era già molto sotto con ciascuno di noi, ma quella sera la sua posizione si è molto aggravata. Soltanto nei miei confronti, il suo debito ha raggiunto la cifra record di trenta milioni. Se a quelle di gioco, dovessimo sommare le grosse perdite che ha subito in Borsa – la cui entità possiamo solo immaginare – allora è possibile ipotizzare che la sua situazione finanziaria fosse davvero disastrosa."

Morriconi tacque per bere un lungo sorso di birra, mentre Fascetti lo guardava impaziente come a dirgli: "Suvvia, per l'amor del Cielo, non mi tenga sulle spine. Muoio dalla curiosità."

"Ha ricevuto una telefonata", alla fine l'altro disse.

"Ah!"

"Proprio così... una telefonata quand'era la mezzanotte passata." Lo fissò intensamente. "Eravamo rimasti in cinque al tavolo verde poiché Bardi aveva rinunciato a giocare per via delle grosse perdite, e perché nessuno di noi era più disposto a fargli credito. Sedeva in disparte a fumare nervosamente, quando un inserviente del club lo ha informato che era desiderato a telefono. Allora si è allontanato in tutta fretta entrando in una saletta riservata da dove ha preso la comunicazione. La sua assenza non è durata più di due minuti, e quando è ritornato nella sala da gioco era sorridente come avesse appena appreso una buona notizia. Un cambiamento di umore a trecentosessanta gradi."

"Da quel 20 giugno sono trascorsi quasi due mesi", osservò Fascetti, lo sguardo dubitativo. "Ma come fa a serbare un ricordo così nitido di quella sera, e, soprattutto, della data ?"

"E' molto semplice", ribatté l'altro. "Ho un preciso riferimento: il mattino seguente ho letto sui giornali della morte di Lugato. Ne ho parlato a telefono con gli altri amici e tutti hanno manifestato un minimo di perplessità per la coincidenza tra lo strano comportamento di Bardi la sera precedente, e l'incidente capitato al suo socio. Conoscevamo Lugato e quindi ci siamo recati ai funerali due giorni dopo. Abbiamo riportato l'impressione che il nostro amico non fosse rattristato o turbato più di tanto. E comunque non come ci saremmo aspettati. In fin dei conti, prima che soci in affari, erano anzitutto vecchi compagni di scuola."

Fascetti ricordò quello che il commissario Lopez gli aveva riferito in merito alla morte di Lugato: era deceduto – secondo il referto del medico legale – tra la mezzanotte e la mezza, apparentemente travolto da un auto.

Pertanto, rifletté, all'ora in cui Bardi aveva ricevuto la telefonata, la notizia non poteva ancora essersi diffusa. Se qualcuno gli aveva comunicato la morte del socio, non poteva certo essersi trattato di un amico o un parente. Era ragionevole ritenere che, in quanto mandante del delitto, Bardi avesse ricevuto dal killer a cui l'aveva commissionato, conferma telefonica dell'avvenuta esecuzione.

"Ma non è tutto", Morriconi continuò sorridendo. "Le stranezze di Bardi quella sera, non finirono lì. Siamo rimasti di stucco quando, rientrato in sala dopo la telefonata, si è seduto di nuovo al tavolo da gioco con l'aria di volersi rifare. Qualcuno ha sollevato delle obbiezioni, ricordandogli l'ammontare spropositato del suo debito, ma lui ha assicurato tutti che l'avrebbe saldato entro un mese, al massimo un mese e mezzo."

Fascetti pensò che quell'improvvisa disponibilità di Bardi a regolare i suoi debiti di gioco, fosse un ulteriore indizio della sua colpevolezza: aveva commissionato l'uccisione del suo socio e ne aveva ricevuto conferma telefonica dal sicario o l'organizzazione criminale che aveva assoldato. A quel punto era tranquillo avendo la certezza che la compagnia di assicurazione gli avrebbe liquidato la grossa somma assicurata dalla famosa polizza vita stipulata dalla società.

"Ha poi mantenuto la parola?"

"Non ancora. Quando ci siamo rivisti dopo qualche giorno qui al club per un'altra delle solite sedute, lui ci ha anzitutto firmato degli assegni bancari, posdatati a un mese, a valere sul suo conto corrente presso la Banca Popolare Ambrosiana. A tutt'oggi non siamo ancora riusciti a incassarli per mancanza di fondi. Lui ci ha pregato di trattenerli e pazientare per altre due settimane."

"Ma poi com'è che si è conclusa la serata?" Fascetti scosse il capo quando Morriconi gli porse il pacchetto delle sigarette.

"Ha perso altri cinque milioni, ma la cosa non lo ha minimamente turbato." Con aria assorta il padrone di casa prese una sigaretta e se la incollò tra le labbra, quindi l'accese aspirando fondo la prima boccata. "Abbiamo lasciato il club tutti insieme, come siamo soliti fare, all'una e mezza circa. Ci siamo avviati lungo il corso Vittorio Emanuele in direzione della Galleria. Lì, abbiamo fatto sosta, per un ultimo drink in un bar ancora aperto. Avevamo le auto in un parcheggio sotterraneo che si trova in una traversa del corso, tranne Bardi che era a piedi. Così gli ho dato un passaggio. Abita in un grande residence in viale Zara. Quando l'ho scaricato era ancora di ottimo umore."

"E che mi dice, invece, della seduta del 2 agosto?"

"Circostanza analoga, nel senso che anche quella sera ha ricevuto una telefonata pressoché alla stessa ora, alla quale ha però reagito in maniera diametralmente opposta rispetto alla prima." Rilasciò una sottile scia di fumo. "Quando è arrivato al club, è apparso del tutto normale e tranquillo. Come al solito, abbiamo cenato prima di sedere al tavolo da gioco. Credo che, a un certo punto, Bardi fosse moderatamente in attivo. Intorno alle undici, credo, l'inserviente del club gli ha riferito che era desiderato a telefono. Ha preso la comunicazione nella solita saletta riservata, ma questa volta la conversazione è durata molto più a lungo della precedente: una decina di minuti, direi. Lo abbiamo atteso sospendendo il gioco. E' questo un particolare a cui ho rivolto istintivamente la mia attenzione, poiché non era mai successo che interrompesse una partita per così tanto tempo per rispondere a una telefonata."

Fascetti lo osservava con aria perplessa. Accavallò le gambe e intrecciò le mani in grembo.

"Dopo cos'è accaduto?"

"Abbiamo ripreso a giocare completando la mano che avevamo sospeso." Morriconi schiacciò con forza la cicca nel posacenere. "Bardi era visibilmente scosso, anche se sembrava sforzarsi per mascherarlo. Era come assente, non riusciva più a concentrarsi e pertanto non seguiva il gioco degli altri. Siamo andati avanti per un po'finché ha cominciato a perdere. Sembrava impaziente… come non vedesse l'ora di giungere alla conclusione della partita." Fece una breve pausa. "A un certo punto ha dichiarato di non sentirsi bene, di accusare nausea e crampi allo stomaco, forse, disse, per via di qualcosa di pesante che aveva mangiato a cena, e che gli era andata contro nella digestione. Quindi si è alzato di scatto. Si è scusato dicendo che preferiva andarsene a casa a riposare. Mi sono offerto di accompagnarlo, ma ha rifiutato energicamente dicendo che avrebbe preso un taxi in San Babila. Saranno state le undici e mezzo o giù di lì quando se ne è andato. E' probabile che stesse male per davvero perché non era mai successo prima che lasciasse il club in fretta e furia nel bel mezzo di una partita di poker." Si portò una mano davanti alla bocca per soffocare uno sbadiglio. "Mi scusi", disse sbirciando l'orologio. "Ho avuto una giornataccia e sono stanco."

"Sono io che devo scusarmi con lei, l'ho importunata a un'ora così sconveniente..."

"Non c'è problema", lo assicurò. "Mi capita spesso di lavorare di notte e dormire di giorno. Mi auguro che quanto le ho riferito le sarà di ausilio nel prosieguo delle sue indagini. "

"Lo sarà... lo sarà," Sorrise. "E' stato molto gentile. Averle parlato mi ha consentito di trarre alcune importanti conclusioni sul conto di Bardi, le sono grato."

Morriconi si alzò e sorrise a sua volta. "Se posso ancora esserle utile in qualche modo me lo faccia sapere", disse stringendo con vigore la mano che il detective gli porse nel congedarsi.

Poco dopo, durante il tragitto in auto verso casa, avvolto dalla intensa afa notturna, Fascetti prese ad analizzare quanto aveva appreso dal colloquio appena concluso. Gli offriva nuova materia di riflessione.

Era fuor di dubbio che la reazione di Bardi alla telefonata ricevuta al club la sera in cui il suo socio era stato ucciso, costituisse un validissimo indizio della sua colpevolezza. Si aggiungeva a quello emerso dall'esame dell'estratto del suo conto corrente presso la Comit di Novate: il prelievo sospetto di cento milioni effettuato gradualmente nei dieci giorni antecedenti il ritrovamento del cadavere. Era il compenso corrisposto a un killer per il servizio resogli? Molto probabile. Entrambe le circostanze rafforzavano l'ipotesi del suo ruolo di mandante del delitto, con moventi che, anche in base alle dichiarazioni della Tronchetti, apparivano oltremodo plausibili e convincenti.

Altrettanto non poteva dirsi per il caso Morelli. Il duplice movente – passionale e/o desiderio di vendetta – che presumibilmente aveva spinto Bardi a far uccidere anche lui, non appariva suffragato, almeno fino a quel momento, da indizi che valesse la pena di considerare tali. Alla seconda telefonata ricevuta al club la notte in cui era deceduto il funzionario della Bpa, l'uomo aveva reagito in modo diametralmente opposto rispetto alla prima: era apparso tutt'altro che esultante. Sorgeva una serie di interrogativi privi di risposta. Aveva davvero accusato quei disturbi che lo avevano costretto a interrompere il gioco e lasciare il club? Era possibile che fosse stata una sua finzione e quindi un pretesto per tagliare la corda perché era insorto qualche problema personale che doveva correre a risolvere? Era verosimile che quella telefonata non l'aspettasse e pertanto l'aveva colto di sorpresa? E se così era, visto che lo aveva profondamente turbato piuttosto che rallegrarlo, era ragionevole ritenere che il suo contenuto nulla avesse a che vedere con l'assassinio di Morelli?

In conclusione, quanto era emerso dal racconto di Morriconi, mentre confermava l'elevata probabilità del coinvolgimento di Bardi nell'omicidio di Lugato, sembrava invece suggerirne l'estraneità a quello di Morelli, anche se restava la strana coincidenza della telefonata, e di quel malessere che l'aveva colto proprio la sera del suo decesso.

A questo punto, Fascetti pensò che doveva giocoforza rivolgere la sua attenzione a Maldano, quale probabile mandante del delitto. Lopez aveva affermato che l'alto dirigente della Bpa e diretto superiore della vittima, era tutt'altro che da escludersi come indiziato. Eliminare il suo ex collaboratore, avrebbe significato per lui, liberarsi di un pericoloso testimone della sua attività di riciclaggio, attraverso la Borsa, di denaro sporco di origine mafiosa.

Come se non bastasse, dopo il lungo colloquio con Rivetti, a complicare il già complesso quadro delle indagini, era emersa l'ipotesi che potesse essere addirittura Gargiulo l'autore materiale del delitto. Non poteva ignorarla, e il solo pensiero che potesse non essere priva di fondamento, gli procurava grande apprensione.

Gli si ripropose prepotentemente il dilemma di quale atteggiamento tenere, in seguito nei rapporti col suo datore di lavoro, che non innescasse una sua reazione negativa contro di lui. Doveva far finta di niente proseguendo in un'indagine che, se aveva ragione Rivetti, non avrebbe mai portato a compimento? Oppure doveva fare in modo di venirne fuori subito e con ogni mezzo, costasse quel che costasse?

Concluse di nuovo che continuare a indagare attendendo con pazienza il corso degli eventi, era probabilmente la decisione più saggia. Il tempo avrebbe lavorato a suo favore. Si chiese, anche, se non fosse il caso di consultarsi con Lopez, ma respinse subito l'idea per due buone ragioni. Innanzitutto, il solo fatto di dover rivelare al commissario l'esistenza e la natura della sua relazione con Gargiulo, era qualcosa che ripugnava alla sua coscienza dato che si considerava ancora, malgrado tutto, vincolato al rispetto del segreto professionale. In secondo luogo, una siffatta mossa avrebbe potuto rivelarsi una grossa imprudenza in quel delicato frangente, per il rischio di una qualche azione inconsulta da parte del poliziotto. Questi, ad esempio, avrebbe potuto mettere sotto inchiesta il proprietario del Serraglio, cosa che avrebbe aggravato la sua situazione per il solo fatto che Gargiulo gliene avrebbe facilmente addossato la responsabilità, accusandolo di non aver tenuto fede alla parola data di rispettare la riservatezza. Non osava neppure immaginare quali avrebbero potuto essere le conseguenze. Guardò l'ora: si era fatta quasi l'una e cascava dal sonno. Trovò da parcheggiare in via Fatebenefratelli a due isolati di distanza dallo stabile in cui abitava. Scese dall'auto e si avviò lungo il marciapiede. Sperò che la notte servisse a portargli consiglio.

37

Il telefono e la radiosveglia si misero a suonare simultaneamente alle dodici in punto, provocando nel cervello di Fascetti come una sorta di deflagrazione, che lo strappò con violenza al suo sonno profondo.

Mise la testa sotto il cuscino, ma invano. Il duplice squillo stridulo e assordante che lo aveva svegliato di soprassalto, e che si protraeva con insistenza, gli trapanava i timpani. Cercò di scuotersi per emergere dallo stato sonnolento che lo avvolgeva. Ci riuscì compiendo uno sforzo paragonabile a quello che richiederebbe venir fuori da un bidone colmo di pece.

Cercò a tastoni la radiosveglia sopra il comodino e schiacciò con un colpo secco il pulsante di arresto della suoneria. Afferrò quindi la cornetta del telefono portandosela all'orecchio.

Il Crollo

"Pronto?"

Non ebbe risposta. Chiunque fosse stato a chiamarlo, si era alla fine dato per vinto riattaccando. Poco male, pensò. Di certo ci avrebbe riprovato più tardi, se desiderava davvero parlargli. Ripose il ricevitore e si mise supino. Strizzò gli occhi ai raggi abbaglianti del sole che irrompevano dalla finestra. Nel coricarsi esausto la sera prima, aveva dimenticato, come spesso gli accadeva, di abbassare l'avvolgibile.

Dopo qualche minuto, si drizzò a sedere sul letto. Si tolse le lenzuola di dosso e si passò una mano sul petto nudo coperto da folta peluria e madido di sudore. La temperatura nella stanza era alquanto elevata. Si grattò perplesso la testa mentre il ricordo degli avvenimenti del giorno prima cominciava ad affluirgli nella mente: l'incontro con Morriconi e le sue rivelazioni sul conto di Bardi, il pomeriggio trascorso con Rivetti e tutto quello che questi gli aveva riferito formulando l'ipotesi inquietante che fosse addirittura Gargiulo l'assassino di Morelli.

Scese dal letto e prese il suo orologio da polso dal ripiano della cassettiera disposta accanto alla finestra. Lo confrontò con la radiosveglia: erano le dodici e dieci, e aveva dormito come un sasso per quasi undici ore di fila. Era ancora intontito dal sonno, al punto di sentirsi come un drogato appena uscito da un covo di fumatori d'oppio. Un buon caffè espresso avrebbe fatto miracoli; era quello di cui aveva bisogno per rimettersi in sesto.

Entrò nel cucinotto che per le ristrette dimensioni poteva contenere ben poche cose, tra cui alcuni mobili componibili e, addossato a una parete, un tavolino pieghevole con due sedie. Aprì il minuscolo frigo che reagì con il consueto ronzio. All'interno c'erano un mezzo tetrapak di latte, un vasetto di sottaceti e uno di fragole, oltre a un piatto di salmone affumicato avanzato dalla sua cena di due sere prima. Moriva dalla sete e si scolò quasi mezza bottiglia di acqua minerale. Poi, con gesti rapidi preparò la piccola Moka che posò sopra il fornello a gas dopo averlo acceso. Spalancò sbadigliando lo sportello di uno dei tre pensili, e vi frugò dentro alla ricerca di qualcosa da metter sotto i denti. C'erano alcuni pacchi di spaghetti, e delle michette stantie che soltanto con l'uso di un'ascia avrebbero potuto essere tagliate. Trovò un paio di brioche confezionate con lucido cellophane, che, se ricordava bene, erano vecchie di almeno una settimana. Mentre ne addentava una, teneva lo sguardo posato sulla caffettiera dalla quale, di lì a qualche minuto, venne il sommesso gorgoglio del caffé che fuoriusciva dal beccuccio, accompagnato dal gradevole aroma che subito riempì l'angusto ambiente. Il trillo del telefono lo fece trasalire.

Spense il fornello, e si precipitò nel suo studio da dove prese la comunicazione.

"Pronto."

"E' lei Fascetti?"

La voce aveva un timbro familiare, ma lì per lì non seppe darle un volto.

"Sì, sono io", rispose sedendosi lentamente dietro la scrivania.

"Ah, salve, sono Alessi. L'ho chiamata poco fa, ma non rispondeva. Non era in casa?"

"Ero a letto e dormivo saporitamente prima che il telefono mi svegliasse."

"Dormiva a mezzogiorno?" Il tono tradiva meraviglia e sarcasmo insieme.

"Già. Ho lavorato sodo fino a molto tardi ieri sera, ed ero esausto. Ma perché non mi dice dov'era lei piuttosto, visto che è un secolo che la cerco. Ho pensato che fosse morto."

"Oh, le chiedo scusa. Mia moglie mi ha riferito. Avrei dovuto chiamarla ieri sera o stamattina presto, ma francamente non ne ho avuto la possibilità, soprattutto perché siamo stati in apprensione per il piccolo."

"Cos'è successo?" Lo chiese con sincero interesse.

"Lo abbiamo avuto con un febbrone da cavallo. Influenza, sembra. Stanotte alle tre, quando sono rincasato, la temperatura sfiorava i quaranta gradi. Poi è andata lentamente scemando." Fece una pausa e sospirò. "Abbiamo passato un brutto quarto d'ora, come si suole dire, e temuto il peggio. Comunque ora siamo sollevati perché, ringraziando Dio, sta molto meglio. La febbre è scesa parecchio."

"Bene. Cosicché è rientrato alle tre…"

"Sì, dopo aver concluso l'indagine." Il tono era dimesso, privo di entusiasmo.

"Questo cosa significa esattamente? Mi sbaglierò, ma non la sento esultare per la gioia."

"Significa che ho portato a termine il mio piano. Tutto qui."
Esitò un attimo. "Anche se…"

"Anche se?"

"Be'… con qualche variante."
Ora Fascetti non era soltanto del tutto desto, ma anche in preda a una certa agitazione.

Disse con un irritato tono di voce:
"Cos'è che ha fatto di preciso, Alessi? Le spiacerebbe essere più esplicito?"

"Ho messo in pratica quello di cui abbiamo discusso a cena qualche giorno fa. Non mi dica che l'ha dimenticato… Lo ricorda, no?" Sembrava un po' intimorito.

"Ascolti, Alessi…", la voce salì di un'ottava, "…immagino che si riferisca a quel suo piano folle e idiota di cui vaneggiava sotto l'influsso del vino. Ma lei era ubriaco fradicio, amico mio. Cotto al punto che dubitavo che ce l'avrebbe fatta a tornare a casa da solo. Questo lo ricordo benissimo. Pertanto, non ho mai creduto che parlasse sul serio."

"Ero soltanto un po' brillo, forse. Non rammento con estrema chiarezza tutti i particolari della nostra conversazione, ma quello che ho fatto ieri sera… ricordo che l'abbiamo concordato."

"Cosa?!" Fascetti gridò su tutte le furie. "Non abbiamo concordato un accidenti!" Tacque e trasse un profondo sospiro esasperato. "Le ripeto quello che le ho già detto a ristorante, Alessi: le ha dato di volta il cervello. Subentrò un lungo silenzio, che fu rotto dal giornalista quando disse sommessamente: "Perché si scalda tanto, Fascetti? Non credo ce ne sia ragione. Cos'è che non le va?"

"Tutto", rispose seccato. "In primo luogo non riesco a capacitarmi come abbia potuto decidere di andarsi a cacciare in un affare tanto pericoloso. Spero che non abbia tirato dentro anche me…"

"Ho fatto quello che ritenevo necessario. Tuttavia devo ammettere che…", parve esitare come soppesasse quello che stava per dire, "…purtroppo c'è stato qualche problema."

"Visto? L'avevo avvertita, ricorda?" Fece una smorfia di rabbia come se l'altro fosse lì a guardarlo. "E non può dirmi di che genere?"

"E' una storia troppo lunga da raccontarsi per telefono. Per questo dobbiamo incontrarci."

Fu a quel punto che il detective, per una qualche inspiegabile percezione primordiale, intuì che il giovane era preoccupato, e forse anche spaventato.

"Va bene, mi dica dove e quando?

"Le andrebbe alle tre e mezzo dal commissario Lopez?"

"D'accordo."

"Così prenderò due piccioni con una fava, per così dire. Nel senso che potrò riferire contemporaneamente a tutt'e due l'esito delle mie indagini. Come lei sa, ho un accordo di collaborazione con la polizia, che prevede lo scambio di notizie..."

"E il suo scoop?"

"Purtroppo quello dovrà aspettare." C'era una nota di amarezza nella voce. "C'è ancora qualche nodo da sciogliere."

"E' proprio certo di non potermi anticipare niente?"

Il giornalista rimase in silenzio come valutasse che genere di risposta dare, poi disse: "Posso solo confermarle che sia io che il commissario avevamo visto giusto. Eravamo sulla buona pista. Ma c'è di più, molto di più... Non manchi, mi raccomando."

"Ci può contare."

Riattaccarono.

Fascetti ritornò in cucina con aria turbata. Si versò una tazzina di caffè che si era ormai freddato. Lo bevve con due sorsate e poi entrò nel bagno. Si rasò e poi fece una doccia restando a lungo a crogiolarsi sotto il getto violento col capo chino, godendosi la piacevole sensazione dell'acqua tiepida che gli scorreva lungo la schiena. Poi si infilò un morbido accappatoio. Era decisamente uno strano tipo quell'Alessi, pensò scuotendo lentamente il capo, mentre si asciugava strofinandosi vigorosamente tutto il corpo. Un giovane reporter a caccia di gloria. Pur di raggiungerla si era esposto a rischi elevatissimi. Da qualche tempo bazzicava, nelle caldi notte estive, posti equivoci dove si radunava il fior fiore del malaffare milanese. Sembrava che, con incosciente disinvoltura, frequentasse criminali di un certo calibro come se fossero i soci illustri di un esclusivo club sportivo. Dopo quello che gli aveva riferito poco prima a telefono, non sapeva bene se considerarlo un intrepido, degno quindi di am-

Il Crollo

mirazione, o un soggetto la cui mente rasentava la pazzia totale. Comunque fosse, era certo che se continuava ad andare in giro come un cane sciolto, avrebbe finito, prima o poi, per combinare seri guai a sé stesso e ad altri.

Ripercorse con la mente i punti salienti di quella accesa discussione che avevano avuto nel ristorante di via Broletto, soltanto tre giorni prima. Nonostante il suo parere fortemente contrario, il giornalista aveva insistito nell'idea di voler cercare di contattare una fantomatica Anonima Omicidi, in modo da stipulare un finto contratto per ammazzare qualcuno. E, ricordando con chiarezza quello che aveva affermato in stato di ubriachezza, quel qualcuno doveva essere *lui*. L'obbiettivo che intendeva perseguire era localizzare il covo della banda per sgominarla. Cosicché, pensò, c'era la probabilità che quell'idiota fosse riuscito nel suo intento e lo avesse davvero indicato come la persona da eliminare.

Se questo rispondeva al vero, lo aveva di fatto trasformato in una sorta di bersaglio mobile.

Considerata la minaccia che anche Gargiulo poteva rappresentare, si domandò se a quel punto doveva temere per la propria sicurezza e mettersi sul chi vive, cominciando a guardarsi le spalle.

Sentì un brivido salirgli lungo la spina dorsale fino al cervello, e una intensa rabbia montargli dentro. Chi diavolo credeva di essere quel cretino per arrogarsi il diritto di trascinarlo con sé in quella specie di avventura dagli esiti imprevedibili? Se aveva preso una simile sciagurata iniziativa, lo aveva fatto malgrado lo avesse diffidato dal coinvolgerlo in alcun modo. Pur senza aver ancora ascoltato la sua storia, pensò che dovesse trattarsi di qualcosa di madornale. Dal contesto di quello che aveva spiegato a telefono, Fascetti avrebbe scommesso la propria testa che il giornalista aveva fallito il suo principale obbiettivo – che era di localizzare il covo della banda –

anche se, probabilmente, era riuscito a commissionare il delitto. Forse si rendeva conto che quell'insuccesso, se pure parziale, avrebbe minato la sua credibilità agli occhi del detective, data la sicurezza di sé che aveva ostentato durante il loro colloquio nel ristorante di via Broletto. La profonda frustrazione e l'imbarazzo, che di sicuro avvertiva in quel momento, dovevano avergli impedito di ammettere subito il suo fallimento in modo esplicito, a telefono. Aveva così accampato problemi generici con cui aveva dovuto confrontarsi nel portare a termine il suo proposito, ma di certo avrebbe vuotato il sacco in presenza di Lopez in questura, dove si erano accordati per incontrarsi.

Fascetti ricordò l'affermazione del detective, a conclusione della telefonata di poco prima, di avere qualcos'altro da fare prima di poter lanciare il suo scoop. Non poteva che trattarsi, pensò, di quella variante al suo piano originario, di cui gli aveva parlato al termine della cena di qualche sera prima, da porre in atto solo laddove fosse fallito il suo tentativo di individuare il covo della Organizzazione. Consisteva nel chiedere al commissario Lopez di mettere la vittima designata – cioè lui – sotto stretta sorveglianza, sì da fungere da esca per i sicari della banda e consentirne la cattura immediata nel momento della loro apparizione.

Attendeva con ansia di incontrare il giornalista per acquisire il quadro esatto della situazione e regolarsi in conseguenza.

Scelse dal guardaroba un doppio petto avana di leggerissimo gabardine, e una cravatta color crema a minuscoli fiorellini rossi. La annodò con cura dopo aver indossato una camicia di cotone dal colletto perfetto, il cui bianco puro contrastava nettamente con la intensa abbronzatura del suo volto.

Terminò di vestirsi con calma, ma prima di uscire entrò di nuovo nello studio e si avvicinò all'acquario tropicale che, con la tapparella socchiusa, era avvolto dalla penombra. Si sentiva il ronzio dell'ossigenatore e il leggero gorgoglio prodotto dalle bollicine che, salendo dal fondo, si dissolvevano in superficie. Quasi lo avessero visto arrivare, i pesciolini cominciarono a vorticare e a guizzare come impazziti, sbattendo il muso contro la parete di vetro dell'acquario. Fascetti accese la lampada, e si chinò a osservarli sorridente. Era evidente che gli chiedevano il cibo. Come al solito, prese una manciata di briciole di pane dalla vaschetta di plastica posata sul davanzale della finestra, e la sparse sulla superficie dell'acqua. Rimase a osservare i minuscoli bocconi scendere lentamente verso il fondo, intercettati dai pesci che vi si avventavano contro.

Spense la luce e si diresse verso l'uscita. Ma giunto sulla soglia, si fermò bruscamente strofinandosi il mento con aria pen-

sosa, come si fosse dimenticato qualcosa. Poi, fece dietro front
e si avvicinò alla finestra. Sollevò l'avvolgibile per permettere
al sole di mezzogiorno di inondare la stanza.

Si sedette di nuovo alla scrivania dopo aver estratto un mazzo di chiavi da una tasca dei pantaloni. Ne scelse una di cui si
servì per aprire uno dei cassetti alla sua destra. Era molto profondo e colmo fino all'orlo di sottili dossier di plastica grigia,
ordinatamente riposti uno sopra l'altro e tenuti insieme da grossi elastici. Estrasse l'intera pila delle pratiche posandola su una
sedia. Restava sul fondo una scatola di lucido legno scuro,
all'incirca delle dimensioni di un grosso libro. Aveva tutta l'aria
di una custodia. La prese e la posò davanti a sé. Sollevò il coperchio e ne esaminò l'interno rivestito di panno verde.

Adagiata nella sua sede, c'era una pistola nuova fiammante
di scuro acciaio brunito. Era una Beretta calibro 9.

La estrasse e la soppesò in una mano. Poi la impugnò con
aria soddisfatta come apprezzandone la maneggevolezza e il
perfetto bilanciamento. La sollevò all'altezza del volto e, disteso il braccio davanti a sé, la puntò verso la finestra fingendo di
mirare a un bersaglio immaginario. Era scarica, e premuto il
grilletto sentì il *clic* del percussore che batté a vuoto. Non aveva
mai avuto motivo di usarla prima d'ora, né pensato che un
giorno se ne sarebbe presentata la necessità.

Pur non prevedendone alcuna reale esigenza, l'aveva acquistata all'epoca dell'apertura dello studio, ritenendo impensabile
che un investigatore privato, per quanto tranquilla fosse la sua
attività, non dovesse munirsi, per ogni evenienza, di un'arma
per autodifesa.

Sapeva bene come usarla in quanto, contestualmente
all'acquisto e all'ottenimento del porto d'armi, aveva frequentato un corso di addestramento presso il poligono di tiro della Polizia, grazie all'interessamento del commissario Lopez. Si era
allora esercitato con una Colt 45, di cui la Beretta ha circa le
stesse dimensioni, solo che è di calibro più piccolo, ma non per
questo meno letale. Fascetti rovistò in un altro cassetto laterale
della scrivania e trovò una scatola di munizioni vergine. La aprì
e caricò l'arma. La Beretta da nove millimetri può contenere
undici pallottole, di cui dieci nel caricatore e una nella camera
di combustione. Una notevole potenza di fuoco. Reinserito il

caricatore dal fondo del calcio, spingendolo con un colpo secco per bloccarlo, la pistola era pronta all'uso.

Ora pensò al problema di come portarla addosso nel modo meno appariscente possibile. Sapeva di avere da qualche parte nello studio una fondina ascellare, che aveva acquistato assieme all'arma, ma scartò subito l'idea di farne uso. Avrebbe formato un rigonfiamento ben visibile sulla giacca, all'altezza del petto. Ricordò allora di un particolare appreso durante il corso di addestramento. Alcuni agenti che operavano sotto copertura in abiti civili, erano soliti posizionare l'arma dietro la schiena, infilata sotto la cintura, in fondo alla spina dorsale. Fece una prova dopo aver inserito la sicura. Si sentì a disagio, ma pensò che non avesse importanza. Constatò che quello era l'unico modo per far sì che la giacca, sufficientemente ampia, celasse l'arma perfettamente, e comunque molto meglio che con l'uso di una fondina. Era certo che si sarebbe presto abituato alla fastidiosa sensazione del metallo contro la schiena, fino a non farvi più caso.

La lasciò in quella posizione, e uscì dall'appartamento chiudendo la porta a chiave dietro di sé.

Aveva deciso di fare una importante visita prima di recarsi dal commissario Lopez per incontrare Alessi.

38

Fascetti attese per qualche secondo nell'ingresso del Serraglio, per consentire agli occhi di assuefarsi alla tenue penombra che avvolgeva il locale. Poi si mosse per attraversarlo, spaziando in giro con lo sguardo.

Alle due del pomeriggio l'ampia sala quadrata era scarsamente frequentata. Al bar c'erano in tutto quattro o cinque avventori dai volti lucidi di sudore, intenti a consumare bevande fresche. Nell'area riservata al ristorante, non più di due o tre tavoli erano ancora occupati da alcuni clienti che terminavano i loro pasti. La maggior parte di quelli che arrivavano abitualmente all'ora di pranzo, se ne era già andata. Restava una giovane coppia che discorreva bisbigliando e sorridendo con aria soddisfatta, mentre sorbiva un caffè. In un angolo remoto sedeva tutto solo a un tavolino, un tipo molto smilzo dal volto triste ricoperto da una barba incolta. Fumava e, tenendo le gambe accavallate, fissava quasi con affezione, un grosso boccale di birra gelata che gli stava davanti.

Dietro al registratore di cassa stava appollaiata la splendida bionda ossigenata, che Fascetti aveva ben notato la volta precedente. Quando lo vide il volto le si illuminò, nel riconoscerlo, di un sorriso radioso con cui sembrò volergli dire: "Non immagina quanto sia felice di rivederla."

Lui ricambiò il sorriso accompagnandolo con un cenno della mano a mo' di saluto. Pensò che se avesse avuto il tempo per fermarsi a parlarle, probabilmente la donna avrebbe finito per supplicarlo di portarla fuori a cena quella sera stessa. Non sarebbe stata una cattiva idea da assecondare, non fosse stato per il fatto che in quel momento aveva ben altro per la testa che gli premeva, e che non poteva assolutamente rimandare. La riunione con Alessi e il commissario Lopez, prevista per le tre e mezzo, lo avrebbe di certo impegnato fino a tarda ora.

Si diresse verso la scala che conduceva al night nel seminterrato, seguito dallo sguardo estasiato della bella cassiera. Mentre scendeva le due brevi rampe, pensò all'atteggiamento da assumere con Gargiulo, o meglio a cosa riferirgli di quanto aveva scoperto fino a quel momento sul caso Morelli. La notte gli aveva portato consiglio facendogli decidere di andare a trovarlo. Doveva tenersi sulle generali o entrare nei dettagli? In ogni caso, memore della dolorosa esperienza di Rivetti, sapeva che doveva muoversi ed esprimersi con gran cautela a evitare di contrariarlo. Per ovvi motivi, si sarebbe guardato bene dal dirgli che aveva incontrato l'amico di Morelli. E si sarebbe pure astenuto dall'accennargli che aveva instaurato un rapporto di collaborazione con la polizia e con Alessi. Sapeva che non lo avrebbe gradito, che ne sarebbe stato fortemente irritato. Doveva selezionare con cura tutto ciò di cui poteva parlargli senza il timore di compromettersi, e che, al tempo stesso, lo soddisfacesse.

In verità, ciò che lo spingeva ad andare da lui, non era affatto perché si sentisse obbligato a fornirgli un primo rapporto sul suo operato. Poteva ben farne a meno dato che, a soltanto tre giorni da quando aveva cominciato a lavorare sul caso, non era ragionevole pretendere che avesse conseguito risultati rilevanti, o che valesse la pena di segnalare. Lo scopo era un altro. Sperava, studiando Gargiulo con attenzione – alla luce di quel sospetto inculcatogli da Rivetti che fosse proprio lui l'assassino di Morelli – di riuscire a cogliere, nei suoi gesti e nelle sue parole, qualche indicazione, se pure vaga, che rafforzasse o dissipasse la presunzione della sua colpevolezza. Pensava inoltre di fargli presenti, con il dovuto tatto, le difficoltà obbiettive che rendevano molto difficoltoso un esito positivo dell'indagine. Era curioso di osservare la sua reazione, e si domandò se avrebbe preso l'iniziativa di revocargli l'incarico, cosa che non gli sarebbe dispiaciuta.

Attraversò la sala deserta del night dirigendosi verso il passaggio ad arco che immetteva nel corridoio lungo il quale – come ricordava dalla precedente visita – erano allineate, su entrambi i lati, le porte chiuse di numerosi locali, tra cui, ultima sulla destra, c'era quella dello studio di Gargiulo. Come si aspettava, vide la sua guardia del corpo stazionare appoggiata con la schiena alla parete: l'energumeno dal naso enorme e lo sguardo ottuso e cattivo.

"Salve. Posso vedere il direttore?"

L'altro lo fissò corrugando la fronte come faticasse a riconoscerlo, poi la faccia già rugosa si raggrinzì ancor più in un sorriso forzato, che apparve in stridente contrasto con la ruvidezza dei lineamenti.

"Certo, signor Fascetti, si accomodi pure", gli disse indicandogli la strada con un gesto deferente della mano. "Lo trova nel suo studio."

Fascetti gli ricambiò il sorriso e si avviò lungo il corridoio, pensando a come fosse migliorato nei suoi confronti il contegno del Nasone rispetto alla prima volta che l'aveva visto.

Indugiò per qualche secondo davanti a uno dei locali la cui porta era stata lasciata spalancata, forse inavvertitamente, ed ebbe così modo di lanciare un'occhiata all'interno. Era una stanza arredata di ridotte dimensioni. Riuscì a intravedere un paio di poltroncine rivestite di raso verde, uno sgabello imbottito e un largo mobile da toilette con una grande specchio ovale incorniciato da piccole lampade opaline, e un ripiano su cui era disposto il necessario per pettinarsi e per il trucco. In un angolo c'era una parrucca bionda molto elaborata, poggiata sopra un supporto a forma di testa. Comprese allora che tutti quei locali, erano altrettanti camerini in cui si preparavano le splendide intrattenitrici del Serraglio, prima di fare la loro apparizione nella sala del night, salutate con gioia da facoltosi clienti a caccia di forti emozioni erotiche.

Raggiunse lo studio di Gargiulo in fondo al corridoio. Fece per bussare sulla porta massiccia di legno scuro, quando questa si aprì improvvisamente e l'uomo comparve sorridente sulla soglia. Evidentemente il suo arrivo gli era stato preannunciato, di certo dallo stesso Nasone.

"Salve signor Fascetti", gli disse porgendogli la mano. "Mi stavo per l'appunto chiedendo quando si sarebbe fatto vivo. Ma venga, si accomodi." Gli indicò una delle due poltroncine di pelle destinate agli ospiti. Fascetti vi sprofondò con aria rilassata e si accese una sigaretta.

Gargiulo si lasciò cadere sulla poltrona dietro la scrivania, e, con aria riflessiva, si accarezzò i baffi scuri con un dito grassoccio in un gesto che gli era abituale. Poi si sporse appena in avanti puntando sull'ospite i suoi occhi di ghiaccio dall'espressione interrogativa. Senza alcun preambolo gli chiese: "Allora… che mi dice di bello? Si è fatto qualche idea su chi potrebbe aver ucciso Morelli?"

"Sì, ma piuttosto vaga, purtroppo", gli rispose. Trasse una boccata dalla sigaretta ed esalò una nuvola di fumo.

Al detective parve di cogliere nel suo modo di comportarsi, così come aveva notato in quello della sua guardia del corpo, qualcosa di migliorato rispetto al precedente incontro. L'alterigia e l'arroganza sembravano quasi scomparse, e aver lasciato il posto a una certa cordialità e maggiore propensione al sorriso. Oppure era soltanto una sua errata impressione? Diversamente dalla prima visita, si era preso il disturbo di andargli incontro sulla soglia del suo studio, come avrebbe fatto nei confronti di un visitatore di gran riguardo. Poiché non riuscì a darsi una spiegazione razionale di questo mutamento, invece di rallegrarsene, lo accolse, tra sé e sé, con un po' di diffidenza e inquietudine.

"Mi sono molto impegnato negli ultimi tre giorni", il giovane proseguì. "Posso solo affermare che credo di muovermi nella direzione giusta sul terreno delle indagini, anche se l'effettiva individuazione del colpevole dell'omicidio, per le ragioni che sarò a precisarle, si presenta tutt'altro che agevole."

"L'ascolto."

"Già nelle prime battute dell'indagine, ho acquisito elementi che suggerirebbero la probabilità dell'esistenza di un mandante in questo delitto."

Esalò il fumo della sigaretta mentre studiava, gli occhi socchiusi, il volto del suo interlocutore.

Gargiulo annuì dicendo: "Le dirò che anch'io nutro sospetti in tal senso." Tacque mentre rifletteva senza staccare gli occhi dal detective. "E di chi potrebbe trattarsi? Ha formulato qualche ipotesi al riguardo?"

"Diciamo che sospetto qualcuno, anche se il problema è riuscire a provarne la colpevolezza." Rimase in silenzio mentre continuava a fissarlo.

"Bene, mi dica allora... a chi sta pensando?"

"Io credo", Fascetti riprese, "che il mandante vada ricercato nell'ambiente di lavoro in cui Morelli operava prima di scomparire. Cioè la Bpa." Fece un'altra pausa. "Vede... lui svolgeva mansioni molto importanti e delicate nel settore della finanza, e più specificatamente in Borsa. Immagino che lei possa aver sentito parlare, o letto sui giornali, del fatto che certe piccole banche e istituzioni finanziarie a Milano, siano state in passato sospettate di condurre attività illegali sul mercato finanziario, quali il riciclaggio di denaro sporco."

Gargiulo apparve imperturbabile.

"Ora, mi risulta da fonte attendibile a cui ho assicurato la massima discrezione", Fascettì proseguì, "che la Bpa sarebbe da qualche tempo nel mirino della Guardia di Finanza perché sospettata di far affluire in Borsa ingenti somme di denaro di dubbia provenienza. Morelli, nel suo ruolo di capo del servizio titoli, era il funzionario incaricato di eseguire materialmente transazioni di questo tipo. Era il più stretto collaboratore di Maldano, l'alto funzionario sul cui conto circolano voci di suoi legami con una delle grandi famiglie mafiose siciliane, della quale curerebbe l'impiego sul mercato finanziario dei proventi rivenienti dalle sue attività illecite. Va da sé, pertanto, che Morelli era il depositario di segreti che, se fossero trapelati, avrebbero anzitutto inferto un grave colpo all'immagine della banca, e in secondo luogo procurato guai molto seri a Maldano. Ne consegue che per quest'ultimo la scomparsa di Morelli deve essere stata motivo di grande preoccupazione. Fuori dal suo controllo e dalla sua influenza, quel collaboratore si era trasformato in una grave minaccia, donde la probabile decisione di dargli la caccia per scovarlo ed eliminarlo."

Fece un attimo di pausa e fissò il suo interlocutore prima di aggiungere: "A questo punto, è verosimile che possa aver fatto ricorso all'aiuto dei suoi amici di Palermo, per realizzare il suo scopo."

"Un delitto di mafia, quindi, commissionato da Maldano", disse Gargiulo con tono di ovvietà. "Oppure da qualcun altro che niente aveva a che fare con la mafia. Sarebbe interessante scoprirlo."

"Sì, ma non è facile."

Quella tesi sul movente dell'omicidio e relativo colpevole, Fascetti l'aveva discussa col commissario Lopez qualche giorno prima, ma l'ipotesi che aveva formulato di un coinvolgimento di Cosa Nostra aveva suscitato lo scetticismo del poliziotto. Tuttavia era una supposizione, il giovane pensò, che poteva apparire plausibile al suo interlocutore e tranquillizzarlo, dato che escludeva sospetti su di lui. "Che gliene pare?" gli chiese dopo averlo studiato attentamente per qualche secondo.

Lo sguardo vitreo ricomparve sul volto di Gargiulo, una sorta di maschera che indossava all'occorrenza per nascondere i suoi pensieri.

Fece un gesto vago dicendo: "Mah, così di primo acchito mi sembra una teoria valida…" Parve riflettere. "Però lei sostiene che non sia facile dimostrarla..."

"Purtroppo. A meno che qualcosa di clamoroso non emerga sul conto di Maldano, che porti alla sua incriminazione per riciclaggio. Una siffatta evenienza potrebbe indurre il magistrato inquirente a indagarlo per l'omicidio di Morelli."

Gargiulo incrociò le mani facendo girare i pollici. Un gesto che Fascetti aveva già notato al loro primo incontro. "Ed è questa l'unica congettura che è riuscito a fare?"

"No, ne avrei un altro paio. Tanto fondate come la prima, quanto altrettanto difficili da provare."

"Cioè?"

"Io credo che, quando Morelli si è dato alla macchia, per così dire, quelli che forse più di tutti avevano interesse a rintracciarlo erano i suoi creditori. E' verosimile, a mio avviso, che uno di loro possa essere l'assassino. Qualche losco individuo, nel gruppo di quei risparmiatori e investitori che gli avevano incautamente affidato le loro risorse liquide,e che, snidatolo, si sia fatto prima consegnare tutto il malloppo, e poi lo ha tolto di mezzo."

"Il derubato si sarebbe a sua volta trasformato in ladro",Gargiulo osservò.

Fascetti annuì. "Esattamente. Un lestofante, paradossalmente incappato nella truffa, che abbia così inteso recuperare i suoi quattrini con l'aggiunta di interessi iperbolici. Ha picchiato la vittima a sangue per costringerlo a mollare la refurtiva, e poi non ha avuto altra alternativa all'assassinio. Doveva sbarazzarsi del potenziale testimone di un reato che egli stesso aveva commesso."

"Quella dell'omicidio premeditato è la tesi che io stesso avevo ventilato quando le ho affidato il caso, ricorda?"

"Sì, certo. Ed è quella che, più della prima, a noi converrebbe che risultasse attendibile in quanto l'identificazione dell'assassino renderebbe praticabile una nostra azione per il recupero del suo denaro." Tacque un istante fissando il volto imperscrutabile di Gargiulo. "Altrimenti dobbiamo ragionevolmente ipotizzare che quei miliardi rubati siano tuttora giacenti in un conto cifrato presso qualche banca estera, magari in un paese esotico. Vattelappesca quale... Impossibile sperare, allora, che si riesca a rintracciali senza sporgere regolare denuncia per truffa alla polizia."

Gargiulo fece una smorfia come per dire che l'idea di rivolgersi alla polizia non lo sfiorava neppure.

Fascetti continuò: "Infine, devo aggiungere la possibilità, anche se più remota, che l'omicida possa annidarsi tra quei clienti della Bpa che operavano in Borsa e che hanno subito grosse perdite di cui ritenevano responsabile il defunto. Ciascuno di loro dovrebbe essere riguardato come un potenziale assassino, che sia stato spinto al delitto da un sentimento di odio e di vendetta. Assieme a quei poveracci con i cui soldi Morelli è fuggito, formano una nutrita schiera di sospetti. Impensabile che io possa riuscire a indagare su ognuno di loro. Sarebbe come battere il capo contro il muro. Dubito che riuscirei mai a portare l'indagine a termine." Fissò la sigaretta che si era ormai ridotta a poco più di un mozzicone. Dette un'ultima boccata e la schiacciò nel posacenere poggiato sopra un angolo della scrivania.

Seguì una lunga pausa di silenzio, poi Gargiulo disse pacatamente:

"Dica un po', Fascetti, mi sbaglio o lei sta cercando di dirmi che desidera abbandonare l'indagine?"

Il giovane fece di no col capo.

"Si sbaglia", disse. Non sono il tipo da arrendermi tanto facilmente. Ho tuttavia ritenuto doveroso farle un resoconto di quanto sono riuscito a scoprire fino a questo momento. Mi corre l'obbligo di non sottacerle che il caso si presenta più difficile da risolvere di quanto avessimo immaginato. Ciò precisato, credo che debba essere lei, e soltanto lei, a decidere se desistere o continuare."

Gargiulo ebbe un lieve sorriso sardonico, e scrutando il giovane da sotto le folte sopracciglia disse:

"Lo sa Fascetti che non la facevo così pessimista? Dopo soltanto tre giorni di indagini, lei pretenderebbe di essere in grado di chiuderle riferendomi il nome dell'assassino? Se così è, immagino che stia scherzando. Per quanto mi riguarda, è eccellente il lavoro che ha svolto nel breve tempo trascorso. Ne sono soddisfatto e non mi aspettavo niente di più o di meglio." Si accarezzò di nuovo i baffi con aria pensosa. "La mia decisione è che lei continui a indagare. Non ho fretta, posso attendere, e comunque prima di rassegnarmi a subire questa grossa perdita, desidero esperire ogni possibile tentativo per recuperarla." Tacque per un attimo. "Se il suo impegno si rivelerà del tutto inutile, ci avremo almeno provato. Aggiungo che quanto mi ha riferito su Maldano ha suscitato la mia curiosità. Mi piacerebbe soddisfarla."

"D'accordo", Fascetti disse sorridendo. "Continuerò a investigare, se è questo che preferisce."

"Gliene sarò grato. Non mi meraviglierebbe se nei prossimi giorni lei si rifacesse vivo per riferirmi nuovi progressi. La mia fiducia in lei resta immutata."

Domenico Martusciello

"Mi fa piacere sentirglielo dire." Si alzò per accomiatarsi.
"Bene allora mi rimetto al lavoro."
"Beve qualcosa prima di andarsene?"
"No grazie." Guardò l'ora. "Il mio stomaco mugugna, devo correre a mettere qualcosa sotto i denti."
Come nella precedente visita, la porta dello studio si aprì con uno scatto, e spuntò il grosso naso paonazzo della guardia del corpo. "Accompagna pure il signor Fascetti, Giacomo." Il detective seguì il guardiaspalla lungo corridoio fino al passaggio ad arco. Prima di attraversarlo si fermò e sollevò lo sguardo verso di lui. "Mi tolga una curiosità, Giacomo", gli disse, "ma com'è che lei compare sempre all'improvviso come d'incanto?"
L'altro abbozzò un lieve sorriso sapiente, poi scostò una pesante tenda di velluto rosso che nascondeva una nicchia nella parete, in cui erano installati un piccolo avvisatore acustico e, sopra una mensola, un apparecchio telefonico. "Semplice, c'è il cicalino. Il boss mi chiama quando mi desidera, magari per ordinarmi di accompagnare all'uscita i visitatori. Non ha che da premere un pulsante sotto la scrivania, e io arrivo di corsa. Qualche volta usa il telefono."
"Ma ora che sono di casa...", il giovane gli sorrise con ironia, "...non è necessario che mi accompagni. Non si disturbi, ormai conosco bene la strada." L'omaccione scosse il capo, dicendo:"Seguo sempre gli ordini del capo", disse. "E' in questo modo che lui desidera vengano trattati i visitatori, e non sarò certo io a obbiettare." Ebbe un sorriso stentato. "Dopotutto... debbo pur occuparmi di qualcosa per ammazzare il tempo, non le pare? Le ore non passano mai."
Fascetti gli disse che condivideva e continuò a seguirlo su per le due rampe di scale, e poi attraverso il bar verso l'uscita del Serraglio.

*

Era possibile una qualche lettura del comportamento di Gargiulo durante il colloquio di poco prima? Questo l'interrogativo che Fascetti si poneva con ostinazione, mentre addentava con gusto un grosso panino al prosciutto, stando seduto in un bar-paninoteca che aveva raggiunto appena uscito dal Serraglio. Il locale era situato su un angolo di viale Monza con piazzale Lo-

350

reto. Solitamente gremito, durante la pausa pranzo, di dipendenti di uffici e negozi dei dintorni, appariva ora quasi deserto. Acquistato il panino al bancone, assieme a un boccale di birra fresca alla spina, il detective aveva preso posto a un tavolino vuoto disposto a ridosso di una grande vetrata che offriva un'ampia vista sia della strada che del piazzale. A tratti lanciava sguardi nervosi alla Golf che era riuscito miracolosamente a parcheggiare dall'altra parte della strada, inserendola a fatica in una fila serrata di auto in divieto di sosta, a pochi metri dalla fermata dell'autobus. Un nutrito capannello di gente attendeva l'arrivo del mezzo pubblico.

Ripercorse con la mente le fasi della conversazione con Gargiulo. L'uomo l'aveva ascoltato impassibile per tutto il tempo, interloquendo di tanto in tanto. Ma non un solo gesto impacciato aveva compiuto, né un solo muscolo si era mosso sul suo volto imperscrutabile, che avrebbero potuto essere interpretati come le spie di un certo imbarazzo o disagio che avvertiva per via di un suo coinvolgimento nel delitto di Morelli. Aveva mostrato interesse per quanto gli aveva riferito, e insistito acché la indagine andasse avanti. E ciò, malgrado la sua precisazione dell'esistenza di problemi che ne rendevano oltremodo arduo, se non addirittura impossibile, la conclusione con successo.

Questo era l'aspetto rilevante del colloquio su cui Fascetti teneva ora concentrate le sue riflessioni. Se, stando a quanto sospettava Rivetti, Gargiulo aveva davvero ucciso Morelli dopo aver recuperato il proprio denaro, allora il suo interesse per il proseguimento dell'indagine – pur nella quasi certezza di un fallimento – trovava una sua razionale spiegazione: quanto più a lungo durava l'incarico, tanto più convincente sarebbe parsa la sua estraneità al delitto.

Si rafforzava così quella sua teoria sulla possibilità che il gestore del Serraglio, affidandogli l'indagine, avesse in realtà inteso assicurarsi una copertura nell'eventualità che in futuro fosse stato sospettato dell'assassinio e incriminato. L'avrebbe aiutato a farla franca.

Mandato giù l'ultimo sorso di birra dopo aver consumato il panino, guardò attraverso la vetrata al frenetico viavai di gente sul marciapiede, e al traffico intenso delle automobili che giravano intorno al piazzale assolato. Un autobus si fermò per prendere a bordo il suo carico, nascondendogli la Golf alla vista. Quando si allontanò con una scia di fumo scuro, la visuale tornò libera. Notò che non tutti quelli che avevano atteso davanti alla fermata del bus erano saliti a bordo. Immobile accanto alla pensilina era rimasto un tizio il cui fisico non poteva passare inosservato: sulla trentina, molto alto e magro, ma tutto muscoli, capelli biondi tagliati a spazzola, carnagione chiara. Teneva le mani infilate nelle tasche posteriori dei jeans. Per quasi un minuto tenne lo sguardo posato sulla Golf come affascinato dalla scintillante carrozzeria grigio metallizzato, nuova di zecca. Poi lo spostò verso il bar, e Fascetti ebbe la sensazione che, per una frazione di secondo, si soffermasse su di lui. Quindi, sotto lo sguardo perplesso del detective, si voltò avviandosi lungo il marciapiede in direzione del piazzale e dileguandosi tra la folla.

Qualcosa di quel giovane gli era vagamente familiare. L'aveva già visto da qualche parte prima di allora? E se così era, dove e quando? Aggrottò la fronte sforzandosi di ricordare, ma non riuscì a collocarlo.

Guardò l'ora: erano da poco passate le tre. Doveva muoversi subito se voleva raggiungere la questura in via Fatebenefratelli, in tempo per l'incontro con Alessi. Forse il giornalista lo aveva preceduto ed era già lì a discutere col commissario Lopez.

Poco distante dall'uscita del locale, vide un telefono a parete, che funzionava a contatore. Si alzò e vi si accostò facendo un gesto al barista per chiedergli di attivarlo. Quindi compose il numero diretto del commissario. Rispose al primo squillo.

"Lopez."

"Ciao Antonio, sono Carlo Fascetti.

"Ah, finalmente ti fai vivo!" Esclamò. Appariva in preda a grande agitazione. "Dove diavolo ti sei cacciato? E' un pezzo che cerco di contattarti."

"Perché? Che succede?"

Fu percorso da un brivido di panico.

"Si tratta di Alessi."

"E allora?"

"E' morto, Carlo. Lo hanno ammazzato."

39

Facetti avvampò, ma rimase in silenzio e perfettamente immobile, come impietrito. Dopo un attimo di incredulità in cui si mescolò l'assurda speranza di uno scherzo del commissario, la gravità della notizia lo colpì con la violenza di una martellata. "Mio Dio...", mormorò.

Per trenta secondi buoni ci fu il silenzio. Poi dalla cornetta gli giunse la voce sommessa di Lopez: "Carlo? Ci sei?"

Il commissario pensò che fosse caduta la linea.

"Sì, ci sono. Scusami Antonio, non ho parole. E' una grande tragedia. Sono scioccato."

"A chi lo dici... Anch'io sono sconvolto. Non riesco a crederci. Povero ragazzo... Non immaginavo che quei figli di puttana sarebbero arrivati a tanto." Trasse un profondo sospiro. "La notizia è di una ventina di minuti fa. Ti ho subito chiamato in ufficio, ma eri già uscito."

"Dov'è stato trovato?"

"Sulla tangenziale ovest a circa tre chilometri dal casello. L'hanno scaraventato fuori da un'auto in corsa, già morto."

"Allora questa volta qualcuno ha visto qualcosa..."

"Sì. Un automobilista che seguiva da una certa distanza ha assistito alla scena. Ha dichiarato di aver visto una Mercedes scura rallentare fino a quasi fermarsi mentre lo sportello del passeggero veniva aperto e il corpo inerte di un uomo scaricato sulla carreggiata. Il tizio non è stato in grado di rilevare il numero di targa della vettura, sia per via della distanza che della sua cattiva vista. Si è fermato per soccorrere la vittima, ma resosi conto che era troppo tardi, è corso a chiamare il 113 da un vicino telefono di emergenza. Abbiamo subito inviato un'autopattuglia che incrociava nei paraggi, e che ci ha fornito a telefono i primi ragguagli. Il medico legale si è già portato sul posto. Stavo per raggiungerlo quando mi hai chiamato."

"Hanno operato alla chiara luce del giorno e su una strada trafficata qual è la tangenziale", Fascetti osservò quasi a sé stesso, "incuranti del rischio di essere notati. Si direbbe che non gliene importasse niente di inscenare l'incidente stradale."

"In questo caso credo che non ne avessero l'esigenza dato che agivano in proprio, e non già per conto di un mandante."

"Immagino che non abbiano, però, rinunciato al piacere del pestaggio di rito dopo averlo drogato o fatto ubriacare, prima di sferrargli il colpo di grazia alla testa col solito arnese contundente..."

"Invece non hanno fatto niente di tutto ciò", Lopez spiegò. "Il corpo non presenta segni di percosse o contusioni, al di là di alcune lievi escoriazioni riportate nella caduta dall'auto. E neppure la morte é sopravvenuta, come si potrebbe supporre, per effetto di un possibile trauma cranico subito battendo il capo sull'asfalto. Questa volta sono stati relativamente più sbrigativi."

"Arma da fuoco, immagino."

"No, purtroppo." Ebbe un attimo di esitazione. "Lo hanno strangolato, Carlo."

"Oddio!"

"Già. Si sono serviti di una garrotta che gli hanno poi lasciata attaccata al collo come un macabro ornamento. Devono avergliela serrata alla gola a tradimento, da dietro, probabilmente mentre sedeva ignaro in macchina sul sedile del passeggero. Sarà stato assalito dal panico e dal terrore nel rendersi conto di essere spacciato."

"Vigliacchi!" Fascetti esclamò a denti stretti battendo un pugno sul telefono. "Non è esattamente un modo misericordioso per uccidere un essere umano... Deve essere stata una morte straziante."

"Infatti lo è. Lo strangolamento è uno dei sistemi più lenti e dolorosi per infliggerla. Un vero supplizio. Forse più del pestaggio con annesso drogaggio. Ne ho visti di omicidi di questo genere... So che c'è una fase di tremenda agonia della durata di almeno due, tre minuti durante la quale la vittima cerca di divincolarsi, morde, tira calci. Poi subentra la perdita totale di conoscenza. Il cuore cessa di battere dopo altri cinque. Sono omicidi da professionisti."

"Quindi, in tutto circa sette minuti dall'inizio dell'aggressione prima che sopravvenga il decesso", il giovane osservò. "E' un lasso di tempo molto lungo."

"Sì, esatto. Ho sentito brevemente a telefono il medico legale. Mi ha spiegato come il sottile anello metallico della garrotta, a motivo della forte trazione su di esso esercitata, abbia prodotto un solco profondo intorno alla gola, in corrispondenza del pomo d'Adamo. Ha inciso la giugulare, se pure superficialmente. C'è stato un certo sanguinamento, quasi un'emorragia. Ma il danno letale è stato procurato all'osso ioide che è stato frantumato. Donde il collasso delle vie respiratorie e la morte per asfissia." Non parlarono per qualche secondo, mentre Fascetti assimilava quello che aveva ascoltato. Poi il commissario proseguì: "Ti dirò che mi fa riflettere il modo crudele in cui gli hanno tolto la vita, e quel particolare della garrotta che gli hanno lasciata addosso. Per non dire dell'atto teatrale con cui si sono disfatti del corpo. Sarebbe stato molto più semplice un colpo di pistola sparato alla testa. Un lavoro veloce e pulito, una morte istantanea e quindi misericordiosa. Nell'insieme, si direbbe che si siano comportati in modo da attirare l'attenzione sul loro operato. E tutto ciò credo che non sia privo di significato, che abbia uno scopo"

"Una sorta di monito?"

"Ne ha tutta l'aria. In sostanza parrebbe un atto dimostrativo di ciò che potrebbe capitare a chiunque dovesse venire la voglia di seguire le orme di Alessi. Ma forse anche una sfida alle Forze dell'Ordine, tipica di certi criminali che si ritengono furbi, intelligenti e inafferrabili. Che ne dici?"

Fascetti pensò che l'ipotesi del commissario non fosse irrealistica, e glielo disse. Da quel po' che il giornalista gli aveva riferito a telefono quella mattina, si era persuaso che doveva essere riuscito in qualche modo a mettersi in contatto con gli emissari della banda, se pure con qualche problema. Immaginò che probabilmente gli aveva rifilato quella storia da lui stesso inventata, che però non doveva essere parsa loro verosimile, e pertanto non l'avevano bevuta. Oppure che si era tradito con una mossa falsa, magari lasciandosi sfuggire qualche parola o frase compromettente. Chissà… Comunque fosse, quelli, ancorché non corressero rischi concreti di essere catturati, avevano pensato bene di fargliela pagare con la vita. Forse mai prima d'ora qualcuno aveva avuto l'ardire di penetrare nel loro sancta sanctorum per cercare di incastrarli con un sotterfugio. Ancorché il tentativo fosse fallito, Alessi doveva essere incorso nelle ire funeste del bastardo criminale che dirigeva la gang. Ciò spiegava il modo barbaro in cui lo aveva fatto sopprimere. Ma probabilmente nel gesto, oltre l'intenzione punitiva, c'era pure un rilievo simbolico. Forse costui temeva che qualcun altro potesse riprovarci. Da qui, l'abbandono del cadavere sulla tangenziale in pieno giorno, con la garrotta stretta intorno al collo. Un atto che nel suo insieme aveva del plateale, e quindi il sapore di un avvertimento rivolto a eventuali futuri emuli.

"Abbiamo perso un caro ragazzo, Carlo", Lopez riprese, il tono rattristato. "Confesso che gli ero molto affezionato. Riusciva a farsi prendere tanto a ben volere. Non avrei dovuto minimizzare quando mi hai parlato di quell'idea pazzesca che si era messo in testa. Se lo avessi fatto sorvegliare e proteggere, forse non gli sarebbe successo nulla. Non riesco a darmi pace."

"Anch'io una grossa parte di colpa ce l'ho, Antonio, eccome", il giovane ammise con enfasi. "Sono rimasto alla sedia, come si dice. Non ho mosso un dito per bloccarlo." Fece un lungo sospiro mentre cercava di superare l'impatto emotivo in cui ancora annaspava il suo cervello. Era venuto il momento di ragionare con freddezza.

"Ma ormai l'errore è fatto", aggiunse dopo qualche secondo. "Non serve a niente piangere sul latte versato. Cerchiamo piuttosto di fare il punto della situazione."

Fece a Lopez un resoconto particolareggiato della conversazione telefonica che aveva avuto con Alessi soltanto tre ore prima, conclusasi con l'accordo di ritrovarsi nel suo ufficio alle tre e mezzo, per consentire al giornalista di riferire quanto aveva scoperto nel corso della indagine. "Devono averlo beccato quando è uscito di casa per venire da te", Fascetti continuò. "E' probabile che lo seguissero fin dalla scorsa notte. Sospetto che lo abbiano costretto a salire in macchina sotto la minaccia delle armi. Ma non escluderei che possano averlo fatto cadere nella trappola servendosi di un pretesto convincente, che non lo ha allarmato né insospettito. Si sono diretti alla tangenziale, e strada facendo gli hanno fatto il servizio."

"Purtroppo brancoliamo nel buio più pesto", Lopez disse. "Ti avesse almeno accennato a ciò che ha fatto stanotte... a dove diavolo è andato a cacciarsi, a come si è svolto e concluso – ammesso che sia riuscito a procurarselo – il colloquio con quei criminali. Abbiamo soltanto la sua vaga affermazione d'aver portato a termine l'indagine, ma con delle varianti rispetto al piano originario, e incontrando dei problemi. Dio solo sa a cosa si riferisse."

"Purtroppo non lo sapremo mai, Antonio. E' un segreto che si porta nella tomba…"

"Ascolta, Carlo…", Lopez riprese in tono preoccupato, "…c'è un aspetto inquietante della vicenda, che non possiamo permetterci di prendere sotto gamba. Metti il caso che Alessi, nel recitare con i suoi interlocutori quella commedia che si era preparata, sia andato fino in fondo per quanto concerneva la stipula del contratto di omicidio, e non abbia pertanto potuto esimersi dal fare il tuo nome per il ruolo della vittima. Allora tu sei in grave pericolo, Carlo. Potrebbero già averti nel mirino se non altro perché ti considerano suo complice. Mi sto chiedendo se te ne rendi conto…"

Se ne rendeva conto eccome, e glielo disse. Precisò che l'idea gli era già passata per la mente quella mattina dopo la telefonata di Alessi.

"Quando mi ha telefonato", Fascetti proseguì, "mi è sembrato che fosse molto agitato, come spaventato di qualcosa che poteva succedergli. E' verosimile, secondo me, che soltanto quando è uscito dal covo della gang si sia reso conto d'aver commesso qualche grave errore durante l'abboccamento, tale da fargli temere per la propria vita. Questo potrebbe spiegare la sua richiesta urgente di incontrarti, dettata, forse, più dal desiderio di mettersi sotto la tua protezione, che da quello di proseguire con la seconda parte del suo piano."

"Siamo nella situazione in cui non possiamo far altro che avanzare ipotesi", Lopez disse. "Ciò che più mi preoccupa è che se hanno fatto fuori Alessi, è molto probabile che ora vogliano morto anche te. Allora mi domando se, a questo punto, non sia il caso di prendere qualche misura per proteggerti." Rifletté per qualche secondo. "Lascia che ti mandi un paio di agenti in abiti civili per guardarti le spalle, e pronti a intervenire all'occorrenza. Oltretutto, sarebbe così possibile portare a compimento quel lavoro in cui Alessi si stava impegnando. Sarebbe come assecondare un suo desiderio, e un modo per onorare la sua memoria."

Seguì una breve pausa di silenzio che consentì a Fascetti di soppesare la proposta del commissario.

"Niente angeli custodi per il momento, Antonio", disse infine. "Non credo di correre pericoli nell'immediato. Comunque ne riparliamo."

"Va bene, ma stai all'erta. Hai una pistola?"

Gli disse della Beretta.

"A proposito...", continuò, "...credo che ci sia qualcosa di cui dovremmo occuparci con urgenza."

"Vale a dire?"

"La moglie di Alessi... mi chiedo se sia già stata avvisata."

"E come avrebbe potuto, Carlo. Noi stessi siamo a conoscenza dell'accaduto da circa mezz'ora. Andrò da lei appena posso."

"E' un compito ingrato", Fascetti fece un lungo sospiro. "Ma credo che potrei occuparmene io se non hai nulla in contrario, naturalmente. Non la conosco personalmente, ma le ho parlato a telefono un paio di volte."

"Se lo facessi, te ne sarei grato. Io devo correre sulla scena del delitto per dare un'occhiata prima che il cadavere venga trasportato all'obitorio. Vieni da me stasera, così discutiamo sul da farsi."

"D'accordo."

Riattaccarono.

Cosicché lo hanno assassinato, Fascetti pensò.

Un bravo giornalista, giovanissimo, dedito con passione ed entusiasmo alla sua professione, ma con l'ambizione bruciante e ossessiva di fare carriera. Per realizzarla, aveva accettato di svolgere una delicata quanto pericolosa indagine, per mezzo della quale si era ripromesso di sfondare, di raggiungere il successo e quindi la notorietà. Per portarla a compimento era ricorso a uno stratagemma. Ma l'inguaribile ottimismo e la sicurezza di sé, aspetti predominanti del suo carattere, gli avevano impedito di riflettere seriamente sui rischi che comportava. Quando lo aveva posto in atto, la notte scorsa, non aveva funzionato, oppure si era rivelato per quello che in realtà era: una impresa azzardata più grande di lui. Comunque fosse, ne era stato travolto e vi aveva perso la vita. Lasciava la giovane moglie e un figlio in tenera età.

Si chiese se avrebbe potuto fermarlo in qualche modo, e, alla risposta affermativa, si sentì sopraffare da una ondata di rimor-

Il Crollo

so. Si sentì responsabile, se pure in parte, della tragedia. Eppure non gli era mancata la chiara intuizione dei rischi a cui il giovane stava per esporsi, quando qualche sera prima gli aveva illustrato il suo progetto durante la cena in quel ristorante di via Broletto. Ma lui si era limitato a tentare di dissuaderlo, a metterlo in guardia, astenendosi però dal prendere alcuna iniziativa concreta per impedirgli di intraprendere quella sciagurata avventura. E non era tutto. Alla fine aveva addirittura deciso, resosi conto che era ubriaco fradicio, che non fosse il caso di prenderlo sul serio, di preoccuparsene più di tanto. Aveva cercato di mettersi a posto con la coscienza, liquidando tutto ciò che aveva ascoltato come i discorsi farneticanti di un soggetto in preda ai fumi dell'alcol. Avrebbe invece dovuto avvisare il commissario Lopez quella sera stessa, pregandolo di mettergli qualcuno alle costole che lo sorvegliasse nei suoi movimenti, al fine di proteggerlo. Era certo che di quel profondo senso di colpa che ora avvertiva, non si sarebbe facilmente liberato in breve tempo.

Uscì dal bar e attraversò la strada per raggiungere la Golf. Aprì lo sportello, ma prima di salire a bordo portò la mano dietro la schiena per prendere – sfilandola da sotto la cintura – la Beretta che vi era posizionata. Una volta al volante, la depose nel comparto portaoggetti alla sua sinistra, inglobato nel pannello della portiera. L'operazione si rendeva necessaria ogni volta che saliva in macchina. Altrimenti, stando seduto, i bordi spigolosi dell'arma gli avrebbero premuto contro le reni rendendogli fastidiosa la guida. L'avrebbe riposizionata dopo essere uscito dalla vettura.

Accese il motore e si avviò. Poco dopo imboccava la circonvallazione diretto a piazzale Susa.

40

Assorto nei suoi pensieri, Fascetti percorreva la circonvallazione alla guida della Golf, immerso nel flusso inarrestabile di un traffico intenso ma scorrevole, gli occhi socchiusi per schermare i raggi abbaglianti del sole pomeridiano. Man mano che si avvicinava a piazzale Susa, avvertiva un lento ma inesorabile lievitare dentro di sé di un unico, inequivocabile sentimento: l'odio rabbioso nei confronti degli sconosciuti che avevano spezzato la giovane vita di Riccardo Alessi. Un atto in cui sembrava essere insita l'intenzione punitiva, dal momento che il giornalista aveva osato penetrare lo scudo protettivo della loro attività criminosa, al fine di smascherarli. Ma poiché, all'evidenza, il suo tentativo era andato a vuoto, avrebbero potuto risparmiarlo, pensò, limitandosi a impartirgli una lezione. E invece non avevano esitato a ucciderlo comunque, e per giunta nel più atroce dei modi.

Ma chi erano e dove si nascondevano questi killer mercenari, questi soggetti del tutto disinibiti nell'ammazzare la gente a sangue freddo? Si sforzò di immaginare che aspetto avesse lo strangolatore di Alessi, chiedendosi come facesse a dormire la notte. Forse era uno psicopatico bisognoso di cure. Oppure una persona del tutto normale che aveva cominciato a uccidere per vendicarsi di gravissimi torti subiti, accorgendosi poi che la cosa gli piaceva, che lo faceva star bene, e che gli consentiva grossi guadagni. Aveva quindi varcato quel limite che di solito non concede alcuna via di ritorno.

Ma soprattutto si domandò: chi era il burattinaio che reggeva i fili?

Non c'era verso di dare una risposta a questi interrogativi, a meno di essere muniti della proverbiale sfera di cristallo. Col trascorrere dei minuti, cominciò a farsi strada in lui una sorta di fredda determinazione mista a un senso di sfida: quella di identificarli per assicurarli alla giustizia, vendicando così il povero giovane.

Era ben conscio che chiunque fossero, non avrebbero di sicuro rinunciato a eliminare anche lui, ritenendolo complice del giornalista. Anzi, se mai avrebbero raddoppiato, triplicato gli sforzi nel dargli la caccia. Non era da escludersi che intendessero praticargli lo stesso trattamento. Gli tornò in mente quel tipo che – con l'aria di spiarlo – aveva notato circa mezz'ora prima accanto alla fermata dell'autobus di viale Monza, quasi di fronte al bar in cui sedeva. Di nuovo, provò la vaga sensazione di averlo già visto in qualche altro posto. Ripeté, senza successo, lo sforzo di concentrazione per ricordare quale. Si sorprese a controllare con maggiore frequenza lo specchietto retrovisore.

Il Crollo

Per la prima volta da quando era partito, scrutò attentamente la strada dietro di sé. Una vecchia Alfetta grigio perla lo tallonava da breve distanza, ma non aveva un'aria sospetta, tanto più per la presenza alla guida di una attempata signora. Scomparve poco dopo svoltando a destra dopo un incrocio.

Una grossa Kawasaki lo affiancò a sinistra durante una sosta davanti a un semaforo rosso. Il giovinastro nerboruto che vi stava in sella, indossava un enorme casco integrale di colore scuro che gli nascondeva il volto, conferendogli un aspetto un po' minaccioso. Ma dopo aver lanciato alla Golf quella che sembrò un'occhiata disinteressata, ripartì di gran carriera al via libera del semaforo con un'accelerata assordante, dileguandosi nel giro di alcuni secondi.

Fascetti sapeva che la paura era la naturale sensazione che chiunque al suo posto avrebbe avvertito. Lui non rappresentava l'eccezione a questa regola. Ma l'odio che in quel momento sentiva di nutrire verso quegli assassini senza volto, era tanto intenso da soppiantare qualsiasi timore. Decise di non fuggire e di non nascondersi. Stando all'erta, sarebbe rimasto ad attendere con pazienza il momento in cui, uscendo dall'ombra, i sicari della banda lo avrebbero avvicinato per sequestrarlo, così come avevano fatto con Alessi.

A quel punto non sarebbe indietreggiato con vigliaccheria, ma avrebbe invece reagito in modo da coglierli di sorpresa, facendogli trovare pane per i loro denti. Constatò di trovarsi in una strana situazione che lo vedeva al tempo stesso preda e cacciatore.

Fascetti non apparteneva a quella categoria di soggetti – peraltro molto rara – che, sprezzanti del pericolo, vanno a caccia di guai. Ma se si presentavano, era impensabile che un uomo nella sua professione non dovesse essere dotato di un minimo di determinazione e sangue freddo per affrontarli e cercare di superarli. Sapeva che il rischio, di qualsiasi natura esso fosse, era un elemento col quale doveva misurarsi e convivere ogni giorno.

Involontariamente, fece scivolare la mano sinistra dentro il comparto portaoggetti laterale. Cercò la rassicurante sensazione tattile della Beretta che poco prima vi aveva riposto, e per un attimo ne strinse l'impugnatura accarezzandone il grilletto.

Ripensò alla proposta di Lopez di farlo sorvegliare e proteggere da alcuni agenti in borghese. Riflettendoci ora, si disse che l'idea non era da scartare in quanto poteva facilitargli il compito trasformandosi in una trappola per gli assassini. Sarebbe scattata nello stesso istante in cui questi gli si fossero avvicinati. C'era pertanto la possibilità che riuscisse a portare a compimento l'opera che Alessi era stato brutalmente costretto a interrompere, dopo avervi profuso a lungo le proprie energie. Ne avrebbe discusso col commissario per mettere insieme un piano di azione, al ritorno da quella visita incresciosa che si accingeva a compiere.

Tra poco avrebbe fatto la conoscenza della moglie del defunto giornalista, e il pensiero di ciò che lo aspettava lo turbò profondamente. Doveva cercare di affrontare il delicato argomento con grande cautela, in modo tale da prepararla alla luttuosa notizia mitigandone l'impatto iniziale. Ma, si chiese, come fare a trovare le parole più adatte, ammesso che ce ne fossero, per spiegare a una donna che il marito era morto ammazzato e per giunta strangolato?

Imboccò piazzale Susa e parcheggiò l'auto in una zona ombreggiata lungo il marciapiede tra due lampioni, quasi di fronte allo stabile dove abitava la famiglia del povero giovane. Uscì dalla vettura e si guardò in giro con fare circospetto. Alcuni pedoni si muovevano frettolosi sul marciapiede. Una Ford Fiesta gli passò davanti a gran velocità. Perlustrò con gli occhi l'intero piazzale, ma non vide segni di movimenti sospetti. Entrò quindi nell'edificio e attraversò l'atrio deserto dirigendosi verso le scale.

Mentre le saliva lentamente, quasi a voler ritardare il più possibile il compito che l'attendeva, pensava che di lì a poco avrebbe potuto dare un volto a quella voce dal timbro gradevole, che aveva ascoltato a telefono in due recenti occasioni. Ma era una curiosità che avrebbe preferito soddisfare in una circostanza meno tragica. Raggiunto il primo piano, trovò l'appartamento e suonò il campanello. Dall'interno provenne un rumore di passi affrettati e le grida divertite di un bambino.

La vista della giovanissima donna bionda, alta e slanciata, che gli si parò davanti sulla soglia, gli fece risuonare nella mente le parole entusiaste che di lei Alessi aveva pronunciato durante la cena nel ristorante di via Broletto. "E' una donna meravigliosa", aveva detto. "La più bella e più in gamba del mondo, mi ritengo fortunato." Dopo averla squadrata per alcuni istanti, dovette ammettere che non avrebbe potuto dargli torto. Indossava un grembiule da cucina bianco, sopra un vestitino di leggero cotone a fiorellini rosa. Fascetti pensò che avesse l'aria un po' contrariata per essere stata interrotta nel mezzo di importanti faccende domestiche. Teneva posati su di lui i grandi occhi di un verde limpido.

"La signora Alessi?"

"Sì." Lo guardò da capo a piedi. "E lei è...?"

"Carlo Fascetti e mi spiace disturbarla."

"Oh, salve signor Fascetti, sono lieta di conoscerla. Nessun disturbo." Il volto le si illuminò ed esibì un largo sorriso che scoprì una dentatura bianca come l'avorio. "Se cerca Riccardo, non è in casa. E' uscito all'una e mezza per recarsi in questura dal commissario Lopez. Ma a proposito... non doveva andarci anche lei?"

Lui non rispose, ma attese qualche secondo prima di chiederle: "Dovrei parlarle, posso entrare?"

Il sorriso evaporò sulle labbra della donna. Inclinò appena il capo di lato e lo sguardo divenne interrogativo. "Certamente. La prego... si accomodi."

Si fece da parte per farlo entrare, e poi lo precedette lungo il corridoio fin dentro il soggiorno. Passarono davanti a una cameretta dalla quale venivano i suoni di un televisore tenuto ad alto volume, e il riso argentino di un bimbo. La temperatura nella sala, di dimensioni modeste, era alquanto elevata. L'arredamento moderno appariva sobrio, ma di buon gusto, e tutto l'ambiente dava la sensazione della lindezza e dell'ordine assoluto. Balzava all'occhio che la donna si occupava della casa con mano amorevole. Un tavolo rotondo di legno chiaro dal ripiano lucidissimo, attorniato da quattro sedie, era collocato sopra un finto tappeto orientale, davanti a un'ampia portafinestra socchiusa, attraverso cui si intravedeva il verde dei giardinetti che fanno da ornamento al grande piazzale.

Sulla mensola di un caminetto dall'altra parte della stanza era posata, racchiusa in una cornice d'argento, una grande foto dei due giovani nel giorno del loro matrimonio, immersi nel tripudio di colori di un giardino fiorito. Sui loro volti che quasi si toccavano, un sorriso che prometteva felicità e successo.

"Gradirebbe un caffè?"

"No, grazie."

Lo invitò ad accomodarsi sul sofà in pelle sintetica marrone, mentre lei prendeva posto sulla poltrona che lo affiancava. Sopra un basso tavolino di legno dal ripiano di vetro, faceva bella mostra di sé un vaso in ceramica colmo di rose rosse.

Lui la fissò per un attimo e poi abbassò lo sguardo mesto al pavimento torcendosi convulsamente le mani intrecciate. Avvertiva un enorme disagio soprattutto perché, francamente, non sapeva come cominciare. Mai prima d'ora gli era capitato di essere latore di una ferale notizia, di dover comunicare a una giovane donna che il marito era stato assassinato.

Fu lei a facilitargli il compito dopo averlo interrogato a lungo con lo sguardo. "C'è qualcosa che non va?" C'era una traccia di panico nella voce.

"Sì", le rispose sollevando lo sguardo. "Mi spiace, c'è stato un incidente."

Lei non batté ciglio e lo guardò diritto negli occhi. Poi fu percorsa come da un breve tremito, strinse le labbra e i muscoli del collo le si irrigidirono. "Si tratta di Riccardo, vero?" chiese con voce stridula. "E' successo qualcosa a Riccardo, non è vero? Non è vero?" sibilò a denti stretti.

Lui annuì senza fiatare come se la lingua gli fosse stata mozzata.

"E' grave?" Lo scrutò intensamente.

Di nuovo Fascetti non rispose, ma deglutì nervosamente passandosi la lingua tra le labbra secche.

Gli sembrò che la piena comprensione dell'accaduto stentasse ad affiorare nella mente della donna. Poi, con la notevole intuizione di cui l'altro sesso è spesso capace, la poveretta finì per capire.

"E' morto?" urlò improvvisamente impallidendo e spalancando gli occhi. "Riccardo è morto, vero? Riccardo è morto! Dio!"

Si piegò in avanti coprendosi il volto con le mani, e scoppiò in un pianto dirotto. Rimase così per quasi un minuto, scossa da violenti singhiozzi. Quando sollevò il viso rigato di lacrime, lui

364

le lesse negli occhi un barlume della speranza di essere smentita, di sentirsi dire che si era ingannata, che il marito era grave, sì, ma ancora vivo e poteva cavarsela. Ma accortasi che il giovane restava impassibile, si abbatté contro lo schienale del divano, e, quasi ne avesse perso il controllo, cominciò a dondolare il capo avanti e indietro con la cadenza oscillante di un pendolo, emettendo suoni simili a lamenti agonizzanti.

Fascetti si alzò e le si sedette accanto con fare premuroso come per soccorrerla, temendo che potesse perdere i sensi. Le cinse le spalle con un braccio e prese a sussurrale parole di cordoglio e di conforto che lei sembrò non udire. Poi, a un tratto, si ricompose e restò immobile, lo sguardo rivolto alla finestra in una sorta di dolorosa contemplazione, il volto bagnato di lacrime divenuto l'immagine della costernazione. Estrasse da una tasca del grembiule alcuni cleenex e si asciugò gli occhi. "Lo hanno ammazzato, vero?" chiese con un filo di voce.

Ancora una volta Fascetti annuì rimanendo in silenzio.

"Come?"

"Arma da fuoco", mentì.

Non ebbe il coraggio di dirle, almeno per il momento, che il marito era stato strangolato. Per il suo bene, preferì quella che tutto sommato era una bugia innocente, a evitare di inasprirle il dolore a dismisura. "Se può esserle di qualche conforto", aggiunse, "la morte è stata istantanea. Non deve essersi accorto di nulla."

Lei annuì lentamente. "Povero Riccardo", disse, la voce incrinata dal dolore. "Povero amore mio."

Più tardi, calmatasi, nell'apprendere la verità dalla stampa e dai telegiornali, avrebbe compreso le ragioni della sua menzogna, e, forse, gliene sarebbe stata in qualche modo grata. Dal televisore nella cameretta accanto, giungevano gli schiamazzi di un cartone animato, a cui si sovrapponevano le risate fragorose del piccolo.

Per alcuni lunghi minuti, lei non aprì bocca. Poi ebbe un brivido convulso, trasse un profondo sospiro e disse a voce bassa e incrinata dall'emozione: "L'ho sempre immaginato che il lavoro di cui si stava occupando fosse qualcosa di molto pericoloso. E' per quello che lo hanno ucciso... Lo so." Rivolse al detective uno sguardo pieno di riprovazione. "Lei lo sapeva, Fascetti. Eppure l'ultima volta che ne abbiamo parlato a telefono mi ha assicurato che non era niente di rischioso, che non dovevo preoccuparmi..."

"Non volevo allarmarla."

"La verità è che lo avete lasciato solo", lei riprese ignorando la giustificazione, mentre gli occhi le si riempivano nuovamente di lacrime, solo che ora piangeva silenziosamente e compostamente. "Lei e il commissario Lopez eravate al corrente dei suoi propositi, avreste dovuto guardarlo a vista e impedirgli di andare a cacciarsi nei guai. Invece lo avete abbandonato al suo destino." Si passò sugli occhi un fazzolettino di carta.

"Ha ragione, sono desolato. Sottovalutare le sue intenzioni è stato un mio grave errore che non potrò mai più perdonarmi. D'altronde, era ubriaco quando me ne ha parlato, e sia io che Lopez non abbiamo ritenuto di prenderlo sul serio."

Lei non replicò e continuò ad asciugarsi le lacrime. Si soffiò il naso con delicatezza. Ora lo sguardo si era fatto duro.

"Sono sicuro, signora Alessi", Fascetti continuò, "che qualsiasi cosa io dovessi dirle in questo momento per cercare di lenire il suo dolore, sarebbe fiato sprecato. Forse neppure riuscirebbe a confortarla la assicurazione del mio impegno e di quello del commissario per fare in modo che gli assassini di Riccardo vengano identificati e consegnati alla giustizia. Può essere certa che non la faranno franca."

"Avete qualche sospetto?"

"Nessuno per il momento, ma siamo molto fiduciosi di riuscire prima o poi a scovarli." Rifletté per alcuni secondi. "Purtroppo lo hanno ucciso prima che potessimo incontrarlo. Mi ha telefonato a mezzogiorno, soltanto per riferirmi di aver completato l'indagine che gli era stata affidata dal giornale, ma con qualche difficoltà. Niente di più. Ho riportato l'impressione che non dicesse esattamente la verità, e che qualcosa lo preoccupasse: forse il suo progetto era andato a gambe all'aria. Ci siamo accordati di ritrovarci da Lopez nel pomeriggio per consentirgli di riferirci quello che aveva scoperto." Allargò le braccia in un gesto di impotenza. "Non sono riuscito a cavargli nient'altro di bocca a telefono. Pertanto non abbiamo la benché minima idea di cosa possa aver fatto ieri notte, di dove si sia recato, di chi abbia visto. Se avessimo avuto modo di parlargli, di sicuro ora ne sapremmo di più. Probabilmente disporremmo di alcuni importanti elementi per il prosieguo del nostro lavoro." Fece una pausa e la fissò. "Le ha per caso accennato qualcosa quando è rincasato?"

Tacque con la sensazione che la donna lo avesse ascoltato con grande interesse. Ora aveva assunto un'espressione riflessiva.

"Credo di poterla aiutare", disse.

"Sul serio? E come?"

"Quando è rientrato ieri notte, Riccardo mi ha descritto, fin nei minimi particolari, quella che ha definito una sua allucinante avventura notturna."

41

"Non amava parlarmi del suo lavoro, e quel riserbo era diventato una consuetudine, se non proprio una regola, che io rispettavo e mi guardavo bene dall'infrangere. Credo che lui mi fosse grato per questo." La donna cominciò a raccontare, il volto segnato da profonda tristezza. "Mi aveva tuttavia vagamente accennato all'indagine che stava conducendo per conto del giornale, e sebbene lo avesse fatto in termini rassicuranti per non procurarmi apprensioni, io ne avevo intuito la pericolosità."

Fascetti si appoggiò allo schienale del divano con aria più rilassata, lo sguardo pieno di interesse.

"Gli avevo fatto una violenta scenata soltanto due sere prima", la donna continuò, "quando, dopo aver cenato con lei, era rincasato completamente ubriaco. Ero andata su tutte le furie accusandolo di trascurare la famiglia per via di quel maledetto nuovo incarico di cui si stava occupando, e arrivando perfino a minacciare la separazione se non fosse cambiato." Tacque e si passò di nuovo un fazzolettino di carta sugli occhi ancora umidi.

"Che reazione aveva avuto?"

"Praticamente nessuna. Quasi non si reggeva in piedi, ed era andato diritto a dormire. Ma al mattino avevamo parlato durante la colazione. C'era stato una sorta di chiarimento e alla fine ci eravamo riappacificati. Mi aveva promesso solennemente che sarebbe tornato subito alla normalità, che avrebbe dedicato più tempo a me e al bimbo."

"Dunque…", Fascetti osservò, "…la lite deve essere stato il motivo che lo ha spinto ad accelerare i tempi per portare a termine l'inchiesta…"

"Ne sono convinta, e ora avverto un certo scrupolo per averla provocata, anche se penso che ha soltanto anticipato di poco la tragedia. Comunque fosse era determinato a concludere l'indagine. Questa la ragione per cui la scorsa notte è rientrato alle tre benché sapesse che il figlio aveva la febbre altissima. Lo aspettavo e appena ha messo piede in casa, sono stata sul punto di aggredirlo con un'altra scenata. Sennonché, dopo averlo osservato ed essermi resa conto che era stravolto e stanco, ho deciso che non fosse il caso, e ho lasciato perdere.

"Dapprincipio ho attribuito alla malattia del figlio il fatto che apparisse tanto preoccupato. Ma dopo averlo tranquillizzato dicendogli che il piccolo stava meglio, che la temperatura accennava a scendere, e che il medico era ottimista, mi è parso solo in parte sollevato.

"Era evidente che c'era dell'altro che lo angustiava, e ho capito che doveva trattarsi di qualcosa che aveva a che fare con il lavoro. Si comportava come se avesse voglia di sfogarsi, di svuotare il sacco. Quando si è lasciato cadere esausto su una poltrona mettendosi le mani nei capelli, gli ho domandato che cosa gli fosse successo di tanto grave da ridurlo in quello stato. Mi ha risposto che la sua indagine si era conclusa con un totale fallimento, sfociando in una scabrosa situazione per la quale non sapeva bene che pesci prendere. Quindi ha cominciato a raccontarmi tutto, partendo dal momento in cui ha ricevuto l'incarico dal giornale, e proseguendo con le indagini, le escursioni notturne in certi bar di zone malfamate, fino ad affermare di essere giunto al punto di credere che il successo fosse ormai a portata di mano."

"Naturalmente…", Fascetti la incalzò con tono impaziente", …le avrà pure confermato di essere riuscito a stabilire un contatto con qualche membro dell'organizzazione criminale sulla quale stava indagando…" Lei sembrò esitare. "Infatti vi era riuscito, ma purtroppo non con le modalità che aveva sperato, e senza conseguire, alla fine, il risultato che si era prefissato."

A quel punto, gli riferì quanto il marito le aveva raccontato al riguardo di quella relazione che aveva allacciato, durante una delle sue sortite notturne, con un personaggio oscuro rivelatosi poi determinante al suo scopo. Con dovizia di particolari le aveva spiegato come questi gli avesse procurato un contatto con un membro della Anonima, con cui aveva poi concordato il luogo e l'ora per un abboccamento. Sembrava che tutto dovesse procedere liscio come l'olio.

"Non le ha dato qualche ragguaglio su questo oscuro personaggio? Gliene ha fatto per caso il nome?"

"No." Scosse il capo energicamente. "Il nome no."

"Perché glielo ha taciuto?"

Lei fece un'alzata di spalle, dicendo:

"Non saprei. Immagino che lo ritenesse un dettaglio irrilevante. Io non gliel'ho neppure chiesto dato che non mi interessava." Fece una pausa. "Mi ha vagamente accennato che si tratta di un tale che opera nel giro della prostituzione di alto bordo, ed è legato a certi settori della criminalità organizzata."

"E' un peccato." Fascetti ebbe un moto di disappunto. "Se ne conoscessimo il nome, ora avremmo una valida traccia da seguire…"

Lei non replicò, ma disse cambiando argomento:

"Mi ha detto che le cose hanno cominciato a prendere una brutta piega, dal momento in cui è salito a bordo di una grossa Mercedes scura venuta a prelevarlo a piazza Buonarroti, il luogo stabilito per l'appuntamento. L'auto si è diretta verso la Fiera campionaria, e, dopo averne superato l'ingresso principale è svoltata improvvisamente a destra in un vicolo deserto. Percorso un breve tratto nella stradina, si è fermata, ed è a quel punto che sono cominciati i guai." Si interruppe un attimo come per riordinare le idee.

"Le ha fatto per caso una descrizione del conducente della Mercedes?"

"Sì." La donna gli ripeté quello che il marito le aveva riferito sull'aspetto dello Spilungone.

"Immagino che abbia reagito."

"Certo. Ha cercato di darsela a gambe, ma non c'è stato verso dato che la portiera del passeggero era bloccata. Si è reso conto di essere caduto in una trappola."

"Improvvisamente", lei continuò, "un individuo che si nascondeva nel retro della vettura, ha allungato una mano nello spazio tra i due sedili anteriori, e, mentre il conducente lo teneva saldamente immobilizzato con le mani, gli ha premuto sul viso un grosso batuffolo di ovatta imbevuto di cloroformio. La dose di anestetico usata doveva essere minima, visto che gli ha indotto soltanto un effetto soporifero, una sorta di dormiveglia che, come tale, si è poi rivelata di breve durata."

"Immagino...", Fascetti osservò interrompendola, "...che con questo atto i sequestratori intendessero limitarsi a spezzargli le energie, a sedarlo, per rendere più agevole il loro lavoro. Per ciò che dovevano fare di lui, non gli sarebbe servito gran che inerte come un masso."

Lei annuì, dicendo:

"Esatto. Più che altro, lo hanno ridotto a uno stato di intensa sonnolenza che però gli ha consentito di preservare una buona percezione di quanto avveniva intorno a lui. Si è così accorto dell'auto che si muoveva per riprendere la marcia."

"Allora potrebbe essere stato in grado", Fascetti la interruppe daccapo con fare un po' smanioso, "di farsi un'idea, se pure vaga, della direzione che hanno preso, e del posto dove lo hanno portato."

"No, purtroppo." Riflettè un istante. "A proposito, mi è sfuggito di dirle che subito dopo averlo narcotizzato, lo hanno bendato."

"Ah! Mi stavo illudendo che non lo avessero fatto..."

"Sicché non ha potuto vedere niente, e pertanto il luogo dove lo hanno trasportato potrebbe trovarsi ovunque."

Impiegarono una ventina di minuti per giungere a destinazione, la donna raccontò. Nel punto dove l'auto si arrestò regnava una grande quiete. Doveva essere un luogo fuori mano o un vicolo deserto, poiché non si sentiva il benché minimo rumore di traffico.

Una volta usciti dalla vettura, i due sicari lo trascinarono all'interno di un edificio. Si sentiva ancora debilitato, un po' malfermo sulle gambe, anche per effetto della paura di cui era preda, ma aveva quasi del tutto recuperato la propria lucidità a parte un lieve, residuo senso di stordimento. Lo guidarono su per due rampe di scale fino a quello che, lui pensò, dovesse essere il primo piano dello stabile, e si fermarono. Quando la benda gli fu rimossa non vide nessuno, ma sentì il rumore di una porta che si chiudeva alle sue spalle.

Si ritrovò in un ambiente avvolto da un buio pesto, che fu subito rischiarato da una lampadina che si accese improvvisamente. Pendeva dal centro del soffitto. Si guardò intorno accorgendosi di essere stato lasciato solo.

La sua prima istintiva reazione, fu di lanciarsi sulla porta per cercare di fuggire. Ma, tentatane la maniglia, constatò che era chiusa a chiave. Le imposte dell'unica finestra erano state sprangate da due robuste assi di legno inchiodate a X. Pertanto, uscire da quella stanza si presentava come una impresa impossibile. Era alquanto ampia, e del tutto priva di arredamento se si eccettuavano un tavolino e un paio di sedie dall'aspetto sgangherato.

La consapevolezza di trovarsi in una prigione dalla quale gli sarebbe stato impossibile evadere, non fece che accrescere la sua sensazione di panico. Si sforzò di controllarla dicendosi che non poteva fare altro che pazientare finché non accadeva qualcosa. Cercò di tranquillizzarsi dicendosi che non potevano lasciarlo lì in eterno, e che prima o poi qualcuno si sarebbe fatto vivo.

Rassegnatosi ad attendere, si sedette su una delle due sedie, cercando di aguzzare le orecchie fino alla spasimo. A ogni minimo rumore o eco di passi che gli giungevano dall'esterno, si alzava ansioso e faceva qualche passo verso la porta, sperando che arrivasse qualcuno. Ma quando i rumori si spegnevano in un'altra direzione, si lasciava ricadere sfiduciato sulla sedia. Trascorsa quasi un'ora senza che nessuno comparisse, cominciò a temere il peggio, a sospettare che i suoi carcerieri avessero fiutato l'inganno, a disperare di uscire vivo da quella stanza.

"Salve signor Alessi." Una voce maschile altisonante echeggiò alle sue spalle. "Benvenuto."

Trasalì e balzò in piedi girandosi di scatto. Non vide nessuno.

"Parli pure che l'ascoltiamo e …la vediamo."

Quella voce aveva un che di strano, di innaturale. Impiegò solo alcuni secondi per capire che, a chiunque appartenesse, gli giungeva attraverso una sorta di microfono munito di un filtro o di un dispositivo che la rendeva artefatta e quindi in alcun modo riconoscibile. Girando su se stesso esaminò attentamente il soffitto e le quattro pareti: scoprì quello che si aspettava. Vide posizionata in alto su una parete, sotto il soffitto, una telecamera il cui obbiettivo, come un occhio scrutatore, doveva coprire l'intera area della stanza. Ma non era l'unico congegno. Incassato nel muro di fronte a lui, vide un pannello elettronico simile ad altri che aveva già visto altrove. Era un sistema di interfono. Gli fu allora chiaro che, attraverso un monitor situato da qualche altra parte nello stabile, occhi invisibili lo osservavano dal momento in cui aveva fatto il suo ingresso in quella stanza. Si interrogò sul perché lo avessero fatto attendere tanto tempo, così come a piazza Buonarroti. Era probabile, pensò, che quella fosse una loro tattica studiata per ammorbidirlo e stancarlo, così da rendere più agevole ed efficace il loro compito.

L'apparecchio sul muro gracchiò. "Allora, signor Alessi...", riprese la voce dal tono adulterato, "...sappiamo che lei desidera sbarazzarsi di qualcuno che non le sta a genio, e noi siamo qui per aiutarla." Fece una pausa prima di aggiungere: "A un giusto prezzo, naturalmente..."

L'uomo continuò chiedendogli di declinare le sue generalità, ma di parlare lentamente e scandendo bene le parole, e di confermare che era lì perché desiderava stipulare un contratto per liquidare un uomo. Il giovane rispose ai quesiti. Dopodiché gli fu rivolta la domanda cruciale: chi era la persona da eliminare?

Malgrado se la aspettasse, avvertì una fortissima riluttanza a fare il nome di Fascetti. Era evidente, pensò, che la sua indagine stava andando a rotoli. Se quella casa dove si trovava era il covo della banda, non si poteva disconoscere l'abilità con cui i due sicari avevano operato per impedirgli di individuarne la ubicazione. Per di più, fino al quel momento, non gli era stato neppure permesso di vedere il volto dell'uomo con cui stava trattando.

Non poteva che ammettere il fallimento totale del suo piano, frutto della sua ingenuità. Tutto procedeva per il verso sbagliato. I timori di Fascetti e i suoi avvertimenti stavano rivelandosi in tutta la loro cruda fondatezza. Ora provava un forte scrupolo di coscienza nel dover mettere a repentaglio la vita di un uomo che ormai considerava un suo amico.

Il Crollo

Nei pochi secondi che rimase in silenzio prima di rispondere, considerò la possibilità di indicare un nome di fantasia. Ma a quel tipo di soluzione, che avrebbe scagionato il detective dal pericolo di essere ucciso, si contrapponeva un grave rischio per la sua persona. Era di fatto prigioniero di quegli assassini, e non era certo che lo avrebbero rilasciato a conclusione del colloquio. Lo tormentava la paura che, insospettiti, decidessero di trattenerlo per il tempo necessario a verificare l'autenticità della vittima designata. In tale evenienza, avrebbero smascherato il suo gioco.

Era sicuro di aver a che fare con individui abituati a uccidere, che non avrebbero impiegato più di un nanosecondo per decidere di fare fuori anche lui, se avessero accertato che stava cercando di ingannarli. Sapeva che quello di uccidere era un atto che riusciva loro del tutto naturale. Lo affrontavano con la stessa disinvoltura con cui si lavavano la faccia al mattino. Pensò alla moglie e al figlio e decise di seguire lo schema originario del suo progetto.

Pronunciò quindi il nome di Fascetti, facendo seguire il suo indirizzo e professione, e subito dopo si sentì sopraffare da un forte senso di nausea di sé stesso, che gli strinse la bocca dello stomaco.

A quel punto la giovane vedova fece una pausa per passarsi il fazzoletto sugli occhi ancora umidi di pianto. Il giovane ne approfittò per chiederle: "Le ha detto, Riccardo, se gli hanno chiesto qualche informazione sul mio conto?"

"Sì, una descrizione il più dettagliata possibile, e se la conosceva personalmente o avevate avuto qualche rapporto. Riccardo ha risposto brevemente nel migliore dei modi, precisando che la conosceva soltanto di vista, e spiegando il suo ruolo di intermediario per conto di un importante uomo politico desideroso di farla liquidare, dato che lei stava pescando nel torbido della sua vita privata."

Per quasi mezz'ora, la donna proseguì, lo sconosciuto che si nascondeva da qualche parte fuori dei confini di quella stanza, si chiuse in un rigoroso silenzio quasi meditasse su ciò che aveva ascoltato. L'attesa si era fatta spasmodica quando finalmente l'uomo riprese a parlare. Lo fece soltanto per confermargli che accettava l'incarico, e, con suo grande sollievo, per congedarlo.

"E il compenso per il servizio?" Fascetti chiese alla donna quando questa tacque. "Non credo che Riccardo le abbia detto che avevano deciso di farglielo gratis…"

"Ah, quello… Altro che gratis…" Fece una smorfia di disgusto. "Dimenticavo di dirle che gli hanno chiesto cento milioni in contanti. Avrebbe dovuto attendere una loro telefonata per ricevere istruzioni su come procedere per la consegna del denaro."

"Cosicché lo hanno rilasciato senza problemi al termine dell'incontro…"

"Be', sì. Se si esclude il fatto che, naturalmente, lo hanno di nuovo bendato prima di riportarlo in auto a piazza Buonarroti. Ha noleggiato un taxi a piazza Piemonte per tornare a casa." Tacque, lo sguardo afflitto e insieme pensoso rivolto a un punto lontano fuori della finestra. "Mi ha detto che era tormentato da un senso di colpa per il   pasticcio che aveva combinato. Era preoccupato per lei e per sé stesso. Quel lungo silenzio del suo sconosciuto interlocutore, che era seguito dopo che gli aveva indicato lei quale il personaggio da eliminare, gli era parso di cattivo auspicio. Gli era sorto il dubbio di non essere stato abbastanza convincente. Quando le ha telefonato a mezzogiorno, non se l'è sentita di ammettere subito il fallimento dell'impresa, di descriverle la inquietante situazione di cui era stato l'incosciente artefice. Ha preferito attendere di incontrarla da Lopez. L'avrebbe messa al corrente di tutto, chiedendo al commissario di assegnare a tutti e due una scorta di agenti in borghese come protezione."

La donna tacque come se non avesse nient'altro da dire, e Fascetti comprese che il lungo resoconto era terminato. Pensò che aveva sortito lo scopo di trasformare in certezze alcuni sospetti che la telefonata del giornalista di alcune ore prima gli aveva fatto nascere. Senza dubbio quel suo folle piano si era concluso, nella migliore delle ipotesi, con un nulla di fatto. Il contatto che era riuscito a stabilire con l'esponente della banda gli aveva consentito di penetrarne il covo, ma non era servito a fargliene individuare l'ubicazione. C'era poi un altro elemento divenuto certo, che rivestiva per lui maggiore rilevanza in quanto lo coinvolgeva personalmente: Alessi lo aveva effettivamente indicato come la persona da liquidare. Pertanto se l'Anonima aveva subodorato l'inganno uccidendo il giornalista, di certo ora considerava lui suo complice. Avrebbe pertanto colto il momento propizio per toglierlo di mezzo.

Ma c'era una domanda alla quale Fascetti avrebbe desiderato dare subito una razionale risposta: perché lo avevano ucciso? Come erano riusciti a intuire la minaccia del suo gioco? Cos'era andato storto durante il colloquio in quella stanza, senza che, probabilmente, il giornalista se ne rendesse conto?

Rimasero a lungo in silenzio. Dalla stanzetta del bambino continuava a giungere il suono del televisore, mescolato a rumori di oggetti lasciati cadere sul pavimento, di sedie che venivano trascinate, di risate infantili.

"A giudicare dal trambusto, si direbbe che sia guarito", lui disse indicando la cameretta del bimbo con un cenno del capo.

Lei sospirò e fu colta da una specie di brivido. "Non completamente. La febbre non è ancora del tutto scemata. Ma ha l'argento vivo addosso e non si riesce a costringerlo a letto."

"Non è rimasta sola", lui cercò di consolarla. "Sono certo che sarà lui ad aiutarla a superare questa crisi tremenda."

"Non ne dubito. Anche se ci vorrà del tempo."

"Mi stavo chiedendo se c'è qualcosa che possa fare per lei..." Lo disse con un tono di assoluta sincerità.

"Non credo, ma la ringrazio. E' stato gentile da parte sua venirmi a trovare. Ora, se non le spiace, desidererei restare sola col mio bambino. Devo occuparmi di lui."

"Capisco."

Fascetti si alzò dal divano. Comprese che la donna aveva un delicato compito da assolvere. Benché si trattasse di un bambino in tenera età, le toccava affrontarlo per spiegargli con cautela, trovando le parole giuste, che il suo papà non sarebbe tornato a casa. Né quella sera, né mai più. Immaginò che, con quel dolce linguaggio che solitamente le madri sanno usare con i loro figlioletti per comunicare loro la morte improvvisa del genitore, gli avrebbe detto che era volato in cielo.

Estrasse dal portafoglio un suo biglietto da visita e glielo porse. "Qualora dovesse avere la necessità di contattarmi, mi trova a questo numero."

"La ringrazio molto." Lasciò l'appartamento, e, discese le due rampe di scale si diresse a passo spedito, attraversando l'atrio, verso l'uscita dello stabile. Ma ciò che vide accanto alla porta dell'ascensore, lo fece arrestare di colpo. Il cuore accelerò i battiti. C'erano due uomini appoggiati con la schiena al muro, con l'aria di attendere qualcuno.

42

Superato l'attimo di sorpresa, Fascetti riprese a camminare tirando dritto verso l'uscita dello stabile come se niente fosse, e, mentre osservava i due uomini con la coda dell'occhio, si portò furtivamente la mano destra dietro la schiena per accertarsi che la Beretta fosse al suo posto, posizionata sotto la cintura.

Ebbe un tuffo al cuore nell'accorgersi che non c'era.

Si rese allora conto che, a causa dello stato emozionale in cui si trovava quando era arrivato nel pomeriggio per fare visita alla vedova di Alessi, l'aveva dimenticata nel portaoggetti laterale della Golf. Una disattenzione che, di lì a poco, si sarebbe rivelata provvidenziale.

Balzava all'occhio l'aria equivoca dei due individui. Lasciava poco sperare che non si trattasse di malintenzionati, di sicari professionisti, di criminali capaci di portare a termine una missione omicida senza farsi scrupoli, usando qualsiasi mezzo di cui disponevano.

Erano riusciti in qualche modo a introdursi nello stabile preferendo, evidentemente, attenderlo nell'atrio deserto piuttosto che fuori, sì da sventare facilmente sul nascere un suo tentativo di fuga. Per giunta, piazzati come s'erano accanto alla porta dell'ascensore, lo avrebbero bloccato all'uscita dello stesso, qualora il giovane avesse deciso di servirsene, invece delle scale, per scendere al pianterreno.

Stavano entrambi appoggiati con le spalle al muro, l'aria calma e disinvolta. Uno di loro sembrava ostentare una certa autorità: quella del capo. Quando vide Fascetti non si mosse, limitandosi a guardarlo imperturbato, le mani affondate nelle tasche dei pantaloni. Poi girò la a metà la testa verso il suo compare.

Come fosse un segnale convenuto, questo si staccò dalla parete, lo intercettò sbarrandogli il passo e obbligandolo a fermarsi. Quasi simultaneamente estrasse di tasca una Luger da nove millimetri munita di silenziatore e gliene premette con forza la canna contro il costato. "Tieni il becco chiuso, amico. Okay?" La voce aveva un timbro rude e rauco con una inflessione spiccatamente meridionale.

"Frugalo", l'altro gli ordinò.

L'uomo si accovacciò davanti al detective, e con l'uso rapido ed esperto della mano sinistra, gli palpò le caviglie e i polpacci risalendo poi lungo le cosce fino a quasi sfiorargli i genitali. Ripeté l'operazione sul petto, sulle spalle e sotto le ascelle.

"E' pulito", disse tra sorpreso e soddisfatto. "Pensa un po'… è pulito."

Da quello che accadde nell'arco della successiva mezz'ora, Fascetti ebbe modo di apprezzare la attendibilità del famoso adagio secondo cui non tutto il male viene per nuocere. Infatti, se non fosse stato per la svista – motivata dall'emozione – dell'aver lasciato la Beretta nella Golf, ora quei due gaglioffi gliela avrebbero tolta, privandolo della speranza di riuscire poi a recuperarla in qualche modo, e di servirsene per difendersi nella critica situazione che si andava delineando.

Il tizio che aveva il contegno del capo, si allontanò a sua volta dalla parete di un paio di metri, ma continuando a starsene con le mani in tasca. Lanciò un'occhiata al portone di ingresso prima, e poi alle scale, come per accertarsi che non arrivasse gente.

Fascetti lo scrutò. Corrispondeva in tutto e per tutto alla descrizione del conducente della Mercedes che Alessi aveva fatto alla moglie, e che questa, a sua volta, gli aveva trasmesso.

Poi girò il capo verso il pistolero che sostava minaccioso alla sua destra e lo fissò. Ebbe un moto di repulsa. Di età certamente non giovane, ma difficile da stimare, era del tutto calvo con la testa molto grossa e priva di collo. Sul viso butterato risaltavano il naso camuso e gli occhi scuri troppo distanziati tra loro. Corpulento e di statura molto bassa, aveva le spalle ampie quanto l'altezza, il che lo faceva apparire quasi più largo che lungo. La barba incolta, e le gambe tozze e arcuate contribuivano a conferirgli, nell'insieme, un aspetto scimmiesco, accentuato dalla goffaggine dei movimenti.

L'istinto gli disse che si trovava a confronto col carnefice di Alessi, lo strangolatore che non aveva esitato un istante a cancellare il giornalista dalla faccia della Terra. "Figlio di puttana e assassino!" gli disse, e la voce suonò come il sibilo sommesso di un serpente velenoso.

Il sicario strinse le palpebre e fece una smorfia di disprezzo. Gli tolse la pistola dal fianco e, schiumando rabbia, la brandì per la lunga canna, sollevandola poi nell'atto di colpirlo sul volto col calcio.

"Mettila giù, Pietro!"

Le parole, uscite dalla bocca dello Spilungone, suonarono come lo schiocco di una frusta. L'incisività del tono non ammetteva replica, e rifletteva l'autorevolezza del personaggio.

Lo scimmiotto fermò la mano a mezz'aria e poi la fece ricadere lungo il fianco, come se l'arma fosse diventata di colpo troppo pesante. I muscoli del viso gli si contrassero in una maschera di collera incontenibile. Fece un passo indietro e, fissando il giovane con occhi colmi di rancore, gli sputò in faccia.

Il getto di saliva calda lo attinse al mento, per poi gocciolargli sulla camicia. Lentamente, sollevò un avambraccio e si asciugò con la manica della giacca. "Figlio di puttana e assassino!" ripeté, lo sguardo torvo. L'altro continuò a fissarlo, mentre i tratti del volto parvero ridistendersi in parte. Gli puntò l'indice contro dicendogli con tono caustico: "Tappati la bocca brutto stronzo e rotto in culo! Hai capito?" Poi ebbe un sogghigno che gli deformò l'angolo destro della bocca facendola apparire come fosse semiparalizzata. Gli premette di nuovo la pistola contro il fianco, esercitandovi una pressione tale che a stento il giovane riuscì a soffocare un gemito di dolore.

"Muoviti!" Indicò l'uscita con una mossa del capo. Fascetti si voltò e si incamminò attraverso l'atrio, con alle costole il sicario. L'altro attese che gli passassero davanti per poi accodarsi a breve distanza.

Il sequestro si era svolto con la massima regolarità e rapidità. La quiete all'interno dello stabile restava indisturbata, nessuno aveva visto o sentito nulla. Il prigioniero azionò il pulsante elettrico di apertura del portone, mentre pensava che se avesse accettato subito la scorta offertagli da Lopez per proteggerlo sorvegliandolo a distanza, ora sarebbero probabilmente quei due delinquenti a muoversi sotto la minaccia delle armi. Uscirono all'aperto, e nei pochi secondi in cui i due killer spaziarono con lo sguardo sul piazzale deserto, Fascetti consultò il suo orologio da polso: erano le nove passate e si era fatto buio. Si rese allora conto di come velocemente fosse passata la giornata. Aveva trascorso quasi l'intero pomeriggio con la vedova di Alessi. Nell'aria calda della sera aleggiava un lieve profumo di fiori e piante aromatiche, che proveniva dalle grandi aiuole ornamentali situate al centro del piazzale.

Vide la Golf là dove l'aveva parcheggiata lungo il marciapiede quando era arrivato. Quasi incollata al paraurti posteriore c'era una Lancia Tema, e subito dopo una grossa Mercedes scura, di certo quella di cui gli aveva parlato la vedova del giornalista.

Quello dei due malviventi che rispondeva al nome di Pietro lo pungolò nella spina dorsale con la canna della Luger. "Va' avanti, ma cammina piano e non tentare trucchi. Capito?"

A dispetto della grave situazione in cui si trovava, dalla quale sapeva che poteva non uscire vivo, Fascetti si sentiva ribollire dentro. L'odio e la rabbia a stento repressi, gli facevano montare a fiotti il sangue al cervello.

Nel breve tragitto che li separava dalle auto, cominciò a riflettere freneticamente per trovare una via d'uscita e, al tempo stesso, un modo per far vedere i sorci verdi a quei due criminali. Pensò che se fosse riuscito a mettere mano alla Beretta non avrebbe esitato un solo istante a piantare un paio di pallottole nella zucca di ciascuno di loro.

Purtroppo non poteva immaginare cosa avessero in mente di fare di lui. Se avevano deciso di liquidarlo con lo stesso metodo usato per Alessi, era facile prevedere che lo avrebbero costretto a salire sulla loro macchina, ignorando la Golf. Salvo che, per qualche misteriosa ragione, non intendessero servirsi di entrambe le auto. Giunti all'altezza delle due vetture, il detective si avvicinò alla propria e si accinse ad aprirla dopo aver preso le chiavi da una tasca dei pantaloni.

"Cosa cazzo fai imbecille?" Il gorilla lo trattenne afferrandolo per un braccio mentre gli aumentava la pressione della canna della pistola sulla schiena."E' sulla Mercedes che dobbiamo salire, hai capito?"

Fascetti proseguì pensando che se fosse entrato nella grossa berlina non avrebbe avuto scampo. Senza un'arma con cui di-

Domenico Martusciello

fendersi andava incontro a una morte certa. Reagire od opporre una qualche resistenza nel chiuso dell'abitacolo sarebbe stato inutile. Anzi, avrebbe accelerato la sua fine: la stessa di Alessi. L'unica possibilità che aveva di salvarsi era di affrontarli ora, mentre erano ancora all'aperto, e poteva quindi muoversi in un grande spazio. Doveva rischiare il tutto per tutto.

"Aspetta un momento, Pietro!"

Si fermarono di colpo e si voltarono nel sentire risuonare alle loro spalle la voce imperiosa dell'uomo col berretto da baseball, che si era fermato accanto alla Golf. Fece cenno al suo complice di avvicinarsi. Questi obbedì con l'aria sottomessa del subalterno, mentre, senza perderlo di vista, continuava a tenere sotto tiro il suo prigioniero.

I due sicari presero a parlottare sommessamente per quasi un minuto. Anche se Fascetti non riuscì ad afferrare mezza parola di quelle che si scambiarono, pur tuttavia ebbe la certezza che discutessero il da farsi. Poi Pietro lo afferrò di nuovo per un braccio e quasi lo trascinò indietro fino alla Golf. "C'è un cambio di programma", gli disse. "Apri lo sportello e mettiti al volante."

Fascetti sospettò che, per una qualche ragione, dovevano aver deciso fin dall'inizio di portarsi dietro la sua auto, ma trasportando lui nella Mercedes. Poi, dopo essersi consultati, avevano cambiato idea considerando prudente tenerlo impegnato alla guida della Golf durante il tragitto, naturalmente sotto la minaccia della Luger. Si sentì rinfrancato e senza darlo a vedere trasse un profondo respiro. Aprì la portiera e scivolò all'interno della vettura. Vide di sfuggita nello specchietto retrovisore esterno, che l'altro killer si era avvicinato alla grossa berlina e si accingeva a salirvi. Il suo carceriere fece il giro della Golf in tutta fretta prendendo posto sul sedile del passeggero.

"Non togliere mai le mani dallo sterzo tranne che per cambiare le marce, ci siamo intesi? Tieniti al massimo sui sessanta fino a quando te lo dico io. Prova a superali e ti becchi una pallottola nelle budella." Gli puntò contro la Luger, a pochi centimetri dal basso ventre. "Ora partiamo. Gira attorno al piazzale e prendi via Sidoli. Va' fino all'incrocio con viale dei Mille e poi svolta a destra. Quindi prosegui sempre diritto sulla circonvallazione."

Il Crollo

Fascetti girò la chiave dell'accensione e tolse il freno a mano. Poi premette a fondo la frizione e spostò sulla prima marcia la leva del cambio dal pomello di onice. Rilasciò lentamente la frizione accelerando progressivamente. La Golf si avviò silenziosa scostandosi dal marciapiede. Guardò nello specchietto retrovisore: anche la Mercedes si era mossa e seguiva a brevissima distanza.

"Non sarà per caso che stiamo andando nello stesso posto dove stamattina avete portato il giornalista per fargli la pelle?" Fascetti girò un istante la testa verso il passeggero.

Sapeva che la domanda era banale e inutile, ma la fece comunque, al solo scopo di stimolare la loquacità del criminale, sì da distoglierne, il più possibile, l'attenzione dalla sua persona.

L'altro lo guardò per un attimo, interdetto e disse: "No, ti sbagli." Fece una pausa. "Comunque… se ti fa piacere saperlo, per te abbiamo elaborato un programma un tantino più sofisticato." Scoppiò in una sonora risata carica di sarcasmo.

Benché la reputasse superflua, gli fece un'altra domanda: "Dimmi un po'… sei stato tu a strangolarlo, non è vero?"

"Ehi, pezzo di merda…", l'altro sbottò irritato. "Lo sai che sei troppo curioso? Proprio come il tuo amico defunto. Ora pensa a guidare e taci, okay?" Il detective non replicò. Imboccarono la circonvallazione. L'ammonimento a non superare i sessanta orari si rivelò inutile. Il traffico serale era intenso lungo viale Abruzzi. Erano costretti a procedere a bassissima velocità, imbottigliati in una doppia fila di auto. Avanzavano a singhiozzi, obbligati a frequenti lunghi stop dagli ingorghi e dai semafori. Fascetti cominciò a chiedersi se, visto quello a cui andava incontro, non fosse saggio cambiare idea e tentare la fuga approfittando delle soste. Poteva aprire la portiera con una mossa fulminea, schizzare fuori e darsela a gambe levate. Ma il rischio di beccarsi una pallottola nella schiena era elevatissimo.

A confermarglielo c'era la canna della Luger che il suo compagno di viaggio gli premeva con forza contro il fianco ogni volta che si fermavano, come per ricordargli della sua presenza e dissuaderlo dall'azzardare iniziative avventate. "Se fossi in te non ci proverei", gli disse a bruciapelo durante una sosta al semaforo, quasi gli avesse letto il pensiero. "Mi daresti il pretesto per assolvere subito il mio compito."

Domenico Martusciello

Tuttavia la consapevolezza di potersi difendere all'occorrenza con la Beretta che aveva a portata di mano nel comparto portaoggetti alla sua sinistra, e della cui esistenza i due non sospettavano, gli infondeva un certo senso di sicurezza e di fiducia. Era un vantaggio di cui approfittare. Poteva cavarsi d'impiccio se cercava di sfruttare al massimo l'effetto sorpresa.

Percorsero viale Brianza e quindi viale Lunigiana proseguendo per viale Marche. Il passeggero manteneva un rigoroso silenzio, lo sguardo fisso sulla strada, l'arma spianata contro il giovane. Di tanto in tanto lo guardava di sfuggita, oppure si voltava di scatto per lanciare, sopra la spalla, attraverso il lunotto, un'occhiata alla Mercedes che li tallonava da molto vicino.

A un certo punto il traffico si fece più scorrevole, e raggiunsero in breve la zona Nord della città. Fu allora che Fascetti ebbe la chiara sensazione che erano diretti all'autostrada Milano Brescia. Ne ebbe conferma quando, poco dopo, il sicario gli ordinò di seguirne i segnali.

"Ora puoi portarti sui cento", gli disse non appena furono sulla tangenziale.

Il detective, ubbidiente, premette l'acceleratore fino a quando l'ago del tachimetro toccò i cento orari. Contrariamente a quanto aveva immaginato, il traffico era molto rarefatto. Guardò nello specchietto: la Mercedes seguiva quasi incollata al paraurti della Golf, senza curarsi minimamente di rispettare la distanza di sicurezza.

Improvvisamente, accese gli abbaglianti costringendolo a tenere gli occhi socchiusi per difendersi dal forte riflesso dei raggi, che gli giungeva dal retrovisore. Pensò che fosse una tattica studiata per tenerlo sotto pressione e innervosirlo, sì da rendergli più difficoltoso un eventuale colpo di mano.

Il casello distava un paio di chilometri, ma Fascetti sospettò che non lo avrebbero superato. Fermarvisi per ritirare lo scontrino del pedaggio costituiva un rischio che, probabilmente, i due non desideravano correre. Pertanto si attese che, da un momento all'altro prima di raggiungerlo, il gangster gli impartisse l'ordine di imboccare uno degli svincoli. Presumibilmente, avrebbero quindi proceduto in direzione di qualche luogo deserto, in aperta campagna, dove i due killer si sarebbero affrettati a eseguire il compito che era stato loro affidato.

Se la sua congettura era fondata, doveva fare qualcosa e subito, prima che lasciassero la tangenziale dove poteva sperare di attirare l'attenzione di qualche automobilista.

Per saggiare la reazione dell'uomo che sedeva al suo fianco, sollevò la mano sinistra dal volante, e, lentamente, cominciò a farla scivolare verso il portaoggetti, ma poi, come avesse cambiato idea, la posò sulla gamba.

"Ti ho detto di tenere le mani incollate sul volante!" il sicario gli urlò in faccia sferrandogli un colpo secco alle costole con la canna della nove millimetri.

Ora cominciava ad accusare una forte tensione, accentuata dal riverbero delle luci nello specchietto retrovisore, che il conducente della Mercedes continuava a tenere inesorabilmente fisse sugli abbaglianti. Gli stava venendo il mal di testa. Sperando che il malvivente non avesse qualcosa da ridire, spostò lo specchietto sulla posizione notturna per mitigare l'effetto accecante. Rimasero due piccoli fari gialli, di cui quello di sinistra meno intenso.

"Rallenta e tieniti pronto a imboccare il prossimo svincolo."

Era l'ordine che aspettava. Adocchiò il tachimetro: era riuscito a portare la velocità sui centoventi orari senza che l'altro se ne accorgesse. Si rese conto che quello era il momento cruciale, e che la sua vita era appesa a un filo.

Se non voleva perderla, aveva pochi secondi per agire.

43

Come in un esercizio di immersione in apnea, Fascetti inspirò a pieni polmoni, irrigidendo al massimo le braccia sul volante. Rilasciò l'acceleratore mentre pigiava a fondo il pedale del freno con tutta l'energia di cui fu capace.

Alla brusca decelerazione, la Golf reagì con una violenta sbandata verso destra – che il giovane riuscì a controllare – e fu scossa da una fortissima vibrazione. Nello stesso istante si sentì l'acuto stridore dei freni e degli pneumatici, che la inchiodarono sull'asfalto dopo una lunga strisciata.

"Cosa cazzo fai imbecille!" il sicario urlò un istante prima di essere sbalzato dal sedile e scaraventato contro la plancia.

Quasi simultaneamente, provenne da dietro lo stridio dei freni e delle gomme della Mercedes che cercava disperatamente di evitare il tamponamento. Non ci riuscì. Si sentì il forte schianto dell'impatto, che ebbe l'effetto di sospingere la Golf per un breve tratto, fino all'arresto definitivo delle due vetture all'interno di una piazzola di sosta.

Dopo quello che sembrò un attimo di stordimento, Pietro si riebbe e si ricompose sul sedile con un'agilità insospettabile per un uomo di quella corporatura. Sollevò la pistola e cominciò a girarsi verso Fascetti per puntargliela contro e fare fuoco. Questi, uscito illeso dalla collisione, e con grande presenza di spirito, si spinse all'indietro con forza contro lo schienale del sedile, mentre abbassava la mano destra per azionarne la leva che ne regolava l'inclinazione.

Dalla Luger partì il colpo secco, smorzato dal silenziatore. Il giovane vide il lampo accecante e avvertì la vampata di calore sfiorargli il viso, ma tutto ciò avvenne una frazione di secondo dopo che lo schienale, reclinatosi di colpo, lo portasse fuori dalla traiettoria del proiettile. Si sentì il fragore del vetro infranto del finestrino laterale.

Il sicario, deluso ma non scoraggiato, puntò di nuovo l'arma sul detective che, stando semidisteso sul sedile, ne fissò la nera bocca. Ma aveva nel frattempo afferrata la Beretta dallo scompartimento portaoggetti alla sua sinistra, e ora la teneva a sua volta spianata contro il suo avversario.

Il malvivente la fissò a bocca aperta, con lo stupore di uno spettatore che osserva un prestigiatore esibirsi a estrarre un coniglio dal proverbiale cilindro. "E questa da dove diavolo salta fuori?"sembrava dire la espressione del suo volto. Ma l'istante di esitazione, effetto della sorpresa, gli riuscì fatale.

Battendolo sul tempo, Fascetti gli esplose tre colpi in pieno petto, a bruciapelo e in rapida successione.

L'uomo urlò ed ebbe una sorta di convulsione epilettica, come in una elettroesecuzione, poi si afflosciò sul sedile alla stregua di un pallone bucato che si sgonfia improvvisamente. Il sangue cominciò a sgorgargli copioso sulla camicia formando una chiazza vermiglia che si allargava a vista d'occhio. Trascorse qualche secondo, e poi emise un rantolo prolungato. Espulse con violenza tutta l'aria dai polmoni come avesse ricevuto un forte pugno al torace. Quindi ebbe un ultimo sussulto che lo fece ripiegare in avanti. Sbatté la faccia sul cruscotto e vi rimase perfettamente immobile. Fascetti gli tastò il polso: era del tutto assente. Allora non ebbe alcun dubbio che lo scagnozzo fosse andato a raggiungere i suoi antenati.

L'aria nell'abitacolo era satura dell'odore acre e nauseante di cordite. Fascetti scrutò nel retrovisore, la vista un po' appannata dai lampi degli spari, ma non riuscì a scorgere la figura dell'altro sicario al volante della Mercedes, dalla quale gli giunse in quel momento il tonfo di una portiera che veniva sbattuta. Spostò allora lo sguardo verso lo specchietto esterno: lo Spilungone era sceso dall'auto e vi stava appoggiato come per sorreggersi. Attese quasi un minuto prima di muovere un passo incerto verso la Golf.

Fu allora che Fascetti, grazie al riverbero delle luci di posizione delle due auto, ancora miracolosamente funzionanti, si accorse che il killer impugnava con la mano destra quella che sembrava un'altra Luger, e reggeva nella sinistra una lunga torcia elettrica spenta. Fece altri due passi barcollando e si fermò. Appariva stordito ed era evidente che non fosse uscito del tutto indenne dall'incidente. Accese la torcia con cui esaminò brevemente la parte anteriore della Mercedes come per valutarne il danno, ignorando la Golf.

Il detective presunse che nell'attimo di intontimento procuratogli dall'impatto, l'uomo non avesse udito il rumore degli spari, anche perché attutiti dal silenziatore della Luger e dal chiuso dell'abitacolo. Se così era, non poteva immaginare che il suo compare fosse già passato a miglior vita.

Approfittando della pausa, Fascetti si mosse con rapidità. Scavalcò con qualche difficoltà il cadavere che ingombrava il sedile del passeggero e aperta la portiera di destra, sgusciò fuori dalla vettura restando immobile rannicchiato, quanto più possibile addossato alla ruota anteriore, la Beretta saldamente in pugno. Accostò lo sportello con cautela per non fare rumore, e rifletté sul da farsi. Doveva affrontare il sicario subito, o attendere un momento più propizio?

Alla fine decise di muoversi. Strisciando carponi rasente alle fiancate delle due auto, si portò il più velocemente che poté dietro la Mercedes, acquattandosi poi a ridosso del bagagliaio. A tratti era investito dalle intense folate d'aria generate dalle macchine che sfrecciavano sulla tangenziale. Dopo qualche secondo si sollevò quanto bastò per sbirciare sopra il bordo del cofano.

Intravide, attraverso l'ampio lunotto e il parabrezza della vettura, l'uomo col berretto da baseball che stava chino col capo proteso dentro la Golf, gli avambracci appoggiati sul bordo del finestrino privo di vetro. La torcia accesa illuminava la scena macabra del corpo esanime del suo compare. Si raddrizzò alla fine, e si guardò in girò dirigendo il fascio di luce in profondità verso destra e poi verso sinistra, e quindi in tutte le direzioni.

Lo stava cercando, e Fascetti si abbassò nel timore che potesse vederlo. Rimase immobile per alcuni secondi, quindi si alzò di nuovo non resistendo alla tentazione di osservarlo per studiarne le mosse. Lo vide che, ancora fermo, continuava a frugare con lo sguardo nell'oscurità che lo circondava, con l'ausilio della torcia, il cui potente raggio fendeva l'aria notturna come la lama di una spada.

Sapeva che non sarebbe rimasto lì in eterno, che non avrebbe tardato a muoversi per dargli la caccia. Era molto probabile, pensò, che avrebbe cominciato con l'ispezionare il lato destro delle due auto arrivando al punto dove lui stava accovacciato dietro la Mercedes. Non dovette attendere a lungo. Di lì a qualche secondo, proprio come aveva immaginato, lo scorse che girava con circospezione estrema intorno al muso della Golf, tenendo la torcia puntata davanti a sé.

Non sentì i suoi passi mentre si avvicinava dato che indossava scarpe da ginnastica, e neppure lo vide poiché abbagliato dalla lama di luce della torcia. Giunto nel punto dell'impatto tra le due auto, si fermò interdetto guardandosi di nuovo in giro. Quella mossa lo rese visibile per alcuni secondi. Poi, accostatosi al guardrail, sollevò il braccio e con la torcia descrisse lentamente nell'aria un ampio semicerchio, perlustrando con gli occhi la campagna buia che si estendeva oltre il ciglio della strada. Dopodiché diresse il raggio verso la parte posteriore della Mercedes.

Fascetti decise di rompere gli indugi per cercare di coglierlo di sorpresa, stimando che si trovasse a circa quattro o cinque metri di distanza da lui. Guizzò allo scoperto con le braccia allungate davanti a sé, la mano sinistra che faceva da supporto alla destra che impugnava la Beretta. Il bagliore intenso della torcia che lo investì in pieno, gli procurò un senso di disorientamento. Ciò malgrado, pur non riuscendo a vedere il suo bersaglio poiché nascosto dalla sorgente luminosa, esplose due colpi nella sua direzione, che squarciarono il silenzio della notte. Dall'oscurità venne un gemito di dolore seguito da una bestemmia. Il fascio di luce danzò nell'aria per qualche secondo prima di precipitare al suolo. In quell'istante si udì il rumore metallico della torcia che piombava sull'asfalto. Ora il sicario era distinguibile nell'alone di luce emanato dalle due vetture. Indietreggiò vacillando di alcuni passi, e sembrò sul punto di cadere all'indietro, ma poi riuscì prontamente a riacquistare l'equilibrio. Teneva il braccio sinistro inerte lungo il fianco, come se fosse paralizzato, segno evidente che era stato raggiunto da almeno uno dei due proiettili. Il dolore lancinante lo aveva costretto ad abbandonare la torcia. Aguzzò gli occhi nella penombra per cercare di localizzare la sua preda, ma non vi riuscì perché Fascetti era nel frattempo ritornato ad acquattarsi dietro la Mercedes e studiava le sue mosse attraverso il lunotto.

Il killer si lasciò sfuggire un altro flebile lamento mentre si accostava al braccio ferito la mano destra con cui impugnava la pistola. Il giovane pensò che dovesse fargli un male del diavolo, e che di certo comprometteva seriamente la sua capacità offensiva.

Improvvisamente, come impazzito per lo spasimo intollerabile, l'uomo sollevò l'arma e rilasciò una raffica rabbiosa di colpi mirando alla parte posteriore della Mercedes. Il detective, che lo teneva d'occhio, si lasciò cadere per terra dietro il bagagliaio, restandovi rannicchiato in posizione fetale in attesa che la gragnola passasse. Sentì il crepitio delle pallottole che fecero sobbalzare la vettura, ne crivellarono la carrozzeria e mandarono in frantumi i vetri dei finestrini. Il lunotto si disintegrò in mille pezzi. Si coprì il capo con le mani per proteggersi dalla fitta pioggia di minuscole schegge di vetro. Un proiettile centrò una gomma che si afflosciò con un gemito. Fascetti sapeva che la Luger 9mm. è munita di un caricatore a otto colpi inserito nell'impugnatura. Ora, avendone contati sette durante il fuoco di fila, non ne restava che uno, sempre che, ovviamente, il serbatoio fosse stato del tutto pieno. Per giunta il sicario era ferito.

Era il momento propizio per un'azione di contrattacco col minimo rischio. Nello stesso istante in cui il delinquente smise di sparare, Fascetti balzò di nuovo in piedi, e, fatti due passi di lato per fronteggiarlo, allungò il braccio davanti a sé premendo tre volte il grilletto. Le esplosioni lacerarono l'aria e il malvivente fu scaraventato all'indietro come colpito al petto da un vigoroso pugno, stramazzando poi lungo disteso sull'asfalto. Prima di avvicinarsi a lui, Fascetti stette immobile a scrutarlo per cercare di capire se era morto. Vide che si muoveva ancora; i fori di ingresso delle pallottole risaltavano sulla camicia simili a tre boccioli rossi. Nel punto dove era crollato, il raggio della torcia disegnava sul terreno una lunga striscia luminosa che arrivava a lambirlo. Nella caduta, la Luger gli era volata via di mano atterrando a due passi di distanza dal suo braccio destro teso sull'asfalto.

Fascetti si lanciò sull'arma con due lunghe falcate e la allontanò sferrandole un poderoso calcio. Poi, raccolta la torcia, si inginocchiò accanto al ferito illuminandogli il volto contorto dalla sofferenza. Aveva gli occhi sbarrati, il respiro rapido e affannato. Un filo scuro di sangue gli usciva da un angolo della bocca colandogli giù lungo un lato del mento fino a gocciolargli sul colletto della camicia. Presumibilmente, i tre proiettili che gli aveva piantato in corpo avevano leso profondamente qualche organo vitale. Forse erano penetrati nei polmoni, oppure avevano reciso qualche grossa arteria. "Parla miserabile assassino!" gli urlò. Lo afferrò per il colletto della camicia dopo aver posato la torcia per terra. "Sei tu il capo della banda?" L'uomo non rispose limitandosi a battere le palpebre. Poi fece una smorfia di dolore e mosse appena la testa in segno negativo.

"Allora dimmi il suo nome. Qual è l'indirizzo del posto dove avete portato il giornalista ieri notte? Sto parlando di quella stanza con la telecamera e l'altoparlante che usate per trattare coi vostri clienti."

Di nuovo l'altro non rispose ma emise un breve rantolo.

"Dovresti essere già morto", gli sibilò premendogli con forza la canna della Beretta contro i denti senza preoccuparsi di rovinargliene lo smalto. "Invece potresti cavartela se ti porto subito a un Pronto Soccorso. Svuota il sacco, e io ti aiuterò. Altrimenti...", accrebbe la pressione della pistola, "...il terreno qui attorno sarà cosparso della tua materia cerebrale." Gli tolse l'arma dalla bocca per consentirgli di parlare. Ma l'uomo prese a tossire convulsamente sputandosi sangue sulla camicia che ne era già vistosamente imbrattata. Poi, con quello che parve uno sforzo supremo, mosse le labbra dalle quali la voce uscì con una sorta di gorgoglio. Riuscì a formare alcune parole inintelligibili in quanto storpiate dall'agonia.

"Ripeti, non riesco ad afferrare." Il detective si chinò ancora di più su di lui fino a sfiorargli le labbra con l'orecchio. L'uomo rinnovò l'impegno immane per rendere comprensibili le parole che voleva articolare.

"Ora ho capito... via della Forze Armate... Ma per chi lavori? Dimmelo subito. Come si chiama il grande capo?"

Il gangster gli rivolse uno sguardo a un tempo vacuo e ottuso, tipico di chi sta per rendere l'anima a Dio. La mascella gli si era allentata facendo sì che la bocca restasse semiaperta. Il rivoletto di sangue che gli colava lungo il mento, emanava un debole luccichio. Ebbe un brusco fremito che gli attraversò tutto il corpo, seguito da un singulto breve che gli scosse la gola. Gli occhi rotearono verso l'alto nelle orbite.

Quindi rimase perfettamente immobile. Quel barlume di energia vitale che gli aveva consentito di muoversi e pronunciare le ultime parole, si era spento del tutto.

Lo Spilungone era andato a fare compagnia al suo compare nell'aldilà.

44

Fascetti accostò al marciapiede e si fermò a breve distanza dalla fermata di un autobus. Alla sua destra si stendeva un vasto piazzale con al centro una stazione di servizio ESSO affiancata da un autolavaggio automatico, chiusi entrambi per via dell'ora tarda. Vi si accedeva imboccando uno svincolo sulla strada principale.

Si trovava in via delle Forze Armate, un'arteria lunghissima e lastricata in pietra, molto trafficata di giorno, che attraversa una vasta zona annoverata tra le meno esclusive della città. Spense il motore e guardò l'orologio: erano da poco passate le undici. Azionò l'accendino elettrico in dotazione alla vettura, e si accese una sigaretta. Trasse una intensa boccata esalando voluttuosamente una grossa nuvola di fumo fuori dal finestrino, mentre volgeva gli occhi a una piccola costruzione grigiastra di due piani che sorgeva sull'altro lato della strada. Aveva un'aria molto dimessa per via della facciata fatiscente, ed era parte integrante di un isolato che comprendeva altri edifici di maggiori dimensioni. L'intero complesso era prospiciente uno vasto spiazzo adibito a parcheggio.

Erano ancora visibili numerose finestre illuminate nei dintorni, mentre erano tutte spente quelle della palazzina su cui il giovane teneva posato lo sguardo.

Avvolta com'era dall'oscurità, dava la netta impressione di essere disabitata. Faceva angolo con una stradina laterale buia della quale, dal punto in cui la Golf sostava, era impossibile distinguere il nome. Il vecchio portone d'ingresso di legno massiccio, con una finestra su ciascun lato, era situato tra una drogheria, ora chiusa, e un piccolo bar con l'insegna al neon ancora accesa, dal cui interno emergevano alla spicciolata gli ultimi avventori della giornata.

Era quello l'indirizzo che il sicario in punto di morte gli aveva sussurrato in uno sforzo estremo.

Fascetti aveva dapprima pensato di rinviare il sopralluogo all'indomani mattina. Sapeva che, in una simile operazione, era suo dovere coinvolgere il commissario Lopez. Ma poi non aveva resistito alla tentazione di darvi un'occhiata quella sera stessa. Pensò che, purtroppo, la morte aveva ghermito il malvivente proprio nel momento in cui sembrava essersi deciso a rivelargli anche il nome del capobanda.

Prima di allontanarsi dal luogo dell'incidente – da lui stesso provocato e grazie al quale aveva avuto salva la vita – si era impegnato in alcune rapide operazioni. Aveva anzitutto perquisito i due cadaveri e rinvenuto i loro portafogli che contenevano ciascuno soltanto alcune decine di migliaia di lire. Non c'erano carte di credito. Unici documenti di identificazione, le patenti di guida a cui aveva dato una breve occhiata. L'uomo che gli aveva sputato addosso era un tale di origine calabrese: un certo Pietro Lucchetta, nato a Cosenza cinquantotto anni prima. Nella tasca posteriore dei calzoni portava un coltello a serramanico dall'impugnatura di madreperla, la cui lama, affilata come un rasoio, misurava non meno di quindici centimetri. L'altro si chiamava Antonio Buccellato, di cinquantacinque anni, originario di Brescia ma residente a Milano. Erano nomi che gli non dicevano nulla, ma che di certo erano noti alla banca dati della polizia. Difficile immaginare che i due fossero incensurati e che non avessero conti in sospeso con la Giustizia.

Nel vano portaoggetti del cruscotto della Mercedes c'era il libretto di circolazione della vettura. Nello sfogliarlo frettolosamente, aveva accertato che era intestata allo stesso Buccellato. Aveva quindi raccattato le due Luger custodendole nella Golf.

Ma ciò che gli aveva destato un certo interesse, era stato un grosso mazzo di chiavi in una delle tasche dei jeans indossati dallo Spilungone. Ne aveva contate in tutto una decina, tenute insieme da un anello metallico. Erano del genere piccolo e piatto, molto comune, usato per le serrature con meccanismo a cilindro, di tipo Yale. Le aveva esaminate perplesso per qualche minuto, ed era stato sul punto di riporle, ma poi, intuendo che potevano servirgli le aveva intascate. Aveva pure preso il coltello a serramanico. A fatica aveva scaricato dalla Golf il cadavere del Lucchetta adagiandolo sull'asfalto. Servendosi della torcia, aveva quindi esaminato attentamente il danno subito dalla propria auto nel tamponamento. Aveva provato una stretta al cuore nel constatarne l'entità. La parte posteriore necessitava di consistenti lavori di carrozzeria. Il cofano del portabagagli era stato sfondato dal violento impatto, e semidivelto dalla sua guida al punto da restare parzialmente aperto. Il paraurti era contorto in modo tale da non poter essere recuperato. Si profilava un conto molto salato per la riparazione, per non parlare del costo per rimuovere le cospicue macchie di sangue di cui erano cosparsi il sedile e la moquette sul lato del passeggero.

Aveva pensato bene di dare un'occhiata anche nel bagagliaio della Mercedes. Facendo scorrere il raggio della torcia dentro l'ampio vano, aveva visto sparsi sulla moquette attrezzi di vario genere tra cui un cric, una chiave inglese e alcuni cacciaviti. C'erano due scatoloni aperti contenenti bottiglie di vino, vecchi stracci intrisi di grasso, un borsone da sport di tela vuoto dell'ADIDAS. Ma ciò che lo aveva reso perplesso era stata la scoperta di due taniche di benzina piene, da dieci litri ciascuna. Si era chiesto che cosa mai ci facessero lì. Era subito riuscito a immaginare l'uso che i due sicari intendevano farne, quando gli erano tornate in mente le parole che il Lucchetta aveva pronunciato durante il tragitto verso la tangenziale: "...per te abbiamo elaborato un programma un tantino più sofisticato." Aveva avvertito un forte senso di nausea.

Malgrado tutto la Golf era perfettamente funzionante, visto che il motore si era acceso al primo giro di chiave. Era quindi ripartito lungo la tangenziale procedendo fino al punto in cui aveva attraversato uno degli appositi varchi nel guardrail, per passare sull'altra carreggiata e ritornare a Milano.

Raggiunto il suo studio in via Fatebenefratelli, aveva telefonato subito al commissario Lopez per avvisarlo dell'accaduto, ma gli era stato riferito che era fuori per servizio. Riservandosi di richiamarlo, aveva allora composto il 113 per segnalare all'agente di turno al centralino, la presenza della Mercedes coi due cadaveri, sulla tangenziale per la Milano-Brescia. Si era quindi rifocillato con un caffè e una brioche, e cambiato d'abito nell'accorgersi della presenza sulla giacca e sulla camicia di alcune macchie di sangue. Aveva ricaricato la Beretta ed era uscito, ma non senza fermarsi prima alcuni secondi davanti all'acquario tropicale per dare una occhiata a suoi pesciolini.

Gettò il mozzicone della sigaretta fuori dal finestrino, dopo avervi dato un'ultima boccata ed espirato una grossa nuvola di fumo azzurrino che osservò disperdersi nell'aria notturna sotto la debole luce di un lampione. Poi aprì la portiera e scese dalla macchina con in mano la torcia che si era portato dietro dal luogo dell'incidente, e la pistola. Indugiò per infilarsi la Beretta sotto la cintura all'altezza dell'addome invece che dietro la schiena. Pensò che fosse conveniente averla più a portata di mano nel posto dove si stava recando. Attraversò la strada deserta e il parcheggio zeppo di automobili. Sparpagliati qua e là tra le vetture, alcuni carrelli da spesa abbandonati, di certo provenienti da qualche supermarket dei dintorni. Si fermò davanti al portone dello stabile. Aveva un aspetto del tutto anonimo: non una targa o un citofono con i nomi di eventuali inquilini, non un pulsante del campanello. Si guardò intorno ma non vide anima viva. Poi, concentrò la sua attenzione sulla serratura. Era a cilindro come aveva immaginato, un genere molto comune per il quale si utilizzano chiavi del tipo di quelle che aveva sottratto al cadavere dello Spilungone.

Stava per tirare fuori il mazzo da una tasca dei pantaloni, quando fu interrotto da due tizi che uscirono dal bar accanto. Lo guardarono incuriositi mentre si portavano sul bordo del marciapiede chiacchierando a voce alta in dialetto milanese, il linguaggio un po' strascicato tipico di chi ha alzato il gomito. A tratti la conversazione era intercalata da qualche bestemmia. Uno di loro si voltò a studiarlo, la espressione sospettosa. Fascetti si accese un'altra sigaretta al solo scopo di darsi un'aria rilassata e tranquilla. Guardò l'orologio come se aspettasse qualcuno. Trascorse quasi un minuto prima che i due si avviassero con andatura un po' barcollante, dileguandosi dietro un angolo.

Accertatosi nuovamente che non arrivasse nessuno, trasse di tasca il mazzo di chiavi. Impiegò non più di un minuto per provarle una dopo l'altra nella serratura del portone, costatando che purtroppo nessuna di esse girava nella toppa.

"Maledizione!" mormorò.

Sentì la frustrazione crescergli dentro. Raggiunse l'angolo e si fermò. Frugò con gli occhi dentro la stradina laterale buia, che fiancheggiava il lato destro dello stabile. Ciò che vide lo spinse a inoltrarvisi per un breve tratto. C'era una pesante saracinesca di ferro abbassata, su cui campeggiava il segnale del passo carrabile. Pensò che di certo era un garage a uso degli occupanti il palazzetto. Poco più in là notò un portoncino modesto, di ferro, verniciato in nero, munito di una serratura dello stesso genere di quella del portone principale. Si sarebbe detto un ingresso di servizio.

Vi si avvicinò e riprese ad armeggiare con le chiavi del mazzo. La frustrazione si trasformò in eccitazione. Un flusso di adrenalina pura gli entrò in circolo. Dopo cinque tentativi andati a vuoto, finalmente una delle chiavi scivolò nella serratura. La porta si aprì girando sui cardini con un lieve cigolio, dopo quattro mandate. Un particolare, questo, che indicava l'elevata probabilità che la casa fosse deserta.

Fascetti entrò e si ritrovò immerso in una oscurità nera come l'inchiostro, avvolto da un caldo soffocante. Mosse qualche passo a tentoni, e poi rimase immobile per qualche minuto tendendo le orecchie fino allo spasimo per captare eventuali rumori che denunciassero la presenza di gente. Niente: il silenzio era profondo. Allora accese la torcia e spaziò tutto intorno con il raggio di luce.

Vide che si trovava in una sorta di piccolo disimpegno, o ingresso che dir si voglia, dal quale si accedeva a due locali: uno a destra e l'altro a sinistra. Ispezionò prima quello di destra. Si trattava di un ambiente molto ampio adibito a palestra. Sparsi sul pavimento, alcuni manubri e bilancieri per il sollevamento pesi. Non mancavano due cyclette e un tapis roulant. Affissa alla parete dall'altra parte della stanza, vide una spalliera di legno per la ginnastica. Era evidente la propensione allo sport degli inquilini dello stabile.

La porta a sinistra immetteva in uno vastissimo locale vuoto, chiuso verso l'esterno da quella saracinesca che aveva visto nella stradina. Che fosse un garage lo confermavano l'odore di grasso che gravava nell'aria, e le numerose chiazze scure disseminate sul pavimento, formatesi per le perdite di olio dai motori delle auto. Fascetti stimò che poteva alloggiarne comodamente tre di grossa cilindrata.

Appese a supporti fissati alla parete, c'erano due vecchie biciclette che, a giudicare dal loro pessimo stato di manutenzione e dagli pneumatici completamente sgonfi, dovevano essere cadute in disuso da qualche decennio. Lì vicino, addossato alla parete, c'era un bancone di legno da lavoro sovrastato da una scaffalatura che conteneva vari attrezzi per la piccola manutenzione delle vetture. In un angolo per terra, notò un cric e il mozzo di una grossa ruota che recava in rilievo una stella a tre punte: il prestigioso e inconfondibile logo della Mercedes. Era la conferma che si trovava nel posto giusto. In quel garage avrebbe dovuto esserci la grossa berlina, piuttosto che sulla tangenziale insieme ai cadaveri dei due sicari.

Due grossi estintori erano appesi al muro su ciascun lato di una porta in fondo al locale, che dava accesso a un lungo corridoio. Dopo averlo percorso fino in fondo il detective si ritrovò davanti a un'altra porta che si apriva sull'atrio, sul davanti dell'edificio. L'ambiente era in penombra grazie al tenue chiarore dei lampioni stradali, che vi si riversava attraverso le due

Il Crollo

finestre con gli avvolgibili sollevati. Una scala conduceva ai due piani superiori. Per evitare il benché minimo rumore, Fascetti si tolse le scarpe e le depose per terra vicino il muro. Stava per accingersi a salire le scale quando dall'esterno gli giunse il tonfo di una portiera d'auto che veniva sbattuta. Gli sembrò che provenisse dal parcheggio antistante il portone principale. Spinto più dalla curiosità che altro, si accostò a una finestra e guardò fuori attraverso il vetro opacizzato dal sudiciume. Come in una nebbia, vide a una ventina di metri di distanza sulla destra, la figura confusa di un uomo che gli volgeva le spalle mentre chiudeva lo sportello di una Fiat Tipo. Quando si girò sembrò dirigersi deciso alla volta del palazzetto.

Stava arrivando qualcuno? Spense la torcia e ritornò di corsa nel corridoio restando immobile dietro alla porta, appiattito contro il muro, la Beretta spianata. Poi, sporse appena il capo dallo stipite puntando gli occhi sulle finestre e sul portone. Il cuore accelerò i battiti. Si aspettò di sentire la chiave che girava nella toppa, quindi lo scatto della serratura. Ma non accadde. Vide, invece, un'ombra fugace passare davanti alle finestre.

Trasse un sospiro di sollievo e infilò la pistola sotto la cintura. Attese ancora un minuto per assicurarsi che non vi fossero altri rumori o movimenti sospetti. Il silenzio era totale al punto che si sarebbe sentito uno spillo cadere sul pavimento. Allora riaccese la torcia e salì le scale fino al primo piano.

Si trovò di fronte alla porta chiusa di un appartamento, l'unico su quel livello. Si mise di nuovo a trafficare con il mazzo di chiavi finché non riuscì a individuare quella giusta. Si ritrovò in un alloggio dalla metratura notevole che doveva occupare l'intero piano. Dal vasto ingresso si dipartivano, in opposte direzioni, due lunghi corridoi su cui si affacciavano numerosi locali. Cominciò a ispezionarli uno dopo l'altro.

Trovò subito quello che cercava.

Gli bastò lanciare un breve sguardo in giro nella seconda stanza in cui entrò, per avere conferma che, al di là di ogni dubbio, quello fosse il luogo dove Alessi aveva trascorso un paio di ore la notte precedente, prigioniero della banda. Osservò lo scarno arredamento che il giornalista aveva descritto alla moglie: un tavolo e due sedie, delle quali una era ora rovesciata sul

pavimento. Vide l'interfono incastonato nella parete e la telecamera montata in alto sulla parete, sotto il soffitto.
Fece una rapida ricognizione delle altre stanze. Erano tutte
vuote, sudice e impolverate, spoglie di qualsiasi arredo. Avevano le finestre chiuse con le tapparelle sollevate. I vetri, osservati
nel debole controluce, apparivano incrostati di sporcizia. Alcune porte sfondate pendevano sbilenche dai cardini. Lo stato di
incuria e abbandono totale trasmetteva un senso di squallore e
desolazione. Ritornò sul pianerottolo, e alzò lo sguardo verso la
scala che portava al piano superiore, pensando che doveva dare
una occhiata anche a quello.
Clic.
Quel lievissimo rumore metallico che sentì, doveva provenire dal pianterreno, ma non seppe stabilirne, lì per lì, la natura. Si
irrigidì ascoltando con la massima attenzione, quasi trattenendo
il respiro, mentre il cuore riprendeva a battere veloce.
Nulla, non si ripeté.
Pensò che la stanchezza fisica che cominciava a farsi sentire
al termine di una giornata in cui, con un'azione rocambolesca
era riuscito per un pelo a sfuggire alla morte, si stava ripercuo-
tendo anche sulla sua mente. Ciò che gli era parso di udire doveva essere stato niente altro che frutto della sua immaginazione.
Salì le due rampe di scale che portavano al secondo piano.
L'appartamento in cui si introdusse servendosi di un'altra
delle chiavi del mazzo, aveva una composizione del tutto identica a quello del piano disotto, con la differenza di un migliore
stato di manutenzione. Ma non solo: era parzialmente ammobiliato, seppure in modo spartano. Imboccando uno dei due corridoi, il primo locale a sinistra era un salotto di ridotta superficie
in cui aleggiava l'odore del fumo stantio di sigarette. Conteneva
un divano di grezza stoffa scura affiancato da due poltroncine, e
un tavolinetto su cui erano appoggiati un grosso posacenere di
bronzo traboccante di cicche, e alcuni quotidiani e riviste. A ridosso di una parete era disposto un mobiletto con sopra un piccolo televisore SONY a colori.
Seguiva il bagno stretto e lungo, maleodorante, la cui aerazione era assicurata da una finestrella in alto sulla parete
all'estremità opposta alla porta. Più oltre c'era la cucina e la

Il Crollo

esaminò. L'intera parete di destra era occupata da elettrodomestici e piano di lavoro. Sopra e sotto, pensili e mobiletti di legno. Al centro, il lavello di acciaio traboccante di stoviglie
sporche che mandavano un cattivo odore di rancido. Anche la
pattumiera colma di rifiuti esalava zaffate nauseabonde. Proseguendo lungo il corridoio vide tre camere da letto arredate ciascuna con un letto singolo, un comodino e un armadietto a muro. Erano in disordine, i letti disfatti come se qualcuno vi avesse
dormito di recente.

Più avanti, in una rientranza della parete, era incastrato un
guardaroba di almeno tre metri, che, sporgendo, rubava un po'
di spazio del corridoio. Era pieno zeppo di abiti maschili di vario genere appesi a grucce di filo di ferro: varie paia di calzoni e
jeans, giacche, camicie, alcuni giubbotti di pelle. Un guazzabuglio di biancheria intima sporca giaceva alla rinfusa sul fondo
del mobile, in mezzo a una mezza dozzina di scarpe. Sul ripiano
alto c'erano tre racchette da tennis, e un pallone da basket sgon-
fio, nonché uno strano oggetto di cuoio scuro raggrinzito che un
tempo doveva essere stato un pallone da football.

Fascetti ricavò l'impressione di un alloggio abitato stabilmente da tre uomini, e della cui pulizia nessuno si occupava da
qualche tempo.

Era quello il covo della banda, che Alessi aveva cercato invano di localizzare? Molto probabile.

Di sicuro era una sorta di base logistica di cui l'Anonima si
serviva per trattare – restando invisibile – coi mandanti degli
omicidi che era incaricata di compiere. Dato l'uso come dimora
abituale che ne facevano alcuni membri, era provvista delle
comodità indispensabili per le loro esigenze. Che il posto fosse
ora deserto, era forse da attribuirsi all'assenza dei due sgherri
che lui aveva fatto fuori sulla tangenziale. Ma non poteva
escludere l'esistenza di almeno un altro inquilino. Procedendo
lungo il corridoio, trovò un ampio ripostiglio odorante di chiuso e di muffa, dalle pareti interamente ricoperte da scaffalature
metalliche alte fino al soffitto, sui cui ripiani era accatastato
ciarpame eterogeneo: scatoloni sigillati con nastro adesivo, bottiglie di vino e vasetti di conserve impolverati, pile di vecchi libri e giornali. C'erano un aspirapolvere, una scaletta di allumi-
nio, e un grosso secchio di plastica contenente uno spazzolone

per lavare i pavimenti, spugne e pelli di daino: il necessario per le pulizie.

Proseguì lungo il corridoio passando davanti a tre locali vuoti. Il quarto era arredato e vi entrò.

Sembrava uno studio dalla superficie molto ampia, e Fascetti lo esaminò passandovi il raggio della torcia. Al centro incombeva una grande scrivania di massiccio legno scuro dietro cui era collocata una larga poltrona di vinilpelle chiara, dall'alto schienale. Sul ripiano della scrivania c'era il telefono, un bloc notes, un blocco di carta protocollo, un portapenne di cuoio zeppo di biro e matite. Sulla estrema destra c'era un monitor con accesa la luce rossa di standby. Doveva essere collegato alla telecamera della stanza al piano disotto adibita a sala di attesa per i mandanti degli omicidi, che poco prima aveva ispezionato. Ne ebbe conferma quando, premuto il tasto di accensione in alto a destra sull'apparecchio, sullo schermo comparve con un guizzo l'immagine dell'intera area del locale, nella luce vivida della lampadina che si accendeva automaticamente all'avvio di ogni ripresa.

Nella parete di fronte alla scrivania vide incassato il pannello dell'impianto interfono, attraverso cui il sicario di turno comunicava coi clienti nella sala di attesa. Spense il monitor e si voltò puntando la torcia verso la zona dietro alla scrivania. Vide uno scaffale di legno scuro di medie dimensioni composto da quattro mensole. Quella inferiore era occupata da una specie di scatola metallica a forma di parallelepipedo su cui erano incastonati quadranti con indicatori, piccole lampadine spente e una fila di pulsanti. Si sarebbe detta un'apparecchiatura elettronica di qualche genere, ma da quel pessimo conoscitore che era della materia, non avrebbe saputo dirlo con certezza.

Sopra la mensola superiore era posato un televisore SONY da quattordici pollici con incorporato un videoregistratore VHS. Doveva servire per visionare le cassette registrate delle riprese, pensò. Sopra un altro ripiano, c'era una nutrita scorta di videocassette vergini avvolte nel loro involucro di cellophane, ordinatamente allineate. Ma non ne vide neppure una registrata. Frugò nella scrivania senza successo. Dato il loro contenuto altamente esplosivo, era ragionevole ritenere che fossero custodite al sicuro da qualche altra parte. Trovò invece qualcosa di interessante nel cassetto di destra del mobile, il più profondo di tutti. C'erano tre pistole: una Luger 9 mm, identica a quelle dei due defunti sicari, una Glock nuova di zecca completa di foglio delle specifiche tecniche, e una grossa rivoltella argentata modello derringer a canna corta, contenuta in una custodia di cuoio scuro. Tutte e tre erano cariche, e c'era una buona scorta di munizioni nella parte posteriore del cassetto. Un piccolo arsenale.

L'ordine e la pulizia che regnavano in quello studio sembravano in netto contrasto con il disordine e la sporcizia del resto del piano. Prima di uscire dalla stanza, Fascetti vi lanciò un'ultima occhiata come per imprimersene nella mente ogni dettaglio. Di sicuro, pensò, era quella la postazione da dove il demiurgo dell'Anonima, o qualcun altro in sua vece, dirigeva le operazioni. L'intero edificio era una miniera di tracce e di indizi. La polizia lo avrebbe passato al setaccio forse già a partire dall'indomani, e molto sarebbe saltato fuori dai rilevamenti della Scientifica, soprattutto in termini di impronte digitali che dovevano trovarsi a bizzeffe sparse dappertutto. Raffrontate a quelle nel database dei pregiudicati potevano dar luogo a importanti riscontri, consentendo perfino di risalire al capo dell'organizzazione. Fascetti pensò che la sua scoperta di quella sera, poteva imprimere all'indagine una svolta decisiva culminando con l'arresto dell'intera banda. Sarebbe stata la realizzazione di quel progetto per il quale Alessi aveva perso la vita. Al successo, pensò con tristezza, il povero giovane non avrebbe potuto partecipare.

Si avviò lungo il corridoio immerso in un'intensa penombra. Stava per uscire dall'appartamento quando a un tratto si arrestò di colpo sulla soglia trattenendo il respiro. Aveva udito un leggero rumore del tutto diverso dal precedente, ma più distinto. Aguzzò le orecchie e decise che doveva provenire dalle scale e che questa volta non poteva essere il prodotto della sua immaginazione. Si concentrò per cercare di stabilirne la natura.

Un fruscio di passi?

Spense la torcia e indietreggiò nel corridoio restando poi immobile appiattito contro il muro. Impugnò la Beretta mentre rifletteva intensamente, lo sguardo rivolto all'ingresso dell'appartamento. Ripensò all'altro rumore che aveva udito poco prima sul primo pianerottolo, sforzandosi di immaginarne la causa. Era suonato come lo scatto metallico della serratura di una porta che si era chiusa. Giungeva forse da quella porticina di servizio attraverso cui era sgattaiolato nel palazzetto? Non poteva escluderlo.

Se così era, allora qualcuno era entrato nello stabile dopo di lui.

Si trattava forse dell'uomo la cui ombra confusa aveva visto, appena di sfuggita, passare poco prima davanti alle finestre dell'atrio? Possibile. Improvvisamente, si rese conto di non aver preso una importante precauzione una volta entrato nell'edificio. Non si era preoccupato di richiudere dietro di sé la porta bloccandola dall'interno con le quattro mandate. Pertanto, se il terzo sicario era arrivato dopo di lui, poteva essersi insospettito per la possibile presenza di un intruso in giro per la casa. Né avrebbe potuto pensare, data l'assenza della Mercedes nel garage, che fossero rientrati i suoi colleghi dalla spedizione omicida.

Se la sua congettura era fondata, allora era elevata la probabilità di un altro killer che in quel momento lo stava cercando per fargli la pelle.

Attese immobile per qualche minuto, tendendo le orecchie fino allo spasimo: il fruscio era cessato. Rasentando il muro, ritornò sulla soglia dell'appartamento e si sporse appena dallo stipite della porta per guardare sul pianerottolo semibuio.

Non vide nessuno e il silenzio era tombale.

Col cuore che gli batteva all'impazzata, avanzò lentamente fino alla balaustra di ferro battuto e si fermò, la pistola puntata davanti a sé. Abbassò lo sguardo verso le due rampe che conducevano al primo piano, e scrutò giù nella tromba delle scale, di cui riuscì a stento a scorgere il fondo.

Non vide anima viva, né udì altri rumori che potesse considerare come indizi di qualche presenza.

Stava per girarsi per ritornare sui suoi passi, quando percepì un movimento improvviso dietro di sé. Prima che avesse il tempo di voltarsi sentì qualcuno che, emerso silenziosamente dall'ombra alle sue spalle, gli serrò con forza un avambraccio intorno al collo.

45

Fascetti ebbe un forte sussulto e cercò di divincolarsi, ma la stretta era una morsa d'acciaio in grado di uccidere. La pressione esercitata sulla gola dall'avambraccio dell'aggressore, lo costrinse a inarcare la schiena. L'uomo gli diede uno strattone per farlo indietreggiare, con una forza tale da quasi mozzargli il fiato. Gli afferrò il polso destro, e glielo torse dietro la schiena costringendolo ad aprire la mano lasciando cadere la Beretta. Poi, camminando a ritroso, lo trascinò vicino a una parete e, fattolo girare sui tacchi, ve lo spinse contro con una violenza inaudita. Quindi abbandonò la stretta intorno al collo, ma nel contempo lo afferrò per i capelli sbattendogli ripetutamente la faccia contro il muro. Uno zampillio di scintille gli esplose davanti agli occhi. Sentì sulle labbra il sapore amaro e metallico del sangue che gli colava dalle narici. Si rese conto che il suo assalitore era dotato di una forza fisica eccezionale. Doveva essere addestrato a quel genere di aggressioni vista la grande efficienza con cui si muoveva: una perfetta macchina da combattimento, e per uccidere. Una specie di Rambo. Fascetti sapeva che un uomo della sua stazza, benché in ottima forma, non poteva sperare di avere la meglio.

"Maledetto figlio di puttana", l'uomo gli sussurrò alitandogli sull'orecchio il fiato caldo e umido. "Cosicché l'hai fatta franca coi miei amici, eh? Sei stato in gamba, devo ammetterlo. Ma come cazzo hai fatto? Parla stronzo!"

Se avesse saputo, Fascetti pensò, che i suoi due compari si trovavano morti stecchiti sulla tangenziale, e che era stato lui a mandarli al Creatore, non ci avrebbe pensato due volte a ucciderlo su due piedi.

"Non so di cosa stia parlando."

"Ah no eh? E allora dimmi… da chi ha avuto questo indirizzo?

Il detective non rispose. Ebbe la sensazione che l'energumeno fosse sensibilmente più alto di lui per il fatto che, continuando a tenergli il braccio bloccato dietro la schiena, piegò la gamba destra e la sollevò arrivando agevolmente a piantargli il ginocchio nell'osso sacro, su cui cominciò a esercitare una fortissima pressione. Una fitta di dolore gli percorse tutta la schiena e fu come se l'aria gli fosse espulsa dai polmoni. Non riuscì a soffocare un gemito di dolore.

"Questo è soltanto l'inizio, amico", il tizio continuò. "Tra poco verrà il bello se non mi dici come sono andate le cose." Tacque per qualche secondo. "Allora... cosa ne è stato dei miei amici? Non sarà per caso che sono caduti in un tranello della polizia e hanno cantato? Non riuscirei a crederlo... Ma se così fosse... come mai sei qui da solo? Perché gli sbirri non si fanno vivi?"

Di nuovo Fascetti non fiatò.

Il sicario gli scostò la faccia dalla parete e nuovamente ve la sbatté contro. Rivide le scintille, che ora sembrarono fondersi tra di loro a formare una specie di cascata multicolore, simile a fuochi d'artificio.

L'uomo ripeté l'operazione ma con la variante che gli tenne il muso schiacciato sull'intonaco ruvido, sfregandovelo al tempo stesso.

Ora non riusciva a vedere niente, non poteva muoversi e non poteva neppure respirare. Le tempie gli pulsavano forte. Il cuore sembrava impazzito.

Chiuse gli occhi e si concentrò per riuscire a girare la bocca di lato. Prese un primo rapido respiro. Poi un altro. Un altro ancora. Le funzioni respiratorie ripresero, se pure con grande difficoltà. Il volto, la mandibola e il naso gli facevano male. Il sicario gli teneva la testa girata premendogli l'occhio destro contro il muro. Anche quello cominciava a dolergli.

Ora il respiro dell'assalitore si era fatto rapido e pesante come quello di un animale. "Allora vuoi deciderti a parlare, sì o no?" Così dicendo, raddrizzò per un attimo il ginocchio che gli teneva premuto contro la schiena, e gli sferrò un forte calcio alla caviglia con la punta appuntita di una scarpa. Sentì un dolore lancinante.

Il caldo che avvertiva era insopportabile, accentuato dall'altro che gli stava appiccicato addosso. Grondavano entrambi sudore per tutto il corpo.

Fascetti passò rapidamente in rassegna le sue possibilità: non ne aveva neppure una. A un tratto, mentre teneva il braccio sinistro abbandonato lungo il fianco percepì con la mano che ancora reggeva la torcia – attraverso la stoffa dei pantaloni, in corrispondenza della tasca – la forma oblunga di un oggetto consistente.

Il coltello a serramanico!

Se n'era del tutto scordato dal momento in cui l'aveva sottratto al cadavere del Lucchetta. Pensò che se riusciva a estrarlo, poteva rappresentare la sua unica ancora di salvezza. Lasciò cadere la torcia e la sentì rotolare via sul pavimento con un rumore metallico.

Tentò di muovere la mano sinistra, ora libera, cercando con gran cautela di infilarla nella tasca dei calzoni. Vi riuscì.

"Visto che non vuoi dirmi cosa ne è stato dei miei amici", l'altro riprese, "ora ti lego come un salame e ti rinchiudo da qualche parte senza acqua né cibo fino a quando non ti si scioglierà la lingua."

Ora la mano stringeva il coltello nella tasca. Con lentezza estrema lo estrasse. Se il suo aggressore avesse allentato un po' la presa concedendogli un minimo di spazio di manovra, sarebbe stato pronto ad agire. Era disperato e contava solo in una sua mossa falsa.

Gli pareva di essere in quella posizione da un'eternità. Ormai aveva la faccia ridotta a una rossa maschera di sangue. Il dolore procuratogli dalla forte pressione esercitata sulla schiena dal ginocchio dell'energumeno, si era trasmesso alle vertebre del collo, che sembravano doversi spezzare da un momento all'altro. Respirava a gran fatica con la bocca semiaperta. Sentiva che le forze cominciavano a venirgli meno. Prima che l'altro prendesse qualche iniziativa, doveva cercare di usare al meglio quel coltello che stringeva nella mano sinistra.

Premette sull'impugnatura il pulsante che lo armava.

Il rumore dello scatto, prodotto dalla lama che usciva dalla sua sede, fece trasalire il malvivente. Istintivamente, come allarmato da quel suono che dovette suonargli familiare, ma che non riuscì a capire da dove provenisse, allentò la presa e poi la mollò del tutto, sia sulla testa che sul braccio del giovane, mentre raddrizzava la gamba ponendo così termine alla dolorosa pressione del ginocchio sulla schiena. Nello stesso istante, Fascetti sentì il corpo sudaticcio dell'uomo scollarsi dal suo e fare un passo indietro.

Era la mossa che attendeva.

Si voltò di scatto, e con un gesto fulmineo gli sferrò una coltellata alla zona dell'inguine, vibrando dal basso verso l'alto. La lunga lama affilata come un rasoio affondò nello scroto come in un panetto di burro. Il malavitoso lanciò un urlo di dolore e insieme di rabbia, che lacerò il profondo silenzio in cui la casa era immersa. Arretrò vacillando di alcuni passi, subito raggiunto dal detective che vibrò di nuovo il coltello in due colpi all'addome, in rapida successione.

Ora il sicario gemeva come una belva ferita a morte. Nella intensa semioscurità del pianerottolo, era nient'altro che una silhoutte scura dai contorni labili, un'ombra in controluce. Per il timore che Fascetti infierisse di nuovo su di lui, riprese a indietreggiare con maggiore velocità, barcollando e comprimendosi l'addome con le mani nel vano tentativo di arginare l'emorragia.

L'impeto con cui, camminando a ritroso, sbatté con le natiche contro il bordo di ferro della ringhiera – troppo bassa per la sua altezza –, gli fece perdere l'equilibrio sbilanciandolo all'indietro. Sembrò restare un attimo in bilico roteando a mulinello le braccia spalancate. Poi, sotto lo sguardo allibito di Fascetti, volò oltre la balaustra a gambe per aria, precipitando nel vuoto con un urlo agghiacciante. Si sentì il tonfo del corpo che si schiantava sul pavimento dell'atrio.

Fascetti ritornò alla parete e vi si appoggiò con le spalle per sostenersi. Alla forte tensione di cui era stato preda fino a un attimo prima, cominciò a subentrare un senso di profonda spossatezza mista a sollievo. Aveva le gambe deboli e la testa gli girava. Il sangue continuava a colargli dal naso. Un filo di saliva gli fuoriusciva da un angolo della bocca. Il braccio e la schiena gli facevano male. Estrasse un fazzoletto e se lo passò sulla faccia. Poi vi pulì la lama del coltello prima di rimetterselo in tasca.

Mosse due passi in direzione della scala, ma inciampò contro qualcosa. Era la torcia e la raccolse accendendola. Cercò la Beretta e la trovò per terra vicino alla ringhiera. Una lunga scia di sangue si dipartiva dalla parete e attraversava il pianerottolo fino al punto da dove il sicario era precipitato. Lanciò un'occhiata giù nella tromba della scala e vide sul fondo la confusa sagoma scura del suo corpo. Scese al pianterreno. L'uomo che lo aveva selvaggiamente aggredito, giaceva riverso al centro dell'atrio, le braccia e le gambe divaricate. Una pozza di sangue si allargava lentamente sul pavimento. Era perfettamente immobile. Non c'era alcun dubbio che fosse morto nell'impatto. Gli si avvicinò puntandogli contro la luce della torcia. Gli occhi sbarrati, ma ormai ciechi, erano colmi di sorpresa.

Lo scrutò attentamente e trasalì nell'accorgersi che non gli era del tutto estraneo. Riconobbe quel giovane che aveva notato nel primo pomeriggio fermo davanti alla fermata dell'autobus di viale Monza. Il sospetto che lo stesse spiando, divenne certezza.

Rimase a riflettere per quasi un minuto. Improvvisamente, un'altra certezza gli irruppe nella mente. Fu come se un velo gli si squarciasse di colpo davanti agli occhi, e finalmente cominciò a vederci chiaro.

"No, non è possibile", mormorò stupefatto.

Invece lo era.

Ora ricordava perfettamente anche dove e quando lo aveva visto in precedenza, ed era una scoperta tanto sbalorditiva che quasi si rifiutava di crederci.

46

Malgrado fosse andato a dormire all'una passata, Fascetti si svegliò dopo un'ora, e vano fu il tentativo di riaddormentarsi.

Profondamente turbato dagli straordinari avvenimenti della giornata, cominciò a girarsi e rigirarsi a lungo nel letto senza riuscire neppure ad assopirsi. Restava per qualche minuto supino, poi si voltava sul fianco sinistro, quindi su quello destro. Afflitto dal caldo e dall'arsura, si alzò più volte per bere.

Ciò che lo teneva desto era l'incapacità di impedire al suo cervello di rimuginare sulla scoperta incredibile che aveva fatto in quella casa di via delle Forze Armate, e sull'inquietante significato che assumeva. Non si era ancora del tutto ripreso dallo shock che gli aveva procurato.

Dopo aver riconosciuto nel corpo esanime che giaceva sul pavimento dell'atrio, il giovane che lo aveva spiato mentre sedeva nel bar di viale Monza, la sua mente era balzata indietro al giorno in cui Gargiulo lo aveva convocato al Serraglio per conferirgli l'incarico di indagare sulla morte di Morelli. Aveva rivisto vivida la scena che gli si era presentata all'ingresso nel suo studio: in piedi davanti alla scrivania aveva notato un giovane dall'aria ossequiosa e sottomessa, al quale Gargiulo era sembrato impartire istruzioni. Data la sua corporatura robusta e muscolosa, il detective aveva allora immaginato che si trattasse di un buttafuori di cui il locale, al pari di una discoteca, doveva necessariamente servirsi.

Ora sapeva per certo che quello era l'energumeno che lo aveva attaccato brutalmente alle spalle in quella casa covo della banda, costringendolo a difendersi con l'uso del coltello e a ucciderlo.

Gli era ora chiaro che lo aveva pedinato quando era uscito dal Serraglio – dopo il colloquio con Gargiulo –, per raggiungere il bar paninoteca di viale Monza. D'altro canto, non avrebbero potuto farlo gli altri due sicari, dato che intorno a quell'ora si stavano occupando di Alessi.

Evidentemente, erano stati poi avvertiti della sua visita alla vedova del giornalista dal suo assalitore, dato che questi doveva aver continuato a seguirlo senza che lui se ne accorgesse, una volta che, uscito dal bar, si era diretto a piazzale Susa.

L'averlo riconosciuto per quel tale che aveva visto casualmente nello studio del padrone del night, gli dava la certezza della esistenza di un qualche legame di quest'ultimo con quella organizzazione criminale che lui stava cercando di smascherare. Un impegno che, di fatto, aveva ormai ereditato dal povero Alessi.

Ma che potesse trattarsi di una banale relazione era la meno preoccupante delle ipotesi. Più allarmante era la probabilità, elevata, che fosse proprio Gargiulo il capo della gang.

Era verosimile che proprio nel Serraglio si annidasse il cervello della Anonima? Che la gestione del locale, ancorché redditizia, fungesse anche da copertura per una serie di attività illecite e criminose – compresa quella degli omicidi su commissione –, a cui Gargiulo era dedito? In una siffatta evenienza, erano allora da addebitare a lui tutti i delitti: quello di Lugato, di Morelli, di Alessi, e tutte le altre morti sospette, su cui la Polizia stava indagando.

Il Crollo

Alle tre del mattino era ancora in attesa che Morfeo lo prendesse pietosamente tra le braccia consentendogli alcune ore di riposo. Stava per rinunciare alla possibilità di riuscire a dormire quella notte, quando d'un tratto avvertì un leggero ma crescente torpore, mentre le palpebre gli si appesantivano. Il cervello, incapace di sostenere quel rimuginare e farfugliare incessante, abbassò finalmente la saracinesca. Ma il sonno fu leggero, intermittente e popolato da visioni da incubo delle quali, però, non gli restò nel ricordo che qualche lieve traccia.

Si svegliò che erano le otto. Si alzò e si avvicinò alla finestra. Tirò su la tapparella e scostò le tendine di nylon lanciando uno sguardo pensieroso allo stabile dirimpetto, e al traffico ancora rarefatto lungo via Fatebenefratelli. Sentiva qua e là il rumore stridente delle serrande dei bar e dei negozi che venivano sollevate. Un furgoncino verde si fermò davanti a un negozio appena aperto. Ne discese un uomo che cominciò a scaricare grossi pacchi. Spalancò la finestra e sbirciò il tempo. Il cielo era terso e sentì che, ai raggi del sole, l'aria andava rapidamente scaldandosi. Si profilava un'altra giornata maledettamente afosa.

Rimase qualche minuto a osservare, poi entrò nel bagno. Si sentiva ancora fiacco, come se avesse ricevuto una scarica di legnate. Si guardò allo specchio. L'uomo che gli ricambiò lo sguardo era un estraneo. Dagli occhi arrossati traspariva tutta la fatica e la tensione del giorno prima. C'erano grumi di sangue sotto le narici e sulle labbra. Si toccò lievemente con la punta delle dita il viso irritato e graffiato per via di quella sorta di supplizio cui il malvivente lo aveva sottoposto, sbattendoglielo e sfregandoglielo sull'intonaco granelloso della parete. Per un puro miracolo non aveva riportato la frattura del setto nasale. Tutta la faccia gli bruciava intensamente. Aprì il rubinetto e riempì d'acqua fredda le mani a coppa, che si spruzzò sul viso. Se lo asciugò delicatamente, e poi prese dall'armadietto di fianco allo specchio un grosso batuffolo di cotone idrofilo e una bottiglietta di acqua ossigenata, con cui si medicò le ferite nel vano tentativo di rimediare i danni. Radersi in quelle condizioni era fuori discussione.

Si sentiva sporco e sudato, e spogliatosi del tutto si infilò nella cabina della doccia. Rimase a lungo sotto il forte getto d'acqua tiepido, a meditare su come gestire la grave situazione in cui si trovava, e che ora sembrava essere giunta a una svolta.

Sentiva dentro di sé la determinazione ad andare fino in fondo, ma sapeva che per riuscirvi doveva affrontare Gargiulo di petto e subito, costasse quel che costasse. Doveva comportarsi con lui in modo duro e deciso per farlo uscire allo scoperto. Dopodiché, avrebbe fatto di tutto per bloccarlo e assicurarlo alla giustizia.

Rifletté che durante il colloquio del giorno prima, aveva ricevuto da lui soltanto segnali tranquillizzanti. Sembrava aver subìto una metamorfosi l'individuo sprezzante e ostile del primo incontro. Un cambiamento a trecentosessanta gradi, che Fascetti aveva però percepito con una certa diffidenza e inquietudine, chiedendosene la ragione. Ora si rese conto che mentre l'uomo ostentava cordialità e gentilezza, teneva il coltello nascosto dietro la schiena. E' risaputo che certi criminali sono maestri nel dispensare gesti distensivi solo per non allarmare le proprie vittime, per non farle sospettare che invece stanno tramando la loro morte. Così, nel momento in cui i due sicari si stavanp occupando di Alessi, Gargiulo si sforzava di rasserenarlo elogiandolo, e spronandolo a proseguire con l'indagine che gli aveva affidato, mentre aveva già deciso di sopprimerlo.

Uscì dalla doccia un po' rinfrancato, e si vestì in fretta. Fece una rapida colazione a base del solito caffè con brioche, e uscì di casa per recarsi al Serraglio. Rimase per qualche tempo immobile sul marciapiede con aria pensosa. Guardò la Golf che era parcheggiata a una ventina di metri di distanza dall'altra parte della strada, indeciso se raggiungere l'edicola più vicina per acquistare il *Corriere della Sera.* Si risolse di farlo più tardi per non sprecare tempo.

Meditò sul fatto che la notizia dell'assassinio di Alessi doveva essere finita su tutti i notiziari della sera prima, e che di certo anche la stampa del mattino le avrebbe dato ampio spazio. Ma era molto verosimile che, a quell'ora, anche il ritrovamento della Mercedes e dei due cadaveri sulla tangenziale, fosse divenuto di dominio pubblico.

Dalla quella riflessione seguiva che doveva muoversi con estrema cautela nell'affrontare Gargiulo. Di certo aveva già letto i giornali, e, se i due killer erano suoi collaboratori, non stava esultando per la gioia in quel momento. Nel prendere atto con rabbia della loro morte, non aveva dovuto lambiccarsi il cervello per immaginare chi ne fosse stato l'artefice. Magari, stava già riorganizzando le sue truppe per dargli la caccia e fargliela pagare una volta per tutte, avendo cura, però, che questa volta non fossero commessi errori. Se tali erano le sue intenzioni, andandolo a trovare gli facilitava in un certo senso il compito, e forse, nel vederlo arrivare, non avrebbe creduto alla propria fortuna.

Una volta introdottosi nel night, avrebbe rappresentato per lui un problema quel gorilla che presidiava l'ingresso dello studio di Gargiulo stando in piedi accanto al passaggio ad arco, pronto ad accorrere alle chiamate del boss. Gli richiamava vagamente la figura del cane Cerbero, il mostro a tre teste della mitologia greca, posto a guardia degli Inferi.

Impiegò venti minuti per raggiungere piazzale Loreto e parcheggiare la Golf in viale Abruzzi, e altri cinque per arrivare a piedi al Serraglio. Si fermò nell'ingresso del locale per guardare l'ora. Erano quasi le nove e nel bar-ristorante non c'era neppure un cliente. Il barista, seduto dietro il banco era immerso nella lettura di un quotidiano che teneva spiegato davanti a sé, in attesa che arrivassero i primi avventori. Alcuni inservienti erano intenti a spolverare e apparecchiare i tavoli.

Ma non mancava la cassiera dalla bellezza mozzafiato, seduta dietro al registratore di cassa, apparentemente impegnata in operazioni contabili in preparazione della giornata lavorativa. Nelle due precedenti visite, Fascetti l'aveva sempre guardata di sfuggita mentre le passava frettolosamente davanti. Ora che la osservava attentamente pensò che la giovane costituisse, di per sé, una grande attrazione per l'intero locale. La lunga capigliatura ricciuta che le ricadeva sulle spalle, era di un biondo così chiaro da parere ossigenato. Una ciocca le ondeggiava sulla fronte col movimento del capo. Indossava un abito rosso scarlatto molto aperto sul petto, che faceva risaltare una carnagione perfettamente abbronzata. I grandi occhi di un verde chiaro, avevano una espressività tanto intensa da sembrare fatti per dialogare piuttosto che per guardare. Pensò che questa volta non sarebbe passato oltre, che si sarebbe fermato a parlarle.

D'un tratto, prese corpo nella sua mente l'idea di uno stratagemma con cui riuscire a neutralizzare la pericolosa presenza della guardia del corpo di Gargiulo da quel passaggio ad arco che conduceva al suo ufficio.

"Salve!" le disse avvicinandosi alla cassa. La giovane sollevò lo sguardo e nel riconoscerlo sfoderò uno smagliante sorriso. "Oh, salve signor Fascetti, sono lieta di rivederla." Lo fissò intensamente. "Ma cosa le è successo alla faccia? Ha fatto a botte e le ha prese?"

"Ah questo..." Si passò sorridendo la mano su una guancia. "Niente affatto. Un piccolo incidente... mi hanno tamponato ieri sera, per fortuna a bassa velocità. Sono andato a sbattere contro il parabrezza della mia auto. Solo qualche graffio."

"E la macchina?"

"Ne è uscita un po' ammaccata, ma niente di irreparabile."

Le sorrise di nuovo dicendo:

"Sono davvero lusingato che lei conosca il mio nome, e si ricordi di me. Dopo tutto sono stato qui soltanto un paio di volte."

Lei lo fissò con una scintilla di malizia negli occhi. "E' difficile che tipi interessanti come lei passino inosservati a una donna. A me può bastare una semplice occhiata a un bel uomo per farmi serbare di lui un ricordo indelebile."

Fascetti tacque imbarazzato, indeciso su cosa dire. "La ringrazio del complimento", sussurrò, ma subito dopo si schermì aggiungendo a voce bassa: "Però... mi sembra una affermazione un po' esagerata..."

Lei replicò: "L'esagerazione non è una mia caratteristica. Sono una persona schietta." Poi lo guardò con un'espressione che sembrava dire: "Prova a bussare e ti sarà aperto."

Dalla piega che stava prendendo la conversazione, Fascetti pensò che, di lì a qualche minuto, sarebbero entrati in una tale confidenzialità da consentirgli perfino di invitarla fuori a cena quella sera stessa. L'idea non gli dispiaceva, e, in un'altra circostanza, sarebbe stato uno sciocco a non cogliere una simile opportunità. Purtroppo, però, aveva ben altro scopo la sua visita al Serraglio quel mattino, e più osservava la ragazza, più si convinceva che poteva usarla come sua complice inconsapevole per raggiungerlo.

Quando lui non fece alcun ulteriore commento, lei lanciò una occhiata all'orologio elettrico appeso alla parete sopra la porta di ingresso e disse con un sorriso lievemente ironico: "Se è qui per il night, mi sembra un po' troppo in anticipo. Apre stasera non prima delle nove. Devo quindi dedurre che sia un'altra la ragione della sua visita."

"Infatti, è per lavoro."

Gli sembrò leggermente delusa dalla risposta, come se si fosse aspettata altro. Forse aveva sperato di sentirgli dire che, dopo averla vista nei giorni scorsi, si era deciso a venire a trovarla per fare la sua conoscenza e cercare di creare le condizioni per allacciare una relazione di qualche tipo.

Per rimediare, fu tentato di dirle una di quelle frasi che, senza essere esplicite, hanno del sottinteso, nascondono cioè tra le righe il loro vero significato, in modo da farle capire che c'era la possibilità di frequentarsi, se lei veramente lo desiderava.

Ma mentre cercava le parole più adatte, lei lo precedette dicendo: "Come va il lavoro, signor Fascetti? Lei è un investigatore privato, vero?"

A stento riuscì a mascherare lo stupore. Non soltanto conosceva il suo nome, ma anche la sua professione. Gli venne in mente quel requisito della riservatezza a cui Gargiulo, nell'affidargli l'indagine, gli aveva precisato di annettere estrema importanza.

A quel punto si chiese se per caso la giovane non fosse anche al corrente dello scopo delle sue visite. Se così era, appariva evidente che non fosse del tutto ermetico il sistema interno all'organizzazione, che doveva prevenire la fuga di notizie segrete sulle attività illecite del proprietario del locale.

"Sì", le rispose annuendo. "Quanto al lavoro... va così così. Un indizio qui... un altro là, e quasi sempre riesco a ricomporre le tessere del mosaico." La guardò interrogativamente. "Ma lei come fa a essere tanto bene informata?"

"Lo sono soltanto sulle persone che mi interessano." Un sorriso enigmatico le affiorò sulle labbra. "Vede... ho le mie fonti." C'era una nota di orgoglio nella voce. "Segrete, naturalmente."

"Capisco... Non ci sono limiti né ostacoli alla curiosità femminile. Dico bene?"

"Forse."

"Allora immagino che sappia anche perché sono qui..."

Lei batté le ciglia."Certo. E' venuto a trovare il Capo. So che lavora per lui." Esitò un attimo prima di aggiungere: "Però giuro che non so di cosa si stia occupando." Appariva sincera.

"Vedo che non è aggiornata. E' da ieri che non collaboro più col signor Gargiulo", mentì.

"Ma va!" esclamò genuinamente sorpresa. "Cos'è successo?"

"Abbiamo avuto un violento alterco proprio per via del lavoro, e siamo arrivati alla rottura."

"Dopotutto non mi sorprende. So che è un tipo molto esigente. Pretende ottimi risultati... e in fretta."

"E' vero, questo è stato il vero motivo della lite. Vede... meno di una settimana fa mi ha affidato un'indagine amministrativa. Non starò a precisargliene la natura... capisce... la riservatezza..."

"Certo."

"Bene... ieri mattina sono venuto a comunicargli che il caso si presentava più complesso di quanto avessi immaginato all'inizio, e richiedeva molto più tempo. Al che è andato su tutte le furie accusandomi di inadempienza della scadenza pattuita, e ribadendo che necessitava subito dei risultati. Gli ho assicurato che avrei fatto del mio meglio, ma che non potevo garantire la conclusione a breve della indagine." Fu interrotto dall'ingresso nel locale di due clienti vestiti di tutto punto, come dirigenti di banca. Si avvicinarono al bancone rivolgendosi alla ragazza per ordinare due caffè espressi. Lei porse loro gli scontrini e quando si furono allontanati disse con fare impaziente: "E allora?"

"Niente...", lui riprese, "...non c'è stato verso di ammansirlo. Mi ha revocato l'incarico affermando che l'avrebbe affidato a qualcun altro. Ha chiamato Giacomo, e mi ha fatto praticamente sbattere fuori senza che potessi replicare, ammonendomi a non farmi mai più rivedere nel Serraglio."

Rimasero in silenzio mentre lei sembrava assimilare quanto aveva ascoltato. "Ora mi vorrà spiegare perché, invece, si è rifatto vivo..."

"Perché Gargiulo mi deve dei soldi per il mio impegno di quasi una settimana di lavoro. Devo vederlo per convincerlo a saldare il debito."

"E pensa di riuscirci?"

Il Crollo

"Lo spero, se soltanto potessi parlargli. Ieri, a caldo, non c'è stato verso di farlo ragionare. Oggi potrebbe essere diverso. Soltanto che..."

"Sì?"

"Be'... c'è il problema di Giacomo. Per raggiungere l'ufficio di Gargiulo dovrei passare sul suo corpo. E' lì pronto a sbarrarmi la strada." La fissò intensamente lisciandosi il mento. "Mi sto chiedendo se non si riesca a trovare il modo di schiodarvelo per qualche minuto, magari con un pretesto."

Lentamente, un sorriso misterioso cominciò ad affiorare sulle labbra rosse e piene della giovane.

Annuì dicendo: "Credo di poterla aiutare."

"Dice sul serio? E come?"

"Ho un sistema ben collaudato per farlo allontanare dal suo posto di guardia per... diciamo... quattro o cinque minuti. Le basterebbero?"

"Altroché. E gliene sarei molto grato."

"Non c'è problema. Devo soltanto chiamarlo sul telefono interno e avvisarlo che c'è qui un bellimbusto che mi sta importunando. Arriverà come un razzo pregustando il piacere di cacciarlo a pedate. Ma io gli dirò che nel frattempo il tipo ha pensato bene di squagliarsela. L'ho già fatto in passato, ma a ragion veduta naturalmente." Parve meditare per qualche secondo, poi continuò: "Ascolti... lei ora entri nella toeletta degli uomini lì in fondo...", la indicò con un cenno del capo, "...e si metta a spiare attraverso la porta socchiusa. Quando vedrà Giacomo passare e dirigersi verso la cassa, potrà sgattaiolare giù nel night e raggiungere indisturbato lo studio del capo. Io cercherò di trattenerlo qui il più a lungo possibile."

"Perfetto. Allora vado."

"La rivedrò?" Lo disse con un tono e un sorriso che non lasciavano alcun dubbio sul fatto che ci contasse.

"Certo. Sempreché esca vivo dalle grinfie di Gargiulo."

"Sta scherzando."

"Potrebbe non essere uno scherzo." Le sorrise di nuovo "C'è di vero che lei mi interessa molto. Mi piace la sua compagnia." Si sforzò di apparire convincente. "Purtroppo sono un uomo molto impegnato." Lei sorrise, dicendo: "Non ne dubito, signor Fascetti. Non ne dubito affatto..." Lo disse in tono leggermente

413

allusivo. "Comunque ripassi quando ha finito con Gargiulo, così mi dice com'è andata."

"D'accordo."

Si mosse avviandosi verso la toeletta degli uomini. Vi
s'infilò restando a scrutare da dietro la porta socchiusa. Non
dovette attendere molto. Non erano trascorsi un paio di minuti
che intravide la grossa mole del Nasone che, quasi di corsa, si
dirigeva verso la cassa con aria battagliera.

Fascetti uscì frettolosamente dalla toeletta e si precipitò giù
per le due rampe di scale che conducevano al night. Si fermò un
attimo per guardarsi in giro. Era deserto. Attraversò la sala e si
arrestò di nuovo appena varcato il passaggio ad arco.

C'era un'altra importante operazione che doveva compiere
prima di affrontare Gargiulo, e non aveva molto tempo.

Scostò la tenda di velluto rosso che nascondeva quella nicchia nella parete in cui era installato il piccolo avvisatore acustico, quello che Giacomo chiamava il *"cicalino"*. Lo esaminò
per qualche secondo. Si trattava di un aggeggio rotondo di plastica scura, non più grande di un piattino da caffè. Da esso si
dipartiva un filo elettrico che scendeva a perpendicolo lungo il
muro fino a scomparire sotto la moquette del pavimento. Non
aveva tempo di scoprire dove andasse a finire. Doveva agire in
fretta prima che il guardiaspalle ritornasse. Tirò fuori da una tasca dei pantaloni quel coltello a serramanico che gli aveva sal-
vato la vita, e che ancora una volta si stava rivelando di grande
utilità. Fece scattare la lama affilatissima, e, chinatosi, troncò il
filo con un colpo solo a un centimetro da terra. In quel punto il
taglio poteva passare inosservato. Poi si occupò del telefono.
Scollegò la cornetta recidendone il cordone proprio dietro
l'apparecchio, per fare in modo che il sabotaggio restasse invisibile.

Ora Gargiulo era isolato. Quantomeno dalla sua guardia del
corpo.

Percorse il corridoio e si fermò davanti alla porta del suo
studio. Bussò con tocco lieve.

Trascorse quasi un minuto, poi la porta si aprì di colpo e il
padrone del Serraglio comparve sulla soglia. Lo fissò con aria
interrogativa senza fiatare, gli occhi quasi incolori
dall'espressione glaciale. Poi fece un passo indietro.

Fascetti entrò e chiuse la porta dietro di sé.

"Sorpreso?"

L'altro non rispose. Ritornò alla scrivania e si sedette. Il detective mosse alcuni passi verso il centro della stanza mentre estraeva di tasca il portafoglio.

Tirò fuori l'assegno dell'anticipo di cinque milioni e appallottolatolo tra le mani glielo scagliò contro in un gesto sprezzante. Il proiettile di carta descrisse nell'aria una breve parabola ricadendo sul pavimento.

Senza scomporsi Gargiulo lo guardò in cagnesco. "Le ha dato di volta il cervello?"

"Ho chiuso con l'indagine."

"Spiacente, ma sinceramente non la capisco, signor Fascetti." La voce era ferma. "Vuole dirmi qual è la strana ragione che le suggerisce questa improvvisa decisione?"

Il detective si avvicinò, appoggiò le mani sul ripiano della scrivania e si sporse in avanti fissandolo dritto negli occhi. "La ragione è che lei è un bastardo criminale e assassino." Fece una pausa prima di aggiungere: "Ha ucciso un bravo giovane di venticinque anni che si chiama Alessi."

47

"Lei è pazzo, Fascetti", Gargiulo disse a bassa voce. "Sta dando i numeri."

Indossava un elegante doppiopetto grigio antracite, e sedeva immobile dietro la prestigiosa, imponente scrivania di mogano scuro, lo sguardo impassibile puntato sul detective.

Che ostentasse una calma soltanto apparente, lo rivelavano le mascelle contratte. I grumi di grasso sottopelle che le rendevano flaccide quando era tranquillo, sembravano essersi trasformati in bitorzoli di muscolo. Come al solito necessitava di radersi.

Teneva la mano destra in grembo, fuori dalla vista, mentre con la sinistra tamburellava sul largo ripiano della scrivania. La folta e ispida peluria scura che gliene ricopriva il dorso, tremolava quasi impercettibilmente col movimento delle dita. Fascetti prese posto su una poltroncina di fronte a lui e disse: "La

pianti con questa farsa, Gargiulo. Con me non attacca più. E'
venuto il momento di gettare la maschera. Ormai ho le idee
chiare sul suo conto. So tutto di lei. So chi è. Mi ci è voluto del
tempo per capirlo, ma alla fine ci sono arrivato. Le dirò che mi
ha tutt'altro che bene impressionato fin dal primo momento in
cui l'ho conosciuta." Si fermò un istante. "Il suo interesse a
scoprire l'assassino di Morelli mi è subito parso, istintivamente,
molto sospetto. Poi, gli occhi mi si sono aperti del tutto ieri sera, dopo quanto mi è successo. Ma tra poco le sarò preciso al riguardo."

Gargiulo si protese in avanti fino a sfiorare con la giacca il
bordo della scrivania. Accennò un sorriso forzato che espose
una dentatura irregolare e ingiallita dal fumo.

"Non so di cosa diavolo stia parlando, Fascetti. Sta dicendo
delle fesserie. Rischia di cadere nel ridicolo." La voce era bassa,
ma ferma. "E' dalle nove di ieri mattina che non mi muovo dal
Serraglio, ho dormito qui stanotte. Pertanto non avrei potuto uccidere il giornalista. La sua presenza mi infastidisce, e devo
pregarla di andarsene subito, prima che sia costretto a farla sbattere fuori."

"Andarmene? Ma neanche per sogno! Non ora, comunque. E
quando lo farò sarà in sua compagnia." Tacque qualche secondo
per riflettere. "A proposito… e chi ha parlato di un giornalista?"

Gargiulo fece una smorfia e indicò col mento una pila di
quotidiani ordinatamente ripiegati su un angolo della scrivania.
"Vedo che non ha ancora letto i giornali, né guardato i Tg del
mattino…"

Quindi la notizia era su tutti i giornali, Fascetti pensò. Con
tutta probabilità avevano anche riportato il ritrovamento sulla
tangenziale dei cadaveri dei due sicari, e quindi l'uomo ne era
al corrente.

"Ah, capisco", disse annuendo quasi a sé stesso con aria riflessiva. "Comunque il suo non è un alibi. Io non l'accuso
dell'omicidio, ma di esserne il responsabile. D'altra parte, lei
non ha bisogno di uscire dal locale per commettere un delitto.
Sono i suoi scagnozzi a farlo per suo conto. Loro hanno ucciso
Alessi in modo barbaro, e dovevano ripetere con me
l'operazione, ma gli è andata male. Sono stato più lesto di loro e
li ho spediti all'inferno." Fece una pausa. "So che erano i com-

ponenti di quella squadra della morte che lei dirige, e di cui si serve per perpetrare omicidi su commissione mascherandoli da incidenti stradali."

Ora più che mai gli occhi di Gargiulo sembravano due cubetti di ghiaccio. Scrutò il detective da sotto le folte sopracciglia, e poi spostò lo sguardo verso la porta dello studio corrugando lievemente la fronte.

Fascetti disse: "La smetta di premere quel pulsante sotto la scrivania. E' inutile, Giacomo non verrà. Ho disattivato l'avvisatore acustico e il telefono. Lei è completamente isolato. Siamo noi due soli, signor Gargiulo."

Per qualche secondo l'altro lo guardò con occhio torvo come un toro davanti al quale viene agitato un drappo rosso. "Lei non deve essere sano di mente", disse in un sussurro. "Dovrebbe farsi curare. Tuttavia continui pure a parlare se le fa piacere, tanto non mi costa nulla ascoltare le sue farneticazioni."

"La smetta di bluffare, Gargiulo. Conosco la sua attività criminale: gli omicidi mascherati da incidenti stradali, le vittime che i suoi sicari picchiavano a morte prima di scaricarle sulla strada nel tentativo di far apparire come se fossero state travolte da automobili. Ieri notte, sono stato perfino nel suo covo di via delle Forze Armate, dove riceve i mandanti dei delitti. So delle registrazioni video. Ho visto tutta l'attrezzatura elettronica di cui dispone per trattare con i suoi clienti restando anonimo e invisibile."

Gargiulo scosse il capo "Mi sto domandando da quale recondito angolo della sua mente malata provengano queste folli idee." Il giovane ignorò il commento, ma continuando a fissarlo disse: "Lo sa che in quello stabile mi sono imbattuto in un altro dei suoi ragazzi? Immagino di sì. Abbiamo avuto un violento diverbio, come può giudicare dalle condizioni del mio volto. Ma alla fine ho avuto la meglio, e ce l'ho fatta a mandarlo al Creatore. A dire il vero lo avevo già visto prima. E proprio qui, in questo studio, il giorno che lei mi ha convocato per chiedermi di indagare sulla morte di Morelli. La scoperta mi ha sbalordito, ma è stata determinante per farmi capire la verità, per consentirmi di collegarla a quell'organizzazione criminale di cui è il capo assoluto. Ora tutti e tre i suoi tirapiedi si fanno compagnia all'altro mondo."

Ostentando *nonchalance* si interruppe per accendersi una sigaretta, mentre Gargiulo continuava a osservarlo con una espressione di astio crescente. A quel punto dovette decidere che, dopo quello che aveva ascoltato, non fosse più il caso di persistere con la commedia e uscì allo scoperto. I muscoli mascellari sembrarono irrigidirsi, se possibile ancora di più. Una sottile vena, simile a un serpentello, gli pulsava sulla tempia. Storse la bocca in una smorfia di odio al vetriolo puro.

Il giovane rimase immobile intuendo quello che stava per succedere. Dopo qualche secondo, la grossa mano che Gargiulo teneva nascosta in grembo, affiorò lentamente al di sopra del bordo della scrivania. Avviluppava quasi del tutto una piccola, tozza rivoltella automatica argentata, che scintillò nella vivida luce artificiale dello studio. Sembrava un giocattolo tanto era minuscola, e avrebbe trovato facilmente posto nella borsetta di una donna.

Gliela puntò decisamente contro.

Il detective pensò alla sua Beretta posizionata dietro la schiena sperando in una occasione propizia per potersene servire.

Il padrone del Serraglio disse a denti stretti: "La tengo sempre qui sotto a portata di mano, infilata in una staffa. In qualsiasi momento da quando è arrivato, avrei potuto usarla e ora lei sarebbe già stecchito. Ma ho preferito attendere perché desidero ascoltarla. Quindi dovrà continuare a parlare, per dirmi tutto ciò che sa o che pensa di sapere. Sono curioso." L'indice si irrigidì intorno al grilletto. "Avanti, l'ascolto!"

"Non ha bisogno di minacciarmi con una pistola per farmi parlare." Fascetti scandiva bene le parole sforzandosi di apparire tranquillo. "Lo farei comunque. Sono qui per questo... per accusarla dei suoi crimini."

L'altro non fiatò.

"Lei è responsabile", Fascetti continuò, "di una lunga serie di omicidi premeditati perpetrati su commissione a Milano e provincia durante gli ultimi due anni, con la tecnica del finto incidente stradale. Lo scopo di questo suo modo di operare è quello di sviare, il più possibile, i sospetti dai mandanti dei delitti. Io credo che il Serraglio, di cui è proprietario, sia in larga misura il paravento dietro cui lei conduce alcune attività criminose, compresa un'Anonima delitti." Tacque e aspirò una boccata dalla sigaretta sprigionando una nuvola di fumo. "Ma mi corregga pure se sbaglio."

Gargiulo non proferì parola, ma non appariva preoccupato.

"Per il reato di omicidio di primo grado", il giovane continuò, "lei e i suoi mandanti finireste sulla sedia elettrica o nella camera a gas in un Paese come gli Stati Uniti. Ma siamo in Italia, e vi beccherete l'ergastolo. Comunque sia, è arrivato al capolinea, Gargiulo."

L'uomo ebbe un sorriso sardonico, e si appoggiò allo schienale della poltrona girevole passandosi la mano sinistra nella capigliatura ingrigita sulle tempie. La mano destra con cui impugnava la pistola non si mosse di un millimetro. "Corre troppo, Fascetti.", disse. "Giunge a conclusioni affrettate, e pertanto errate." Scoccando un'occhiata all'arma aggiunse: "Sinceramente, non mi sembra che sia giunto al capolinea a giudicare dalla mia posizione nei suoi confronti. Sono io a tenere il coltello dalla parte del manico, non lei."

Fascetti ignorò l'osservazione. Prima di riprendere a parlare schiacciò con forza il mozzicone della sigaretta nel posacenere posato sulla scrivania. Disse: "Tanti delitti impuniti, quindi. Poveri diavoli sequestrati, picchiati a sangue, spesso drogati o fatti ubriacare e abbandonati infine sulle strade. Le elencherò i casi di cui sono a conoscenza. Il povero Alessi, anzitutto. Un giovane giornalista che stava indagando sulla sua organizzazione per smascherarla e sgominarla. Anche se aveva fallito al primo tentativo, restava pericoloso e lei lo ha fatto ammazzare nel più crudele dei modi: strangolato e poi scaricato sulla tangenziale con la garrotta stretta intorno collo. Un monito per chiunque desiderasse riprovarci. Ha reso vedova una giovanissima moglie e orfano un bambino di due anni.

"Un altro caso che mi è capitato tra le mani mentre indagavo sulla morte di Morelli come da sue istruzioni, è quello di Lugato, un industriale di Novate Milanese trovato senza vita dalle parti di Lampugnano la notte del venti giugno scorso. Sulle prime, gli investigatori erano stati indotti a pensare che la vittima fosse stata travolta da un'automobile pirata mentre attraversava un passaggio pedonale. Sennonché il corpo presentava lesioni letali incompatibili con un incidente del genere. Piuttosto, apparivano coerenti con quelle riscontrate sui corpi di altre vittime decedute in analoghe circostanze, e sulle quali la polizia sta tuttora indagando. Sono convinto che a commissionarle l'omicidio di Lugato sia stato il suo socio in affari, un certo Cesare Bardi, che, guarda caso era anche amico e cliente di Morelli che lo assisteva nelle operazioni di Borsa presso la Banca Popolare Ambrosiana. Ed è stato proprio il crollo della Borsa del maggio scorso, il fattore scatenante la crisi finanziaria che ha investito sia Bardi che Morelli. Il primo si è ritrovato con alcuni seri motivi per desiderare la morte di Lugato, primo tra tutti l'esigenza di incassare – per ripianare le perdite subite – una polizza vita di cui è diventato beneficiario in seguito alla scomparsa del socio.

"Il secondo, trovatosi nell'impossibilità di adempiere alle proprie obbligazioni nei confronti di un gruppo di suoi clienti – lei compreso – i cui soldi amministrava privatamente, si è dato alla macchia con i loro residui fondi disponibili.

"Ed è a questo punto che lei scende in campo, Gargiulo. Dà la caccia a Morelli, dapprima senza alcun successo. Alla fine riesce, con uno stratagemma, a farlo uscire allo scoperto e a incontrarlo. Lo uccide a suon di botte dopo essersi fatto restituire il denaro. Dopodiché inscena, secondo il suo copione preferito, il finto incidente stradale."

Era la tesi di Rivetti esposta in modo succinto. L'obbligo alla riservatezza che aveva assunto con quest'ultimo al riguardo delle sue rivelazioni, indusse il detective a restare sul vago.

"Ah, questa è davvero ottima!", Gargiulo esclamò. Senza togliergli gli occhi di dosso proruppe in una fragorosa risata come se avesse ascoltato una buona barzelletta sporca. "Cosicché io l'avrei ingaggiata per gioco. Le avrei offerto venti milioni affinché lei scopra che sono io l'assassino di Morelli. E' come dire che da buon masochista, proverei una voglia matta di essere incriminato e finire in galera." Divenne di colpo serio. "Ma per che razza di idiota mi ha preso?" Rifletté un attimo scuotendo il capo. "No, non è possibile che lei immagini una simile stronzata. Ecco la riprova dello stato precario della sua salute mentale…" Senza minimamente scomporsi, Fascetti disse: "Io credo di aver anche capito la vera ragione per la quale lei mi ha offerto l'incarico."

Il Crollo

"Davvero? Mi dica, allora. Muoio dalla curiosità di vedere fin dove può arrivare la sfrenata fantasia malata di un soggetto mentalmente instabile." Il suo tono si era fatto molto duro.

"Lei temeva, e tuttora teme, di essere indagato e incriminato, prima o poi, per l'assassinio di Morelli. Questo potrebbe verificarsi laddove dovesse emergere che è stato il suo cliente più facoltoso e quindi il principale truffato. Affidandomi l'indagine e insistendo poi perché non l'abbandonassi, ha inteso crearsi un alibi. Se dovesse essere indagato o incriminato per l'omicidio, la sua colpevolezza apparirebbe poco credibile, riuscendo a dimostrare di avere lei stesso tentato di identificare l'assassino per recuperare il suo denaro. Ha scelto me pensando che, data la mia inesperienza nei casi di omicidio, non avrei concluso un bel niente. E invece così non è stato. Che ne dice?"

Gargiulo si accarezzò i baffi con aria meditabonda ma seria. "E' una tesi un po'stravagante, ma plausibile non c'è che dire." Sospirò. "Ma sono spiacente per lei che non risponda alla realtà dei fatti. O meglio… vi risponde per un unico aspetto."

"Quale?"

"E' vero che ho recuperato il mio denaro. Questo sì. Ma non nel modo che lei ipotizza."

"Mi sta dicendo che Morelli glielo ha restituito di sua iniziativa prima che qualcun altro gli facesse la pelle?"

"Esatto." Tacque per un attimo. "Ascolti Fascetti… posso giurarle che non sono stato io a ucciderlo. Non ho niente a che vedere con la sua morte. Le confesso tuttavia che se mi fosse capitato tra le mani, forse lo avrei fatto fuori, se non altro per aver cercato di imbrogliarmi. Ma non mi si è offerta l'opportunità: non l'ho mai più rivisto dopo che è scomparso, né sono mai riuscito a scoprire il suo nascondiglio."

Il detective apparve perplesso.

"Sono confuso", disse. "Vuole dire che non ha dovuto incontrarlo per farsi restituire il denaro?"

"Proprio così. E ci sono riuscito grazie a un piccolo sotterfugio che ho messo in atto con la collaborazione, inconsapevole, di un suo collega e grande amico."

A quel punto Gargiulo raccontò brevemente a Fascetti quello che lui già sapeva sull'episodio del sequestro di Rivetti, seguito dall'inutile pestaggio alla fine del quale aveva pronunciato minacce di ritorsione contro i famigliari di Morelli, se questi non avesse restituito il maltolto. "Ha funzionato alla perfezione, malgrado non ci contassi molto", disse con un sorriso di auto-compiacimento. "Il suo amico, dopo che l'ho rilasciato, viene contattato da Morelli e gli riferisce le mie minacce all'indirizzo della sua famiglia. Ricevo quindi una telefonata da quel ladro e farabutto che si dice preoccupato per i suoi cari, e pronto a resti-tuirmi l'intera somma comprensiva degli interessi. Gli propon-go, allora, di incontrarci fuori a cena da qualche parte per siste-mare la faccenda, ma lui si rifiuta. Mi chiede invece di fornirgli le coordinate di un mio conto corrente bancario estero su cui farmi pervenire un bonifico, cosa che naturalmente ha fatto. Tutto qui."

Fascetti annuì. "Capisco, ma prendo atto che lei mi ha men-tito – quando mi ha assunto – , sulla vera ragione del suo inte-resse a identificare l'assassino di Morelli." Lo fissò con espres-sione interrogativa accavallando le gambe. "Perché vuol sapere chi lo ha ammazzato, Gargiulo, se davvero non è stato lei a far-lo?"

L'altro fece una smorfia di indifferenza. "Al punto in cui siamo, non vedo perché dovrei dirle altro. Non ho ragione alcu-na di farle ulteriori ammissioni."

Fascetti indicò con un movimento del capo la pistola che l'altro continuava a tenergli spianata contro. "Tirando fuori quella", disse, "lei ha praticamente ammesso tutto. Basta e avanza per farla arrestare e incriminare."

L'altro socchiuse gli occhi e rise beffardamente. "Dubito molto che ci riuscirà."

Poi ridivenne di colpo serio, e sul volto ricomparve quello sguardo vitreo colmo di protervia e di odio. Aggiunse con la massima naturalezza: "Forse lei finge di non capire, amico, che non le permetterò di uscire vivo da questo studio."

48

Malgrado che in quel momento la consapevolezza della gravità della sua situazione gli pesasse dentro come un macigno, Fa-scetti si sforzò di apparire tranquillo.

Il Crollo

Era indubbio che quell'uomo facesse sul serio, e lui doveva cercare di temporeggiare nella speranza che succedesse qualcosa da consentirgli una qualche iniziativa per togliersi d'impiccio; era pertanto di cruciale importanza che continuasse a tenere viva la conversazione. Finché parlavano Gargiulo non avrebbe premuto il grilletto.

"Dato che non ha nulla da temere", disse dopo un attimo di riflessione. "Non vedo che cosa le impedisca di soddisfare la mia curiosità, così come ho fatto io nei suoi confronti."

"Suppongo che abbia ragione." Gargiulo fece un'alzata di spalle. "Non mi procurerebbe alcun danno raccontarle tutto."

"Infatti."

"La sua ipotesi sul Serraglio è corretta, Fascetti. Il locale è effettivamente, in una certa misura, la copertura per alcune mie attività che non potrebbero definirsi propriamente legali." Sorrise sarcastico. "A dire il vero, sia il bar ristorante che il night sono sempre stati di per sé alquanto redditizi. Poi, un paio di anni fa ho pensato che fosse sciocco non utilizzarli anche come una specie di veicolo per far circolare un po' di *roba*... e un buon numero di splendide fanciulle, in maggioranza disponibili a concedersi alla clientela in privato dopo le serate. Capirà che i guadagni sono saliti alle stelle..." Tacque e sorrise di nuovo compiaciuto di sé stesso esponendo la dentatura ingiallita.

"E l'Anonima?"

"Quella è venuta dopo... all'incirca tre anni fa." Una breve pausa meditativa. "Da qualche tempo mi giungevano all'orecchio, dal giro della droga e della prostituzione, voci sempre più insistenti di personaggi facoltosi alla ricerca di killer professionisti in grado di eseguire lavoretti particolari. Sapevo che era un buon business, per averne io stesso fatto esperienza diretta ai tempi in cui gestivo, insieme a due miei amici, un ristorante a Londra nel quartiere di Soho. Anche quello era una sorta di paravento per certi affari che conducevamo, compreso l'eliminazione su commissione di soggetti indesiderati. Ora..., col Serraglio non ho fatto che replicare grosso modo, qui a Milano, quel tipo di organizzazione. Ho messo su una equipe ristretta composta di tre persone fidatissime, oltre me, e mi sono inserito nel ramo col sistema del *passaparola* nell'ambito della Mala milanese." Tacque alcuni secondi. "Lei non immagina neppure, Fascetti, quanti personaggi potenti, in una grande città come Londra o Milano, possano trovarsi nella impellente necessità di sbarazzarsi di qualcuno che gli sia ostile o nemico, la cui sola esistenza potrebbe mettere a repentaglio il loro futuro." Rimase in silenzio appoggiandosi allo schienale della poltrona con aria pensierosa, ma tenendo sempre salda in pugno la pistola spianata.

Fascetti disse: "Lei si crede davvero in gamba per i crimini che commette, vero Gargiulo? Mi sembra che ne vada perfino orgoglioso, e che ci provi gusto." C'era profondo disprezzo nella voce. "Lei uccide per nessuna altra ragione che il denaro."

L'altro ridacchiò di nuovo. Quel commento, piuttosto che irritarlo sembrò stuzzicarne la vanità. Quasi volesse mettere in risalto il proprio estro criminale prima di ammazzarlo, disse: "Sono stato abbastanza intelligente da escogitare un sistema che consente di commettere un omicidio e farla franca... sempre. Tutto qui. E in un nucleo ristretto come il mio, è, o meglio era", – si corresse pensando alla morte dei suoi scagnozzi –, "praticamente impossibile l'insorgere di problemi, soprattutto per l'ingegnosità del metodo seguito."

Corrugò la fronte come per riordinare le idee. "Vede, Fascetti, il sistema con cui ho finora eliminato, su mandato, personaggi spesso illustri, può apparirle un po' sofisticato, perfino macchinoso. Ma è davvero geniale. E vale tutto l'impegno aggiuntivo necessario rispetto ai metodi tradizionali, più sbrigativi. Se lei usa un'arma da fuoco, dà subito agli investigatori la certezza che si tratti di omicidio.

"Quindi seguono gli esami balistici, che possono produrre importanti indizi, e comportare comunque indagini serrate. Ma se lei droga o fa ubriacare una persona, e poi la fa fuori rompendole la testa e qualche osso, e abbandonandone infine il corpo sulla strada, può sembrare che sia stata falciata da un automobile. Così facendo lei crea un certo, ragionevole dubbio nella mente degli investigatori. Possono nutrire sospetti, ma non certezze. Perdipiù il caso si mimetizza, per così dire, trai tanti altri di autentica pirateria della strada. Un fenomeno oggigiorno in continuo sviluppo, come lei sa. Vede... sarebbe veramente sorpreso di quanti di questi miei lavoretti, su cui la polizia ha indagato per un po' di tempo, sono caduti nel dimenticatoio per essere alla fine archiviati. In mancanza di indizi concreti, sono stati liquidati come morti accidentali."

"Non mi sorprende dato che ne sono anch'io al corrente", Fascetti disse." Tuttavia lei si illude se pensa di essere riuscito a menare la polizia per il naso. Per un certo numero di incidenti i rilevamenti della Scientifica hanno stabilito, al di là di ogni dubbio, che si tratta di omicidi premeditati. E per questi le indagini proseguono." Tacque e lo fissò. "Ma continuo a chiedermi la ragione per la quale mi ha incaricato di indagare sull'assassinio di Morelli..."

"Ci arrivo tra poco. Prima devo parlarle di Bardi. Ha ragione... è stato lui a incaricarmi di eliminare il suo socio che lo aveva minacciato di denunciarlo quando si era accorto che rubava nell'azienda." Tacque e apparve perplesso. "Però non mi ha accennato alla polizza vita..."

"E' naturale che non lo abbia fatto... Temeva che lei ne avrebbe approfittato chiedendogli un compenso molto più elevato."

L'altro annuì e disse: "Quello che forse lei non sa è che subito dopo la morte di Lugato, Bardi è stato oggetto di telefonate anonime ricattatorie."

Sorpreso, Fascetti disse: "E lei come fa a esserne al corrente?"

"Bardi pensava che ci fosse il mio zampino nella faccenda, e subito dopo aver ricevuto la prima telefonata ha contattato, stravolto, uno dei miei collaboratori attraverso un certo canale. Questi gli ha assicurato che eravamo del tutto estranei alla cosa, nonché sorpresi e preoccupati quanto lui. Il ricattatore si è detto a conoscenza di tutto, e quale compenso per tenere la bocca chiusa gli ha chiesto una consistente somma di cui Bardi non ha voluto precisare l'entità. Non ha potuto che impegnarsi a pagare non appena si fosse procurato il denaro." Tacque e sospirò muovendo appena la mano che impugnava la pistola.

"Dunque, una brutta sorpresa per lei...", Fascetti osservò. "E una cattiva nuova per la sua attività criminosa..."

"Già." Scosse lentamente la testa "Ho pensato a una fuga di notizie a opera di una talpa nel locale. Ma eravamo soltanto in quattro a sapere. Di questa attività tutto il personale del Serraglio è all'oscuro, compreso Giacomo. E ci siamo sempre mossi prendendo ogni precauzione. A nessuno dei mandanti è stata mai data la possibilità di localizzare il luogo delle trattative. Io non mi sono mai esposto in prima persona, restando sempre dietro le quinte e conducendo una vita irreprensibile."

"Come un rispettabile uomo di affari...", il detective commentò con ironia "Azzarderei l'ipotesi che i suoi tre defunti collaboratori, o anche soltanto uno di loro, si siano fatti furbi e abbiano voluto tentare di mungere Bardi."

Gargiulo fece una smorfia come per dire che riteneva la cosa molto improbabile. "Erano persone fidate", disse, "tuttavia la mano sul fuoco non ce la metterei. Comunque sia, questo episodio è stato il primo segnale che qualcosa cominciava a scricchiolare in questo genere di attività. E la riprova è venuta dall'omicidio di Morelli."

"Per quale ragione?"

"Per via del metodo usato nell'eseguirlo, capisce? Praticamente identico al mio. Devo ammettere che la cosa mi ha suscitato una certa apprensione. Sono certo che chiunque sia stato l'autore di quel lavoro, debba essersi ispirato al mio *modus operandi* di cui da mesi la stampa e la televisione forniscono ampi dettagli. Ed è a questo punto che ho deciso di reclutarla nella speranza, peraltro remota, che riuscisse a identificare l'assassino il quale, non lo escluderei, potrebbe anche essere la stessa persona che ricatta Bardi."

"Una specie di Anonima concorrente al suo esordio, mi sembra di capire", Fascetti osservò.

"Così sembrerebbe." Fece una pausa. "Come se non bastasse, a guastarmi la tranquillità c'era quel ficcanaso di un giornalista del *Corriere della Sera* che andava in giro a fare domande per informarsi sulla possibile esistenza a Milano di un'Anonima omicidi."

"E lei come l'ha saputo?"

"A riferirmelo è stato Antonio Buccellato, uno dei miei collaboratori che lei ha fatto fuori. Quando si dice il caso..." Sorrise accarezzandosi di nuovo i baffi spioventi. "Antonio era capitato una sera in un bar di basso rango dalle parti di Lorenteggio, con degli amici per fare un po' di bisboccia. Quasi senza volerlo aveva captato gran parte della conversazione di tre tipi che sedevano al tavolo accanto. Il più giovane aveva un aspetto distinto e appariva in netto contrasto con l'ambiente di un postac-cio come quello. Sta di fatto che l'argomento al quale sembrava molto interessato erano le morti di gente sulle strade causate da investimenti a opera di pirati. Si diceva certo che fossero omici-di premeditati perpetrati da qualche organizzazione criminale, e chiedeva agli altri due se ne sapessero qualcosa. Antonio aveva poi appreso dal barista che era un reporter del *Corriere della Sera*. Ho percepito istintivamente una strana sensazione di peri-colo, e l'ho incaricato di sorvegliarlo e pedinarlo per cercare di scoprire qualcos'altro sul suo conto.

"La sera di lunedì scorso, il giorno in cui le ho affidato l'incarico, manco a farlo apposta Antonio mi riferisce di aver visto il giornalista accompagnarsi con lei – la conosceva per averla intravista il mattino al Serraglio –, fuori dalla Questura da dove eravate entrambi usciti uno dopo l'altro. Cosa diavolo eravate andati a farci? si era chiesto. E' riuscito a seguirvi fino a un ristorante di via Broletto. Fingendo di cercare qualcuno, è entrato nel locale notando che discutevate come due buoni ami-ci. Il giornalista si guardava continuamente in giro con aria cir-cospetta come temesse di essere ascoltato. Antonio non ha potu-to afferrare neppure una parola della vostra conversazione, ma ha avuto la impressione che steste progettando qualcosa, e che non fosse niente che io avrei gradito. Mi sono molto insospetti-to, naturalmente. Ma non è tutto…" Fece una breve pausa. "Qualche giorno dopo, un mio grande amico che opera nel giro della prostituzione di alto bordo, al quale ricorro spesso per le occorrenze del Serraglio e che è al corrente delle mie attività, mi telefona per avvertirmi che un giornalista del Corriere, che lui conosceva personalmente, gli aveva chiesto di aiutarlo nella ricerca di un killer professionista per un certo lavoretto. Ho so-spettato che si trattasse della stessa persona. Lo abbiamo allora prelevato e trattato con le consuete modalità prima di portarlo alla casa di via delle Forze Armate. Immaginerà il mio stupore quando ha chiesto di poter stipulare un contratto proprio su di lei."

"Sicché lei ha fiutato l'inganno…"

"E come non avrei potuto? Per di più quel figlio di puttana nello spiegare di agire per conto di un uomo politico dal quale era partito l'ordine di ucciderla, ha affermato di conoscerla soltanto di vista, dopo che Buccellato vi aveva visti cenare insieme come due vecchi amici. Mi è bastato fare due più due per convincermi che stesse cercando di incastrarmi avendo lei come complice."

"Comunque, dato che il suo tentativo di scoprire il covo della sua banda e smascherarla era naufragato, avrebbe potuto risparmiarlo, no?"

Gargiulo scosse il capo con vigore. "Ma neanche per sogno. Avrebbe rappresentato per me un pericolo costante. Chi mi assicurava che non ci avrebbe riprovato, magari con qualche altro escamotage? Il modo in cui lo abbiamo eliminato, lei lo definisce crudele, e purtroppo lo è. Ma è anche molto efficace come monito per qualche altro suo collega che desideri ripetere la bravata."

"Ma perché non lo ha fatto uccidere seduta stante mentre era in sue mani, e ha invece atteso il giorno dopo?"

"Semplice. Come sempre faccio, ho preferito visionare la cassetta prima di decidere."

"Cosicché anch'io, poiché complice di Alessi, devo morire, giusto?"

"Non la metterei proprio in questi termini." Riprese a tamburellare con le dita sulla scrivania. "Ho deciso di far eliminare anche lei, perché pensavo che costituisse una minaccia nella misura in cui, morto Alessi, potesse decidere di seguirne le orme. E il fatto che ora sia qui intenzionato a farmi arrestare, dimostra che non mi ero sbagliato."

"Cosicché mi ha fatto pedinare da uno dei suoi sicari fino a casa di Alessi, dove gli altri due mi hanno poi sequestrato per farmi la festa." Un sorriso ironico gli affiorò sulle labbra. "Vorrà ammettere che non è stata un'idea felice visto che, probabilmente,tutti e tre si trovano ora all'obitorio…"

Le labbra di Gargiulo si incresparono in un sorriso mellifluo, che di nuovo scoprì la dentatura malconcia. "No, non credo sia stato un errore. Al contrario… lei mi ha reso inconsciamente un grande servigio, Fascetti."

L'altro apparve confuso. "Non la capisco."

"Mi spiego meglio… I recenti avvenimenti mi hanno indotto a una improvvisa e profonda riflessione."

"Sarebbe?"

Il Crollo

"Mi sono persuaso che questo mio genere di attività abbia ormai fatto il suo tempo. Lo scalpore che la stampa e tutti i media sollevano ogni giorno, lo hanno reso rischioso. Prima o poi qualcosa potrebbe non andare per il verso giusto. Ho quindi deciso di farla finita, di ritirarmi in buon ordine da ogni attività. Cedo il Serraglio e mi metto in pensione a godermi la vita. Sono un uomo molto ricco, sa? e posso farlo tranquillamente." Ebbe un sorriso di autocompiacimento.

"Non dubito che lei sia molto ricco", Fascetti disse. "Ma uomo no, di certo."

L'altro ignorò l'insulto e proseguì: "Vede... il fatto che lei abbia fatto fuori i miei tre dipendenti, facilità molto il mio ritiro dalla professione." Sorrise di nuovo per l'uso della parola *professione* in chiave ironica. "Come le ho già detto la mia era una organizzazione molto ristretta, composta da quattro persone me compreso. Ora sono il solo a sapere... oltre lei naturalmente. Come vede, la sua non è una situazione che promette bene, caro signor Fascetti."

Rise di nuovo rumorosamente.

Il giovane non replicò.

"Ora...", Gargiulo proseguì, "...capirà che dopo questa decisione decade automaticamente il mio interesse a identificare l'omicida di Morelli o il ricattatore di Bardi. Non me ne importa più un fico secco... Certo... resta la curiosità."

Quella constatazione di Gargiulo scosse Fascetti e lo fece riflettere sul fatto che, se fosse uscito vivo dalle grinfie di quel criminale, anche lui avrebbe potuto considerare chiuso il caso, anche a lui sarebbe rimasta la curiosità. Ma gli tornò in mente la promessa fatta alla anziana madre di Morelli di impegnarsi per assicurare alla giustizia l'assassino del figlio. Gli riusciva difficile non tenerne conto. La vecchia attendeva sue notizie all'albergo Centro in Via Broletto. Se decideva di proseguire nelle indagini, non gli restavano che Maldano e Bardi quale ulteriori indiziati su cui eventualmente puntare, escludendo naturalmente di andarsi a impegolare in ricerche tra quei tanti poveracci che il defunto aveva truffato.

La vista della pistola che Gargiulo continuava a tenergli puntata contro, lo riportò alla cruda realtà. Doveva cercare con ogni mezzo di districarsi da quella situazione. Riuscire a estrarre la

Beretta da dietro la schiena prima che l'altro premesse il grilletto, era, in quel frangente, fuori discussione. Decise che, per il momento, non gli restava altro da fare che cercare di tenere viva la conversazione, per guadagnare tempo e riflettere.

"Restando in tema di curiosità", disse, "c'è qualcos'altro che vorrei chiederle."

"Mi dica."

"Che fine hanno fatto le videocassette registrate?"

"Perché lo vuole sapere?

"Perché non ne ho trovata neppure una nella sua casa di via delle Forze Armate."

L'altro proruppe in un'altra sonora risata, poi si calmò. "Dovrebbero essere ben altre le sue preoccupazioni in questo momento, caro amico. Comunque... le cassette sono qui in questa stanza in una cassaforte a muro proprio dietro quel quadro." Indicò con la mano sinistra un grande dipinto a olio appeso alla parete dietro la scrivania, che raffigurava un paesaggio lacustre a tinte forti. "Allora... mi dica... perché le interessano? Non vorrà mica sequestramele spero..." Riprese a ridere sommessamente. Sembrava divertirsi in modo genuino.

"Gliel'ho già detto, è pura curiosità. E non può dirmi, anche, perché le custodisce come un tesoro?"

"In effetti per me sono come lingotti d'oro. Ce n'è qualche decina in quella cassaforte. Tutte ben catalogate."

"Una cineteca un po' sui generis, mi sembra."

"Infatti... ma di grandissimo valore. Anzitutto sono vere e proprie bombe, che se esplodessero non immagina gli scandali che provocherebbero. Distruggerebbero tanti personaggi in vista di questa città." Si accarezzò di nuovo i baffi con la mano sinistra. "Però, non me ne sono mai servito finora. Ho sempre ritenuto che fosse azzardato esercitare azioni estorsive nei confronti dei miei committenti mentre ero ancora nel business. Qualcosa poteva andare storto. Tuttavia non sono prive di una loro utilità nel lungo termine. Mentre le collezionavo pensavo che potevano rivelarsi una fonte di reddito nei periodi di magra. Oppure una sorta di fondo pensionistico per la mia vecchiaia, allorché avessi deciso di ritirarmi dalla vita attiva." Sorrise di nuovo con una espressione soddisfatta. "Ora si alzi!" disse a bruciapelo accompagnando l'ordine con un movimento dell'arma. Di-

Il Crollo

venne di colpo serio, il tono durissimo. Si sporse in avanti appoggiandosi con l'addome al bordo della scrivania.

Fascetti obbedì.

"Abbiamo chiacchierato abbastanza", aggiunse storcendo la bocca. "Per lei non ci sarà nessun incidente stradale. Niente di elaborato o stravagante, soltanto una pallottola in fronte. E' un atto di generosità da parte mia, sa? Avrà una morte indolore al confronto di quella che   Lucchetta e Buccellato le avevano tenuto in serbo… Pensi che si erano messi in testa di fare un falò della sua auto dopo averla cosparsa di benzina. Con lei a bordo naturalmente. Se ci fossero riusciti, stamattina la polizia non avrebbe raccolto di lei che i resti carbonizzati." Fece una pausa. "Ho già pensato a come disporre delle sue spoglie in modo tale che non ne resti traccia."

Fascetti rimase immobile, senza distogliere lo sguardo dall'uomo. Osservò la improvvisa metamorfosi del suo volto. L'espressione divertita e a tratti ironica era scomparsa del tutto, rimpiazzata da uno sguardo animalesco: il vero riflesso del suo carattere. I lineamenti gli si erano contratti, gli occhi chiarissimi lanciavano lampi d'odio.

"Mi rincresce…", mentì. "Ma non ho altra scelta."

Il detective si passò la lingua tra le labbra aride e deglutì mentre l'altro sollevava la pistola puntandogliela alla testa. Addio signor Fascetti!"

49

E' finita, Fascetti pensò.

Fissò la nera bocca da fuoco dell'arma, con la sensazione di un condannato a morte che fosse al tempo stesso spettatore della propria esecuzione.

Una volta gli era capitato di sentir dire che quando si è a un soffio dalla fine, si rivedono sfilare con l'occhio della mente, come in una moviola e in una minima frazione di tempo, *flashback* del proprio passato, a partire dall'infanzia.

Ma questo a lui non accadde.

Avvertì, invece, un forte senso di nausea e l'accelerazione del battito cardiaco che raggiunse una frequenza parossistica.

431

Le gambe gli si fecero molli come dopo una lunga malattia. A stento lo sorreggevano. Sentì un rivoletto di sudore colargli da sotto le ascelle.

Dunque pensò di essere spacciato, a meno che non riuscisse, nel volgere di qualche secondo, a trovare le parole giuste per catturare ancora una volta l'interesse del malvivente e indurlo a fermarsi.

"Anche se mi uccide non riuscirà a farla franca, Gargiulo."

Si sorprese di quelle parole che gli sgorgarono dalla bocca di punto in bianco, quasi senza volerlo, come se una voce gliele avesse sussurrate in un orecchio.

L'altro si accigliò appena ed ebbe un attimo di indecisione, poi abbassò lentamente la pistola. "Cosa intende dire?"

"Ho avvertito la polizia prima di venire da lei", mentì. "In questo momento l'ingresso principale del Serraglio e quello di servizio, sono sorvegliati da agenti in borghese al comando del commissario Lopez. Attendono un mio segnale per venire ad arrestarla. Ma se tra...", guardò l'orologio, "...mezzora non mi vedranno uscire dal locale sano e salvo, vi faranno irruzione e lei, comunque vadano a finire le cose qui dentro, non avrà scampo. Ora capirà cosa intendevo quando le ho detto poco fa che è giunto al capolinea."

L'idea di quell'inganno gli era balenata nella mente alcuni secondi prima. Sperava di riuscire a confondere Gargiulo, inducendolo a riflettere prima di premere il grilletto, magari ad attendere ancora mezzora. Quello era un lasso di tempo abbastanza ampio perché potesse accadere qualcosa.

Gli bastava una sua mossa falsa che gli consentisse di afferrare la Beretta da dietro la schiena.

L'uomo rimase a lungo in silenzio, un'espressione calcolatrice dipinta sul volto.

"Ora è lei a bluffare, Fascetti", disse infine. "Questa se l'è inventata di sana pianta, ma si illude se pensa che io la beva. Cerca di guadagnare tempo sperando in qualche aiuto che le piova dal cielo e la salvi in extremis. Ma non avverrà." Continuava a tenere la pistola abbassata ma sempre puntata contro il giovane.

"E lei mi crede tanto imprudente", Fascetti replicò, "da recarmi nel covo di un assassino senza assicurarmi un minimo di protezione?" Tacque e lo fissò. "Se ammazzerà anche me, non avrà fatto altro che aggiungere un nuovo delitto al lungo elenco di quelli di cui si è già macchiato. Ma non potrà sfuggire alla giustizia." Faceva del suo meglio per apparire calmo.

Un lieve sorriso scettico sfiorò le labbra di Gargiulo, la conferma che era lungi dal credergli.

"Lei mente."

"Ne è davvero convinto? Forse le conviene che parliamo ancora..." Lentamente si sedette di nuovo sulla poltroncina. "Magari riusciamo a trovare il modo di sistemare questa faccenda con il minor danno possibile per lei..."

"Non vedo come. Comunque... a prescindere dal fatto che io le creda o no, ho deciso di sopprimerla."

Fascetti rimase in silenzio mentre continuava a scervellarsi per trovare qualche altro argomento che gli consentisse di allungare i tempi. Fece per infilarsi una mano nella tasca interna della giacca per prendere le sigarette.

"Ehi, tenga le mani bene in vista, ha capito? Non cerchi di fare il furbo." Alzò la pistola puntandogliela di nuovo alla testa.

"Non vorrà negare a un condannato a morte il piacere dell'ultima sigaretta..." Il giovane abbozzò un sorriso.

L'altro non disse nulla, ma rise sommessamente come se avesse ritrovato il piacere del divertimento. "Vuole rosicchiare ancora qualche minuto di vita, vero? La capisco."

Il detective pensò che gli avrebbe concesso di fumare.

"D'accordo, perché no?" il malvivente disse infatti dopo un'altra lunga pausa. "Anzi, sa cosa le dico? Se la fumi pure con calma, se la goda. Approfitti del pochissimo tempo che le resta..."

Fascetti immaginò che un criminale quale Gargiulo era, che usava l'omicidio come un mezzo legittimo di lavoro, non dovesse condurre quell'attività esclusivamente per profitto. Il denaro doveva essere, sì, la principale motivazione, ma non l'unica. Di sicuro c'era una componente di svago, come d'altronde in tutti i mestieri. Forse a lungo andare aveva finito per sviluppare una sorta di piacere perverso per il Male fine a sé stesso. Un sentimento oscuro e insano che ora gli faceva apparire la situazione alla stregua di un gioco eccitante, un po' simile a quello del gatto col topo. Era come se rincorresse la sua vittima fino a costringerla in un angolo prima di balzare su di lei per farne un solo boccone. Rideva perché ci stava provando gusto.

Si sentì rinfrancato. Pescò nella tasca interna della giacca per prendere il pacchetto già aperto delle Malboro e la bustina dei fiammiferi.

"Si muova lentamente, Fascetti", l'altro lo ammonì. "Molto lentamente."

Il giovane pensò che fosse giunto il momento di rintuzzarlo un po' per studiarne la reazione, ma senza provocarlo. Doveva infrangere lo stallo che si era creato. Pertanto non si mosse lentamente, ma con notevole rapidità nel tirare fuori il pacchetto delle sigarette e i fiammiferi.

Il criminale ebbe un lieve sussulto. Corrugò la fronte e gli angoli della bocca gli si piegarono verso il basso in un'espressione rabbiosa e sprezzante insieme. "Le ho detto di muoversi adagio!"

Fascetti avvertì il pericolo, e sentì contrarsi i muscoli dello stomaco. Si mise una sigaretta tra le labbra e poi lanciò a Gargiulo il pacchetto dicendogli con tono deciso: "Tenga... ne fumi una anche lei!"

Il pacchetto colpì l'altro al bavero della giacca ricadendo sul pavimento. Ne fuoriuscirono diverse sigarette che finirono alcune sul ripiano della scrivania, altre sulla moquette. Delle briciole di tabacco rimasero appicciicate alla stoffa. Lentamente, senza distogliere lo sguardo, Gargiulo si spolverò con la mano sinistra. Poi sollevò appena la destra che stringeva la pistola, e Fascetti vide che, in modo quasi impercettibile, aumentava la pressione dell'indice sul grilletto.

"Mi scusi", gli disse, e subito aggiunse: "Qualcosa non va?

L'uomo non rispose. Lo guardò con aria diffidente, stringendo gli occhi come farebbe un alligatore che studia la sua preda. Sembrava che non fosse sicuro di ciò che stava accadendo e si sentisse spiazzato. Fascetti pensò che stesse riflettendo sull'opportunità di ucciderlo subito senza attendere che fumasse la sigaretta. Oppure che stesse invece pensando che non valesse la pena aspettare ancora mezzora prima di farlo, per verificare la sua menzogna al riguardo della Polizia. Comunque fosse, appariva un po' inquieto e frastornato.

Forse era quanto bastava.

Piegò del tutto la linguetta della bustina di fiammiferi. Ne strappò via uno, lo accese e lo sollevò portandoselo davanti al viso, come per accendersi la sigaretta. Osservò Gargiulo con la coda dell'occhio che lo stava fissando perplesso. La fiammella lambì la fila dei fiammiferi non utilizzati.

Improvvisamente esplosero in una vampata, e in quello stesso istante Fascetti li scagliò contro Gargiulo mirando agli occhi, mentre si lanciava sopra la scrivania nel tentativo di afferrarlo.

Con notevole presenza di spirito ed emettendo un grido di sorpresa, il malvivente inclinò la testa di lato, riuscendo a schivare quella che somigliava a una palla di fuoco.

Contemporaneamente esplose un colpo.

Il detective sentì un dolore bruciante nella parte superiore del braccio destro come se l'avesse sfiorato un ferro rovente. La pallottola l'aveva colpito di striscio andando poi a conficcarsi nella parete alle sue spalle. Ignorando lo spasmo, fece un balzo in avanti stendendosi con l'addome sull'enorme ripiano lucido della scrivania e allungando le mani per cercare di afferrare Gargiulo. Ma questi, con un movimento improvviso e inatteso, si spinse indietro sulla poltrona a rotelle, mettendosi fuori dalla sua portata.

Ma il giovane non demorse. Con uno sforzo ulteriore, riuscì trascinarsi quasi fino al bordo della scrivania: quanto gli bastò per afferrare un pesante posacenere di bronzo con cui assestò al malvivente un fortissimo colpo alla mano destra che impugnava la pistola. Avvertì una fitta di dolore al braccio ferito, ma l'arma schizzò via volteggiando nell'aria e andando a colpire il muro prima atterrare sul pavimento.

La rabbia e l'odio a lungo covati verso quel criminale, gli esplosero dentro con indicibile e inaspettata violenza. In quel momento non desiderava altro che poterlo afferrare alla gola e serrargliela fino a fargli schizzare gli occhi fuori dalle orbite.

Rotolando su se stesso sul ripiano della scrivania, si rimise in piedi sul pregiato tappeto orientale. Ma non vide partire il cazzotto di Gargiulo – un gancio per fortuna con scarsa potenza –, che lo centrò in piena mascella. Non se lo aspettava e lo colse impreparato facendolo vacillare, e stordendolo per qualche attimo. Per fortuna non ne seguì un altro.

Come attraverso una cortina di nebbia leggera, Fascetti vide l'uomo girare sui tacchi e lanciarsi sulla pistola che giaceva a pochi passi di distanza sulla moquette. Raggiuntala si chinò per raccoglierla. Fu allora che il detective, con una mossa repentina, si portò una mano dietro la schiena afferrando la Beretta, e, mentre l'altro ancora curvo cominciava a raddrizzarsi girandosi verso di lui, gliela puntò contro deciso a freddarlo senza esitazione.

Ma si trattenne. Pensò che non poteva farlo. Il suo compito era di consegnarlo al commissario Lopez perché fosse arrestato e processato.

Doveva immobilizzarlo subito. Non aveva tempo per riflettere, né per andare troppo per il sottile. Gli venne in mente quel corso di arti marziali, che aveva seguito quando, ancora sedicenne, frequentava il liceo. Si domandò se qualcosa gli fosse rimasta di quella piacevole esperienza, e pensò di accertarsene. Mosse due rapidi passi in avanti, e, prima ancora che Gargiulo avesse il tempo di rivolgergli contro la pistola, sollevò la gamba destra, e descrivendo col piede un breve arco nell'aria, gli tirò un fortissimo calcio in bocca con la punta della scarpa. Sentì lo scricchiolio dei denti che si frantumarono come fossero di ghiaccio.

Gargiulo lanciò un grido di dolore e indietreggiò barcollando. Andò a sbattere con la schiena contro la parete, lungo la quale si lasciò poi scivolare lentamente finendo seduto per terra.

Fascetti si rammaricò per non averlo potuto uccidere. Vide che non era neppure svenuto. Ansimava emettendo, con uno strano sibilo, sbuffi d'aria attraverso le labbra sanguinolente e gli spazi vuoti lasciati dai denti saltati via. Era come se respirasse attraverso un tubo intasato di sporcizia. Sedeva immobile con le spalle appoggiate al muro. A un tratto girò il capo e i suoi occhi si appuntarono di nuovo sulla pistola che gli era sfuggita di mano nella caduta, e che ora si trovava vicino a lui. Sotto gli occhi del detective mosse il braccio adagio e lo allungò verso l'arma. Annaspò dapprima con la mano e poi la impugnò.

Fascetti riandò col pensiero al coltello a serramanico. Passò la Beretta alla mano sinistra, e, con un rapidissimo gesto della destra, lo estrasse dalla tasca dei pantaloni premendo il pulsante che azionava la lama. Poi chinatosi su Gargiulo gli vibrò un

Il Crollo

colpo di taglio al dorso della mano con cui impugnava la pistola.

Di nuovo l'arma schizzò via piombando sulla moquette. Ancora una volta il malvivente lancio un urlò di dolore e insieme di rabbia, afflosciandosi contro la parete mentre si stringeva l'arto ferito. Fascetti, deposti la Berretta e il coltello imbrattato di sangue sulla scrivania, lo afferrò con entrambe le mani per il bavero della giacca e lo sollevò di peso rimettendolo in piedi.

Lo fissò per qualche secondo, e la sua mente fu attraversata dal ricordo del povero giornalista, e dei tanti altri malcapitati che aveva fatto assassinare. Rivide la sua espressione divertita di poco prima, mentre pregustava il momento in cui avrebbe ucciso anche lui. La collera non accennava a scemare, e daccapo provò la fortissima tentazione di fulminarlo con un colpo di pistola. Avrebbe poi potuto invocare la legittima difesa. Quale altra punizione che non fosse la morte, meritava un criminale di quello stampo? Ma di nuovo pensò che non poteva infliggergliela, che doveva consegnarlo alla Giustizia.

Cominciò ad avvertire come un graduale svilupparsi della tensione, che partendo dai polpacci si estese a tutti i muscoli del corpo. Serrò un pugno, e, fatto un passo indietro, sferrò a Gargiulo un diretto a una mascella, dietro cui c'era tutto l'impeto dei suoi novanta e passa chili di peso.

Quello che accadde subito dopo sembrò una sequenza di immagini al rallentatore. Il collo dell'uomo si torse e la testa ondeggiò come quella di una bambola di pezza. Tutto il corpo roteò di trecentosessanta gradi. Gargiulo perse l'equilibrio e cadde a faccia in giù andando a cozzare con forza con la fronte, contro uno spigolo della scrivania, prima di rovinare bocconi sul pavimento restandovi immobile.

Fascetti rimase in piedi a osservarlo ansimando lievemente, la bocca semiaperta, una smorfia di profonda repulsione dipinta sul volto. Sentì che la tensione cominciava ad allentarsi. Si strofinò le nocche indolenzite e poi si toccò con delicatezza il braccio ferito, che pure gli doleva. Si tolse la giacca e la ripiegò sullo schienale di una poltroncina. Poi si rimboccò, fino alla spalla, la manica della camicia macchiata di sangue, scoprendo l'intero braccio. Esaminò la ferita: la pallottola aveva prodotto niente altro che una lievissima scalfittura sulla quale il sangue aveva già cominciato a rapprendersi. Estrasse il fazzoletto e ve lo avvolse attorno a mo' di benda, riuscendo, con qualche difficoltà, ad annodarlo alla meglio con l'uso della mano sinistra e dei denti.

Poi, restando in maniche di camicia, si lasciò andare pesantemente sulla poltrona dietro la scrivania di Gargiulo cercando di rilassarsi per ritornare alla normalità. Si passò una mano sul volto lucido per il sudore. Lanciò un'altra occhiata all'uomo disteso sul pavimento: non si era mosso. Il sangue che sgorgava dalla ferita al dorso della mano, si allargava a formare una larga chiazza sulla moquette chiara. Pensò che prima di riaversi sarebbe passato del tempo.

Sollevò la cornetta del telefono per chiamare il commissario Lopez, ma subito la ripose poiché gli parve di cogliere un certo trambusto di là dalla porta chiusa dello studio. Tese l'orecchio. Udì un vociare sommesso, frammisto a quello che gli sembrò un tramestio di passi.

Improvvisamente, la porta si spalancò di colpo e sulla soglia comparve la grossa mole di Giacomo. Con un gesto meccanico, Fascetti afferrò la pistola. Il Nasone indugiò interdetto per qualche secondo spaziando per la stanza con lo sguardo sbalordito, poi si fece da parte per cedere il passo a qualcuno che stava dietro di lui. Un uomo già avanti negli anni, basso e tarchiato, fece il suo ingresso con incedere sicuro e risoluto, seguito da altri due personaggi. Fascetti lo guardò e, nel riconoscerlo, credé di avere le traveggole.

Era il commissario Lopez.

50

Superato l'attimo di stupore il detective disse: "Salve Antonio, ma cosa ci fai tu qui? Come diavolo hai fatto a sapere che ero... ?"

"Te lo spiego dopo." Lopez lo interruppe bruscamente avvicinandosi alla scrivania. I suoi occhi scurissimi lanciarono uno sguardo saettante tutto intorno nello studio prima di arrestarsi su Gargiulo.

"Piuttosto...", riprese, "...dimmi *tu* che ci fai qui, e cosa è successo." Per tutta risposta Fascetti indicò con la mano il corpo immobile sul pavimento. "Sono suo ospite." Sorrise con ironia prima di aggiungere: "Non dovrebbe essere morto. Ha soltanto una ferita alla fronte e la bocca sconquassata. Tuttavia è opportuno chiamare un medico." Sembrò riflettere un istante. "E anche un esperto di casseforti."

"Un esperto di casseforti?" Lopez inarcò un sopracciglio. "A cosa cavolo ti serve?"

"Prima provvedi e poi ti spiego tutto."

Il commissario spostò lo sguardo su uno degli agenti in borghese che lo accompagnavano. "Occupatene tu", gli disse. "Per le casseforti chiama Schiappetti. E' l'unico veramente in gamba."

Il poliziotto uscì frettolosamente dalla stanza.

Lopez si sedette su una delle due poltroncine davanti alla scrivania, lo sguardo interrogativo puntato sul giovane. "Allora... vuoi dirmi di grazia cosa sta succedendo? Chi ti ha conciato la faccia in quel modo?"

Invece di rispondere Fascetti indicò di nuovo Gargiulo. "Ti presento Giuseppe Gargiulo, il mio cliente. O meglio... lo era fino a circa un'ora fa. Adesso te lo affido, Antonio." Sorrise compiaciuto. "Lui è quello che resta di quell'organizzazione criminale specializzata in omicidi su commissione col sistema del finto incidente stradale. Ne era il capo ed è l'unico componente rimasto. Ma è anche il bastardo che ha fatto ammazzare Riccardo Alessi."

Lopez lo guardò stupito, a bocca aperta. "Non stai scherzando... spero." Fascetti scosse la testa con aria stanca. "E' tutto vero, Antonio. Come lo è il fatto che me la sono vista brutta e sono vivo per miracolo. Tanto per cominciare erano soltanto in quattro: Gargiulo, qui presente, e altri tre scagnozzi che agivano come esecutori materiali dei delitti. Due di loro li ho lasciati ieri sera morti stecchiti accanto a una Mercedes scura, sulla tangenziale per la Milano-Brescia. Ne dovresti essere al corrente dato che ho avvertito il centralino della questura. Il quarto uomo lo troverai, anch'esso cadavere, nel covo della banda in via delle Forze Armate. Inoltre..."

"Che ne diresti...", Lopez lo interruppe di nuovo bruscamente, "... di raccontarmi tutto dal principio? Gradirei un resoconto ordinato delle tue indagini a partire dall'ultima volta che ci siamo visti, cioè Martedì scorso."

Fascetti rifletté per un attimo, e poi annuì quasi a sé stesso. Impiegò più di mezz'ora per aggiornarlo iniziando dalla visita alla Comit di Novate. Lopez fece una smorfia di disapprovazione nell'apprendere il modo illegale in cui si era procurato una copia dell'estratto del conto corrente di Bardi. Ma subito dopo sorrise dicendo: "Be', hai infranto la Legge. Tuttavia chiuderò un occhio... Credo che il caso rientri tra quelli a cui potrebbe applicarsi il famoso adagio machiavelliano del fine che giustifica i mezzi."

Il giovane continuò riferendogli dell'incontro burrascoso con Bardi a Palazzo Mezzanotte, e dei lunghi colloqui con Rivetti e Morriconi. Si soffermò più a lungo sulla difficile e penosa visita fatta alla vedova di Alessi, proseguendo con l'episodio del suo sequestro da parte dei due sicari di Gargiulo, e spiegando come ne fosse uscito grazie a quella sua azione spericolata sulla tangenziale.

Gli descrisse in dettaglio la brutale aggressione subita per mano del terzo sicario nel covo della banda, e come fosse riuscito ad avere la meglio su di lui. Gli parlò di quello stratagemma con cui si era introdotto nello studio del gestore del night, soffermandosi sul contenuto del loro colloquio, culminato in quello scontro fisico con cui lo aveva neutralizzato.

"Bene." Lopez annuì soddisfatto. "Non posso che complimentarmi... A questo punto devo giocoforza considerarti ufficialmente un collaboratore della polizia, e ti pregherei pertanto di farmi avere un rapporto scritto di tutto questo, che dovrò trasmettere al magistrato che coordina le indagini."

"Me ne occuperò appena ritornato in ufficio."

In quel momento, entrò nello studio un ometto di mezz'età dall'aria vispa, calvo e con gli occhiali dalla sottile montatura di metallo. Reggeva nella mano destra una valigetta di pelle scura del genere di quelle che usano i medici.

"Salve dottore", Lopez gli disse. Poi aggiunse indicando con un movimento del capo l'uomo disteso sul pavimento: "Sarà bene che gli dia un'occhiata. Ha la bocca conciata male, e forse non soltanto quella." Il medico si avvicinò a Gargiulo e gli si inginocchiò accanto. Con l'aiuto di un agente lo rigirò supino e lo osservò da capo a piedi con espressione professionale, mentre gli scioglieva il nodo della cravatta e gli sbottonava la camicia. Poi, aperta la valigetta, ne estrasse uno stetoscopio con cui si mise ad auscultarlo con cura. Poi esaminò la ferita sulla fronte, e gli palpò tutto il capo alla ricerca di eventuali ematomi o fratture. Non trovandone apparve soddisfatto. Con una minuscola torcia gli aprì la bocca e ne esaminò l'interno. Richiuse di scatto la borsa dopo avervi riposto gli strumenti, quindi si alzò e si avvicinò al commissario. "Fareste bene a ricoverarlo", disse. "Le ha prese di santa ragione. Ha una profonda ferita sulla fronte che necessita di essere suturata, oltre a un taglio profondo sul dorso della mano destra che continua a sanguinare."

Lopez disse: "C'è il pericolo che tiri le cuoia?"

Il medico scosse il capo energicamente. "No, lo escludo nel modo più assoluto. E' ancora svenuto, ma si riprenderà. Ha soltanto bisogno di essere curato. Il pugno violento che ha ricevuto in faccia, e il trauma alla fronte, gli hanno provocato una sorta di lieve commozione cerebrale. Succede perfino ai pugili, qualche volta. Ma con un trattamento adeguato si ristabilirà del tutto entro pochi giorni. Ha pure la bocca disastrata, gli sono saltati quattro o cinque incisivi, e quindi dovrà procurarsi un buon dentista."

Il commissario sollevò la cornetta del telefono per chiamare un'ambulanza mentre il medico si congedava. L'aveva appena riposta quando un giovanotto comparve sulla soglia dello studio. "Ecco il tecnico delle casseforti", Lopez disse. "Venga pure avanti Schiappetti." Gli fece cenno di avvicinarsi.

"Salve commissario, come sta? E' da un pezzo che non ci si vede." Il nuovo arrivato sorrise allegramente. "Cos'ha per me oggi?"

"C'è da forzare una cassaforte." Gli sorrise di rimando.

"Bene."

Era un giovane sulla trentina alto e smilzo dagli occhi chiari e i capelli biondi. Portava sottobraccio quella che sembrava la cassetta degli attrezzi del mestiere.

Fascetti si alzò e si avvicinò al grande dipinto a olio appeso alla parete dietro alla scrivania. Lo staccò scoprendo una piccola cassaforte incassata nel muro, di un colore grigio chiaro. "E' di questa che ti parlavo poco fa", disse rivolto al commissario.

Lopez le lanciò un'occhiata disinteressata, e poi la indicò al tecnico perché la esaminasse. Questi vi si accostò e storse subito un angolo della bocca come a significare che aprirla non sarebbe stato un gioco da ragazzi. "E' una Chubb inglese", disse. "Una delle migliori marche, e per giunta l'ultimo modello. Senza la combinazione ci vorrà del tempo per riuscire a forzarla." "Quanto?", Lopez chiese.

L'altro si lisciò il mento con aria riflessiva. "Be', sei... sette ore... forse qualcuna di più. Dovrò usare la fiamma ossidrica."

"E' sempre meglio che aspettare giorni perché Gargiulo guarisca e ci riveli i numeri della combinazione", Lopez osservò rivolto a Fascetti. "Okay, procedi pure", ordinò al tecnico.

Mentre questi, aperta la cassetta degli attrezzi, cominciava ad affaccendarsi davanti alla cassaforte, Fascetti disse a Lopez: "Credo che quando sarà aperta, potrai mettere le mani su una tale mole di materiale documentale relativo a omicidi su commissione, quale non ti era mai capitata durante la tua lunga carriera. Sono certo che sia tutto registrato sulle videocassette. Vedrai i volti dei mandanti, ascolterai le loro voci mentre impartiscono le istruzioni. Bisogna riconoscere la genialità dell'idea di Gargiulo di ricattarli. Sono certo che avrebbe funzionato, se non lo avessimo preso." Si sedette su una poltroncina e si accese una sigaretta. "Comunque... per qualsiasi chiarimento avrai lui a disposizione quando sarà guarito. In quella cassaforte potrebbero trovarsi le soluzioni di una nutrita serie di casi di gente deceduta in incidenti stradali sospetti, verificatisi a Milano e provincia negli ultimi due o tre anni."

Lopez scosse lentamente il capo e disse: "Mi sembra troppo bello per essere vero..." Si sedette a sua volta e, tirato fuori dal taschino della giacca un sigaro scuro avvolto in cellophane, lo scartò e se lo mise tra i denti.

"Se lo desideri, Antonio, puoi cominciare alla grande arrestando subito Cesare Bardi", Fascetti riprese. "Non ti nascondo che questo piacere lo riserverei a me stesso, se solo ne avessi l'autorità. Non aspettare a recuperare la cassetta che lo inchioderà definitivamente. Potrebbe tagliare la corda. Visionandola avrai la conferma che Bardi commissionò l'omicidio di Lugato, per i motivi che sappiamo, sborsando la somma di cento milioni.

"Tuttavia, intorno a questo caso resta il mistero del tentativo di ricatto di cui Bardi sarebbe stato fatto segno da parte di qualcuno che doveva essere al corrente della sua colpevolezza. A mio avviso, a ricattarlo potrebbero essere stati gli stessi sicari di Gargiulo, o quantomeno uno di loro. Chissà!" Trasse una intensa boccata dalla sigaretta. "Sono certo che non troverai nessuna videocassetta che riguardi l'assassinio di Morelli. Gargiulo ha affermato con forza di esserne del tutto estraneo. Non c'è una sola ragione al mondo per la quale avrebbe dovuto mentire."

Lopez spostò il sigaro ancora spento da un angolo al centro della bocca e lo accese. "Cosicché quel caso resta irrisolto..." Scosse di nuovo il capo con aria perplessa esalando una nuvola di fumo. "Mi chiedo a questo punto in quale altra direzione potremmo indagare..."

"Al tuo posto, non scarterei del tutto Maldano. Guarderei bene da quella parte. Non dimenticare quel movente validissimo che il dirigente può aver avuto per sbarazzarsi del suo collaboratore." Tacque un attimo. "A proposito, a che punto sono le indagini su di lui e sulla Bpa al riguardo di quelle presunte attività illegali. Mi riferisco, naturalmente, al riciclaggio in Borsa del denaro sporco per conto della Mafia."

Lopez ebbe un sorriso enigmatico.

"Niente di concreto finora, ma proseguono. Guarda caso che proprio stamattina ne parlavo a telefono col capitano Giorgetti della Guardia di Finanza, che segue il caso. E' stato lui a chiamarmi per informarvi d'aver ricevuto una interessante segnalazione segreta su Maldano e la Bpa." Fece una pausa. "Sembrerebbe che i fondi sospetti che affluiscono alla banca per essere investiti in Borsa nell'acquisto di azioni, provengano da una piccola finanziaria di Lugano che farebbe capo a quel Vincenzo Ragusa, imprenditore edile in forte odore di Mafia, e con il quale Maldano avrebbe rapporti molto intimi. Insomma, sarebbe come una sorta di bacino di raccolta dei proventi illeciti da riciclare. La sua fondazione risale a una decina di anni fa."

"E la fonte della informazione?"

"Giorgetti ha preferito non sbilanciarsi accampando il segreto investigativo, dato che le indagini della Finanza sono ancora nella fase iniziale, e che il dirigente non è ufficialmente indagato." Fascetti parve riflettere un attimo prima di dire: "Quando dici che la finanziaria farebbe capo a Ragusa, intendi che ne sarebbe il proprietario, naturalmente..."

"Naturalmente, ma non è facile provarlo neppure attraverso ricerche in Svizzera."

"Per quale ragione?"

"Spesso la criminalità organizzata, ma non solo, si avvale di certi semplici meccanismi per rendere non rintracciabile la proprietà, soprattutto all'estero."

Il detective gli rivolse uno sguardo interessato. "Mi piacerebbe conoscerli."

"A detta di Giorgetti", Lopez spiegò, "la finanziaria sarebbe stata costituita sotto forma di società per azioni di diritto svizzero. In Svizzera ve ne sono una miriade. Secondo la legge di quel paese, possono svolgere tutte le attività di una banca commerciale, salvo sollecitare depositi da parte del pubblico. Ora... se su di essa si dovessero fare ricerche in loco, si troverebbe probabilmente che è a sua volta controllata da altre società. In genere se ne mettono in piedi due... ognuna intestataria di una quota... diciamo del cinquanta per cento del capitale. Si chiamano società fiduciarie. Significa, in parole povere, che il proprietario intesta in fiducia le azioni a loro. L'imbroglio consiste nel fatto che il suo nome resterà sempre segreto. Spesso è con un escamotage del genere che certi imprenditori e i politici nascondono i loro soldi all'estero."

Fascetti disse: "Mi pare di capire che senza accertamento della proprietà, non è possibile indagare sulla finanziaria."

"Non esattamente. E' la mancanza di indizi o indiziati che rende le cose difficili." Scosse il capo. "Inutile avviare una rogatoria. Senza una ragione plausibile si andrebbe a sbattere contro il muro di acciaio della riservatezza e della burocrazia svizzera. Forse si rivelerebbe più efficace, sostiene Giorgetti, una ispezione diretta presso la Bpa. Ma quella è tutt'altra cosa da esaminare."

Fascetti non fece alcun ulteriore commento pensando che, per quanto la cosa lo incuriosisse, ormai non rivestiva per lui granché di interesse, anche se nel retro della sua mente lo turbava quel ricordo di un certo impegno che aveva assunto con l'anziana madre di Morelli, di assicurare alla giustizia l'assassino del figlio.

Non parlarono per qualche minuto intenti a fumare. Poi Fascetti disse a bruciapelo: "Sono in attesa che tu mi dica come hai fatto a trovarmi, dato che non l'ho detto ad anima viva che venivo qui."

"Ah! Già... hai ragione." Si tolse il sigaro dalla bocca. "Be'... sei stato tu stesso a condurci al Serraglio."

"Vuoi dire che..."

"E' da quando sei uscito di casa stamattina che due dei miei ti stanno alle calcagna."

"Sicché mi hai fatto sorvegliare a mia insaputa..."

"Esatto." Lo guardò sorridendo. "Hai la memoria labile, Carlo. Forse hai dimenticato che ieri pomeriggio ci siamo lasciati a telefono con l'intesa che saresti passato a trovarmi dopo essere stato dalla vedova di Alessi. Quando a una certa ora non ti ho visto arrivare, ho cominciato a impensierirmi. Intorno alle dieci e mezzo ho telefonato alla donna la quale mi ha riferito che l'avevi lasciata verso le nove. Ho atteso ancora un po' nella speranza di almeno una tua telefonata. Poi mi sono recato a casa tua. Il portiere di notte mi ha detto che ti aveva visto rientrare alle dieci e mezzo, per poi riuscire dopo un quarto d'ora circa. Allora ho piazzato due agenti in borghese a sorvegliare l'ingresso del tuo stabile. Mi sono sentito sollevato quando mi hanno telefonato informandomi che eri rincasato intorno alle dodici e mezzo. Al che ho dato loro istruzioni di piantonare l'edificio, e di non perderti di vista qualora fossi uscito di nuovo, intervenendo solo se ti fossi trovato a mal partito." Tacque accanendosi per alcuni secondi col sigaro che sia era quasi spento. "Bene... stamattina ti hanno seguito quando ti sei recato al Serraglio."

"E così hai deciso di fare irruzione."

"Già, ma dopo che tardavi a uscire dal locale." Tacque un istante. "C'è dell'altro da precisare. Sappi che da qualche tempo questo posto è annoverato in una rosa di night ritenuti equivoci, ragion per cui è sotto la lente d'ingrandimento. Captiamo di continuo voci insistenti circa la probabilità che dietro la facciata di una assoluta normalità, si celino lo spaccio di droga e la prostituzione. Sospettiamo che molti facoltosi personaggi frequentino il locale per rifornirsi della *roba* e per agganciare prostitute di alto bordo." Fece una pausa.

"La gestione del night di per sé, era quindi per Gargiulo un lavoro a tempo perso..." Fascetti osservò.

Lopez sorrise. "Più o meno. Il problema è che purtroppo non si è riusciti finora a fare emergere in modo inequivocabile questi reati. Lui era sotto sorveglianza." Fissò intensamente il detective prima di proseguire. "Ma apprendere da te che c'e di mezzo anche l'Anonima delitti, è qualcosa che sinceramente mi ha fatto cascare dalle nuvole. Devo ammetterlo." Fece una breve pausa. "Bene... quando ho saputo dai miei ragazzi che passata un'ora dal tuo ingresso nel Serraglio, non ne eri ancora uscito, mi sono precipitato sul posto per unirmi a loro, spinto da una sorta di sinistro presentimento. Non era possibile, ho pensato, che tu fossi ancora al bar del locale a fare colazione o a prendere un caffè. Ho deciso di entrare per venirti a cercare. Ho chiesto di te a quella gnocca di cassiera il cui volto, detto per inciso, si è illuminato al solo sentire il tuo nome. Devi aver fatto colpo su di lei. Mi ha detto che eri a colloquio con Gargiulo da circa un'ora. A quel punto, ho chiamato i miei agenti e tutti e tre siamo discesi nel night dirigendoci verso il suo ufficio. Imboccato il corridoio abbiamo trovato il suo bodyguard a sbarrarci il passo. Gli ho mostrato il mio distintivo intimandogli di condurci dal suo capo. Il seguito lo conosci." Tacque e sembrò rammentarsi di qualcosa. "A proposito... dobbiamo arrestare anche lui?"

Fascetti trasalì. Gli era uscito del tutto di mente. Si voltò e lo vide che se ne stava seduto in disparte in un angolo dello studio, gli occhi posati sul suo padrone disteso esanime sul pavimento. Aveva l'espressione perplessa e confusa di chi non riesce a capire bene in che genere di guaio si sia cacciato inconsapevolmente.

"Credo che tutto sommato sia pulito", il detective rispose. "E' soltanto uno scrupoloso sorvegliante. Svolgeva con diligenza il suo compito di bodyguard di Gargiulo. In fondo mi sta simpatico." Sorrise "Forse è al corrente delle attività illecite del suo capo, ma dubito che vi abbia mai svolto un qualche ruolo attivo."

In quell'istante la porta dello studio si spalancò di nuovo per far passare una lettiga sospinta da due infermieri accaldati nei loro camici verdi. Una volta che Gargiulo vi fu adagiato sopra, uno dei paramedici compilò un modulo che poi sottopose al commissario per la firma. Ripartirono scortati dai due agenti in borghese, e dallo stesso Giacomo che sembrava deciso a non staccarsi dal suo principale.

Fascetti e Lopez rimasero a fumare in silenzio. Poi il commissario fece una lunga telefonata dalla quale il giovane capì che parlava col suo superiore per fare rapporto e chiedere istruzioni.

"Non abbiamo nient'altro da fare qui, almeno per il momento", disse infine quando ebbe terminato. "Il magistrato ha ordinato che il locale venga chiuso e messo sotto sequestro." Si alzò. "Tra poco arriverà una squadra della Scientifica specializzata in perquisizioni, che vi apporrà i sigilli e lo passerà al setaccio. Andiamo, allora?"

"Sì, andiamo."

Sulla soglia dello studio il detective si fermò per voltarsi a lanciare un'occhiata finale in giro.

Dietro alla scrivania il tecnico trafficava rumorosamente con la cassaforte. L'aria era impregnata dell'odore pungente del gas propano generato dalla fiamma ossidrica.

"Povero ragazzo", disse sommessamente, "che scoop sensazionale ne avrebbe ricavato…"

E in quel momento si risvegliò in lui l'acuto senso di colpa, accompagnato dal rimpianto per non aver fatto nulla per proteggerlo nel momento in cui avrebbe dovuto.

51

Quel lunedì mattina preannunciava una giornata abbastanza routiniera per don Vincenzo Ragusa.

Si era alzato, come suo solito, poco dopo le sette, e ora stava in piedi davanti alla finestra spalancata di una delle quattro camere da letto del suo lussuoso appartamento di Palermo. Occupava l'intero terzo piano di uno stabile signorile situato nella centrale via Volturno, a un tiro di schioppo dal Palazzo di Giustizia.

Sporgendosi appena dal davanzale riuscì a intravederne l'austera e imponente mole, e nel lanciarle una breve occhiata le sue labbra si incresparono in un accenno di sorriso, ancorché la vista in sé gli procurasse una sensazione vagamente sgradevole.

Si stiracchiò indurendo i bicipiti delle ancora possenti braccia, mentre scrutava il cielo cosparso di nubi color piombo. Si mise le mani sui fianchi e fece una decina di flessioni sulle gambe. Poi inspirò a pieni polmoni l'aria che un acquazzone notturno aveva rinfrescato, rendendo la temperatura più sopportabile rispetto a quella torrida delle giornate precedenti. Abbassò lo sguardo alla strada ancora lucida di pioggia: data l'ora il traffico delle auto e degli autobus, era ancora molto rarefatto. Alcuni pedoni camminavano frettolosamente lungo i marciapiedi.

Quel momento di serena contemplazione mattutina che stava assaporando, rappresentava una delle rare pause che il Boss si concedeva nel corso della sua impegnativa giornata. Di lì a poco avrebbe dovuto interromperla per fare una rapida doccia e vestirsi. Consumata una breve colazione sarebbe uscito di casa dirigendosi in auto alla villa di Bagheria, da dove era giunto venerdì sera per presiedere una importante riunione della "famiglia."

"Tornate a letto, don Vincenzo, è ancora presto."

Trasalì e si voltò a guardare la splendida, giovane donna che giaceva, supina e nuda, nell'enorme letto matrimoniale di mogano finemente intagliato, parzialmente coperta da un lenzuolo di lino. Si soffermò per qualche secondo ad osservarne i grossi seni e il bel viso bruno dai lineamenti regolari, incorniciato da una folta capigliatura corvina. Faceva parte di una rosa di quattro o cinque fanciulle pronte ad accorrere a un suo schiocco di dita, ogni volta che veniva in città. Ignorò l'invito e riportò lo sguardo fuori dalla finestra. La donna gemette, farfugliò qualcosa di incomprensibile, poi si voltò su un fianco e, tiratosi il lenzuolo sopra la testa, riprese a dormire.

Ragusa sospirò. L'ottimo umore con cui si era svegliato era dovuto ad almeno un paio di ragioni. Gli affari che andavano a gonfie vele, anzitutto.

Si crogiolava nell'autocompiacimento per quella operazione speculativa sulle azioni della Bpa che, con l'impegno di Maldano, si accingeva a compiere in Borsa, pregustandone il successo.

Avrebbe fruttato una cifra non esorbitante rispetto ai guadagni complessivi della "famiglia", ma era davvero niente male per un'impresa che giudicava a bassissimo rischio. Ciò per l'elevatissima affidabilità della fonte da cui aveva avuto l'indiscrezione in merito alla data stabilita dalla Bnc per l'annuncio pubblico dell'Opa. Non poteva avere timori o perplessità di sorta visto che il suo informatore era un suo carissimo amico che si chiamava Antonio Battisti, e ricopriva la carica di amministratore delegato della Banca Nazionale di Credito.

Ma a infondergli ottimismo, c'era anche la forma smagliante di cui godeva. Avvertiva una grande lucidità di mente, nonché vitalità e scioltezza nei movimenti. Il suo corpo sprizzava energia da tutti i pori, e quasi anelava a entrare in azione. A dispetto dei suoi sessantadue anni suonati, si sentiva potente e virile, in grado di tener testa a giovani donne come quella con cui aveva appena trascorso la notte. Sorrise al ricordo, e al pensiero che gli anni non sembravano aver inciso granché sulle sue prestazioni amatorie.

Fece un altro profondo respiro e si voltò allontanandosi dalla finestra. Camminando in punta di piedi per non svegliare la donna, attraversò la stanza e infilò una porta laterale che immetteva in un ampio locale adibito a vestibolo, provvisto di un enorme guardaroba laccato di bianco.

Rocco Sorge lo attendeva seduto su un alto sgabello, intento a fumare, accanto a un tavolino a piedistallo dal ripiano rotondo di marmo, su cui erano posati un massiccio portacenere di cristallo e alcuni quotidiani accuratamente ripiegati.

"Buon giorno, don Vincenzo."

"Buon giorno, Rocco", gli rispose con quella sua tipica voce dal timbro profondo e ruvido. "Sbrighiamoci! Ci aspetta una giornata campale."

Senza neppure fermarsi, gli passò davanti ed entrò nell'enorme bagno interamente piastrellato con pregiate maioliche dai tenui motivi floreali, e dotato di rubinetteria placcata in oro zecchino. Una Iacuzzi con idromassaggio, larga quasi quanto una piscina, era situata sul pavimento a un'estremità della stanza. Dalla parte opposta c'erano doccia, sauna e bagno turco.

Il giovane scattò in piedi e schiacciata in fretta la sigaretta nel posacenere, seguì il suo principale con fare servizievole all'interno del bagno. Infilò una mano nella cabina in vetroresina della doccia, e regolò la temperatura posizionando la leva del miscelatore a metà corsa tra *caldo* e *freddo*, come Ragusa desiderava.

Quando si girò, don Vincenzo si era spogliato del tutto e gli porgeva il pigiama e la biancheria intima sporca, che lui lasciò cadere dentro un largo canestro di vimini collocato sotto il lavabo. Il Boss rimase nudo a mirarsi per quasi un minuto allo specchio a figura intera. Gonfiò il torace drizzando le larghe spalle e contraendo i muscoli dell'addome. Non aveva un filo di grasso. Con un'espressione soddisfatta stampata sul volto entrò nella cabina. Emise un grugnito di goduria quando, aperto il rubinetto, fu investito da un potente getto d'acqua calda, e il cubicolo fu subito invaso dal vapore. Con l'uso di una grossa spugna imbevuta di un costoso bagnoschiuma alle erbe aromatiche, prese a insaponarsi tutto il corpo con gesti rapidi. Quindi si risciacquò. Spostò lentamente la leva del miscelatore verso *freddo*. Il suo medico lo aveva spesso ammonito contro i rischi delle docce fredde, ma non aveva mai obbiettato acché ne terminasse una normale con una sferzata di acqua gelida dall'effetto rivitalizzante. Con un colpo secco e deciso spinse la leva a fondo su *freddo*.

"Brrr!", esclamò rabbrividendo.

Uscì dalla cabina tremando e battendo i denti, subito accolto da Rocco che lo aiutò a indossare un enorme accappatoio di soffice spugna, con cui prese poi a strofinarlo con vigore.

Ritornarono nello spogliatoio. Sorge prese dal guardaroba l'occorrente per aiutare il boss nel rituale della vestizione. Fu nel rimirarsi allo specchio, una volta terminata, che Ragusa si accorse che il suo braccio destro indossava un capo molto simile al suo: un completo in leggerissima *gabardine* color crema, tagliato su misura. Ma non era tutto. Rocco portava le stesse scarpe marroni lucidissime, gli stessi calzini di seta, un'analoga camicia immacolata con gemelli d'oro, e una cravatta quasi identica sia per la tonalità del colore chiaro sia per i disegni di fantasia.

"Bene", Ragusa disse sorridendo dentro di sé. Non fece alcun ulteriore commento. D'altro canto non era la prima volta che succedeva. Vestiti quasi allo stesso modo, e data la loro straordinaria rassomiglianza – troppo perfetta per poter essere casuale –, sarebbero facilmente passati per fratelli gemelli se non fosse stato per la enorme distanza anagrafica: quella che separa un figlio da un padre. Rocco aveva trentacinque anni, e sembrava la versione giovanile del suo principale.

Ed erano in molti pronti a giurare che il luogotenente di Ragusa fosse in realtà suo figlio illegittimo, il frutto di una segretissima, breve relazione extraconiugale avuta da giovane con una splendida donna sposata, deceduta per complicazioni durante il parto. Ma era anche l'unico, dato che il suo matrimonio non era mai stato allietato da prole per via della sterilità congenita della moglie, passata anch'essa a miglior vita.

La smania che Rocco ostentava nel volerlo imitare nel modo di abbigliarsi, era un chiaro messaggio che intendeva trasmettergli: quello di essere ben consapevole della sua discendenza paterna, e di avvertire pertanto il bisogno di specchiarsi in lui, assumendolo come modello e punto di riferimento della sua vita. Crescendo, era così arrivato ad assorbire in modo naturale i comportamenti del Boss, i suoi gusti, e perfino la sua mentalità.

Don Vincenzo, dal canto suo, riteneva di averlo plasmato su sé stesso, e se ne sentiva orgoglioso. Spesso lo osservava di sottecchi come farebbe uno scultore davanti a una statua che considera una sua esclusiva creatura, riuscita proprio come egli aveva desiderato. Non potendo legittimarlo per non generare contrasti e dissapori all'interno della "famiglia" – la Mafia aveva un certa idiosincrasia per i figli illegittimi – Ragusa lo aveva comunque accolto nella sua casa fin da ragazzo per allevarlo, e ne aveva fatto, diventato adulto, un uomo d'onore e quindi il suo luogotenente: in pratica l'uomo più importante in seno alla Organizzazione, naturalmente dopo di lui.

"Cosa c'è di nuovo sotto il sole, Rocco?" Con un movimento del capo il boss indicò i giornali posati sul tavolino. Un'altra importante incombenza del giovane era quella di tenerlo aggiornato su quanto accadeva nel mondo, ragione per la quale si alzava prestissimo per scorrere i più importanti quotidiani, e guardare i primi telegiornali.

"Niente di particolarmente rilevante", gli rispose. "La Borsa procede positivamente. C'è calma sul fronte politico." Fece una pausa riflessiva. "Il *Corriere della Sera* riporta la notizia di una strana anonima omicidi sgominata ieri a Milano dalla Polizia, anche grazie alle indagini condotte da un giornalista investigativo dello stesso *Corriere*, e da un detective privato."

"Perché strana?"

"Perché operava con modalità particolari. Faceva fuori le vittime a suon di botte e poi le abbandonava per strada facendo apparire come se fossero state travolte accidentalmente da automobili."

"Ah! Una bella trovata, no?" Tacque un attimo. "Così allontanava i sospetti dai mandanti."

"Già. Ricorderete, don Vincenzo, che molto si è letto sui giornali di casi del genere verificatisi a Milano e provincia. Quanto al giornalista ficcanaso ci ha rimesso le penne: lo hanno preso e strangolato ancor prima che la polizia potesse intervenire. Tre dei componenti la banda sono rimasti uccisi per mano dell'investigatore privato, mentre il quarto, il capo, è stato arrestato."

Ragusa rimase in silenzio per qualche secondo per assimilare la notizia. Poi disse:

"Incidenti stradali simulati, quindi..." Si raddrizzò il nodo della cravatta con aria riflessiva. "Mah, sto pensando a quel Morelli. Chissà che la Polizia non sospetti che anche lui sia stato eliminato da questa banda su mandato di qualcuno." Sorge scosse il capo per negare che ciò fosse possibile.

Disse: "Stando al contenuto dell'articolo di stampa, a questo punto la polizia non parla più di sospetti, ma di certezze. Con la cattura del capobanda, è entrata in possesso di elementi concreti che, a poco a poco, consentiranno di risalire ai committenti dei singoli delitti, uno dopo l'altro."

"E Morelli?"

"Non è nell'elenco di quelli imputabili a questa organizzazione. Il che rafforzerebbe, a detta degli inquirenti, l'ipotesi dell'incidente.

Ragusa annuì senza alcun ulteriore commento.

Muovendosi con rapidità i due uomini raggiunsero la cucina dove Sorge aveva preparato una frugale colazione a base di cereali, latte e caffè. La consumarono in fretta e quindi si diressero verso le scale che conducevano a pianterreno, passando davanti all'enorme sala da pranzo. Mentre scendevano i gradini, a un tratto Sorge disse: "A proposito di Morelli, c'è qualcosa di cui sono venuto a conoscenza e che ritengo dovreste sapere, don Vincenzo. Magari non è niente di significativo..."

"Sì?"

"Sembrerebbe che fosse stato espulso dal servizio di Borsa il giorno prima di scomparire." Ragusa si fermò di colpo sull'ultimo gradino e si voltò lentamente a scrutare il giovane che lo seguiva leggermente distanziato, l'espressione divenuta improvvisamente accigliata. "E tu com'è che l'hai saputo?"

"Me lo ha detto Dante Spampinato. Ieri mattina siamo stati a pesca insieme."

"Ah, non sapevo che Dante fosse a Palermo...", si stupì il Boss.

"E' arrivato a sorpresa sabato mattina per una visita lampo ai suoi. E' ripartito per Milano ieri sera con l'ultimo volo dell'Alitalia. Saputo che eravamo in città, mi ha telefonato sabato pomeriggio e ci siamo accordati per la solita battuta di pesca, sempre nello stesso posto."

Ripresero a camminare in fretta attraversando l'atrio e entrando nel vasto garage che si affacciava sulla strada principale.

Don Gerolamo Ragusa, il padre di Vincenzo, aveva acquistato quarant'anni prima quello stabile di fine Ottocento – allora fatiscente – per l'enorme potenziale che offriva. Lo aveva pagato una cifra irrisoria, da un tale costretto a vendere trovandosi con l'acqua alla gola per i debiti. Lo aveva innovato e ristrutturato dotandolo di ogni comodità, e facendone uno degli edifici più eleganti della zona. Ne aveva trasformato il vasto locale a pianterreno, un tempo adibito a stalle e rimessa per le carrozze, in un garage che poteva alloggiare facilmente non meno di tre auto di grossa cilindrata. Era chiuso verso l'esterno da una pesante saracinesca di acciaio. In quel momento c'era una sola vettura parcheggiata: la Jaguar blindata blu scuro di Ragusa lucente come uno zaffiro, col muso rivolto all'uscita. Il Boss vi si accostò e fece scorrere una mano sul tettuccio, poi ne studiò il palmo: non c'era un granello di polvere. Annuì in segno di apprezzamento.

"Ti ha detto, Dante, com'è che l'ha saputo?" Teneva un gomito appoggiato sul bordo del tettuccio.

"Certo. E' stato per puro caso. Alcuni giorni fa Maldano lo ha fatto trasferire dall'agenzia di via Ripamonti, a quella di piazza Missori. Una sede più prestigiosa e vicina a quella centrale in via Meravigli. Chissà... forse per averlo più a portata di mano. E' stato lì che Dante ha captato alcuni frammenti di una conversazione tra due colleghi. Ha capito che parlavano di Morelli, e del fatto che il giorno prima della sua scomparsa fosse stato colpito da un provvedimento disciplinare con cui era stato sollevato dall'incarico."

"Con che motivazione?"

"Gravi manchevolezze."

"Di che genere?"

"Questo Dante non è riuscito ad afferrarlo, oppure quei due non l'hanno precisato."

Ragusa rimase in silenzio mentre apriva la portiera dell'auto scivolando all'interno sul sedile del passeggero. Rocco lo imitò prendendo posto dietro al volante.

Di primo mattino, mentre il suo capo ancora dormiva, era sceso in garage per il consueto controllo della macchina: il più delicato tra i suoi compiti giornalieri. Aveva verificato con cura il meccanismo di accensione, sincerandosi che, nottetempo, non fosse stato per caso collegato da malintenzionati a qualche ordigno esplosivo nascosto sotto la vettura, nel bagagliaio o nel vano motore. La carrozzeria e i vetri erano a prova di proiettile, ma non di dinamite. Poi aveva rivolto la sua attenzione all'impianto frenante, assicurandosi che non fosse stato manomesso. Aveva infine dato un'occhiata ad altre parti della vettura, che potevano prestarsi a guasti o usura, magari intenzionali e premeditati. Sapeva che le precauzioni per proteggere la vita di un uomo come don Vincenzo, non erano mai troppe. Non mancavano nemici – anche nella *"famiglia"*– che volentieri si sarebbero fatti amputare una mano pur di vederlo morto.

"Stai pensando quello che anch'io sto pensando, Rocco?" Ragusa si grattò una guancia.

"Suppongo di sì."

"Bene, allora cosa aspetti a dirmi di che si tratta."

"Be', credo che tutt'e due stiamo cercando di immaginare la ragione per la quale Maldano vi abbia taciuto quella faccenda su Morelli."

"Mah, forse gli sarà sfuggito o non lo ha ritenuto importante."

Il Crollo

Il giovane fece una smorfia scettica, dicendo: "Vi ha sempre tenuto al corrente di tutto ciò che accade alla Bpa. Anche su argomenti di scarsa importanza. D'altronde queste sono sempre state le intese." Fece una pausa. "Non è che per caso ci sia sotto qualcosa di meno banale, don Vincenzo?"

Ragusa non rispose. "Gravi manchevolezze...", mormorò pensieroso alzando gli occhi al cielo come per ricercare un'ispirazione. "Di cosa mai potrebbe trattarsi? Sappiamo che Morelli gestiva di nascosto i soldi di un gruppo di amici e parenti, con cui si era eclissato lasciandoli tutti con un palmo di naso. Magari potrebbe essere stata quella la ragione del siluramento?"

"Non mi sembra un'attività che poteva danneggiare la Bpa, e comunque grave al punto da giustificare una punizione così drastica. Tuttavia non vedo perché Maldano non avrebbe dovuto parlarvene..."

"Già, hai ragione... ti confesso che la cosa non mi garba, Rocco." Ragusa storse un angolo della bocca. "Questo suo comportamento mi disturba e mi deprime."

Sorge non fiatò, ma girò la chiave dell'accensione.

Come rispondendo a un segnale convenuto, nello stesso attimo in cui il motore prese vita, sbucò dall'ombra in fondo al garage la figura di un giovanetto magro come un chiodo, sui quindici anni, bruno di carnagione, i capelli scarmigliati. Indossava dei pantaloncini a righe malconci, con bretelle, e una canottiera sbrindellata e imbrattata di grasso. Girò intorno alla vettura, fece un cenno di saluto ai due occupanti, e si diresse di corsa verso l'uscita del garage.

Rocco premette un pulsante sul telecomando fissato all'aletta parasole della vettura. Cigolando, la saracinesca di acciaio lucidissimo si sollevò di quasi mezzo metro e si fermò. Attraverso la stretta apertura, si intravedevano uno scorcio di marciapiede e le gambe dei passanti che vi transitavano.

Il ragazzo si distese ventre a terra e infilò la testa in quella specie di feritoia. Strizzando gli occhi, abbagliato dalla intensa luce del giorno, guardò a destra e a sinistra, e quindi in tutte le direzioni. Poi si alzò e annuì sorridendo all'indirizzo della Jaguar.

Era il via libera.

Rocco azionò di nuovo il telecomando fino a quando la saracinesca non fu del tutto sollevata. Quindi accelerò, ingranò la marcia e si avviò superando una lieve pendenza. Si fermò sul passo carrabile e premette daccapo il pulsante del telecomando voltandosi a guardare, sopra la spalla, la saracinesca che si richiudeva lentamente. Svoltò a destra inserendosi con disinvoltura nel traffico ormai intenso dell'ora di punta, e dirigendosi all'autostrada.

Rimasero a lungo in silenzio. Immerso nei suoi pensieri, Ragusa guardava fuori dal finestrino e lanciava occasionali, fuggevoli occhiate al guidatore.

Improvvisamente disse. "Altre notizie da Dante? Ti ha per caso accennato a come vanno le cose con Maldano?" Ridacchiò. "O per meglio dire... i rapporti... sessuali."

Prima di rispondere Sorge completò il veloce sorpasso di una Fiat Uno. Erano ormai in prossimità della rampa di accesso all'autostrada. "Non potrebbero andare meglio, mi ha detto. Maldano gli è sempre molto attaccato. Ma Dante si lamenta perché richiede prestazioni sempre più impegnative. Nonostante l'età è un partner insaziabile, dotato di una fantasia incredibile. Spesso lo porta con sé quando viaggia per lavoro, spacciandolo per suo figlio, così evita l'imbarazzo che altrimenti avvertirebbe quando si fa prenotare camere doppie negli alberghi."

Ragusa non riuscì a reprimere una risata colma di ironia volgare.

"E di lavoro ne parlano mai?"

"Macché... Maldano sta sempre sulle sue. Ogni volta che Dante cerca di pilotare il discorso sugli affari della banca, lui si chiude a riccio. Neppure quando sono a letto c'è verso di cavargli una parola di bocca. Naturalmente, si guarda bene dall'insistere per non insospettirlo..."

"Bene", Ragusa annuì soddisfatto. "Questo conferma che di Rosario possiamo fidarci ciecamente..."

"Lo penso anch'io. Per la verità, in passato non ho mai avuto dubbi sulla sua discrezione, e lealtà verso la *"famiglia"*."

"Neppure io. Credo che Rosario mi sia fedele fino alla morte, e che mai si sognerebbe di farmi uno sgarbo. Per questo ritengo che non fosse in mala fede quando mi ha tenuto all'oscuro di quel particolare su Morelli." Tacque un attimo. "A pensarci bene, la ragione per non avermi voluto informare potrebbe risiedere nel desiderio di difendere la faccia, dato che dell'operato del suo collaboratore era anch'egli responsabile, se pure indirettamente."

Sorge annuì.

"Può essere... Potrebbe anche esservi stato coinvolto personalmente, e pertanto si sarebbe sentito imbarazzato a parlarvene."

Ragusa non fiatò.

Ora avevano lasciato la città. La prestigiosa e lucente berlina sfrecciava lungo l'autostrada mantenendosi costantemente sulla corsia di sorpasso. Nonostante l'elevata velocità, era notevole il confort di marcia. Tra poco avrebbero raggiunto l'uscita per Bagheria.

Ragusa disse: "A proposito, non mi hai ancora detto com'è andata la pesca..."

"Ottima e abbondante, don Vincenzo." Girò un istante la testa verso il boss e gli sorrise. "C'erano certi nuvoloni gravidi di pioggia, che minacciavano quel temporale che poi si è scatenato stanotte, e una di quelle bonacce impressionanti come di rado se ne vedono. Il tempo ideale per pescare, come sapete. I pesci si gettavano sulle esche come impazziti. Alle undici eravamo già di ritorno con due grossi secchi traboccanti di branzini, orate, dentici e spigole."

"Cosa ne avete fatto di tutto quel bendiddio?"

"Come al solito ne abbiamo regalato un bel po' ad amici e parenti. Cinque o sei pezzi dei più grossi li ho mandati ad Adelina per la cena di stasera."

"Branzini, naturalmente..." Era il pesce preferito da Ragusa.

"Naturalmente... e li farà al cartoccio."

"Mmm, mi fai venire l'acquolina."

Imboccarono l'uscita per Bagheria e, superato il casello, si immisero in una strada provinciale in direzione della tenuta. Ragusa teneva lo sguardo assorto fisso davanti a sé, indifferente al paesaggio che sfrecciava davanti al finestrino. I raggi del sole, avevano cominciato a filtrare intensi attraverso ampi squarci che si andavano formando qua e là nella coltre di nubi.

"Tornando a Maldano, don Vincenzo, non credete sia opportuno che gli chiediate spiegazioni sulle ragioni del suo silenzio su quella questione della epurazione di Morelli?" Sorge scalò due marce per ridurre la velocità in prossimità di una curva a gomito.

Ragusa rifletté a lungo prima di rispondere. "Non mi pare il caso, Rocco", disse infine. "Ha davanti a sé un lavoro delicato e impegnativo. Tutto sommato è meglio non turbarlo. Lasciamo che lo completi in tempo prima dell'annuncio dell'Opa. Poi ne riparleremo."

"Tra l'altro non mi è sembrato granché entusiasta del progetto, quando gliene avete parlato, a giudicare dagli argomenti che tirava fuori per cercare di dissuadervi."

"Non lo è stato all'inizio, è vero. Ma poi ha cambiato idea. Hai notato come gli brillavano gli occhi quando gli ho promesso i dieci miliardi di ricompensa? E' per lui una manna dal cielo inaspettata che non si lascerebbe mai sfuggire. Gli cambierebbe la vita, e gli permetterebbe di colmare le enormi perdite che, a quanto mi risulta, ha subito da quel rovinoso tonfo della Borsa. Quindi... vedrai che si impegnerà allo spasimo." Fece una pausa. "Piuttosto... dì a Spampinato di continuare a tenere gli occhi aperti e le antenne ben drizzate, sia in banca che fuori." Tacque per un secondo. "E anche quando è con Maldano, naturalmente. Non si può mai sapere."

"Consideratolo già fatto, don Vincenzo."

52

Lo studio ampio e sfarzoso sarebbe parso completamente buio, se non fosse stato per il cono di luce che la lampada dal lungo stelo proiettava sulla pila di pratiche al centro della scrivania.

Erano le nove, e da un pezzo ormai regnava il silenzio nell'intero edificio. Nessun passo affrettato lungo i corridoi. Niente telefoni che squillavano, o porte che sbattevano. Solo il ronzio dell'impianto di condizionamento – simile a un basso respiro – scalfiva la quiete ovattata che avviluppava l'ambiente come un guscio.

Rosario Maldano era solo, in attesa di una importante telefonata. Stava in piedi in maniche di camicia con la guancia premuta contro il vetro della enorme finestra che dava su via Meravigli. Ciò che sembrava suscitare il suo interesse in quel momento, era un massiccio edificio grigio dall'aria a un tempo austera e vagamente sinistra, che sorgeva una cinquantina di metri più giù lungo la strada. Ospitava una delle più importanti filiali milanesi della Banca Nazionale di Credito. Dalle finestre chiuse non filtravano luci, anche quello stabile aveva chiuso gli occhi per la notte.

Il cacciatore e la sua preda stavano dormendo.

Al suo ritorno da Palermo due settimane prima, e dopo le rivelazioni di Ragusa durante la cena nella sua tenuta di Bagheria, Maldano aveva avuto modo di accertare che, effettivamente, da qualche tempo la Bnc stava accumulando azioni della Bpa. Mille qui, cinquemila là... Mai abbastanza da sconvolgere il volume medio quotidiano, mai abbastanza da determinare un aumento vistoso della quotazione. Solo piccoli pacchetti. Lentamente e con regolarità, giorno dopo giorno. Lo scopo che una siffatta strategia intendeva perseguire era fin troppo chiaro: rastrellare titoli a prezzi largamente inferiori a quello – necessariamente molto più elevato – che sarebbe stato fissato per l'offerta di pubblico acquisto. Ciò al fine di contenere al massimo il costo complessivo della operazione.

Staccò il viso dal vetro freddo e andò a sedersi alla scrivania. Accese un sigaro e inspirò a fondo la prima boccata, esalando il fumo azzurrognolo dalle narici. Poi rivolse lo sguardo al monitor del terminale Bloomberg che trasmetteva, ventiquattrore su ventiquattro, le notizie di tutto ciò che accadeva nel mondo. Non lesse niente di cui valesse la pena prendere nota.

Il dirigente era certo che una volta acquisito il controllo totale della Bpa attraverso l'Opa, la Bnc avrebbe dato avvio al passaggio successivo del progetto: la fusione per incorporazione dell'istituto di credito lombardo che sarebbe così scomparso. Come sempre accade, il pesce grosso avrebbe mangiato il pesce piccolo.

E dire che soltanto sette mesi prima, in gennaio, la banca aveva celebrato il centenario della sua fondazione. Al pensiero, Maldano avvertì una punta di amarezza e, come in una moviola, le immagini di quel memorabile evento cominciarono a susseguirsi nella sua mente. Era stata organizzata una sontuosa cena nella enorme sala ristorante dell'hotel Principe di Savoia in piazza Repubblica. Vi avevano presenziato il presidente, l'amministratore delegato, e tutti i membri del Consiglio e della Direzione centrale. Ma non soltanto. Erano stati invitati i direttori delle varie filiali sparse nella provincia, assieme a un ristretto gruppo di funzionari preposti a importanti settori produttivi. Una settantina di persone in tutto, per le quali erano stati allestiti una trentina di tavoli disposti a staffa di cavallo. Il presidente aveva preso posto al centro, avendo alla sua destra e alla sua sinistra tutti i componenti il vertice della banca, in ordine decrescente di grado.

Si erano rimpinzati fino a quasi scoppiare, e avevano brindato festeggiando gli ottimi obbiettivi raggiunti. Era scappata pure qualche lacrima, ma solo ad alcuni colleghi in procinto di andare in pensione. Tutti gli altri si erano invece concentrati sull'attesa spasmodica del discorso che il presidente avrebbe pronunciato sul finale, per parlare dei risultati e tessere le lodi dei più meritevoli. Ma i cuori e le menti erano stati rivolti soprattutto al denaro, e precisamente a quanto si sarebbero ritrovati in tasca prima che la serata si concludesse. Si sapeva che il presidente in persona avrebbe distribuito, in forma riservata, il bonus annuale relativo al precedente esercizio.

Maldano ripensò alla luce avida che aveva notato sui volti inebriati dall'alcol, e alle espressioni satollate da quella che era stata unanimemente definita una cena pantagruelica.

A un certo punto il presidente, svuotato il bicchiere di champagne, si era alzato ed era rimasto immobile per qualche minuto vagando con lo sguardo per l'intero salone, le mani posate sulla tovaglia. Il chiacchiericcio era cessato di colpo, ed era subentrato un silenzio surreale. Gli sguardi di tutti, puntati sul numero uno della banca, si erano colmati di grande aspettativa. Per parecchi secondi erano rimasti rigidi come stoccafissi, alcuni appollaiati sui bordi delle sedie. Ma nello stesso momento in cui l'uomo si era mosso dirigendosi lentamente verso il podio leggermente rialzato che occupava un angolo della vasta sala, era esploso l'applauso. Un battimani fragoroso inframmezzato da grida di "Viva la Banca Popolare Ambrosiana!" e "Viva il presidente!"

Maldano aveva osservato l'anziano signore dai capelli argentati avanzare un po' a fatica con passo claudicante. Diversi anni addietro aveva avuto la rotula del ginocchio destro seriamente danneggiata per una caduta dalla bicicletta durante una gita, e non era mai guarito del tutto. Stampato sul volto gli aveva notato quel suo tipico sorriso controllato e guardingo, che sempre riservava buone notizie. Strada facendo, si era fermato diverse volte per stringere la mano e chinarsi a sussurrare qualcosa a quei funzionari che conosceva personalmente. Aveva dato a Maldano una piccola pacca sulla spalla. Tutti lo avevano trattato come un re: in molti si erano alzati mentre si avvicinava, annuendo con forza quando rivolgeva loro la parola.

A quel punto l'atmosfera avrebbe dovuto essere gioiosa, e invece l'immensa sala era stata pervasa da un'agitazione da suspense, alla prospettiva del denaro che tutti avrebbero ricevuto da un momento all'altro. Le voci di corridoio, fino a quel momento, avevano dato per quasi certo che, grazie agli eccezionali profitti, per la prima volta da parecchi anni al bonus annuale sarebbe stato apportato un consistente ritocco. A tutti sarebbe stata data qualcosa, anche a coloro che avevano conseguito risultati insoddisfacenti o addirittura mediocri.

Il presidente era salito sul podio e, regolato il piccolo microfono fissato al leggio, aveva estratto dalla tasca della giacca del suo smoking un foglio di carta e un paio di occhiali a mezze lenti, che si era sistemati sul naso sottile. Come obbedendo a un ordine, la sala si era di nuovo fatta silenziosa. Improvvisamente l'uomo aveva sollevato in aria la coppa di champagne che qualcuno gli aveva fatto trovato sul ripiano del podio, dicendo con voce un po' fievole per via dell'età avanzata: "Signori, vi auguro un altro anno all'insegna della prosperità!" Come un sol uomo i commensali erano scattati in piedi e, bicchiere in mano, avevano gridato all'unisono: "Cin cin!"

Tutti avevano bevuto una lunga sorsata.

"Signor Conforti, vuole leggere ai colleghi una sinossi dei risultati della nostra banca relativi all'anno fiscale conclusosi il trentun dicembre?" La voce dell'anziano alto dirigente aveva tradito una appena percettibile traccia emotiva.

"Certo, signor presidente."

Mario Conforti, un uomo sulla cinquantina basso e corpacciuto, era l'amministratore delegato. Si era alzato dalla sedia che occupava accanto a quella lasciata vuota dal presidente, e aveva cominciato a leggere da un gruppo di schede con voce forte e chiara: "Signor presidente, signori colleghi, nell'anno terminato il trentun dicembre scorso, la banca ha guadagnato – al netto delle tasse, ma al lordo degli incentivi – la somma di quattrocentosettantaquattro miliardi di lire, con un incremento di quasi il centocinquanta per cento rispetto all'anno precedente."

Dall'intera sala si era levato un brusio meravigliato. Molti commensali si erano scambiati sguardi increduli.

Quattrocentosettantaquattro miliardi!

Lo stesso Maldano ne era restato sbalordito: il miglior anno in assoluto per la Bpa. Se tale era il risultato, come non sperare che, in conseguenza, gli incentivi sarebbero stati almeno raddoppiati? si era chiesto.

Aveva fatto un rapido calcolo mentale: una simile eventualità avrebbe significato per lui una elargizione di... Non aveva osato completare il pensiero, avvertendo una sensazione di lieve capogiro. Si era guardato intorno nella sala e notato molti sorrisi smaglianti: di sicuro non era stato il solo ad accarezzare quella possibilità.

L'amministratore delegato aveva continuato con la lettura delle schede per qualche minuto, fornendo tra l'altro alcuni dati patrimoniali che, pur denotando un'ottima progressione rispetto al precedente esercizio, non avevano tuttavia destato gran che di interesse tra i commensali, non certo come quelli relativi al conto economico.

"La raccolta ha fatto registrare un incremento di oltre il trenta per cento", aveva precisato, "mentre gli impieghi hanno messo a segno un buon venti per cento." E aveva concluso dicendo: "Gli elementi di cui attualmente disponiamo ci inducono a sperare in una replica di questa performance nel corrente esercizio."

Altro che replica della performance, ora Maldano pensò con amarezza mentre, immerso nell'intensa penombra del suo studio, attendeva che squillasse il telefono. Il disastroso crollo della Borsa dello scorso mese di maggio, aveva di fatto ribaltato la situazione reddituale della banca il cui bilancio per l'anno in corso avrebbe chiuso, a meno di un miracolo, con una perdita spettacolare.

Il Crollo

"Grazie signor Conforti." Il presidente aveva di nuovo fatto vagare lo sguardo per l'intera sala. "Alla vostra salute, signori." Si era portato di nuovo alle labbra la coppa di champagne continuando a bere finché il liquido dorato non era scomparso del tutto. Gli altri lo avevano imitato, posando poi i bicchieri che i camerieri in guanti bianchi si erano affrettati a riempire.

"Amici e colleghi", l'uomo aveva ripreso, "non voglio rubarvi troppo tempo. So che siete molto più interessati al contenuto di queste..." Così dicendo aveva agitato in alto nell'aria un fascio di buste sigillate tenute insieme con un elastico.

La loro vista aveva innescato, complici i fumi dell'alcol, una sorta di euforia incontrollabile, al punto che tutti erano daccapo balzati in piedi ed era seguita una standing ovation della durata di alcuni minuti. Non erano mancate grida di "Viva la banca" e "Viva il Presidente." Questi aveva alla fine sollevato una mano per chiedere il silenzio.

"Mi corre l'obbligo di dirvi qualche parola prima di procedere alla distribuzione dei bonus." Aveva fatto una lunga pausa calcolata nel silenzio che era di nuovo calato. "Ritengo doveroso precisare che oltre la metà dei profitti di quest'anno trae origine dall'attività di Borsa. Gli utili del trading e le commissioni di intermediazione hanno raggiunto livelli mai visti in precedenza: si sono più che raddoppiati. Ma non sarebbe corretto attribuire questi risultati eccezionali solo e unicamente all'andamento positivo del trend del mercato azionario che peraltro, come a tutti noto, è in essere ormai da alcuni anni. Sono dell'avviso che, in particolare per quest'anno, dovremmo ringraziare anche e soprattutto il nostro condirettore centrale Rosario Maldano, responsabile del settore, per aver saputo, con abilità e perspicacia, massimizzare i vantaggi di questa congiuntura favorevole."

Mentre il presidente parlava, Maldano aveva tenuto lo sguardo imbarazzato abbassato sulla tovaglia. Aveva sentito su di sé gli sguardi di tutti i presenti. Sapeva che molti erano di invidia. Era seguito uno stentato applauso.

"L'Amministrazione della banca", l'uomo aveva concluso, "ha ritenuto anche quest'anno di premiare gli sforzi di tutti voi basandosi, come sempre e unicamente, sui risultati individuali. Non dubito che sarete soddisfatti."

Un altro scrosciante applauso.

A quel punto la tensione, già palpabile nell'aria, era cresciuta a dismisura. Alcuni avevano preso a stringere convulsamente i tovaglioli macchiati di sugo, le nocche delle dita sbiancate. Altri a giocherellare nervosamente con i bicchieri o le posate. Il collega seduto accanto a Maldano non aveva fatto altro che rigirarsi tra le mani un accendino d'argento e una sigaretta spenta, indeciso se accenderla.

Con un cenno d'assenso il presidente aveva finalmente porto a due camerieri, in attesa accanto al podio, il fascio delle buste che erano state rapidamente distribuite.

Maldano aveva fissato la sua color crema posata davanti a lui sulla tovaglia. Su di essa spiccava, scritto a macchina, il suo nome. Era stupefacente – aveva allora pensato – come certi momenti della vita finiscano per ridursi a pochi attimi di importanza vitale: una manciata di secondi in cui si raccolgono i frutti dei propri sforzi, oppure si subiscono le frustrazioni del loro fallimento.

Quello era stato per lui uno di questi momenti.

Malgrado gli effetti dell'alcol, i suoi sensi si erano improvvisamente affinati, permettendogli di cogliere ogni più piccolo movimento nella sala. L'adrenalina aveva cominciato a scorrergli veloce in tutto il corpo. All'inizio della cena, un prezioso cofanetto di cuoio marrone scuro di forma oblunga, era stato collocato accanto a ogni coperto. Maldano aveva aperto il suo. Adagiata sul rivestimento di velluto verde, aveva visto una grossa medaglia commemorativa di oro massiccio, che recava inciso su un lato il logo della banca con la data della ricorrenza, e sull'altro l'immagine di un'ape simbolo dell'operosità. Dentro un fodero di pelle scamosciata c'era un tagliacarte d'argento su cui era stato inciso il suo nome e la data del centenario. Una data che, nel bene e nel male, sarebbe rimasta scolpita per sempre nella mente di ognuno.

Per qualche secondo, Maldano si era rigirato tra le mani la medaglia soppesandola, poi aveva sfilato il tagliacarte dal fodero che proteggeva la lama d'argento lucido. Fissatala per un istante, aveva posto con decisione la busta a faccia in giù e l'aveva aperta strappandola lungo il bordo con la punta del tagliacarte infilata sotto la linguetta. Al rumore della carta che si

Il Crollo

lacerava in modo netto, Maldano era stato vagamente consapevole che altre settantadue buste si stavano lacerando nello stesso modo, nello stesso istante. Aveva deglutito nervosamente prima di estrarne il contenuto: un semplice foglietto che recava battuto a macchina il suo nome e, subito sotto, una cifra. Gli si era appannata leggermente la vista nel cercare di metterla a fuoco, le tempie che gli pulsavano furiosamente, i sensi come intorpiditi. Settecentocinquantamilioni di lire! Battendo le palpebre sbalordito, aveva fissato di nuovo il numero a bocca aperta. No, non si era sbagliato, aveva letto giusto: settecentocinquantamilioni di lire! Una cifra incredibile. Era molto di più del doppio di quanto aveva ricevuto l'anno prima. Ne era stato letteralmente stupefatto: non se lo sarebbe mai aspettato. Era più di quanto molta gente guadagnasse in anni e anni di duro lavoro. Forse più di quanto suo padre, un dipendente del Comune di Palermo morto da vent'anni, avesse percepito in quarant'anni di servizio. Di una cosa era tuttora certo: quella era stata la somma più elevata in assoluto mai elargita dalla banca a titolo di premio di produzione. Nessuno dei suoi colleghi, per quanto anziano e meritevole, avrebbe mai sognato di ricevere un bonus stratosferico come quello.

Ma aveva allora provato un lieve senso di colpa – che poi era riuscito a vincere – , soprattutto nel momento i cui il presidente lo aveva additato come l'unico artefice dei risultati record conseguiti dal suo comparto, che avevano motivato l'assegnazione di quella gratifica iperbolica. Aveva soffocato l'impulso di alzarsi e chiedere la parola per spiegare a tutti che una parte del merito spettava a Morelli, il suo braccio destro. Che se riusciva a far guadagnare alla banca esorbitanti somme di denaro, era anche grazie alla sua preziosa collaborazione. Invece aveva incassato il denaro e le lodi senza fiatare. Si era limitato a lanciare uno sguardo al giovane funzionario che sedeva dalla parte opposta della tavolata, nel momento in cui fissava il foglietto di carta che aveva a sua volta appena estratto dalla propria busta. Si era sentito sollevato nello scorgere sul suo viso una espressione particolarmente soddisfatta.

Ora, seduto lì solo nell'intensa penombra del suo studio, Maldano ebbe un lieve sorriso triste, al pensiero che quello era stato per lui un periodo d'oro, e di certo irripetibile. Aveva raggiunto il culmine della popolarità, e assegnandogli quel bonus gigantesco la banca aveva inteso premiare, tra l'altro, la sua professionalità e la sua straordinaria padronanza della finanza, nonché scongiurare il rischio che decidesse di passare alla concorrenza. Per quest'ultima ragione, al suo stipendio già faraonico era stato apportato un consistente aumento. Agli emolumenti della banca si erano aggiunti i guadagni di Borsa e le somme in contanti che il suo amico Ragusa gli aveva elargito, come sempre in passato, a titolo di compensi per l'assistenza finanziaria che assicurava alla *"famiglia"*, nelle operazioni di riciclaggio in Borsa dei fondi rivenienti da attività illegali.

Purtroppo, ormai, la sua situazione era radicalmente mutata. Sapeva di essere caduto in disgrazia per via di quanto era accaduto ai conti della banca dopo la rovinosa caduta del mercato azionario. Se avesse rassegnato le dimissioni, di certo nessuno avrebbe mosso un dito per trattenerlo. Del modo dissennato di operare di Morelli, il vero artefice del deficit enorme che era emerso, egli era stato accusato di essere responsabile, non avendo esercitato sul suo collaboratore una rigorosa supervisione.

Se nel momento in cui li aveva riscossi sette mesi prima, quei settecentocinquantamilioni avevano rappresentato per lui una montagna di denaro, ora, a confronto dei dieci miliardi che Ragusa gli aveva promesso, gli sembravano quisquilie.

Dieci miliardi esentasse! Il solo pensiero gli diede un brivido di eccitazione.

Il Boss si era impegnato a corrispondergli in un'unica soluzione una volta condotta in porto quella operazione speculativa sulle azioni Bpa, che avevano concordato. Gli aveva pure illustrato le modalità con cui l'importo gli sarebbe stato riconosciuto: la Finanziaria Transalpina avrebbe provveduto a bonificarlo nel suo conto cifrato presso l'Ubs di Zurigo, e trattandosi pertanto di bonifico "estero su estero", sarebbe risultato del tutto invisibile alle autorità italiane e, soprattutto, al Fisco. Nessun rischio, quindi, di doverne dare conto o spiegarne la provenienza a chicchessia.

Era dal giorno del suo rientro da Bagheria, dopo la cena con Ragusa, che la prospettiva di un suo inaspettato e improvviso arricchimento lo induceva a riflettere sul suo futuro. Una volta estinto il riporto di un miliardo presso il suo agente di cambio, i nove che gli sarebbero restati gli avrebbero consentito di vivere in tranquillità e agiatezza vita natural durante. Anche soltanto a tenerli sepolti in un conto corrente a un tasso relativamente basso, avrebbero fruttato in interessi una rendita annua tale che, aggiunta al vitalizio della pensione, non sarebbe stato in grado di spendere per intero.

Ma c'era una miriade di attività che avrebbe potuto intraprendere avendo a disposizione una tale massa di liquidità, solo che lo avesse desiderato.

Già, la pensione, pensò. Che senso avrebbe avuto continuare a lavorare? D'altro canto, era certo che con la scomparsa della Bpa a fusione compiuta, la Bnc avrebbe avviato una capillare revisione degli organici mirata a tagliare i cosìdetti 'rami secchi': una operazione alla quale lui non sarebbe sfuggito, soprattutto per l'età pensionabile ormai raggiunta. I vertici della Bnc avrebbero fatto di tutto per metterlo a riposo, magari con un lauto incentivo. Al pensiero della florida situazione finanziaria in cui si sarebbe ritrovato, lo spauracchio della quiescenza, che da sempre lo assillava, sembrava ora assumere contorni labili. Di sicuro avrebbe finito per svanire del tutto. La sua uscita di scena, avrebbe potuto creare un grosso problema a Ragusa, ma era certo che l'amico avrebbe compreso e trovato un valido sostituto in tempi brevi.

Ma affinché i dieci miliardi diventassero realtà, doveva riuscire a condurre a termine la campagna acquisti sulle azioni della Bpa, avviata dieci giorni prima al rientro da Palermo. Vi si era subito gettato a capofitto, seguendone poi passo passo l'evolversi in prima persona. La Transalpina Finanziaria di Lugano aveva emesso un ordine di acquisto permanente fino alla concorrenza di trenta milioni di titoli. Sarebbero stati rovesciati sul mercato dopo l'impennata di prezzo che sarebbe inevitabilmente seguita all'annuncio pubblico dell'Opa da parte della Bnc, annuncio che, stando alla fonte segreta di Ragusa, era stato fissato per il quindici settembre. Maldano lanciò un'occhiata al calendario sulla scrivania: era il 31 agosto, gli restavano due settimane di tempo.

Purtroppo il rastrellamento si stava rivelando tutt'altro che agevole, per la ragione che era necessario operare con 'mano leggera': la stessa tecnica della Bnc. Il che consisteva nell'evitare di prendere vistose iniziative che potevano attirare l'attenzione del mercato in quanto i normali volumi di contrattazione sarebbero aumentati, facendo lievitare la quotazione. Ne sarebbe derivato un costo complessivo dell'operazione, eccedente la somma stanziata. Maldano era riuscito fino a quel momento a raggranellare un pacchetto di poco superiore a cinque milioni di titoli. Un risultato insoddisfacente.

Squillò finalmente il telefono.

"Maldano."

Rimase ad ascoltare con attenzione senza aprire bocca per oltre due minuti, mentre il suo volto si andava rapidamente rannuvolando. "D'accordo", disse alla fine prima di riporre il ricevitore.

Don Vincenzo Ragusa gli aveva appena dato una brutta notizia: la Bnc aveva deciso di anticipare l'annuncio dell'Opa al cinque settembre. Non gli restavano pertanto che cinque giorni per chiudere il rastrellamento, il che lo costringeva a imprimergli una forte accelerazione. Una impresa che – già in origine molto ardua – sarebbe ora parsa impossibile se non fosse stato che Maldano pensava da qualche tempo a un'altra via che poteva percorrere rapidamente per raggiungere il suo scopo. Non era lecita e comportava certi rischi, ragione per la quale aveva fino ad allora esitato. Ma la posta in gioco era troppo allettante perché potesse rinunciarvi. A suggerirgli l'idea, se pure in modo non esplicito, era stato lo stesso Ragusa. Gli venne in mente quanto l'amico gli aveva detto durante la cena nella sua villa di Bagheria, dopo che lui gli aveva fatto presenti le difficoltà che presentava il reperimento sul mercato di un grosso quantitativo di azioni, soprattutto per il breve tempo a disposizione: "Non devo essere io a ricordarti, Rosario, che per un'operazione del genere non esiste soltanto la Borsa…"

Maldano aveva capito perfettamente quello che di allusivo c'era nelle parole di Ragusa.

53

Fascetti adocchiò l'orologio digitale sul cruscotto della Golf ed ebbe un moto di impazienza: l'appuntamento era per le nove e lui, come al solito, era in ritardo di una decina di minuti. Da quando aveva imboccato via Conizugna, provenendo da piazzale Aquileia, la marcia in direzione del parco Solari aveva subito un drastico rallentamento per via di una interminabile coda di auto che avanzava a passo di lumaca. L'aria era resa irrespirabile dall'afa e dall'odore acre dei fumi di scarico sprigionati dalle marmitte delle macchine. Decise di uscire dall'imbottigliamento svoltando a destra in via Valparaiso, e subito dopo in viale Montevideo. La percorse per una cinquantina di metri e rallentò quando vide la familiare insegna luminosa del ristorante L'approdo. Vi passò davanti procedendo a passo d'uomo, e non credette ai propri occhi quando scorse poco distante lungo il marciapiede un spazio sufficientemente ampio per infilarvi la Golf. Un colpo di fortuna, pensò. A quell'ora di sera trovare da parcheggiare nelle immediate vicinanze del locale, aveva del miracoloso. C'erano auto dappertutto, perfino i marciapiedi ne erano gremiti. Scese dall'auto e azionò il telecomando della chiusura centralizzata e antifurto.

"Signor Fascetti, è un piacere rivederla."

La voce dell'anziano cameriere che gli andò incontro nell'ingresso, sovrastò il chiasso del ristorante affollato ai suoi livelli massimi.

Di sicuro non c'era un solo tavolo disponibile.

"Ciao Alfredo." Gli si avvicinò sorridendo e gli dette un colpetto sulla spalla.

L'altro lo fissò con gli occhi chiari, la faccia perennemente increspata dal sorriso. "Però... è un pezzo che non la vediamo."

"Da un paio di settimane. Sono venuto a trovare Tony, ma non ho cenato. Ricordi?"

"Ah sì, certo. Be'... comunque è sempre tanto tempo, no?"

"Dipende dai punti di vista. E Tony?"

"Stasera è fuori a teatro con la sua dolce metà. Quando gli ho detto che aveva prenotato, mi ha raccomandato di salutarla affettuosamente, ma non solo..., mi ha impartito istruzioni categoriche di non farle pagare il conto."

"Tony è troppo buono."

"A onor del vero, lei è uno dei pochi fortunati con cui lo è." Esitò un attimo. "A proposito, il suo ospite è già arrivato." Con un cenno del capo indicò un punto imprecisato del locale alle sue spalle. "Venga, le faccio strada."

Si girò e lo precedette attraverso l'enorme sala, camminando tra i tavolini con quel suo incedere lento e dinoccolato, in sintonia con la figura appesantita dagli anni e dall'obesità. Mentre lo seguiva, Fascetti gettò un'occhiata in giro: non vide un solo tavolo libero. Come sempre, non mancava la solita gente dall'aria importante e facoltosa: alcuni volti noti del mondo dello spettacolo, ma anche faccendieri e politici che, tra un boccone e l'altro, combinavano i loro affari e muovevano le loro pedine. Dall'altra parte del locale giunse, da una tavolata di una ventina di persone, una sonora risata. Poi una voce forte e chiara. Altre risate. Scansarono un cameriere alle prese col carrello degli antipasti, poi Alfredo si fermò davanti a un tavolo d'angolo un po' appartato, occupato da un giovanotto distinto. Avvolto dal fumo della sigaretta, simile a una leggera foschia, teneva lo sguardo abbassato sul menù.

"Salve Rivetti, che piacere rivederla!"

Il giovane sollevò la testa di scatto e della cenere che aveva sul risvolto della giacca di lino chiaro, cadde sulla tovaglia. Gli occhi blu lo fissarono un istante come se stentassero a riconoscerlo, poi il volto gli si sciolse in un largo sorriso e si alzò schiacciando diligentemente la cicca nel posacenere. "Caro Fascetti... anch'io sono lieto di rivederla."

Si strinsero la mano vigorosamente, e poi si sedettero.

Sul finire della mattinata il detective aveva telefonato alla Bpa chiedendo di Rivetti. Aveva pensato che – visto il tempo trascorso dal giorno di quel brutale pestaggio subito per mano di Gargiulo – il giovane si fosse ristabilito e avesse ripreso il servizio.

Ma nell'apprendere, con grande sorpresa, che da circa una settimana aveva rassegnato le dimissioni, lo aveva chiamato alla pensione dove alloggiava invitandolo fuori a cena, quella sera stessa alle nove. C'era qualcos'altro che voleva discutere con lui al riguardo della morte di Morelli, gli aveva spiegato, ma preferiva evitare di doverlo fare per telefono. Dato che aveva accettato con piacere, il detective aveva prenotato per due al L'approdo.

Non lo aveva più incontrato da quel giorno di due settimane addietro quando gli aveva fatto visita alla pensione, e ora che lo scrutava attentamente gli sembrava di vederlo per la prima volta. Quasi non riusciva a capacitarsi che si trattasse della stessa persona che aveva osservato versare in condizioni pietose disteso sopra un lettino, in una stanza calda e semibuia. Appariva in ottima forma, del tutto rilassato. Pensò che se si fosse imbattuto in lui per strada, non lo avrebbe di certo riconosciuto. La pelle del viso era ben distesa, la carnagione immacolata, priva di tracce di lividi o escoriazioni.

"Come le va, Rivetti? Vedo che si è del tutto ristabilito... Perdinci, ha un aspetto florido."

Il giovane annuì sorridendo. "Lo devo ad Adele. E' una infermiera meravigliosa. Si è presa cura di me e mi ha medicato le ferite come meglio non avrebbe saputo fare un dottore." Tacque e si guardò brevemente in giro muovendosi sulla sedia, un po' impacciato. "Bel posto. La ringrazio dell'invito."

"Si figuri."

"Le dirò che mi è familiare. Da buoni meridionali, io e Claudio ci venivamo spesso a cena o a pranzo. Non di rado anche assieme a Bardi e Chiara, la ragazza di Claudio. Formavamo un bel gruppetto..." Accennò un sorriso triste, come al ricordo di tempi migliori.

Fascetti ne era al corrente per averlo appreso da Chiara la prima volta che era stato da lei dopo la morte di Morelli. Non fece alcun commento, ma girò la testa verso il cameriere che stazionava lì accanto immobile come una sentinella, in attesa delle ordinazioni.

"Cos'è che consiglia lo chef stasera, Alfredo?"

"Non lo immagina, signor Fascetti? Orecchiette casalinghe alle cime di rape, naturalmente. Sono la specialità della casa... e semplicemente la fine del mondo..."

Il detective guardò Rivetti. "Cosa ne pensa?"

L'altro annuì. "Mi sembra una buona idea."

Ordinarono le orecchiette e per secondo filetti di bue cotti al sangue con contorno abbondante di insalata verde. Alfredo suggerì da bere un Torre Quarto di Cerignola rosso, invecchiato per cinque anni in fusti di rovere, che, a suo dire, nulla aveva da invidiare ai più prestigiosi vini del Settentrione.

Fascetti disse di punto in bianco: "Come mai se n'è andato dalla Bpa, Rivetti?"

Il giovane storse la bocca. "Vi sono stato costretto per via della situazione a dir poco insostenibile in cui mi sono ritrovato appena ripreso il servizio, una settimana fa."

"Nello specifico?"

"Vede... oltre che grande amico di Morelli, svolgevo nell'ufficio il ruolo di suo braccio destro. Ragion per cui tutti mi consideravano il suo naturale successore. Capirà quanto grande sia stata la mia sorpresa e irritazione nel constatare, appena messo piede in sala contrattazioni, che a capo vi era stato preposto un altro giovane collega meno anziano e qualificato di me. Ma non è tutto. Alla mia postazione di lavoro assieme agli altri trader, ho trovato un nuovo assunto da un'altra banca. Pensi un po'... mi avevano perfino sostituito... non riuscivo a crederci." I muscoli del volto gli si contrassero per la rabbia. "Il nuovo capo mi ha informato, senza darmene una motivazione plausibile, che ero stato trasferito all'ufficio di backup: il locale adiacente dove vengono contabilizzati gli ordini conclusi a telefono. Un lavoro amministrativo di qualità largamente inferiore rispetto a quello più prestigioso della trattazione."

"Ha saputo chi è stato a silurarla?"

Rivetti si strinse nelle spalle.

"Non di preciso. Dapprima ho pensato a una cattiveria di Maldano, ma poi mi sono detto che in fondo lui non ne aveva alcuna ragione o interesse." Aggrottò la fronte in una pausa riflessiva. "No, io penso che la decisione sia venuta dalle alte sfere. Hanno creato le condizioni perché io mi togliessi di torno. La ragione? I miei rapporti di amicizia con Morelli. Il sospetto che fossi stato suo complice nel furto del denaro, e avessi favorito in qualche modo la sua fuga, credo che non gli sia mai venuto meno. Mi vedevano come un soggetto inaffidabile, e la cui candidatura alla guida del servizio era pertanto improponibile. Meglio, quindi, se avessi tolto il disturbo."

Fascetti scosse la testa. "Cosicché non hanno esitato un istante a infliggerle una scottante umiliazione, esattamente come al suo amico."

"Già, un'azione mortificante oltre ogni ragionevole misura."
Gli si leggeva negli occhi tutto il rancore che serbava nei confronti della banca. E la ragione era ottima.

"Come ha reagito?"

"A stento sono riuscito a frenare l'impulso di precipitarmi su per le scale e fare irruzione nell'ufficio del Capo del Personale per dare sfogo alla mia collera. Per fortuna, attimo dopo attimo, l'intenso furore iniziale si è andato placando, e ho sentito farsi strada in me una voglia di riflessione. Ho concluso che se fossi rimasto, i vertici avrebbero ingaggiato nei miei confronti una guerra di logoramento ai fianchi, volta a irritarmi per indurmi a lasciare. Pertanto, mi sono seduto al mio nuovo posto di lavoro e ho preso un foglio di carta. Mi sono bastate poche righe per rassegnare le dimissioni con effetto immediato, chiedendo cioè di essere esonerato dall'obbligo del preavviso."

"Come l'hanno presa?"

"Esattamente come pensavo. Per dirla metaforicamente... mi hanno accompagnato fino alla porta senza battere ciglio."

"E ora cosa intende fare?

"Mi sono appena messo alla ricerca di un nuovo lavoro presso qualche altra banca. Considerato il buon bagaglio professionale di cui dispongo, sono certo che avrò soltanto l'imbarazzo della scelta."

"Non ne dubito."

Arrivò Alfredo con le orecchiette e il Torre Quarto. Stappò la bottiglia e, soddisfatto il rituale della degustazione di cui si fece carico Fascetti, versò il vino nei calici. Quindi si allontanò dopo aver augurato buon appetito. "Immagino...", Fascetti riprese mentre prendeva una forchettata di orecchiette ben amalgamate con le cime di rape, "...che da quando ci siamo visti lei abbia letto i giornali e guardato la televisione."

"Certo."

"Quindi sarà al corrente di tutto: l'uccisione del giornalista, la chiusura del Serraglio, la sorte toccata a Gargiulo e la sua banda, nonché a Bardi."

"Altroché, e le dirò che sono restato di stucco." Fece una smorfia. "Che Gargiulo fosse un personaggio losco, dedito ad attività illecite lo avevo intuito da subito, ma la notizia che fosse addirittura a capo di un'anonima delitti... mi ha fatto letteralmente trasecolare." Rimase in silenzio per qualche secondo. "Quanto a Bardi... be', apprendere che fosse il mandante dell'omicidio del suo socio mi ha sbalordito. Sapevo che fosse un violento, ma mai e poi mai lo avrei creduto capace di far uccidere qualcuno." Fece una pausa. "Chi l'avrebbe detto che esisteva a Milano un'organizzazione criminale di quel genere. Roba da film polizieschi..."

"Ci sono in tutte le grandi città, Rivetti. C'è sempre qualcuno con dei validi motivi per sbarazzarsi di un nemico o avversario. Per non esporsi in prima persona, é disposto a sborsare una grossa somma di denaro per il servizio. Le organizzazioni di killer professionisti cominciarono a proliferare negli Stati Uniti, soprattutto a opera della Mafia, negli anni del proibizionismo. Un business che si sviluppò fino a diventare molto redditizio. Anche in Europa. Naturalmente non come il traffico di droga, le estorsioni, le case da gioco clandestine e la prostituzione."

Rivetti annuì, lo sguardo perplesso. Sollevò il calice, studiò un attimo il liquido rubino, quindi ne bevve un lungo sorso. "Ha un retrogusto molto simile a quello del Barolo, mi sembra..."

"Secondo me è perfino più intenso... più rotondo e corposo."

Rimasero in silenzio intenti a consumare le orecchiette. La notizia del sequestro e della chiusura coatta del Serraglio, assieme a quella dell'arresto di Gargiulo e dell'annientamento della sua banda, aveva destato grande scalpore. Tutti i media vi avevano dato ampio spazio. Il commissario Lopez era stato investito da un'ondata di pubblicità che gli aveva suscitato – come prevedibile dato il carattere schivo – un certo fastidio. Il magistrato inquirente aveva deciso, per il momento, di adottare una linea di grande cautela, divulgando notizie il meno dettagliate possibile sulle indagini in corso per la identificazione dei mandanti dei vari omicidi. Nelle conferenze stampa, aveva parlato genericamente del reperimento di tracce e indizi nel covo della banda, che la Scientifica stava vagliando e che potevano rivelarsi di grande ausilio. Neppure un accenno era stato fatto al rinvenimento di ben venti videocassette registrate nella cassaforte a muro nello studio di Gargiulo. La prudenza era stata dettata dalla esigenza di approfondimenti, dato che nel visionarle erano subito insorti dei problemi. Se era stato possibile stilare un elenco preciso dei nomi delle vittime, che corrispondeva grosso modo a quello di cui la Polizia era già in possesso, non altrettanto bene era andata la identificazione dei mandanti. Quasi tutti gli individui che apparivano nelle registrazioni non erano facce note. Si era dapprima pensato a intermediari che si fossero presentati sotto false identità. Soltanto tre di loro, tra cui lo stesso Bardi, erano stati riconosciuti senza ombra di dubbio come mandanti di altrettanti omicidi, e pertanto arrestati e incriminati. Una decina dei restanti personaggi – perfetti sconosciuti – non risultava domiciliata agli indirizzi che avevano indicato. Di tutti gli altri si erano perse le tracce. Verosimilmente, fiutato il pericolo, si erano dati alla macchia e ora erano ricercati. Nei loro confronti erano stati spiccati mandati di cattura, anche internazionali.

Fascetti aveva allora pensato che Gargiulo avesse voluto soltanto impressionarlo facendo ulteriormente sfoggio della sua bravura criminale, quando gli aveva manifestato il proposito di usare le cassette per ricattare i suoi committenti. Probabilmente era lui stesso consapevole del loro scarso valore per quello scopo, dato che, all'evidenza, non si era mai preso il disturbo di verificare l'identità dei mandanti, limitandosi a incassare i compensi pattuiti.

"Cosicché...", Rivetti disse affondando il coltello nel filetto di bue tenero come il burro, che Alfredo aveva appena servito loro, "... l'assassino di Claudio Morelli resta senza volto..."

"Purtroppo..." Si asciugò le labbra dopo aver preso un sorso di vino. "Non è compreso nell'elenco degli omicidi imputabili alla Anonima di Gargiulo, e in ogni caso abbiamo la certezza che non sia stato lui ad ammazzarlo."

"Ne segue, allora, che quella mia teoria sulla sua colpevolezza era del tutto sballata..."

"Al contrario, Rivetti, la sua analisi era perfetta. Con la sua inconsapevole collaborazione, Gargiulo aveva inteso per davvero tendere una trappola a Morelli. Una trappola nella quale solo per un soffio non era caduto."

Fascetti gli spiegò che il gestore del Serraglio aveva ammesso – prima di essere immobilizzato – di aver proferito quelle minacce di ritorsioni contro la famiglia di Morelli in presenza di Rivetti e dopo averlo fatto picchiare, in quanto sperava che questi le avrebbe prima o poi riferite al suo amico. Così era stato, e Morelli venuto a conoscenza del pericolo che incombeva sui suoi cari, aveva contattato Gargiulo restituendogli il denaro. Ma aveva declinato il suo invito a cena fiutando il pericolo.

Gli rivelò pure che era stato proprio Gargiulo a commissionargli l'indagine sulla morte del giovane funzionario di banca, sospettando – a giudicare dalla tecnica con cui il delitto era stato perpetrato – la esistenza di una organizzazione criminale concorrente, al suo esordio.

Rivetti si appoggiò allo schienale della sedia che scricchiolò. Avevano terminato il filetto, e il giovane si accese una sigaretta con aria riflessiva. In silenzio presero a sorbire quello che nei calici restava del Torre Quarto. Si voltarono attratti dal trambusto che proveniva dalla tavolata occupata dai venti commensali. Si erano alzati tutti insieme strisciando sedie e parlando a voce alta, mentre si accingevano a uscire dal ristorante.

Rivetti disse: "Mi chiedo se a questo punto non valga la pena di riconsiderare l'ipotesi originaria dell'auto pirata investitrice."

"E' da escludersi categoricamente. La Polizia Scientifica ha accertato senza ombra di dubbio che Morelli è deceduto per effetto di un forte trauma cranico procuratogli con un pesante corpo contundente, ma in un luogo che non può essere quello dove il cadavere è stato ritrovato."

L'altro scosse il capo perplesso. "Quindi eliminati Gargiulo e Bardi dall'elenco dei sospetti, chi altri resterebbe?" Prese una boccata dalla sigaretta. "Maldano?"

"Mah, sono scettico al riguardo. E' vero che è l'indiziato col miglior movente. Ne abbiamo già ampiamente discusso l'altra volta, ricorda? Poteva ricorrere ai suoi amici di Palermo, ma dubito che l'abbia fatto." Fece una pausa. "Oppure dovremmo pensare a qualcuno di quei risparmiatori che Morelli aveva truffato."

Arrivò Alfredo che portò via i piatti vuoti. "Caffè?"

Annuirono all'unisono.

Restarono in silenzio per qualche tempo, poi Rivetti riprese la parola: "Non sono un poliziotto né un investigatore, Fascetti, ma credo che ci sia un aspetto di questa vicenda che forse non è mai stato sufficientemente considerato."

Il detective lo fissò con aria interrogativa.

Il Crollo

"Mi riferisco al fatto che Morelli era scomparso, svanito nel nulla, e pertanto – mi perdoni la banale ovvietà – non si può uccidere una persona se non si sa esattamente dov'è?"

"Be', ricordo che ne abbiamo già parlato l'altra volta. Ma non si può scartare l'ipotesi che se l'assassino non sapeva dove trovarlo, abbia però avuto buon gioco nel dargli la caccia, scovandolo alla fine."

Rivetti fece una smorfia scettica. "Questo è uno scenario concepibile, ma a mio giudizio alquanto improbabile, come le ho già spiegato al nostro primo colloquio, quando ci siamo conosciuti." Un attimo di pausa. "Se ricorda, le dissi che Morelli era un personaggio di intelligenza superiore, furbo come una volpe, e, soprattutto, meticoloso in tutto ciò che faceva. Che doveva aver progettato la sua fuga curando ogni minimo dettaglio, in modo da assicurarsi la massima sicurezza di non essere rintracciato. Sicché credo che nel posto dove si era nascosto nessuno si sarebbe sognato di andarlo a cercare. Se era costretto a muoversi lo avrà sempre fatto nelle ore notturne, magari camuffato in qualche modo."

Fascetti annuì riflessivo. "Sì, ricordo che di questo mi ha già parlato." Pensò che Rivetti avesse ragione sulle qualità di Morelli. Gli tornò in mente quanto il commissario Lopez gli aveva riferito a proposito di quella messinscena della finta fuga a Londra, che aveva montato per depistare quanti lo avessero cercato. Bisognava riconoscere la genialità dello stratagemma, anche se poi non aveva funzionato.

"Mi faccia capire bene, Rivetti, lei mi sta dicendo in sostanza di ritenere che l'omicida sapesse dove Claudio si era nascosto, magari perché lui stesso glielo aveva rivelato."

"E' molto probabile. E pertanto potrebbe trattarsi di qualcuno che gli era tanto vicino da riscuotere la sua fiducia. Per scagionarsi da sospetti, potrebbe aver inscenato l'incidente stradale dopo averlo ucciso."

Fascetti assentì col capo, dicendo con un sorriso:

"Qualcuno, quindi, che sia anche riuscito a farlo ubriacare prima di fargli la festa. Si potrebbe pensare a un amico come lei, no?"

"E' una insinuazione o una battuta?" Sorrise di rimando. L'altro sembrò rifletterci su un attimo. "Né l'una né l'altra.

L'ho citata soltanto a mo' di esempio. D'altra parte, lei mi ha detto che da tempo quasi non vi parlavate più..."

"Infatti. Avevamo perfino smesso di frequentarci. Ero l'ultima persona alla quale avrebbe rivelato il suo nascondiglio..."

Fascetti annuì. "Comunque, io credo che chiunque sia l'assassino, debba necessariamente trattarsi di un uomo abbastanza vigoroso da sollevare un cadavere e trasportarlo, magari sulle spalle, per un certo tragitto fino a un automobile, e caricarvelo."

"Ne convengo." Sbuffò una nuvola di fumo. "Ma mi tolga una curiosità, Fascetti, chi glielo fa fare a occuparsi ancora del caso ora che l'incarico le è venuto meno?"

"In effetti potrei infischiarmene, ma mi sento moralmente obbligato nei confronti della madre di Morelli, capisce? Le ho promesso di impegnarmi per cercare di individuare l'assassino del figlio." Tacque per mandar giù l'ultimo sorso di vino. "Eppoi a me non piacciono le questioni lasciate in sospeso.

"Per quanto mi riguarda, non so cos'altro potrei dirle per aiutarla, che lei già non sappia."

Il detective lo guardò con un sorrisetto enigmatico come a dire: "Eppure qualcos'altro ci sarebbe."

"Vede, Rivetti...", disse, "...nella nostra lunga conversazione di oltre due settimane fa è rimasto uno spazio vuoto che aspetta di essere colmato."

"Sarò lieto di aiutarla a farlo, ma mi dica di che si tratta."

Fascetti lo fissò a lungo prima di dire: "Riguarda Chiara in particolare quello che ho da chiederle."

54

Rivetti schiacciò con forza la cicca nel posacenere, intrecciò le mani sul tavolo e, sporgendosi un po' in avanti, disse: "Già...Chiara... E' l'unica persona di questa vicenda della quale non abbiamo ancora parlato..." Fissò il detective. "Mi dica, l'ascolto."

"Lei sa che Morelli l'aveva convinta, quando cominciarono a convivere, a spacciarsi per una delle sue sorelle trasferitasi a

Milano per cercare lavoro. Le aveva spiegato che riteneva preferibile tenere segreta la vera natura del loro rapporto anzitutto in banca, poiché temeva che i suoi superiori non l'avrebbero visto di buon occhio e la sua carriera poteva risentirne. Mi risulta che lei e Bardi siete gli unici ai quali l'aveva rivelato."

"Sì, è vero. Claudio si era confidato con noi due perché eravamo i soli di cui si fidava." Rifletté un istante. "A proposito… ma lei com'è che n'è venuto a conoscenza?"

Fascetti gli raccontò con dovizia di dettagli come fosse riuscito a subodorare che Chiara non fosse la sorella di Morelli durante la loro lunga conversazione a casa di quest'ultimo – seguita al rinvenimento del suo cadavere –, descrivendogliene poi la reazione quando l'aveva smascherata.

"Devo congratularmi con lei per le eccezionali capacità intuitive", Rivetti gli disse quando ebbe terminato.

"Ma ciò che non ho capito…", il detective ignorò il complimento", "…è perché mai Morelli avesse reso partecipe del segreto anche Bardi. In fondo… lui cosa c'entrava?"

"C'entrava eccome… e per due buone ragioni. Anzitutto perché erano amici, anche se non proprio per la pelle. Per questo Bardi faceva parte del nostro gruppo. Ci si ritrovava spesso a casa di Morelli, e non di rado andavamo a cena fuori tutt'insieme. Sarebbe stato impossibile per Chiara e Claudio fingere in eterno di essere fratelli, senza incorrere, prima o poi, in qualche gaffe che li avrebbe traditi. Allora… apriti cielo: Bardi sarebbe andato fuori dai gangheri per essere stato tenuto all'oscuro." Bevve un sorso del caffè che il cameriere aveva appena servito loro. "Eppoi c'era un'altra motivazione, di certo la più importante. Io credo che lei sappia, anche, che Bardi aveva un debole per Chiara. O mi sbaglio?"

Il detective annuì. "Sì, la ragazza me ne ha fatto più che un accenno."

"Bene… La verità è che se ne era invaghito di brutto e non faceva granché per mascherarlo. Si comportava come se non desse molto peso al fatto che lei stava con un altro, che, per di più, era un suo amico."

"E Claudio come reagiva a questo atteggiamento a dir poco spregiudicato? Non mi dirà che aveva gli occhi foderati di prosciutto…"

"Mi diceva che la cosa lo infastidiva, naturalmente. Nondimeno quando c'era Bardi si sforzava di apparire indifferente alle sue attenzioni per Chiara, che non lasciavano margine al dubbio. Capisce... non voleva contrariarlo o irritarlo dato che era uno dei pesci più grossi della banca. Sviluppava in Borsa un notevole volume di affari. D'altra parte, conoscendo bene i gusti di Chiara in fatto di uomini, non lo vedeva affatto come una minaccia al loro rapporto." Fece una breve pausa portandosi alle labbra la tazzina del caffè. "Ora... riesce lei a immaginare quale comportamento Bardi avrebbe assunto se anche a lui fosse stata presentata come la sorella di Claudio, e non la sua ragazza?"

"Avrebbe fatto il diavolo a quattro per conquistarla."

"Poco ma sicuro. Si sarebbe scatenato, avrebbe cominciato a farle una corte spietata. La domanda è: Claudio, come l'avrebbe presa?"

"Immagino che allora non sarebbe rimasto a guardare." Si fermò per un attimo. "Ma quando è andato fuori dai piedi, Bardi, a detta di Chiara, è uscito del tutto allo scoperto facendole delle proposte esplicite per cercare di realizzare il suo sogno. Però lei giura che non lo ha mai incoraggiato, e tanto meno gli ha mai ceduto."

Restarono in silenzio a sorbire il caffè, e Fascetti guardò l'orologio. Si erano fatte quasi le dieci e mezzo, ma il ristorante era ancora affollato. Nell'ultima mezz'ora il chiacchiericcio era salito di tono, di certo per effetto dell'alcol che cominciava a far sentire i suoi effetti. L'aria era resa irrespirabile dal fumo delle sigarette. In quel momento si rese disponibile un tavolo accanto al loro, ma venne subito occupato da una giovane coppia che era rimasta a lungo in attesa nell'ingresso del locale.

"Cosicché lei può confermarmi", il detective riprese, "che era giustificato il timore che Claudio nutriva, di ripercussioni sulla sua carriera se si fosse diffusa in banca la notizia che conviveva con una donna..."

"Vorrà scherzare, vero?" Sorrise con ironia. "Non mi dica che anche lei se l'è bevuta..."

"Perché?" Fascetti finse sorpresa.

"Quella che Claudio aveva propinato a Chiara per indurla ad assecondarlo, era una balla planetaria. Bisogna riconoscere

Il Crollo

l'abilità con cui era riuscito a far credere, sia a lei che a Bardi, che la banca aveva una mentalità ferma ai tempi dell'Inquisizione. A onor del vero, ho sentito dire spesso, da qualche collega anziano, che cinquanta o sessant'anni fa la vita privata di quei funzionari che ricoprivano cariche delicate poteva essere sottoposta a sorveglianza. Se emergeva che vivevano in modo sregolato – a giudizio della banca – c'era la possibilità che fossero penalizzati in qualche modo, anche nella carriera. Ma cose di questo genere sono impensabili al giorno d'oggi."

"Sospettavo che potesse trattarsi di un pretesto."

"Proprio così... non era con la banca che Claudio voleva tenere nascosto il suo rapporto amoroso con Chiara."

"Mi faccia indovinare... C'era un'altra donna?"

Rivetti annuì sorridendo. "Ha fatto centro. Congratulazioni!"

"Be', non occorre una fervida immaginazione per arrivarci..."

"Io sono l'unico a cui Claudio aveva confidato di condurre, da circa due anni, una segretissima relazione con una donna sposata, ma separata. Era splendida, stando alla descrizione che lui me ne faceva, e l'aveva conosciuta a una festa." Fece una pausa per bere l'ultimo sorso di caffè, poi prese un'altra sigaretta. "Fuma?"

Fascetti scosse la testa.

"Dunque...", Rivetti si mise la sigaretta tra le labbra e fece scattare l'accendino, "...lei era dieci anni più vecchia, ma Claudio mi diceva che non lo dimostrava. Sembravano coetanei." Inalò a fondo la prima boccata. "A quella donna lui teneva moltissimo, ed era terrorizzato dall'idea che potesse scoprire che la tradiva. Se succedeva era certo che la relazione sarebbe andata a gambe all'aria, che lei lo avrebbe mollato."

"Mi sta dicendo, in sostanza, che non di Chiara era innamorato, ma dell'altra?"

"Macché... non le sto dicendo affatto questo." Ebbe un sorriso divertito. "Non voleva perderla perché è straricca, capisce?" Rimase un attimo in silenzio. "E' olandese. Nata ad Amsterdam, si era trasferita in Italia subito dopo sposata, una ventina di anni fa. In pratica è un'ereditiera, figlia unica di un personaggio di primissimo piano nel panorama economico e finanziario olandese. E' proprietario di un grosso gruppo quotato alle

481

Borse di Amsterdam e di Londra, composto da una miriade di aziende che operano nei settori più svariati."

"Immagino che Claudio dovesse trarre dei vantaggi economici da questa relazione. Voglio dire... forse lei gli faceva dei grossi regali."

"Lui mi diceva di no. Per il momento si accontentava di scoparla. E non era poca cosa stando alle acrobazie sessuali di cui era capace, e che lui spesso mi descriveva con piccanti particolari." Sorrise al pensiero. "Mi spiegava che non voleva darle l'impressione di essere interessato al suo denaro, sapendo che non l'avrebbe gradito. Fingeva di esserne perdutamente innamorato, e aspettava con pazienza."

Fascetti inarcò un sopracciglio con fare interrogativo. "Aspettava cosa?"

"Be', lei gli accennava spesso al desiderio di lasciare il marito, e Claudio sperava che si decidesse prima o poi a divorziare per sposarlo. Sarebbe stato il colpaccio della sua vita."

Il detective fece una smorfia. "Un uomo senza scrupoli, non da meno di Bardi, mi sembra di capire."

"Diciamo che non era il tipo da sprecare una chance quando gli si presentava." Tacque un attimo. "Vede, Fascetti, il fatto è che Morelli aveva una sete inestinguibile di denaro. Sappiamo che in Borsa ne aveva guadagnato a palate, e che l'aveva poi perso per effetto del crollo del maggio scorso. Era indebitato fino al collo coi suoi clienti. Un matrimonio del genere gli avrebbe messo le cose a posto consentendogli, per giunta, una vita da nababbo." Il detective corrugò la fronte riflettendo intensamente su quanto aveva ascoltato.

"E' appunto al crollo della Borsa che stavo pensando", disse. "Mi sto domandando quale impatto possa aver avuto sul suo rapporto con quella donna la grave situazione finanziaria in cui si è ritrovato. Lei come l'avrà presa? E' possibile che lui le abbia chiesto di aiutarlo e lei abbia opposto un fermo rifiuto scaricandolo? Ma soprattutto: quando lui è stato costretto a scomparire per le ragioni che ben conosciamo, è ipotizzabile che abbiano continuato a mantenere i contatti... a vedersi, oppure Morelli ha tagliato i ponti anche con lei?"

Rivetti allargò le braccia in segno di impotenza. "Purtroppo non sono in grado di rispondere. Già da prima del crollo, la nostra amicizia si era fortemente incrinata, come le ho già detto. Lui aveva smesso da tempo di parlarmi delle sue cose personali." Sembrò ponderare quello che stava per dire. "Però... potrei azzardare una supposizione..."

"Quale?"

"Se è vero che lei lo amava – come lui sosteneva –, allora è possibile che siano rimasti in contatto fino al momento in cui qualcuno gli ha fatto la pelle." Fascetti annuì, dicendo: "Però... se aveva dei programmi con quella donna, devo allora dedurne che con Chiara non facesse sul serio. Che non era per amore che ci stava insieme."

"Amore?" Sorrise con sarcasmo. "Non sono certo che fosse mai arrivato a capire il significato della parola. Credo che per lui fosse un termine vuoto, troppo spesso abusato dalla gente." Scosse il capo. "Amore smisurato per i soldi, quello sì. Poche cose nella vita lo interessavano veramente quanto il denaro. Quanto a donne era un autentico seduttore, né più né meno. Un ruolo che non si sforzava minimamente di nascondere. Anzi, ne andava orgoglioso al punto di vantarsene a ogni piè sospinto con amici e colleghi." Rifletté per un secondo. "Naturalmente aveva smesso di farlo una volta allacciata la relazione con quella donna, sapendo che poteva costargliene la perdita."

"Dunque... *un tomber de femme*... come direbbero i francesi." Fascetti sorrise. "Abile al punto da riuscire a tenere il piede in due staffe, come si suole dire."

"In questo era un fenomeno. Pensi che tre anni fa, era riuscito a tenere in ballo perfino tre donne contemporaneamente." Storse la bocca prima di aggiungere: "Le relazioni erano durate circa quattro mesi, finché una di loro non aveva scoperto il suo gioco avvertendo le altre due. Aveva rischiato il linciaggio. I suoi flirt erano diventati proverbiali, in banca e fuori."

"Ma tornando a Chiara... anche se non l'amava, io credo che anche a lei tenesse molto, ovviamente per una ragione ben diversa. E' davvero uno schianto di ragazza, non le pare?"

Rivetti annuì. "Sono lieto che riscuota anche la sua approvazione."

"Be', non potrebbe essere altrimenti."

"Ha ragione... la bellezza di Chiara è indiscutibile. Il suo fascino è di quelli che, per strada, spingono uomini e donne a fermarsi a guardarla. E trasuda un magnetismo sessuale impossibile da ignorare."

"Credo siano doti che ha imparato a sfruttare molto bene... all'occorrenza." Fascetti sorrise al ricordo di quell'avance di cui era stato oggetto da parte della giovane la seconda volta che era stato a trovarla.

"Insomma...", Rivetti disse, "...è un ghiotto boccone, e Claudio Morelli non sarebbe stato Claudio Morelli se non ne avesse approfittato."

"Ma avrebbe dovuto rinunciarvi se il suo progetto di sposare l'altra fosse andato a buon fine."

"Ne convengo. Non c'è alcun dubbio che avrebbe preferito il denaro."

Rimasero in silenzio per qualche tempo.

"Ma tornando ai due amanti segreti...", Fascetti riprese, "...mi domando se il marito fosse al corrente della tresca amorosa."

"Sembra che lo fosse e conoscesse anche l'uomo con cui la moglie se la intendeva. Ma dato che sono separati da moltissimi anni, non gliene fregava un accidente. Peraltro la separazione non è ufficiale. Solo pochi intimi ne sono informati. Lei e suo marito si erano accordati, nel dividersi, di continuare a vivere sotto lo stesso tetto, vuoi per motivi di immagine, vuoi per rendere la cosa il meno traumatica possibile al loro unico figlio."

"Motivi di immagine?" Fascetti apparve perplesso.

"Certo. Sentono tuttora l'esigenza di tutelarla nel migliore dei modi. Per questo motivo – Claudio mi spiegò – quando avviarono la relazione lei pretese la massima discrezione. Si vedevano un paio di volte a settimana, e nei posti più appartati. Spesso fuori città. Il marito non è un uomo qualunque. E' un personaggio alquanto in vista in una certa cerchia sociale, ragion per cui lei non desiderava provocare scandali che alla fine potevano nuocere a entrambi."

"Capisco." Fascetti annuì. "Ma c'è un altro aspetto che stuzzica la mia curiosità. Come faceva Morelli ad avere la certezza assoluta che se si fosse sparsa in banca la notizia della sua nuova conquista, sarebbe giunta all'orecchio dell'altra?"

"Lo capirà dopo che avrà ascoltato quanto sto per dirle. E' una sorpresina che ho in serbo per lei, e spero non me ne vorrà se non ho saputo rinunciare al piacere di riservargliela per ultima."

"Sono ormai abituato alle sue sorprese, Rivetti."

"Vede, Fascetti, Morelli era certo che se fosse trapelato in banca che Chiara non era sua sorella ma la sua ragazza, la sua amante ne sarebbe venuta inevitabilmente a conoscenza perché…" Apparve esitante.

"Perché?"

"Perché glielo avrebbe riferito Maldano che è suo marito."

55

Una delle molte qualità di Ragusa che Maldano ammirava – e forse l'unica che gli invidiasse –, era la grande capacità con cui riusciva a precederlo quasi sempre, anche se di stretta misura, nell'individuare le soluzioni dei problemi, di qualsivoglia natura essi fossero. Ogni volta che ciò accadeva, egli avvertiva un senso di rabbia per se stesso.

L'ultima volta era successo durante la cena nella tenuta di Bagheria, quando il Boss gli aveva dato l'imbeccata, se pure non esplicita, su come reperire, fuori Borsa, un cospicuo pacchetto di azioni della Bpa da utilizzare per un'operazione speculativa in grande stile, in concomitanza con il lancio di un'Opa sulla stessa da parte della Banca Nazionale di Credito.

A distanza di un'ora dalla telefonata con cui Ragusa lo aveva avvertito che l'annuncio pubblico dell'operazione era stato anticipato al cinque settembre, Maldano era ancora lì seduto alla scrivania, avvolto nella penombra dello studio. Rifletteva sul da farsi. Ma in quel lasso di tempo, aveva evaso un buon numero di pratiche, e l'alta pila davanti a lui si era notevolmente assottigliata. Le poche che ancora restavano potevano attendere il giorno dopo.

Durante la mattinata, si era impegnato nello smaltimento della grande massa di posta in arrivo, il cui cestello era ora insolitamente vuoto.

Ma sapeva che lo sarebbe stato per poco.

Soltanto nelle ore notturne il flusso cartaceo si interrompeva, per riprendere il giorno dopo col consueto ritmo incalzante, che non teneva alcun conto della fatica e dei limiti di sopportabilità della mente e del corpo umani.

Avvertì il bisogno di sgranchirsi e si alzò. Prese dalla scrivania le pratiche che aveva appena evaso e le depose su un basso mobile di legno a ridosso della parete dietro di lui. Il commesso di direzione le avrebbe prelevate il giorno dopo di buon ora per distribuirle ai servizi interessati.

Si accostò alla enorme finestra a doppi vetri e lanciò un'occhiata all'esterno nel momento in cui un tram passava sferragliando in direzione di piazza Cordusio, seguito da due taxi. Alcuni pedoni camminavano frettolosamente sul marciapiede. Si mise a passeggiare per lo studio con aria pensierosa. Era molto spazioso, più lungo che largo, e lussuoso come si conveniva al suo grado. Una volta aveva pensato che se avesse potuto percorrerlo su e giù ogni giorno senza sosta, dalle nove alle cinque – nell'assurda ipotesi di non dover essere costretto a restare abbarbicato tutto il tempo a quella scrivania –, avrebbe coperto l'equivalente di cinque chilometri di strada. Un ottimo esercizio per migliorare la sua mediocre forma fisica.

Guardò l'orologio: si erano fatte le dieci passate. Era insolito che si fermasse in banca fino a così tardi. Quella sera lo aveva fatto soprattutto per attendere la telefonata del suo amico da Palermo. Ora si chiese se non fosse giunto il momento di rincasare. Accusava la stanchezza di una giornata di quattordici ore di lavoro, ma decise che prima di staccare doveva occuparsi di un'ultima importante faccenda.

Riflettè che chiunque altro nella sua posizione, che fosse felicemente sposato e conducesse una normale vita famigliare, avrebbe chiuso bottega da un pezzo per ritornare a casa dalla moglie che lo attendeva con la cena pronta in tavola, magari assieme ai figli. Avrebbe trascorso una piacevole serata circondato dal loro affetto. Dopo aver chiacchierato, guardato la televisione, e bevuto un brandy, si sarebbe messo a leggere un buon libro, prima di andare a letto a godersi un sonno tranquillo.

Già, la famiglia, pensò sorridendo con amarezza al nulla, nel silenzio e nella penombra che lo circondavano. Non era forse la componente fondamentale della vita di un uomo? E non era per questo che Dio l'aveva progettata? Erano interrogativi ai quali purtroppo lui era il meno qualificato a dare una risposta, dato che una famiglia che potesse veramente definirsi tale in pratica non l'aveva mai avuta. Ciò a causa del grave stato di crisi dei suoi rapporti con la moglie, che si protraeva da moltissimi anni. Sapeva che tornando a casa l'avrebbe trovata deserta perché lei era ancora in vacanza nella loro villa in Liguria, e il figlio ventenne risiedeva ormai stabilmente a New York dove frequentava un corso di studi universitari di economia e finanza.

Erano trascorsi quasi vent'anni da quando il suo matrimonio era andato in frantumi a causa delle sue inclinazioni omosessuali, mai rivelate pubblicamente. Una motivazione gravissima, che aveva sempre reso inimmaginabile una riconciliazione. Viveva ogni giorno con la consapevolezza dei pettegolezzi che sulla sua perversione circolavano con insistenza – sia in banca che fuori –, e ne intuiva il severo pregiudizio critico. Tuttavia, data la avvedutezza che sempre poneva nei suoi comportamenti, per non prestare il fianco a possibili scandali, li considerava con una certa indifferenza, e senza eccessiva preoccupazione.

Ma erano in pochi a sapere che omosessuale Maldano non lo era sempre stato del tutto. Negli anni dell'adolescenza, quando aveva scoperto il sesso, si era accorto che gli piaceva praticarlo sia con i ragazzi che con le ragazze. Crescendo si era così reso conto di appartenere a quella categoria – peraltro non molto nutrita – dei così detti bisessuali; una diversità che non aveva mai vissuto come un dramma o un problema. Al contrario, aveva sempre trovato gratificante, e per certi versi esilarante, la possibilità di condurre una vita sessuale fatta di rapporti promiscui, visto che gli consentiva di poter appagare i propri istinti erotici scegliendo a piacimento un partner maschile o femminile, a seconda della sua prevalente disposizione del momento. Era arrivato perfino a considerarsi un privilegiato della natura. Ma giunto sulla soglia dei quarant'anni, gli era accaduto qualcosa che aveva radicalmente mutato questa situazione. Aveva conosciuto quella splendida donna che sarebbe poi diventata sua moglie.

Si erano incontrati durante un suo lungo soggiorno ad Amsterdam, per uno stage presso la Amsterdam & Rotterdam Bank. Gli era stata presentata a un pranzo di gala organizzato dalla stessa banca, a cui aveva partecipato il Gotha della finanza e dell'industria olandese. Soltanto qualche tempo dopo averla frequentata aveva saputo che era una ricchissima ereditiera, in quanto figlia unica di un magnate proprietario di un grosso gruppo aziendale. Ma non era stata quella la ragione che lo aveva spinto a farle la corte. Era una venticinquenne di una devastante bellezza: bionda, alta, sexy, una rubacuori nel vero senso del termine. Il suo corpo emanava una sensualità tanto profonda da dargli il capogiro. Per quanto avesse allora frugato nella sua memoria, non era riuscito a trovare una precedente relazione solo minimamente paragonabile a quella affascinante creatura. Ne era stato come folgorato, e dopo cinque minuti di conversazione ne era innamorato cotto.

Ciò che di lei l'aveva maggiormente colpito durante il loro primo rapporto sessuale – inducendolo a chiederle di sposarlo subito – era stata l'abilità con cui sapeva fargli emergere in modo esplosivo il suo lato eterosessuale, procurandogli orgasmi tanto intensi come mai ne aveva avuti in passato, e che lo lasciavano piacevolmente esausto. Era stata l'unica a fargli quell'effetto tra tutte le donne che aveva conosciuto in vita sua. Lo aveva indotto ad abbandonare del tutto ogni frequentazione omosessuale. Col trascorrere del tempo, si era persuaso che lei fosse riuscita a compiere il miracolo di cancellare definitivamente quello che di perverso c'era nella sua sessualità, facendolo diventare normale.

Quella convinzione non era durata a lungo.

Una volta che – nei primi tempi della loro relazione – la aveva sondata per cercare di capire bene la ragione per la quale lo avesse preferito ai tanti giovani che le ronzavano attorno come mosche, e malgrado la notevole differenza di età, lei gli aveva risposto semplicemente, sorridendo: "Mi piacciono gli uomini maturi."

Ed effettivamente, quelli che la conoscevano bene sapevano che era sincera. Aveva visto in lui, come accade a molte giovani donne, il fascino del bell'uomo un po' avanti negli anni, ma carismatico, affidabile, intelligente, sempre abbigliato con ricercata eleganza.

Nei primi tre anni di matrimonio, il loro ménage non avrebbe potuto procedere in modo migliore. Uno sfrenato ottimismo ed entusiasmo avevano permeato l'atmosfera della loro vita in-

Il Crollo

sieme. La sua passionalità nei confronti della moglie non aveva conosciuto limiti né battute di arresto. In quel felice periodo gli era spesso accaduto di dover interrompere bruscamente il lavoro per pensare a lei, e con un tale ardore da rendergli praticamente impossibile la concentrazione su ciò di cui si stava occupando. Allora attendeva con impazienza il momento in cui sarebbe ritornato a casa e l'avrebbe abbracciata. Le avrebbe cinto la vita con un braccio e lei si sarebbe lasciata condurre docilmente in camera da letto. L'idillio era durato fino alla nascita del figlio.

Allora, senza una plausibile ragione, aveva cominciato a serpeggiare dentro di lui uno strano, crescente senso di refrattarietà al sesso coniugale. L'aveva dapprima attribuito alla presenza del piccolo che monopolizzava la sua attenzione, distogliendolo dalla consorte. Si era confortato pensando che potesse trattarsi di una condizione passeggera. Ma purtroppo si era ingannato.

La frequenza dei loro rapporti intimi si era andata progressivamente rarefacendo fino a ridursi al lumicino. Si era reso conto, con sconcerto, di provarne sempre più riluttanza. Durante i rari amplessi si comportava come un inetto, un imbranato, dando la sensazione alla propria partner di volerli concludere al più presto. Ne risultavano delle prestazioni pessime, che provocavano reazioni da parte della donna, persino più negative di quelle innescate dai frequenti episodi deteriori in cui lui le si negava, o addirittura la respingeva, accampando ogni sorta di pretesto.

Col trascorrere dei mesi aveva cominciato a rendersi conto che quella forte repulsione che ormai avvertiva per la moglie, era un sentimento generalizzato verso l'intero gentil sesso. Gli suggeriva che si stava riattizzando in lui il fuoco della sua inclinazione omosessuale, a lungo rimasto soltanto sopito sotto la cenere.

Sapeva che c'era un solo modo per averne conferma.

Durante un breve periodo di assenza della moglie col figlio, per una visita ai genitori di lei, aveva avvertito, una sera, l'irresistibile desiderio di uscire di casa per recarsi in uno di quei bar equivoci che ben conosceva, frequentati abitualmente da giovani gay. Aveva avvicinato il primo che gli era capitato, e vi aveva trascorso la notte in un alberghetto di infimo ordine. Non aveva provato il benché minimo disgusto. Al contrario, si era sentito intensamente appagato. Era cosi riuscito a confermare a sé stesso di essere diventato omosessuale a trecentosessanta gradi, cioè senza che restasse in lui traccia alcuna di eterosessualità. Aveva pure compreso che il processo del cambiamento era irreversibile.

Dal canto suo la moglie, che aveva da tempo percepito la sua trasformazione restando in silenzio, si era guardata bene dal farne una tragedia quando lui aveva deciso di affrontare l'argomento per ricercare insieme una soluzione che soddisfacesse entrambi.

Quel contegno di assoluta indifferenza che lei aveva allora ostentato, gli aveva fatto insinuare il sospetto, divenuto poi certezza, che la donna – da tempo inappagata dalla insufficienza delle sue prestazioni sessuali – fosse giunta a condurre delle relazioni extraconiugali clandestine, più o meno occasionali e prolungate.

Nel discutere con equilibrio ed estrema pacatezza la loro situazione, avevano alfine convenuto che dovevano scegliere tra due possibili opzioni: il divorzio o la convivenza amichevole. Avevano scartato la prima, soprattutto per non infliggere un trauma al loro figlio nel delicato periodo dell'infanzia.

Si erano quindi accordati per una continuazione del loro rapporto da separati sotto lo stesso tetto, col proposito di sforzarsi al massimo per trasformarlo – senza mai veramente riuscirvi – in autentica amicizia.

Avevano stabilito camere da letto distinte, e di condurre ciascuno la propria vita in assoluta indipendenza, anche sotto il profilo economico. Ma quella sorta di contratto verbale non aveva lasciato Maldano del tutto tranquillo. Nel timore che la condotta della moglie – al di fuori dell'ambito famigliare – potesse dare adito a pettegolezzi che suscitassero l'attenzione pubblica, finendo magari nelle pagine di qualche tabloid o rivista scandalistica, aveva deciso di farla sorvegliare.

Spendendo notevoli somme di denaro, aveva fatto ricorso saltuario a un investigatore privato. I suoi primi rapporti avevano confermato la fondatezza dei suoi sospetti, ma non in termini preoccupanti. Le relazioni segrete della donna erano molto oc-

Il Crollo

casionali, brevi infatuazioni improntate alla massima discrezione. Non andavano mai oltre la settimana di durata.
Erano trascorsi due anni da quando Morelli era entrato nella vita di sua moglie. Per la verità era stato lui stesso a gettarglielo tra le braccia, e tutt'altro che involontariamente.

L'occasione si era presentata a una grande cena organizzata dalla Bpa presso l'Hotel Michelangelo, per festeggiare l'insediamento del nuovo presidente. Tutto il personale direttivo con relative consorti, vi aveva partecipato.

Maldano aveva disposto che Morelli, quale suo più stretto collaboratore, fosse fatto accomodare al suo tavolo accanto alla moglie, che gli aveva presentato. Conoscendone bene la fama di donnaiolo impenitente, sempre a caccia di preda, sperava che non avrebbe resistito alla tentazione di insidiarla. Infatti, si era subito reso conto – soprattutto dal genere di sguardi che i due avevano subito iniziato a scambiarsi sotto il suo naso – che il suo proposito era destinato al successo. La conferma era venuta alcuni giorni dopo, quando il suo investigatore privato gli aveva riferito di aver seguito la moglie in auto fino a un ristorante di Bollate, dove la attendeva Morelli. Aveva atteso in macchina fino al momento in cui li aveva visti uscire insieme dal locale, pedinandoli poi fino a un alberghetto situato a un isolato di distanza, in una stradina secondaria. Vi erano restati per circa tre ore.

Maldano aveva accolto la notizia con grande soddisfazione. Un amante stabile per la moglie come Morelli, gli andava benissimo. La riservatezza sarebbe stata assicurata molto di più che negli occasionali flirt della donna con perfetti sconosciuti. Era sicuro che il suo braccio destro, per la posizione che occupava in banca e i loro rapporti personali, si sarebbe ben guardato dallo sbandierare in giro la relazione.

Ora, il rumore sordo dell'ascensore che si metteva in moto salendo dal pianterreno, lo riportò al presente. Di lì a poco sentì lo scampanellio della porta automatica che si apriva al piano. Poi un lieve scalpiccio. Sapeva che era la guardia notturna addetta alla sicurezza, che cominciava il giro di ispezione al reparto della direzione. Dal fondo del corridoio gli giunse il lieve rumore di una porta che si apriva e poi lo scatto di un interruttore. Capì che la guardia era entrata nello studio del direttore generale, e che nel giro di qualche minuto avrebbe raggiunto il suo. Era probabile che non sapesse della sua presenza, rifletté; magari sarebbe trasalita scoprendolo lì tutto solo a quell'ora un po' strana, immerso nella fitta penombra. C'era il rischio che non riconoscendolo mettesse mano alla pistola.

Decise che fosse comunque preferibile non farsi trovare. Aprì l'armadietto inglobato nella parete rivestita di legno pregiato dietro la scrivania, prese la giacca e se la infilò. Quindi spense la lampada e raggiunse in fretta la soglia dello studio dove si fermò per qualche secondo tendendo le orecchie.

Un silenzio di tomba avvolgeva l'intero piano.

Si avviò lungo il corridoio rischiarato appena dalle lucette notturne di servizio incastonate nel soffitto. Scese le due rampe di scale fino al piano di sotto, e si ritrovò davanti alla sala contrattazioni dalla grande doppia porta scorrevole di vetro smerigliato, attraverso cui filtrava il tenue bagliore di una luce accesa. Era il segno della presenza di qualcuno che, come lui, non aveva ancora terminato la sua giornata lavorativa.

Sapeva chi fosse, e si aspettava di trovarlo lì. Era giunto il momento di porre fine all'indugio, mettendo mano a quel progetto, a lungo meditato, che poteva consentirgli di condurre in porto, nel giro di alcuni giorni, l'accaparramento di un pacchetto di azioni Bpa, nel quantitativo di cui necessitava. Su come procedere, si era ormai formato un'idea ben precisa.

Era una sfida alla quale non poteva sottrarsi.

56

La doppia porta automatica scorrevole si aprì silenziosa, e Maldano fece il suo ingresso nella sala contrattazioni, che occupava l'intero piano. Indugiò per qualche secondo lasciando vagare gli occhi per l'immenso salone di forma rettangolare, dalle ampie finestre a doppi vetri che davano su via Meravigli.

La semioscurità e il silenzio profondo e ovattato che vi regnavano avevano dell'innaturale. Un'atmosfera ben diversa da quella tesa e ostile che sempre vi si respirava durante il giorno, quando a sovrastare ogni rumore era il chiacchiericcio e il vociare ininterrotti degli operatori.

Il Crollo

Al centro della sala troneggiava un imponente sistema operativo computerizzato a nucleo centrale, che consisteva in un enorme bancone ovale in mogano chiaro, attorniato da una decina di poltroncine girevoli a rotelle, imbottite e rivestite di stoffa marrone a coste, disposte ciascuna davanti ad altrettante postazioni di lavoro. Ogni postazione era dotata di tutto l'armamentario necessario alla trattazione, tra cui videoterminali Bloomberg e per l'attività on line con annesse tastiere, pannelli con incastonati i pulsanti delle numerose linee telefoniche, calcolatrici elettriche, ecc.

Si trattava di una struttura altamente sofisticata progettata, secondo criteri innovativi, soltanto due anni prima. Il costo finale era risultato largamente superiore a quello preventivato, ma poco era importato con la Borsa in pieno boom. La direzione della Bpa aveva deciso di reinvestirne parte dei consistenti profitti nel rinnovamento di alcuni importanti settori, sia per migliorarne l'efficienza e pertanto la produttività, sia per avvalersi dei notevoli vantaggi fiscali connessi con la possibilità di detrarre dal reddito imponibile quote annuali del costo complessivo sostenuto.

All'estrema destra della sala, una larga porta scorrevole dava acceso al così detto ufficio di back-up: un locale abbastanza ampio arredato con scaffali e funzionali scrivanie in laminati bianchi. A regime, poteva contare su un organico di una ventina di addetti alla contabilità e amministrazione dell'intero servizio Trattazione Titoli e Gestioni patrimoniali. Maldano indirizzò lo sguardo verso l'estremità sinistra dove, delimitata da una paratia di vetro fumé, c'era l'area direzionale dal pavimento rivestito con soffice moquette beige. L'arredamento era di livello superiore rispetto al resto dell'ambiente: un'ampia scrivania in mogano chiaro con videoterminale, due poltroncine in pelle scura, un armadietto per gli abiti, una libreria. Appese alle pareti, alcune graziose riproduzioni di quadri di autori moderni.

Dietro la scrivania sedeva un giovane sulla trentina di statura media, scuro di carnagione. L'alone di luce vivida della lampada da tavolo, che lo investiva in pieno, rendeva ben visibile il volto dai lineamenti regolari. Indossava una camicia azzurra con colletto bianco immacolato e polsini doppi pure bianchi, con gemelli d'oro. Il nodo della cravatta di seta gialla sgargiante era allentato. Maldano pensò che quel modo di vestire così appariscente del giovane fosse in sintonia col suo perenne buon umore. Una foto della moglie col figlio di tre anni, racchiusa in una cornice d'argento, era disposta davanti a lui sul piano della scrivania, alla sua destra, una pila di tabulati. In quel momento sembrava alle prese con la tastiera del videoterminale. Quando sentì avvicinarsi i passi del dirigente, attutiti dalla moquette, sollevò lo sguardo sorpreso e gli sorrise.

"Immaginavo di trovarti qui malgrado l'ora, Luigi." Maldano aggirò la scrivania e si fermò accanto a lui.

"Oh, buonasera signor Maldano." Fece per alzarsi in un gesto di deferenza verso il suo superiore, ma questi gli premette una mano sulla spalla dicendo: "Sta' pure comodo."

"Tu rappresenti per tutti noi un esempio di stacanovismo da imitare", aggiunse mentre si sistemava su una delle due poltroncine destinate agli ospiti.

"Le vecchie abitudini sono dure a morire, signor Maldano…" Il giovane sorrise di nuovo con aria un po' impacciata. "Avevo dell'arretrato da smaltire, ma ora ho finito e stavo per lasciare." Spense il videoterminale e, con un gesto rapido, riordinò le carte sparse davanti a sé. Dopo una selezione in una rosa di cinque candidati, la scelta di Maldano per colmare il vuoto lasciato da Morelli, era alla fine caduta su Luigi Carretti. Una preferenza che aveva suscitato un po' di scalpore dato che aveva sancito il siluramento di Paolo Rivetti, colpevole di amicizia con lo scomparso. Il nuovo responsabile del reparto, era il figlio dell'ex vicepresidente della Bpa in quiescenza da dieci anni, a cui Maldano era legato da un vincolo di stretta amicizia fin dall'epoca in cui gestiva lo studio di agente di cambio. Mentre l'uomo era in servizio, si era spesso rivolto a lui per chiedergli – sempre ottenendoli – grossi favori.

Ma non per sdebitarsi ne aveva deciso la nomina del figlio a capo del servizio titoli e gestioni patrimoniali.

A suo giudizio, andando in pensione, l'alto dirigente non aveva lasciato in eredità alla banca una di quelle nullità che la piaga inestirpabile del nepotismo produce pressoché in tutte le istituzioni del Paese. Diversamente dal padre – la cui inettitudine era universalmente nota – il giovane Carretti possedeva un talento naturale e una mente brillante, requisiti che Maldano

aveva sempre ritenuto gli fossero stati trasmessi dai geni materni.
Criteri d'intelligenza e professionalità, avevano pure informato la sua scelta di Morelli, molti anni addietro. Ne aveva subito fatto il suo più valido coadiutore nell'operatività sul mercato finanziario, fino a renderlo suo complice in quell'attività di riciclaggio di denaro di origine mafiosa attraverso la Borsa. Questa la ragione per la quale lo aveva sempre tenuto in palmo di mano, riconoscendogli una capacità e un'abilità non comuni. Morelli era sempre stato quello in grado di cogliere all'istante le implicazioni di qualsiasi tipo di operazione finanziaria, in tutti i dettagli e insieme nel suo complesso, e, fra tutti i suoi collaboratori, l'unico che spesso nelle riunioni di lavoro lo aveva messo a disagio, e alla cui presenza non si era mai sentito in completo controllo delle situazioni. Si era allora reso ben conto di aver a che fare con un personaggio le cui elevate doti intellettive e la personalità di spicco, erano almeno pari alle sue, se non superiori.

Ora c'era il giovane Carretti che da circa un mese ne aveva preso il seguito. Maldano riteneva che fosse all'altezza del suo predecessore, ma si chiedeva se fossero maturi i tempi perché potesse fidarsi ciecamente di lui al punto di iniziare a coinvolgerlo nei suoi segreti affari personali. Fino ad allora, si era limitato a sperimentarlo in delicate operazioni di cui aveva attentamente vagliato i risultati, restandone soddisfatto.

Ma quella sera, per la prima volta, avrebbe cominciato a sondarne il grado di fedeltà e di riconoscenza nei suoi confronti, mettendolo a parte di quel programma particolare che intendeva avviare subito, per concludere rapidamente la campagna acquisti sulle azioni Bpa. Aveva ben pochi dubbi sulla disponibilità del giovane a collaborare, anche se non escludeva che, come primo impulso, avrebbe potuto reagire negativamente a un'operazione che presentava risvolti discutibili di legalità. Ma che si sarebbe alla fine rifiutato di impegnarsi nella sua realizzazione, era una eventualità che Maldano considerava remota. A parte la sua grande amicizia col padre, lo aveva tenuto a battesimo, e visto crescere. L'aveva favorito nella carriera fino a patrocinarne la nomina a funzionario. Molto il giovane gli doveva, ed era certo che provasse per lui gratitudine. Un'altra ra-

Domenico Martusciello

gione, questa, che l'aveva spinto a preferirlo per il posto di Morelli.

Fino a quel momento lo aveva semplicemente incaricato di attivarsi, nel migliore dei modi, nella esecuzione dell'ordine aperto di acquisto di trenta milioni di azioni Bpa che la Transalpina aveva emesso, ma senza mai precisargliene la finalità.

Ora stava pensando che non fosse più il caso di continuare a restare nel vago.

Si mise a giocherellare con la prestigiosa stilografica di oro che aveva estratto dal taschino della giacca, lo sguardo posato sul giovane funzionario come se lo soppesasse.

"Com'è andata oggi, Luigi? Che cosa sei riuscito a grattare al mercato?"

"Ben poco purtroppo..." Abbasso gli occhi su un foglio di carta che teneva davanti sé. "Trecentocinquantamila pezzi."

"Una cosa da niente..." Contorse la bocca insoddisfatto. "Il che porterebbe il totale a...?

"Cinquemilioni e trecentocinquantamila." Si massaggiò una guancia con aria pensosa. "Immagino lei sia al corrente delle voci che girano sul probabile lancio di un'Opa da parte di un grosso istituto sul capitale di qualche banca popolare. Ciò malgrado non si muove granché nel comparto bancario. E' strano... non si compra, né si vende. I volumi sono molto bassi, e pertanto i prezzi sono pressoché stazionari. Si direbbe che il mercato non consideri attendibili queste illazioni. Da qui la grande cautela." Fece un attimo di pausa. "Come lei sa, l'unico modo per centrare l'obbiettivo dei trenta milioni di pezzi per il quindici settembre, sarebbe quello di fare leva sulle quotazioni con grosse richieste, ma questo attirerebbe l'attenzione scatenando una corsa agli acquisti, in quanto gli operatori riterrebbero che sia la Bpa la banca designata per l'Opa. La quotazione schizzerebbe alle stelle."

Maldano annuì mentre picchiettava lievemente con la penna sul bracciolo della poltroncina.

"Come va con l'elenco degli azionisti?"

"Sono due giorni che passo buona parte del mio tempo col telefono incollato all'orecchio, ma per ora niente. Nessuno vuole vendere." Qualche giorno prima, Maldano gli aveva impartito istruzioni di esaminare con cura il libro degli azionisti, stilando un elenco di quelli privati che possedevano pacchetti superiori a un controvalore di cento milioni di lire. L'idea era di contattarli telefonicamente prospettando loro, senza eccessive pressioni, la possibilità di cedere l'investimento con una compravendita fuori mercato, a un prezzo appetibile in quanto superiore, ma non troppo, a quello ufficiale.

Maldano si rimise la stilografica nel taschino, e accostò le mani l'una all'altra socchiudendo gli occhi. "Eppure dobbiamo farcela, Luigi."

Carretti batté le palpebre. "Con tutto il dovuto rispetto, signor Maldano, credo che sia una impresa ardua, e mi piacerebbe conoscere la vera ragione della scadenza improrogabile. Se si tratta di semplice investimento – come la Transalpina sosterrebbe – allora non vedo tutta questa fretta. Voglio dire... potremmo procedere con calma, no?"

"A dire il vero, sarebbe più esattamente un grosso affare per la Transalpina, altamente remunerativo e, quel che più conta, a basso rischio." Una pausa. "Ma viste le dimensioni dell'operazione, anche la banca ne beneficerebbe in termini di laute commissioni di intermediazione." L'altro corrugò la fronte. "Un grosso affare lei dice?" Sembrò pensarci su. "Di solito quando si parla di grossi affari in Borsa, e da concludersi in breve tempo, ci si riferisce più propriamente a transazioni speculative."

Maldano non replicò subito, ma si mise a studiare le dita ben curate di una mano. "Vedi, Luigi...", disse, "...credo che sia giunto il momento in cui devo necessariamente condividere con te una notizia riservatissima." Si fermò per alcuni secondi. "Quelle voci ricorrenti sull'interesse di un grosso istituto di credito nei confronti di una banca popolare, sono del tutto fondate."

"L'avevo immaginato." Carretti sorrise come se avesse già compreso quello che il suo capo stava per svelargli.

Con disinvoltura Maldano osservò la punta di una scarpa lucidissima. Poi esaminò la piega perfetta dei pantaloni. "La nostra banca è da qualche tempo oggetto di una grande attenzione da parte della Banca Nazionale di credito, che è ora sul punto di lanciare un'Opa per acquisirla. Il suo Cda ha già deliberato, ed è in possesso delle necessarie autorizzazioni. La consegna rigorosa per quei pochi che ne sono al corrente è di tenere la bocca cucita. La Bnc deve necessariamente andarci con i piedi di piombo dato che la Bpa è quotata, e qualsiasi fuga di notizie potrebbe rappresentare un problema, nel senso che la quotazione salirebbe. Poiché la Bnc sta già rastrellando di nascosto quello che può, si vedrebbe costretta a pagare prezzi crescenti, il che farebbe lievitare il costo finale della operazione."

Carretti si grattò il mento senza fiatare, come riflettesse per assorbire bene la portata della notizia.

"E la Transalpina?" chiese infine. "Come fa a sapere tutto ciò?"

Maldano agitò una mano in un gesto vago. "Ha le sue fonti sulle quali ovviamente mantiene un assoluto riserbo."

Rimasero in silenzio. Maldano appariva tranquillo, e manteneva una postura rilassata. Le scapole sfioravano lo schienale della poltroncina, i gomiti erano appoggiati ai braccioli, le mani raccolte in grembo con i pollici uniti.

"E' facile intuire la strategia della Transalpina", riprese. "Riversare sul mercato l'intero pacchetto, quando, per effetto dell'annuncio pubblico dell'Opa, i prezzi saliranno di colpo."

Carretti sospirò esibendo un lieve sorriso scettico. "Comunque, non posso che confermarle che, nelle attuali condizioni di mercato, dubito fortemente che riusciremo a completare gli acquisti per il quindici settembre. Se questa, cioè, è la data fissata per l'annuncio, come mi sembra di capire..." Maldano scosse il capo. "Purtroppo lo era fino a qualche ora fa. Sono stato informato che la Bnc ha deciso di anticiparla al cinque settembre."

"Addirittura! Allora avremmo bisogno di qualcosa che appartenga alla sfera dei miracoli."

Il dirigente accavallò le gambe e si appoggiò allo schienale della poltroncina. "Non necessariamente, Luigi." Sorrise in modo enigmatico. "C'è una fonte alla quale possiamo attingere tutti i titoli che vogliamo."

Carretti strinse gli occhi come per mettere a fuoco l'idea che il suo capo stava cercando di trasmettergli. "Non capisco...", disse confuso. "A quale fonte si riferisce esattamente?"

"Alle Gestioni patrimoniali, mio caro. E' lì che dobbiamo fare man bassa di azioni Bpa."

57

Fascetti girò un attimo la testa per scoccare una occhiata sfuggente al suo passeggero, che sembrava sonnecchiare stravaccato sul sedile. "Questione di qualche minuto e siamo arrivati, Antonio."

Il commissario Lopez sussultò ed emise una sorta di grugnito, poi si ricompose mentre si copriva con la mano uno sbadiglio convulso. "Bene."

Diversamente da Fascetti che oggi vestiva casual – jeans e camicia rigata – Lopez indossava un completo estivo azzurro mare di poco prezzo, sopra una camicia bianca e una cravatta un po' pacchiana. I suoi gusti in fatto di abbigliamento non andavano oltre i grandi magazzini, per non dire della sua totale mancanza di senso della moda e dell'accostamento dei colori. Come sempre, emanava un odore pungente di sigaro, misto a quello di uno scadente dopobarba.

Alle otto del mattino percorrevano, a bordo della Golf, la circonvallazione in direzione sud, alla volta di viale Zara.

La città si era svegliata in una giornata ventosa, il cielo terso di un blu cobalto, l'aria limpida e frizzante priva di smog e di umidità. Scrutando in lontananza verso nord, erano visibili le pendici grigioverde e i contorni ben definiti delle montagne.

La temperatura era bruscamente discesa di gran lunga al disotto dei recenti massimi. I prodromi, forse, di una stagione estiva ormai in ritirata. Ma era solo l'inizio di settembre, troppo presto per escludere una ripresa della calura, più o meno prolungata.

"Hai l'aria di uno che ha passato la notte in bianco..." Il detective scalò una marcia riducendo sempre più la velocità fino a fermarsi del tutto. Erano in una lunghissima doppia fila di auto che arrivava a un semaforo rosso.

"*Quasi* in bianco." Lopez tossicchiò. "E per quanto possa sembrati strano, non per servizio. Non succede spesso, ma ieri sera sono stato a cena da mia figlia. Abbiamo fatto le ore piccole giocando a scopone scientifico." Lopez, vedovo da quasi dieci anni, detestava la solitudine e cercava di trascorrere le rare serate libere di cui riusciva a disporre, con l'unica figlia sposata, il genero e i due nipotini gemelli di cinque anni.

"Hai vinto?"

"Macché… poco è mancato che finissi in bolletta."

Fascetti si voltò di nuovo a guardarlo per un attimo. "Di' un po', Antonio, come ci si sente a perdere al gioco con i figli?" Lopez ci rifletté su. "Be', non credo sia la stessa sensazione che si prova quando si perde con gli amici. Allora ci si arrabbia, e ci si impegna al massimo per cercare di rifarci." Si schiarì la gola. "Per quanto mi riguarda posso dirti che quando gioco con mia figlia, spesso baro per farla vincere, e se ci riesco ne sono contento. Proprio come quando le compro dei regali. So che non sta molto bene in arnese, capisci? e mi fa piacere aiutarla."

Fascetti annuì comprensivo mentre lanciava un'occhiata fuori dal finestrino, ai pedoni che si muovevano frettolosamente sul marciapiede. Il semaforo passò al verde e la chilometrica fila di auto riprese la marcia.

Attraversato piazzale Maciachini procedettero lungo viale Marche fino al semaforo sull'incrocio con viale Zara, che imboccarono svoltando a destra.

Superata di una cinquantina di metri la stazione del metrò, il detective accostò fermandosi davanti a un grosso furgone giallo, dal quale due facchini scaricavano grosse casse che poi trasportavano con l'uso di un trolley all'interno di un negozio di alimentari.

"Ci siamo, il posto è questo", Fascetti disse guardando fuori come cercasse qualcosa con gli occhi. "E quello lì è il residence", aggiunse indicando col dito un edificio bianco di otto piani, moderno, che sorgeva più avanti a una trentina di metri.

Girò la chiave e spense il motore, poi tirò la maniglia della portiera e uscì dall'auto, imitato dal commissario. Si incamminarono alla volta del residence passando accanto a un sito transennato di scavi dell'AEM, per lavori alle condutture del gas. Il rumore di un martello pneumatico lacerava i timpani. Un tizio, con l'aria del caposquadra, stava facendo una scenata a due operai con l'elmetto. Puntava l'indice su di loro urlando furibondo a squarciagola che dovevano darsi una mossa. Poi si diresse verso una pila di mattoni.

L'insegna che sovrastava l'ingresso principale del residence recitava: Residence Risorgimento. All'estrema sinistra dell'imponente edificio, c'era un largo cancello scorrevole di ferro battuto, su cui campeggiava il segnale del passo carrabile. Di là dalle sbarre, si intravedeva la rampa di accesso a quello che doveva essere il parcheggio privato sotterraneo, a uso esclusivo degli inquilini.

Era lì che Cesare Bardi aveva abitato fino al giorno in cui era stato tratto in arresto con l'accusa di essere il mandante dell'omicidio di Antonio Lugato, il suo socio in affari.

La decisione di farvi un sopralluogo, i due amici l'avevano maturata la sera prima mentre facevano onore – in un ristorante toscano di via Marghera – a una enorme Fiorentina con verdure al vapore, che era seguita a un risotto ai funghi porcini. Avevano innaffiato il tutto con un discreto Chianti della Casa. Era stata di Fascetti l'idea dell'incontro conviviale, che doveva servire soprattutto a fare il punto del caso Morelli.

Il resoconto del detective sulla lunga conversazione avuta con Rivetti al ristorante L'Approdo la settimana precedente, non aveva granché entusiasmato il commissario. L'ipotesi avanzata dal giovane che l'assassino di Morelli potesse essere qualcuno che gli era stato tanto vicino da conoscere il suo nascondiglio, l'aveva considerata con notevole scetticismo. La notizia, poi, che il funzionario della Bpa era stato l'amante segreto della moglie di Maldano, non l'aveva giudicata così sorprendente sapendo che razza di donnaiolo incallito il defunto fosse stato. "Naturalmente è fine a sé stessa", aveva osservato. "Non è rilevante ai fini dell'indagine."

Fascetti si era detto pienamente d'accordo precisando che, dato che Maldano era omosessuale, la circostanza non costituiva neppure un motivo accettabile perché questi potesse aver desiderato la morte di Morelli. Tanto più se, secondo Rivetti, la relazione clandestina era nata col suo beneplacito.

"Comunque sia, per come la vede il magistrato titolare del caso", Lopez aveva spiegato, "una indagine ufficiale su Maldano appare inopportuna e non condurrebbe da nessuna parte. Di questi tempi potrebbe addirittura sollevare un vespaio. Sono d'accordo con lui che non esista alcun indizio, e meno che mai uno straccio di prova, di un suo coinvolgimento nel delitto. Quella teoria che potesse desiderare la morte di Morelli poiché testimone della sua attività di riciclatore di denaro mafioso, salvo che non si riesca a dimostrare che effettivamente la conduce, appare inconsistente come movente. Ma questa e tutt'altra storia, nel senso che si tratta di una indagine separata – tuttora priva di risultati –, di cui si sta occupando in segreto la Guardia di Finanza."

Escluso Maldano, il discorso era quindi ricaduto su Cesare Bardi, che una delle videocassette di Gargiulo aveva immortalato nel suo ruolo di mandante dell'omicidio di Lugato, ma non di quello di Morelli. Eppure di motivi per sbarazzarsi anche di quest'ultimo l'uomo ne aveva avuti almeno due. Anzitutto l'odio e il desiderio di vendetta verso colui che lo aveva fatto precipitare in un baratro finanziario, e poi l'infatuazione smodata nei confronti di Chiara, la sua convivente. Da oltre due settimane, Bardi era diventato un inquilino stabile di San Vittore, in attesa di processo.

Durante la cena, Fascetti e il commissario avevano ripercorso brevemente le fasi dell'indagine su di lui, fino all'arresto avvenuto subito dopo quello di Gargiulo e l'annientamento della sua banda.

Si erano trovati d'accordo sul fatto che c'era un aspetto oscuro emerso dal colloquio, di due settimane addietro, del detective con Morriconi, il compagno di poker di Bardi. Come tale, meritava di essere riconsiderato.

Morriconi gli aveva fatto rilevare le reazioni diametralmente opposte che Bardi aveva avuto rispetto a ciascuna delle due telefonate ricevute al Cosmo Club – durante le partite di poker – quelle sere in cui erano deceduti il suo socio e Morelli, rispettivamente il venti giugno e il due agosto scorsi.

Al termine della prima, era apparso gioviale e sorridente, come avesse appreso una buona notizia.

Al termine della seconda, invece, era sembrato scosso e turbato. Trascorsi alcuni minuti, aveva dichiarato di stare male, e si era scusato dicendo che preferiva tornarsene a casa a riposare. Aveva lasciato il club intorno alle undici e mezzo.

Ora, secondo l'analisi di Fascetti, condivisa dal commissario, mentre era fuor di dubbio che il comportamento di Bardi seguito alla prima telefonata ricevuta il venti giugno, deponesse pienamente a favore del suo coinvolgimento nell'omicidio di Lugato – come poi provato –, altrettanto non poteva dirsi della sua condotta dopo quella del due agosto. Sembrava incompatibile con l'ipotesi di una sua responsabilità dell'assassinio di Morelli.

"Resta tuttavia…", Fascetti aveva continuato, "…la strana coincidenza tra quella telefonata – che verosimilmente aveva innescato l'improvviso malore di Bardi –, e la morte di Morelli sopraggiunta, guarda caso, proprio la stessa sera." Aveva fatto una pausa. "Può essere che il nostro uomo quella chiamata non se l'aspettasse e pertanto l'aveva colto di sorpresa? Ed è possibile che quel suo malessere fosse tutta una finzione, e quindi un pretesto per lasciare il club e correre a risolvere un problema personale che era d'un tratto insorto, e che l'autore della telefonata gli aveva per l'appunto comunicato? Mi domando se non sia possibile fare degli accertamenti in proposito…"

Lopez aveva annuito dicendo: "E' un punto su cui dobbiamo cercare di fare luce. Sto pensando di fare una puntata al residence dove Bardi abitava; potrebbe forse servirci a verificare se è effettivamente rientrato quella notte del due agosto, e a che ora."

Il commissario precedette il detective all'interno del grande edificio. Passarono attraverso una larga porta vetrata a due battenti e si ritrovarono in un vasto atrio deserto: un ambiente di lusso dal pavimento di marmo scuro dalle bianche venature. Subito a destra, una ampia zona relax deserta, con un divano e poltrone in stoffa bianca disposte a staffa di cavallo attorno a un basso tavolo di vetro. Addossato alla parete sul fondo, c'era un televisore a colori da venticinque pollici. Si diressero verso il banco della reception situato a sinistra, dietro cui sedeva un tipo tarchiato sulla sessantina dall'aria bonaria, con baffi da tricheco e un cranio glabro, lucido come una palla da biliardo. Scrutò i due che si avvicinavano, da dietro un paio di lenti con sottile montatura metallica.

"Salve, polizia", Lopez disse esibendo il distintivo appena accostatosi al banco. "Sono il commissario Lopez, e questo signore è Carlo Fascetti, investigatore privato."

L'uomo scattò in piedi e li studiò per un attimo, quindi si protese in avanti aggiustandosi gli occhiali sul naso. "In cosa posso esserle utile, commissario?"

Lopez sorrise con cortesia. "Stiamo conducendo un'inchiesta giudiziaria." Puntò su di lui gli occhi scuri e autorevoli. "Vorremmo sapere, anzitutto, se il vostro servizio di portierato si estende alle ore notturne."

"Certo. Abbiamo cento appartamenti, e un viavai di gente che non è da meno di quello di un albergo. Anche di notte."

Lopez annuì. "Capisco... Ora, mi dica, c'era lei di turno la notte tra il due e il tre agosto scorsi?"

L'altro alzò le mani, sulla difensiva. "No, in agosto facevo i turni di giorno, di notte c'era l'altro portiere." Appariva un po' intimidito.

"Che si chiama?"

"Ugo Casillo."

"Bene... Vuole dirmi per favore il suo indirizzo e numero di telefono?"

"Non ne ha bisogno, commissario, sta qui di casa. Occupa un monolocale al piano rialzato." Così dicendo indicò con la mano le scale sul fondo di fronte a due ascensori. "E' il numero cinque." Guardò l'ora. "Sono certo che non sia ancora uscito."

Raggiunsero le scale e ne salirono velocemente una rampa. Individuato l'appartamento Lopez suonò il campanello. Attesero un paio di minuti prima che dall'interno provenissero un lieve trambusto e un fruscio di passi che si avvicinavano. Poi, lo scatto secco della serratura e la porta si aprì. L'uomo che comparve sulla soglia sembrò quasi sorpreso di vederli, e rivolse loro uno sguardo interrogativo.

"Sì?"

Era sulla cinquantina, capelli folti e brizzolati, alto e segaligno, con occhiali a montatura scura e una mezza sigaretta che gli pendeva dalle labbra. Indossava una camicia blu a scacchi, e pantaloni beige.

Di nuovo, il commissario fece le presentazioni e spiegò lo scopo della visita.

L'uomo arretrò di un passo, lo sguardo perplesso. "Prego... accomodatevi." Accompagnò l'invito con un gesto della mano.

Si ritrovarono in un minuscolo ingresso sul quale si affacciavano un piccolo bagno maleodorante, un cucinotto e un'ampia sala multiuso all'interno della quale furono fatti entrare.

"Vi trovo due sedie." Il che non fu facile. La stanza era stipata e in disordine fino all'inverosimile. Sembrava che fosse

Il Crollo

appena scampata a un uragano. Lungo la parete di fondo, scaffali stracolmi di pile di carte, libri e raccoglitori, nonché un guardaroba dall'aspetto instabile zeppo di abiti, con due ante sbilenche spalancate. Vicino alla finestra, un televisore e un divano-letto ancora aperto e disfatto.

Al centro c'era un tavolo rotondo che l'uomo si affrettò a sgomberare da quelli che sembravano gli avanzi della cena della sera prima, compresa una mezza bottiglia di vino rosso. Nell'angolo, il termosifone ricoperto di vernice scrostata, era usato come mensola per numerose videocassette precariamente impilate. Il caldo era opprimente.

Casillo tolse da due sedie fasci di vecchi giornali e riviste, che depose sul pavimento. Apparve una lercia stoffa grigia. Lui la spazzolò con una mano, come se questo bastasse a togliere la sporcizia accumulata. Lopez e Fascetti si sedettero, e l'altro si accomodò al tavolo schiacciando la sigaretta nel posacenere già traboccante di mozziconi. "Scusate il disordine", disse un po' a disagio. "Sono certo capiranno com'è ... quando si vive da soli..."

"Lei non è sposato, signor Casillo?" Lopez chiese

"Sono vedovo da quasi dieci anni."

Il commissario annuì comprensivo. "Mi rendo conto."

Poi disse senza preamboli: "Abbiamo in corso un'indagine su uno dei vostri inquilini."

"Ah, e di chi si tratta?"

"Cesare Bardi."

Casillo sbatté le ciglia sorpreso. "Cesare Bardi? Ma non è già stato arrestato per l'assassinio del suo socio?"

"Sì, esatto. Ma abbiamo ragione di sospettare che potrebbe essere implicato anche in un altro omicidio."

"Addirittura!" Spalancò gli occhi stupito. "Dio, mai avrei immaginato che fosse..." Si interruppe scuotendo la testa.

"...un assassino." Lopez completò la frase. "Da quanto tempo abitava qui al residence?"

"Da circa sei anni, credo. Occupava un bilocale all'ottavo piano." Si passò una mano nella massa di capelli brizzolati. "E dire che mi ero formato di lui il concetto di una persona perbene, anche se talvolta un certo suo modo di fare lasciava un po' a desiderare.

505

"In che senso?"

"Be', era scontroso e irascibile più spesso che non." Una pausa. "Soltanto con me aveva un atteggiamento tutto sommato amichevole."

"Perché?"

"Perché tra noi si era instaurato un rapporto speciale. Gli facevo comodo, capisce? Spesso mi chiedeva di sbrigargli delle commissioni, come ad esempio fargli un po' di spesa al supermarket qui vicino quando decideva di cenare a casa la sera, o pagargli le bollette delle utenze. Devo dire, o onor del vero, che non lesinava sulle mance. Uscendo o rientrando, non era infrequente che si fermasse a fare due chiacchiere, quando ero di turno." Lopez rimase in silenzio per quasi un minuto, come non sapesse bene come formulare la domanda successiva.

"Ora, se non le spiace, vorrei sottoporla a un test di memoria, signor Casillo", disse infine.

"Mah, non è che ne abbia una grande certezza di affidabilità, data l'età." Sorrise. "Comunque ci provi pure."

"Vorrei richiamare la sua attenzione alla notte del due agosto scorso."

Casillo sorrise di nuovo. "Allora non c'è problema. Ho un ricordo molto chiaro dell'intera giornata."

"Come mai?"

"Per due ragioni: anzitutto perché è la data del compleanno di mia figlia. Sono stato a cena da lei fermandomi fino a tardi; sono rientrato in tempo per l'inizio del mio turno di notte."

"A che ora ha preso servizio esattamente?"

"Alle undici e mezzo o giù di lì."

"Mmm…" Lopez si grattò una guancia. "Ricorda per caso a che ora è rientrato Bardi?"

"Questa è l'altra ragione – di cui stavo per parlarle – che contribuisce a rendere ancora più nitido nella mia memoria il ricordo degli avvenimenti di quella giornata."

"Le spiace spiegarsi?"

"Niente affatto." Indugiò come per riflettere. "Era da poco passata la mezzanotte quando ho sentito una macchina arrestarsi davanti al portone, e di lì a qualche secondo ho visto arrivare Bardi." Fascetti e Lopez avvertirono una punta di delusione. Cosicché dopotutto Bardi non aveva mentito ai suoi compagni di poker. A detta di Morriconi, quella sera aveva lasciato il Cosmo Club alle undici e mezza motivando con l'esigenza di dover tornare a casa perché stava male. Col traffico molto rarefatto, un taxi non avrebbe impiegato più di mezz'ora per raggiungere viale Zara. Quindi l'ora del rientro corrispondeva.

"La cosa strana, anzi stranissima...", Casillo continuò, "...è che mi è sfrecciato davanti senza degnarmi di uno sguardo né salutarmi. Ha tirato diritto verso gli ascensori." Si concesse una breve pausa. "Era trafelato, come avesse una gran fretta."

"Non ha pensato che potesse star male?"

L'altro ci rifletté su un istante. "No, non credo che si sentisse male, altrimenti me lo avrebbe detto sapendo che avrei fatto del mio meglio per assisterlo. Piuttosto... mi è sembrato agitato per qualcosa che doveva essergli successo. Dalla mia postazione lo ho osservato che, dopo aver premuto il pulsante di chiamata dell'ascensore, si è messo a passeggiare su e giù nervosamente in attesa che arrivasse." Tacque per accendersi una sigaretta.

"Bene, immagino che questo sia tutto." C'era una nota di delusione nella voce di Lopez.

Casillo scosse il capo. "No, commissario, c'è dell'altro. Non è finita così quella notte."

58

Casillo trasse un fazzoletto spiegazzato dalla tasca posteriore dei calzoni, e si asciugò la faccia madida di sudore, poi prese una intensa boccata dalla sigaretta.

"Pendiamo dalle sue labbra, Casillo", Lopez lo incalzò un po' spazientito.

"Mi scusi, commissario, vengo al dunque... Be', è successo qualcosa che mi ha stupito. Erano trascorsi sì e no un paio di minuti da quando Bardi era entrato in ascensore, che ho sentito il rumore familiare del cancello automatico del garage che si apriva. Chi sarà mai che esce con la macchina a quest'ora di notte? mi sono chiesto. Ho raggiunto di corsa l'ingresso, appena in tempo per vedere Bardi che spuntava dalla rampa del parcheggio alla guida della sua auto, e a tutto gas. Ha svoltato a destra e, al primo incrocio, ha invertito la marcia passando sull'altra carreggiata in direzione di piazzale Istria. Allora ho capito che invece di salire al suo appartamento, era sceso diritto nel garage con l'ascensore a prendere la macchina."

"A che ora è poi rientrato definitivamente?"

"Erano le due e mezzo circa."

"Perchè ha considerato anomalo questo suo comportamento?"

"Anzitutto perché è arrivato e uscito subito dopo senza salutarmi né passare dal suo bilocale. Non glielo aveva mai visto fare prima, e questo la dice lunga sulla fretta boia che doveva avere. E in secondo luogo perché ha preso la macchina."

Lopez e Fascetti lo guardarono con l'aria di chi non capisce. "Non la seguiamo."

"Vede, commissario...", l'uomo continuò, "...era da oltre un anno che non la usava più di notte. Da quando, cioè, aveva avuto un grave incidente. Forse lei non lo sa, ma Bardi è affetto da una forma di miopia elevatissima, che solo in parte gli occhiali riescono a correggergli, e che gli rende molto difficoltosa la guida notturna." Si fermò un attimo. "Sembra che questo sia un problema comune a tutti i miopi con elevata gradazione. Una volta mi ha confidato che era stato proprio il suo oculista a sconsigliarlo di mettersi al volante dopo il tramonto, in quanto col buio la sua capacità visiva ne risulta ulteriormente compromessa, con intuibili rischi. Ma lui non gli aveva mai dato retta finché nel maggio dello scorso anno, tornando a Milano intorno alle undici di sera, non era andato a schiantarsi contro un guardrail imboccando una curva sulla tangenziale. Ne era uscito indenne grazie alla cintura, ma aveva danneggiato la macchina al punto da doverla poi cambiare."

"Sicché la usava soltanto di giorno..."

"Esatto. Perlopiù ci andava a lavoro. E se gli succedeva di dover fare tardi, la lasciava a Novate e rientrava in taxi o col metrò."

"Per quanto inutile sia chiederglielo, signor Casillo, si è per caso fatto qualche idea, se pure vaga, di dove Bardi possa essersi diretto quella notte?"

L'uomo allargò le braccia in un gesto di impotenza. "Cosa vuole che le dica, commissario? Non ne ho la minima idea, ci

vorrebbe un indovino. Oppure bisognerebbe chiederlo a lui...
anche se dubito che direbbe la verità."

"Cosa glielo fa pensare?"

"La logica: se quella notte non ha preso un taxi – come spesso faceva quando usciva di sera –, ma la propria auto, vuol dire
che non poteva farne a meno. Aveva un compito da assolvere
che doveva tenere segreto, e poteva farlo solo con l'uso della
sua macchina. Ora, visto quanto è poi emerso sul suo conto, è
probabile che si trattasse di qualcosa di poco pulito, non le pare?"

Lopez non replicò, ma annuì a indicare il suo accordo. "Le
abbiamo rubato anche troppo tempo, signor Casillo." Si alzò
imitato da Fascetti. "La ringrazio molto, ci è stato di grande aiuto."

"Ma si figuri, commissario, è stato un piacere. Resto a sua
completa disposizione."

"A proposito... che modello è la macchina di Bardi?" Era la
prima volta che Fascetti apriva bocca da quando erano arrivati.

"Una BMW 730 grigio metallizzato, acquistata nel maggio
dello scorso anno dopo l'incidente. E' giù nel parcheggio."

Si congedarono.

Poco dopo sulla strada del ritorno, Lopez trasse dal taschino
un sigaro e lo scartò. "Che ne pensi, Carlo?" disse mentre lo accendeva.

"Che non è stata una spedizione infruttuosa, anzitutto." Abbassò del tutto il vetro del finestrino.

"Direi proprio di no. Tanto per cominciare, ora sappiamo
senza ombra di dubbio che Bardi quella fatidica notte del due
agosto, ha venduto una grossa frottola ai suoi compagni di poker, per giustificare l'urgenza che aveva di tagliare la corda. Dal
residence ci è soltanto passato per prendere la macchina che gli
serviva per andare Dio solo sa dove."

Fascetti annuì con convinzione. "Condivido in pieno
l'analisi di Casillo. Se Bardi è uscito con la propria auto esponendosi al rischio concreto di un altro incidente, lo ha fatto perché vi è stato costretto. Doveva recarsi da qualche parte per occuparsi in segreto di qualcosa di molto delicato, e non poteva
farlo noleggiando un taxi." Lopez soffiò una nuvola azzurrognola di fumo fuori dal finestrino. "Ora... resterebbe da capire

se in questa sua condotta possa ravvisarsi o no un nesso con l'omicidio di Morelli. Perché, mi domando, quella telefonata ricevuta al club proprio la sera del suo decesso lo ha tanto turbato? Difficile credere che si sia trattato di una coincidenza casuale."

Il detective rimase per qualche minuto assorto nei suoi pensieri, lo sguardo puntato sull'asfalto. "Forse la BMW gli serviva per trasportarci qualcosa", disse infine.

Lopez si tolse il sigaro di bocca e si girò a guardarlo. "Mi sa che stiamo pensando la stessa cosa."

"Immagino di sì." Rallentò in prossimità di un passaggio pedonale per lasciar passare una coppia di anziani a braccetto. "La BMW 730 è una grossa, prestigiosa berlina del costo di almeno cinquanta milioni di lire, ed è dotata di un bagagliaio tanto capace da poter contenere facilmente un corpo umano."

Lopez annuì senza fiatare, l'aria pensierosa.

"Pensi di recarti a San Vittore per interrogare Bardi?" il detective gli domandò.

L'altro scosse il capo. "Non è ancora il momento, Carlo. Lo farò dopo aver svolto un'altra importante indagine."

59

Vaga, solo e smarrito, in una steppa grigia che si estende a perdita d'occhio, e spazia tutt'intorno con lo sguardo per individuare una strada o un sentiero che conduca a qualche luogo abitato.

Ma per quanto aguzzi la vista, non riesce a vedere che il deserto sconfinato, interrotto qua e là da piccoli ciuffi d'erba secca e giallastra. L'aria stagnante è arroventa dai raggi di un sole rossastro in un cielo stranamente plumbeo.

Improvvisamente, scorge in lontananza alle proprie spalle, una altissima muraglia d'acqua dalla cresta spumeggiante, simile a un enorme cavallone marino.

Si dirige veloce e minacciosa verso di lui, con un rumore scrosciante.

Si rende conto che di lì a poco lo raggiungerà travolgendolo, e si mette a correre il più velocemente che può.

Il Crollo

Avanza leggero come una piuma, alla maniera di un astronauta che si muova sulla luna in assenza di gravità, ma ancorché proceda a grandi falcate non riesce a guadagnare terreno rispetto all'onda mastodontica, che sembra invece acquistare velocità di secondo in secondo. Tutto d'un tratto, vede poco distante davanti a sé un profondo abisso e capisce che vi precipiterà se non si fermerà prima di raggiungerne il bordo. Si guarda di nuovo alle spalle: la gigantesca e compatta parete liquida continua ad avvicinarsi inesorabile, spingendolo verso quel baratro in cui, tra qualche secondo, piomberà sotto l'urto violento della massa d'acqua.

Si ferma sul ciglio del precipizio, e guarda giù verso il fondo irto di rocce aguzze sulle quali tra pochi attimi andrà a sfracellarsi.

Nel tentativo di mitigare le vertigini e la paura di cui è preda, si distende ventre a terra e comincia a brancolare sporgendosi nel vuoto.

A giudicare dal fragore che sente dietro di sé, divenuto assordante al pari di una enorme cascata, il colossale maroso deve essere giunto ormai a qualche metro di distanza da lui, ed è pertanto sul punto di abbattersi sul suo corpo con l'impeto micidiale di uno Tsunami.

Non ha scampo: va verso una morte certa e immediata. Si ripara la testa con le mani in un istintivo e vano gesto di autoconservazione. Muove le labbra per urlare, ma è come se tutto il fiato gli sia stato risucchiato da dentro i polmoni, e non gli riesce di emettere alcun suono...

Maldano si svegliò di soprassalto in un bagno di sudore e scattò a sedere sul letto, il respiro rapido e affannato, il cuore che gli batteva all'impazzata contro il costato.

Si guardò intorno e si sentì sommergere da una ondata di sollievo nel constatare di trovarsi nella propria camera da letto, e che aveva avuto un incubo. Terrificante, sì, ma niente altro che un incubo.

Si asciugò il sudore con un lembo del lenzuolo. Respirò a fondo e fece un lungo sbadiglio, poi si stiracchiò strofinandosi gli occhi. Lanciò un'occhiata al quadrante fosforescente della sveglia posata sul comodino: le cinque e mezzo. Una tenue luce grigiastra filtrava con crescente intensità attraverso l'avvolgibile socchiuso della finestra, rendendo sempre più nitidi i particolari dell'ambiente. Era l'alba.

Ora era calmo, respirava regolarmente e il battito cardiaco si era normalizzato. Tornò a sdraiarsi supino concentrando lo sguardo sul soffitto imbiancato, le mani intrecciate dietro la nuca. Si mise a riflettere sul quel sogno spaventoso le cui immagini serbava nitide nella memoria.

D'un tratto, un pensiero allarmante gli si affacciò alla mente, che avrebbe voluto respingere. I suoi ricordi balzarono indietro a quella notte di alcuni anni addietro, in cui era stato preda di un altro terribile incubo. Aveva sognato di trovarsi su una terrazza in cima a un altissimo grattacielo, a contemplare affascinato la suggestiva vista notturna di una metropoli illuminata. Ma qualcuno, giunto silenzioso alle sue spalle, lo aveva spinto nel vuoto. Aveva cominciato a precipitare a capofitto, con la sensazione angosciante di doversi sfracellare al suolo da un istante all'altro. Ma non era accaduto. Come poco prima, si era svegliato di soprassalto col cuore in gola. Si era quindi alzato per recarsi in ufficio dove, appena giunto, si era ritrovato a dover affrontare una grave situazione, che gli aveva procurato serie complicazioni di lavoro, per il cui superamento si era dovuto impegnare duramente e a lungo.

Aveva allora avvertito un certo turbamento per quella che gli era parsa una strana coincidenza. Fino a quel momento, si era sempre dichiarato molto scettico sulla valenza premonitrice di accadimenti futuri, che i più attribuiscono alle visioni oniriche.

Gli venne in mente che recentemente un suo amico gli aveva confidato di ricorrere regolarmente a una veggente per procurarsi l'interpretazione dei propri sogni. Gli era pure nota l'esistenza di una cospicua letteratura sull'argomento, a uso di quanti desiderassero tentare di decifrare i messaggi che, apparentemente, questi fenomeni trasmettono.

E se l'incubo di questa notte, si chiese con un senso di inquietudine, fosse una specie di avvertimento telepatico per qualcosa di grave che sta per accadermi?

Passò mentalmente in rassegna tutti i sospesi di lavoro che aveva davanti in quel momento, ma decise che nessuno presentava difficoltà tali da potergli procurare qualche guaio serio.

Il Crollo

Nessuno tranne la Borsa.

Quella sì che poteva rivelarsi per lui fonte di grossi grattacapi se, Iddio non lo volesse, ritornava sui suoi passi per una qualsivoglia ragione, riprendendo la via del ribasso e ponendo così termine a quella fase di recupero in essere dal crollo del maggio scorso.

Era il cinque di settembre: la data che, stando all'informatore segreto di Ragusa, la Banca Nazionale di Credito aveva fissato per annunciare pubblicamente la decisione di lanciare un'Opa sull'intero capitale della Banca Popolare Ambrosiana, precisando il prezzo dell'offerta.

Voci in tal senso, erano circolate con insistenza negli ultimi due giorni, a cui si erano aggiunti alcuni articoli sulla stampa specializzata. Il comparto bancario era sotto i riflettori e aveva beneficiato di un apprezzamento medio di oltre il cinque per cento, mentre di quasi il dieci per cento era stata la impennata delle quotazioni delle due banche interessate all'operazione.

Il giorno precedente si era concluso il programma acquisti delle azioni Bpa per conto della Transalpina, che Maldano aveva progettato. Era stata una corsa contro il tempo, vinta grazie all'impegno di Carretti che vi aveva profuso tutte le sue energie. Ma la rapidità di esecuzione era stata resa possibile soprattutto dall'azione di rastrellamento dei titoli, compiuta negli ottocento e passa conti delle Gestioni patrimoniali, che ne detenevano una quota non inferiore al venti per cento.

Quando quella sera di cinque giorni prima, Maldano aveva manifestato al giovane funzionario il suo fermo proposito di procedere con l'operazione, questi aveva avvertito un brivido involontario, ma mantenendo la calma.

Si era reso ben conto che ciò che il suo capo gli stava ordinando di fare era qualcosa di assolutamente illegale. Arraffare azioni nei portafogli delle Gestioni amministrate, trasferendole al dossier di un unico cliente, per favorirne una operazione speculativa, poteva configurarsi alla stregua di una frode finanziaria in grande scala. Come tale, avrebbe presentato gravi implicazioni di natura penale, se fosse stata scoperta.

Ciò malgrado il giovane, senza scomporsi, si era limitato a osservare: "Con tutto il dovuto rispetto, signor Maldano, l'operazione potrebbe presentare delle controindicazioni, nel senso che non è detto che passerebbe inosservata. Se fosse notata, alcuni miei collaboratori se ne chiederebbero la ragione..."

"Se operiamo bene e con grande cautela, non accadrà", Maldano aveva replicato in tono convinto. "Ma se dovesse essere contestata da qualcuno saprei come giustificarla."

"Vale a dire?"

"Spiegherei che ho ritenuto di ristrutturare certi portafogli, redistribuendo con maggiore razionalità le posizioni in azioni Bpa. Come sai, ne ho piena facoltà. Per di più la Transalpina non ha in deposito neppure un'azione Bpa."

Il giovane sapeva che Maldano aveva ragione.

La amministrazione dei portafogli delle Gestioni patrimoniali era discrezionale. Ciò significava che la banca era in possesso del mandato dei clienti a operare – comprando e vendendo titoli – nel modo che più riteneva opportuno, ma senza con questo perdere mai di vista l'obbiettivo prioritario di massimizzare i rendimenti con il minor rischio possibile.

Nell'impiegare la liquidità disponibile, gli operatori dovevano attenersi a un mix strategico di investimenti che lo stesso Maldano di volta in volta elaborava, e la cui modifica era pertanto sua prerogativa assoluta.

A questo sistema di gestione, faceva eccezione uno sparuto gruppo di rapporti per i quali la banca era tenuta a investire il denaro in conformità a un modulo 'profilo-rischio' – compilato e sottoscritto dallo stesso cliente – che indicava le proprie preferenze in quote percentuali, per quanto riguardava azioni, titoli di stato, obbligazioni e quant'altro, nonché qualunque particolare investimento che desiderava escludere.

Limitatamente alla prima categoria di portafogli, Maldano poteva pertanto – in qualsiasi momento, e a suo insindacabile giudizio – disporre la variazione della composizione, adducendo l'esigenza di una migliore razionalizzazione degli investimenti.

Aveva spiegato a Carretti per filo e per segno come doveva procedere. Nell'esaminare a uno a uno i dossier dei clienti discrezionali, doveva soffermarsi su quelli in cui era preponderante la quota in azioni Bpa, al punto da giustificarne un ridimensionamento per attenuare il rischio di una eccessiva esposizione, e magari consentire un miglioramento del rendimento.

Il Crollo

Maldano aveva impartito a Carretti istruzioni di stilare, di volta in volta, interinali di vendita per almeno il cinquanta percento di queste posizioni. Gli ordini non dovevano essere eseguiti sul mercato, ma erano da applicare – rigorosamente a prezzi correnti – all'ordine aperto di compera della Transalpina. La liquidità che da quest'ultima si liberava, doveva invece essere impiegata contestualmente e per un valore equivalente, nell'acquisto di partite di titoli emessi da prestigiose società (blue chips), per rimpiazzare le azioni Bpa nei singoli portafogli da dove erano state distolte.

Carretti si era messo al lavoro di gran lena facendo ogni sera le ore piccole. Si era segregato in una sala riunioni sullo stesso piano, provvista di terminale, estraniandosi dal servizio e ordinando di non essere mai disturbato.

Superati alcuni intoppi iniziali di natura tecnica, e una volta fatta la mano, aveva proceduto ogni giorno sempre più speditamente, fino all'input sul terminale delle numerose transazioni. Aveva tenuto Maldano costantemente aggiornato sullo stato dei lavori.

Al termine del quarto giorno, nel deposito titoli della Transalpina giacevano poco più di trentamilioni di azioni della Bpa. L'esborso complessivo era risultato lievemente eccedente la somma stanziata, ma aveva ricevuto il benestare di Ragusa.

Il giovane era esausto, ma soddisfatto. Tanto più perché Maldano gli aveva fatto balenare la possibilità di un maxi bonus a fine anno, per ripagarlo del suo impegno. Dato che, conclusa l'operazione, la consistenza patrimoniale dei singoli portafogli che ne erano stati interessati non aveva subito variazioni, la stessa sarebbe parsa del tutto regolare, se non fosse stato per l'importante dettaglio che tutte le vendite avevano avuto un'unica controparte acquirente: la Transalpina finanziaria. Pur godendo Maldano – nel suo ruolo di condirettore centrale – di una certa immunità dal dover dare conto del suo operato, non era detto che in una eventuale inchiesta futura, non sarebbe stato chiamato a fornire giustificazioni per una iniziativa che presentava, a dir poco, le connotazioni dell'abuso di ufficio.

Ma ora, disteso supino sul letto, pensò che fosse ben altro il suo cruccio del momento. Le immagini dell'incubo continuavano a turbarlo profondamente. La sensazione di sollievo che aveva avvertito subito dopo il risveglio, era ormai del tutto svanita. Al suo posto si era inserito uno strano, non ben definito senso di apprensione, che finì, a poco a poco, per trasformarsi in una sorta di lieve panico.

Si girò nervosamente sul fianco destro, un occhio chiuso premuto sul cuscino e l'altro fisso sulla sveglia che ticchettava in un profondo silenzio. Mancava qualche minuto alle sei.

Riprendere il sonno interrotto era fuori discussione. Non gli restava nient'altro da fare che attendere pazientemente l'ora in cui si sarebbe alzato per recarsi a lavoro, e sperò che il tempo trascorresse veloce.

60

Fascetti indugiò titubante davanti all'uscio socchiuso dell'ufficio del commissario Lopez. Dall'interno filtrava una animata conversazione a due. La voce irruvidita dal fumo del poliziotto, sembrava prevalere su quella del suo interlocutore.

Fece capolino prima di entrare. "Si può?"

Lopez sollevò lo sguardo da un gruppo di fogli dattiloscritti che aveva davanti a sé, e fissò il detective al di sopra degli occhiali da lettura collocati sulla punta del naso. "Ciao, Carlo. Vieni pure avanti, ti stavamo aspettando." Accompagnò l'invito con un gesto della mano.

Gli aveva telefonato di primo mattino convocandolo nel suo studio. "Ci sono importanti sviluppi sul caso Morelli", gli aveva detto in tono sbrigativo. "Se fai un salto da me subito, ne parliamo."

Due giorni prima, ritornati dall'incontro con Casillo – il portiere del residence di viale Zara – Lopez gli aveva manifestato l'intenzione di procurarsi dal magistrato inquirente un mandato di perquisizione per l'appartamento di Bardi. "Non so bene cosa cercarvi, o cosa potremmo trovarvi", gli aveva detto. "Ma l'istinto mi dice che è opportuno farlo. Comunque, quasi sempre nei casi di omicidio è un controllo di routine."

Da quella telefonata alle sette del mattino, Fascetti aveva immaginato che fosse sull'esito della perquisizione che l'amico voleva riferirgli.

Il Crollo

A discorrere col commissario, seduto davanti alla sua scrivania con le gambe accavallate, c'era un tale distinto di mezza età, alto e magro con una folta capigliatura argentata, occhi castani. L'abbigliamento alquanto ricercato – doppio petto scuro e cravatta beige –, gli conferiva l'aspetto di un alto dirigente di qualche prestigiosa società.

"Ti presento il dottor Randone", disse Lopez. "E' il funzionario responsabile del laboratorio di analisi della Scientifica."

L'ospite si alzò per stringere con fermezza la mano che il detective gli porse prima di sedersi rivolgendo a Lopez uno sguardo perplesso che sembrava dire: "A cosa ti serve un analista di laboratorio?"

Come sempre, l'ampio ripiano della scrivania del commissario somigliava vagamente a una sorta di piazza d'armi, ingombro com'era di carte, pile di pratiche, oggetti vari. Oggi c'era anche un registratore portatile e il giovane se ne chiese la ragione.

Da un mezzo sigaro acceso posato sul bordo di un posacenere di bronzo, si levava una sottile spirale di fumo.

Senza fare giri di parole, il poliziotto venne subito al dunque dicendo: "Questo è il rapporto della Scientifica sul risultato della perquisizione eseguita nell'appartamento di Bardi." Prese il dattiloscritto tra il pollice e l'indice e lo sventolò per qualche secondo quasi a sottolinearne l'importanza. "Io l'ho già letto."

Fascetti annuì senza fiatare, lo sguardo colmo di interesse.

"Il bilocale è stato trovato in perfetto ordine", Lopez continuò. "Bardi teneva a servizio giornaliero una donna a ore. Contrariamente alle mie aspettative sono emersi un paio di elementi di non scarsa rilevanza. Tutti i locali, compreso un ampio ripostiglio, sono stati passati al setaccio. In giro non c'erano che le sue impronte digitali e quelle della donna delle pulizie. Niente è saltato fuori fino a quando gli esperti delle ricerche non hanno messo piede nel soggiorno. Lì hanno trovato questa…" Così dicendo pigiò il tasto EJECT sul registratore estraendone una piccola audiocassetta. "Era inserita nella segreteria telefonica", spiegò, "e contiene i messaggi che Bardi ha ricevuto negli ultimi tre mesi.

"Non ne riceveva molti, per la verità, e quasi mai durante il giorno dato che era facilmente reperibile in ufficio a Novate. La quasi totalità di quelli registrati nella cassetta, sono concentrati nelle ore serali quando era fuori. Tutti, una trentina, sono stati ascoltati e analizzati con cura dai tecnici. A lasciarglieli erano per lo più alcuni amici, il fratello e la madre anziana. Niente comunicazioni di lavoro. Contenuti per noi privi di interesse, quindi." Rimase un attimo in silenzio. "Tranne che in un solo caso."

Fascetti batté le palpebre rapidamente. "Di cosa si tratta?"

"Del messaggio del 18 luglio scorso. Prima ascoltalo attentamente, e poi lo commentiamo." Infilò la cassetta nel registratore e premette il tasto PLAY.

Randone restava impassibile, con l'aria di chi è già al corrente dell'argomento.

Si udì un lungo fruscio seguito da un bip prima che provenisse dal piccolo altoparlante una voce maschile sommessa, quasi un sussurro. Aveva un che di ruvido, quasi cavernoso. Lopez alzò un po' il volume.

Salve Bardi, mi spiace che non sia in casa perché avrei desiderato fare due chiacchiere. Ricorderà che l'altro ieri avevamo convenuto che l'avrei chiamata il 19, cioè domani, per fare il punto della nota questione. Ora volevo avvisarla che questo non mi sarà possibile dato che devo recarmi fuori città. Quindi ci sentiamo dopodomani. Mi auguro, per il suo bene, che lei sia riuscito nel frattempo a incassare quanto dovutole dalla compagnia di assicurazione, e possa pertanto corrispondermi la somma che abbiamo pattuito. In caso contrario le ribadisco che dovrà procurarsi il denaro in altro modo, e in fretta, se vuole evitare grossi guai. Non posso attendere ancora per molto tempo. La saluto.

Lopez premette il tasto STOP. "Be', che te ne pare, Carlo?"

"E' un messaggio anonimo da parte di quello sconosciuto che lo ricattava per l'assassinio del socio. Su questo credo non ci piova. Come sai, me ne aveva parlato Gargiulo prima che lo mettessi K.O. e tu lo sbattessi dentro."

"Esatto. Naturalmente, ormai nessuno potrà più ricattarlo visto che è in procinto di essere processato come mandante di quell'omicidio." Fece una pausa. "Ma non c'è qualcosa che ti colpisce del messaggio?" Lo fissò sorridendo.

"Mah, non saprei di preciso..." Ci pensò su per qualche secondo. "La voce, forse... Suona strana, innaturale direi... come se l'uomo stesse parlando in modo da..." Lasciò sfumare la frase strofinandosi il mento ispido.

"Contraffarla? E' questo che intende dire, vero?" Era la prima volta che Randone si faceva sentire.

"Proprio così."

"Ha perfettamente ragione, Fascetti. Il nostro fisiologo della voce l'ha analizzata servendosi di certe sofisticate apparecchiature. E' emerso che risultano alterati certi parametri che sempre devono riscontrarsi nel tratto vocale di chi si esprime normalmente a telefono. Non c'è ombra di dubbio che l'autore del messaggio abbia fatto del suo meglio per camuffare la propria voce, sì da renderla irriconoscibile. Magari anche avvolgendo la cornetta con un fazzoletto o qualcosa di simile."

"Ne consegue...", Lopez interloquì, "...che deve trattarsi di qualcuno che Bardi conosce molto bene, al punto da poterlo facilmente identificare attraverso il telefono." Fascetti annuì a esprimere consenso. "Ma c'è dell'altro a mio avviso", disse. "Il ricattatore fa chiaro riferimento alla polizza vita, della cui esistenza è pertanto al corrente. Si potrebbe sospettare che sia qualche dipendente della Bardi & Lugato, ma è altamente improbabile. A detta della Tronchetti, la ex segretaria dei due soci, lei era la sola a sapere dell'assicurazione. Quindi è qualcuno che conosce Bardi e le sue recenti, disastrose vicende finanziarie. Direi che gli era vicino al punto da meritare le sue confidenze. Dopo la morte di Lugato avrà cominciato a ricattarlo anonimamente convinto che sarebbe stato in grado di pagare una volta riscossi i dieci miliardi della polizza. Di certo lo minacciava di denunciarlo, magari asserendo di essere in grado di dimostrare che era il responsabile dell'uccisione del suo socio."

Lopez fece una smorfia scettica. "Non riesco a immaginare come avrebbe potuto dimostrarlo. Gargiulo era l'unico in possesso della prova concreta, rappresentata dalla videocassetta registrata, e sappiamo per certo che non se n'è mai servito."

"Purtroppo non possiamo che limitarci alle congetture", il detective disse."Questo lo scenario che ipotizzerei: dopo l'assassinio di Lugato, qualcuno nella piccola cerchia di coloro che di Bardi conoscono vita, morte e miracoli, subodora che lui potrebbe esserne l'autore o comunque il responsabile. Decide di tentare di spillargli del denaro ricattandolo, e gli fa una prima telefonata anonima a scopo esplorativo. In sostanza lancia l'esca per vedere se il pesce abbocca. Gli dice senza mezzi termini di essere al corrente di tutto. Di possedere prove della sua colpevolezza, e che se desidera che tenga la bocca chiusa dovrà pagare." Fece una pausa calcolata osservando i suoi interlocutori." A quel punto non sappiamo quale possa essere stata la reazione di Bardi. Possiamo solo immaginarla di tenore abbastanza positivo dal punto di vista del ricattatore. Sta di fatto che dopo quella prima telefonata, Bardi sospetta l'anonima di Gargiulo, e, agendo d'impulso, ne contatta uno dei sicari attraverso un certo canale, ricevendo però assicurazione che questa non c'entra un bel niente. Quando nelle successive telefonate, il suo estortore comincia a menzionare la polizza vita, Bardi si persuade che l'Anonima – non conoscendone l'esistenza – non può che essere estranea alla iniziativa." L'espressione scettica sul volto di Lopez scomparve solo in parte. Disse: "Potrebbe essere così che sono andate le cose, ma resterebbe da capire che genere di argomenti il ricattatore possa aver tirato fuori per convincerlo che era preferibile pagare."

"Forse non aveva niente di concreto in mano e bluffava. Chissà." Tacque per un secondo. "Oppure può averlo semplicemente minacciato di denunciarlo alla polizia quale mandante dell'omicidio di Lugato, avendo come movente l'esigenza di incassare la somma assicurata dalla polizza, per sanare i suoi guai finanziari. Dato che Bardi era colpevole, questo potrebbe essere bastato a spaventarlo e indurlo ad accettare il ricatto."

"E' possibile", Lopez ammise convinto. "Ma lo sai, Carlo, che da quando ho ascoltato quel messaggio sulla segreteria, un sospetto ha cominciato a frullarmi nella testa?"

"Vale a dire?"

"Che fosse proprio Morelli il ricattatore di Bardi."

Fascetti sorrise con aria divertita. "Mi hai preceduto di qualche secondo. Stavo appunto per dirti che ne aveva tutti i requisiti. Era stato suo amico dai tempi del boom della Borsa, e ne aveva sempre ricevuto le confidenze, magari compresa quella di essere uno dei due beneficiari della polizza vita. Ne conosceva il rovescio finanziario subìto in Borsa e di cui egli stesso era

stato l'artefice. Di lui sapeva tutto, quindi. E per di più ci è nota la sua brama di denaro. Evidentemente non gli bastavano i miliardi che aveva sottratto ai suoi clienti prima di scomparire."
Lopez annuì con veemenza. "C'è un indizio rilevante nel contenuto del messaggio, che rafforzerebbe a mio avviso il nostro sospetto. L'uomo che parla al telefono con voce adulterata per non essere riconosciuto, avverte Bardi che non potrà chiamarlo il giorno successivo, ossia il 19 luglio, come avevano convenuto, in quanto sarà fuori città." Si fermò per prendere una boccata dal sigaro. "Ora... il 19 luglio è, guarda caso, proprio la data in cui Morelli svanisce improvvisamente nel nulla. Quel giorno architetta – come abbiamo accertato – una finta fuga a Londra, verosimilmente per depistare chiunque gli avesse dato la caccia. Un viaggio lampo andata e ritorno nella stessa giornata. Ecco allora svelato il mistero per cui sparisce restando a Milano. Forse ricattava Bardi da quasi un mese e doveva continuare a farlo, capisci? Doveva tenerlo sulla corda finché non avesse pagato. Il messaggio suona un po' come un ultimatum: se la compagnia assicuratrice non salderà il sinistro, Bardi dovrà procurarsi il denaro in altro modo, e in fretta, se vuole evitare grossi guai."
Fascetti annuì. "Ma mi hai parlato di un paio di elementi emersi dalla perquisizione. Qual è l'altro?"
"Il mandato rilasciatomi dal magistrato", Lopez spiegò, "era valido anche per la BMW di Bardi parcheggiata nel garage del residence. Gli uomini della Scientifica hanno setacciato l'abitacolo centimetro per centimetro."
"Con che risultato?"
"Be', nessuno. Al di là delle impronte di Gargiulo era lindo come uno specchio; sui tappetini, volendo, vi si poteva fare colazione."
"E il bagagliaio? E' lì che un corpo umano avrebbe potuto essere facilmente occultato."
"I tecnici hanno accertato che è stato sottoposto a un lavaggio intenso con un potente detersivo, come per cancellare le tracce di qualcosa. E' stato un buon lavoro, ma non è bastato." Sorrise in modo enigmatico. "Nulla può sfuggire ai potenti mezzi della Scientifica..." Si voltò verso Randone. "Vero, dottore?"

Domenico Martusciello

Randone annuì con un sorriso di autocompiacimento. "Sì, esatto... Nonostante il perfetto lavaggio siamo riusciti a rilevare due minuscole macchie di sangue coagulato sulla moquette del vano."

61

Maldano scivolò fuori dal letto alle sette e mezzo in punto, ed entrò nel bagno. Con gesti rapidi si sfilò il pigiama e si mise sotto la doccia. Si costrinse a sopportare per una ventina di secondi il violento getto di acqua gelida. Un vecchio rituale che, di primo mattino, gli dava il vigore fisico e mentale, necessario per affrontare il suo impegnativo lavoro.

In quel momento, dopo la brutta nottata appena trascorsa, sentì di averne particolarmente bisogno per traghettarsi in quella che, stando al persistere di un inquietante presentimento, poteva rivelarsi una lunghissima e difficile giornata. Nel girò di poco più di mezz'ora, uscì dal suo enorme superattico mansardato, ultrasignorile, lussuosamente arredato. Occupava l'intero ottavo piano di uno stabile situato in viale Monterosa, immerso nel verde di un grande giardino ben curato, recintato in ferro battuto.

Reggendo nella mano destra una valigetta porta documenti in pelle scura si avviò lungo il viale a passo rapido e con incedere sicuro, alla volta della fermata del metrò di Amendola Fiera, distante un centinaio di metri. Indossava un impeccabile doppio petto blu di leggerissima lana, sopra una camicia immacolata. La cravatta, assicurata da una piccola spilla d'oro, era a pois rossi su fondo grigio. Un fazzoletto bordeaux sporgeva di qualche centimetro dal taschino della giacca.

Con qualche difficoltà, abbordò il treno traboccante di folla nell'ora di punta. Scese alla fermata di Cordusio. Attraversò la grande piazza imboccando via Meravigli e poco dopo faceva il suo ingresso nel vasto atrio della banca. Raggiunse il proprio studio usando le scale, per evitare il grande assembramento di Personale in attesa davanti agli ascensori. Si lasciò cadere sulla poltrona girevole di pelle scura dietro la scrivania. Quella doccia fredda a cui si era sottoposto, non sembrava aver prodotto il consueto effetto rivitalizzante, visto che si sentiva stranamente esausto, come fosse al termine di una giornata lavorativa piuttosto che all'inizio. Per quanto si sforzasse, non riusciva a rilassarsi, a scrollarsi di dosso il turbamento, misto a un lieve senso di paura, che l'incubo della notte gli aveva trasmesso.

Scorse rapidamente le pagine de *Il Sole Ventiquattrore* e del *Corriere della Sera,* che aveva trovato sulla scrivania. Nessuno dei titoli degli articoli che riportavano fatti politici o economici, catturò la sua attenzione al punto da indurlo ad approfondire. Diede anche una occhiata alle chiusure del giorno prima dei titoli azionari e lesse il commento riassuntivo sull'andamento del mercato. L'indice Comit aveva accumulato un recupero di quasi il venti per cento dai minimi del crollo del maggio scorso.

Accese il terminale Bloomberg collocato sul lato destro della scrivania. Digitò il codice di accesso alle pagine del servizio informativo in tempo reale. Caratteri verdi cominciarono a scorrere sullo schermo dal basso verso l'alto. Lesse:

4.00: Borsa di Hong Kong apre invariata. 4.07: Borsa di Tokyo apre mattinata in rialzo. 7.05: Borsa di Tokyo chiude mattinata in rialzo lieve. 7.30: Rapine a portavalori, sedici arresti. 8.59: Apertura cambi, dollaro in rialzo. 9.00: Progettavano omicidi. 12 presunti mafiosi arrestati in provincia di Catania.

Avvertì un certo sollievo nel constatare che le poche notizie sintetiche diramate fino a quel momento non rivestivano alcun carattere strettamente politico o economico. Niente di cui minimamente impensierirsi.

Maldano sapeva che non soltanto i suoi occhi, ma quelli di tantissimi operatori finanziari in Italia e all'estero, erano puntati in quel momento sui loro monitor, pronti a captare indicazioni sull'evolversi della situazione politica ed economica del Paese, che potessero riflettersi in qualche modo sul mercato azionario.

Riuscì a tranquillizzarsi un po', pensando che non necessariamente un brutto sogno dovesse preannunciare l'arrivo di un evento sgradevole, e che fosse tutto sommato sciocco da parte di un uomo della sua levatura attribuirvi tanta importanza. Pensò che qualunque cosa accadesse a influenzare negativamente la Borsa, non avrebbe dovuto venire dal fronte dell'Opa. O almeno così riteneva. Risaliva soltanto a ieri pomeriggio una sua lunga conversazione telefonica con Ragusa il quale gli aveva confermato di aver ricevuto l'ennesima assicurazione che l'annuncio dell'operazione non avrebbe subito alcun ritardo. Era stato inderogabilmente fissato per la giornata di oggi. Quindi, salvo che la fonte segreta del Boss fosse inaffidabile, ogni momento era buono perchè la notizia apparisse sullo schermo del Bloomberg. Era pur vero, però, che la Bnc poteva decidere di diramarla nel tardo pomeriggio, a mercato chiuso.

Era regola non scritta, ma ampiamente invalsa, che comunicati influenti alla formazione dei prezzi, fossero diffusi a Borsa chiusa e non già mentre in via di svolgimento o nell'imminenza del suo avvio. Lo scopo era di limitare azioni inconsulte da parte degli operatori, consentendo loro una fase di riflessione per valutare a fondo le implicazioni delle notizie, inducendoli ad astenersi dall'assumere decisioni impulsive.

Maldano era notoriamente un personaggio non uso a farsi facilmente impressionare dalle avversità del suo lavoro, ma quel mattino constatò di avvertire più intenso che mai quel brivido di ansia che sempre precedeva l'avvio della seduta di Borsa. Era tale da fargli spostare continuamente lo sguardo impaziente, tra il monitor del terminale e l'orologio digitale appeso alla parete, mentre si torceva nervosamente le mani intrecciate. Il tempo sembrava trascorrere con lentezza esasperante.

9.10: Giovane ucciso con due colpi di pistola nel veneziano. 9.15 : Contrabbando e riciclaggio, trenta arresti in Puglia. 9.17: Due giovani trovati morti in un auto nel milanese. 9.20: Ministero delle Finanze, gettito fiscale in lieve flessione nel primo trimestre.

Il telefono squillava con una certa frequenza. A chiamarlo erano perlopiù clienti della banca che operavano in Borsa, quelli più importanti di cui Maldano si occupava personalmente. Quasi tutti gli chiedevano ansiosamente le previsioni della giornata. Ma quella mattina il dirigente trovò di non sentirsi affatto in vena di esprimersi con il suo abituale tono cordiale. Avrebbe

Il Crollo

preferito essere sbrigativo, ridurre al minimo indispensabile le conversazioni. Si sforzò tuttavia di apparire il più disponibile che poteva.

9.30: Borse europee in lieve aumento in apertura. 9.35: Palazzo Chigi. Nel corso di una breve conferenza stampa di primo mattino, il presidente del Consiglio, parlando di economia e finanza, ha espresso una certa preoccupazione per il persistere di una condizione anomala nel mercato azionario. Nonostante la consistente correzione dei prezzi verificatasi nel maggio scorso – cui ha fatto peraltro seguito la non trascurabile ripresa tuttora in atto – permangono i livelli di sopravalutazione di gran parte delle società quotate. Ha rivolto ai risparmiatori un invito alla cautela.

Maldano scosse il capo lentamente. Era una notizia negativa, ma stranamente un lieve sorriso ironico gli increspò le labbra. "Dejà vu", borbottò tra sé. Era l'ultima di una sfilza di dichiarazioni dello stesso tenore, rilasciate da esponenti del governo negli ultimi mesi, in particolare ogni volta che la Borsa alzava la testa. Quelle che il ministro delle finanze era andato diffondendo nei momenti del boom, erano diventate proverbiali. Paradossalmente avevano sempre sortito l'effetto opposto a quello che sarebbe stato logico attendersi. Ogni volta, le sedute si erano concluse con un consistente apprezzamento dell'indice.

Maldano pensava che finché il governo si fosse limitato a esternazioni di quel genere, il mercato azionario non aveva granché da temere, al di là di qualche turbativa transitoria. Nel corso degli ultimi cinque anni, di pari passo con l'ascesa della Borsa, migliaia di miliardi di risparmio erano migrati dal settore dei titoli di stato a quello azionario, attratti dalla possibilità di rapidi e lauti guadagni. Tra gli operatori finanziari, era diffuso il convincimento che uscite allarmistiche di quel tipo da parte del governo, fossero dettate dalla preoccupazione di una crescente disaffezione degli investitori nei confronti dei titoli a reddito fisso, cosa che poteva creare, e qualche volta aveva creato, qualche problema al Ministero del Tesoro nel collocamento delle nuove emissioni. Pertanto, solitamente, avvertimenti del genere erano visti come tentativi miranti a calmierare l'entusiasmo degli investitori, favorendo in tal modo il ritorno di parte della liquidità circolante, ai titoli pubblici.

Tenendo lo sguardo puntato sul monitor, Maldano pensò che quella notizia si sarebbe rivelata di nessun effetto sull'andamento delle quotazioni, la cui improvvisa retromarcia, in quel momento, poteva essere soltanto innescata da un evento di ben altra portata negativa.

9.38: Operazione anticontrabbando a Bari, due arresti. 9.40: Francia, camionisti in sciopero giunti alla frontiera con l'Italia. 9.42: Camorra, arrestato latitante nel napoletano. 9.45: Voci di fornitura di missili scud alla Libia da parte di paesi europei.

Cercò di rilassarsi appoggiandosi allo schienale reclinabile della poltrona a rotelle rivestita di morbida pelle. Si accese un sigaro Monte Cristo e inalò profondamente la prima boccata. Ma non riuscì a scrollarsi di dosso l'inquietante sensazione che una sgradita notizia potesse comparire sullo schermo, da un momento all'altro. Di nuovo rivolse lo sguardo colmo di ansia all'orologio digitale: mancavano ormai poco più di dieci minuti all'avvio delle contrattazioni.

Gli sarebbero sembrati un'eternità.

62

Con un gesto misurato, Lopez si tolse gli occhiali e li strofinò metodicamente con un fazzoletto che teneva nel taschino della giacca, poi se li rimise aggiustandoli con cura sul setto nasale.

"Adesso tocca a lei, dottore", disse rivolto a Randone. "Vuole farci un resoconto degli esami di laboratorio che ha eseguito sulle tracce di sangue rinvenute nel bagagliaio della BMW di Bardi?"

Fascetti capì che la richiesta del commissario era per suo beneficio, dato che lui aveva già letto il rapporto della Scientifica, che teneva davanti a sé.

Il Crollo

"Sì, certo..." L'analista si mosse cambiando posizione sulla sedia. "Per analisi del genere, che siamo spesso richiesti di eseguire nell'ambito di indagini su gravi reati, ricorriamo quasi sempre al metodo più comune, quello usato negli ospedali per le trasfusioni e in altre procedure mediche. Si tratta del così detto sistema A-B.0, ed è molto affidabile – anche se non è l'unico – per determinare e classificare i gruppi sanguigni." Fece una pausa assumendo il contegno di un conferenziere che si fosse preparato a fondo sulla materia che doveva trattare.

"Come ampiamente noto", spiegò, "esistono due tipi di cellule sanguigne: i globuli rossi e i globuli bianchi. Il sistema A-B-0 si impernia esclusivamente sui globuli rossi. Identifica strutture chimiche diverse di natura proteica chiamate antigeni, presenti sulla superficie di questi globuli. Quando si afferma che un donatore è di tipo A, si intende che avrà antigeni A sulla superficie dei suoi globuli rossi, uno di tipo B, antigeni B, mentre il tipo AB li avrà entrambi. C'è infine il tipo 0, ossia nessuno dei due. Inoltre, in questo metodo di classificazione sanguigna c'è un altro fattore abbastanza comune: il cosiddetto antigene D, o fattore RH del sangue. I soggetti che ne sono dotati vengono definiti RH positivi; quelli che ne sono privi, RH negativi.

"Quanto ad altri sistemi, ne esistono in gran numero, e tutti consentono la determinazione e classificazione di diversi fattori sanguigni. Non starò a dilungarmi, ma basti sapere che a parte gli antigeni A, B e D, nel sangue ce ne sono di altri tipi che funzionano da *marker*, e che pertanto possono aiutare nelle indagini per la identificazione di un particolare individuo come colpevole di un reato, o per scagionarlo."

"Come mai non avete adottato uno di questi? Forse perchè non sono molto affidabili?" Fascetti chiese.

"Lo sono, ma non di facile applicazione quando si ha a che fare con sangue coagulato come nel nostro caso, ragion per cui li abbiamo scartato a priori." Si concesse un attimo di riflessione. "Ma veniamo al risultato dell'esame... Le due macchioline di sangue disseccato analizzate appartenevano, o appartengono, senza ombra di dubbio, a un donatore di tipo B negativo."

"Come Morelli", Lopez interloquì.

"L'avevo immaginato", Fascetti osservò. L'analista li fissò ostentando grande sicurezza, non stava di certo procedendo a

Domenico Martusciello

tentoni. "Proprio così. Ci siamo procurato, per analizzarlo, un campione di sangue della vittima prelevandolo dal suo cadavere. Abbiamo avuto lo stesso esito: B negativo. Il che significa, in parole povere, che i globuli rossi di entrambi i campioni hanno sulla loro superficie antigeni B, che in tutti è assente il cosiddetto antigene D, e quindi sono di fattore RH negativo. Insomma... una perfetta identità."

Restarono in silenzio per alcuni secondi, poi Fascetti disse: "Visto che i risultati dei due esami corrispondono perfettamente, possiamo o no dedurne con una ragionevole certezza che Bardi ha trasportato nella sua BMW il corpo di Morelli?"

Randone inclinò il capo a destra e poi a sinistra. "Sì e no. Più che di certezza, credo convenga parlare di elevata probabilità che il sangue sulla moquette del bagagliaio sia quello della vittima." Tacque un attimo. "Ciò in quanto il sangue di fattore B negativo è molto raro. Lo si riscontra in soltanto il dodici per cento della popolazione. Questo significa che in una città di un milione e mezzo di abitanti come Milano, ne sono dotati appena centottanta mila individui. Ora... già non è lecito aspettarsi, in genere, che due persone – salvo che non si tratti di gemelli omozigoti – abbiano la stessa, identica combinazione di fattori sanguigni, figuriamoci nel caso di sangue di fattore B negativo, data appunto la rarità. Ecco perché, nel nostro caso, più che in altri, è appropriato parlare di elevatissima probabilità che quelle gocce di sangue provengano dal cadavere di Morelli."

"Ma con un giro di parole...", Lopez intervenne di nuovo sorridendo, "...si potrebbe affermare che esiste la possibilità, se pure remota, che le abbia stillate il corpo di un altra persona, non è così?"

"Sì, esatto. Esiste quella possibilità. Ma avremo modo più avanti di ritornare su questo aspetto."

Rimasero in silenzio per qualche secondo. Poi Fascetti disse rivolto a Lopez: "Sulla base di questi risultati, potremmo quindi affermare di essere in possesso di un valido indizio del fatto che Bardi, la notte del due agosto, ha lasciato il Cosmo Club per andare da qualche parte con la propria macchina a raccattare il corpo senza vita di Morelli, trasportandolo poi nelle vicinanze del parco Ravizza. Lì lo avrebbe scaricato inscenando l'incidente stradale, ossia disponendolo sulla carreggiata in mo-

528

do tale da dare l'impressione di un investimento a opera di un auto pirata. Una manovra – visti i suoi rapporti burrascosi con la vittima – per allontanare sospetti dalla sua persona."

Il commissario annuì deponendo il sigaro nel posacenere. Disse:

"E'possibile. E se dimostrato testimonierebbe del suo coinvolgimento nel delitto, anche se, ovviamente, visto l'alibi di cui dispone, non come esecutore materiale."

"Certo. Si riproporrebbe quindi il suo ruolo di mandante, come per l'assassinio di Lugato."

"Ma con una grossa variante: si direbbe che per una misteriosa ragione sia stato costretto a occuparsi personalmente del cadavere."

Fascetti rifletté per alcuni secondi. "Misteriosa dici? Secondo me potrebbero non esserlo."

Lopez lo guardò con fare interrogativo.

"A cosa stai pensando di preciso, Carlo?"

"A quella famosa telefonata che Bardi ha ricevuto al Cosmo Club la sera del decesso di Morelli mentre giocava a poker, e che apparentemente lo ha molto turbato." Fece una pausa. "A chiamarlo potrebbe essere stato il killer che aveva assoldato."

"Che di certo non era un sicario di Gargiulo."

"No, naturalmente... Sappiamo che Gargiulo non c'entra affatto con questo omicidio."

"Mi chiedo: come mai Bardi non si sarebbe rivolto di nuovo a lui?"

"Mah... chi lo sa... Forse per ragioni di risparmio. Da tempo non navigava più nell'oro, e dubito che potesse permettersi di sborsare i cento milioni che gli sarebbero stati richiesti. Pertanto, potrebbe aver optato per un killer di bassa tacca, meno professionale, ma disposto a fargli il servizio a un prezzo stracciato. Tipi del genere non scarseggiano per chi dovesse averne bisogno."

Il commissario si grattò il mento con aria perplessa.

"Va' avanti."

"Dunque... io penso che, come per l'omicidio di Lugato, Bardi si aspettasse quella chiamata al club. Il suo sicario gliela aveva promessa per confermargli la esecuzione del contratto, ma... qualcosa di inquietante che questi potrebbe avergli comunicato lo ha messo in subbuglio." Tacque sorridendo con aria misteriosa.

"Da qui la ragione di quella sua strana condotta..."

"Appunto. Io credo che, nel rassicurarlo d'aver fatto fuori Morelli, il killer possa avergli segnalato l'insorgere improvviso di un grosso problema che non gli consentiva di sbarazzarsi del cadavere con le modalità che avevano concordato."

"Qualche idea di cosa potrebbe trattarsi?"

"L'unica a cui riesco a pensare è un grave contrattempo, come ad esempio un'avaria alla macchina. Immagino il sicario, bloccato con l'auto in panne da qualche parte e col morto nel bagagliaio, che trova una cabina telefonica dalla quale avvisa Bardi della situazione, e lo invita a raggiungerlo per occuparsi personalmente del completamento della operazione. Questi, allarmato, simula un improvviso malessere e lascia il Cosmo Club. Si precipita in taxi al residence per prendere la macchina suscitando la meraviglia del portiere di notte. Si reca sul luogo dove il sicario lo attende e insieme trasbordano il cadavere nel bagagliaio della BMW. Sul probabile seguito abbiamo già speculato." Lopez restò in silenzio a meditare per alcuni secondi. "C'è un aspetto molto importante che credo tu non abbia ancora considerato, Carlo...", disse infine.

"Sarebbe?"

"Morelli era sparito dalla circolazione da oltre due settimane quando il suo cadavere è stato rinvenuto al parco Ravizza, e pertanto Bardi avrebbe potuto farlo ammazzare soltanto se sapeva dove si trovava, giusto?"

Fascetti ci pensò su per un secondo. "Non necessariamente. Potrebbe essere ricorso a uno stratagemma per farlo uscire allo scoperto."

Lopez lo guardò con un'espressione confusa. "Temo di non capire."

"Facciamo un passo indietro. Riconsideriamo la nostra ipotesi di poc'anzi, quella che vedrebbe Morelli quale probabile autore del ricatto nei confronti di Bardi." Fascetti si interruppe, lo sguardo vacuo rivolto a una parete. "E... e se anche Bardi fosse giunto a sospettare la stessa cosa?"

"Pensi che potrebbe averne riconosciuto la voce a telefono malgrado il camuffamento?"

Il Crollo

"E' possibile. Magari a forza di ascoltarla, ha finito per cogliervi una certa familiarità. Ma è più probabile che sia stato qualcosa che il ricattatore gli ha detto a insospettirlo."
"Del tipo?"
"La polizza vita, Antonio. Se si trattava davvero di Morelli, può essersi tradito tirandola in ballo, atteso che sia fondata la nostra supposizione che fosse l'unica persona alla quale Bardi ne aveva confidato la esistenza."
Il commissario annuì.
"Se ciò fosse vero, sarebbe l'indizio di un terzo movente per l'omicidio: il ricatto."
"Ne convengo. In ogni caso, sospetto o meno, Bardi potrebbe aver deciso, a un certo punto, di cercare di togliere di mezzo il suo estortore, chiunque fosse. Come? Nel modo più classico: attirandolo in un tranello."
Lopez sorrise all'idea che cominciava a prendere forma nella sua mente, e che l'amico stava per esporgli.
"Niente di complicato..." Fascetti proseguì. "In occasione di una delle sue consuete telefonate anonime di sollecito, gli dice di essersi finalmente procurato il denaro e gli chiede istruzioni su come fare per consegnarglielo. Il ricattatore abbocca e gli indica un luogo isolato e fuori mano dove depositarlo di notte, e da dove lui andrà poi a prelevarlo. A quel punto entra in scena il killer prezzolato il quale gli tende un agguato. Anzitutto lo immobilizza e lo picchia, poi gli fa ingurgitare del vino fino a farlo ubriacare, quindi lo uccide. Bardi, dal canto suo, si reca al Cosmo Club per giocare a poker con gli amici, per costruirsi in tal modo un alibi, e per attendere la telefonata." Fece una pausa. "Non escluderei che, se nutriva soltanto un sospetto sull'identità del suo estortore, si sia poi trasformato in certezza nel momento in cui il sicario gli ha fornito – nel corso della telefonata – la descrizione di Morelli."
Lopez si schiarì la voce. Disse:
"Mi sembra che il tuo discorso fili. Se tutto ciò potesse essere dimostrato – ma sinceramente non vedo come –, costituirebbe, di per sé, una prova rilevante della colpevolezza di Bardi."
"Al punto da poterlo incriminare?
"Certo."
"Aiuterebbe il risultato dell'analisi chimica?"

"Fino a un certo punto. Purtroppo, quello resta un indizio. Importante, sì, ma comunque un indizio. Non è una prova concreta, ossia un accertamento definitivo del fatto." Prese il sigaro dal posacenere e ne studiò la punta.

"E col test del DNA?" Fascetti si rivolse a Randone.

"E' l'unico, naturalmente, che può dare risultati certissimi sull'identità della vittima. Il problema è che quelle tracce ematiche sono troppo scarse e troppo essiccate per poterlo eseguire con successo. Ci si potrebbe provare, ma alla Scientifica non siamo ancora attrezzati per quel genere di esami.

"Si richiedono strutture e apparecchiature sofisticate. Si dovrebbe fare ricorso a un laboratorio privato con notevole aggravio di costi. Sarebbe necessario procurarsi l'autorizzazione del magistrato incaricato del caso. Competerebbe al commissario farne richiesta." Scoccò una occhiata a Lopez come per avere conferma.

Questi annuì. "Lo farò se sarà proprio necessario. Prima vediamo cosa riesco a tirar fuori dall'interrogatorio di Bardi a San Vittore, di cui mi occuperò nei prossimi giorni. In sostanza... allo stato attuale non siamo ancora in grado di formulare accuse precise nei suoi riguardi, soprattutto perché...", si fermò un attimo come per soppesare quello che stava per dire, "...c'è qualcos'altro di molto importante che ce lo impedisce, e che l'analisi ha evidenziato. Non ne abbiamo ancora parlato, vero dottor Randone?" Si voltò verso l'ospite per invitarlo a intervenire.

"Sì, certo. Mi ricollegherei, Fascetti, a quanto dicevamo poco fa circa l'elevata probabilità che, stando all'esito dell'esame, quel sangue rappreso provenga dal corpo di Morelli, senza tuttavia escludere la possibilità, seppure remota, di una fonte diversa." Tacque per alcuni secondi. "Vede... abbiamo appurato, in un secondo momento, che remota quella possibilità potrebbe non esserlo."

Fascetti batté le ciglia sorpreso.

"Sta cercando di dirmi che abbiamo un altro cadavere con lo stesso gruppo sanguigno?" Fece dardeggiare lo sguardo interrogativo da Randone a Lopez e poi lo riportò su Randone. "E che pertanto potrebbe non essere di Morelli quello che ha viaggiato quella notte nella BMW di Bardi?"

"Niente di tutto questo. Stavo per spiegarle che a sanguinare sulla moquette del bagagliaio potrebbe non essere stato un cadavere, ma un soggetto vivo. Forse gli è successo per via di una ferita che si è procurato accidentalmente."

"Cosa?! Sta scherzando?" Un'espressione stupita affiorò sul volto del detective.

Randone lo fissò per un momento prima di dire: "Abbiamo accertato che anche il sangue di Bardi è di fattore B negativo." Scosse lentamente la testa. "E' una coincidenza davvero strabiliante."

63

Squillò di nuovo il telefono sulla scrivania di Maldano.

"Maldano."

"Buon giorno Rosario", disse la robusta voce di un uomo all'altro capo del filo. Il dirigente la riconobbe all'istante tanto gli era familiare.

Ugo Rinaldi era uno dei tre vicedirettori centrali della banca, suo amico di vecchia data, e come lui un patito per la Borsa, anche se non nella stessa maniera ossessiva.

Più giovane di una decina d'anni, si occupava da sempre dell'area dei finanziamenti alla clientela. Per le sue scelte di investimenti, soprattutto sul mercato azionario, si avvaleva spesso della consulenza di Maldano a cui, nonostante il crollo di credibilità che aveva subito negli ultimi tempi, continuava a prestare fede.

Era stato così che, seguendo le sue orme, aveva perseguito nel corso delle ultime settimane, la strategia di compere selettive di titoli azionari, incrementando la sua posizione in misura considerevole. Era fiducioso che il suo amico avesse riacquistato quella capacità di formulare pronostici affidabili, che, nel periodo del boom, gli avevano valso la reputazione di guru della finanza.

Quella era la sua telefonata mattutina di routine, con cui intendeva informarsi sulle previsioni della giornata, prima dell'avvio delle contrattazioni. "Ciao Ugo", Maldano gli rispose senza distogliere lo sguardo dal monitor su cui continuava a scorrere il notiziario. "Niente di nuovo all'orizzonte", aggiunse intuendo la domanda che l'altro stava per rivolgergli. "Tutto appare normale. Ritengo che si profili una seduta tranquilla. Magari con prezzi in lieve flessione e scarsi volumi: una correzione fisiologica, insomma, dei consistenti rialzi degli ultimi giorni."

Quelle caute parole, pronunciate sommessamente, suonarono alle sue stesse orecchie poco convincenti. Di questo non avrebbe saputo dare altra spiegazione plausibile all'infuori del persistere di quella sensazione di disagio e di ansia procuratagli dal ricordo dell'incubo di quella notte, che non riusciva a scacciare dalla mente. Per quanto avesse cercato di mascherarlo, il suo tono un po' dimesso non sfuggì al collega.

"Mi sbaglio, o sei giù di corda?" gli chiese. "Qualcosa che non và?"

"Tutto okay. Ho fatto le ore piccole ieri sera. Ho un po' di sonno arretrato da recuperare." Rise brevemente in modo forzato.

Per alcuni secondi ci fu silenzio da entrambe le parti.

"Una giornata tranquilla, eh?" C'era una traccia di enigmaticità nella voce di Rinaldi. "Mi risulta che potrebbe non esserlo..." Maldano avvertì una stretta allo stomaco. Cos'era che il collega stava cercando di dirgli? Aveva forse captato qualche segretissima notizia negativa sulla Borsa, che le agenzie non avevano ancora battuto?

"Di cosa parli, Ugo?"

"Qualcuno ben informato mi ha sussurrato in un orecchio, che oggi il mercato potrebbe vivere una giornata molto movimentata..."

"In funzione di cosa?"

"Di quelle voci insistenti che girano da qualche giorno sul probabile lancio di un'Opa sulla nostra banca da parte della Bnc." Fece una pausa. "Intendo dire che a partire da oggi quelle illazioni potrebbero cessare di essere tali, diventando certezze."

"Parli al condizionale."

"Be', dovrei dire più correttamente che cesseranno, perché...", esitò per alcuni secondi, "...mi risulta che oggi la Bnc annuncerà pubblicamente la sua decisione di dare avvio all'operazione."

Maldano tirò un sospiro di sollievo. Quella telefonata gli stava risollevando il morale. Se aveva nutrito qualche dubbio sulla affidabilità dell'informatore di Ragusa, ora si dissipò di colpo. Quello che stava ascoltando lo tranquillizzava, almeno per quanto concerneva l'annuncio dell'Opa.

"Non puoi dirmi come hai fatto a saperlo?"

"Lo sai, Rosario, che con te non potrei mantenere un segreto."

"Allora spara."

"Mi è stato appena riferito da fonte vicina alla presidenza, e a cui ho garantito l'anonimato, che ieri pomeriggio, a mercato chiuso, il nostro presidente è stato contattato telefonicamente dal suo omonimo della Bnc. Gli ha comunicato l'esistenza di una delibera del loro Cda, di un paio di settimane fa, con cui sono stati decisi l'Opa e la data dell'annuncio pubblico. Quest'ultimo fissato inizialmente per il quindici, è stato anticipato a oggi."

"E le autorizzazioni di Bankitalia e della Consob?"

"Sembrerebbe che ne siano in possesso."

Maldano pensò che quella telefonata al presidente della Bpa da parte di quello della Bnc altro non fosse stato che un doveroso gesto di cortesia, teso a mitigare la forma ostile della scalata, dato che non era intervenuto alcun accordo preventivo tra le due banche. Ancorché compiuta in assoluta riservatezza, aveva tuttavia raggiunto orecchie indiscrete.

"Sai niente del prezzo di offerta?"

"Quello non è ancora trapelato. Ma stando a quei recenti articoli di stampa circa l'esistenza di una perizia tecnica sul titolo, eseguita dalla Price Waterhouse, dovrebbe aggirarsi sulle 17.000 lire." Fece una pausa. "Pensa un po'…quasi il novanta per cento della quotazione attuale."

Continuarono a chiacchierare animatamente con toni euforici per alcuni minuti, poi riattaccarono con l'intesa di risentirsi nel corso della mattinata.

Ora Maldano sentì riaffiorargli l'ottimismo, mentre continuava a leggere con attenzione ogni singola notizia che scorreva sul monitor. Da un istante all'altro poteva comparire quel comunicato tanto atteso della Bnc e, già in apertura, la quotazione dell'azione Bpa avrebbe cominciato la sua corsa inarrestabile verso il prezzo fissato dall'Opa. L'operazione sarebbe stata vista dal mercato come il battistrada di una serie di analoghe future operazioni, e pertanto avrebbe contagiato l'intero comparto dei titoli bancari. Ma non soltanto.

Non era da escludersi che – come già avvenuto in circostanze analoghe – al rialzo sarebbe stata impressa una accelerazione, dilagando nell'intero listino. La fase positiva in atto della Borsa poteva proseguire senza intoppi per chissà quanto tempo ancora. Lui avrebbe rapidamente recuperato le perdite subite dal crollo del maggio scorso.

Ma quella prospettiva era la meno entusiasmante tra le due possibili. Nel giro di alcuni giorni, con l'accordo di Ragusa, avrebbe chiuso l'operazione speculativa impostata con la collaborazione di Carretti. Il guadagno per la *"famiglia"* non sarebbe stato inferiore ai duecento miliardi. I dieci che il boss si era impegnato a corrispondergli avrebbero raggiunto il suo conto cifrato presso l'Ubs di Zurigo.

Avrebbe così raccolto il frutto del suo impegno nella realizzazione di quella che, inizialmente, gli era parsa un'impresa impossibile. Da qualche tempo fantasticava sull'enorme massa di denaro di cui presto avrebbe potuto disporre. Aveva perfino cominciato a spenderne, seppure mentalmente.

In cima alla graduatoria dei desideri inappagati, c'era una Mercedes sl500 decappottabile, grigio metallizzato. Seguiva una casa al mare in qualche località esotica. Pensava alle Barbados, una piccola isola tra le più solitarie delle Antille, con un panorama incantevole. La conosceva per avervi trascorso una vacanza di due settimane con la moglie moltissimi anni addietro, ai tempi in cui il loro matrimonio aveva raggiunto l'apice della concordia e della felicità. Vi avrebbe acquistato un villa con piscina, a pochi metri da una spiaggia bianchissima dove crogiolarsi al sole dei Carabi, magari assieme al suo amichetto. Malgrado non fosse più giovane, poteva avere ancora molti anni di vita davanti a sé, di cui godere.

Ma il suo primo atto, sarebbe stato quello di avanzare richiesta di pensionamento anticipato. Il che gli avrebbe fruttato un incentivo di svariate centinaia di milioni. Sarebbe stato come se piovesse sul bagnato.

Il Crollo

Per nessuna ragione al mondo avrebbe continuato a lavorare, né – data anche la sua difficile situazione famigliare – sarebbe rimasto a Milano. Pensava di trasferirsi a Zurigo, per stare vicino alla sua fortuna nascosta, immune da tassazione. Amministrarla al meglio, grazie alla sua competenza professionale, si sarebbe rivelato un impegno quasi a tempo pieno. La noia non lo avrebbe mai neppure sfiorato. Già pregustava il piacere di veder crescere la sua ricchezza giorno dopo giorno.

Ripensò all'incubo della notte scorsa. L'apprensione che gli aveva messo addosso, mista a panico, si era del tutto dissolta. Ora gli appariva perfino ridicola.

Squillò di nuovo il telefono.

"Sì?"

"Ciao Rosario. Come stai?"

Lo squillante timbro di voce giovanile era inconfondibile. Dante Spampinato, un giovane sulla trentina, era il suo compagno da circa un anno. Anch'egli originario di Palermo, si era trasferito da molti anni a Milano, per cercare lavoro.

Dopo varie esperienze, tra cui un impiego presso un'agenzia di viaggi, don Vincenzo Ragusa aveva vivamente raccomandato a Maldano di farlo assumere dalla Bpa, e il dirigente non aveva potuto far altro che adoperarsi per assecondarlo. Lo aveva ricevuto per un colloquio preliminare nel suo studio, e, nel presentarsi, si erano guardati diritto negli occhi. Così era scoccata la scintilla della complicità e dell'intesa reciproca. E' incredibile come gli omosessuali siano in grado di riconoscersi perfino in mezzo alla folla, grazie a una strana quanto misteriosa capacità di trasmettersi segnali significativi con un semplice sguardo.

Fin dall'epoca del suo trasferimento da Palermo, Spampinato abitava a Cesano Boscone, in uno stabile moderno di otto piani, dove occupava un monolocale decorosamente arredato. Una volta assunto, la banca l'aveva assegnato all'agenzia di via Ripamonti. Ma da un paio di settimane, esaudendo un suo desiderio, Maldano aveva fatto sì che venisse inquadrato nell'organico della più prestigiosa filiale di piazza Missori.

Appena avviata la relazione, i due avevano cominciato a incontrarsi a casa del giovane, con una frequenza di due o tre volte a settimana. Per non dare all'occhio, Maldano lo attendeva in macchina all'uscita del metrò di piazzale Lotto, e insieme raggiungevano Cesano Boscone nel giro di mezzora. Era un menage che al dirigente andava molto bene, anzitutto per la flessibilità e scarso impegno che comportava e, in secondo luogo, perchè gli consentiva di muoversi in una zona periferica, con un rischio minimo di imbattersi in qualche collega, amico o conoscente. Alla discrezione annetteva grandissima importanza, il cui rigoroso rispetto aveva imposto anche al suo giovane compagno. Molto di rado accadeva che, in assenza della moglie, lo accogliesse furtivamente nel suo appartamento in viale Monterosa.

"Ciao Dante, bene, e tu come stai?" Maldano gli rispose, gli occhi incollati sul monitor.

"Potrei dire la stessa cosa, se non fosse che mi manchi un po'." Una pausa. "Sono tre giorni che non ti fai vivo."

"Hai ragione, scusami, ma sono appunto tre giorni che quasi non riesco neppure a respirare per via del lavoro."

"Capisco..."

"Mi sto occupando di una grossa e importante transazione. Sono costretto a fare le ore piccole. Ne avrò ancora per un paio di giorni."

"Allora immagino sia inutile chiederti di cenare insieme stasera..."

"Lo è, infatti. Tuttavia..." Si interruppe mentre, lo sguardo fisso sul monitor, aggrottava la fronte come per concentrarsi su una notizia che in quel momento veniva battuta lentamente da un'agenzia.

10.02: Banca Nazionale di Credito.

Ci siamo, pensò. Ecco l'annuncio dell'OPA. Il cuore cominciò a martellargli nel petto, la sua attenzione si acuì spasmodicamente.

Su sollecitazione da parte della Consob...

"Rosario?" il giovane chiese quando il silenzio divenne troppo lungo. "Sei ancora in linea?"

...i vertici della Banca Nazionale di Credito hanno diffuso una nota nella quale si specifica che...

Maldano si sentì avvampare. Non era in quei termini che si aspettava di vedere diramata la notizia. Non gli piaceva. Cosa c'entra la Consob? si chiese. "Sì, sono qui, Dante." Tuttavia, dicevo, per la cena ne riparliamo tra qualche giorno...

...le notizie circolate recentemente in merito...

"Ora ti prego di scusarmi, Dante..., sono impegnato, ti richiamo più tardi." Il tono si fece improvvisamente brusco. Ripose la cornetta senza dare all'altro il tempo di proferire parola.

...all'imminente lancio di un'Opa sulla Banca Popolare Ambrosiana da parte del loro istituto, si configurano come mere voci o supposizioni destituite di alcun fondamento.

La lettura di quell'ultima parte del comunicato ebbe su Maldano l'effetto di un forte pugno sferrato nello stomaco. Lo rilesse, questa volta parola per parola come se non fosse certo di averne afferrato bene il contenuto. E poi di nuovo altre quattro volte prima che, scorrendo verso l'alto, scomparisse dallo schermo.

Era esterrefatto e, lì per lì, si rifiutò di credere ai propri occhi.

Si accasciò sulla poltrona, si mise le mani nei capelli e chinò il capo. Lo rialzò e tornò a fissare il monitor con la ridicola speranza di veder comparire un'altra comunicazione che annullasse la precedente, chiarendo che c'era stato un errore. Ma non accadde. Il notiziario continuò a diramare notizie per lui prive di interesse.

"No, non è possibile!" esclamò. In quel momento, l'interfono posto alla sua sinistra sulla scrivania gracchiò. Dal piccolo altoparlante venne la voce di Carretti: "Signor Maldano... sta leggendo il notiziario?"

Con un gesto rapido, il dirigente schiacciò il tasto che interrompeva la comunicazione. Non aveva alcuna voglia di parlargli, dato che non sapeva come giustificare quanto stava accadendo.

Chiuse gli occhi e le immagini dell'incubo di quella notte gli riaffiorarono con sorprendente nitidezza. Rivide l'enorme muraglia d'acqua che avanzava veloce verso di lui. Rivisse l'attimo angoscioso in cui stava per esserne travolto per poi precipitare il quel profondo baratro.

Incredibile ma vero: era stato un brutto sogno premonitore di cui ora comprendeva appieno il significato.

Per un attimo sperò che quello che stava vivendo fosse un altro incubo sul punto di dissolversi. Si sarebbe allora svegliato nella sua camera da letto, con una sensazione di assoluta normalità e benessere.

Ma di lì a qualche secondo gli giunse la conferma che purtroppo era ben desto. Squillò di nuovo il telefono che lo fece trasalire. Immaginò chi lo stesse chiamando.

"Sei tu Ugo?"

"Sì, Rosario, sono io. Hai letto la notizia?"

"Certo."

"E' incredibile. Ho pensato di avere le traveggole. Non capisco cosa stia succedendo... E tu?"

"Neppure."

"Ho sentito il mio informatore", Rinaldi riprese. "Anche lui è sbigottito. Parla di una improvvisa retromarcia della Bnc , spiegabile soltanto con qualcosa di negativo di cui è venuta a conoscenza all'ultimo momento, grave al punto da farle cambiare idea."

"Qualche ipotesi di cosa potrebbe trattarsi?"

"Nessuna, almeno per il momento."

Maldano pensò che lui una ipotesi avrebbe potuto azzardarla, ma lo atterriva il solo pensiero che potesse rivelarsi fondata.

"Tu come la vedi?" Rinaldi chiese.

"Niente... Sarà una giornata movimentata come avevi previsto..." C'era una punta di amara ironia nella voce del dirigente.

"Già, ma non in senso positivo. Hai dato un'occhiata ai primi prezzi?"

Non ne aveva ancora avuto il coraggio. Digitò il codice di accesso alla sezione del sistema che trasmetteva in tempo reale le quotazioni azionarie. Il titolo Bpa accusava, già in apertura, una perdita di poco superiore al cinque per cento, seguito da quello della Bnc la cui flessione era solo lievemente più conte-

Il Crollo

nuta. L'intero comparto bancario denotava consistenti e diffusi ribassi. Meno pesante appariva, a prima vista, il danno al resto del listino, ma Maldano sapeva che – visti gli elevatissimi volumi di contrattazione – l'emorragia era destinata ad aggravarsi col progredire della seduta, salvo che notizie di tenore positivo non intervenissero ad arginarla in qualche modo. Ma che genere di notizie favorevoli ci si può mai aspettare? si chiese. Se durava quel ritmo di caduta, era certo che la quotazione della Bpa sarebbe crollata perdendo nell'arco di una settimana fino al quaranta o cinquanta per cento dell'attuale valore di mercato.

Una perdita colossale per Ragusa, per la *"famiglia"*, e per lui. Altro che ricompensa di dieci miliardi, pensò. Da quello che stava succedendo, la prospettiva di trascorrere una quiescenza in grande agiatezza – che aveva fino a poco prima accarezzata – ne usciva di colpo frantumata.

"Il mercato l'ha presa male...", fu il commento sconfortato di Rinaldi. "Sembra il preludio a un secondo crollo. Non ti pare?"

Maldano non rispose subito. Malgrado la tensione di cui era preda, decise che fosse tuttosommato opportuno sforzarsi di apparire in perfetto autocontrollo.

"Non fasciamoci la testa prima di averla rotta, Ugo." Fece una pausa. "Teniamo i nervi saldi. Certo... non possiamo escludere una consistente correzione, ma secondo me sarà transitoria. Durerà al massimo due o tre giorni. Poi cesserà, e il mercato ritornerà a salire. E' già successo."

Se lo augurava fortemente. Pensò che forse stava eccedendo in pessimismo. Una volta assorbita la delusione per l'Opa mancata, il mercato si sarebbe stabilizzato limitando le perdite. Dopodichè, come sempre in passato, avrebbe cominciato a recuperare.

"Non sarei così ottimista, Rosario. Almeno non a giudicare da quello che un'agenzia sta battendo in questo momento. Ritorna subito sul notiziario."

Le dita di Maldano volarono sulla tastiera del monitor. Si mise poi a fissarlo con espressione allibita.

10.15: Banca Nazionale di Credito. Secondo indiscrezioni, la Bnc avrebbe deciso di rinunciare all'Opa sulla Bpa, gia da

*tempo deliberata, avendo appreso, da fonte non identificata,
della esistenza di una grossa perdita occulta nel bilancio della
stessa. Inoltre, secondo alcune voci incontrollate, la banca sarebbe da tempo oggetto di indagini segrete da parte della
Guardia di Finanza, in quanto sospettata di essere coinvolta in
transazioni di riciclaggio, a opera di un suo alto dirigente.*

Fu come se un grosso macino gli crollasse improvvisamente
addosso.

"E' un disastro", mormorò.

64

I raggi del sole appena tramontato, tingevano il cielo di un rosso
acceso, che, col rapido sopraggiungere del crepuscolo, volgeva
al cremisi. Lentamente, i colori del giorno perdevano la loro vivacità, e il verde intenso della vegetazione in pieno rigoglio,
andava assumendo sfumature violacee. Regnava nella tenuta la
classica quiete che precede le ore notturne, rotta appena dal costante frinire dei grilli, e dal fruscio – simile a un sussurro –
che una lieve brezza produceva soffiando attraverso le fronde
degli alberi da frutto, e gli oleandri fioriti.

Immerso in profonda meditazione, don Vincenzo Ragusa
stava in piedi immobile, con le braccia conserte, davanti alla
portafinestra che immetteva sulla grande veranda del suo studio,
sito al pianterreno della villa di Bagheria. Da quel punto di osservazione privilegiato, poteva spaziare con gli occhi su quella
vasta area della proprietà, antistante la costruzione, che si
estendeva fino al muro di cinta, soltanto interrotto
dall'imponente cancello di ferro battuto a sbarre appuntite.

Per qualche secondo soffermò lo sguardo sui due giovani alti
e nerboruti addetti alla sicurezza, che sostavano parlottando ai
bordi della grande piscina ovale leggermente increspata. Fuma-
vano l'ultima sigaretta prima di accingersi al consueto giro di
ispezione. Avrebbero perlustrato l'intero parco a palmo a palmo, tenendo al guinzaglio i due temibili alsaziani, e armati ciascuno della 357 Magnum a proiettili dirompenti che, racchiusa
in una fondina di cuoio, gli pendeva dal fianco destro. Erano pi-

stole ad alto potenziale con cui era possibile centrare un intruso, sbudellandolo, da cento metri di distanza.
Il Boss annetteva grande importanza alla sicurezza. Il servizio di sorveglianza sul terreno – combinato al sistema di allarme e al reticolato di filo spinato elettrificato a 4000 volt, che correva in cima all'alto muro perimetrale –, faceva della tenuta una sorta di fortezza impenetrabile.
La sua giornata lavorativa, fitta di udienze, si era conclusa da alcuni minuti. Era stato un viavai ininterrotto di supplicanti ai quali, come sempre, aveva fatto del suo meglio nel dare ascolto. Gli ultimi due che si erano da poco congedati, li aveva visti allontanarsi percorrendo il lungo viale inghiaiato a bordo delle loro auto. Ora nel parcheggio sul retro della villa non restava che la sua Jaguar blindata.
Puntò gli occhi sul cancello di ingresso quasi si aspettasse a ogni istante di veder comparire qualcuno. Dopo qualche minuto sentì il rumore crescente di un motore che si avvicinava, finché dalla curva di là dalle sbarre non sbucò un'Alfetta bianca con le luci di posizione accese. "E' arrivato", disse girando un attimo la testa per lanciare una occhiata alle sue spalle.
"Preciso come un orologio svizzero", Rocco Sorge commentò sorridendo dopo aver controllato l'ora. Stava seduto sprofondato su un divanetto in pelle addossato a una parete, le gambe accavallate, mentre nello studio cominciavano a filtrare le prime, lunghe ombre della sera.
"Va' a riceverlo", Ragusa gli disse in tono brusco. "E fallo passare subito."
Rocco si alzò e si avvicinò alla scrivania per accendervi la lampada dall'alto stelo, poi uscì dalla stanza chiudendosi la porta alle spalle.
Ragusa osservò la vettura avanzare sobbalzando sul fondo irregolare dello sterrato, e fermarsi davanti al cancello lampeggiando tre volte in rapida successione. Lentamente, i battenti si aprirono azionati elettricamente dalla guardiola di sorveglianza, e l'auto imboccò il vialetto di accesso procedendo diritta fino all'interno del parcheggio.
Quando scomparve dalla sua visuale, Ragusa si voltò e si allontanò dalla finestra per andarsi a sedere dietro la scrivania. Non erano trascorsi cinque minuti che Rocco ricomparve in

compagnia di un attraente giovane sulla trentina di statura media, capelli neri tagliati a spazzola. Il colore scuro della carnagione era accentuato dall'intensa abbronzatura. Se non fosse stato per i tratti regolari del suo volto – inequivocabilmente caucasoidi – e gli occhi verdi, si sarebbe detto un sanguemisto con una buona percentuale della razza nera. Indossava una camicia di seta bianca con ampie maniche, sopra dei jeans beige e scarpe da ginnastica.

Sorge si fece da parte sulla soglia per dargli la precedenza, e Dante Spampinato attraversò lo studio fermandosi davanti al Boss, che lo squadrò da capo a piedi.

"Bacio le mani, don Vincenzo", il giovane esordì accennando un lieve inchino deferente. "Come state?"

"Bene... bene..." Ragusa annuì. "Sono felice di rivederti, Dante." Gli fece cenno di accomodarsi su una delle due poltroncine davanti alla scrivania. "Spero che tu abbia fatto buon viaggio."

"Liscio come l'olio. Il volo era in perfetto orario."

Don Vincenzo continuò a studiarlo ancora per qualche secondo prima di dire: "Credo che tutto sia pronto per la battuta di pesca di domani, non è vero Rocco?"

Scoccò un'occhiata al suo luogotenente che nel frattempo era ritornato a sedersi sul divanetto.

"Certo, don Vincenzo. Usciamo domattina alle prime luci con la barca grande, quella su cui l'altro ieri ho montato l'Envirude da quaranta cavalli, per intenderci."

"Da che parte andate?"

"Verso Ustica. Ci fermeremo, per la prima volta, in un ampio specchio di mare che mi è stato segnalato come molto pescoso in questa parte dell'anno."

"Bene... Spero che sarete di ritorno in tempo per la cena, e, mi auguro, con un buon bottino."

"Non dovrebbero esserci problemi. Di certo non mancheranno i branzini, don Vincenzo. Da fare al cartoccio, naturalmente..."

"Naturalmente..." Sorrise. "Ma comunque vada...", riportò lo sguardo sul nuovo arrivato, "...considerati sin d'ora mio ospite, Dante."

"Vi ringrazio, don Vincenzo."

Il Crollo

Rimasero in silenzio per alcuni secondi poi Ragusa, che non era solito sprecare tempo nei preliminari, disse: "Allora, Dante..., cosa mi racconti di bello? Che si dice alla Bpa?"

Il Boss sapeva che, da quando il giovane era stato assunto alla Bpa, quasi sempre le sue visite non erano soltanto motivate dal piacere della pesca. Telefonando a Sorge il giorno prima per annunciare il suo arrivo, gli aveva chiesto di poter conferire con lui, facendo così intendere di avere qualcosa di interessante da comunicargli.

Spampinato era molto vicino a Ragusa e a Sorge. A quest'ultimo, poi, era legato da autentica amicizia fin dall'adolescenza, resa ancora più solida dalla comune passione per la pesca. Ciò malgrado, non era un uomo d'onore come alcuni sospettavano, né avrebbe mai potuto diventarlo per via della sua ben nota condizione di omosessuale. La Mafia considerava la sodomia tutt'altro che con benevolenza, e rifiutava l'ammissione di coloro che la praticavano, ai ranghi operativi del-l'Organizzazione.

Questo non aveva tuttavia impedito a Ragusa di prenderlo sotto la sua ala protettiva quando il padre – uomo d'onore al servizio della "famiglia"– era rimasto ucciso, dieci anni prima, in uno scontro a fuoco con una cosca rivale. Lo aveva sempre aiutato in ogni modo, anche a trovare lavoro una volta conseguito il diploma in ragioneria. Quando, diversi anni dopo il suo trasferimento a Milano, gli aveva manifestato il desiderio di un posto in banca, Ragusa aveva usato tutta la sua influenza sulla Bpa, attraverso Maldano, per accontentarlo.

Era stato così che, più per un senso di gratitudine che altro, il giovane aveva acquisito l'abitudine, a ogni sua visita, di informarlo di tutte quelle notizie – a suo giudizio degne di interesse – che riusciva a intercettare nell'ambiente di lavoro. Non che Ragusa ne avesse bisogno dato che per questo già si avvaleva di Maldano, ma visto che il servizio gli veniva offerto spontaneamente, aveva deciso di non rifiutarlo. Allo stesso modo, aveva accettato di ascoltarlo ogni volta che gli parlava di Maldano, dato che il giovane non aveva fatto alcun mistero di aver allacciato con lui una relazione omosessuale.

"In questi giorni, un solo argomento tiene banco alla Bpa, don Vincenzo", Dante rispose.

"Cioè?"

"Be', non si fa che parlare dell'Opa mancata, naturalmente."

"In che termini?"

"Secondo i bene informati sarebbe stata una soffiata dell'ultima ora a denunciare alla Bnc l'esistenza di una perdita occulta di circa cinquecento miliardi nei conti della Bpa. Il che l'avrebbe indotta a fare dietrofront sull'operazione, proprio mentre era sul punto di darne l'annuncio." Fece una pausa. "Come se non bastasse, si sussurra in giro che la Bpa sia da tempo dedita al riciclaggio, a opera di un suo alto dirigente." Si fermò di nuovo scrutando Ragusa. "Ma come saprete, don Vincenzo, in proposito la stampa ha sinora parlato genericamente di voci incontrollate."

Anche se non ne aveva fatto il nome, Spampinato sapeva che quell'alto dirigente era Maldano. Quando era stato assunto alla Bpa, Ragusa, fidandosi ciecamente di lui, gli aveva accennato a quel lavoro di lavaggio di capitali illeciti attraverso la Borsa, che il suo amico svolgeva per conto della *"famiglia"*.

Il Boss sorrise come uno che la sa lunga. "A me risulta, invece, che le cose stiano un po' diversamente." Intrecciò le mani sporgendosi in avanti sulla scrivania. "Stando a una mia fonte sicura, si sarebbe trattato non già di una soffiata alla Bnc, ma di una lettera anonima fatta pervenire al presidente della Consob, proprio il mattino in cui la notizia dell'Opa avrebbe dovuto essere diffusa... Questi avrebbe avvertito tempestivamente il vertice della Bnc."

"Be', vedo che siete meglio informato di me, don Vincenzo." Sorrise. "Comunque sia, la sostanza non cambia. Si dice che il delatore anonimo non può che essere qualcuno trai pochissimi nelle alte sfere della banca, che del buco erano al corrente. Anche se si possono contare sulle dita di una sola mano, è impossibile scoprire chi di loro sia la talpa."

"Già, ma resta la domanda: perché lo avrebbe fatto?"

"Secondo me si è trattato di una sorta di vendetta per un torto subito."

"Può essere." Il boss scosse il capo." Però... ma guarda te che sconquasso ha provocato in Borsa..."

"Infatti... A solo cinque giorni di distanza dall'inizio di quello che ormai tutti definiscono il 'secondo crollo', l'indice

Comit si ritrova sui minimi precedenti. Quel venti per cento che aveva faticosamente recuperato nelle scorse settimane, si è del tutto dissolto. Il comparto bancario è stato il più martellato, ovviamente. Il titolo Bpa ha finora subito un svalutazione superiore al trenta per cento. Questo la dice lunga sulla grande fragilità del mercato in questo momento."

Ragusa annuì a indicare che ne era al corrente. "Purtroppo è proprio sulle azioni Bpa che avevo puntato per una grossa operazione speculativa, basandomi su una dritta che mi dava per certa l'Opa imminente."

"Ah!" C'era una lieve nota di disappunto nella voce di Dante per non esserne stato informato. "Una dritta da quella fonte sicura di cui mi parlavate poc'anzi, immagino…"

"Sì, esatto." Fece una smorfia. "Ne avevo fatte rastrellare un grosso pacchetto, e ora mi trovo bloccato con una posizione sulla quale perderei, se dovessi vendere, una montagna di soldi." Tacque scuotendo il capo. "Ma non è detto che, per qualche ragione, il vento non cambi direzione e io riesca a recuperare…"

L'altro rifletté brevemente strofinandosi il mento. "A proposito dei titoli Bpa c'è un particolare degno di nota. Ne sono stati rovesciati sul mercato a vagonate negli ultimi cinque giorni, e le vendite proseguono. Sembra che tutti non desiderino altro che sbarazzarsene, come se scottassero nelle mani. Eppure, non si può dire che abbiano perso moltissimo. Poteva andare molto peggio. Finora, non una sola volta sono stati sospesi per eccesso di ribasso."

"E questo secondo te cosa potrebbe voler dire?" Sorrise sornione come se conoscesse la risposta.

"Be', a detta di un attento osservatore del mercato, un mio collega, indicherebbe che le vendite vengono assorbite agevolmente, ancorché a prezzi decrescenti."

"E con ciò?"

"Suggerirebbe la presenza di alcune mani forti ben disposte, malgrado tutto, a comperare."

"Qualche idea sulla loro identità?"

"Neppure una."

Don Vincenzo sorrise di nuovo con aria saputa. "L'analisi del tuo collega è corretta, Dante. Solo che questo rastrellamento è in pratica riconducibile a un unico compratore."

"Davvero?" Apparve sorpreso. "Che voi conoscete, naturalmente..."
"Certo... Stenterai a crederlo, ma quella mano forte altri
non è che la stessa Banca Nazionale di Credito."
"Cosa?!" Lo guardò con l'espressione confusa di chi non
riesce a comprendere.
"Alla Bnc...", il Boss proseguì, "...non sembra vero di potersi accaparrare decine di milioni di azioni della Bpa a prezzi
stracciati. Una vera manna dal cielo."
"Con quale scopo?"
"Quello di sempre, Dante: l'acquisizione della banca." Rise
divertito. "Lo so che può sembrarti un comportamento contrad-
dittorio, ma in realtà non lo è."
"Intendete dire, don Vincenzo, che..."
"...che il progetto dell'Opa non è stato abbandonato, ma soltanto rinviato."
Dante sbatté le ciglia. "A quando?"
"A quando la buriana sarà passata. Un paio di settimane, forse. Quel-l'operazione riveste per la Bnc un alto valore strategico, ragion per cui non intende rinunciarvi." Rimase in silenzio
gettando uno sguardo di sfuggita fuori dalla finestra: era ormai
calata l'oscurità sulla tenuta, rischiarata appena dai radi lampioni che fiancheggiavano il vialetto di accesso.
"Capisci, Dante...", Ragusa riprese, "...la Bnc ha bisogno di
allargare la propria rete di filiali nella regione, e può solo farlo
acquisendo e poi incorporando la Bpa. Potrà allora esercitare
un'azione creditizia capillare molto proficua in certi settori dai
quali è ora esclusa."
Dante annuì. "Ma come la metteranno col dissesto dei conti?" Fissò Ragusa con maggiore intensità. "C'è chi giura sul
probabile imminente avvio di un'ispezione di Bankitalia. In tal
caso, oltre alla perdita, emergerebbe il falso in bilancio per la
ragione che è stata occultata..."
"Mi risulta per certo che non avverrà niente del genere, e di
conseguenza non ci saranno sanzioni penali o amministrative.
Vedrai che tutto cadrà nel dimenticatoio. Siamo nel Bel Paese,
ricordi?" Ebbe un sorriso compiaciuto. "Per tranquillizzare il
mercato, contestualmente all'annuncio dell'Opa – e questa volta
puoi esser sicuro che ci sarà –, la Bnc dichiarà il proprio in-

tento di avviare una minuziosa verifica del bilancio della Bpa, accollandosi eventuali perdite che dovessero saltare fuori. Questa volta il prezzo offerto sarà fissato, per intuibili motivi, sensibilmente al di sotto di quello inizialmente previsto."

"A quel punto è prevedibile che la quotazione schizzerà verso l'alto, trascinandosi dietro l'intero listino", Dante disse con tono di ovvietà. "Il recupero sarà consistente, anche se probabilmente non totale."

"Proprio così, Dante. Alla fine, la Bnc si sarà assicurata la proprietà della Bpa con un esborso sensibilmente inferiore alla somma originariamente stanziata, pur tenendo conto del costo per ripianare la perdita. Ora capirai perché questa seconda crisi del mercato non viene vissuta al vertice della Bnc come un dramma, ma bensì come una grossa opportunità." Tacque per alcuni secondi. "Anch'io mi sono accodato. Ho raddoppiato la posizione per ridurre drasticamente il prezzo medio di carico. L'ho fatto attraverso un'altra banca, naturalmente. Cosicché, a Opa conclusa, dovrei riuscire a chiudere se non in profitto, almeno in pareggio."

"Resterebbe un'altra questione da considerare, don Vincenzo." Dante si accigliò improvvisamente come colpito da un pensiero inquietante.

"Ti ascolto."

"Si tratta del riciclaggio. Si sussurra che la Bpa sarebbe da qualche tempo sotto osservazione da parte della Guardia di Finanza, e che ora, con le voci che circolano, potrebbe essere sottoposta a inchiesta ufficiale."

Ragusa fece un gesto di noncuranza come per dire che la cosa non lo preoccupava più di tanto. "Neppure questo accadrà, Dante. Puoi esserne certo. Per prevenirlo, ho già mosso le mie pedine nei posti giusti." Fece una smorfia. "Sono intervenuto per evitare i fastidi e la pubblicità di un'eventuale indagine, pur essendo convinto che non avrebbe alcun successo. Dimostrare che il denaro finora approdato alla Bpa – proveniente dalla Transalpina – sia di origine illecita, si rivelerebbe un'impresa praticamente impossibile. Così come lo sarebbe cercare di far risalire alla *"famiglia"* la proprietà della finanziaria." Fece un profondo sospiro. "D'altro canto, cresce sempre di più il numero delle grosse banche, anche internazionali, che vengono tirate in ballo per riciclaggio. Nella stragrande maggioranza le inchieste vengono archiviate dopo qualche tempo, appunto per mancanza di prove."

"Sicché tutto sarà messo a tacere...", Spampinato osservò.

"Poco ma sicuro. Dopo l'Opa non se ne parlerà più, e a maggior ragione perchè la Bpa sparirà dalla faccia della Terra. La fusione per incorporazione sarà avviata e conclusa in tempi brevissimi." Fece una pausa. "No, Dante, non sono questi i problemi che mi inquietano in questo momento..." Si appoggiò allo schienale della poltrona e chiuse gli occhi sospirando. "Mi trovo a dover affrontare un grosso dilemma, che mi pesa sull'anima come un macigno."

"C'è qualcosa che posso fare per aiutarvi a risolverlo, don Vincenzo?"

"Non lo so." Continuava a tenere gli occhi chiusi. "Si tratta di Maldano."

"Ah!" Apparve sorpreso. "Qualcosa non va con lui?"

"Credo proprio di sì. Non lo sento dal cinque di questo mese, il giorno in cui la Bnc ha smentito le voci dell'Opa, ed è trapelata la notizia della perdita occulta nel bilancio della Bpa. Mi ha telefonato per assicurarmi che ne ignorava la esistenza." Aprì gli occhi e fissò il giovane. "Da allora non ha più dato segni di vita, e io non faccio che arrovellarmi per decidere se devo credergli o meno. Sarei enormemente grato a chiunque mi fornisse le prove della sua sincerità."

"Purtroppo nessuno sarebbe in grado di farlo, don Vincenzo."

"Va' avanti."

"Non esiste alcuna possibilità al mondo che Maldano potesse essere all'oscuro."

"Infatti non mi è parso convincente, ma mi sono illuso di sbagliarmi." Si grattò una guancia con aria corrucciata. "Che altro sai?"

"Quella perdita di cinquecento miliardi è stata originata, per intero, dal servizio Titoli e Gestioni patrimoniali, che lui dirige. Quindi, non poteva non sapere."

Continuò spiegando d'aver appreso che era stata individuata nel corso di una ispezione disposta dal direttore generale dopo la morte di Morelli, con l'obbiettivo di accertare l'assenza di irregolarità di qualsiasi genere, che questi potesse aver commesso prima di scomparire . Precisò come il funzionario sviluppasse, col pieno accordo di Maldano, volumi di contrattazione enormi, fino a sei o sette volte i limiti consentiti .

"All'epoca della prima debacle della Borsa", Dante proseguì, "Morelli aveva impostato una miriade di operazioni speculative a rischio elevatissimo che poi, col precipitare delle quotazioni, si erano chiuse con perdite da capogiro. Con un abile e astuto escamotage, era riuscito a evitare di esporle, rinviandone la contabilizzazione a tempi migliori. E' probabile che senza l'ispezione non sarebbero emerse per chissà quanto tempo ancora."

Ragusa aggrottò le sopracciglia a indicare perplessità. "Quello che non capisco è a che pro lo facesse..."

"Be', naturalmente ne ricavava dei vantaggi economici, se sono fondati i sospetti che percepisse tangenti."

"Tangenti? E da chi?"

"Dagli agenti di cambio a cui appoggiava le operazioni. Quanto più numerosi erano gli ordini di compravendita, tanto più elevati erano quelli che nel gergo della finanza vengono definiti eufemisticamente 'ristorni di commissioni'."

"Se Maldano era consenziente, è probabile che ricevesse una fetta della torta, o no?"

Dante si strinse nelle spalle. "Come si fa a escluderlo?"

Il Boss annuì, lo sguardo grave. "Se mi avesse avvertito che c'era una simile bomba impiantata nel bilancio della Bpa, che poteva esplodere da un momento all'altro, mi sarei guardato bene dall'espormi. Anziché comperare, avrei addirittura fatto fuori una partecipazione nella banca di circa il due per cento, che detengo da moltissimo tempo e che si era quasi quadruplicata di valore. Ora, naturalmente, la plusvalenza si è notevolmente ridotta." Scosse la testa. "E' grosso il danno che Rosario mi ha arrecato col suo silenzio. Non sono ancora certo che riuscirò a rimediarlo."

"E' la seconda volta, don Vincenzo, che vi tace fatti importanti che si verificano alla Bpa." Sorge intervenne. "E ciò è strano, dato che vi ha sempre tenuto strettamente informato su tutto, perfino sulle banalità." Ragusa annuì con veemenza comprendendo a cosa Rocco si riferiva. Qualche tempo addietro,

Spampinato lo aveva informato, tramite Sorge, di aver appreso che Morelli – il giorno prima della sua scomparsa – era stato espulso dal servizio di Borsa per via di non ben precisate gravi manchevolezze che erano emerse a suo carico.

Della circostanza Maldano non lo aveva tenuto al corrente, suscitando in lui il sospetto di un suo colpevole coinvolgimento nella vicenda, tale da indurlo a tenere la bocca chiusa. Per la prima volta quella fiducia cieca che da sempre Ragusa riponeva nel suo vecchio amico di infanzia, aveva cominciato a vacillare.

"Questo suo modo di agire", Rocco continuò, "può essere soltanto spiegato con il fatto che si sentiva in grave imbarazzo a dovervi parlare di quella perdita, nonché intimorito. Sapeva che gli avreste chiesto dettagliate spiegazioni sull'accaduto, e che nel darvele, si sarebbe screditato ai vostri occhi dato che ne era anch'egli responsabile."

"Forse aveva paura che avrei reagito male." Ragusa congiunse le mani e si toccò con le dita il labbro inferiore. "Ora penso anche, però, che se non gli avessi promesso la ricompensa di dieci miliardi, avrebbe svuotato il sacco prima o poi. Ma quel denaro lo allettava troppo, e così ha preferito correre il rischio."

Rocco si agitò sul divano accavallando le gambe. "E' probabile, don Vincenzo. Ma ora è sul grave sgarro che ha commesso nei vostri confronti che dovremmo riflettere…"

Ragusa non fece alcun commento, ma si rivolse di nuovo al suo ospite, dicendo:

"A proposito, Dante, dì un po'… come vanno i tuoi rapporti con lui ?" Gli lanciò un'occhiata colma di ironia.

Il giovane fece una smorfia. "E' un pezzo che non si fa vivo. Gli ho telefonato cinque giorni fa e l'ho sentito molto preoccupato. Ho immaginato che fosse per via della Borsa." Tacque per un attimo. "Mi ha liquidato in quattro e quattr'otto dicendomi che mi avrebbe richiamato, ma non lo ha più fatto. Mah… chissà… forse vuole farla finita con me."

"Ti dispiace?" Sorrise di nuovo.

"Ma neanche per sogno." Scrollò le spalle. "Se rispondono al vero le voci di un suo imminente pensionamento, viene meno il mio scopo a starci insieme… In quel caso sarei io a scaricarlo." Fissò Ragusa sorridendo. "Non so se mi sono spiegato, don Vincenzo..."

Era la conferma di quello che Ragusa da sempre pensava. Data la grande differenza di età tra i due, la relazione non poteva che essere motivata, da parte del giovane, dall'interesse per una rapida carriera, nella quale il dirigente poteva lanciarlo. Pertanto, se questi avesse lasciato la banca, il rapporto non avrebbe avuto, per Dante, più ragion d'essere.

Il Boss sorrise a sua volta.

"Ti sei spiegato eccome..."

Rimasero in silenzio per qualche tempo, poi don Vincenzo disse: "Rosario è sempre stato il mio migliore amico fin dall'infanzia." Si appoggiò di nuovo allo schienale e distese le braccia posando i palmi delle mani sulla scrivania. "Siamo stati compagni di scuola fino al Liceo. Abbiamo preso la laurea insieme. Tuttora approfittiamo di qualsiasi occasione per incontrarci." Tacque per qualche secondo fissando il giovane ospite. "Tu non puoi saperlo, Dante, ma è mio compare d'anello poiché mi ha fatto da testimone di nozze, tanti anni fa. Lo consideravo come un fratello. Come si fa a non avere piena fiducia di un fratello? Pertanto..., mai e poi mai mi sarei aspettato da lui uno sgarro tanto grosso. Purtroppo, ora mi trovo a dover decidere se lasciar perdere, il che equivarrebbe a perdonarlo, oppure..."

Si fermò lasciando in sospeso la frase e scuotendo il capo, mentre una espressione accigliata gli affiorava sul volto: il riflesso del conflitto interiore di cui era preda.

Senza fiatare, i due giovani si scambiarono un'occhiata colma di significato.

65

Maldano fece scorrere l'acqua calda nell'ampia vasca di porcellana bianca del bagno padronale. Quando raggiunse il livello desiderato, vi versò una dose abbondante di Badedas, si svestì e vi si immerse lentamente emettendo un grugnito di piacere.

Si massaggiò brevemente il petto e le braccia con la densa schiuma impregnata di aromi silvestri, prima di lasciarsi andare disteso sul fondo, mantenendo solo la testa fuori dall'acqua.

Chiuse il rubinetto e adagiò la nuca sul bordo superiore della vasca, osservando il vapore condensarsi sulle pareti piastrellate. Era solo nell'appartamento, la moglie non era ancora ritornata dalle vacanze.

Questa la ragione per cui aveva lasciato la porta del bagno aperta. Girando il capo verso di essa, riusciva a intravedere, riflessi nel grande specchio all'inizio del corridoio, il soggiorno e la grande terrazza che si affacciava sul giardino. Una fresca e robusta brezza notturna smuoveva le tende di organza della portafinestra scorrevole, semiaperta.

Esalò un lungo sospiro e chiuse gli occhi abbandonandosi all'intenso tepore. Sentì la tensione accumulata durante la giornata dissolversi a poco a poco, fino a trasformarsi in una condizione di rilassamento totale. Pensò che avrebbe potuto schiacciare un pisolino e lo desiderava molto, ma a non consentirgli neppure di assopirsi c'era la moltitudine di inquietanti pensieri che gli affollava la mente.

Aveva lasciato la banca nel primo pomeriggio, al termine di quello che era stato il suo ultimo giorno di servizio.

Riandò col pensiero al brevissimo faccia a faccia avuto di prima mattina col presidente. Le parole che questi aveva pronunciato per comunicargli la decisione della banca di collocarlo a riposo, gli risuonarono nitide nel cervello: "Visto quanto emerso a suo carico, signor Maldano, è soltanto per toglierla dall'imbarazzo del dover restare ancora in servizio che le proponiamo il pensionamento."

Quel provvedimento era da troppo tempo nell'aria perché potesse giungergli come una sorpresa.

Il tono dell'anziano signore era stato garbato, non era sceso nei particolari delle motivazioni. Nessun accenno al deficit di bilancio, né alle recenti illazioni dei media sul presunto riciclaggio. Maldano l'aveva apprezzato. Ma non aveva altrettanto gradito la richiesta, seppure formulata con gentilezza, di sgombrare la sua scrivania rendendo disponibile lo studio a partire dall'indomani. Si era sentito profondamente umiliato.

Di fatto si era trattato di licenziamento, anche se la parola non era mai stata pronunciata, e in tronco per giunta, dato che era stato omesso il preavviso contrattuale, dietro corresponsione di un lauto incentivo.

Il Crollo

Si era subito reso conto che opporsi a quella specie di congedo forzato, si sarebbe rivelato per lui sconveniente. Anche se l'avesse spuntata, lo avrebbero comunque rimosso, costringendolo a subire il protrarsi di una situazione mortificante di emarginazione psicologica e fisica. Non avendo funzioni alternative da affidargli, lo avrebbero relegato – così come avevano fatto con Morelli – a girare i pollici in un'angusta e squallida stanzetta, che soltanto qualcuno dotato di una fantasia non comune avrebbe potuto definire uno 'studio'. Si sarebbe ritrovato al centro delle attenzioni derisorie di quanti lo avversavano. Una vera e propria gogna nel suo stesso ambiente di lavoro, tesa a prostrare la sua pazienza e spingerlo al culmine dell'esasperazione, per indurlo a rassegnare le dimissioni.

Aprì gli occhi e respirò a fondo. Lo prese un senso di amarezza alla cruda constatazione che quel castello di potere e di benessere, che aveva tanto faticosamente costruito, gli era crollato addosso. Gli ci erano voluti quasi dieci anni per arrivare laddove pochi avevano avuto la fortuna di giungere, mentre erano bastati soltanto tre mesi a farlo precipitare nella polvere. Non avrebbe mai immaginato che la sua caduta, se un giorno si fosse verificata, sarebbe stata così terribilmente repentina, così dolorosamente definitiva.

Girò la testa verso il corridoio lungo e largo, su cui si aprivano le numerose stanze dell'appartamento. Riuscì a scorgere, sul fondo, il pregiato mobile antico sul quale era posata la coppia di candelieri vittoriani di argento massiccio, che scintillavano debolmente nella penombra dell'ambiente. Lanciò un'altra occhiata al soggiorno riflesso nello specchio, e alla terrazza. Appena tornato a casa nel pomeriggio, si era dato un gran da fare per i preparativi della partenza.

O – per meglio dire – della fuga.

Aveva riempito, fino a quasi farle scoppiare, due grosse Samsonite, oltre un borsone da viaggio e la sua valigetta porta documenti di pelle marrone. Aveva depositato il tutto nel ripostiglio in attesa di poterlo trasferire – a notte fonda per non farsi notare – nel bagagliaio della sua Mercedes 200E parcheggiata nel garage sotterraneo del condominio.

L'indomani, prima dell'alba, se ne sarebbe andato alla chetichella. Contemporaneamente alla fine del suo ciclo lavorativo,

555

sarebbe uscito di scena lasciandosi alla spalle il suo passato. Non si sarebbe neppure voltato indietro a guardare. Avrebbe raggiunto la Svizzera: la prima tappa di un lungo viaggio.

Due giorni prima aveva liquidato, in forte perdita, il suo deposito titoli presso l'agente di cambio, trasferendone il ricavato – di poco inferiore ai cinquecento milioni di lire – al suo conto cifrato presso l'Ubs di Zurigo. Erano sufficienti per mantenersi finché non avesse trovato una nuova occupazione. Le rate della pensione si sarebbero accumulate, mese dopo mese, nel suo conto speciale presso la Bpa. Avrebbe trovato il modo di utilizzarle all'occorrenza. Si sarebbe concesso uno o due giorni di riflessione per decidere le sue mosse successive. Doveva tracciare con cura un itinerario di viaggio ed elaborare un piano che gli consentisse di eclissarsi senza lasciare traccia.

E per sempre.

Rifletté che, al pari del suo defunto braccio destro, aveva anch'egli delle impellenti motivazioni per sparire dalla circolazione. Ma Morelli aveva commesso il grave errore di restare a Milano, così che qualcuno di quelli che gli davano la caccia era riuscito a rintracciarlo per fargli la pelle.

Lui, invece, sarebbe andato a rintanarsi in qualche sperduta località dall'altra parte del Globo, di modo che scovarlo sarebbe stato come ricercare il classico ago nel pagliaio. Se tutto andava per il verso giusto, e la fortuna stava dalla sua parte, si sarebbe riorganizzata l'esistenza, anzi se ne sarebbe costruita una nuova per gli anni che ancora gli restavano da vivere, e che potevano essere numerosi.

Ricordò lo stato di apprensione in cui era sprofondato quel giorno del luglio scorso in cui aveva saputo della scomparsa di Morelli. Più che giustificati erano stati i suoi motivi per temere che il suo collaboratore, una volta fuori dalla sua sfera di controllo, avrebbe potuto costituire per lui e per la banca una grossa minaccia, una sorta di mina vagante.

Aveva temuto che, nel darsi alla clandestinità con l'animo esacerbato per l'onta subita della sua espulsione dal servizio titoli, e ritenendosi vittima di un grave torto, avrebbe cominciato a covare un desiderio di vendetta, che prima o poi si sarebbe impegnato per soddisfare. Sapeva certamente come far giungere in forma anonima, alle persone giuste nei posti giusti, tutto ciò che aveva visto del riciclaggio, assieme a quello di cui era bene al corrente sulla maxiperdita nascosta nei conti della banca, dato che egli stesso ne era stato l'artefice.

Maldano era sicuro che Morelli avesse avuto il dente avvelenato contro di lui, oltre che nei confronti della Bpa, giacché non era intervenuto a suo favore per cercare di scagionarlo dalla punizione. Non lo aveva fatto per evitare che si pensasse che c'entrava qualcosa nelle manchevolezze di cui Morelli era stato accusato.

Ripensò al sollievo immediato e istintivo che aveva avvertito alla notizia del ritrovamento del suo corpo senza vita al parco Ravizza, nonché alla sensazione sgradevole di essere sospettato dell'omicidio, quando era stato intrattenuto in un lungo colloquio – quasi un interrogatorio – dal commissario Lopez e da quel giovane investigatore privato.

Si drizzò a sedere nella vasca, e, presa una grossa spugna, cominciò a strofinarsi vigorosamente tutto il corpo, intanto che continuava a tenere la mente focalizzata su Morelli. Pensò che se qualcuno non l'avesse ammazzato, e fosse tuttora latitante, oggi nutrirebbe ben pochi dubbi sull'identità dell'autore di quella lettera anonima indirizzata al presidente della Consob, di cui il suo collega Rinaldi aveva avuto sentore, e gliene aveva fatto parola. Il suo contenuto aveva determinato la rinuncia della Bnc al lancio dell'Opa, e dato l'avvio a una nuova ecatombe della Borsa.

C'era un paio di domande che Maldano si poneva in modo tormentoso e alle quali avrebbe desiderato poter dare una risposta. Quella lettera, lo additava esplicitamente quale responsabile del riciclaggio? E in caso affermativo, perché il suo nome non era stato ancora reso di dominio pubblico? Forse il riserbo era dettato dall'opportunità di attendere che emergesse con certezza da una inchiesta ufficiale che, si sussurrava, la Guardia di Finanza era in procinto di avviare nei confronti della Bpa.

Malgrado che non si fosse ancora verificata, Maldano continuava a percepirne la possibilità come una incombente minaccia, una spada di Damocle. Era una delle due ragioni che lo ora costringevano a rendersi irreperibile, ma non la più grave.

Escluso Morelli, concluse, il delatore anonimo non poteva che annidarsi nel gruppo di quei pochissimi al vertice della banca, che erano al corrente di tutto. Evidentemente anche del riciclaggio, di cui il suo defunto collaboratore doveva averlo informato.

Ma di chi mai poteva trattarsi?

Si distese di nuovo nella vasca tenendo gli occhi fissi sulle piastrelle arabescate di maiolica verde, come se lì fosse scritta la soluzione del mistero.

Le sue elucubrazioni si spostarono su Ragusa.

Ogni contatto con lui era cessato da due settimane, cioè dal giorno in cui era iniziato il nuovo crollo della Borsa. Quel mattino gli aveva telefonato per avvisarlo di quanto stava accadendo, affermando – con il più convincente dei toni di cui era capace – che non aveva mai avuto cognizione alcuna dell'esistenza di quel buco nei conti della Bpa.

"Ma ti pare, Rosario", gli aveva detto, "che non ti avrei avvertito sapendo quello che avevamo in pentola?"

La reazione del Boss era stata all'apparenza tranquillizzante. Aveva minimizzato come per dargli l'impressione che l'accaduto, seppure grave, non gli avrebbe creato grossi problemi finanziari. Sperava nella ripresa del mercato, aveva spiegato.

In fondo era stato cosciente del rischio che correva, di cui ora accettava serenamente le conseguenze.

A quanti non lo conoscevano bene, quella pacata reazione sarebbe parsa rassicurante. Ma Maldano sapeva che Ragusa era una sfinge. Neppure lui riusciva mai a capire quello che pensava. Era troppo sottile. Pertanto aveva colto in quel suo atteggiarsi all'insegna della calma, un che di sinistro.

Si erano lasciati con l'intesa di risentirsi, ma don Vincenzo non lo aveva più chiamato, e lui aveva fatto altrettanto. Quel lungo silenzio sembrava aver scavato tra loro un solco profondo, che non si sarebbe mai più colmato.

Ma la grande preoccupazione di Maldano era un'altra.

Nessuno più di lui era consapevole di cosa significasse cadere in disgrazia di un boss della Mafia della statura di don Vincenzo Ragusa. Se aveva accertato, come probabile, che gli aveva mentito tradendo la sua fiducia, se l'era legata al dito e prima o poi non avrebbe mancato di pareggiare il conto. A impedirglielo non sarebbero bastate le considerazioni sull'amicizia e stima reciproca che li legava fin dall'infanzia. Era certo che quei sentimenti don Vincenzo li avesse già cancellati dal suo animo come con un colpo di spugna.

Fin troppe volte in passato, Maldano era venuto a conoscenza di sentenze di morte che il Boss aveva 'firmato' nei confronti di amici, e perfino parenti, dai quali riteneva di aver ricevuto sgarri gravi e imperdonabili.

Queste le considerazioni che ora gli facevano presentire di trovarsi in grave e immediato pericolo di vita, suggerendogli, se voleva scongiurarlo, di prendere il largo in tutta fretta.

Improvvisamente, subentrò un leggero torpore che, a poco a poco, si andò intensificando propagandosi in tutto il corpo. Le palpebre gli si appesantirono, e si sentì trasportare verso un lieve sonno ristoratore.

66

Malgrado fossero quasi le dieci di sera, il commissario Lopez avvertiva una certa riluttanza a piantare baracca e burattini per andarsene a casa.

La giornata lavorativa, svoltasi all'insegna di una relativa tranquillità, non lo aveva particolarmente fiaccato.

"Stasera avrei dovuto cenare da mia figlia", disse rivolto a Fascetti che da qualche minuto sedeva davanti alla sua scrivania, e lo osservava attentamente. "Ma c'è stato un cambio di programma, non da parte mia, naturalmente. Al- l'improvviso, Olga e mio genero hanno deciso di andare a teatro con alcuni amici."

"E i bambini?"

"Hanno preso la babysitter." Accese un fiammifero e ne accostò la fiammella al sigaro che stringeva tra i denti. "Ti dirò che avevo pensato di liberarmi per badare a loro. Tu sai che quei due scavezzacolli sono la mia passione. Ma poi ho preferito aspettarti perché desidero parlarti."

"Del caso Morelli, immagino."

Lopez annuì mentre prendeva una intensa boccata dal sigaro appena acceso. Fascetti calcolò che, stando alla media giornaliera di quanti ne fumava e data l'ora, quello doveva essere l'undicesimo o il dodicesimo. Il commissario gli aveva telefonato due ore prima pregandolo di raggiungerlo nel suo ufficio, ma lui gli aveva spiegato che non poteva farlo prima delle dieci per via di qualcosa di urgente di cui doveva occuparsi.

"Sono stato a San Vittore oggi pomeriggio per interrogare Bardi, come ti avevo preannunciato."

"Ah." Fascetti inarcò un sopracciglio. "Sentiamo un po'…"

"L'ho tenuto sotto pressione per più di un'ora. Ho cominciato col fargli ascoltare il messaggio del suo ricattatore, registrato sull'audio cassetta prelevata dalla sua segreteria telefonica."

"E lui?"

"Ha dichiarato di aver capito subito che si trattava di Morelli, sia per il timbro di voce familiare, ancorché contraffatto, sia perché questi aveva fatto riferimento alla polizza vita. Era l'unico al quale ne aveva rivelato l'esistenza." Si fermò per esalare una nuvola di fumo. "Morelli gli telefonava quasi ogni giorno minacciandolo di denunciarlo per l'omicidio di Lugato – di cui asseriva di avere le prove che fosse lui il responsabile –, se non gli avesse versato la metà dei soldi della polizza. Ossia cinque miliardi. Ma c'è dell'altro: dopo un po' Bardi lo aveva perfino smascherato dicendogli di averlo riconosciuto, senza con ciò scalfirne la determinazione; neppure quando gli aveva comunicato di essere alle prese con la compagnia assicuratrice che si rifiutava di liquidare il sinistro. Era stato allora che Morelli gli aveva ingiunto di procurarsi il denaro in qualche altro modo, se non voleva guai."

"Cosa che, ovviamente, Bardi non era finanziariamente in grado di fare."

"Esatto. Tanto è vero che mi ha confermato di non aver mai sborsato un centesimo. A risolvergli il problema era sopraggiunta la morte del suo estortore, della quale ha naturalmente negato in modo categorico ogni responsabilità."

"E le tracce di sangue rinvenute nel bagagliaio della sua BMW?"

Lopez si passò una mano sul cranio pelato. "Alla domanda se ne conosceva l'esistenza, e se sapeva da dove provenissero, ha avuto qualche visibile attimo di esitazione, prima di rispondere. Quindi le ha motivate nell'unico modo possibile. Ha ammesso che sono sue, ma che pensava fossero scomparse con il lavaggio della moquette."

"E naturalmente tu non hai potuto contestarglielo..."

"Naturalmente... Avrei potuto farlo soltanto se il referto chimico del dottor Randone avesse evidenziato per lui un gruppo sanguigno diverso da quello di Morelli. Che non fosse, cioè, un B negativo."

Fascetti lo guardò con aria perplessa. "Va da sé che gli avrai chiesto com'è possibile che due gocce del suo sangue siano finite nel bagagliaio della sua macchina."

"Certo. Mi ha fornito una spiegazione che se non rispondesse al vero testimonierebbe delle sue notevoli doti immaginative." Depose con calma il sigaro sull'orlo del posacenere. "Dunque... ha affermato di essersi tagliato una mano maneggiando in modo maldestro un coltello da caccia."

"Bardi andava a caccia?"

"Così mi ha detto... Mi ha spiegato di essere amante di quella al cinghiale." Fece una pausa. "Un paio di mesi fa, avrebbe partecipato a una battuta in Toscana. Al momento di fare uno spuntino, ha usato il coltello per tagliare del pane, e si è procurato la ferita."

"Già, ma com'è che il sangue è arrivato sul tappetino del bagagliaio della BMW?"

"Ci arrivo subito..." Lopez sorrise. "Non era niente di grave, e comunque non tale da richiedere il ricorso a un medico. E' bastato un cerotto che ha preso dalla cassetta del pronto soccorso di cui la vettura e provvista. E' posizionata nel bagaglio, in un vano sotto la moquette accanto a quello della ruota di scorta."

"Il che spiegherebbe...", un sorriso ironico increspò le labbra del detective, "...come le due gocce di sangue, colando dalla ferita, abbiano macchiato la moquette procurando un danno tanto grave da richiederne il lavaggio completo con un potente detersivo..."

"Aspetta un momento...", Lopez sollevò una mano. "Non ho finito. Ha affermato che malgrado si trattasse di un taglietto lungo non più di due centimetri, stranamente sanguinava ininterrottamente e a profusione, forse per via di una vena recisa. Quindi di sangue ne avrebbe perso molto di più delle due gocce, mentre rovistava nel bagagliaio per prendere il cerotto. Da qui l'esigenza del lavaggio, a cui le due macchioline avrebbero resistito. Questo è ciò che ha raccontato..."

"Nessuna cicatrice?"

"Me ne ha mostrata una sul palmo della mano, ma lascia il tempo che trova. Potrebbe essersela procurata in qualsiasi altro modo, oppure risalire a chissà quanto tempo fa..."

"Mi par di capire che non gli hai creduto..."

Lopez scrollò le spalle con una smorfia. "Non credo ci sia nulla di vero in quella storia, anche se devo ammetterne la bontà come pretesto. E' ammirevole la prontezza con cui se l'è inventata seduta stante. Ma non mi è sfuggito un certo impaccio."

Rimasero in silenzio per quasi un minuto, poi Fascetti chiese: "E' tutto?"

"No, c'è dell'altro." Lopez incrociò le mani sulla scrivania. "Gli ho chiesto di farmi un resoconto preciso dei suoi movimenti la notte in cui è deceduto Morelli, dopo aver lasciato il Cosmo Club."

Il deetective lo fissò con interesse.

"Mi ha confermato di essersene andato alle undici e mezzo perchè in preda a forti dolori addominali. Ha spiegato di essere spesso vittima di attacchi del genere, soprattutto di notte. Soffre di calcoli alla cistifellea. Quella sera ha cenato al club con i suoi compagni di poker, eccedendo con cibi un po' indigesti. All'insorgere dei primi spasmi è uscito dal club e ha preso un taxi a piazza San Babila. Raggiunto il residence, si è precipitato nel suo appartamento per assumere una compressa di Spasmodil, un efficace antidolorifico. Accortosi con sconcerto di esserne sprovvisto, non ha potuto fare a meno di prendere la macchina per andare alla ricerca di una farmacia di turno. Sarebbe rientrato alle due."

Il giovane assunse una espressione scettica. "Questa storia del malessere di Bardi non mi convince granché, visto quanto ha dichiarato il portiere di notte del residence. A lui è parso strano che, dati i buoni rapporti, non gli abbia chiesto di aiutarlo." Fece una pausa. "Per di più mi sembra che questa sua versione non combaci nei tempi con quelli indicati da Casillo. Se ricordo bene, questi ha asserito che erano trascorsi si e no due minuti tra il momento dell'ingresso di Bardi in ascensore – al

suo arrivo al residence – e quello dell'uscita dal garage sotterraneo con l'auto. Ora… è assolutamente impossibile che possa
aver impiegato soltanto due minuti per salire al suo appartamento all'ottavo piano, cercare l'antidolorifico, e scendere poi in
garage per prendere la macchina. Direi che ci vogliano non meno di cinque o sei minuti."
    "Condivido, ma si tratta di una discordanza irrilevante. Il
portiere potrebbe essersi sbagliato. Mi fa riflettere, invece, la
differenza tra l'ora del rientro definitivo dichiarato da Bardi, ossia le due, e quella indicata da Casillo: le due e mezzo." Tacque
per qualche secondo. "Qui c'è una bella discrepanza. Mezz'ora
non è poco… Ci porterebbe a fare certe importanti considerazioni se dovesse risultare che Bardi ha ragione.
    "Se fosse in qualche modo confermato che è realmente rin-
casato alle due, di fatto crollerebbe quel nostro teorema secondo
cui potrebbe essersi disfatto personalmente del cadavere di Morelli trasportandolo con la BMW al parco Ravizza, dopo averlo
prelevato da qualche parte su richiesta di un suo presunto sicario." Si interruppe per un momento. "Ciò in quanto non avrebbe
avuto il tempo materiale per compiere l'impresa. Le due circa,
come ben sappiamo, è anche l'ora del ritrovamento del corpo
della vittima. Dato che era appena cessato un violento temporale, e gli abiti del cadavere erano perfettamente asciutti, non v'è
dubbio che fosse stato scaricato sulla strada pochissimo tempo
prima delle due. E a quell'ora Bardi sostiene che era rientrato al
residence. O comunque stava per giungervi."
    "Un alibi, direi."
    Lopez scosse la testa. "Non proprio, in quanto non corrobo-
rato dall'ora indicata da Casillo."
    "Gliel'hai contestata?
    "Certo… ma mi ha detto che Casillo non è affidabile, soprat-
tutto quando alza il gomito, cosa che fa ogni sera a cena. Quando è alticcio cade in stato confusionale, la memoria gli si ap-
panna, e in seguito non ricorda bene i fatti, figurarsi gli orari."
    Fascetti sembrò rifletterci su. Disse:
    "Ricordo quella sua affermazione, durante il colloquio al re-
sidence, di rammentare con chiarezza tutto di quella sera del
due agosto, in quanto ha come riferimento il compleanno della
figlia."

"Già...", Lopez sorrise con ironia, "...ma ricorderai, anche, la sua affermazione di essere stato a cena da lei prima di prendere servizio."

"Ma non è detto che fosse ubriaco al punto di non ricordare l'ora del rientro di Bardi." Fascetti fece una pausa, quindi disse in tono conclusivo: "Allora... niente di concreto è emerso dal suo interrogatorio, che possa farci progredire nel- l'indagine..."

"Niente... Ma a qualcosa è servito. Ho potuto studiare le sue reazioni alle mie domande. Quasi sempre era palpabile un certo imbarazzo... o disagio. A tratti è apparso in difficoltà, a volte ambiguo. In uno o due casi si è caduto in contraddizione." Si interruppe per riflettere. "Ho avuto la sensazione che, anche se non è personalmente responsabile della morte di Morelli, un qualche ruolo potrebbe comunque avercelo avuto. Va' a capire, però, di che genere..."

"Ci vorrebbe un testimone che lo avesse visto quella notte dalle parti del parco Ravizza."

"E dove andiamo a pescarlo? Non credo che esista. Era notte fonda, e per giunta a causa del temporale non c'era in giro anima viva." Tacque di nuovo. "In conclusione, Carlo, se è vero che Bardi ha trasportato il cadavere di Morelli nella sua BMW, c'è un'unica possibilità per inchiodarlo, e tu sai qual è..."

"L'esame del Dna.

"Appunto... Ma anche sul quel fronte non siamo messi bene. Come sai Randone se ne sta occupando. Continua a dire che il campione di cui dispone è insufficiente e inadatto allo scopo. Tuttavia ci sta provando, e dovremmo conoscere il risultato nell'arco di cinque o sei giorni."

Seguì un breve silenzio, poi Fascetti disse come colpito da un pensiero improvviso: "A proposito... la telefonata. Quella che Bardi ha ricevuto al Cosmo Club mentre giocava a poker e prima di accusare il malore... Gli hai per caso chiesto di chi fosse?"

"Oh, quasi mi sfuggiva di riferirtene. Sì l'ho fatto, e lui mi ha detto che era della madre."

"L'hai verificata?"

"No, in quanto ha aggiunto che la vecchia è morta due settimane fa. Aveva ottantaquattro anni."

Il Crollo

67

Maldano si svegliò con un sussulto, e con la vaga sensazione che a destarlo fosse stato un rumore. Si concentrò per cercare di stabilirne la causa e la provenienza, ma senza riuscirvi. Si irrigidì e fu percorso da un brivido gelido, ma non per via dell'acqua ormai quasi fredda nella vasca. Adocchiò turbato l'orologio elettrico appeso alla parete sopra il lavabo: erano le dieci e mezzo, e aveva dormito per una ventina di minuti. Cercò di rilassarsi, gli occhi socchiusi. Fu in quel momento che gli sembrò di cogliere per una frazione di secondo – nella zona periferica del suo campo visivo, riflesso nello specchio del corridoio – il passaggio rapido di qualcosa che somigliava a una nuvola isolata, oppure all'ombra che un uccello, volando a bassa quota, proietta sul terreno in una giornata di sole. Girò di scatto la testa verso lo specchio, ma non vide che il soggiorno deserto e le tende della portafinestra sollevate dalla brezza.

Tenne gli occhi puntati in quella direzione, in attesa.

Era stato il frutto della sua immaginazione quello che aveva creduto di vedere, il frammento di un sogno svanito, oppure c'era qualcosa che si muoveva nell'appartamento immerso nella penombra?

Un pipistrello? Era possibile che volando alla cieca si fosse infilato per caso dentro il salone attraverso la portafinestra, restandovi intrappolato? Se così era, ora stava svolazzando impazzito per ritrovare la via di uscita. Forse, sbattendo contro le pareti aveva prodotto quel rumore sordo che lo aveva svegliato. Quegli uccelli notturni gli incutevano paura e ribrezzo.

In quell'istante, lo sfarfallio nello specchio si ripeté. Ma in modo troppo fugace – simile a un flash, o a uno sprazzo di memoria – perché potesse soffermarvi lo sguardo, e identificarne la natura. Quasi contemporaneamente gli giunse dal soggiorno un lieve trambusto, simile a quello che può produrre lo spostamento di una sedia sul pavimento.

C'era certamente qualcosa.

O qualcuno.

Gli venne la pelle d'oca, e i capelli gli si drizzarono sulla nuca. Lentamente, senza distogliere lo sguardo dallo specchio, si alzò in piedi e allungò una mano per prendere l'accappatoio appeso a un gancetto sulla parete. Uscì dalla vasca infreddolito, e se lo infilò stringendoselo addosso e legandolo in vita con la cintura. Le gambe gli tremavano e il cuore gli batteva forte, proprio come le ali di un pipistrello impazzito.

In un attimo valutò l'idea di barricarsi nel bagno, oppure nella camera da letto distante solo qualche metro. Ma la scartò subito sapendo che non sarebbe servita a proteggerlo. Perfino un ragazzo poteva sfondare, con un paio di spallate, quelle porte dalla fragile struttura.

E ora l'istinto gli diceva che non aveva a che fare con un ragazzo, e tanto meno con un pipistrello.

Un ladro o, ancora peggio, un sicario di Ragusa?

Pensò di scappare, ma l'unica via di uscita era la massiccia porta blindata dell'ingresso. Quando era rincasato nel pomeriggio, ne aveva chiuso, per maggior sicurezza, le due serrature dall'interno posando le chiavi sul ripiano del mobile antico in fondo al corridoio. Ora, per recuperarle avrebbe dovuto percorrerlo tutto, e poi ritornare sui suoi passi fino alla porta blindata e aprirla.

A parte il tempo che l'operazione richiedeva, l'inevitabile rumore avrebbe allertato l'intruso che, verosimilmente, si nascondeva da qualche parte nell'appartamento.

Si maledisse per non aver mai pensato di far installare un telefono nella stanza da bagno. Ora avrebbe potuto chiamare il 113.

Dio mio! Stava fantasticando? Tutta quella paura, non era forse la reazione dei suoi nervi tesi allo spasimo?

Si sforzò di ragionare. Era molto improbabile che qualcuno potesse penetrare nell'appartamento senza l'uso delle chiavi, a meno di usare l'esplosivo per abbattere la porta blindata. Né avrebbe potuto passare dalla terrazza del super attico sito all'ottavo piano, salvo che non si trattasse di un'acrobata o uno scalatore in grado di arrampicarsi su per la facciata dello stabile, irta di asperità.

Eppure non si sentiva di escluderlo in modo assoluto. Col cuore in gola si avviò, con fare circospetto e a passo lento, lungo il corridoio, in direzione del soggiorno, mentre si interrogava su come e con che cosa difendersi se fosse stato aggredito.

Il Crollo

La sua Sauer automatica si trovava nel ripostiglio, chiusa nel borsone, e i coltelli della cucina non erano esattamente a portata di mano. I candelieri d'argento massiccio! Ne afferrò uno da sopra il mobile antico e, brandendolo come una mazza da baseball, si affacciò sulla soglia del salone. Era una selva di fitte ombre, mobili, oggetti vari di arredamento, lampade, vasi contenenti piante ornamentali. Ma nulla si muoveva al suo interno. Fu tentato di accendere la luce, ma decise che non sarebbe stata una mossa saggia. Sentì il fruscìo della brezza sulla terrazza rischiaratạ dalla luna piena, e dal tenue riverbero dei lampioni stradali. Da viale Monterosa gli giunsero lo scalpiccio affrettato e le voci di alcuni passanti. Una risata. Poi il rumore di un auto che si fermò davanti all'ingresso, seguito dallo sbattere di una portiera.

Si portò al centro della sala e rimase immobile tendendo le orecchie fino allo spasimo. Poi si guardò intorno. Niente. Non c'era anima viva, né si sentiva volare una mosca. Di nuovo pensò che si era ingannato, forse per via di quella paura irrefrenabile che gli serrava lo stomaco. Trasse un profondo respiro nel tentativo di mitigarla.

Pensò che doveva controllare anche la terrazza. Fece scorrere la portafinestra fino ad aprirla del tutto, e uscì all'aperto. Una folata di vento, inaspettatamente freddo, quasi gelido, gli soffiò sul volto. Lanciò un'occhiata in giro. In ciascuno dei due angoli della vasta superficie, a ridosso del muro, c'era una enorme grasta di terracotta che conteneva una enorme Ficus Benjamin dal folto e rigoglioso fogliame, alta quanto un uomo. A destra, la sdraio da spiaggia di plastica bianca ricoperta da una stuoia di tela a strisce, su cui era solito rilassarsi dopo il lavoro, nelle calde serate estive.

Si accostò alla ringhiera e guardò in basso al giardino buio, e poi alla strada deserta di là dalla cancellata di ferro battuto. Il traffico era rarefatto, l'aria dolce impregnata dell'acuto, gradevole odore dell'erba tagliata di fresco.

"Ciao, Rosario, sono felice di rivederti."

Trasalì e si voltò di scatto al risuonare di quella voce familiare. Immobile, davanti alla portafinestra spalancata, c'era una scura sagoma umana.

"Tu!" esclamò sgranando gli occhi stupefatto. "Cosa diavolo ci fai qui?"

Dante Spampinato non rispose, ma uscì dall'ombra muovendo alcuni passi verso di lui, le mani affondate nelle tasche dei pantaloni.

"Come hai fatto a entrare?"

"Il duplicato delle chiavi, ricordi?"

Maldano annuì. Ora ricordava. Era stato lui stesso a procurarglielo quando avevano avviato la relazione. Aveva pensato che poteva tornargli utile nelle occasioni in cui dovevano incontrasi nel suo appartamento, e lui non era ancora rincasato. Il giovane non sarebbe stato costretto ad attenderlo sul marciapiede, con il rischio di essere notato.

"Non mi hai ancora detto perché sei qui..."

"Be', sono due settimane che non ti fai vivo. Ti neghi quando ti chiamo in banca, e sul telefono di casa c'è sempre la segreteria." Ebbe un mezzo sorriso mellifluo. "Allora ho pensato che se Maometto non va alla montagna..." Lasciò in sospeso il famoso adagio e parve riflettere. "Sembrerebbe quasi che tu non gradisca l'improvvisata, che non abbia piacere di rivedermi."

L'altro non replicò, ma disse: "Da domani sono in pensione, e parto per un viaggio."

"E naturalmente questa volta non puoi portarmi con te..."

"La nostra storia è giunta al capolinea, Dante."

"Perché?"

"Non c'è un perché. E' stato bello, ma ora è finita."

"Sicché dobbiamo dirci addio..."

"Purtroppo."

Rimasero in silenzio per qualche tempo, poi Dante disse a bruciapelo:

"Di' un po', Rosario, visto che parti..., non sarà per caso che stai pensando di squagliartela?"

Maldano sussultò. "Ma che ti salta in mente. Perché mai dovrei fuggire?"

"Perché hai paura."

"Ma paura di che?"

"Di don Vincenzo e della sua punizione per il grave sgarro che gli hai fatto."

"Di cosa diavolo parli? Quale sgarro?"

"Lo sai benissimo quale sgarro. Gli hai fatto perdere una montagna di soldi, e ora temi quello che potrebbe succederti."

Il volto di Maldano assunse una espressione terrorizzata. "Sei un suo uomo, non è vero?"

"Diciamo... un fedele servitore."

"L'ho sospettato fin dal momento in cui ha insistito perché tu fossi assunto alla Bpa. Gli fai la spia, non è così?"

"Lo tengo informato."

Maldano fece un smorfia. "Allora... cosa vuoi esattamente?"

Nella penombra della terrazza, gli occhi chiari del giovane lanciarono un guizzo di luce sinistra. "Non lo immagini? Di certo non ti chiederò di trascorrere insieme la classica notte d'addio..." Così dicendo mosse un passo verso di lui, lo sguardo aggressivo.

"Fermo! Resta dove sei!" l'altro urlò sollevando la mano destra in cui reggeva il candeliere. "Togli le mani di tasca e tienile bene in vista."

Dante obbedì.

"Non ti avvicinare se non vuoi avere la testa ridotta a poltiglia."

Il giovane lo fissò perplesso, quindi voltò appena il capo indirizzando lo sguardo verso una delle due Ficus Benjamin. Un leggerissimo fremito scosse il folto fogliame, e all'improvviso sbucò da dietro l'enorme pianta la figura di un uomo in camicia e jeans scuri, che con un paio di falcate raggiunse Dante e si fermò al suo fianco.

Maldano osservò la scena, e ne afferrò in un attimo il terribile significato. Le ginocchia gli si piegarono, e quel po' di energia che gli restava defluì dal suo corpo. Si sentì impallidire. Capì di essere un uomo morto.

Notò che il tizio vestito di scuro aveva una mano guantata abbandonata lungo il fianco, e quando la sollevò lentamente, distendendo il braccio, si accorse che stringeva qualcosa.

Una grossa pistola dalla canna allungata dal silenziatore.

"Noooo!" urlò con voce isterica in preda al terrore, sollevando ancor più la mano che impugnava il candeliere. Esitò per un secondo e poi, più in un gesto di disperazione che altro, lo scagliò contro i due uomini. Ma senza la forza necessaria il lancio fu troppo corto, e il pesante oggetto descrisse nell'aria un breve arco atterrando davanti ai piedi di Spampinato con un rumore metallico.

La pistola emise uno strano suono smorzato, simile a quello del dardo che, nel popolare gioco, va a conficcarsi nel bersaglio rotondo.

Il proiettile ad alto potenziale centrò Maldano in pieno petto. Fu scaraventato all'indietro andando a sbattere con la schiena contro la ringhiera, alla quale cercò di aggrapparsi istintivamente allargando le braccia e muovendo convulsamente le mani.

Ma il killer non gli concesse tregua: fece due passi in avanti e, da distanza ravvicinata, premette di nuovo il grilletto ripetutamente e rabbiosamente, puntando al viso. La faccia abbronzata dell'uomo sembrò spaccarsi come per un'esplosione, e zampilli di sangue misto a materia celebrale schizzarono l'accappatoio e il pavimento mattonato della terrazza.

Stramazzò pesantemente al suolo a faccia in giù, restandovi perfettamente immobile.

Dante gli si avvicinò e lo guardò. Poi si chinò e, afferratolo per un braccio, lo rivoltò supino. Rimase a osservarlo a lungo, lo sguardo che non tradiva la benché minima compassione.

Da quello che restava del volto dell'ex dirigente della Bpa, gli occhi scuri sbarrati dalla morte lo fissavano con una espressione incredula.

"E' fatta", disse Rocco Sorge che stava un po' discosto dietro di lui. "Ora andiamo a dirlo a don Vincenzo", soggiunse mentre svitava con calma il silenziatore caldo dalla canna della pistola.

68

Il commissario Lopez ripiegò con cura il *Corriere della Sera*, e lo posò alla sua destra sul ripiano della scrivania. Aveva appena completato la lettura dell'articolo in prima pagina, che riportava la notizia della morte di Maldano. Quella mattina tutti i mass media le davano grande spazio con uniformità di dettagli, alcuni soffermandosi a interpretare certi particolari strani o significativi. *ALTO DIRIGENTE DI BANCA ASSASSINATO NEL SUO APPARTAMENTO*, titolava il *Corriere* in prima pagina.

Il Crollo

Il cronista esordiva riferendo del ritrovamento del cadavere col volto crivellato di colpi d'arma da fuoco, sulla terrazza del suo appartamento, il mattino del giorno precedente. Era stata la moglie a fare la macabra scoperta al suo rientro dalle vacanze in Liguria. Seguiva una breve biografia di Maldano, la descrizione del suo ruolo in seno alla Bpa e della sua carriera professionale. Non mancavano interrogativi e congetture sul possibile movente del delitto.

Quasi tutte le testate ventilavano l'ipotesi di un qualche collegamento con le recenti voci negative che circolavano sulla Bpa, e che ne avevano provocato il crollo in Borsa. In particolare, l'attenzione era puntata sulle illazioni di una sua presunta attività di riciclaggio di proventi di attività illecite, in cui era implicato un alto dirigente non identificato. Veniva adombrato il ragionevole sospetto che potesse trattarsi della vittima. Se fosse stato confermato, si precisava, non sarebbe parsa peregrina la tesi di un regolamento di conti, quale movente, nell'ambito di una certa criminalità organizzata. Come sempre nei casi di sua competenza, Lopez si era portato rapidamente sulla scena del crimine assieme al medico legale. La squadra della Scientifica era sopraggiunta dopo una decina di minuti. Si era intrattenuto con la moglie che gli aveva descritto i particolari del ritrovamento. Non gli era parsa particolarmente rattristata dal lutto che l'aveva colpita.

Aveva quindi fatto un rapido giro di ricognizione alla ricerca di indizi che saltassero all'occhio. Non ne aveva trovati, se si eccettuavano i bagagli pronti, stipati nel ripostiglio, che lasciavano pochi dubbi sul fatto che Maldano fosse in procinto di levare le tende. Dappertutto nell'appartamento l'ordine regnava sovrano.

Era quindi uscito sulla terrazza e vi aveva trovato il patologo chino sul cadavere, intento a esaminarlo sommariamente, in anticipo dell'autopsia. Due tecnici della Scientifica in guanti di lattice e camice bianco scattavano fotografie.

"Un colpo al torace, e poi otto tutti in faccia", gli aveva detto il medico sollevando il viso dall'espressione disgustata. "Hanno svuotato il caricatore della pistola. Il decesso dovrebbe risalire a sei o sette giorni fa." Era una stima avvalorata dal tanfo insopportabile della carne in rapida decomposizione, che ammorbava l'aria calda del mattino. Sciami di mosche ricoprivano ronzando il volto martoriato, incrostato di sangue rappreso. Lopez si era coperto con una mano la bocca e il naso, come per respingere una ondata di nausea. Si era soffermato a osservare il viso devastato dalla gragnola di proiettili. Era irriconoscibile rispetto a quello dell'uomo che aveva incontrato nell'agosto scorso, per un colloquio subito dopo la morte di Morelli.

A fornire lo spunto ai media per le congetture sul possibile movente del delitto, avevano contribuito, in una certa misura, le dichiarazioni dello stesso Lopez , durante una breve conferenza stampa a cui non aveva potuto sottrarsi, al termine del sopralluogo.

"E' possibile, commissario...", aveva chiesto il cronista di una rete televisiva, "...ipotizzare il tentativo di rapina, posto in atto da balordi mentre la vittima era intenta a fare il bagno, e degenerato in omicidio quando questa li ha colti sul fatto?"

Lopez aveva scosso il capo con vigore, dicendo: "E' lampante che non può trattarsi di rapina. Anzitutto per l'assenza di segni di effrazione alla porta di ingresso dell'appartamento, e, in secondo luogo, per il fatto che non è stato messo a soqquadro. Infine, neppure uno dei numerosi oggetti di gran valore che contiene è stato asportato, e ciò malgrado si trovassero tutti in bella vista."

"Quindi abbiamo a che fare con un omicidio premeditato, mi sembra di capire..."

"Certamente... viste anche le modalità con cui è stato commesso. Maldano doveva conoscere molto bene il suo assassino, se questi è riuscito a penetrare nell'alloggio senza incontrare ostacoli di sorta."

"A proposito delle modalità di esecuzione...", aveva chiesto un altro giornalista, "...ha qualche idea di cosa possa aver spinto l'omicida a infierire sulla vittima in un modo tanto crudele?"

"E' una domanda alla quale non siamo ancora in grado di rispondere."

Un giornalista con un registratore, aveva allungato un microfono verso di lui chiedendogli: "E' ragionevole, commissario, ravvisare in questo crimine connessioni con certe indiscrezioni che circolano sul conto della Bpa?" Lopez aveva riflettuto un po' prima di rispondere. Alla fine si era barricato dietro un si-

gnificativo 'no comment', ponendo così termine alla conferenza, ma assicurando che ulteriori dettagli sarebbero stati diramati nel corso dell'inchiesta.
Ora si grattò la sommità del capo con aria incerta. "Che ne pensi, Carlo?" chiese a Fascetti che sedeva davanti alla scrivania, le mani posate sulle ginocchia
Il giovane si strinse nelle spalle. "Cosa vuoi che ti dica, Antonio... Mi viene soltanto da osservare che se Maldano era il mandante dell'assassinio di Morelli, ora porta con sé il segreto nella tomba... Svanisce ogni speranza di provarlo."
"Conosci il mio scetticismo su questa ipotesi. E comunque se fosse fondata, sai che sono sempre stato dell'idea che non sia ricorso al suo amico di Palermo. Continuo a essere persuaso che quello non sia un omicidio imputabile a Cosa Nostra."
"E questo, invece?
"E' un altro paio di maniche: presenta tutti i crismi del delitto di mafia."
"Per esempio?"
"La discrezione, anzitutto. Hanno usato una 357 Magnum a proiettili dirompenti, di certo munita di silenziatore dato che nessuno ha udito gli spari. Poi, la ferocia spropositata con cui la morte è stata inflitta." Si fermò un attimo a riflettere, la fronte corrugata.
"Sarebbe bastato un solo proiettile, due al massimo, e invece gli hanno esploso un colpo al petto e poi altri otto tutti sul volto, a distanza ravvicinata, sì da sfigurarglielo. Glielo hanno reso irriconoscibile."
"Mi domando... a che scopo?"
"Per quello che ne so della mafia, non mancano casi in cui il tipo di assassinio e le modalità dell'esecuzione ne indichino, a chi sia in grado di decifrarle, le ragioni e le motivazioni. Ora... è molto probabile che Maldano si fosse macchiato di una colpa tanto grave da meritare soltanto la morte, e per giunta violenta e crudele fino a quel punto."
"Qualche idea del genere di colpa?"
"Vallo a indovinare... Ci si può soltanto fare qualche congettura. Se è vero che Maldano era dentro fino al collo nel riciclaggio in Borsa di denaro mafioso, allora si può pensare a qualche sua manchevolezza che, dato che c'erano di mezzo

grossi interessi economici, potrebbe aver arrecato gravi danni all'Organizzazione."

Fascetti annuì. "Pensavo al recente crollo della Borsa. Chissà che non vi sia un collegamento…"

"Ah sì, certo… Che possa essere in qualche modo all'origine di questo omicidio, non mi sento di escluderlo. Ma analizziamo i fatti così come li abbiamo appresi recentemente dalla stampa." Si fermò per qualche secondo come per riordinare le idee. "Dunque… la Bnc, una delle più importanti banche italiane, progetta un'Opa sulla Bpa – di cui Maldano è un alto dirigente – per acquisirne la proprietà. Ma proprio nel momento in cui sarebbe sul punto di darne pubblico annuncio, comunica attraverso un'agenzia che non è niente vero, e che sono infondate le indiscrezioni che in proposito circolano da qualche giorno.

"Passa una decina di minuti, e si diffonde la notizia che, secondo una fonte anonima, la Bnc avrebbe deciso di rinunciare all'Opa, già da tempo deliberata e autorizzata, avendo appreso della esistenza di una grosso buco nel bilancio della Bpa. Ma non è tutto. Si aggiungono voci incontrollate che sostengono che la banca sarebbe da tempo nel mirino della Guardia di Finanza, in quanto sospettata di essere dedita, nella persona di un suo alto dirigente, a transazioni di riciclaggio di denaro di origine illegale." Fece una smorfia. "Una miscela esplosiva, quindi. Quanto è bastato per far crollare il titolo in Borsa, che si è trascinato dietro l'intero listino."

"Nella persona di un suo alto dirigente…", Fascetti disse a bassa voce come parlando a sé stesso, sollevando lo sguardo a un punto alto sulla parete. "Chi altri se non Maldano?"

"Appunto. A mio avviso è probabile che lui e il suo amico di Palermo – per conto del quale riciclava in Borsa i proventi illeciti – siano stati travolti da questa nuova e improvvisa ondata ribassista, e ci abbiano lasciato le penne. In questa circostanza, Maldano potrebbe aver compiuto qualche passo falso, tanto grave da farlo cadere in disgrazia del suo amico. Da qui la feroce esecuzione."

Fascetti fece un cenno di assenso pensoso.

"Tutta la faccenda non è priva di altri aspetti a dir poco misteriosi", Lopez continuò lisciandosi il mento. "Me ne parlava ieri sera Giorgetti, quel capitano della Guardia di Finanza del quale ricordo di averti già parlato. Da tempo sta indagando in segreto sulla Bpa. Non si capisce, lui dice, la ragione per la quale, a dispetto delle indiscrezioni che circolano sul conto della Bpa, sia Bankitalia che i vertici dell'Arma, non abbiano ancora disposto un'inchiesta ufficiale che ne accerti la fondatezza o le smentisca. Non hanno mosso una sola foglia, dando così la sensazione di una forte inclinazione a non voler sentire, certi che col tempo sulla faccenda calerà l'oblio." Scosse la testa.

"Sarà per via di forti pressioni che ricevono dall'esterno da certi poteri forti ai quali potrebbe non andare a genio che l'inchiesta abbia corso, perchè scoperchierebbe certi altarini."

"Può anche darsi che sia la stessa Mafia a non volerla, se è vero che Maldano ne riciclava il denaro sporco. Non ci sarebbe da meravigliarsi se ci fosse il suo zampino. Sono ben noti fenomeni di commistione, complicità o compiacenza che dir si voglia, con Cosa Nostra, che proliferano ai vertici di alcune istituzioni oltre che nella politica."

"Già... la lunga mano dell'Onorata Società...", Fascetti commentò sorridendo.

"Ma c'è un altro mistero..." Lopez inarcò le sopracciglia fissando il detective. "La fonte delle indiscrezioni... Giorgetti ha saputo di una lettera anonima che il presidente della Consob avrebbe ricevuto proprio il mattino in cui l'Opa stava per essere resa di dominio pubblico. Ha avvertito tempestivamente il vertice della Bnc, che ha deciso, lì per lì, di fare retromarcia. C'è il convincimento che l'autore della lettera non possa che essere una talpa annidata nella Bpa, bene informata e animata da spirito di vendetta per qualche torto subito."

Fascetti assunse una espressione meditativa come soppesasse quell'informazione. Disse: "Mi viene spontaneo pensare che se Morelli fosse in vita e latitante, oggi sarebbe il più sospettabile come delatore anonimo. Aveva tutte le ragioni di questo mondo per danneggiare la banca e lo stesso Maldano. Basti pensare alla grave onta che gli avevano fatto subire rimuovendolo dall'incarico, ed emarginandolo nel suo stesso ambiente di lavoro."

"Già... ma a proposito di Morelli..., stavo per dirti che sembra naufragata anche l'ultima speranza di incastrare Bardi per il suo omicidio."

"Il test del Dna non ha funzionato?"

"No, purtroppo. Il campione si è confermato inadatto e insufficiente."

"E ora?"

"Niente... salvo che a breve non emerga qualcosa di nuovo e di clamoroso che ci consenta di incriminare Bardi o qualcun altro, il magistrato sarebbe indirizzato ad archiviare il caso, magari derubricandolo a semplice incidente stradale."

"Qualcun altro, dici... E chi?"

"Non ho in mente nessuno in particolare... Se Bardi fosse davvero innocente, non resterebbe che sospettare qualcuno di quei clienti di Morelli con i cui soldi era fuggito. Ma sono troppi da setacciare a uno a uno; indagare in quell'ambito sarebbe una perdita di tempo, e sono certo che non ne caveremmo un ragno dal buco."

Furono interrotti dallo squillo del telefono sulla linea interna. Lopez afferrò il ricevitore sbuffando.

"Avevo raccomandato di non disturbarmi", disse seccamente appena portateselo all'orecchio. Ascoltò con aria annoiata quello che gli veniva riferito dall'altro capo del filo. "Ora non posso vedere nessuno, sono occupatissimo", disse brusco. "Che ripassi oggi pomeriggio, o, ancora meglio, domattina."

L'autore della telefonata dovette replicare con veemenza e con valide argomentazioni, perchè Fascetti si accorse che l'espressione scocciata del commissario si trasformò di colpo in interessata. "Allora lo ricevo subito. Fallo salire."

"Era la portineria", disse mentre riponeva la cornetta. "C'è un tizio che chiede espressamente di parlare con me per una importante questione."

"Ha detto di che genere?"

"Sì... e indovina un po'?"

Fascetti ci pensò su. "Non ne ho la minima idea... Perché mai dovrei essere in grado di indovinare?

"Perché si tratta del caso Morelli."

"Ma va'!" esclamò. "Nomini il diavolo e compaiono le corna, vien proprio da dire."

69

Bussarono piano alla porta.

"Avanti!" Lopez disse. Sulla soglia comparve un uomo sulla cinquantina di statura media, semicalvo, magro salvo che per il ventre prominente. Il volto giallognolo dalla fronte molto larga e il mento aguzzo, facevano pensare a un triangolo isoscele. Gli occhi affossati in larghe occhiaie nere, avevano, pur tuttavia, una espressione pronta e lievemente ironica. Indossava una camicia celeste con le maniche rimboccate fino ai gomiti, e un paio di calzoni avana stazzonati e un po' strusciati sulle ginocchia.

"Mi scusi l'interruzione, commissario...", disse attraversando lentamente la stanza con un'aria che tradiva un certo disagio, gli occhi che guizzavano qua e là senza sosta.

"Venga pure avanti... si accomodi." Lopez gli indicò la sedia accanto a Fascetti mentre lo squadrava da capo a piedi. "Mi dica."

"Mi chiamo Ugo Tanzi, e di mestiere faccio il tassista da oltre trent'anni", il nuovo arrivato esordì.

"Capisco..." Lopez annuì, ma subito lo incalzò dicendo: "Allora Tanzi... ha riferito in portineria di avere qualcosa di interessante da comunicare sul caso Morelli. Vuole spiegarmi di che cosa si tratta?"

"Che sia o no interessante sarà lei a giudicarlo, commissario. Io mi limito a segnalarglielo."

"D'accordo... l'ascolto."

"Mi consente una breve premessa?"

"Certamente."

"Vede... sono un accanito lettore di romanzi gialli, e mi piacciono i fatti di cronaca nera. Di quelli che più mi intrigano ne seguo gli sviluppi. Il caso Morelli è uno di questi, ne conosco tutti i particolari fin dall'inizio." Fece una pausa. "Ora... stamattina il quotidiano *la Repubblica* riportava la notizia che è ancora aperto. Mi sono allora chiesto se alla polizia interessi sapere che ho avuto Morelli come mio passeggero proprio il giorno della sua scomparsa, ossia il 19 luglio scorso."

Lopez batté le ciglia. "E si fa avanti soltanto ora, a distanza di due mesi?"

"C'è una ragione, commissario: è passato del tempo prima che io stesso me ne rendessi conto."

"Non la seguo."

"E' stato quando ho visto per la prima volta, il tre agosto scorso, la sua foto su un quotidiano che dava la notizia della scoperta del suo cadavere vicino al parco Ravizza. Ho avuto l'impressione immediata che fosse un volto che avevo già visto." Tacque e fissò per un attimo i suoi interlocutori. "Considerato il mestiere che faccio, ho pensato che dovesse trattarsi di un cliente, ma il problema era che non ricordavo dove e quando lo avevo prelevato e poi portato. Dato che il caso mi interessava, ho cominciato a spremermi le meningi."

Lopez fece una smorfia scettica. "Andiamo, Tanzi... non mi dirà che un tassista che trasporta decine di persone al giorno, possa pretendere di riuscire a riconoscerne una dalla foto sfocata di un giornale. Come fa ad averne la certezza? A meno di essere dotato di una straordinaria memoria fotografica."

"Non posseggo questo dono", l'uomo replicò sorridendo. "Ma non mi dica che non le è mai capitato, commissario, di imbattersi in qualcuno con la sensazione di averlo già visto prima, e di scervellarsi invano per cercare di ricordare dove. E' probabile che alla fine abbia avuto una improvvisa botta di memoria e ci sia riuscito... A me è accaduto lo stesso guardando la foto di Morelli sul giornale, ma ho cercato di darmene una spiegazione logica. Mi sono detto: se mi sembra di conoscerlo, sarà perché, probabilmente, trasportandolo nel mio taxi qualcosa di lui mi ha colpito. Qualche particolare strano al punto che la sua faccia mi è rimasta scolpita nella mente."

Lopez strinse le labbra. "E ovviamente non aveva idea di cosa potesse trattarsi..."

"In quel momento no, purtroppo. Ho continuato ad arrovellarmi per qualche tempo, finché ho accantonato la cosa temporaneamente in un recesso della mia mente ." Tacque per un attimo prima di proseguire. "Sennonché ieri sera mentre guardavo il telegiornale delle venti sulla prima rete Rai, la mia attenzione è stata catturata da un servizio sullo sciopero dei controllori di volo all'aeroporto di Linate, indetto per oggi. Mi sono dato una manata sulla fronte. Una scintilla mi è scoccata nella testa, e di colpo ho ricordato: era proprio lì che lo avevo preso a bordo."

Il Crollo

"A Linate, il diciannove luglio."

"Esatto."

Lopez e Fascetti si scambiarono un'occhiata significativa. Quella era effettivamente la data in cui il funzionario della Bpa si era reso irreperibile volando a Londra nel primo pomeriggio, e tornando a Milano in tarda serata. Il commissario lo aveva scoperto controllando gli elenchi dei passeggeri. Aveva sospettato una messinscena da parte di Morelli tesa a mettere su una falsa pista quanti avessero cominciato a dargli la caccia dopo che era scomparso.

"E ammettiamo pure, Tanzi, che alla fine lei sia riuscito a ricordare dove lo aveva prelevato..., ma anche la data esatta... be', francamente mi sembra incredibile..."

"Eppure ne sono certo. Il diciannove luglio avevo ripreso il servizio al termine delle vacanze, capisce? Non esultavo per la gioia, e per di più faceva un caldo boia. Era stata una di quelle giornate di stanca, tipiche della stagione estiva. Non avevo battuto chiodo, o quasi, per tutto il pomeriggio. Alle dieci di sera mi trovavo al posteggio di piazza Duomo e avevo deciso di rientrare, quando mi capita un servizio per Linate. Raggiungo l'aeroporto alle dieci e quaranta, e mollato il passeggero, mi metto in fila con gli altri taxi in attesa dell'ultimo volo da Londra previsto per le ventitré. Atterra alle ventitré e dieci. Aspetto con pazienza che comincino a sfilare dall'uscita i primi passeggeri. In breve si forma la coda sul marciapiede lungo la transenna. Presto arriva il mio turno e sul taxi sale questo giovane sulla trentina, di statura media, molto bruno di carnagione."

Tanzi parlava svelto e con eccitazione. Si fermò come per riprendere fiato. Lopez ne approfittò per domandargli: "Allora... cos'è che ha notato in lui di così strano da farglielo riaffiorare alla memoria quando lo ha rivisto sulla foto del giornale?"

"Niente del suo aspetto fisico. Mi ha molto incuriosito il fatto che non avesse bagagli. Non una valigia, non una borsa e neppure una ventiquattrore. Niente di niente." Fece un'alzata di spalle. "Insomma... mi è parso anormale che uno arrivi dall'estero senza nemmeno un fagotto. Come me, era un tipo molto loquace e strada facendo non abbiamo fatto altro che chiacchierare. Mi ha confermato che veniva da Londra e ha soddisfatto la mia curiosità per l'assenza di bagagli, affermando che si era trattato di un viaggio lampo. Partito nel primo pomeriggio, ritornava dopo una breve sosta all'aeroporto di Heathrow per un importante incontro di affari."

Lopez annuì a esprimere consenso per quanto aveva ascoltato. Il particolare che Morelli viaggiasse senza bagagli, pensò, insieme alla lunga conversazione durante il tragitto verso Milano, doveva aver stimolato in parte la memoria del tassista quando lo aveva rivisto il tre agosto sulla foto del giornale. Il servizio della televisione sullo sciopero a Linate aveva fatto il resto.

"Per quanto sia ormai irrilevante saperlo dato che Morelli è ormai deceduto," Lopez disse, "rammenta anche dove lo ha lasciato?"

Tanzi ebbe uno strano sorriso. "Non credo sia irrilevante, commissario. Anzi, mi sembra che questo sia l'aspetto più bizzarro di tutta la faccenda, al punto che mi ha fatto decidere di venire da lei per segnalarglielo." Si fermò per un momento. "Ora... siccome ho ben presente che il diciannove luglio è la data della sua scomparsa, mi pare molto strano che quella sera, ritornando da Londra, mi abbia chiesto di portarlo a una villetta in San Siro situata proprio di fronte alla Montagnetta e che, prima di scendere, mi abbia detto...", guardò prima Lopez e poi Fascetti, "...che era lì che abitava."

70

Fascetti abbassò il vetro del finestrino della Golf per permettere alla fresca brezza del mattino di invadere l'abitacolo. L'effetto ventilante sulla pelle sudata gli procurò una gradevole sensazione, ma non agì abbastanza in profondità da alleggerire il peso che gli gravava sullo stomaco.

L'orologio digitale sul cruscotto segnava le dieci.

Da quando aveva lasciato la questura mezz'ora prima, diretto a San Siro, non faceva che interrogarsi sul significato e la portata di quella stupefacente rivelazione del tassista. Era qualcosa che, approfondita, poteva condurre a una svolta decisiva del caso Morelli? Non poteva escluderlo. Accertarlo era l'ingrato compito che Lopez gli aveva affidato, e a cui ora si ac-

cingeva. Ancorché non gli piacesse, era ben conscio dell'esigenza di affrontarlo.
E subito.

Percorso un lungo tratto della circonvallazione e dopo aver oltrepassato piazzale Lotto, svoltò in via Cimabue, e la percorse fino in fondo svoltando poi a sinistra, e lasciandosi sulla destra il centro sportivo XXV aprile: una struttura dotata di pista di atletica, campi da tennis e da bocce. Parcheggiò di fronte al Monte Stella. Frotte di giovani in tenuta da jogging correvano alle falde e su per le pendici della collinetta.

Un gruppo di ragazzini giocava a pallone. Dall'altra parte della strada sorgeva quella graziosa villetta di pietra grigia dove Morelli aveva abitato prima di scomparire. Rimase immobile a osservarla per qualche minuto, lo sguardo pensieroso. Quindi scese dalla macchina.

"Toh, guarda chi si rivede!" Chiara esclamò sinceramente sorpresa quando aprì la porta. "E proprio quando ormai disperavo che ti rifacessi vivo..." Il volto le si illuminò di un largo sorriso in cui lui colse quella sfumatura civettuola, che già le aveva notato nelle precedenti visite.

La studiò squadrandola da capo a piedi, come per accertarsi che avesse l'aspetto stupendo di sempre. Indossava una camicetta stretta in vita, di seta bianca ricamata, molto aperta sul petto, sopra una minigonna mozzafiato aderentissima, di un lucido tessuto nero. Il tutto esaltava i perfetti contorni del suo corpo, lasciando ben poco spazio alla fantasia.

"Dovrei parlarti... posso entrare?" Il detective si sforzò di apparire normale, ma non riuscì a mascherare una lieve traccia di tensione nella voce. .

Il sorriso scomparve dalle labbra della giovane. "Prego, accomodati pure."

Lo precedette all'interno del grande soggiorno e gli indicò il solito divano verde. Gli si sedette accanto e lo guardò con una espressione a metà strada tra interrogativa e perplessa.

Gli chiese a bassa voce: "Che c'è, Carlo? Mi sembri strano..." Lo scrutò in volto. "Cosa ti succede?"

Accavallò le splendide gambe lunghe e abbronzate facendo sì che l'orlo della gonna cortissima salisse a scoprire gran parte della coscia.

Lui reagì con indifferenza a quella mossa palesemente seduttiva, continuando ad avvertire una forte sensazione di peso sullo stomaco. Non era estraneo a simili comportamenti della giovane. Ricordò quella chiara avance che gli aveva rivolto mentre erano seduti proprio su quel divano, la seconda volta che era venuto a farle visita dopo la morte di Morelli, e a cui aveva ritenuto opportuno di non cedere.

"E' di Claudio che devo di nuovo parlarti", le disse.

"Ah, cosa c'è? Hai scoperto qualcosa?" gli chiese con fare guardingo.

"Direi proprio di sì."

"Cioè?"

"Ha a che fare con la sua scomparsa nel luglio scorso."

"Vale a dire?"

"Credo di aver scoperto che...", esitò, "...per quanto ti riguarda lui non era affatto sparito."

Lei sbatté le palpebre. "Di cosa diavolo stai parlando, Carlo?" Lo fissò con aria confusa, e Fascetti pensò che simulasse in modo perfetto, che forse neppure lei sapesse bene dove passava il confine tra la verità e la menzogna.

"Intendo dire che si era reso irreperibile, che non si era più fatto vedere in giro, ma senza mai muoversi da questa casa."

"Stai scherzando, vero?" Sgranò gli occhi.

"No, purtroppo."

"So che sei un uomo di grande intuito, Carlo. Me ne hai già dato ampia dimostrazione quando hai capito che non ero sua sorella. Ma stavolta hai toppato."

"In questo caso non si tratta di intuito."

"Allora è fervida immaginazione. Se nei sei dotato vuol dire che fai il lavoro sbagliato. Saresti un ottimo scrittore di copioni teatrali o cinematografici."

"E tu sei un'attrice maledettamente brava", lui la rimbeccò. "Saresti perfetta in un ruolo da protagonista, sempre che ci fosse in giro un regista disposto a scritturarti..."

"Questa volta hai preso un granchio colossale."

"Mi spiace, ma questa volta ho la prova concreta di ciò che affermo."

Il detective abbozzò un sorriso.

"E sarebbe?"

Il Crollo

"Claudio era scomparso con la sua Rover il diciannove luglio. Giusto?"

Lei annuì.

"E il giorno dopo tu avevi sporto denuncia ai carabinieri, non è così?"

"Esatto."

"Sappiamo che aveva lasciato la macchina nel parcheggio custodito dell'aeroporto di Linate, ed era volato a Londra nel primo pomeriggio. Quello che tu non sai è che dopo la sua morte il commissario Lopez aveva accertato che era rientrato a Milano nella tarda serata di quello stesso giorno. Ma soltanto stamattina è stato riferito alla polizia che in realtà dall'aeroporto era ritornato qui, a casa propria."

"Riferito da chi?"

"Dal tassista che lo aveva prelevato a Linate." Fece una pausa. "Ha dichiarato di aver riportato l'impressione di un volto noto guardando la sua foto apparsa su uno dei quotidiani che davano la notizia del ritrovamento del suo cadavere al parco Ravizza, nella notte tra il due e il tre agosto. Era certo che fosse stato un suo passeggero, ma dove lo aveva caricato e trasportato lo ha ricordato con precisione soltanto ieri, e stamattina ha deciso di farsi avanti segnalandolo alla polizia."

Ora lei non replicò, ma rimase a lungo in silenzio, lo sguardo mesto abbassato sul pavimento, le mani intrecciate. Il detective pensò che la recitazione fosse terminata.

A un tratto fece una smorfia scrollando le spalle. "Sono stata più volte tentata di raccontarti tutto", disse quasi in un sussurro, "ma non l'ho fatto perché temevo ripercussioni se tu l'avessi riferito alla polizia. Inoltre non volevo deturpare ulteriormente l'immagine di persona inaffidabile, che, pensavo, tu ti fossi ormai formato di me..."

Lui annuì comprensivo.

"Questo posso capirlo, Chiara, ora però devi svuotare il sacco. Voglio che tu mi racconti tutto quello che sai, partendo dall'inizio e fino a quella notte del due agosto in cui Claudio è deceduto."

Con un movimento brusco lei cambiò posizione sul divano facendo fluttuare la folta capigliatura rossa. "D'accordo...", disse annuendo.

"Per cominciare…, spiegami quando è nata l'idea della finta fuga, e perché." La fissò stringendo gli occhi come per studiarla.

"Nel momento in cui in banca si è sparsa la voce che Claudio sarebbe stato rimosso dall'incarico con la motivazione di aver commesso delle irregolarità, e abusato delle sue facoltà di funzionario."

"Quando esattamente?"

"Una settimana prima che ciò si verificasse."

"Ti ha precisato che genere di manchevolezze gli erano state addebitate?"

"Restava sempre molto abbottonato, anche con me, quando c'era in ballo il suo lavoro. In quella circostanza, però, mi ha accennato a qualcosa di spiacevole che gli era successo nella gestione di quel denaro che gli era stato affidato da un gruppo di amici. La banca ne era venuta a conoscenza e l'aveva presa molto male, al punto da decidere di destituirlo."

Fascetti annuì pensando che questo corrispondesse grosso modo a quello che Maldano gli aveva riferito quando era andato a fargli visita, appena ricevuto da Gargiulo l'incarico di indagare sulla morte di Morelli. Sembrava, però, che quest'ultimo le avesse taciuto la vera natura della manchevolezza, rappresentata dall'uso che faceva della modulistica della banca per rilasciare ricevute di versamento ai suoi clienti e con la propria firma, a fronte dei fondi che riceveva e che manovrava in Borsa in proprio. Ricordò, anche, che Maldano gli aveva accennato al fatto che il defunto era sospettato di percepire tangenti da quegli agenti di cambio a cui appoggiava gli ordini di compravendita.

"Va' avanti", la incalzò.

"Quando è rincasato la sera del diciassette luglio era stravolto e amareggiato come mai lo avevo visto prima. Quello che era nell'aria da qualche tempo si era alla fine avverato. Mi ha detto che il capo del personale lo aveva convocato per contestargli le sue responsabilità e per comunicargli che era stato sollevato dall'incarico con decorrenza immediata. Tuttavia gli aveva assicurato che, appena possibile, gli sarebbe stata assegnata la direzione di un altro servizio, altrettanto prestigioso. Quella sera abbiamo discusso a lungo per mettere a punto quel piano che avevamo in mente, con cui Claudio si sarebbe eclissato ma restando in casa, e decidemmo di porlo in atto nel giro di qualche giorno." Si fermò come per riflettere, scuotendo la testa. "Ma quello che gli è accaduto il giorno dopo lo ha indotto ad accelerare i tempi. Al mattino, appena entrato nell'atrio della banca, lo avvicina un commesso della direzione che lo prega di seguirlo. Lo guida fino all'area retrostante il salone del pubblico fermandosi davanti alla porta chiusa di un locale. La apre e poi si fa da parte per consentirgli di entrare dicendo che quello è il suo nuovo ufficio che la direzione gli ha fatto allestire. Nel vederlo, Claudio resta sbalordito e si sente profondamente umiliato. Mentre me lo descriveva gli vedevo la collera dipinta sul volto. Si trattava di un ambiente squallido e tanto angusto da risultare più adatto come ripostiglio o deposito per gli addetti alle pulizie. La superficie era talmente limitata da consentire lo stretto essenziale come arredamento: una piccola scrivania in laminato bianco, del genere di quelle riservate al personale impiegatizio, due sedie, e, addossato al muro sotto l'unica stretta finestra che dava sul cortile, un basso mobile malconcio con ripiani traboccanti di vecchi quotidiani e riviste finanziarie. Non c'era neppure un telefono." Tacque e si mosse per accavallare di nuovo le gambe. "Si è sentito come messo alla gogna."

"Capisco…", Fascetti annuì senza distogliere lo sguardo interessato dal volto della giovane.

Lei rimase in silenzio mentre si scostava dall'occhio sinistro una ciocca di capelli. "Quando è tornato a casa quella sera sprizzava rabbia da tutti i pori. Dopo avermi raccontato tutto, mi ha spiegato che quella manovra di brutale emarginazione a cui era stato sottoposto, era mirata a umiliarlo ed esasperarlo per costringerlo a dare le dimissioni. Volevano sbarazzarsi di lui, ma non potevano licenziarlo. Altro che direzione di un altro prestigioso servizio! Non sarebbe mai accaduto. Mi ha detto che non sopportava di rimanere in quella banca un giorno di più, e che pertanto quello stratagemma che avevamo escogitato doveva partire subito. Il mattino dopo, il diciannove luglio, come da programma, ha preso la macchina e si è recato a Linate lasciandola nel parcheggio custodito del terminal prima di prendere il volo per Londra da dove è rientrato nella tarda serata. Il venti ho sporto denuncia di scomparsa ai carabinieri. Del seguito sei ora a conoscenza."

Fascetti ci pensò su per qualche secondo prima di dire: "Puoi confermarmi, Chiara, che in sostanza Claudio è stato costretto a togliersi di torno per via delle pressanti richieste di rimborso che riceveva dai quei suoi clienti personali i cui soldi amministrava, e che non poteva più soddisfare?" Fece una pausa. "Immagino si fosse reso conto che la notizia del suo allontanamento dal Servizio di Borsa si sarebbe rapidamente diffusa, peggiorandogli la situazione."

"Magari fosse stato soltanto quello il motivo..." Scosse la testa. "No, la ragione era di ben altra gravità..."

"Ossia?"

"Claudio si era convinto che con la sua uscita di scena da quel servizio, si sarebbe trovato a dover temere per la propria di vita." Lo guardò diritto negli occhi. "A un certo momento mi ha confidato di essere a conoscenza di certi affari illeciti a cui era da tempo dedito un grosso esponente della banca. Lui vi era rimasto invischiato perché aveva accettato di collaborare nella loro realizzazione, finendo per rendersi conto che se fosse uscito dal giro, quel tale avrebbe potuto farlo sopprimere, considerandolo una grave minaccia in quanto poteva esporlo. Questa la ragione, mi ha detto, per cui doveva sparire. Con quel viaggio lampo a Londra intendeva mettere su una falsa pista chiunque gli avesse dato la caccia. Anche se non era una mossa indispensabile, dopo averla compiuta si sentiva più al sicuro."

"Nessun accenno a chi fosse questo losco personaggio, né al genere di affari, naturalmente..."

"No. Non è sceso nei particolari, e, a dire il vero, a me non interessavano."

Fascetti annuì. Era la conferma della fondatezza di quella ipotesi che Rivetti aveva già ventilato tempo addietro: cioè che fosse stata la consapevolezza di essere in pericolo di vita a far decidere a Morelli di scomparire, piuttosto che le pressioni dei suoi creditori.

"Vuoi togliermi una curiosità, Chiara? Cosa succedeva se arrivava qualche visitatore? Voglio dire... Claudio si nascondeva da qualche parte?"

"Si rintanava di sopra in camera da letto finché io non gli davo il semaforo verde." Abbozzò un sorriso. "Pensa che avevamo perfino preso in considerazione l'eventualità – per quanto remota e assurda fosse – che la polizia o i carabinieri mangiassero la foglia decidendo di perquisire la casa. Per questo avevamo allestito un nascondiglio sotto il pavimento del box. E'un locale abbastanza ampio che Claudio usava come cantina. Lo avevamo provvisto di una branda e una sedia. Al box si accede dalla cucina scendendo una scala a chiocciola, e da lì al nascondiglio attraverso una botola molto difficile da individuare in quanto si mimetizza con le assi di legno del pavimento."

"Quindi un piano semplice, ma accuratamente concepito …", Fascetti commentò con un sorriso, "…grazie al quale, Claudio ha potuto volatilizzarsi vivendo poi da ricercato nella propria casa. "Si fermò per riflettere. "Ma in attesa di che? Non era una situazione che poteva durare in eterno, no?"

"Hai ragione, era temporanea. Avevamo deciso di tagliare la corda insieme non appena lui avesse sistemato un importante questione che aveva da tempo in sospeso."

"E ovviamente non te ne ha specificato la natura…"

"In quel caso, invece, è stato più esplicito. Mi ha rivelato che doveva incassare dei soldi da qualcuno prima di partire."

"Ah." Il pensiero di Fascetti corse istintivamente a Bardi e alla storia del ricatto. Se non fosse stato che questi, durante l'interrogatorio a San Vittore, condotto da Lopez, avesse decisamente negato di avervi mai ceduto – dato che non era nelle condizioni economiche di farlo –, ora il detective sarebbe stato indotto a pensare che era da lui che il defunto doveva ricevere il denaro di cui ora Chiara stava parlando.

"Ti ha detto di chi si trattasse?"

"Di un tale… un cliente della banca."

"Te ne ha fatto il nome?"

"No. Mi ha detto soltanto che era un architetto, un suo vecchio amico, al quale un anno prima, ai tempi d'oro della Borsa, aveva prestato una rilevante somma di denaro per consentirgli una speculazione immobiliare. Doveva acquistare uno stabile che veniva offerto a un prezzo stracciato, ristrutturarlo, e poi rivenderlo con un guadagno stratosferico."

"Una rilevante somma di denaro…", Fascetti mormorò con una espressione meditativa strofinandosi il mento. "Di che cifra parliamo?"

"Un miliardo."

Il giovane si fece sfuggire una risatina. "Una bazzecola rispetto ai trenta dei suoi clienti, di cui si era appropriato."

"Macchè trenta!" Esclamò storcendo la bocca. "E' una panzana messa in giro dalla stampa. La solita disinformazione. Quella era la somma che aveva complessivamente raccolto, ridottasi poi a meno della metà dopo i rimborsi. Claudio ne aveva fatti moltissimi, anche se qualche volta parziali. Nei casi di importi non rilevanti, ma che rappresentavano i sudati risparmi di una vita per gente dalle modeste possibilità, aveva continuato a farne anche dopo che si era reso irreperibile. Usava il sistema dei bonifici dal suo conto cifrato presso una banca Svizzera, dove aveva trasferito tutta la liquidità. Potrà sembrarti strano, ma a queste cose era attento e sensibile. Quello che alla fine gli era restato, apparteneva a un gruppetto di gente benestante o ricca, a cui sapeva di non arrecare tutto sommato un grosso danno."

"A questa categoria, immagino appartenesse Gargiulo, dico bene?"

"Sì, esatto. Ma quella di Gargiulo è una storia a sé stante."

Fascetti annuì con veemenza. "Ne sono al corrente. Lui stesso me ne ha parlato prima che lo facessi arrestare."

"Allora di certo saprai che Claudio si era visto costretto a rimborsargli i dieci miliardi. Non che ne avesse mai avuto l'intenzione. Lo aveva fatto per non mettere a rischio l'incolumità della sua famiglia. Aveva saputo da Paolo Rivetti – che aveva contattato telefonicamente – delle minacce di rappresaglie che Gargiulo aveva pronunciato contro i suoi, e che avrebbe messo in atto se il denaro non gli fosse stato restituito."

"I suoi…", il detective osservò, "…te compresa, naturalmente"

"Certo… Anche a Gargiulo mi aveva una volta presentata come sua sorella." Tacque per riflettere un attimo. "Ora capirai, Carlo, che senza quei dieci miliardi le nostre finanze erano profondamente peggiorate. Non ci restava molto da scialacquare... Un paio di miliardi al massimo."

"Non sono quisquilie, comunque."

"E' vero, ma non bastavano per consentirci di vivere di rendita, come nelle intenzioni originarie di Claudio. Ecco perché quel miliardo che gli doveva il suo amico rivestiva grande im-

Il Crollo

portanza… Aveva deciso che saremmo partiti soltanto dopo averlo recuperato."

"Glieli sollecitava?"

"Altrochè. Gli telefonava ogni giorno, senza dirgli ovviamente da dove. Mi diceva che quel tale era un persona perbene, onestissima, altrimenti si sarebbe guardato bene dal prestarglielo. A ogni sollecito riceveva assicurazione dell'imminente rimborso. L'operazione speculativa immobiliare, era in via di conclusione."

"Ora veniamo a quella fatidica giornata del due agosto, Chiara. Cosa è successo di preciso? Descrivimi passo dopo passo i movimenti di Claudio."

"Ah, che giornata!" disse scuotendo il capo apparentemente commossa. "E chi potrà mai dimenticarla?" Gli occhi le si inumidirono, estrasse un fazzolettino e se li asciugò. "E' stato terribile."

Fascetti pensò che se fingeva, lo stava facendo con una maestria davvero insuperabile. "Ti ascolto."

"E' cominciata come al solito, all'insegna della tranquillità, e anche dell'ottimismo perché Claudio era certo che entro qualche giorno si sarebbe ripreso i suoi soldi, e saremmo stati in grado di andarcene per sempre. Avremmo raggiunto Zurigo con un auto a nolo, e lì li avrebbe messi al sicuro nel suo conto corrente cifrato. Quindi saremmo partiti per qualche lontana località con i falsi passaporti che si era già da tempo procurati. Pensava al Brasile o l'Argentina.

"Quella mattina abbiamo fatto una colazione abbondante, e poi lui si è messo a leggere i giornali che, come al solito, avevo acquistato all'edicola qui vicino." Sospirò e si soffiò il naso con delicatezza. "Nella tarda mattinata sono uscita per fare un po' di spesa al mercatino dall'altra parte della strada. Quando sono rientrata Claudio mi è venuto incontro raggiante. 'Che cosa ti succede?' gli ho chiesto. Mi ha risposto, abbracciandomi e baciandomi, che il suo debitore, di nuovo sollecitato, gli aveva comunicato di aver pronto il denaro, ma che desiderava incontrarlo per accordarsi sul modo in cui restituirglielo dato che, visto il grosso importo, non poteva farlo in un'unica soluzione. Comunque avrebbe cominciato col versargli un buon anticipo. Quindi, si erano dati appuntamento quella sera stessa alle dodici

589

e mezza dalle parti del parco Ravizza. Claudio ha prenotato un taxi per le dodici."

"Come mai così tardi?"

"Per prudenza, ovviamente... Per ridurre al minimo il rischio di imbattersi in qualcuno che lo conosceva."

"Ma non era ubriaco?"

Lei scosse il capo."Diciamo che era abbastanza euforico, ma non al punto di non potersi muovere. L'alcol lo reggeva molto bene. Per festeggiare la bella notizia, aveva alzato un po' il gomito a cena, prima di uscire."

Non parlarono per qualche tempo. Fascetti sembrava assorto a valutare quello che aveva ascoltato. Lei lo osservava con attenzione, gli occhi lucidi per il pianto incipiente, le mani in grembo che stringevano il fazzoletto.

"Poi cos'è successo?"

"Be' dovresti saperlo, no?" Si asciugò di nuovo gli occhi. "Ho atteso con un'ansia indicibile il suo rientro, ma invano. Intorno alle tre del mattino è arrivato quel commissario di polizia per comunicarmi la brutta notizia, e chiedermi di recarmi con lui all'obitorio per il riconoscimento del cadavere. E' stata una esperienza orribile."

"Pensi che sia stato quel suo amico a farlo fuori?"

"Non ne ho alcun dubbio."

"Perché?"

"E chi altri senno? Credo non fosse nelle condizioni di rimborsargli il prestito, e Claudio lo tempestava di telefonate di sollecito. Magari temeva che Claudio lo avrebbe prima o poi avvicinato minacciandolo di chi sa cosa. E questo mi sembra un ottimo movente, non credi?" Si interruppe per qualche secondo. "Potrebbe avergli teso un agguato travolgendolo con la propria auto una volta sceso dal taxi."

Fascetti non rispose e nel silenzio che seguì continuò a riflettere. Quindi l'indagine tornava nel suo vicolo cieco. Senza conoscere l'identità di questo debitore di Morelli, il caso restava irrisolto. Improvvisamente, però, un pensiero lo colpì: qualcosa che Chiara aveva detto poco prima non gli quadrava. Un dettaglio importante gli era sfuggito. Una svista madornale.

"No, non posso crederci...", mormorò esterrefatto avvertendo una forte nausea.

Lei non fiatò ma lo guardò con espressione interrogativa.
"Chiara… io credo che in questo tuo resoconto… ", indugiò
per conferire maggior enfasi a quello che stava per dire, "…di
quella cruciale giornata del due agosto, ci sia una sola verità."
Fece una pausa. "Quella notte Claudio è effettivamente uscito
da questa casa, ma…", esitò di nuovo per alcuni secondi, "…da
morto."
"Cosa?!" Trasalì spalancando gli occhi.
"Già… perché tu lo avevi ammazzato."

71

"E' finita, Chiara,", Fascetti disse, lo sguardo grave. "Sarei dovuto arrivarci molto prima. Avevo tutte le tessere del mosaico.
Solo che non le ho messe insieme abbastanza in fretta; non finché mi si sono aperti gli occhi un minuto fa. Devo rimprove-
rarmi per averci impiegato tanto." Si interruppe per fissarla intensamente. "Ora so per certo che sei stata tu a uccidere Claudio
Morelli, e ne conosco il motivo. Mi rincresce molto ma devo
chiamare la polizia per denunciarti. Il commissario Lopez verrà
ad arrestarti."
Lei non fiatò, limitandosi a guardarlo imperturbata.
"Sono spiacente…, ma devo farlo", lui riprese. "Credimi…
lo sono per davvero." La giovane continuò a rimanere impassibile, mentre lo osservava con quegli occhi stupendi di un azzurro trasparente.
A un tratto sospirò e disse a bassa voce: "No, non è possibile…"
"Cosa non è possibile?"
"Che tu sia uscito di senno… così… di colpo." Fece una
smorfia disgustata. "Se è un scherzo, sappi che non lo trovo divertente."
"Purtroppo per tè sono in pieno possesso delle mie facoltà, e
parlo sul serio."
Lei strinse gli occhi e scosse il capo facendo ondeggiare la
foltissima capigliatura di un rosso vivo, simile a quello del sole
al tramonto sul mar dei Caraibi.
Improvvisamente, esplose in una breve risata forzata.

"Sei andato fuori di zucca, Carlo", disse quando si fu calmata. "Non può esserci altra spiegazione per questa tua ridicola uscita."

"Continua pure a recitare, se ti fa piacere, ma non ti servirà." Lei esitò un attimo prima di dire: "Avrei ucciso Claudio, quindi... E vuoi dirmi di grazia per quale ragione?"

"Per gelosia."

"Oh, questa poi!" esclamò scuotendo di nuovo la testa. "Ho già avuto modo di spiegarti che non aveva altre ragazze."

"E' falso e lo sai benissimo. Aveva una relazione segreta con un'altra donna, e quando l'hai scoperto lo hai ammazzato." La scrutò in volto. "Non è così?"

Lei rimase a lungo in silenzio, poi disse con un tono un po' di sfida: "Non puoi dimostrarlo senza uno straccio di prova in mano."

"E' qui che ti sbagli. La prova ce l'ho ed è enorme quanto una montagna. Paradossalmente, sei stata proprio tu a fornirmela inavvertitamente, con ciò che hai affermato poco fa."

"Ah sì? E di cosa si tratterebbe?"

"Dell'ora in cui Claudio sarebbe uscito di casa per andare all'appuntamento col suo debitore."

"Non ti capisco."

"Avresti dovuto collocarla in un arco di tempo anteriore alle undici."

"Perché?"

"Mi spiego: Claudio non avrebbe potuto uscire alle dodici perché a quell'ora era già morto da un pezzo."

"Come fai a esserne così certo?"

"Risulta dal referto del medico legale che ha eseguito l'autopsia. Ha stabilito che la morte è sopraggiunta entro un periodo compreso tra le dieci e le undici. Né prima né dopo. Ora... per tua stessa ammissione, tu è Claudio siete stati insieme tutto il giorno fino a quando lui, secondo la tua versione, è uscito a mezzanotte per recarsi in taxi all'appuntamento. Quindi non puoi che essere stata tu a ucciderlo qui in casa. Peraltro, la polizia scientifica ha accertato che il decesso non può essere avvenuto nel luogo in cui il corpo è stato ritrovato." Tacque per valutare la reazione, ma lei non fece una piega continuando a restare impassibile.

Il Crollo

"Io credo", lui riprese, "che tu sia stata tratta in inganno dall'idea che, per apparire più credibile, dovevi sottolineare l'esigenza che Claudio aveva di uscire nelle ore notturne per ridurre il rischio di essere riconosciuto. Ma avresti dovuto ricordare che in tutti i casi di omicidio, l'autopsia è il primo atto che il medico legale deve compiere, tra le altre cose, per stabilire l'ora del decesso. Sei incappata in una svista che ti ha tradito."

Lei continuava a tacere, ma ora sembrava aver assunto una calma fredda, innaturale. Teneva gli occhi puntati alla finestra, l'espressione dura.

"Parliamone con pacatezza, Chiara, vuoi? senza animosità", lui riprese sforzandosi di apparire rilassato. Sospirò adagiandosi contro lo schienale del divano. Disse con tono colloquiale: "Ricordo che quando ci siamo conosciuti, mi hai detto che gli volevi bene, che gli eri molto affezionata. Forse anche in questo mi hai mentito. Ora sospetto che tu ne fossi invece molto innamorata e pensavi di sposarlo. Così quando hai saputo che aveva un'amante, lo hai ucciso. Diciamo che lo hai fatto per gelosia, o per vendetta perché ti sei sentita ingannata. Chiamala come vuoi, ma purtroppo si è trattato di omicidio." Tacque per studiarla attentamente: era sbiancata, sembrava che tutto il sangue le fosse di colpo defluito dal viso. Continuava a tormentare il fazzolettino spiegazzato che stringeva tra le mani.

"Allora, Chiara... che cosa mi dici?"

"Basta! Basta! Basta! Smetti di tormentarmi!" urlò a squarciagola. Si piegò in avanti coprendosi il volto con le mani e scoppiando in un pianto dirotto. "Hai capito tutto ormai..., e pertanto non c'è più motivo che io taccia", aggiunse scossa da violenti singhiozzi.

"Sfogati che ti farà bene." Fascetti pensò che le finzioni fossero terminate: quel pianto era autentico. "Ti ascolto."

Lei continuò a piangere detergendosi a tratti gli occhi con il fazzoletto. Dopo quella che sembrò un'eternità, parole balbettate cominciarono a sgorgarle dalla bocca. "E' vero... lo amavo", disse, e il suo corpo stupendo fu percorso da un tremito convulso. "Ma... quel figlio di puttana... mi tradiva."

"Ho sempre sospettato che lo amassi."

"In questi ultimi tempi ho vissuto come in un incubo", lei proseguì alzando lo sguardo verso di lui, le guance e le palpebre macchiate dal mascara disciolto dalle lacrime. "Appena l'ho conosciuto, me ne sono innamorata perdutamente, come nel classico colpo di fulmine. Ho capito subito che era il grande amore della mia vita. "Ho accettato senza esitazione di seguirlo a Milano e di convivere con lui, quando me lo ha chiesto. Non è vero che l'ho fatto perché desiderassi trovare un posto di lavoro. A Napoli guadagnavo quanto mi bastava per vivere confortevolmente." Tacque e di nuovo si passò il fazzoletto sugli occhi bagnati di pianto. "Nei primi tempi, il nostro menage era splendido. Durante il giorno, vivevo solo per quando la sera rincasava e potevamo stare insieme. Nei weekend facevamo delle meravigliose gite in macchina. Solo stargli vicino e tenerlo per mano significava moltissimo per me. Mi sentivo così sicura, protetta..., felice."

"E lui?"

"Agli inizi mi sembrava delizioso, premuroso, preoccupato per la mia salute e sicurezza. Ma aveva capito che ero pazza di lui, facevo qualsiasi cosa mi chiedesse. Lo amavo incondizionatamente e glielo dicevo. Passavamo delle bellissime serate, tutti e due soli qui in casa. Io preparavo delle gustose cenette che consumavamo al lume di candela. Lui cominciava sempre col dirmi, già all'aperitivo, quanto era pazzo di me. Mi teneva per mano e mi guardava negli occhi. Io, nella mia ingenuità, leggevo nei suoi soltanto adorazione. Non capivo che mi stava suonando il violino. Quante volte mi sono illusa che fosse sul punto di chiedermi di sposarlo. Ah!" Quell'esclamazione si trasformò in due colpi di tosse che la scossero per alcuni secondi. "Finivamo sempre a letto a fare più volte l'amore."

"Quindi da principio andava a gonfie vele... E poi? Hai cominciato a nutrire qualche sospetto?"

"Ce l'ho sempre avuto per la verità."

"Perché?"

"Quanto a donne, non aveva un passato da stinco di santo, anzitutto. Poi, due giorni alla settimana rincasava alle ore piccole. Cene di lavoro con clienti della banca, mi diceva. Mi sforzavo di scacciare il dubbio dalla mente. Lo amavo troppo, capisci?" Gli occhi azzurri lanciarono un guizzo di luce rancorosa. "A un certo punto, ho cominciato a percepire il nascere di una

lieve indifferenza da parte sua nei miei confronti. Mi sembrava sempre più distaccato, ma preferivo credere che m'ingannavo."
"Com'è che hai saputo dell'altra?"
"L'ho scoperto per puro caso." Rifletté per alcuni secondi. "Ma è ora che ti racconti come sono andate esattamente le cose quel due agosto."
"Sì, credo sia giunto il momento..."
"La mattinata è trascorsa in un clima sereno." Si torceva le mani. "Eravamo di ottimo umore. Era il giorno del suo trentesimo compleanno. Appena alzati, gli ho fatto gli auguri abbracciandolo, e gli ho dato il regalo: una camicia di fine seta bianca che avevo acquistato il giorno prima in un esclusivo negozio di abbigliamento in corso Vercelli. In tempi normali saremmo andati fuori in qualche locale a festeggiare, ma date le circostanze ho deciso di preparare una cena sontuosa, che, come al solito, ci saremmo goduti al lume di candela.

"A metà pomeriggio sono uscita a fare la spesa, mentre lui era in salotto a guardare la televisione. Normalmente, stavo via circa un'ora perché mi recavo con l'autobus al super della Esse Lunga di via Vigliani. Quel giorno, però, non so dire perché, forse per una sorta di presentimento, avvertivo una certa impazienza di sbrigarmi in fretta, e così mi sono servita del mercatino qui di fronte. Sicché ero di ritorno dopo mezz'ora. Appena entrata nel soggiorno ho notato che lui non c'era ad aspettarmi seduto in poltrona, ma il televisore era acceso. Ho pensato che fosse salito di sopra per qualche minuto..., magari per andare in bagno. Mi stavo dirigendo verso la cucina con le borse della spesa, quando il mio sguardo è caduto sul telefono posato sulla mensola del camino. Aveva la spia rossa accesa a indicare che la diramazione della linea in camera da letto era attiva. Claudio stava parlando con qualcuno, ma con chi? Ero perplessa e incuriosita.

"Non poteva certo trattarsi di un amico o conoscente che avesse chiamato, perché in quel caso lui si sarebbe guardato bene dal rispondere. Ho concluso che la telefonata non poteva che essere partita da lui. Ma diretta a chi?

"Non ho potuto fare a meno di alzare il ricevitore, e quando me lo sono portato all'orecchio mi sono sentita mancare. Mi si sono piegate le ginocchia e ho cominciato a tremare." Si fermò per prendere fiato e per cercare di calmarsi dalla grande agitazione. "Stentavo a crederci. Parlava con una donna, e, stando al contesto della conversazione, sarebbe un eufemismo affermare che sembrava ci fosse del tenero tra loro. Non starò a ripeterti le espressione sdolcinate che si scambiavano, per non correre il rischio di avvertire gli stessi conati di vomito di allora. Chiacchieravano tranquillamente perchè lui sapeva che non sarei rientrata prima di un'ora..."

"Cos'hai provato esattamente?"

"Se può renderti l'idea è stato come se il mondo mi rovinasse improvvisamente addosso. E poi una gran rabbia, naturalmente."

"Hai capito chi era?"

"Certo... Fin dalle prime battute ho capito che era quella troia della moglie di quel frocio del suo ex capo. Non immagini la gioia quando ieri ho saputo che qualcuno gli ha fatto la festa."

"L'avevi vista prima o conosciuta?

"No. Ma lui me ne parlava, a volte, come di una donna molto bella, e lo faceva con disinvoltura e distacco, senza far trapelare il benché minimo interesse. Allo stesso modo si sarebbe espresso nei riguardi di una qualsiasi amica o conoscente. Lei ha quarant'anni e lui ne aveva trenta. Soprattutto per la differenza di età, non ero mai stata neppure sfiorata dal sospetto che potesse farne la sua amante. Eppure un interesse ce l'aveva, che allora, da quella benpensante che sono mi era sfuggito."

"Ti riferisci al fatto che sia ricchissima?"

"Sì, e che lui si trovasse in una difficile situazione finanziaria a causa del crollo della Borsa."

"Com'è che l'hai riconosciuta al telefono?"

"Dal forte accento straniero, anzitutto. Lui mi aveva detto che è olandese; poi perché la chiamava affettuosamente per nome: Marina." Fece una pausa. "Ridevano e scherzavano felici. A un certo momento hanno preso a parlare del loro futuro, ed è stato allora che ho compreso che quel bastardo stava per piantarmi. Lei gli ha detto di aver finalmente deciso di lasciare quel pederasta del marito. Tra due giorni sarebbero partiti per il Brasile per andare a rifarsi una nuova vita, e a spassarsela col denaro di lei. Mi ha colpito quando gli ha assicurato che aveva

già provveduto a trasferire dieci miliardi dal suo conto personale presso il Credito Italiano, a un conto presso una banca di Rio
de Janeiro, che aveva appena aperto." Si interruppe per qualche
secondo. "Allora ho capito perché ci tenesse tanto a spacciarmi
per una sua sorella: per non correre il rischio che quella puttana
venisse a sapere che aveva una ragazza, e lo scaricasse su due
piedi."

"Cos'è successo dopo?"

"La mia rabbia è cresciuta a dismisura minacciando di farmi
esplodere come una bomba, ma sono riuscita a controllarla."
Scosse la testa. "Ho vissuto l'esperienza terribile di come possa
un amore incommensurabile come il mio, trasformarsi, di colpo,
in odio al vetriolo puro. Dopo un quarto d'ora, continuavano a
conversare allegramente, ma ormai a malapena li ascoltavo.
Una parola mi ronzava ossessivamente nella testa: *vendetta*.
Un'idea molto semplice ha cominciato a farsi strada nel mio
cervello su come fare per consumarla. "

"Credo di riuscire a immaginarla."

"Ho deciso di fargliela pagare a caro prezzo: non sarebbe
uscito vivo da questa casa. Tuttavia mi sono resa conto che ucciderlo era più facile a dirsi che a farsi. Claudio era un giovane
pieno di vigore. Prima di colpirlo dovevo cercare di spezzargli
le energie; sapevo come fare, ma per riuscirvi dovevo giocare
d'astuzia.

"Quando la spia rossa sul telefono si è spenta, ho riposto il
ricevitore. Dopo qualche secondo lui è ridisceso nel soggiorno
mentre io, riprese le borse, mi dirigevo verso la cucina come
fossi appena rientrata dalla spesa. Mi è venuto incontro sorridente per aiutarmi. Gli ho restituito il sorriso e l'ho baciato sulla bocca. Credo che in quel momento quelle doti di recitatrice
consumata, che mi hai sempre attribuito, abbiano raggiunto la
loro massima espressione." Tacque mentre un angolo della bocca le si increspava in un lieve sorriso cinico.

"E poi?"

"Lui è rimasto a guardare la televisione mentre io sono andata in cucina per occuparmi della cena. Ho deciso che sarebbe
stata superba, la migliore in assoluto da quando stavamo insieme. Ho preparato caviale e storione come antipasto, e come
primo cannelloni alla ricotta e zucchine di cui era ghiotto. Nel

secondo mi sono sbizzarrita in un filetto di bue al profumo di bosco, con contorno di funghi porcini. Sapevo che era di suo alto gradimento. L'ordinava quasi sempre quando andavamo fuori a cena in quel ristorante pugliese, insieme a Rivetti e Bardi. Non gli ho fatto mancare la torta di compleanno, completa di candeline, che avevo acquistato nel pomeriggio, nonché lo champagne. Per completare il tutto ho messo in tavola due bottiglie di Brunello di Montalcino, il suo vino preferito."

"Una cena luculliana…, non c'è che dire…", Fascetti osservò.

"Lo puoi ben dire. Mi sono detta che, tuttosommato, fosse più che giustificata. Non soltanto era il giorno del suo compleanno, ma anche l'ultimo della sua permanenza sulla Terra. Ho pensato all'analogia, se pure molto vaga, con un condannato a morte in procinto di essere sottoposto a iniezione letale: non gli si può negare un ottimo pasto.

"Quando ci siamo seduti a tavola erano da poco passate le nove. Aveva indossato la camicia di seta che gli avevo regalato, di cui non faceva che decantare l'ottima qualità. Era allegrissimo, parlava in continuazione di tutto, accennando anche a come sarebbe stato meraviglioso il nostro futuro insieme, che stava progettando: continuava a ingannarmi spudoratamente.

"Credo di non averlo mai visto di buon umore come quella sera. Sapevo che a infonderglielo non era certo la mia presenza o il festeggiamento del suo compleanno, ma la chiacchierata di alcune ore prima con quella baldracca. Sono sicura che già si immaginasse a crogiolarsi al sole con lei, in qualche esclusiva località balneare della costa brasiliana. Sempre più forte sentivo la determinazione a fare in modo che il suo desiderio non si realizzasse mai più.

"Fingevo di ascoltarlo, e sorridevo mentre lo servivo. Tenevo la mente concentrata sul mio proposito che volevo realizzare a ogni costo, ma sapevo che per riuscirvi dovevo cogliere il momento opportuno.

"Mi faceva schifo. Guardarlo in faccia mi dava la nausea, ma ce la mettevo tutta per non darglielo a vedere. Mi costava un sforzo terribile. Tuttavia, qualche ombra che a tratti mi attraversava il volto doveva impensierirlo, dato che spesso mi scrutava chiedendomi, con finta premura, se mi sentissi bene. 'Sono in

forma smagliante', gli rispondevo per rassicurarlo, e gli sorridevo.
"Già con l'antipasto ho cominciato a versargli il Brunello. Ogni volta che svuotava il bicchiere, subito glielo riempivo. Trangugiava il vino come fosse acqua fresca. Mangiava con gusto alternando i bocconi con grosse sorsate."
"E tu?"
"Bevevo anch'io, ma con moderazione. Non volevo perdere il controllo della situazione." Si fermò per un attimo. "Siamo andati avanti così fino alla torta. A quel punto si era scolato più di una bottiglia di Brunello, e sembrava intenzionato a continuare. Mi sono accorta che l'alcol cominciava a dare l'effetto desiderato. Ha cominciato a mostrare chiari segni di ubriachezza: era diventato paonazzo, teneva le palpebre socchiuse come se gli pesassero. Non riusciva più ad articolare perfettamente le parole. Ho pensato che quello fosse il momento giusto. Sentivo di odiarlo come mai avevo odiato prima in vita mia." Trasse un profondo sospiro toccandosi le guance arrossate con i palmi delle mani in un gesto di sconcerto. Sembrava rivivere quei terribili momenti.
"Ho smesso di colpo di sorridere, e mi sono sporta in avanti sul tavolo fissandolo negli occhi come volessi incenerirlo con il solo sguardo. 'Ho ascoltato la tua telefonata a quella troia", gli ho detto a bruciapelo. 'So tutto…'
"Dapprima mi ha guardato come se non capisse, poi il significato delle mie parole deve essergli affondato dentro come un macigno. Ha sussultato sbarrando gli occhi e restando a osservarmi a lungo, senza fiatare. Poi, tutto d'un tratto è scoppiato in una fragorosa risata che aveva del demenziale. Non mi aspettavo quel tipo di reazione e mi ha colta alla sprovvista.
"*In vino veritas,* dice il famoso adagio latino. Credo che si addica perfettamente a quella circostanza. Sono ammutolita nell'osservare la repentina trasformazione del suo volto: da sereno e gioviale a colmo di rancore. L'ho ascoltato mentre mi subissava con un torrente di improperi e parolacce, che non mi sento di ripetere. Più volte ha affermato che la troia ero io. Altro che amarmi… Mi ha urlato che non avevo mai significato nulla per lui, che mi vedeva soltanto come un oggetto sessuale, cioè buona soltanto per soddisfare i suoi istinti erotici. Un trastullo

tra i tanti che aveva avuto in passato. Ha aggiunto che in casa gli andavo bene come serva o cuoca. 'E' vero...', ha affermato, '...sto per lasciarti. Non mi importa un accidente di ciò che farai, o con chi andrai a letto. Tra noi è finita per sempre.'

"Sono rimasta in silenzio, allibita, quasi senza fiato. Si interrompeva soltanto per versarsi il vino riempiendo il calice fino all'orlo. Poi lo mandava giù tutto d'un fiato. Ha continuato così finché ha visto il fondo della seconda bottiglia. A quel punto era ubriaco fradicio da non reggersi in piedi. Aveva lo sguardo fisso, parlava in modo sconnesso, spesso ripetendosi. Improvvisamente è rimasto in silenzio. Si è passato una mano sul volto come per schiarirsi la mente annebbiata. 'Sono stanco', mi ha detto. 'Ora ho bisogno di dormire.' Si è alzato a fatica e, volgendomi la schiena, si è diretto barcollando verso il divano.

"E' stato allora che la mia rabbia – simile a una molla d'acciaio a lungo compressa – si è scatenata in modo tanto virulento da sorprendere perfino me stessa. Sono balzata in piedi e afferrato quello...", indicò con la mano il grosso e massiccio posacenere di cristallo dalla forma spigolosa, posato sul basso tavolino, "...l'ho raggiunto alle spalle e gli ho assestato un colpo secco alla sommità del capo con tutta la forza di cui ero capace. E' caduto in ginocchio aggrappandosi alla spalliera di una sedia. Ma io non ero paga: gli ho sferrato altri due colpi sempre allo stesso punto. Con un gemito si è accasciato sul pavimento senza più muoversi."

Tacque e prese a dondolarsi avanti e indietro ripiegata su sé stessa, stringendosi le braccia intorno al corpo.

"Poi cos'è accaduto?"

"Ero un po' brilla, è vero, ma questo non giustifica il mio comportamento successivo. La collera che avvertivo, anziché sopirsi, si è intensificata. Ho preso l'attizzatoio dal camino e ho cominciato a infierire sul suo corpo esanime. L'ho colpito ripetutamente al volto, al petto e alle gambe. Ora che ci penso a distanza di tempo, credo di essere divenuta preda di un raptus. Non mi rendevo conto di quello che facevo."

"Ti sei accertata che fosse morto?"

"Sì, gli ho tastato il polso: non batteva più." Si raddrizzò e si ricompose. "Ero spossata, distrutta. La collera ha lasciato il posto alla riflessione. Mi sono resa conto che nel programmare troppo in fretta l'uccisione di quel mascalzone, non avevo avuto il tempo di pensare a cosa fare dopo. Mentre lo osservavo senza provare alcuna compassione, ma gustando, anzi, il dolce sapore della vendetta, ho preso una decisione: ho fatto una telefonata." Fascetti annuì. "Sì, lo so..., hai chiamato Bardi al Cosmo Club." La guardò diritta negli occhi. "Sapevi che quella sera era lì a giocare a poker con gli amici, non è vero?"

72

Chiara non rispose subito. Si appoggiò allo schienale del divano, si mise tra le labbra rosse e pronunciate una sigaretta, facendo poi scattare l'accendino.

"Sì, esatto. Gli ho raccontato cos'era successo, e l'ho pregato di aiutarmi a sbarazzarmi del cadavere." Soffiò una densa nuvola di fumo.

"Come ha reagito?"

"Be', era molto turbato, naturalmente. Mi ha ascoltato con attenzione, e poi mi ha detto di aspettarlo che sarebbe arrivato il più in fretta possibile."

"Eri certa che non si sarebbe tirato indietro, non è così?"

"Be', sì."

"Perché sapevi che è innamorato di te, giusto?"

Lei annuì. "Si è incapricciato mica male. Fin dal primo momento in cui mi è stato presentato da Claudio, mi è sembrato che fosse fortemente attratto dalla mia persona. Dovevo esercitare su di lui un fascino irresistibile. Io mi comportavo normalmente, ma lui mi stava addosso."

"In che senso?"

"Nel senso che perfino in presenza di Claudio, mi lanciava sguardi interessati. Cercava ostinatamente di rivolgermi la parola mettendomi in imbarazzo. Sembrava non importargliene un fico secco che io stessi con un altro."

"Che per giunta era suo amico."

Fece spallucce. "Mah, che cosa vuoi che ti dica? Una infatuazione è quella che è: un sentimento sfrenato che ha molto di irrazionale. E ancor più quando a diventarne preda è un soggetto come Bardi."

"E Claudio come la prendeva?"

"A me diceva di esserne infastidito. Ma ora so che anche quella era una spudorata bugia, e che in realtà la cosa lo lasciava indifferente. D'altro canto non aveva nulla da temere perchè sapeva che ero cotta di lui. Di fronte a quei comportamenti di Bardi mostrava noncuranza, come se non si accorgesse di nulla. La verità è che quell'uomo gli stava a cuore come cliente della banca. Era uno dei più importanti tra quelli che operavano in Borsa. Sviluppava un notevole volume di affari che generava grossi profitti in termini di commissioni. Faceva di tutto per compiacerlo, per non contrariarlo." Prese una boccata dalla sigaretta.

"Immagino che il tuo spasimante sia uscito allo scoperto quando ha saputo che Claudio era scomparso, non è così?"

"Oh sì, ha cominciato a farmi una corte spietata. Si è dichiarato. A stento riuscivo a tenerlo a bada quando veniva a trovarmi e Claudio era nascosto su in camera da letto in attesa che se ne andasse. Mi creava dei grossi problemi."

"Insomma... lo respingevi?"

"Sì, ma con garbo per non urtarne la suscettibilità. Gli spiegavo che non riuscivo a capacitarmi che Claudio mi avesse abbandonata, e che ero certa del suo ritorno."

Si chinò verso il posacenere e scrollò la cenere dalla sigaretta.

"Ora torniamo a quella telefonata, Chiara... Cos'hai detto di preciso a Bardi per convincerlo a correre in tuo aiuto, e, soprattutto, a coprirti per l'omicidio che avevi appena commesso."

"Tutto... gli ho detto tutto."

"Compreso il fatto che Claudio era scomparso senza in realtà uscire mai da questa casa?"

"Esatto."

"Come l'ha presa?"

"Si è dimostrato comprensivo."

Fascetti pensò che un siffatto atteggiamento di Bardi nei confronti di Chiara fosse tutt'altro che sorprendente. In fondo anche lui era un omicida, seppure indirettamente come mandante, e pertanto non doveva avvertire alcuno scrupolo nell'aiutarla a liberarsi del cadavere di Morelli. Per non dire dell'inaspettato vantaggio che quella morte gli procurava. Gli spianava la strada verso la conquista della giovane. Forse il turbamento che aveva mostrato derivava dallo stupore nel constatare che lei era stata capace di uccidere.

"I suoi compagni di gioco", Fascetti disse, "lo hanno descritto come un po' sconvolto quando quella sera ha lasciato il club in tutta fretta dopo la tua telefonata, accampando un improvviso malore. Ma io credo che una parte di lui dovesse gongolare perché tu avevi tolto di mezzo l'ostacolo che da sempre gli impediva di avere mano libera con te." Si fermò per un secondo a osservarla. "Mi sbaglio, Chiara, o per incentivarlo ad aiutarti gli hai mostrato una certa disponibilità?"

Lei non rispose restando impassibile, lo sguardo abbassato. Il giovane pensò che quel silenzio valesse più di una esplicita ammissione di verità.

"Capisco...", lui disse. "Quindi Bardi lascia il club, prende un taxi e si fa portare al suo residence dove prende la macchina per venire qui da te. Ricordi a che ora è arrivato?"

"Intorno alle dodici e mezza." Schiacciò nervosamente la cicca nel posacenere. "Intanto che l'aspettavo ho sparecchiato e riordinato. C'era tanto sangue sul pavimento, un lago. L'ho pulito."

"Cosa ha fatto Bardi esattamente al suo arrivo?"

"E' entrato in box con la BMW. E' vuoto: la Rover di Claudio è tuttora sotto sequestro. Insieme abbiamo trascinato il corpo attraverso il soggiorno e la cucina, e quindi giù per scala a chiocciola fino alla macchina. Lo abbiamo caricato nel bagagliaio."

"Bardi non ha fatto alcun commento?"

"Prima di partire mi ha assicurato che tutto sarebbe andato per il meglio. Lo avrebbe abbandonato sulla strada, da qualche parte, facendo in modo da dare l'impressione che fosse stato travolto da un'auto pirata. Era probabile che la polizia lo avrebbe considerato alla stessa stregua dei numerosi incidenti di questo genere, che da qualche tempo si verificano a Milano e provincia."

Lo stesso trattamento che aveva riservato al suo socio, Fascetti rifletté.

"Come ha giustificato la decisione di disporre del cadavere in quella maniera?"

"Per cercare di allontanare eventuali sospetti su di lui, dato che Claudio era stato il suo operatore di Borsa e che lui vi aveva perso una mucchio di denaro."

Il detective annuì. "L'avevo immaginato."

"Alle due e mezzo mi ha telefonato, appena rincasato, per confermarmi di averlo scaricato vicino al parco Ravizza. Mi ha tranquillizzato confermandomi che era filato tutto liscio come l'olio."

"E poi cos'è successo?"

"Quello che già sai: mi sono messa ad aspettare la polizia con addosso un'ansia incredibile."

"E' tutto?"

"Sì."

Lui storse la bocca insoddisfatto e si alzò avvicinandosi alla finestra. Lanciò un'occhiata all'esterno e poi si girò, le braccia conserte.

"Io credo che tu abbia omesso volutamente di dirmi qualcosa sul conto di Bardi..."

"Che cosa?"

"Il fatto che Claudio lo ricattasse per l'omicidio del suo socio."

"Oh, sai anche di quello!" esclamò sorpresa.

"Io e il commissario Lopez ci eravamo arrivati."

"Sì, è vero. Lo ricattava anonimamente dapprincipio, finché Bardi non lo aveva smascherato." A quel punto Chiara gli raccontò quello che lui già aveva appreso da Lopez sull'argomento, e che era emerso dal recente interrogatorio di Bardi a San Vittore.

"Quello...", lei proseguì, "...era il motivo con cui Claudio giustificava il ritardo della nostra partenza: dovevamo attendere che Bardi pagasse perché quel denaro era indispensabile, soprattutto dopo che erano venuti a mancare i dieci miliardi che aveva dovuto rimborsare a Gargiulo. Ma poi ho scoperto che non era l'unico."

"Cioè?"

"E' stata quella telefonata che ho intercettato quel famoso due agosto a chiarirmi del tutto le idee. Dalla conversazione, ho capito che lei aveva appena deciso di abbandonare il marito e il figlio per fuggire con quel bastardo, ma che fino ad allora era sempre stata reticente a farlo malgrado le sue insistenze. Era evidente, quindi, che quel miserabile aveva l'esigenza di restare a Milano – una volta resosi irreperibile –, non soltanto per il tempo necessario a mungere Bardi, ma anche a convincerla a seguirlo."

"Quindi... se ricattava Bardi..., non gli bastava la ricchezza di lei..."

"No, dato che era affetto da una inestinguibile brama di denaro. Su cinque miliardi non avrebbe, in ogni caso, mai sputato sopra. D'altra parte, sarebbe stato sicuro di poter mettere le mani sui soldi di quella puttana, soltanto qualora lei avesse accettato di tagliare la corda assieme a lui.

"A un certo punto, quando si è reso conto che Bardi non era veramente in grado di pagare, ha deciso di mollare gli ormeggi e prendere il largo con la zoccola invece che con me, dopo che alla fine era riuscito a convincerla a imbarcarsi con lui. Mi sono allora resa ben conto che io gli ero solo servita per realizzare il suo piano di scomparire restando tranquillamente in casa propria, ad attendere che le cose si sviluppassero nel senso che aveva progettato. Gli ero servita per questo, quindi, a parte il fatto che gli facevo comodo come serva e... per le sue esigenze sessuali."

"Forse l'altra non lo soddisfaceva appieno."

"Forse."

Seguì una lunga pausa, poi Fascetti disse: "Perché mi hai taciuto questa storia del ricatto, Chiara?"

Lei lo guardò interdetta come non sapesse bene cosa rispondere. "Non riesci a immaginarlo?"

"Credo di averne una certa idea, ma preferirei sentirlo dalla tua bocca..."

"Be', anzitutto... dato che non potevo sapere che tu e la polizia ne foste a conoscenza, non vedevo tuttosommato la ragione di tirare fuori l'argomento, anche perché...", si interruppe per un attimo, "...temevo che se lo avessi fatto, avrei corso il rischio di compromettere Bardi, e, indirettamente, me stessa. Non so se mi spiego..."

"Perfettamente, Chiara."

"Ho pensato alla possibilità che – oltre a quel debitore di Claudio che mi sono inventata – tu e la polizia sareste potuti arrivare a sospettare anche Bardi dell'omicidio, visto che aveva il ricatto come ottimo movente. Anche lui, in teoria, sarebbe stato facilmente in grado di incontrare Claudio per fargli la pelle, dopo aver lasciato il Cosmo Club alle undici e mezzo di quella sera del due agosto." Fece una pausa. "Parlartene sarebbe stato un po' come puntare l'indice anche su di lui. Se fosse stato incriminato anche per quell'omicidio, e avesse saputo che io ne ero stata la causa, avrebbe smesso di coprirmi dichiarando la verità. Allora sarei stata perduta."

Fascetti annuì, dicendo:

"E' esattamente quello che avevo pensato."

Lei rimase in silenzio.

Lui mosse alcuni passi verso il divano e si fermò a studiarla. Stava seduta immobile, ancora con le braccia conserte, il volto dallo sguardo duro.

"Hai ragionato bene", lui disse. "Con rapidità e lucidità, ma non ti è servito a nulla dato che ti sei poi tradita commettendo il grave errore di indicarmi l'ora sbagliata per l'uscita da casa di Claudio quella notte: non è compatibile con quella del decesso stabilità dall'autopsia."

Sentì lo stomaco contorcersi quando le disse:

"Io ti comprendo, Chiara, ma purtroppo devo fare il mio dovere. Ora chiamerò il commissario Lopez per chiedergli di venire ad arrestarti." Si diresse verso il telefono posato sulla mensola di marmo del camino.

"Aspetta un momento, Carlo... Ti prego non farlo...", lei lo implorò. "Aiutami... Non voglio finire in prigione."

Lui si voltò e vide che si era alzata. Ora sorrideva debolmente, e gli si avvicinò gettandogli le braccia al collo e stringendoglisi contro con il suo corpo sodo e flessuoso.

"Lascia perdere l'indagine, Carlo", gli sussurrò. "Dimenticala, ti prego..."

Rimase confuso e sconcertato non sapendo che pesci pigliare. La folta capigliatura rossa della donna gli solleticava la pelle del viso. Avrebbe potuto facilmente fermarla, ma non lo fece. Turbato, lasciò che continuasse, curioso di vedere fino a che punto sarebbe arrivata. Sprigionava una sensualità profonda e irresistibile e con grande forza di volontà il giovane riuscì a tenere a bada i suoi stimoli.

Il Crollo

Lo strinse a sé con maggior forza, e sollevato il viso gli disse sommessamente: "Carlo... Carlo... baciami. Ti prego, baciami." Gli mise la mano sinistra sulla nuca e gli premette il capo verso il basso cercando la sua bocca. Al contatto con le sue, le labbra di Chiara erano stranamente fredde, aride e rigide. Improvvisamente gli morsicò il labbro inferiore fino a quasi farglielo sanguinare, e facendolo sussultare con un gemito. Subito dopo, con frenesia, gli affondò le mani nei capelli aggredendolo come una furia quasi volesse sopraffarlo. Continuando a baciarlo e camminando a ritroso, cercò di trascinarlo verso il divano. "Su... vieni...", gli disse in tono di urgenza e provocatorio, "...prendimi, facciamo l'amore... te lo leggo nello sguardo che mi desideri. Lo sai che mi sei sempre piaciuto?" Si fermò davanti al divano e cominciò a sbottonarsi la camicetta di seta con la mano destra.

Fu a quel punto che lui ritenne giunto il momento di reagire. Si divincolò dall'abbraccio e la respinse con forza facendo un passo indietro. "E' inutile Chiara... non posso. Ti ripeto... devo fare il mio dovere."

"Cos'è... ti faccio schifo?" Assunse l'espressione della grande seduttrice ferita nel suo orgoglio.

"Non è questo, Chiara..., anzi..."

Le lesse negli occhi la frustrazione per non essere riuscita ad attirarlo dalla sua parte, come aveva fatto con Bardi. Quell'unica arma di cui disponeva per indurlo a chiudere gli occhi su quello che aveva scoperto, sfuggendo così alla Giustizia, si era rivelata inefficace. Era il secondo tentativo di sedurlo che andava a vuoto.

"Mi terrorizza il solo pensiero di essere rinchiusa in una cella buia." Il tono si era fatto piagnucoloso.

"L'omicidio potrebbe essere classificato come volontario, e con attenuanti. Sono certo che al processo il giudice e la giuria saranno clementi. Che terranno conto della tua situazione e dello stato d'animo in cui sei precipitata quando hai scoperto che l'uomo che amavi follemente bazzicava un'altra donna. Credo che te la caverai con molto meno di quanto ti aspetti."

Lei sembrò pensarci su, poi fece un lento cenno di assenso dicendo: "Va bene, d'accordo..." E subito soggiunse: "Ma ora ho bisogno di bere qualcosa di forte per tirarmi su."

607

"Fa' pure."

La osservò mentre, volgendogli le spalle, si avvicinò al mobile- bar di legno scuro ad ante di vetro, addossato alla parete, a destra della porta di ingresso alla sala. Si chinò e aprì uno sportello per prendere una bottiglia. Quando si raddrizzò, si girò con una mossa repentina e Fascetti vide che teneva in mano qualcosa di diverso.

Impugnava un piccola pistola cromata.

Sollevò il braccio e lo distese puntandogliela contro. "Non riuscirai a farmi arrestare."

"E quella lì?" lui esclamò sgranando gli occhi per la sorpresa.

"Era di Claudio, la teneva nascosta dietro le bottiglie di liquore."

"Come mai non l'hai usata su di lui, invece del posacenere? Avresti fatto un lavoro più pulito e sbrigativo, no?"

"Ne ignoravo l'esistenza. L'ho scoperta per caso qualche giorno fa."

Lui annuì. "Capisco…"

Era la seconda volta nel giro di un mese, pensò, che qualcuno cercava di ammazzarlo a colpi di pistola. Il primo a provarci era stato Gargiulo, ma lui era riuscito a dissuaderlo dal premere il grilletto con uno stratagemma. Si domandò se avrebbe funzionato anche in quella circostanza.

"Anche se mi uccidi non riuscirai a farla franca, Chiara."

Lei non replicò.

"Il commissario Lopez sa che sono qui, e aspetta una mia telefonata. La casa è circondata da agenti in borghese. Non riusciresti a mettere il naso fuori dalla porta."

Chiara rimase imperturbata continuando a tenere l'arma puntata, ma accusando un appena percettibile tremore della mano.

Il detective la fissò per cercare di decifrarla, ma il suo volto era una maschera impenetrabile: faceva finta di non averlo sentito, oppure non dava alcun peso al suo avvertimento?

Quello che disse di lì a qualche secondo lo colse di sorpresa.

"Ti sei comportato da stronzo con me."

"In che senso?"

"E' la seconda volta che mi respingi. Mi hai punta nel vivo e ora devo fartela pagare."

Il Crollo

La scrutò strizzando gli occhi come per analizzarla meglio. Notò che ora lo stava guardando con una espressione in cui gli parve di cogliere una strana luce. Un accenno di follia? si chiese C'era qualcosa di patologico in quella donna di cui non si era mai accorto prima? Oppure era stata la bruciante delusione amorosa a renderla mentalmente instabile? Il modo feroce e spietato con cui aveva tolto la vita a Morelli, sembrava esserne il sintomo. Non le era bastato ucciderlo sfondandogli il cranio con il posacenere di cristallo, ma aveva poi compiuto quel gesto mostruoso e agghiacciante di percuoterlo selvaggiamente con l'attizzatoio quando probabilmente era già morto, riducendolo in uno stato miserevole. Ora sembrava determinata ad ammazzare anche lui.

Nella grande sala, li separava una distanza di almeno cinque metri. Lei impugnava la pistola in modo un po' goffo dando la sensazione di maneggiarne una per la prima volta in vita sua, e che pertanto non avesse mai sparato un solo colpo. Il che faceva ben sperare che la sua mira non fosse delle migliori, e che poteva facilmente mancarlo. Ciò malgrado, lui sentì acuirsi la sensazione di stretta allo stomaco, e le ginocchia indebolirsi. Chiara lo fissava, la faccia contratta dalla tensione, le labbra socchiuse e appiattite sugli incisivi, le gambe leggermente divaricate.

Teneva il braccio destro con la mano che stringeva la pistola, disteso al livello del volto, come per prendere la mira.

Non attese molto e non mostrò la benché minima esitazione. Inspirò a fondo attraverso la bocca semiaperta, e premette il grilletto.

Clic

Il percussore batté a vuoto: l'arma era scarica o aveva fatto cilecca. Fascetti respirò di sollievo, e poi si concesse un lieve sorriso sarcastico. "Non ti sei neppure presa la briga di assicurarti che funzionasse e fosse carica. Ma forse non eri in grado di farlo."

Quindi si mise a osservare con calma l'espressione a un tempo frustrata e sconcertata affiorare sul volto della donna, e subito scomparire. Non sembrava dissuasa. Fissò la pistola per un attimo, e di nuovo gliela puntò contro premendo il grilletto in rapida successione.

609

Ma dall'arma non vennero che gli scatti metallici del percussore: non c'era un solo proiettile nel caricatore.

La vide sbiancare quando alla fine realizzò che la sua situazione era disperata. La mano destra le cadde lungo il fianco, e schiuse le dita abbandonando la pistola. Si lasciò scivolare lentamente sul tappeto, e si nascose la faccia tra le mani scoppiando di nuovo in lacrime.

Quando sollevò lo sguardo, Fascetti la osservò: Chiara sembrava aver perso gran parte della sua attrazione. La pettinatura era scarmigliata, e una ciocca di capelli le si era appiccicata sulla fronte madida di sudore freddo. Il mascara disciolto dalle lacrime le cerchiava gli occhi e le rigava le guance. Come per magia, sottilissime rughe erano affiorate agli angoli della bocca. Quel volto incantevole, che di certo tanti uomini aveva affascinato, aveva assunto un aspetto grottesco.

"C'è per caso qualcos'altro che desideri dirmi?" le chiese.

Lei non rispose ma si cinse le gambe con le braccia, e premette la faccia contro le ginocchia. Continuò a piangere scossa dai singhiozzi.

Il detective si accostò al telefono e sollevò la cornetta. Prima di comporre il numero del commissario le lanciò un'ultima occhiata. Pensò che non sarebbe mai stata più la stessa: appariva distrutta, oltre che abbrutita e perfino invecchiata. Raggomitolata sul tappeto in posizione fetale, dava l'impressione di essersi rimpicciolita. Al pensiero dell'espressione determinata e rabbiosa che aveva assunto nel premere il grilletto, con la chiara intenzione di ucciderlo, Fascetti si accorse di non avvertire per lei la benché minima compassione.

Il giallo dell'omicidio di Morelli era risolto, ma era stato un brutto affare.

73

Si può essere mossi a compassione per un'anziana madre il cui figliolo è stato assassinato, a tal punto da desiderare di mentirle dicendole che in fondo era un bravo giovane, e che non aveva commesso i reati che gli erano stati attribuiti? Con l'animo profondamente turbato da questo interrogativo, Fascetti bussò con

Il Crollo

tocco lieve alla porta della camera 61 dell'Hotel Centro, in via Broletto.

Di lì a qualche secondo, venne dall'interno un fruscìo di passi e una lama di luce tenue filtrò da sotto la porta prima che si aprisse.

La vecchia indossava una vestaglia di un rosa sbiadito, troppo ampia per la sua minuta corporatura, di cui esaltava, pertanto, la magrezza e l'estrema fragilità. Rivedendola a distanza di oltre un mese, Fascetti si sentì sommergere da un'ondata di pietà, la stessa che aveva avvertito al loro primo incontro nell'agosto scorso.

"Guarda chi si rivede!" la donna esclamò. "Salve signor Fascetti."

"Buona sera signora Morelli, mi spiace disturbarla a quest'ora", le disse a voce bassa. "Mi rendo conto che è molto tardi, ma non sono potuto venire prima; d'altronde desidero tanto parlarle. Posso entrare?"

"Ma certamente, signor Fascetti, la attendevo con ansia." Sorrise. "Si accomodi." Si fece da parte per farlo entrare.

Pur ritenendo improbabile di trovarla ancora lì, le aveva telefonato nel pomeriggio per preannunciarle la sua visita. Dato il tempo trascorso senza sue notizie, aveva pensato che fosse ritornata al paese. Trovava però strano che neppure una volta lo avesse contattato da quando era venuta a fargli visita nel suo studio, dopo la morte del figlio. Ma d'altra parte lui aveva fatto altrettanto non sapendo – con l'indagine a un punto morto – che cosa dirle.

Il detective entrò e indugiò al centro della camera prima che la vecchia lo invitasse a sedersi.

Era reduce da una giornata intensa e allucinante, le cui immagini, ne era certo, gli sarebbero rimaste a lungo impresse nella memoria.

Il commissario Lopez era arrivato alla villetta dopo una ventina di minuti dalla sua telefonata, assieme a due agenti e un tenente della Scientifica. Le armi del delitto – il posacenere di cristallo e l'attizzatoio – erano stati subito sequestrati per i rilevamenti del caso.

La giovane omicida confessa era stata tratta in arresto e condotta in Questura per l'interrogatorio e il rilascio di una deposizione scritta. Dopodichè era stata tradotta a San Vittore. Presto si sarebbe messa in moto la macchina giudiziaria che avrebbe portato al processo.

Il commissario aveva interrogato brevemente Bardi, che aveva ammesso il suo coinvolgimento nell'assassinio limitatamente alla rimozione del cadavere dalla scena del crimine, e il trasporto nei pressi del parco Ravizza dove lo aveva abbandonato. Dei suoi movimenti quella notte aveva finalmente fornito dettagli e orari precisi. Quello che Bardi aveva commesso – Lopez aveva poi precisato a Fascetti – era un grave reato per il quale sarebbe stato processato, e che si aggiungeva a quello per l'omicidio del socio.

In una riunione tenutasi in Questura nel primo pomeriggio, presente il magistrato titolare del caso, il commissario aveva anzitutto riferito di Chiara e del suo movente per il delitto, proseguendo poi con una ricostruzione particolareggiata delle circostanze dello stesso, soffermandosi sul modo brutale in cui la morte era stata inflitta, come dimostrato dalle pietose condizioni del cadavere. Aveva concluso illustrando il ruolo di Bardi nella rimozione della salma, il trasporto nei pressi del parco Ravizza, e l'abbandono dopo aver inscenato l'investimento da auto pirata.

Il discorso si era poi spostato sull'uccisione di Maldano. Lopez aveva ribadito la sua convinzione che si era di fronte a un omicidio di matrice mafiosa, soprattutto per le modalità di esecuzione. Aveva aggiunto che aveva l'aria di un regolamento di conti, originato da qualche grave colpa di cui il defunto dirigente della Bpa doveva essersi macchiato nei riguardi della Organizzazione. Forse un rovescio finanziario, causato dal recente, secondo crollo della Borsa, ne era stato l'elemento scatenante. Il caso era oggetto di indagini, anche se il commissario ne riteneva improbabile una soluzione in tempi brevi.

A proposito della Borsa, Lopez aveva comunicato per inciso di aver appreso che restava irrisolto il mistero della lettera anonima che il presidente della Consob aveva ricevuto proprio nel giorno in cui l'Opa della Bnc sulla Bpa avrebbe dovuto diventare di dominio pubblico. Lettera il cui contenuto ne aveva provocato la revoca, ed era stata la causa di una nuova, violenta caduta delle quotazioni. Se una talpa annidata nella Bpa ne era la autrice, appariva improbabile la sua identificazione, e pertanto l'enigma era destinato a restare tale.

Lasciato Lopez, Fascetti era tornato nel suo studio da dove aveva telefonato a Rivetti per metterlo a parte del modo stupefacente e drammatico in cui il caso si era risolto. Il giovane era trasecolato. "Non ci credo", era stata la sua prima reazione. "Non è possibile che Chiara sia un'assassina." Ma quando il detective gli aveva raccontato tutto con dovizia di particolari, era ammutolito e annichilito.

"Allora signor Fascetti...", la vecchia riprese con quella sua voce fievole dopo essersi seduta accanto a lui, "...immagino che lei sia qui per parlarmi di Claudio, non è vero?"

Fascetti assentì timidamente col capo. Pensò che gli restava da compiere l'ultimo atto, quello forse più ingrato e difficile. Consisteva nel doverle riferire il risultato dell'indagine, così come le aveva promesso. Il che comportava rivelarle cos'era realmente accaduto al suo figliolo, cioè che era stata la sua compagna a dargli la morte quando aveva scoperto che frequentava un'altra donna.

Si chiese se avrebbe dovuto aggiungere che il suo ragazzo non era affatto quella persona integerrima che lei aveva sempre ritenuto. Odiava farlo e sentiva che sarebbe stata una decisione sofferta, non facile da prendere.

Claudio Morelli aveva truffato e ricattato. In banca aveva agito da complice di Maldano in operazioni di riciclaggio di denaro sporco della mafia. Era stato un corrotto in quanto percepiva regolarmente tangenti dagli agenti di cambio.

Ma il giovane pensò che un grande merito doveva essergli riconosciuto: quello di aver sempre tenuto a cuore la sicurezza della propria famiglia al punto di non esitare a restituire a Gargiulo i dieci miliardi che gli doveva, per sventare le sue minacce di rappresaglie contro la stessa. Prima di scomparire, aveva operato in modo che, se qualcosa gli fosse accaduto, la madre non avrebbe avuto alcuna difficoltà a entrare in possesso di una cospicua somma di denaro, che aveva depositato in una cassetta di sicurezza. Di certo lo aveva fatto nel rendersi conto, a un certo momento, di trovarsi in una situazione di grave pericolo, dalla quale poteva solo sperare di uscire indenne abbandonando la scena, sparendo dalla circolazione.

Ci aveva provato, e forse ci sarebbe riuscito se, per ironia della sorte, non fosse rimasto ucciso per mano della giovane donna con cui conviveva, e alla quale era infedele.

Fascetti schiuse le labbra per parlare, ma poi parve cambiare idea avvertendo una grande riluttanza a pronunziarsi. Doveva o no confermarle quelle cose spiacevoli emerse sul conto del figlio, che in parte le erano già state riferite da Maldano nell'agosto scorso, quando era stata a trovarlo non appena giunta a Milano, e alle quali si era rifiutata con forza di credere?

Vide che lo scrutava con aria interrogativa da dietro le spesse lenti dalla sottile montatura metallica antiquata. "Cose le succede ora?" gli chiese quando si accorse del suo disagio. "Qualcosa non va?"

Di nuovo non rispose, gli occhi abbassati. Prima di decidere di farle visita, aveva a lungo riflettuto sull'opportunità di nasconderle la verità inventando una storia, e sforzandosi di fargliela apparire credibile. Aveva pensato di confermarle di aver concluso la indagine e che finalmente era in grado di rivelargliene la natura e la finalità. Avrebbe potuto dirle che le era stata commissionata dall'assessorato al traffico del comune di Milano, su una serie di strani incidenti stradali verificatisi recentemente in città e provincia. Anche il figlio era stato vittima di uno di questi. Lo aveva travolto un'auto pirata mentre attraversava le strisce pedonali con il rosso, nei pressi del parco Ravizza. Finora non era stato possibile identificarla. Non si era trattato pertanto di omicidio, ma di un tragico infortunio. Avrebbe potuto aggiungere di aver accertato che Morelli era un bravo giovane, molto onesto e corretto nel suo lavoro, e che non aveva commesso quel furto di denaro di cui Maldano le aveva parlato. Tutto era stato chiarito.

Ma dopo averci meditato un po' aveva rinunciato all'idea sapendo che, di certo, l'indomani la notizia che era stato identificato l'assassino, sarebbe uscita sui media e la donna avrebbe appreso la verità. Mentre lui continuava a tacere, lei non smetteva di osservarlo attentamente. Si accorse che, pur accennando un mesto sorriso, gli occhi inumiditi le luccicavano. Si tolse gli occhiali, e se li stropicciò col dorso di una mano. Trasse un profondo sospiro. "Allora... ha portato a termine l'indagine?" disse, la voce incrinata dall'emozione.

Il Crollo

Il giovane pensò che non poteva indugiare oltre, e che fosse giunto il momento di parlare rivelandole la verità. "Vede... signora Morelli...", indugiò di nuovo come se proprio non riuscisse a tirar fuori le parole di bocca.

Tutto d'un tratto lei posò una mano sulla sua, dicendo: "Lei è una persona tanto cara e tanto dolce, Fascetti." Inforcò di nuovo gli occhiali rivolgendogli un pallido sorriso. "Capisco che prova grande difficoltà nel cercare di dirmi quello per cui è venuto a trovarmi..., ma non deve preoccuparsi... io ne sono già al corrente, o almeno credo di esserlo."

Fascetti la guardò sbigottito, a bocca aperta.

Il sorriso scomparve dal volto della vecchia, gli occhi le si inondarono di lacrime. Disse:

"Ho la ragionevole certezza che Claudio sia stato ucciso, e credo anche di sapere chi potrebbe essere l'assassino." Tacque per trarre di tasca un fazzoletto. "So che non si è trattato di incidente."

No, non è possibile? lui pensò. La notizia dell'arresto di Chiara non era ancora trapelata. La donna non poteva sapere che era stata lei a farlo fuori.

La guardò attentamente. "Lei parla di ragionevole certezza, signora Morelli... Non può dirmi da cosa le deriva?"

"Certo." Si alzò e si accostò al tavolino da notte. Aprì un cassetto e ne estrasse una larga busta beige. Gliela mostrò dicendo: "La riconosce?"

Il giovane corrugò la fronte, dapprima con aria incerta, ma poi di colpo parve ricordare. Annuì veementemente. "Certo che la riconosco."

Era quel plico che avevano trovato sul fondo della cassetta di sicurezza, sotto il denaro, quando insieme l'avevano aperta nell'agosto scorso dopo la notizia della morte di Morelli. Rammentò, anche, quella lettera del figlio che allora la vecchia gli aveva fatto leggere, in cui lui le riferiva, tra l'altro, della cassetta di sicurezza.

Scriveva d'averla presa in locazione di recente presso il Credito Italiano di piazza Cordusio, per depositarvi alcuni importanti documenti. L'aveva cointestata con la madre, con firma disgiunta, e nell'inviarle una delle chiavi e un modulo da restituire firmato alla banca, le aveva impartito istruzioni rigorose di aprirla soltanto qualora avesse appreso che gli era successo qualcosa di grave, al punto che era venuto a mancare.

Il rinvenimento dei trecento milioni nella cassetta, il detective l'aveva allora interpretato come il realizzarsi di una sorta di volontà testamentaria del defunto, manifestata appunto attraverso la lettera: la madre doveva aprire la cassetta per entrare in possesso del denaro solo in caso di suo decesso.

Ma ora c'era il contenuto della grossa busta beige.

"C'è dentro una lettera di Claudio, sa?" Così dicendo la vecchia ne estrasse un foglio di carta ripiegato in due e glielo porse. Era scritto con grafia minuta e lievemente inclinata, ma con caratteri molto chiari.

Il giovane lesse, non senza avvertire una forte emozione:

Milano, 15 luglio 1986.

Cara mamma,
se stai leggendo queste righe, vuol dire che hai aperto la cassetta di sicurezza e trovato il denaro. Ma significa anche, purtroppo, che hai avuto notizia che io non ci sono più.

Mentre scrivo, mi auguro fortemente che non dovrai compiere quel gesto, e che forse un giorno non lontano si creeranno le condizioni perché la cassetta la si possa aprire insieme. Avrei allora il grande piacere di consegnarti di persona quel denaro che, negli ultimi anni, ho accumulato appositamente per te e le mie sorelle. Si tratta di denaro pulito, frutto del mio lavoro, che potrai pertanto spendere tranquillamente senza farti alcuno scrupolo.

Purtroppo, allo stato attuale mi trovo nella assoluta necessità di rendermi irreperibile, di scomparire, se non voglio mettere a repentaglio la mia vita.

E' da qualche tempo che sono entrato in una fase della mia esistenza in cui ho cominciato a rendermi conto che devo temere per la mia incolumità fisica. Troppo lungo e complesso sarebbe descrivertene le ragioni nei particolari. Ti basti sapere che mi sono reso complice – cosa di cui ora amaramente mi

pento e mi vergogno – in un giro di affari segreti tutt'altro che
puliti, che ho trattato in banca per conto di soggetti criminali,
mentre continuavo a svolgere le mie normali funzioni.
   Di questi personaggi non posso ovviamente rivelarti
l'identità.
   So che tra qualche giorno sarò rimosso dal mio attuale incarico con l'accusa di aver commesso delle gravi irregolarità
nel mio lavoro. E' un provvedimento che ritengo iniquo e per il
quale sarò costretto a subire delle umiliazioni.
   Ma ciò che veramente mi preoccupa è quello che potrebbe
accadermi in conseguenza della mia espulsione da questo servizio.
   Dato che sarei costretto ad abbandonare questa attività illegale, della cui esistenza sono l'unico a essere a conoscenza,
potrei trovarmi in grave pericolo di vita. Ciò in quanto coloro
che ne sono i titolari e promotori, potrebbero decidere di sop-
primermi poiché rappresento per loro una minaccia. Forse te-
mono che prima o poi io li esponga pubblicamente.
   Scomparire è l'unico modo per allontanare da me questo rischio, anche se non posso escludere in assoluto che chi dovesse
darmi la caccia non riesca a rintracciarmi prima o poi. Farò
del mio meglio affinché ciò non avvenga cautelandomi nel migliore dei modi, e andando a rintanarmi laddove nessuno si sognerebbe mai di venire a cercarmi. Pertanto, quella della cassetta è soltanto una precauzione che ti consentirebbe di entrare
in possesso del denaro nella eventualità, remota, che io venissi
a mancare. In tal caso, questa lettera, che spero tu non debba
mai leggere, servirebbe a farti sapere quello che mi è realmente
successo.
   Mentre mi accingo a concludere non posso non riflettere
sull'immenso dolore che la notizia della mia morte procurerebbe a te e alle mie sorelle.
   Questa la ragione per cui, in questo momento, avverto forte
la determinazione a impegnarmi per far sì che ciò non accada.
   Un forte abbraccio a te e alle mie sorelle. Vi voglio bene.

   Claudio.

Fascetti sollevò lo sguardo dalla lettera e lo rivolse alla vecchia. Vide che aveva ancora gli occhi velati di pianto, e rimase interdetto non sapendo cosa dire.

Quelle righe, pensò, erano la prova definitiva e inequivocabile, se mai ce ne fosse stato bisogno, che Morelli aveva avvertito l'esigenza di scomparire perché percepiva, in modo netto, il pericolo di essere ammazzato. Poco o niente aveva a che vedere il suo gesto con i timori di pressioni insostenibili dai suoi clienti, che gli chiedevano la restituzione dei loro denari.

"Ora comprenderà, signor Fascetti, perché ho la ragionevole certezza che Claudio sia stato assassinato", la vecchia disse asciugandosi le lacrime.

"Perché non mi ha avvertito quando l'ha trovata, signora Morelli?"

Lei lo fissò per un attimo come incerta sulla risposta più adatta. Poi disse: "Non lo immagina?" Accennò un sorriso amareggiato. "Non ero in animo di farlo, capisce? Quella lettera mi aveva sconvolto. Scoprire che quel figliolo che mi ero sforzata di allevare secondo i crismi della massima onestà e moralità, era diventato un criminale, mi dava e mi dà tuttora un senso di vergogna. Parlarne con lei mi avrebbe procurato un grande imbarazzo... Mi sarei sentita umiliata. Vivo ogni giorno con la paura del disonore che investirebbe la mia famiglia se la cosa trapelasse a Polignano. Ho quindi preferito attendere che fosse eventualmente lei a farsi vivo, a conclusione della sua indagine. Così è stato, e ora immagino che sia qui per confermarmi tutto, non è così?" Si schiarì la gola e tossì convulsamente per alcuni secondi. "Stamattina ho letto sul *Corriere* la notizia dell'omicidio di Maldano, e del fatto che la banca fosse sospettata di riciclaggio di denaro sporco. Dato che era il capo di Claudio, mi sono istintivamente chiesta se non fosse lui uno di questi oscuri personaggi di cui mio figlio scrive. Lei può dirmi qualcosa in proposito?"

Il detective pensò che fosse giunto il momento di dirle tutta la verità, ma decise che avrebbe cercato di edulcorarla in modo da sollevarle un po' il morale. Se questo ne comportava una lieve distorsione, lo avrebbe fatto di buon grado sapendo che poi si sarebbe sentito bene, come dopo aver compiuto una buona azione.

Il Crollo

"La sua supposizione è corretta, signora Morelli. Claudio collaborava con Maldano in operazioni di riciclaggio in Borsa per conto della mafia siciliana. E' questo il giro di affari segreti e poco puliti a cui si riferisce nella lettera. E' emerso dalla mia indagine."

"Ne ero certa."

"Non è che intenda minimizzare la gravità degli atti che suo figlio compiva, ma mi azzarderei ad affermare che forse era umanamente comprensibile."

"Ma non giustificabile..." C'era disapprovazione nello sguardo della vecchia.

"Be', il fatto è che Claudio era un sottoposto di Maldano... e come tale lo assecondava in tutto e per tutto. Probabilmente dal suo punto di vista era obbligato a farlo anche quando le sue richieste sconfinavano nella illegalità." La fissò per studiarne la reazione, ma lei non batté ciglio. "Oppure desiderava compiacerlo – pur non ricavandone alcun vantaggio materiale –, al solo scopo di assicurarsi i suoi favori, come ad esempio il suo appoggio per una rapida carriera. Può succedere anche alle persone oneste, sa? quando l'ambizione prende il sopravvento."

Lei annuì, ma sembrò farlo più per educazione che per convinzione.

Disse: "Cosicché Claudio collaborava fedelmente con Maldano nei suoi sporchi traffici, ma quando questo si è reso conto che non gli era più di nessuna utilità, e che per giunta rappresentava per lui una minaccia, non ha esitato a farlo uccidere." Fece una pausa. "Non è così, signor Fascetti?"

"Anch'io la pensavo in questo modo, signora Morelli, ma soltanto stamattina ho scoperto che le cose non stanno esattamente in questi termini. Per quanto incredibile possa apparirle, l'assassino di Claudio è qualcuno che nessuno si sarebbe mai sognato di sospettare."

"Cosa?!" esclamò stupefatta.

"E' stata la sua convivente... L'ha ucciso per gelosia, quando si è accorta che Claudio aveva un'altra donna."

La vecchia sbarrò gli occhi e si mise una mano sulla bocca semiaperta. Non fiatò per quasi un minuto, lo sguardo a metà tra l'allibito e lo scioccato. Poi si toccò la fronte con il palmo della mano. "Non riesco a crederci...", disse alla fine scuotendo la testa. "Come si fa a immaginare una cosa del genere..." Si fermò un attimo. "Le dirò tuttavia che non mi sorprende affatto che avesse un'altra. Gli piacevano troppo le donne. Quello di spassarsela con più di una era un istinto congenito, che ha cominciato a manifestare fin da giovanetto. Credo che fosse scritto nel suo Dna. Non di rado mi dava del filo da torcere. 'Lo sciupafemmine' era il soprannome che a Polignano gli amici gli avevano affibbiato. A parte questo, era un bravo giovane."

Fascetti accennò un sorriso divertito. "Le dirò che anche in banca si era creato una certa fama..." Ritenne opportuno sorvolare sul fatto che 'l'altra donna' fosse la moglie di Maldano.

"Avrei un'ultima domanda, signor Fascetti... Nella sua lettera...", la indicò con una mossa del capo, "...Claudio accenna a irregolarità nel suo lavoro, di cui sarebbe stato accusato, gravi al punto da fargli meritare l'espulsione dal servizio. Mi sono chiesta se per caso non si riferisca a quella sottrazione di denaro ai suoi clienti. E' stata la prima cosa di cui Maldano mi ha parlato, quando sono stata a fargli visita appena giunta a Milano lo scorso agosto."

Fascetti pensò che si presentava l'occasione per riabilitare, se pure in parte, la reputazione postuma di Morelli, quanto meno agli occhi della vecchia madre.

"E' possibile, signora. Ma sperò che le sarà di qualche conforto sapere che quell'accusa era del tutto infondata." Sorrise. "Questo posso assicurarglielo. Nel momento in cui suo figlio scomparve, amministrava una certa somma di denaro per conto di un gruppo di suoi amici. Ma ciò non significa che se ne fosse appropriato. Dalla mia indagine è risultato che, durante la latitanza, ha rimborsato fino all'ultimo centesimo, dimostrando così una grande onestà di fondo."

Era una mezza bugia, il giovane pensò, se era vero che Morelli aveva restituito ai suoi clienti una buona parte del loro denaro, come Chiara gli aveva riferito.

"E allora perché la punizione?"

"Credo sia stata motivata da qualche irregolarità amministrativa di non poco conto, che aveva commesso."

Lei annuì senza proferire parola, ma si mise a osservarlo con un curioso sorriso che il detective non riuscì subito a decifrare. "Lei è tanto una brava persona, signor Fascetti", gli disse alla fine posando di nuovo una mano sulla sua. "Non immagina neppure quanto piacere mi procura il sentirle dire queste cose." Continuò a sorridergli. In quel momento lui avvertì la bizzarra sensazione che lei fingesse di credergli. Ma non soltanto: che fosse addirittura lieta di farlo. Forse, pensò, non si era espresso in maniera convincente, e pertanto non era riuscito a dissipare i suoi dubbi, ma questo sembrava che lei lo avesse accettato volentieri. Era probabile che le piacesse farsi cullare dall'illusione che il figlio fosse stato, tuttosommato, quella persona irreprensibile che lei aveva sempre considerato.

Il detective teneva ancora in mano la lettera, e per una inspiegabile ragione, le dette un'altra rapida scorsa prima di restituirgliela. Fu allora che notò qualcosa che prima gli era sfuggito. Immerso com'era stato nella prima lettura, non aveva notato un postscriptum in calce al foglio. La grafia era minutissima ma chiara: *ti prego di spedire al più presto il plico che troverai dentro la busta.*

Assunse un'espressione perplessa. Nel rendere la lettera alla donna le chiese: "Ricorda per caso a chi fosse indirizzato quel plico, signora Morelli?"

"Certo... lo ricordo molto bene: al presidente della Consob."

La lettera anonima!

Rimase stupefatto. Lei se ne accorse e lo scrutò incuriosita come per studiarlo. "Era priva di mittente", soggiunse. "M'è parso strano, ma l'ho impostata comunque."

"Ricorda quando?"

La vecchia si prese il suo tempo per pensare, l'indice posato sul labbro inferiore. "Vediamo un po'...", disse. "Deve essere stato nei primi di questo mese... il tre o il quattro credo, anzi ne sono certa."

Uno o due giorni prima della data in cui, secondo le indiscrezioni, doveva essere annunciata pubblicamente l'Opa della Bnc sulla Bpa, il detective pensò.

"Perché l'ha fatto con tanto ritardo rispetto al giorno in cui abbiamo aperto la cassetta e trovato la busta, signora Morelli?"

"Le spiego..." Gli sorrise. "Dopo averla letta, ho riposto la lettera assieme al plico nella busta, che ho poi custodito nel cassetto del tavolino da notte. Mi ero ripromessa di spedirlo il giorno dopo, ma il fatto è che ero sconvolta, non riuscivo a pensare a nient'altro all'infuori del contenuto della lettera, e così mi è uscito di mente. L'ho rivisto nei primi giorni del mese quando ho di nuovo tirato fuori la lettera perché volevo rileggerla. Così, mi sono affrettata a imbucarlo." Si interruppe continuando a fissarlo. "C'è qualcosa di questa faccenda che lo turba, signor Fascetti?"

"No, nulla... naturalmente, la mia è semplice curiosità."

Il detective si accorse che, dopo il lungo colloquio, la vecchia appariva più rilassata e il suo sguardo si era fatto sereno. Trasse un profondo sospiro.

"Sono spiacente che lei abbia tanto sofferto, signora Morelli... Che cosa farà adesso?"

"Domattina torno a casa. Dopo aver parlato con lei, non ho più alcun motivo per restare a Milano. Da tempo ho completato le pratiche burocratiche per il trasporto della salma di Claudio a Polignano, affinché possa ricevere una onorata sepoltura nella tomba di famiglia."

Fascetti si alzò per accomiatarsi. "Allora buona notte, signora Morelli. E arrivederci. E' stato un grande piacere fare la sua conoscenza." Si diresse verso l'uscita.

Lei lo accompagnò fino alla porta dove si fermò a guardarlo diritto negli occhi.

"Addio signor Fascetti, e grazie di tutto."

"E di che?"

"Per il tempo e l'attenzione che mi ha dedicato. Lei è una persona tanto cara, che Iddio la benedica."

Prima di entrare in ascensore, si voltò a guardarla per l'ultima volta e di nuovo provò un moto di compassione: stava lì sulla soglia e la sua figura piccina appariva debole e vulnerabile, ma, al tempo stesso, aveva un che di aggraziato. Mentre l'ascensore scendeva lentamente al pianterreno, la mente del giovane prese a galoppare. Si sforzò di pensare con chiarezza.

Cosicché, anche l'enigma della lettera anonima, di cui Lopez gli aveva parlato, era svelato. Alla fine, Morelli ne era stato l'autore. Per una dimenticanza della madre, era pervenuta in ritardo alla Consob, ma, per puro caso, a ridosso della data che la Bnc aveva fissato per il lancio dell'Opa. Si sforzò di immaginare la faccia del commissario quando glielo avrebbe riferito.

Il Crollo

Non c'era alcun dubbio che il defunto funzionario della Bpa avesse preso in locazione la cassetta di sicurezza, col chiaro intento di crearsi un meccanismo semplice e astuto, congegnato in modo da entrare in azione solo in caso di suo decesso. Avrebbe allora – come poi era infatti accaduto –, sortito un duplice scopo. Consentire anzitutto alla madre di venire in possesso del denaro, e, in secondo luogo, funzionare automaticamente da strumento della sua vendetta – anche se dalla tomba –, nei confronti di Maldano e della Bpa, per l'umiliazione che gli avevano fatto patire espellendolo dal Servizio e sbattendolo a marcire in un buco di ufficio.

Molto probabilmente, Morelli riteneva che se avesse cercato di consumarla da vivo, magari nel periodo in cui era ricercato, avrebbe potuto creare un serio pericolo per la sicurezza della propria famiglia.

In conseguenza della sua rimozione dalla carica di capo del Servizio titoli, doveva essersi persuaso di essere finito nel mirino di Maldano – e quindi della mafia –, per quello che sapeva sul riciclaggio in Borsa dei proventi illeciti.

Poiché si trattava di un segreto di cui era l'unico depositario, temeva che se lo avesse fatto trapelare mentre era uccel di bosco, non sarebbe stata improbabile una rappresaglia di Cosa Nostra contro i suoi cari, che avrebbe assunto la connotazione di una 'vendetta trasversale.'

Nessun rischio, invece, se la notizia si fosse diffusa – com'era poi accaduto grazie alla lettera – dopo la sua morte, magari inflittagli da coloro che lui temeva gli avrebbero dato la caccia fino a scovarlo: è assurdo pensare che si possa desiderare di punire un nemico o un avversario, che non faccia più parte di questa Terra.

Ma il destino aveva voluto che a togliergli la vita fosse invece la giovane donna con cui viveva da alcuni mesi, e alla quale era infedele.

Lo stratagemma aveva funzionato. Morelli aveva sostanzialmente centrato l'obbiettivo che si era prefissato: distruggere Maldano e la Bpa nel caso fosse stato ammazzato. Quella missiva anonima alla Consob, che verosimilmente denunciava la esistenza di una maxiperdita nascosta nel bilancio della banca, e l'attività di riciclaggio a opera del dirigente, aveva determinato

623

Domenico Martusciello

la revoca dell'Opa da parte della Bnc, e innescato una nuova
debacle della Borsa. Maldano era stato giustiziato dalla mafia
per qualcosa di grave che aveva commesso a danno della stessa,
magari in concomitanza con un rovescio finanziario causato
proprio dalla seconda crisi del mercato azionario.

Sulla Bpa, correvano voci di una probabile, imminente inchiesta di Bankitalia e della Guardia di Finanza.

Mentre usciva dall'ascensore dirigendosi all'uscita, Fascetti
si sentì sollevato e soddisfatto. Il cerchio era chiuso. E forse era
riuscito in qualche modo a confortare l'anziana madre, lenendo-
le il dolore per il grave lutto che l'aveva colpita.

Uscì dall'albergo e si incamminò a passo lento lungo via
Broletto alla volta di piazza Cordusio dove aveva parcheggiato
la Golf, senza curarsi della pioggia che aveva cominciato a cadere.

Finito di stampare nel mese di Luglio 2015
per conto di Youcanprint